jojo moyes

Über uns der Himmel, unter uns das Meer

ROMAN

Aus dem Englischen von
Katharina Naumann

ROWOHLT
TASCHENBUCH VERLAG

Die englische Originalausgabe erschien 2005
unter dem Titel «The Ship of Brides» bei Hodder & Stoughton /
An Hachette Livre UK Company, London.

Veröffentlicht im Rowohlt Taschenbuch Verlag,
Hamburg, November 2024
Copyright © 2016 by Rowohlt Verlag GmbH,
Reinbek bei Hamburg
«The Ship of Brides» Copyright © 2005 by Jojo Moyes
Redaktion Johanna Schwering
Die Nutzung unserer Werke für Text- und Data-Mining
im Sinne von § 44b UrhG behalten wir uns explizit vor.
Covergestaltung SO YEAH DESIGN, Gabi Braun
Coverabbildung Silke Schmidt
Satz aus der DTL Dorian, InDesign,
bei Pinkuin Satz und Datentechnik, Berlin
Druck und Bindung CPI books GmbH, Leck
ISBN 978-3-499-01555-7

Für Betty McKee und Jo Staunton-Lambert,
für ihren Mut auf sehr unterschiedlichen Reisen

VORBEMERKUNG
DER AUTORIN

1946 startete die Royal Navy die letzte Phase des Transports von Kriegsbräuten, jenen Frauen und Mädchen, die britische Soldaten geheiratet hatten, die in Übersee dienten. Die meisten wurden auf Truppentransportern oder auf speziell dafür bestimmten Linienschiffen nach England gebracht. Aber am 2. Juli 1946 brachen rund 655 australische Kriegsbräute zu einer einzigartigen Reise auf: Sie fuhren über das Meer, um ihre britischen Ehemänner zu treffen – auf der HMS *Victorious*, einem Flugzeugträger.

Mehr als 1100 Männer – und neunzehn Flugzeuge – begleiteten sie auf der Reise, die fast sechs Wochen dauerte. Mindestens eine wurde zur Witwe, bevor sie ihr Ziel erreichte. Meine Großmutter, Betty McKee, war eine der Glücklichen, deren Vertrauen in die Zukunft belohnt wurde.

Dieser fiktionale Bericht beruht auf dieser Reise, und ich widme ihn ihr und all jenen Bräuten, die mutig genug waren, um an eine ungewisse Zukunft auf der anderen Seite der Welt zu glauben.

Alle den Kapiteln vorangestellten Zitate und Auszüge sind nichtfiktional und gehen zurück auf die Erlebnisse von Kriegsbräuten oder jenen, die auf der *Victorious* dienten.

Jojo Moyes

PROLOG

Indien, 2002

Sie war aufgewacht, weil jemand zeterte. Es klang wie das aufgeregte Gekläff eines kleinen Hündchens, das noch nicht genau weiß, aus welcher Richtung die Gefahr droht. Die alte Frau hob den Kopf vom Fenster, rieb sich den Nacken, wo die Kälte der Klimaanlage tief in ihre Knochen gedrungen war, und versuchte, sich aufzurichten. In den ersten verschwommenen Sekunden des Wachseins wusste sie nicht genau, wo oder wer sie war. Sie nahm Stimmen wahr, dann konnte sie Wörter unterscheiden, die sie aus ihrem traumlosen Schlaf in die Wirklichkeit zerrten.

«Ich sage ja gar nicht, dass ich die Paläste nicht mag. Oder die Tempel. Ich sage nur, dass ich schon zwei Wochen hier bin und nicht das Gefühl habe, das wahre Indien auch nur annähernd kennengelernt zu haben.»

«Was glaubst du denn, was ich bin?» Das kam vom Vordersitz, die Stimme klang leicht spöttisch.

«Du weißt schon, was ich meine.»

«Ich bin Inder. Ram hier ist Inder. Nur weil ich mein halbes

9

Leben in England verbracht habe, bin ich nicht weniger ein Inder als die Inder hier.»

«Ach hör doch auf, Jay, du bist doch nun wirklich nicht typisch.»

«Typisch für was?»

«Ich weiß nicht. Für die Menschen, die hier leben.»

Der junge Mann schüttelte verständnislos den Kopf. «Du willst Elendstourismus betreiben. Du willst nach Hause fahren und deinen Freunden von all den schrecklichen Dingen erzählen können, die du gesehen hast. Ihnen sagen, dass sie keine Ahnung von all dem Leid haben. Und alles, was wir dir geboten haben, ist Coca-Cola und eine Klimaanlage.»

Gelächter. Die alte Frau blinzelte und warf einen Blick auf ihre Armbanduhr. Es war beinahe halb zwölf: Sie hatte fast eine Stunde geschlafen.

Ihre Enkelin neben ihr beugte sich nach vorn und streckte den Kopf zwischen den Vordersitzen hindurch. «Schau mal, ich will doch nur etwas sehen, das mir zeigt, wie die Menschen hier wirklich leben. Ich meine, die Fremdenführer wollen uns immer nur die Prinzenresidenzen oder die Einkaufszentren zeigen.»

«Also willst du in die Elendsviertel.»

Vom Fahrersitz kam die Stimme von Mister Vaghela: «Ich kann Sie leider nicht mit zu mir nach Hause nehmen, Miss Jennifer. Das wäre nämlich tatsächlich eine Elendsbehausung.»

Als die beiden jungen Leute nicht auf seine Bemerkung eingingen, hob er die Stimme: «Sehen Sie sich Mister Ram B. Vaghela hier genau an, dann finden Sie alles zusammen: die Armen, die Geknechteten und die Vertriebenen.» Er zuckte die Achseln. «Wissen Sie, es ist mir selbst unbegreiflich, wie ich so lange überleben konnte.»

«Wir wundern uns auch fast täglich darüber», warf Sanjay ein.

Die alte Frau setzte sich auf und überprüfte im Rückspiegel ihr Aussehen. Ihre Haare waren auf einer Seite ganz plattgedrückt, und der Kragen hatte eine tiefe rote Delle in ihrer blassen Haut hinterlassen.

Jennifer schaute sich um. «Geht's dir gut, Großmama?» Das ärmellose Top war verrutscht und entblößte ein kleines Tattoo auf ihrer Hüfte.

«Alles gut, meine Liebe.» Hatte Jennifer ihr eigentlich von diesem Tattoo erzählt? «Es tut mir leid. Ich muss eingenickt sein.»

«Dafür müssen Sie sich nicht entschuldigen», sagte Mister Vaghela. «Wir reiferen Mitbürger sollten uns jederzeit ausruhen dürfen, wenn wir das Bedürfnis danach verspüren.»

«Willst du damit sagen, dass ich fahren soll, Ram?», fragte Sanjay.

«Nein, nein, Mister Sanjay, Sir. Ich würde Ihren brillanten Diskurs nur äußerst ungern unterbrechen.»

Der Blick des alten Mannes fing ihren im Rückspiegel auf. Immer noch benebelt und dünnhäutig vom Schlaf, zwang sie sich zu einem Lächeln. Sie nahm an, dass er ihr zugezwinkert hatte.

Sie mussten schon seit drei Stunden unterwegs sein. Jennifer und sie hatten sich kurzfristig entschlossen, dem dichtgedrängten Reiseplan zu entfliehen. Ihre Fahrt nach Gujarat hatte als Abenteuer begonnen («Die Eltern meines alten Freundes aus dem College, er heißt Sanjay, haben uns für ein paar Nächte eingeladen, Großmama! Sie haben ein wundervolles Haus, fast einen Palast. Und es ist nur ein paar Stunden entfernt!») und fast in einer Katastrophe geendet, weil ihr Flug gestrichen worden war und ihnen jetzt nur noch ein Tag blieb, um ihren Anschlussflug in Bombay zu erreichen.

Die Reise hatte sie ohnehin sehr erschöpft, aber diese Verzögerung hatte sie fast verzweifeln lassen. Indien war eine echte Prüfung für ihre Sinne, und die Vorstellung, in Gujarat gestrandet zu sein, wenn auch innerhalb der palastartigen Räume der Singhs, erfüllte sie mit namenlosem Schrecken. Aber dann hatte Mrs. Singh ihren Wagen und ihren Fahrer zur Verfügung gestellt, um sicherzustellen, dass «die Ladies» es rechtzeitig nach Bombay schafften. Obwohl der Flughafen vierhundert Meilen entfernt lag. «Sie wollen sich wohl eher nicht auf Bahnhöfen aufhalten», hatte sie gesagt und auf Jennifers strahlend blondes Haar gedeutet. «Jedenfalls nicht ohne Begleitung.»

«Ich kann sie fahren», hatte Sanjay angeboten. Aber seine Mutter hatte irgendetwas von Versicherung und Fahrverbot gemurmelt, und ihr Sohn hatte schließlich eingewilligt, Mr. Vaghela zu begleiten, damit sichergestellt war, dass sie nicht belästigt würden, wenn sie irgendwo anhielten. Früher hätte sie sich darüber geärgert, dass man alleinreisenden Frauen nicht zutraute, auf sich selbst aufzupassen, aber jetzt war sie dankbar für diese altmodische Auffassung von Höflichkeit. Sie fühlte sich der Aufgabe, sich durch diese fremden Landschaften zu kämpfen, einfach nicht gewachsen, und sie machte sich ständig um ihre risikofreudige Enkelin Sorgen, die vor nichts Angst zu haben schien. Sie hatte sie mehrfach warnen wollen, sich dann aber zurückgehalten. Die Jungen hatten das Recht, furchtlos zu sein, hatte sie sich ermahnt. Erinnere dich an dich selbst, als du in ihrem Alter warst.

«Alles in Ordnung mit Ihnen, Madam?»

«Mir geht es gut, danke, Sanjay.»

«Wir haben noch eine ordentliche Strecke vor uns, fürchte ich. Es ist keine leichte Fahrt.»

«Es muss ziemlich anstrengend sein, wenn man nur sitzt», murmelte Mr. Vaghela.

«Es ist sehr freundlich von Ihnen, uns zu fahren.»

«Jay! Sieh dir das an!»

Sie hatten die Schnellstraße verlassen und fuhren durch ein Elendsviertel. Überall standen Lagerhallen voller Stahlträger und Holz. Die Straße säumte eine Wand, die aus Metallstücken notdürftig zusammengeschweißt worden war, und die Fahrbahn wurde immer löchriger und zerfurchter. Der schwarze Lexus kroch buchstäblich vorwärts, und sein Motor gab ein leises, ungeduldiges Grollen von sich. Immer wieder musste der Wagen Schlaglöchern oder sogar Kühen ausweichen.

Der Anlass für Jennifers Ausruf war jedoch keine Kuh gewesen (sie hatten bereits viele von ihnen gesehen), sondern ein Berg von weißen Keramikwaschbecken, aus dem die Abflussrohre wie durchschnittene Nabelschnüre hervorragten. Ein paar Meter davon entfernt lag ein Haufen Matratzen und daneben etwas, das wie ein Berg von Operationstischen aussah.

«Können wir mal anhalten?», fragte Jennifer. «Wo sind wir eigentlich?»

Der Fahrer legte seinen knotigen Finger auf einen Punkt der Karte, die neben ihm lag. «Alang.»

Sanjay runzelte die Stirn. «Ich glaube nicht, dass es gut wäre, hier anzuhalten.»

«Lass mich mal die Karte sehen.» Jennifer drängte sich zwischen die beiden Männer nach vorn. «Vielleicht liegt hier irgendetwas abseits der ausgetretenen Pfade. Irgendetwas … Interessantes.»

«Nein …» Sanjay schaute sich um. «Ich glaube, das ist wirklich nicht der richtige Ort …»

Die alte Frau rutschte auf ihrem Sitz herum. Sie sehnte sich nach etwas zu trinken und danach, ihre Beine auszustrecken. Außerdem hätte sie sich über den Besuch einer Toilette gefreut, aber in der kurzen Zeit, die sie in Indien verbracht hatte, hatte sie bereits gelernt, dass das außerhalb der größeren Hotels eher eine Tortur als eine Erleichterung bedeutete.

«Ich sage Ihnen was», sagte Sanjay. «Wir kaufen uns irgendwo ein paar Flaschen Cola und halten außerhalb der Stadt an, wo wir uns die Beine vertreten können.»

«Ist das hier irgendwie eine Art Schrottplatz-Stadt?» Jennifer blinzelte in Richtung eines Haufens von Kühlschränken.

Sanjay gab dem Fahrer ein Zeichen. «Halte hier an, Ram, direkt vor dem Laden. Da, neben dem Tempel. Ich hole ein paar kühle Getränke.»

«*Wir* holen ein paar kühle Getränke», verbesserte Jennifer. Der Wagen fuhr vor den Laden. «Ist es in Ordnung, wenn du im Wagen wartest, Großmama?» Doch sie wartete die Antwort nicht ab. Die beiden sprangen heraus und gingen lachend auf den Laden zu, der in der brütenden Hitze lag.

Ein paar Meter weiter hockte ein Grüppchen Männer am Straßenrand. Neugierig musterten sie den Wagen. Die alte Frau lauschte dem Brummen des Motors im Leerlauf und hatte plötzlich das Gefühl, sehr auffällig zu sein. Mr. Vaghela wandte sich zu ihr um. «Madam, darf ich Sie fragen – was zahlen Sie Ihrem Fahrer?» Es war die dritte Frage dieser Art, die er ihr stellte, wann immer Sanjay nicht im Wagen war.

«Ich habe keinen.»

«Was? Keine Hilfe?»

«Na ja, ich habe ein Mädchen, das mir hilft», gab sie schließlich zu. «Annette.»

«Hat sie ihre eigene Wohnung?»

Sie dachte an Annettes hübsches Eisenbahner-Häuschen und an die Geranien auf dem Fensterbrett. «Wenn man so will, ja.»

«Bezahlten Urlaub?»

«Ich fürchte, das weiß ich nicht genau.» Sie war drauf und dran, ihm die Arbeitsbeziehung zwischen ihr und Annette zu erklären, aber Mr. Vaghela unterbrach sie.

«Vierzig Jahre arbeite ich nun schon für diese Familie, aber ich habe nur eine Woche bezahlten Urlaub im Jahr. Ich denke darüber nach, eine Gewerkschaft zu gründen, *Mammaji*. Mein Cousin hat zu Hause Internet. Wir haben uns angeschaut, wie das funktioniert. Dänemark. Das ist ein gutes Land für die Rechte von Arbeitern.» Er wandte sich wieder nach vorn und nickte. «Altersversorgung, Krankenhäuser … Bildung … Wir sollten alle in Dänemark arbeiten.»

Sie schwieg eine Weile. «Ich war noch nie dort», sagte sie schließlich.

Sie beobachtete die beiden jungen Leute, den blonden und den schwarzen Schopf, wie sie sich im Laden bewegten. Jennifer hatte zwar behauptet, dass sie nur Freunde seien, aber vor zwei Nächten hatte sie gehört, wie ihre Enkelin über den gefliesten Flur in die Richtung geschlichen war, in der sie Sanjays Zimmer vermutete. Am nächsten Tag waren sie so verspielt miteinander umgegangen wie Kinder. «Verliebt in ihn?» – Jennifer hatte vollkommen entsetzt auf ihre vorsichtige Frage reagiert. «Gott, nein, Großmama. Jay und ich … oh nein … ich will keine Beziehung, und er weiß das.»

Wieder musste sie daran denken, wie sie selbst in ihrem Alter gewesen war, wie viel Angst sie davor gehabt hatte, mit einem Mann allein zu sein, an ihre Entschlossenheit, niemals zu heiraten, aus unterschiedlichen Gründen.

«Haben Sie schon mal von diesem Ort gehört?» Mr. Vaghela steckte sich ein weiteres Stück Betelnuss in den Mund. Seine Zähne waren schon ganz rot gefärbt.

Sie schüttelte den Kopf. Die Klimaanlage war ausgestellt; sie spürte schon, wie die Temperatur stieg. Ihr Mund war ganz trocken, und sie schluckte mühsam. Sie hatte Jennifer schon oft gesagt, dass sie Cola nicht mochte.

«Alang. Größter Schiffsverschrottungshafen der Welt.»

«Oh.» Sie versuchte, interessiert auszusehen, fühlte sich jedoch immer matter. Sie wollte unbedingt weiter. Das Bombay Hotel, das in unbekannter Entfernung vor ihnen lag, erschien ihr wie eine Oase. Sie schaute auf ihre Armbanduhr: Wie schaffte man es nur, zwanzig Minuten für den Kauf von zwei Flaschen Cola zu brauchen?

«Vierhundert Werften gibt es hier. Und Männer, die einen Tanker in ein paar Monaten in seine Einzelteile zerlegen können.»

«Oh.»

«Hier haben die Arbeiter keine Rechte, wissen Sie. Ein Pfund pro Tag bezahlt man ihnen dafür, dass sie Leib und Leben aufs Spiel setzen.»

«Wirklich?»

«Einige der größten Schiffe der Welt sind hier verschrottet worden. Sie würden nicht glauben, was die Eigentümer alles auf ihren Kreuzern liegen lassen – Tafelservices, irisches Leinen, Musikinstrumente, die ein ganzes Orchester bilden könnten. Alles, was nicht niet- und nagelfest ist, wird verkauft.» Er seufzte. «Manchmal macht einen das ziemlich traurig, *Mammaji*. So schöne Schiffe, von denen nur noch ein Haufen Metall übrig bleibt.»

«Mr. Vaghela.»

«Ja, Madam?»

«Ist das ein Teehaus?»

Mr. Vaghela folgte mit dem Blick ihrem Finger, der auf ein

Lokal zeigte, vor dem einige Stühle und Tische verstreut am staubigen Straßenrand standen. «Ja, das ist es.»

«Wären Sie dann bitte so freundlich, mich dorthin zu begleiten und mir eine Tasse Tee zu bestellen? Ich glaube wirklich nicht, dass ich noch länger auf meine Enkelin warten kann.»

«Es wäre mir ein Vergnügen, Madam.» Er stieg aus dem Wagen und hielt ihr die Tür auf. «Diese jungen Leute, *Mammaji*, einfach keinen Respekt.» Er bot ihr seinen Arm. Sie stützte sich beim Aussteigen darauf und blinzelte in die Mittagssonne. «Ich habe gehört, in Dänemark ist das ganz anders.»

Die jungen Leute traten aus dem Laden, als der Tee bereits serviert war. Die Tasse war so zerkratzt, als sei sie schon seit Jahren in Gebrauch, aber sie sah sauber aus, und der Mann, der sie bedient hatte, hatte den Tee mit erstaunlichem Brimborium serviert. Sie hatte mit Mr. Vaghelas Übersetzung die unausweichlichen Fragen über ihre Reise beantwortet, bedauert, dass sie nicht mit dem Cousin des Besitzers in Milton Keynes bekannt war, und hatte dann für Mr. Vaghelas Glas Chai (und eine klebrige Pistazienkrokantstange, um bei Kräften zu bleiben, Sie verstehen) bezahlt. Jetzt saß sie unter der Markise und schaute von ihrem leicht erhöhten Plätzchen auf das, was hinter der Stahlwand lag: den endlosen, blau schimmernden Ozean.

In einiger Entfernung stand ein kleiner Hindutempel im Schatten eines Neembaumes. Daneben hatte man ein paar Hütten errichtet, offenbar für die Bedürfnisse der Arbeiter: eine Friseurbude, ein Zigarettenverkäufer, ein Mann, der mit Obst und Eiern handelte, und ein anderer, der Fahrradteile anbot. Es dauerte ein paar Minuten, bis ihr klarwurde, dass sie und ihre Enkelin die einzigen Frauen weit und breit waren.

«Wir haben uns schon gefragt, wo ihr hin seid», riss Jennifer sie aus ihren Gedanken.

«Wohl nicht sehr lange, nehme ich an. Mr. Vaghela und ich haben uns ja nur ein paar Meter vom Wagen entfernt.» Ihr Ton klang schärfer als beabsichtigt.

«Ich habe doch gesagt, dass wir hier lieber nicht anhalten sollten», bemerkte Sanjay und warf erst einen kaum verholen misstrauischen Blick auf die Gruppe Männer, die in der Nähe saß, und dann auf das Auto.

«Ich musste mal aussteigen», sagte sie mit fester Stimme. «Mr. Vaghela war so freundlich, mich zu begleiten.» Sie nahm einen Schluck von ihrem Tee, der erstaunlich gut war. «Ich brauchte eine Pause.»

«Natürlich. Ich meinte nur – ich hätte lieber einen malerischeren Ort für Sie gefunden, zumal es der letzte Tag Ihres Urlaubs ist.»

«Hier gefällt es mir recht gut.» Sie fühlte sich schon ein bisschen besser: Eine kaum spürbare Brise, die vom Meer kam, machte die Hitze ein wenig erträglicher. Der Anblick des azurblauen Wassers tat wohl nach den endlosen Meilen auf der Schnellstraße. Aus der Ferne hörte sie das gedämpfte Geräusch von Metall, das auf Metall schlug, und das Kreischen einer Säge.

«Wow! Sieh mal all diese Schiffe!» Jennifer zeigte auf das Ufer, wo ihre Großmutter gerade eben die Rümpfe riesiger Schiffe erkennen konnte, die wie gestrandete Wale auf dem Sand lagen.

Sie kniff die Augen zusammen und ärgerte sich, dass sie ihre Brille im Wagen hatte liegen lassen. «Ist das der Schiffsverschrottungshafen, den Sie erwähnt haben?», fragte sie Mr. Vaghela.

«Vierhundert Schiffe, Madam. Auf zehn Kilometern Strand.»

«Sieht fast aus wie ein Elefantenfriedhof», bemerkte Jennifer und fügte dann bedeutungsschwer hinzu: «Wohin die Schiffe

zum Sterben kommen. Soll ich dir deine Brille holen, Großmama?» Sie war hilfsbereit und versöhnlich, als wolle sie ihren
langen Aufenthalt in dem Laden wiedergutmachen.

«Das wäre sehr nett.»

Unter anderen Umständen, dachte sie später, hätte der endlose Sandstrand womöglich eine Reisebroschüre geziert. Der
blaue Himmel traf am Horizont in einem silbrigen Bogen auf
den Ozean, dahinter ragten in der Ferne blaue Berge auf. Aber
dank ihrer Brille erkannte sie, dass der Sand grau von Rost und
Öl war und dass alle Viertelmeile ein gewaltiges Schiff auf der
riesigen Strandfläche lag. Dazwischen häuften sich große un-
definierbare Metallstücke, die ausgebauten Innereien defekter
Wasserfahrzeuge.

«Nicht gerade die übliche Touristenattraktion», sagte Sanjay.

Jennifer beschattete mit einer Hand ihre Augen und blickte
gespannt auf das Geschehen. Ihre Großmutter betrachtete ihre
nackten Schultern und fragte sich, ob sie ihr raten sollte, sie zu
bedecken.

«Das ist genau das, wovon ich gesprochen habe. Komm, Jay,
wir gehen hin und schauen uns das an.»

«Nein, nein, Miss. Ich glaube nicht, dass das eine gute Idee
ist», sagte Mr. Vaghela. «Eine Schiffswerft ist ganz sicher kein
Ort für eine Lady.»

«Ich will doch nur schauen, Ram. Ich werde schon nicht das
Schweißgerät schwingen.»

«Ich finde, du solltest auf Mr. Vaghela hören, meine Liebe.»
Sie stellte ihr Glas im vollen Bewusstsein ab, dass schon ihre
Anwesenheit im Teehaus Aufmerksamkeit erregte.

«Mein Gott! Komm, Jay. Es wird ja wohl niemanden stören,
wenn wir uns das mal für fünf Minuten anschauen.»

«Da steht ein Wächter am Eingang», gab Sanjay zu bedenken.

«Fünf Minuten.» Jennifer sprang auf, sie hüpfte fast vor Ungeduld. Schon war sie halb über die Straße gegangen.

«Dann gehe ich wohl besser mit», seufzte Sanjay resigniert. «Wir sind gleich wieder da.»

«Junge Leute», sagte Mr. Vaghela erneut und kaute versonnen auf seiner Krokantstange.

Ein riesiger Lastwagen rollte vorbei. Auf seiner Ladefläche lagen verbogene Metallstücke, an denen sich sechs oder sieben Männer festhielten. Es sah gefährlich aus.

Als er vorbei war, sah sie ihre Enkelin mit dem Mann am Tor sprechen. Das Mädchen lächelte und fuhr sich mit der Hand durch ihr blondes Haar. Dann langte sie in ihre Tasche und gab ihm eine Flasche Cola. Als Sanjay sie erreichte, öffnete sich das Tor. Und dann waren sie verschwunden und erschienen ein paar Sekunden darauf als winzige Gestalten am Strand.

Zwanzig Minuten später, als die beiden jungen Leute noch nicht mal mehr in Sicht waren, versuchte sie, ihren Ärger darüber zu unterdrücken, dass ihre Enkelin sich schon wieder so selbstsüchtig und rücksichtslos verhielt. Gleichzeitig fürchtete sie, ihr könnte etwas passieren.

«Ich glaube, wir sollten ihnen hinterhergehen und sie zurückholen», sagte Mr. Vaghela, als könne er ihre Gedanken lesen. «Sie haben eindeutig die Zeit vergessen.»

Sie nahm dankbar seinen Arm. Sein Hemd fühlte sich weich und papieren an, Leinen, das man viele, viele Male gewaschen hatte. Er zog den schwarzen Schirm hervor, den er schon einige Male benutzt hatte, öffnete ihn und hielt ihn so, dass sie in seinem Schatten gehen konnte.

Sie blieben am Tor stehen, Mr. Vaghela sagte etwas zu dem Wächter und zeigte zum Werftgelände. Es klang aggressiv, kampflustig, so als ob der Mann ein Verbrechen begangen hätte, indem er die beiden jungen Leute durchgelassen hatte.

Der Wächter sagte etwas, das offenbar eine Beschwichtigung war, und führte sie hinein.

Die Schiffe waren allesamt alt, vorzeitliche, rostige Kolosse. Winzige Männchen krabbelten wie Ameisen auf ihnen herum, ganz offensichtlich unempfindlich gegen das schrille Geräusch von reißendem Metall und das hochtonige Kreischen der Stahlsägen. Sie waren mit Schweißgeräten, Vorschlaghämmern und Schraubenschlüsseln bewaffnet, und das rhythmische Hämmern ihrer Zerstörungsarbeit hallte trostlos auf dem Platz wider.

An den Rümpfen, die noch in tieferem Wasser lagen, hatte man Seile befestigt, von denen unglaublich zerbrechliche Plattformen herabhingen, auf denen man das Metall zum Ufer beförderte. Am Wasser hob sie unwillkürlich die Hand zum Gesicht, weil es so durchdringend nach ungeklärtem Abwasser und nach etwas Chemischem stank, das sie nicht benennen konnte. Ein paar Meter weiter stiegen aus Feuern dicke Wolken giftigen Rauches in die klare Luft.

«Passen Sie bitte auf, wo Sie hintreten», warnte sie Mr. Vaghela und deutete auf den verfärbten Sand. Um sie herum lagen wüste Haufen rostiger Metallträger und etwas, das aussah wie übergroße Turbinen und zerknautschte Stahlplatten. Riesige, mit Seepocken bedeckte Ketten schlängelten sich darum herum oder lagen in mit Algen bedeckten Rollen wie schlafende Schlangen da. Sie ließen die Arbeiter im Vergleich geradezu zwergenhaft aussehen.

Aber keine Spur von Jennifer.

Sie griff nach Mr. Vaghelas Arm und hielt einen Moment inne, um sich an die Hitze zu gewöhnen. Dann gingen sie langsam hinunter ans Wasser, wo Männer in staubigen Gewändern mit Walkie-Talkies hin- und herliefen und aufgeregt miteinander sprachen.

«Da kommt noch ein Schiff», erklärte Mr. Vaghela und zeigte zum Horizont.

Sie beobachteten etwas, das vermutlich einmal ein alter Tanker gewesen war. Von mehreren Schleppern gezogen, bewegte er sich langsam auf das Ufer zu. Ein japanischer Geländewagen dröhnte vorbei und blieb ein paar hundert Meter weiter mit quietschenden Reifen stehen. In diesem Moment hörten sie die wütenden Stimmen. Als sie um einen riesigen Haufen Gaszylinder bogen, sahen sie eine kleine Gruppe Menschen, die im Schatten eines gewaltigen Metallrumpfes stand. In ihrer Mitte schien es einen Tumult zu geben.

«Madam, wir sollten uns wohl in diese Richtung begeben», schlug Mr. Vaghela vor.

Sie nickte. Plötzlich hatte sie Angst.

Der Mann, dessen ausladender Bierbauch ihn auch ohne sein schickes Auto aus der Menge hätte herausstechen lassen, machte wilde Handbewegungen in Richtung des Schiffes. Er redete so aufgebracht, dass sein Speichel nur so spritzte. Sanjay stand direkt vor ihm. Er hielt die Hände in einer versöhnlichen Geste mit den Handflächen nach unten und versuchte, ihn zu unterbrechen. Jennifer, auf die sich der Zorn des Mannes richtete, stand in der Haltung da, an die sich ihre Großmutter noch aus der Pubertät ihrer Enkelin erinnerte: die Hüften leicht nach vorn gekippt, die Arme schützend vor der Brust verschränkt, den Kopf frech zur Seite geneigt.

«Du kannst ihm sagen», rief sie, «dass ich gar nichts auf seinem verdammten Schiff wollte. Und dass es kein Gesetz gibt, das das Anschauen verbietet.»

Sanjay wandte sich zu ihr um. «Genau das ist das Problem, Jen. Es *gibt* ein Gesetz, das das Anschauen verbietet. Wenn man nämlich den Grundbesitz eines anderen widerrechtlich betritt.»

«Das hier ist ein Strand», schrie Jennifer den Mann an. «Er ist zehn Kilometer lang. Tausende von Leuten hängen hier herum. Welchen verdammten Unterschied macht es, wenn ich mir hier ein paar verrostete Schiffe anschaue?»

«Jen, bitte …»

Die Männer standen um Sanjay herum und starrten mit unverhohlenem Interesse auf Jennifers Jeans und ihr Tanktop, dabei stießen sie sich gegenseitig in die Rippen. Als sich die alte Frau näherte, wichen einige von ihnen zurück, und sie roch alten Schweiß, Räucherstäbchen und etwas Schwefliges. Sie musste sich zusammenreißen, um nicht die Hand vor den Mund zu legen.

«Er glaubt, dass Jennifer eine Umweltaktivistin ist und hier nach Beweisen gegen ihn sucht», erklärte Sanjay.

«Ich habe doch noch nicht einmal eine Kamera dabei», sagte Jennifer betont deutlich zu dem Mann, der sie finster anschaute.

«Das ist jetzt wirklich keine Hilfe», beschwerte sich Sanjay.

Die alte Frau versuchte einzuschätzen, welche Bedrohung von dem Mann ausging. Seine Handbewegungen waren immer aufgeregter geworden, sein Gesicht hatte sich vor Zorn gerötet. Sie schaute hilfesuchend zu Mr. Vaghela, als ob er der einzige andere Erwachsene in dieser Runde wäre.

Er schien das zu spüren, löste sich von ihr und bahnte sich, plötzlich sehr aufrecht, seinen Weg durch die Menge. Er trat vor den Schiffsverschrotter und hielt ihm seine Hand so hin, dass der gezwungen war, sie zu ergreifen.

«Sir. Ich bin Mr. Ram B. Vaghela», verkündete er.

Die beiden Männer begannen, sich schnell auf Urdu zu unterhalten. Mr. Vaghelas Stimme klang erst bittend und beruhigend, dann entschlossen und bestimmt.

Das Gespräch schien seine Zeit zu brauchen. Ohne Mr. Vaghelas Arm als Stütze fühlte sich die alte Frau etwas wackelig. Sie schaute sich um, suchte nach einer Sitzgelegenheit und zog sich dann ein paar Schritte aus der Menge zurück, wobei sie versuchte, unter den unverfroren neugierigen Blicken der Männer nicht allzu unsicher oder ängstlich zu wirken. Sie entdeckte eine Stahltrommel und ging langsam in die Richtung.

Sie setzte sich darauf und sah zu, wie Mr. Vaghela und Sanjay versuchten, den Schiffseigentümer zu beruhigen, ihn von der Naivität und Unschuld der Besucher zu überzeugen. Hin und wieder winkten sie ihr zu. Sie fächelte sich unter ihrem Schirm mit der Hand Luft zu, wohl wissend, dass die Anwesenheit einer offensichtlich gebrechlichen alten Dame sicher nicht schadete. Nach außen wirkte sie harmlos, aber innerlich kochte sie vor Wut. Jennifer hatte sich bewusst über die Wünsche aller anderen hinweggesetzt und die Reise jetzt um mindestens eine Stunde verzögert. Schiffswerften waren gefährliche Orte, hatte Mr. Vaghela gemurmelt, als sie über den Strand gegangen waren, nicht nur für die Arbeiter, sondern auch für diejenigen, die die Arbeit «störten». Er habe von Fällen gehört, in denen man das Eigentum der Eindringlinge konfisziert hatte. Dabei hatte er sich nervös zum Wagen umgeschaut.

Jetzt dachte sie über die Tatsache nach, dass sie die ganze Strecke über den heißen Sand würde zurückgehen müssen und dass es vollkommen im Bereich des Möglichen lag, dass sie diesen Leuten auch noch Geld geben mussten, damit sie überhaupt gehen konnten. Das würde ihr ohnehin schon so gut wie erschöpftes Budget noch weiter strapazieren.

«Dummes, rücksichtsloses Mädchen», murmelte sie.

Sie stand auf und versuchte, dabei gelassen zu wirken. Sie ging zum Bug des Schiffes, um einen möglichst großen Abstand zwischen sich und ihre verantwortungslose Enkelin und die Männer mit den leeren Blicken zu legen.

Sie hielt sich den Schirm dicht über den Kopf. Auf der Suche nach ein wenig Schatten ging sie weiter, mit jedem ihrer Schritte wirbelte sie eine Staubwolke auf. Das Schiff war bereits halb zerlegt, und der Rumpf endete so jäh, als hätte ihn die Hand eines Riesen in zwei Teile gehackt und den hinteren Teil weggenommen. Sie hob den Schirm, um besser sehen zu können. Von hier unten war wenig zu erkennen, aber sie machte ein paar Geschütztürme aus, die man noch nicht abgebaut hatte. Sie betrachtete sie und runzelte die Stirn. Die Oberflächen waren in dem zarten Blassgrau britischer Kriegsschiffe gestrichen. Nach einer Weile senkte sie den Schirm, trat zurück und starrte hinauf zu dem zerbrochenen Rumpf, der über ihr emporragte. Dabei vergaß sie sogar ihren steifen Nacken.

Sie hob die Hand, um die Augen vor der erbarmungslosen Sonne zu schützen, bis sie erkennen konnte, was von dem Namen am Schiffsrumpf übrig geblieben war.

Dann, als sie den letzten Buchstaben entziffert hatte, verstummten die streitenden Stimmen, und trotz der drückenden Hitze des indischen Nachmittags fühlte die alte Frau unter dem Schiff plötzlich, wie eine Eiseskälte von ihr Besitz ergriff.

Der Schiffsverschrotter, Mr. Bhattacharya, schien noch längst nicht überzeugt zu sein, aber obwohl er immer feindseliger wirkte, die Menge immer unruhiger wurde und sie inzwischen schon mehr als eine Stunde verloren hatten, zankten die beiden jungen Leute immer noch.

Mr. Vaghela wischte sich die Stirn mit einem Taschentuch.

Miss Jennifer trat wütend und beleidigt mit dem Fuß in den Sand, schien sich aber fügen zu wollen. Mr. Sanjays Gesicht war gerötet, er sah aus wie jemand, der die unangenehme Aufgabe hatte, jemanden zu verteidigen, der eindeutig im Unrecht war.

Schließlich trat Mr. Sanjay zu dem Mädchen. «Jen. Geh zurück zum Wagen und nimm deine Großmutter mit. Wir regeln das hier schon.»

«Sag mir nicht, was ich zu tun habe, Jay. Ich brauche wirklich keinen ...» Miss Jennifer hielt jäh inne.

Plötzlich herrschte Stille, und Mr. Vaghela folgte dem Blick der Menge, der auf eine schattige Stelle unter dem Rumpf des benachbarten Schiffes gerichtet war.

«Was ist mit der alten Frau los?», fragte Mr. Bhattacharya.

Sie saß vornübergebeugt da, den Kopf auf die Hände gestützt. Ihr graues Haar wirkte in der Sonne silbrig weiß.

«Großmama?» Das Mädchen rannte zu ihr hinüber.

Die alte Frau hob den Kopf, und Mr. Vaghela atmete erleichtert aus. Er musste zugeben, dass ihre Haltung ihm Angst eingejagt hatte.

«Geht es dir gut?»

«Ja. Ja, meine Liebe.» Es klang mechanisch, fand Mr. Vaghela. Mr. Sanjay und er ließen Mr. Bhattacharya stehen, gingen zu ihr und hockten sich vor sie hin.

«Sie sehen recht blass aus, *Mammaji*, wenn ich das so sagen darf.» Sie hatte eine Hand auf das Schiff gelegt. Dafür musste sie sich merkwürdig zur Seite beugen.

Der Schiffsverschrotter stand jetzt neben ihnen und säuberte seine teuren Krokodillederschuhe an seinen Hosenbeinen. Er flüsterte Mr. Vaghela etwas zu. «Er fragt, ob Sie etwas zu trinken möchten», übersetzte er. «Er hat Eiswasser in seinem Büro.»

«Ich will nicht, dass sie hier auf meiner Werft einen Herzanfall bekommt», sagte Mr. Bhattacharya. «Gebt ihr Wasser und bringt sie dann fort von hier.»

«Möchten Sie etwas Eiswasser?»

Es sah so aus, als wollte sie sich aufrichten, aber stattdessen hob sie nur kraftlos die Hand. «Das ist sehr freundlich, aber ich möchte hier nur ein bisschen sitzen bleiben.»

«Großmama? Was ist los?» Jennifer hatte sich neben sie gehockt und ihr die Hände auf die Knie gelegt. Ihre Augen waren vor Sorge geweitet. Die zur Schau gestellte Arroganz hatte sich verflüchtigt. Hinter ihnen murmelten die jungen Männer und rempelten sich gegenseitig an, um das Schauspiel zu sehen.

«Bitte sag ihnen, dass sie gehen sollen, Jen», flüsterte die alte Frau. «Wirklich. Es ist alles in Ordnung, wenn man mich nur in Ruhe lässt.»

«Ist es meine Schuld? Es tut mir so leid, Großmama. Ich weiß, dass ich furchtbar nervig sein kann. Mir hat nur die Art nicht gefallen, wie er mit mir gesprochen hat. Nur weil ich eine Frau bin, weißt du? Das regt mich so auf.»

«Es ist nicht deine Schuld …»

«Es tut mir leid. Ich hätte rücksichtsvoller sein sollen. Komm, wir bringen dich zurück ins Auto.»

Mr. Vaghela freute sich, ihre Entschuldigung zu hören. Es war gut zu wissen, dass die jungen Leute ihr verantwortungsloses Betragen noch zugeben konnten. Sie hätte niemals zulassen dürfen, dass die alte Frau einen so langen Weg in der Hitze gehen musste, noch dazu an einem Ort wie diesem. Das war einfach respektlos.

«Es ist nicht deine Schuld, Jennifer.» Die Stimme der alten Frau klang gepresst. «Es ist das Schiff», flüsterte sie.

Verständnislos folgten sie ihrem Blick zu der riesigen Fläche blassgrauen Metalls, den enormen rostigen Nieten, die sich über die gesamte Seite nach oben reihten.

«Das ist doch nur ein Schiff, Großmama», sagte Jennifer.

«Nein», widersprach sie, und Mr. Vaghela bemerkte, dass ihr Gesicht so bleich war wie das Metall, vor dem sie kauerte. «Da liegst du vollkommen falsch.»

Teil eins

Investieren Sie in Kaninchen! Kürzlich brachte der Verkauf der besten ausgewachsenen Rammler 19 Schilling, 11 Pence das Pfund, den höchsten Preis, von dem ich in Australien je gehört habe.

Landwirtschaftskolumne «The Man on the Land»,
The Bulletin, Sydney, 10. Juli 1946

KAPITEL 1

Australien, 1946
Vier Wochen vor Abfahrt

L etty McHugh stoppte den Pick-up, blickte in den Rückspiegel und sah, dass ein Lippenstift in der Farbe Kirschblüte bei einer Frau mit «markanten Gesichtszügen», wie die Verkäuferin sie taktvoll genannt hatte, auch nicht viel ausrichten konnte. Sie wischte sich die Lippen ab und ärgerte sich, dass sie den teuren Lippenstift überhaupt gekauft hatte. Kaum eine Minute später griff sie in ihre Tasche, trug ihn erneut auf und schnitt Grimassen vor dem Spiegel.

Sie strich sich die Bluse glatt, nahm den Stapel Briefe, den sie bei ihrem wöchentlichen Besuch von der Post abgeholt hatte, und spähte durch die Windschutzscheibe hinaus. Es würde sicher nicht aufhören zu regnen, egal wie lange sie wartete. Sie atmete einmal tief durch, sprang aus dem Wagen und rannte zum Haus.

«Margaret? Maggie?»

Letty trat die Füße ab und ging in die Küche.

«Maggie? Bist du da?»

Wie fast immer, seit Noreen nicht mehr da war, war die Küche leer. Letty legte ihre Handtasche und die Briefe auf den geschrubbten Holztisch und trat zum Herd, auf dem ein Eintopf köchelte. Sie hob den Deckel und schnupperte. Dann griff sie mit schlechtem Gewissen in die Schublade und gab eine Prise Salz hinzu, etwas Kreuzkümmel und Maismehl, rührte um und legte den Deckel wieder auf den Topf.

Sie ging zu dem kleinen angelaufenen Spiegel neben dem Medizinschränkchen und versuchte, ihre Haare zu glätten, die sich in der feuchten Luft zu kräuseln begonnen hatten. Sie konnte nur Teile ihres Gesichts erkennen; Eitelkeit konnte man der Familie Donleavy sicher nicht vorwerfen.

Mit einem Taschentuch wischte sie sich erneut über die Lippen, dann ging sie zurück in die Küche. Sie musterte das Linoleum, das an einigen Stellen gebrochen war. Der Schmutz von den Äckern war so tief darin eingedrungen, dass man ihn nicht mehr entfernen konnte, egal wie oft man den Boden wischte und fegte. Ihre Schwester hatte neues Linoleum verlegen wollen, sie hatte Letty sogar ein Muster gezeigt, das ihr gefiel, in einem Buch, das extra aus Perth geschickt worden war.

Sie betrachtete die verblichene Farbe an der Wand, die Hundekörbe mit den alten schmuddeligen Decken darin, die neben der Tür aufgereiht standen, und das Paket Wäschestärke für die Männerhemden, aus dem Körner auf die gebleichte Arbeitsplatte gerieselt waren.

Der einzige Hinweis auf die Anwesenheit einer Frau in diesem Haushalt war ein Exemplar der Zeitschrift *Glamour*, auf dessen Titelseite ein Artikel mit der Überschrift «Würden Sie einen Ausländer heiraten?» angekündigt wurde. Die Seiten waren offenbar häufig durchgeblättert worden.

«Margaret?»

Ein Blick auf die Uhr zeigte ihr, dass die Männer gleich zum Mittagessen kommen würden. Sie ging zur Garderobe an der Hintertür und nahm eine alte Farmarbeiterjacke vom Haken. Sie schauderte, als ihr der Geruch von Teer und nassem Hund in die Nase stieg.

Der Regen fiel jetzt so heftig, dass sich an einigen Stellen des Hofes wahre Bäche gebildet hatten. Die Gullys gurgelten protestierend, und die Hühner hockten zerzaust in Grüppchen unter den Büschen. Letty ärgerte sich, dass sie ihre Gummistiefel zu Hause gelassen hatte, und rannte von der Hintertür über den Hof und um die Scheune herum. Auf der Weide machte sie einen braunen Klumpen in Ölkleidung auf einem Pferd aus. Das Gesicht unter dem breitkrempigen Hut, der bis auf den Kragen reichte, war nicht zu erkennen. Die Gestalt glänzte tropfnass.

«Margaret!» Letty stand unter dem Dachvorsprung der Scheune und musste schreien, um das Rauschen des Regens zu übertönen. Das Pferd hatte eindeutig genug: Sein Schwanz klebte an den nassen Hinterläufen, es setzte vorsichtig einen Huf vor den anderen und bewegte sich seitwärts um das Gatter herum, hin und wieder blieb es stehen und scharrte frustriert mit den Hufen, aber seine Reiterin befahl ihm jedes Mal wieder, zu wenden und das Manöver von neuem zu beginnen.

«Maggie!»

Plötzlich scheute das Pferd. Lettys Herz setzte einen Schlag aus, und sie schlug die Hand vor den Mund. Aber die Reiterin saß noch immer fest im Sattel und schien nicht im Geringsten beeindruckt. Sie stieß dem Tier die Stiefel in die Flanken und murmelte etwas, das ein Tadel sein mochte – oder auch nicht.

«Um Gottes willen, Maggie, jetzt komm endlich hier herüber!»

Die Hutkrempe hob sich, und eine Hand winkte grüßend.

Das Pferd wurde gewendet und trabte mit gesenktem Kopf zum Tor. «Stehst du schon lange da, Letty?», rief Margaret.

«Bist du verrückt geworden, Mädchen? Was um Himmels willen tust du da eigentlich?» Sie sah, dass ihre Nichte unter der Hutkrempe breit grinste.

«Ich reite sie zu. Dad ist zu groß, um sie zu reiten, und die Jungs machen nur Unsinn mit ihr, also muss ich es tun. Eine launische junge Dame, nicht wahr?»

Letty schüttelte den Kopf und bedeutete Maggie abzusitzen.

«Ist es schon Mittagszeit? Ich habe einen Eintopf aufgesetzt, aber ich weiß nicht, wann die Männer reinkommen. Sie treiben die Kälber zum Yarrawa-Bach, und es kann sein, dass sie den ganzen Tag dort bleiben.»

«Bei dem Wetter bestimmt nicht», entgegnete Letty, während sich Margaret unelegant vom Pferd gleiten ließ und schwer auf den Füßen landete. «Es sei denn, sie sind genauso verrückt wie du. Du bist ja vollkommen durchnässt. Sieh dich doch mal an! Grundgütiger, Maggie, ich weiß wirklich nicht, was du dir dabei gedacht hast … Bei diesem Wetter! Gott allein weiß, was deine liebe Mutter dazu gesagt hätte.»

Margaret krauste die Nase und machte sich daran, das Pferd abzusatteln.

Letty fragte sich, ob sie zu viel gesagt hatte. «Ich wollte nicht …»

«Schon gut. Du hast ja recht, Letty», sagte das Mädchen und klemmte sich den Sattel unter den Arm. «Sie hätte die Stute nicht im Kreis herumgeritten, um sie auszubalancieren. Sie hätte ihr Schlaufzügel angelegt, und das wär's dann gewesen.»

Die Männer kamen kurz vor ein Uhr zurück, ein lärmender Haufen aus nassen Überschuhen und tropfenden Hüten. Sie ließen ihre Mäntel an der Tür zurück. Margaret hatte den Tisch gedeckt und stellte dampfende Schüsseln mit Rindfleischeintopf auf den Tisch.

«Colm, du hast immer noch Dreck hinten an deinen Stiefeln», bemerkte Letty, und der junge Mann zog die Stiefel auf der Matte aus, statt Zeit mit ihrer Reinigung zu verschwenden.

«Gibt es auch Brot dazu?»

«Nun wartet doch mal ab, Jungs. Ich mach schon so schnell ich kann.»

«Maggie, deine Hündin schläft in Dads altem Hut», sagte Daniel und grinste. «Dad sagt, wenn er Flöhe von ihr bekommt, erschießt er sie.»

«Das hab ich nie gesagt, du Spaßvogel. Wie geht es dir, Letty? Bist du gestern in der Stadt gewesen?» Murray Donleavy, ein riesiger, kantiger Kerl, dessen Sommersprossen und blasse Augen seine irische Abstammung erahnen ließen, setzte sich an den Kopf der Tafel und fing an, sich genüsslich die dicke Scheibe Brot einzuverleiben, die ihm seine Schwägerin abgeschnitten hatte.

«Bin ich, Murray.»

«Hast du Post für uns mitgebracht?»

«Ja, ich gebe sie euch nach dem Essen.» So, wie diese Männer sich bei Tisch benahmen, würden die Briefe sonst mit Suppe bekleckert und mit fettigen Fingern betatscht werden. Noreen schien das egal gewesen zu sein.

Sie seufzte und versuchte, jetzt nicht an ihre Schwester zu denken, wie sie es jeden Tag unzählige Male tat. Dann sagte sie in heiterem Ton: «Alf Pettits Frau hat einen von diesen neuen Defender-Kühlschränken gekauft. Er hat vier Fächer und einen Eiswürfelbereiter, und er ist vollkommen geräuschlos.»

«Im Gegensatz zu Alf Pettits Frau», bemerkte Murray. Er

hatte die neueste Ausgabe des *Bulletin* zu sich herangezogen und sich in die Landwirtschaftskolumne vertieft. «Hm. Hier schreiben sie, dass die Milchhöfe schmutziger werden, weil die Frauen alle kündigen.»

«Dann haben sie noch nie einen Blick in Maggies Zimmer geworfen.»

«Hast du das gekocht?» Murray schaute von seiner Zeitung auf und wies mit dem Daumen auf die Schüssel, die fast leer war.

«Nein, das hat Maggie gemacht», antwortete Letty.

«Lecker. Besser als der letzte.»

«Versteh ich nicht», sagte Margaret. «Ich habe nichts anders gemacht als sonst.»

«Da läuft ein neuer Film im Odeon an», sagte Letty, um das Thema zu wechseln. Jetzt hatte sie ihre Aufmerksamkeit. Sie wusste, dass die Männer so taten, als hätten sie kein Interesse am Klatsch, den sie ihnen zweimal die Woche erzählte, weil sie das für Weiberkram hielten, aber von Zeit zu Zeit ließen sie die zur Schau getragene Maske der Gleichgültigkeit fallen. Sie lehnte sich gegen das Waschbecken und verschränkte die Arme vor der Brust.

«Und?»

«Es ist ein Kriegsfilm. Greer Garson und Tyrone Power. Ich hab den Titel vergessen. Irgendwas mit *Für immer* darin.»

«Hoffentlich mit ganz vielen Kampfflugzeugen. Amerikanischen.» Daniel schaute Zustimmung heischend zu seinen Brüdern, aber die hielten die Köpfe gesenkt und schaufelten den Eintopf in sich hinein.

«Wie willst du denn nach Woodside kommen, du Zwerg? Dein Fahrrad ist kaputt, wenn du dich erinnerst.» Liam knuffte ihn.

«Er fährt sowieso nicht allein den ganzen Weg dorthin», sagte Murray.

«Einer von euch kann mich doch im Truck mitnehmen. Ach kommt schon. Ich geb euch auch ein Eis aus.»

«Wie viele Kaninchen hast du diese Woche verkauft?»

Daniel verdiente sich etwas dazu, indem er Kaninchen häutete und die Felle verkaufte. Der Preis war unerklärlicherweise von einem Penny pro Stück auf mehrere Shilling gestiegen. Seine Brüder waren deshalb ein wenig neidisch auf seinen plötzlichen Reichtum.

«Nur vier.»

«Na, dann ist das der Preis dafür.»

«Oh, Murray, Betty hat mir gesagt, dass ihre gute Stute endlich trächtig ist, falls du noch Interesse hast.»

«Die, die sie zu dem Zauberer gebracht haben?»

«Ich glaube schon.»

Murray wechselte einen Blick mit seinem ältesten Sohn. «Vielleicht gehe ich dort im Laufe der Woche mal vorbei, Colm. Wäre gut, hier ein anständiges Pferd zu haben.»

«Dabei fällt mir ein.» Letty atmete tief durch. «Ich habe gesehen, dass Margaret auf deiner störrischen Jungstute geritten ist. Ich finde nicht, dass sie reiten sollte. Es … ist nicht sicher.»

Murray ließ sich nicht von seinem Eintopf ablenken. «Sie ist erwachsen, Letty. Bald haben wir ihr sowieso nichts mehr zu sagen.»

«Letty, jetzt hab dich nicht so. Ich weiß schon, was ich tue», mischte sich Margaret ein.

Letty machte sich an den Abwasch. «Ich sag ja nur, dass Noreen das sicher nicht gut gefunden hätte. In deinem Zustand!»

Eine kurze, bedrückte Pause entstand, als sie den Namen ihrer Schwester erwähnte.

Murray schob seine leere Schüssel in die Mitte des Tisches. «Es ist schön, dass du dich um uns sorgst, Letty. Denk nicht, dass wir nicht dankbar wären.»

Wenn die Kinder den Blick bemerkten, den die beiden «Alten», wie sie sie nannten, miteinander wechselten, oder wenn sie die sanfte Röte sahen, die Lettys Wangen überzog, so sagten sie nichts. Ebenso wenig, wie sie etwas gesagt hatten, als sie vor ein paar Monaten begonnen hatte, ihren guten Rock für die Besuche bei ihnen zu tragen. Oder dass sie sich neuerdings, obwohl schon Mitte vierzig, die Haare legen ließ.

Margaret war inzwischen aufgestanden und blätterte durch die Briefe, die auf der Kommode neben Lettys Handtasche lagen. «Verdammte Scheiße!», rief sie.

«Margaret!»

«Tut mir leid, Letty. Schau mal! Dad, schau mal, das ist für mich! Von der Marine.»

Ihr Vater gab ihr ein Zeichen, damit sie ihm den Brief zeigte. Er wendete den Umschlag in seinen breiten Händen, betrachtete den offiziellen Stempel und den Absender. «Soll ich ihn öffnen?»

«Er ist doch nicht tot, oder?», rief Daniel und fing sich von Colm einen harten Schlag auf den Hinterkopf ein.

«Was?» Margaret suchte Halt, um nicht zu schwanken, und die sonst so rosige Farbe wich aus ihrem Gesicht.

«Natürlich ist er nicht tot», sagte ihr Vater. «Dann hätten sie dir ein Telegramm geschickt.»

«Vielleicht wollten sie das Geld sparen …» Daniel wich zurück, um einem heftigen Tritt von seinem älteren Bruder auszuweichen.

«Ich wollte damit warten, bis ihr alle aufgegessen habt», bemerkte Letty, aber niemand hörte auf sie.

«Na los, Maggie. Worauf wartest du?», fragte Colm.

«Ich weiß nicht», sagte das Mädchen und blickte unsicher von einem zum anderen.

«Nun mach schon, wir sind doch alle da.» Ihr Vater legte ihr tröstend die Hand auf den Rücken.

Sie warf ihm einen Blick zu und schaute dann auf den Brief herunter, den sie jetzt in der Hand hielt. Ihre Brüder waren aufgestanden und hatten einen engen Kreis um sie gebildet. Letty, die vom Waschbecken aus zusah, fühlte sich so überflüssig, als wäre sie eine Fremde. Um ihr Unbehagen zu überspielen, nahm sie eine Pfanne und schrubbte sie heftig. Ihre Finger röteten sich im heißen Wasser.

Margaret riss den Brief auf und begann zu lesen, dabei murmelte sie vor sich hin, wie sie es schon als Kind getan hatte. Dann stöhnte sie leise, und Letty wirbelte herum. Margaret hatte sich schwer auf einen Stuhl fallen lassen, den einer ihrer Brüder ihr hingestellt hatte. Sie sah ihren Vater voller Trauer an.

«Geht's dir gut, Mädchen?» Sein Gesicht war voller Angst.

«Ich gehe, Dad», krächzte sie. «Sie haben einen Platz für mich auf einem Schiff. Oh mein Gott, Dad.»

«Margaret!», mahnte Letty, aber niemand hörte sie.

«Maggie geht nach England!» Niall hatte sich den Brief geschnappt. «‹Aufgrund der Änderung der Umstände einer anderen Kriegsbraut können wir Ihnen eine Überfahrt auf der …› Wie spricht man das aus? … ‹wird von Sydney aus in See stechen›, bla, bla, bla.»

«Änderung der Umstände? Was ist wohl mit der armen Seele passiert?», spottete Colm.

«Es kann sein, dass der Ehemann bereits verheiratet war. Das kommt manchmal vor, wisst ihr.»

«Letty!», protestierte Murray.

«Ist doch so, Murray. Da ist schon alles Mögliche passiert. Du musst nur mal in die Zeitung schauen. Ich habe von Mädchen gehört, die den ganzen Weg nach Amerika auf sich genommen haben, nur um zu hören, dass man sie dort gar nicht will. Einige waren sogar schon …» Sie beendete den Satz nicht.

«Joe ist nicht so», sagte Murray. «Wir wissen alle, dass er nicht so ist.»

«Außerdem», sagte Colm fröhlich, «habe ich ihm auf der Hochzeit gesagt, dass ich ihn kriege und umbringe, wenn er Maggie jemals hängenlassen sollte.»

«Ach, du auch?», fragte Niall überrascht.

«Mein Gott», sagte Margaret und bekreuzigte sich in stummer Abbitte. «Wenn ihr so auf mich aufpasst, ist es ein Wunder, dass er es überhaupt mit mir ausgehalten hat.»

Langsam drang die Bedeutung des Briefes in das Bewusstsein der Anwesenden. Alle schwiegen. Margaret nahm die Hand ihres Vaters und drückte sie. Die anderen taten so, als sähen sie es nicht.

«Möchte noch jemand Tee?», fragte Letty. Sie hatte einen Kloß im Hals bei der Vorstellung, dass Margaret bald nicht mehr mit ihnen in dieser Küche sitzen würde. Zustimmendes Murmeln erklang.

«Es ist noch gar nicht raus, ob du eine Kabine bekommst, denk dran», sagte Niall.

«Sie könnten sie im Gepäckraum unterbringen», wandte Liam ein. «Sie ist zäh wie Leder.»

«War's das dann?», fragte Daniel, der, wie Letty bemerkte, zutiefst erschüttert war. «Ich meine, du gehst einfach so nach England, und das war's dann?»

«Das war's dann», erwiderte Margaret leise.

«Aber was ist mit uns?», setzte Daniel mit brüchiger Stimme

nach, als hätte er die Hochzeit seiner Schwester und ihre möglichen Folgen noch immer nicht begriffen. «Wir können doch nicht Mum *und* Maggie verlieren. Ich meine, was soll dann aus uns werden?»

Letty wollte etwas sagen, aber sie fand keine Worte.

Murray hatte schweigend am Küchentisch gesessen und die Hand seiner Tochter gehalten. Jetzt sagte er: «Wir, mein Sohn, sollten uns für sie freuen.»

«Was?»

Murray schenkte seiner Tochter ein Lächeln, das wohl beruhigend wirken sollte. «Wir werden uns für sie freuen, weil Margaret mit einem guten Mann zusammen sein wird. Mit einem Mann, der für sein Land und für uns gekämpft hat. Einem Mann, der es verdient, mit unserer Margaret zusammen zu sein, ebenso wie sie ihn verdient.»

«Oh, Dad.» Margaret tupfte sich die Tränen ab.

«Und was noch wichtiger ist», er hob die Stimme, als ob er jeden Einwand im Keim ersticken wollte, «wir sollten ganz besonders froh sein, weil Joes Großvater Ire war. Und das bedeutet ...» – er legte zärtlich seine schwielige Hand auf den geschwollenen Leib seiner Tochter – «... dieser kleine Kerl hier wird mit Gottes Hilfe seinen Fuß auf Gottes eigenes Land setzen.»

«Oh, Murray», flüsterte Letty ergriffen.

«Nehmt euch in Acht, Jungs», wisperte Colm seinen Brüdern zu, «jetzt singt er wieder den ganzen Abend lang irische Volkslieder.»

Sie hatten keinen Platz mehr für all die nasse Wäsche. Der Trockenraum war schon so vollgehängt, dass die schwere Wäsche die Decke herunterzureißen drohte; feuchtes Leinen hing an allen erreichbaren Haken, an jedem Kabel und über den halb-offenen Türen. Margaret zerrte ein weiteres nasses Unterhemd aus dem Eimer und gab es ihrer Tante, die es durch die Mangel drehte.

«Gestern ist einfach gar nichts trocken geworden», sagte Margaret. «Ich habe das Zeug nicht rechtzeitig von der Leine nehmen können, deshalb ist es noch einmal nass geworden, dabei war ich noch gar nicht mit allem fertig.»

«Setz dich doch mal kurz hin, Maggie», bot Letty mit einem Blick auf Margarets Beine an. «Leg ein paar Minuten die Füße hoch.»

Margaret ließ sich dankbar auf den Stuhl in der Waschküche sinken und streichelte ihren Terrier, der neben ihr saß. «Ich könnte noch was im Badezimmer aufhängen, aber Dad kann das nicht leiden.»

«Jetzt ruh dich erst einmal aus. Die meisten Frauen arbeiten in deinem Zustand nicht mehr so hart.»

Margaret winkte ab. «Ach, das ist doch noch ewig hin.»

«Kaum zwölf Wochen, nach meiner Rechnung.»

«Die Frauen in Afrika werfen ihre Kinder einfach hinter einem Busch und arbeiten dann weiter.»

«Du bist aber keine Afrikanerin. Und ich bezweifle, dass irgendeine Frau ihr Kind ‹wirft›, ich muss doch …» Letty rief sich in Erinnerung, dass sie vom Kinderkriegen nun wirklich keine Ahnung hatte. Also sagte sie nichts mehr, sondern wrang schweigend weiter Wäsche aus. Der Regen trommelte geräuschvoll auf das Blechdach des kleinen Waschküchenhäuschens, und der süße Geruch frischer feuchter Erde drang durch die offenen Fenster hinein.

«Daniel hat es schlechter aufgenommen, als ich dachte», bemerkte Margaret schließlich.

Letty kurbelte weiter. Sie ächzte, als sie die Kurbel zu sich heranzog. «Er ist noch jung. Er musste mit vielem fertig werden in den letzten Jahren.»

«Aber er ist richtig wütend. Ich hätte nicht gedacht, dass es ihn so wütend machen würde.»

Letty dachte nach. «Er fühlt sich im Stich gelassen, nehme ich an. Erst seine Mum und dann du …»

«Es ist ja nicht so, dass ich das mit Absicht täte.» Margaret erinnerte sich an den Ausbruch ihres Bruders, an die Worte «selbstsüchtig» und «gemein», die er ihr zornig an den Kopf geworfen hatte, bis die Handfläche ihres Vaters die Tirade abrupt beendete.

«Ich weiß», erwiderte Letty, die innehielt und sich aufrichtete. «Und deine Brüder wissen es auch. Sogar Daniel.»

«Als Joe und ich heirateten, habe ich gar nicht darüber nachgedacht, was es bedeutet, Dad und die Jungs zu verlassen. Ich dachte, es macht ihnen nichts aus.»

«Natürlich macht es ihnen etwas aus. Sie lieben dich.»

«Als Niall fortging, war es ihnen auch egal.»

«Das war der Krieg. Ihr wusstet, dass er gehen musste.»

«Aber wer kümmert sich jetzt um sie alle? Dad kriegt es gerade mal hin, den Abwasch zu machen, wenn er muss, aber keiner von ihnen kann kochen. Und sie werden so lange in derselben Bettwäsche schlafen, bis sie von selbst zum Wäschekorb läuft.»

Margaret begann beinahe selbst daran zu glauben, dass der Haushalt ohne sie vollkommen zusammenbrechen würde. Zwei Jahre lang hatte sie ihn führen müssen, und sie hatte es mit stillem Groll getan. Sie hatte sich früher nicht vorstellen können, jemals für jemanden kochen und putzen zu müssen. Sogar Joe hatte es verstanden, als sie ihm gestand, dass sie in diesen Dingen ein hoffnungsloser Fall war und, noch wichtiger, auch nichts daran ändern wollte. Jetzt, da sie gezwungen war, sich jeden Tag um ihre Brüder zu kümmern, die sie vorher immer als gleichberechtigt empfunden hatte, kämpften Kummer, Schuldgefühle und stummer Zorn in ihr. «Es macht mir große Sorge, Letty. Ich glaube wirklich nicht, dass sie ohne … na ja, ohne eine Frau im Haus zurechtkommen.»

Sie schwiegen beide. Der Hund jaulte im Schlaf und bewegte die Beine, als träumte er von der Kaninchenjagd.

«Vielleicht könnten sie jemanden einstellen, eine Haushälterin zum Beispiel», schlug Letty schließlich mit aufgesetzter Heiterkeit vor.

«Dad will sicher kein Geld dafür ausgeben. Du weißt doch, wie sparsam er ist. Und außerdem glaube ich nicht, dass sie eine Fremde in ihrer Küche ertragen würden.» Sie warf einen heimlichen Blick auf ihre Tante. «Du weißt doch, wie Niall auf fremde Menschen reagiert, seit er aus den Lagern zurückgekehrt ist. Oh, ich weiß nicht …»

Draußen ließ der Regen langsam nach. Das Trommeln auf dem Blechdach war leiser geworden, und man sah kleine blaue Flecken zwischen den grauen Wolken im Osten. Die beiden Frauen schwiegen eine Weile, jede scheinbar in die Aussicht vor dem Fenster versunken.

Als Letty nichts entgegnete, fuhr Margaret fort: «Tatsächlich frage ich mich, ob ich überhaupt fortgehen kann. Ich meine, es ergibt doch keinen Sinn, wenn ich fortgehe, nur um mir die ganze Zeit Sorgen um meine Familie zu machen, nicht wahr? Weil ich …»

«Ich glaube», unterbrach Letty sie, «dass ich aushelfen könnte.»

«Was?»

«Man sagt nicht ‹was›, meine Liebe. Es heißt ‹wie bitte›. Wenn du dir solche Sorgen machst», fügte sie gemessen hinzu, «könnte ich vielleicht öfter vorbeikommen. Um ihnen ein bisschen zu helfen.»

«Oh, Letty, würdest du das tun?» Margaret achtete darauf, dass ihre Stimme genau die richtige Mischung aus Überraschung und Dankbarkeit zeigte.

«Ich möchte aber auf keinen Fall irgendjemandem zu nahe treten.»

«Nein, nein … natürlich nicht.»

«Ich möchte nicht, dass du oder die Jungen denken … dass ich womöglich versuche, den Platz eurer Mutter einzunehmen.»

«Oh, ich glaube nicht, dass das irgendjemand denkt.»

«Es kann sein, dass einige Leute … die Dinge in den falschen Hals bekommen. Die Leute in der Stadt zum Beispiel.» Letty strich sich unwillkürlich die Haare glatt.

«Ja, das kann sein», erwiderte Margaret mit ernstem Gesicht.

«Aber andererseits ist es ja nicht so, dass ich Arbeit hätte, jetzt, da sie die Munitionsfabrik geschlossen haben. Und die Familie sollte immer an erster Stelle stehen.»

«Auf jeden Fall.»

«Ich meine, diese Jungen brauchen den Einfluss einer Frau. Besonders Daniel. Er ist in einem schwierigen Alter … Und es ist ja nicht so, dass ich irgendetwas Falsches täte. Irgendetwas … du weißt schon …»

Wenn Margaret die leichte freudige Röte im Gesicht ihrer Tante bemerkte, dann sagte sie nichts. Wenn sie etwas im Gesicht ihrer Tante sah, vielleicht die Spuren des neuen Lippenstifts, und deshalb ein unbehagliches Gefühl hinsichtlich ihrer Vereinbarung hatte, dann schob sie es von sich. Wenn es der Preis für ihre eigene Freiheit und ein reines Gewissen war, dass sie den Platz ihrer Mutter jemand anderem überließ, dann würde sie sich nur auf die Vorteile konzentrieren.

Ein Lächeln erhellte Lettys kantiges Gesicht. «In diesem Fall, meine Liebe, und wenn es dir hilft, werde ich mich gut um sie alle kümmern», sagte sie. «Du musst dir keine Sorgen machen.»

Voll plötzlichem Tatendrang wrang Letty das letzte Hemd mit der Hand aus und warf es in den Wäschekorb, damit es aufgehängt werden konnte.

Sie wischte sich die großen, knochigen Hände an der Schürze ab. «Also gut. Soll ich uns eine Tasse Tee machen? Du schreibst deinen Brief an die Marine und sagst ihnen, dass du die Einladung annimmst, und dann wissen wir, dass alles seinen Gang geht. Du willst doch nicht, dass sie deinen Platz an jemand anderen vergeben, oder?»

Margaret lächelte bereitwilliger, als sie sich fühlte. In dem Artikel in der *Glamour* hatte gestanden, dass man seine Familie vielleicht niemals wiedersehen würde. Man musste dazu bereit sein.

«Ich sag dir was, Maggie. Ich schau mal in deine Kommode oben, ob ich darin etwas zum Flicken finde. Ich weiß, dass du mit der Nadel nicht die Geschickteste bist, und wir wollen doch, dass du aussiehst wie aus dem Ei gepellt, wenn du deinen Joe wiedersiehst.»

Man durfte es ihm nicht verübeln, hatte es in der Zeitschrift geheißen. Man durfte auf keinen Fall dem Mann die Schuld daran geben, dass man von seiner Familie getrennt war. Ihre Tante schleppte jetzt den Korb mit derselben Selbstverständlichkeit durch die Waschküche, wie es ihre Mutter einst getan hatte.

Margaret schloss die Augen und atmete tief durch. Lettys Stimme hallte in der Waschküche wider: «Ich könnte gleich auch noch ein paar Hemden deines Vaters flicken, wenn ich schon dabei bin. Ich habe leider bemerkt, meine Liebe, dass sie ein wenig abgewetzt aussehen, und ich würde nicht wollen, dass irgendjemand sagt, dass ich nicht …» Sie warf aus den Augenwinkeln einen Blick auf Margaret.

«Glaubst du … glaubst du, deinem Vater macht es etwas aus? Ich meine, wenn ich da bin?» Letty sah plötzlich ganz ängstlich aus, ihre fünfundvierzigjährigen Züge so weich und offen wie die einer jungen Braut.

«Ich glaube, er wird begeistert sein», sagte Margaret und beugte sich vor, um ihren kleinen Hund zu streicheln. «Er mag dich sehr, Letty, genau wie die Jungen.» Sie hustete und sah hinunter auf ihre Hände. Später, in den vielen Nächten, in denen sie an diesen Augenblick zurückdachte, fragte sich Margaret, warum sie es nicht dabei belassen hatte. Sie war eigentlich keine boshafte Person. Sie wollte doch nur, dass weder Letty noch ihr Vater einsam waren. «Er hat oft gesagt, dass er dich wie eine Art … Schwester sieht. Wie jemanden, mit dem er über Mum reden kann, der sich daran erinnert, wie sie war … Und wenn du ihnen die Hemden wäschst, hast du sowieso ihre ewige Dankbarkeit.» Aus irgendeinem Grund war es ihr unmöglich aufzuschauen, aber sie bemerkte natürlich, dass Lettys Röcke nicht mehr raschelten, dass sich ihre dünnen, starken Beine nicht mehr rührten. Ihre Hände, sonst immer in Bewegung, lagen regungslos auf ihrer Schürze.

«Ja», sagte Letty schließlich. «Natürlich.» Es klang ein wenig krächzend. «Gut. Wie ich schon sagte. Ich … ich gehe jetzt und mache uns Tee.»

Die beiden Känguru-Männchen, die erst vor zwölf Monaten aus dem Beutel gekrochen sind und demnächst nach London fliegen, bekommen auf ihrer Reise 12 Pfund Heu zu fressen. Qantas Empire Airways meldete gestern, dass die Kängurus nur 63 Stunden in der Luft verbringen müssen.

Sydney Morning Herald, 4. Juli 1946

KAPITEL 2

Drei Wochen vor Abfahrt

Ian, mein Schatz,

ich bin drin! Du wirst es nicht glauben, ich selbst schaffe es kaum, aber es ist wahr. Daddy hat mit einem seiner Freunde beim Roten Kreuz gesprochen, der wiederum Freunde ganz oben bei der Königlichen Marine hat, und schon bekam ich eine Benachrichtigung, in der stand, dass ich einen Platz auf dem nächsten Schiff bekomme, obwohl ich eigentlich, wenn man es genau nimmt, keinen Vorrang habe.

Ich musste den anderen Bräuten zu Hause erzählen, dass ich nach Perth zu meiner Großmutter fahre, damit sie keinen Krawall machen, aber jetzt bin ich hier im Wentworth Hotel in Sydney und warte darauf, dass ich noch vor ihnen aufs Schiff flitzen kann.

Liebling, ich kann es kaum erwarten, dich zu sehen. Ich vermisse dich so furchtbar. Mummy sagt, wenn wir unser Haus eingerichtet haben, kommen Daddy und sie so bald wie möglich nach. Sie wollen mit dem neuen Qantas «Känguru»-Dienst reisen – wusstest du, dass man mit einer Lancastrian in nur 63 Stunden nach London fliegen kann? Mummy hat mich nach der Adresse dei-

48

ner Mutter gefragt, damit sie den Rest meiner Sachen schicken kann, sobald ich in England angekommen bin. Sicher kommen sie besser mit dem Abschied zurecht, wenn sie erst deine Eltern kennengelernt haben. Sie scheinen sich auszumalen, wie ich in einer Lehmhütte mitten in der englischen Pampa vegetiere.

Also, mein Liebling, hier sitze ich und übe meine neue Unterschrift, versuche, mir einzuprägen, dass ich von nun an Mrs. genannt werde, und gewöhne mich langsam an den Ehering an meinem Finger. Ich war so enttäuscht, dass wir keine richtigen Flitterwochen hatten. Aber eigentlich ist es mir auch egal, Hauptsache, ich bin bald bei dir. Ich höre jetzt auf, weil ich noch zum Club der Amerikanischen Ehefrauen in Woolloomooloo muss, um zu erfahren, was ich für die Reise brauche. Die amerikanischen Ehefrauen bekommen allerhand, im Gegensatz zu uns armen britischen Ehefrauen. (Ist das nicht lustig, dass ich das sage?) Aber wenn ich noch einmal «When A Boy From Alabama Meets A Girl From Gundagai» hören muss, lasse ich mir Flügel wachsen und fliege sofort zu dir.

Pass auf dich auf, mein Schatz, und schreib mir, sobald du einen Augenblick Zeit hast.

Deine Avice

In den vier Jahren seit seiner Gründung hatten sich die Mitglieder des Clubs der Amerikanischen Ehefrauen alle zwei Wochen in dem eleganten weißen, stuckverzierten Haus am Rand der Königlichen Botanischen Gärten getroffen, ursprünglich, um die Mädchen zu unterstützen, die aus Perth oder Canberra angereist waren. Die jungen Frauen mussten oft endlose Wochen hinter sich bringen, bis sie eine Überfahrt bewilligt bekamen. Im Club lernten sie, amerikanische Patchwork-Quilts zu nähen und die amerikanische Nationalhymne zu singen. Die Mitglieder des Clubs standen den jungen Frauen mit mütterlichem Rat zur Seite, wenn sie schwanger waren oder einen Säugling auf dem Arm hatten, und spendeten denjenigen Trost, die nicht wussten, ob sie mehr Angst vor der Reise selbst haben sollten oder davor, sie womöglich niemals anzutreten.

In der letzten Zeit war der Club allerdings immer weniger amerikanisch geworden: Das amerikanische Kriegsbräutegesetz vom vorigen Jahr hatte den Aufbruch von zwölftausend australischen Ehefrauen amerikanischer Soldaten beschleunigt, sodass man die Quilt-Abende nach und nach durch Bridgenachmittage ersetzte und die übriggebliebenen jungen Ehefrauen britischer Soldaten darin beriet, wie man mit dem britischen Essen und den Rationierungen zurechtkommen konnte.

Viele der jungen Bräute, die jetzt in den Club kamen, waren in Familien in Leichhardt, Darlinghurst oder in den Vorstädten untergebracht. Sie befanden sich in einer merkwürdigen Zwischenwelt. Ihr altes Leben in Australien war noch nicht ganz vorbei, und das neue hatte noch nicht begonnen. Sie hatten den Blick auf eine Zukunft gerichtet, über die sie kaum etwas wussten und die sie nicht beeinflussen konnten. Vielleicht war es daher nicht überraschend, dass es auf den zweiwöchentlichen Zusammenkünften stets nur ein einziges Thema gab.

«Ein Mädchen aus Melbourne hat es geschafft, in der ersten Klasse auf der *Queen Mary* zu reisen», sagte eine junge Frau mit Brille. Dieses Schiff galt als der Heilige Gral unter den Transportmöglichkeiten. «Angeblich hat sie sich fast die ganze Zeit am Pool gesonnt. Es gab Tanz nach dem Dinner, Partyspiele, alles. Und sie haben die schönsten Kleider aus Ceylon bekommen. Sie musste allerdings ihre Kabine mit einer Frau und ihren Kindern teilen. Uh. Klebrige Finger überall auf den Kleidern, und morgens um halb sechs von Babygeschrei aufwachen.»

«Kinder sind ein Segen», bemerkte Mrs. Proffit gutmütig und untersuchte dabei die Naht eines grünen Hutes, der einem braunen Wollaffen als Kopfbedeckung dienen sollte. Heute bastelten sie Geschenke für die ausgebombten Kinder in London. Eines der Mädchen hatte von ihrer englischen Schwiegermutter ein Buch geschickt bekommen, das den Titel *Nützliche Tipps für die Verarbeitung von Krimskrams* trug, und Mrs. Proffit hatte für das Treffen einige herausgeschrieben, darunter die Anleitung, wie man eine Halskette aus den Ringen herstellte, die Hühner an ihren Beinen trugen, und wie man ein Bettjäckchen aus alten Spitzenhöschen nähte. «Ja», bekräftigte sie und sah die Mädchen der Reihe nach wohlwollend an. «Ihr werdet es eines Tages verstehen. Kinder sind ein Segen.»

«Keine Kinder sind wohl eher einer», murmelte das Mädchen mit den dunklen Augen neben Avice und knuffte sie dabei ziemlich derb in die Rippen.

In anderen Zeiten hätte Avice nicht einmal fünf Minuten in dieser merkwürdigen Mädchentruppe verbracht – einige von ihnen wirkten, als wären sie direkt von einer Farm im Outback gekommen und hätten noch roten Staub an den Stiefeln –, und noch weniger hätte sie so viele Stunden damit verschwendet, unendliche Vorträge alter Jungfern mittleren Alters über sich ergehen zu lassen, die sich begeistert auf den Krieg gestürzt hatten, um dadurch ihrem vermutlich ziemlich trostlosen Leben etwas Farbe zu geben. Aber sie war jetzt schon fast zehn Tage in Sydney, sie kannte hier niemanden, und der Club der Ehefrauen war die einzige Möglichkeit, andere Menschen zu treffen.

Zwölf weitere junge Frauen hatten sich heute versammelt; nur wenige von ihnen hatten länger als eine Woche am Stück mit ihren Ehemännern verbracht, und mehr als die Hälfte von ihnen hatten sie seit bald einem Jahr nicht gesehen. Der

Truppentransport nach Hause war von höchster Priorität; der Transport der «Mauerblümchen-Frauen», wie man sie nannte, war es nicht. Einige hatten ihre Papiere schon vor über einem Jahr eingereicht und seither wenig gehört. Mindestens eine, die ihre trostlose Unterkunft nicht mehr ertragen hatte, hatte aufgegeben und war nach Hause zurückgekehrt. Der Rest blieb, getrieben von blinder Hoffnung, Verzweiflung, Liebe oder, in den meisten Fällen, einer Mischung aus all dem.

Avice war das neueste Mitglied. Wenn sie sich die Geschichten von den Familien anhörte, bei denen die Mädchen untergebracht waren, dankte sie im Stillen ihren Eltern für das gute Hotel, das sie ihr bezahlten. Es wäre alles weit weniger erträglich, wenn sie bei einem missmutigen alten Paar wohnen müsste. Eigentlich wurde es auch so jeden Tag ein bisschen weniger erträglich.

«Wann kommt das nächste Schiff?»

«In etwa drei Wochen, soweit ich weiß», antwortete das dunkeläugige Mädchen. «Wehe, es ist nicht so schön wie die *Queen Mary*. Da gab es sogar einen Friseursalon. Ich will unbedingt ordentlich frisiert sein, wenn ich Stan wiedersehe.»

«Sie war eine wunderbare Frau, diese Queen Mary», bemerkte Mrs. Proffit vom anderen Ende des Tisches. «Eine richtige Lady.»

«Hast du etwa schon eine Bewilligung, Jean?» Ein sommersprossiges Mädchen, das ihnen gegenübersaß, sah Avice' Sitznachbarin finster an.

«Letzte Woche.»

«Aber du bist doch gar nicht an der Reihe. Du hast gesagt, dass du deine Papiere erst vor einem Monat eingereicht hast.»

Alle schwiegen. Einige Mädchen wechselten Blicke, dann konzentrierten sie sich wieder auf ihre Stickereien. Mrs. Proffit schaute auf; offenbar hatte sie bemerkt, dass die Atmosphäre leicht abgekühlt war. «Braucht jemand mehr Nähseide?», fragte sie und schaute dabei über den Rand ihrer Brille hinweg.

«Nun, manchmal hat man eben Glück», sagte Jean, entschuldigte sich und verließ den Tisch.

«Wie kommt es nur, dass sie auf das Schiff darf?», fragte das sommersprossige Mädchen. «Ich warte schon fast fünfzehn Monate, und sie bekommt das nächste Boot, das ablegt. Wie ist das nur möglich?» Ihre Stimme klang schrill. Avice nahm sich fest vor, daran zu denken, ihre eigene Bewilligung nicht zu erwähnen.

«Sie ist in anderen Umständen», murmelte ein anderes Mädchen.

«Was?»

«Jean. Sie bekommt ein Kind. Und weißt du, was? Die Amerikaner lassen dich nicht mehr fahren, wenn du über vier Monate schwanger bist.»

«Wer näht den Pinguin?», fragte Mrs. Proffit. «Wir müssen die schwarze Nähseide für diejenige aufsparen, die den Pinguin näht.»

«Warte mal», sagte eine Rothaarige, die gerade einen Faden ins Nadelöhr einführte. «Ihr Stan ist im November fortgegangen. Sie hat gesagt, dass er auf demselben Schiff war wie mein Ernie. Also kann sie wohl nicht in anderen Umständen sein.»

«Oder sie ist es … und …»

Augen wurden aufgerissen, Blicke wurden getauscht, einige feixten.

Als Jean ein paar Minuten später zu ihrem Platz zurückkehrte, verschränkte sie kampflustig die Arme vor der Brust. Dann schien sie zu spüren, dass man nicht mehr über sie sprach, und entspannte sich sichtlich – auch wenn sie sich über den plötzlichen Eifer hätte wundern können, mit dem sich die Mädchen auf ihre Spielzeugproduktion stürzten.

«Ich habe Ian, meinen Ehemann, bei einem Tanztee getroffen», begann Avice, um das Schweigen zu brechen. «Ich war Mitglied eines Empfangskomitees, und er war der zweite Mann, dem ich eine Tasse Tee anbot.»

«War das alles, was du ihm angeboten hast?» Das war Jean.

«Aus dem zu schließen, was ich gehört habe, nehme ich an, dass deine Vorstellung von Gastfreundschaft nicht ganz dieselbe ist wie die anderer Leute», konterte Avice. Sie erinnerte sich daran, wie sie rot geworden war, als sie ihm einschenkte, weil er so auffällig auf ihr Dekolleté gestarrt hatte – auf das sie recht stolz war.

Unteroffizier Ian Stewart Radley. Er war sechsundzwanzig, ganze fünf Jahre älter als sie, was Avice gerade richtig fand, großgewachsen und hielt sich sehr aufrecht. Er hatte meergrüne Augen, einen vornehmen britischen Akzent und breite, weiche Hände, die Avice schon bei der allerersten Berührung hatten erzittern lassen. Er hatte sie zum Tanz aufgefordert – obwohl sie die Einzigen auf der Tanzfläche waren –, und weil er Soldat war, hätte sie es für boshaft gehalten, ihm die Bitte abzuschlagen. Was war schon ein Quickstep, wenn er dem Tod ins Auge sehen musste?

Keine vier Monate später hatten sie in einer geschmackvollen Zeremonie im Standesamt in Melbourne geheiratet. Der Krieg hatte alles beschleunigt und den natürlichen Lauf der Dinge durcheinandergebracht. Und sie wusste seit jener ersten Tasse Tee, dass es niemanden sonst gab, den sie heiraten wollte.

«Aber wir wissen doch gar nichts von ihm, Liebes», hatte ihre Mutter gesagt und die Hände gerungen.

«Er ist perfekt.»

«Du weißt, dass es nicht das ist, was ich meine.»

«Was willst du wissen? Er war hier draußen an der Brisbane-Front. Er verteidigt unser Land, setzt zwölftausend Meilen entfernt von seiner Heimat sein Leben aufs Spiel, um uns vor den Japsen zu retten – macht ihn das nicht würdig, meine Hand zu erhalten?»

«Du musst jetzt nicht gleich melodramatisch werden, mein Schatz», hatte ihr Vater eingewandt.

Sie hatten natürlich nachgegeben. Das taten sie immer. Ihre Schwester Deanna war außer sich vor Zorn gewesen.

«Und, wann kommst du hier raus?»

Jeans Gastfamilie wohnte zwei Straßen vom Wentworth entfernt, und die beiden Mädchen bummelten gemeinsam nach Hause. Obwohl sie sich nicht wirklich mochten, wollten sie noch viel weniger einen weiteren einsamen Abend in ihren Unterkünften verbringen.

«Avice? Wann fährst du?»

Avice überlegte, ob sie wahrheitsgemäß antworten sollte. Sie war sich ziemlich sicher, dass Jean, unreif und etwas vulgär, nicht die Art von Mädchen war, mit der sie sich sonst abgeben würde, besonders wenn das, was man über ihren Zustand sagte, wahr war. Aber Avice war auch nicht an allzu große Selbstbeherrschung gewöhnt, und die Mühe, den ganzen Nachmittag die eigenen Pläne verschweigen zu müssen, war einfach zu groß gewesen. «So wie du. Drei Wochen. Wie heißt das Schiff noch? Die *Victoria*?»

«Das ist doch ein Scheiß, oder?» Jean zündete sich eine Zigarette an und hielt die Hände davor, um die Flamme vor dem Seewind zu schützen. Dann bot sie Avice eine an.

Avice rümpfte die Nase und lehnte ab. «Was hast du gesagt?»

«Das ist ein Scheiß. Die kriegen die verdammte *Queen Mary* und wir so eine alte Blechbüchse.»

Ein Auto fuhr langsam an ihnen vorbei. Zwei Soldaten lehnten sich aus dem Fenster und riefen ihnen etwas Unflätiges zu. Jean grinste sie an und schwenkte ihre Zigarette, dann verschwand das Auto um die Ecke.

Avice stellte sich vor sie. «Es tut mir leid, ich verstehe nicht, was du meinst.»

Jean lachte freudlos. «Ich nehme an, für uns beide gibt es keine Friseursalons und Erste-Klasse-Kabinen. Unsere *Victoria* ist ein verdammter Flugzeugträger.»

Avice starrte das Mädchen eine Weile an und lächelte dann. Es war die Art Lächeln, die für die Dienerschaft reserviert war, wenn sie etwas besonders Dummes getan hatten. «Ich glaube, du irrst dich, Jean. Damen reisen nicht auf Flugzeugträgern.» Rauch geriet ihr in die Nase, und sie verzog die Lippen. «Außerdem wüsste ich nicht, wie sie uns da alle unterbringen sollten.»

«Du hast wirklich keine Ahnung, oder?»

Avice unterdrückte den Ärger darüber, dass jemand, der deutlich jünger als sie selbst war, so mit ihr sprach.

«Sie haben keine ordentlichen Schiffe mehr. Sie werden uns auf alles Mögliche verfrachten, um uns über den Ozean zu schaffen. Wahrscheinlich denken sie, dass diejenigen, die es wirklich wollen, schon irgendwie zurechtkommen werden.»

«Ein Flugzeugträger?» Avice war plötzlich ganz schwindelig. Sie tastete nach einer Wand und lehnte sich an.

Jean blieb neben ihr stehen. «Ja, genau. Na ja, also, sie haben ihn bestimmt ein bisschen umgebaut, denke ich. Ist sicher besser, als hier herumzuhängen. Wir kriegen ein Bett und was zu essen, und das Rote Kreuz passt auf uns auf.»

Avice' Gesichtsausdruck war finster geworden. Sie ging jetzt schneller. Wenn sie gleich anrief, konnte sie ihren Vater noch erreichen, bevor er zu seinem Club aufbrach. «Ich kann auf keinen Fall auf so einem Ding reisen. Meine Eltern würden das auch gar nicht zulassen. Sie haben gedacht, dass ich auf einem Passagierschiff reise. Das ist eigentlich der einzige Grund, aus dem sie mich haben gehen lassen.»

«In diesen Zeiten muss man nehmen, was man kriegen kann, Mädchen.»

Ich nicht, dachte Avice. Sie rannte nun fast auf das Hotel zu. Nicht ein Mädchen, dessen Familie die größte Funkgerätefabrik in Melbourne besaß.

«Sie geben uns sicher auch Maschinistenoveralls, falls sie uns zum Schrubben brauchen.» Jean lachte schallend.

Geh doch weg, du schreckliches Mädchen, dachte Avice. Ich würde nicht einmal für eine Rundfahrt durch den Hafen von Sydney einen Fuß auf dasselbe Schiff setzen wie du, selbst wenn es die *Queen Mary* wäre.

«Mach dir keine Sorgen, Avice. Sicher beschaffen sie dir eine Erste-Klasse-Koje im Kesselraum!» Sie hörte Jeans unangenehmes Gegacker noch, als sie die Straße schon weit hinuntergegangen war.

«Mummy?»

«Avice, Schätzchen, bist du das? Wilfred! Es ist Avice!» Sie hörte, wie ihre Mutter in den Flur rief, sah sie vor sich, wie sie in ihrem Telefonsessel saß, den Perserteppich auf dem Parkett vor sich, die ewige Blumenvase auf dem Tisch neben ihr. «Wie geht es dir, mein Liebling?»

«Gut, Mummy. Aber ich muss mit Daddy sprechen.»

«Du klingst aber gar nicht gut. Ist wirklich alles in Ordnung?»

«Ja.»

«Hat Ian schon geschrieben?»

«Mummy, ich muss mit Daddy sprechen.» Avice musste sich zusammenreißen, um nicht allzu ungeduldig zu klingen.

«Du würdest es mir doch sagen?»

«Ist das mein kleines Prinzesschen?»

«Oh, Daddy, Gott sei Dank. Es gibt ein Problem.»

Ihr Vater schwieg.

«Mit der Reise.»

«Ich habe höchstpersönlich mit Kapitän Guild gesprochen. Er hat mir versprochen, dass du auf dem nächsten …»

«Nein, das ist es nicht. Er hat mir tatsächlich einen Platz auf einem Schiff verschafft.»

«Ja, und wo liegt dann das Problem?»

Sie hörte, wie ihre Schwester Deanna im Hintergrund fragte: «Hat er ihr geschrieben, dass sie nicht kommen soll?»

«Sag ihr, dass es nichts mit Ian zu tun hat. Es geht um das Schiff.»

«Das verstehe ich nicht, Prinzessin.»

«Sie erwarten von uns, dass wir auf einem *Flugzeugträger* nach England reisen.»

Stille. «Sie wollen, dass sie auf einem Flugzeugträger reist», sagte ihr Vater zu ihrer Mutter.

«Was? Ein Flugzeug?»

«Nein, Herrgott. Auf einem dieser Schiffe, auf denen sie die Flugzeuge transportieren.»

«Ein Kriegsschiff?» Avice konnte fast hören, wie ihre Mutter vor Grauen theatralisch schwankte. Deanna kicherte. Natürlich: Sie hatte Avice noch lange nicht verziehen, dass sie vor ihr geheiratet hatte.

«Du musst mich woanders unterbringen», drängte Avice.

«Rede mit demjenigen, der mir einen Platz verschafft hat. Sag ihm, dass ich so nicht reisen kann. Bring mich auf ein anderes Schiff.»

«Du hast nichts von einem Flugzeugträger gesagt!», sagte ihre Mutter jetzt. «Sie kann doch nicht auf so etwas reisen. Nicht mit all den Flugzeugen, die vom Deck aus starten. Das ist doch gefährlich!»

«Daddy?»

«Sie haben die *Vyner Brooke* versenkt, oder?», schrie ihre Mutter jetzt. «Die Japsen versuchen vielleicht, den Flugzeugträger zu versenken, genau wie sie die *Vyner Brooke* versenkt haben.»

«Halt den Mund, Frau. Worin liegt das Problem, Prinzessin? Bist du die einzige Frau an Bord?»

«Was? Oh nein, ungefähr sechshundert Ehefrauen reisen mit.» Avice runzelte die Stirn. «Es ist nur, dass das schrecklich wird. Sie werden uns in Schlafsäcken schlafen lassen, und es gibt sicher nicht genug Toiletten. Und, Daddy, du solltest mal die Mädchen sehen, mit denen ich reisen soll – wie die reden! Ich kann kaum sagen …»

Ihre Mutter sprach jetzt direkt in den Telefonhörer. «Ich wusste es, Avice. Das sind nicht deinesgleichen. Ich glaube wirklich nicht, dass das eine gute Idee ist.»

«Daddy? Kannst du das regeln?»

Ihr Vater seufzte tief. «Nun, das ist nicht so einfach, Prinzessin. Ich musste ein paar Beziehungen spielen lassen, um dich an Bord zu bekommen. Und inzwischen sind die meisten Bräute auch schon gefahren. Ich weiß nicht, wie viele Transporte es noch geben wird.»

«Na, dann lass mich doch rüberfliegen. Mit Qantas.»

«So einfach ist das nicht, Avice.»

«Ich kann aber nicht auf diesem schrecklichen Schiff reisen!»

«Hör mal, Avice. Ich habe eine Menge Geld dafür bezahlt, dass sie dich mitnehmen. Und ich bezahle noch mehr, um dich in diesem verdammten Hotel schlafen zu lassen, weil dir die Unterkünfte der Marine nicht behagen. Ich kann doch nicht auch noch einen Flug ins Mutterland bezahlen, nur weil dir die Toiletten auf dem Schiff nicht behagen.»

«Aber Daddy …»

«Liebling, ich würde dir wirklich gern helfen, aber du machst dir keine Vorstellung, wie schwierig es war, dich an Bord dieses Schiffes zu bekommen.»

«Aber Daddy!» Sie stampfte mit dem Fuß auf, und das Mädchen an der Rezeption schaute zu ihr herüber. Sie flüsterte: «Ich weiß, warum du das tust – denk bloß nicht, ich wüsste nicht, warum du mir nicht helfen willst.»

Ihre Mutter mischte sich mit strenger Stimme ein. «Avice, du hast recht. Ich glaube, diese Sache mit dem Schiff ist gar nicht gut für dich.»

«Wirklich?» Avice spürte, wie sich Hoffnung in ihr regte. Ihre Mutter verstand, wie wichtig es war, komfortabel zu reisen. Was sollte Ian denken, wenn sie wie ein Hilfsarbeiter aussah?

«Ja. Ich finde, du solltest heimkommen. Setz dich gleich morgen früh in den Zug.»

«Nach Hause?»

«Diese Sache hat einfach viel zu viele Wenns und Abers. Diese Schiffgeschichte klingt schrecklich, und du hast von Ian wer weiß wie lange schon nichts mehr gehört …»

«Er ist auf See, Mummy.»

«… und ich finde, dass alle Zeichen dagegen sprechen. Begrenze den Schaden, Schätzchen, und komm heim.»

«Was?»

«Du weißt doch gar nichts über die Familie dieses Mannes. Nichts. Du hast keine Ahnung, ob dich da drüben überhaupt jemand erwartet. Viele Mädchen ändern ihre Meinung. Man liest doch ständig davon.»

«Und viele Mädchen werden sitzengelassen», rief Deanna aus dem Hintergrund.

«Ich bin verheiratet, Mummy.»

«Ich bin sicher, dass wir auch in dieser Angelegenheit etwas tun können. Ich meine, das weiß hier doch kaum jemand.»

«Wie bitte?»

«Na ja, es war ja nur eine sehr kleine Sache, oder? Wir könnten die Ehe annullieren lassen.»

Avice konnte es nicht glauben. «Annullieren? Oh! Ihr seid doch beide solche Heuchler! Ich *weiß*, was ihr plant. Ihr habt mir das verrottetste Schiff besorgt, das ihr finden konntet, weil ihr wusstet, dass ich dann nicht fahren will.»

«Avice …»

«Tja, falsch gedacht. Ich werde meine Haltung zu Ian nicht ändern.»

«Avice …»

Das Mädchen an der Rezeption hatte es jetzt aufgegeben, so zu tun, als lausche es nicht, und lehnte neugierig über dem Tresen. Avice legte die Hand über die Sprechmuschel und hob die Augenbrauen, sodass das Mädchen es sehen konnte. Es beugte sich beschämt über ihre Papiere.

Ihr Vater übernahm wieder das Gespräch: «Bist du noch da? Avice?» Er seufzte schwer. «Schau, ich schicke dir ein bisschen Geld. Denk in Ruhe darüber nach. Bleibe im Wentworth. Wir sprechen noch einmal über alles.»

«Nein, Daddy», entgegnete sie. «Sag Mummy und Deanna, dass ich auf das verdammte Schiff gehe, um zu meinem Ehemann zu fahren. Ich werde es irgendwie dorthin schaffen, und wenn ich dafür in Dieselöl schwimmen und mit stinkenden Truppen reisen muss, weil ich ihn nämlich liebe. *Ich liebe ihn.* Ich werde nicht mehr anrufen, aber du kannst ihr sagen – sag Mummy, dass ich ihr bei meiner Ankunft ein Telegramm schicke. Wenn Ian, mein Ehemann, mich abgeholt hat.»

Um als geeignet für die Aufgaben im Australischen Pflegedienst zu gelten, muss die Bewerberin eine Ausbildung zur examinierten Krankenschwester abgeschlossen haben, die britische Staatsangehörigkeit besitzen, unverheiratet und ohne familiäre Verpflichtungen sein. Außerdem körperlich gesund, von gutem Charakter und anderen persönlichen Eigenschaften, die unerlässlich für eine tüchtige Militärkrankenschwester sind.

Joan Crouch, *A special kind of service*

KAPITEL 3

Morotai, Südpazifik, 1946
Eine Woche vor Abfahrt

Der Vollmond schien über Morotai. Die Hitze war so drückend, dass nicht einmal die sanfte Meeresbrise dagegen ankam, die sonst immer durch die Sisalwände drang. Der größte Teil der Insel lag im Dunkeln. Man sah nur einige wenige Lichter in den Häusern an der Straße, die die Insel der Länge nach durchzog. In den vergangenen fünf Jahren war es auf diesem Teil der Insel laut und betriebsam zugegangen, weil die alliierten Streitkräfte hier stationiert waren. Doch jetzt herrschte Stille, die in dieser Nacht nur hin und wieder von Gelächter durchbrochen wurde, von dem Krächzen eines Grammophons und dem Klingen von Gläsern.

Im Zeltquartier der Krankenschwestern beendete Audrey Marshall vom Australischen Allgemeinen Krankenhaus ihren täglichen Eintrag in das Kriegstagebuch ihrer Einheit.

- Lazarettschiff-Bewegung für die Evakuierung Kriegsgefangener von Morotai unter Kontrolle.
- Bewegungsbefehle an die Einheit – 12 Kriegsgefangene und eine Krankenschwester schiffen sich morgen auf der *Ariadne* nach Australien ein.
- Bettenstand: 12 belegt, 24 frei.

Sie starrte die letzten beiden Zahlen an und dachte an die Jahre, in denen diese Ziffern in umgekehrter Reihenfolge da gestanden hatten, an die vielen, vielen Tage, an denen sie eine weitere Zahl mit dem Zusatz «verstorben» hatte hinzufügen müssen. Diese Station war eine der wenigen, die noch geöffnet waren. Die *Ariadne* würde als letztes Lazarettschiff einen bunten Haufen Männer fortbringen, die letzten Kriegsgefangenen, die die Insel verließen. Von jetzt an würde sie es nur hie und da mit Autounfallopfern und zivilen Krankheiten zu tun haben, bis auch sie den Befehl erhielt, nach Hause zurückzukehren.

«Schwester Frederick sagt, ich soll Ihnen sagen, dass Sergeant Wilkes Schwester Cooper im Foxtrott durch den OP-Saal wirbelt ... Sie ist schon zweimal hingefallen.» Schwester Gore hatte ihren Kopf durch den Türvorhang gesteckt. Jetzt, da das Krankenhaus so kurz vor der Schließung stand, wurden die Mädchen übermütig und albern, sie sangen Lieder und spielten Szenen aus alten Filmen nach, um die Männer zu unterhalten. Ihre Reserviertheit und Autorität verpuffte in der feuchten Luft. Obwohl sie streng genommen immer noch im Dienst waren, brachte Audrey es einfach nicht übers Herz, sie zurechtzuweisen – nicht nach allem, was sie in den letzten Wochen hatten ertragen müssen. Die erschrockenen, blassen Gesichter, als die ersten Kriegsgefangenen aus Borneo eingetroffen waren, konnte sie einfach nicht vergessen.

«Geh und sag dem albernen Mädchen, dass sie ihn wieder auf die Station bringen soll. Es ist mir völlig egal, wenn sie sich verletzt, aber er ist erst seit achtundvierzig Stunden wieder auf den Beinen. Wir wollen nicht, dass er sich jetzt auch noch das Bein bricht.»

«Mach ich, Oberschwester.» Das Mädchen verschwand, und der Vorhang fiel schlaff wieder zu. Dann erschien ihr Gesicht erneut. «Kommen Sie auch? Die Jungs fragen nach Ihnen.»

«Ich komme gleich», antwortete Audrey, klappte das Buch zu und erhob sich von ihrem Stuhl. «Geh ruhig schon vor.»

«Ja, Oberschwester.»

Audrey überprüfte ihre Frisur in dem kleinen Spiegel über dem Waschbecken und tupfte ihr Gesicht mit einem Handtuch ab. Sie schlug nach einer Mücke, die auf ihrem Arm gelandet war, strich über ihre grauen Baumwollhosen und ging durch das Quartier der Krankenschwestern an den OP-Sälen vorbei (in denen jetzt, zum Glück, Stille herrschte) auf die Station G zu. Sie dachte, was es für eine seltene Freude war, dem Klang von Gelächter und Musik anstelle der Schmerzensschreie von Männern zu lauschen.

Die meisten Betten in dem großen Zelt, das als Station G diente, waren zur Seite geschoben worden, sodass fast der halbe Raum eine sandige Tanzfläche bildete und diejenigen, die noch ans Bett gefesselt waren, zuschauen konnten. Auf dem Schreibtisch in der Ecke spielte das Grammophon heiser krächzend Lieder. Man hatte eine provisorische Bar auf dem Verbandsschrank eingerichtet und die Infusionsgestelle mit Whisky- und Bierflaschen ausgerüstet.

Die meisten Anwesenden waren nicht uniformiert. Die Frauen trugen helle Blusen und Röcke mit Blumenmustern, die Männer Hemden und Hosen, die sie mit Gürteln um ihre dünnen Hüften festzurren mussten. Viele Schwestern tanzten, einige miteinander, ein paar mit dem übriggebliebenen Stab des Roten Kreuzes und den Physiotherapeuten. Bei den komplizierteren Schrittfolgen gerieten sie ins Stolpern. Ein Paar hielt inne, als Audrey eintrat, aber sie nickte ihnen zu, und sie machten weiter. «Ich glaube, ich sollte jetzt meine letzte Runde machen», sagte sie in scherzhaft strengem Ton. Die Anwesenden jubelten verhalten.

«Wir werden Sie vermissen, Oberschwester», sagte Sergeant Levy, der in der Ecke saß und ganz rührselig wirkte. Sie konnte sein Gesicht gerade eben hinter den eingegipsten und hochgelegten Beinen erkennen.

«Du wirst es wohl vor allem vermissen, im Bett gewaschen zu werden», bemerkte sein Kamerad. Gelächter ertönte.

Sie ging an den Bettreihen entlang, kontrollierte die Temperatur derjenigen, bei denen man Denguefieber diagnostiziert hatte, schaute unter Verbände, die tropische Geschwüre bedeckten, die einfach nicht heilen wollten.

Diese Männer hier sahen gar nicht so schlimm aus. Als die indischen Kriegsgefangenen Anfang des Jahres eingetroffen waren, hatte sie wochenlang unter Albträumen gelitten. Sie erinnerte sich an die zertrümmerten Knochen, die von Maden befallenen Bajonettwunden, die vor Hunger geschwollenen Bäuche. Sie waren kaum noch als Menschen zu erkennen, und viele der Sikhs hatten sich gegen die Schwestern zur Wehr gesetzt, die sie behandeln wollten. Im Laufe der Jahre hatten sie sich an unglaubliche Brutalität gewöhnen müssen. In ihrem geschwächten Zustand waren sie nicht mehr in der Lage, etwas anderes als Grausamkeit zu erwarten.

Die Schwestern hatten später in ihren Zeltquartieren geweint, besonders um die Männer, die die Japaner vor dem Verlassen der Lager absichtlich überfüttert hatten. Sie waren, kaum dass sie die Freiheit kosten durften, eines qualvollen Todes gestorben.

Einige der Sikhs waren so leicht, dass eine einzige Krankenschwester sie tragen konnte, sie waren stumm oder vollkommen verwirrt. Wochenlang hatten sie sie wie Neugeborene gepäppelt: Mit Milchpulver, dann teelöffelweise Kartoffelbrei, Kaninchenhackfleisch und gekochtem Reis hatten sie versucht, ihren zusammengebrochenen Verdauungsapparat wieder funktionstüchtig zu machen. Sie hatten Köpfe gestreichelt, die aussahen wie Totenschädel, ausgespucktes Essen von aufgesprungenen Lippen gewischt und die Männer mit Flüstern und Lächeln davon überzeugt, dass dies hier nicht die Vorbereitung für neue Gräuel war. Langsam begriffen die Männer, wo es sie hin verschlagen hatte, aber ihre in die Höhlen gesunkenen Augen blieben stumpf von all dem, was sie gesehen hatten.

«Wollen Sie ein Schlückchen mit uns trinken, Oberschwester?» Der Hauptmann hob einladend die Flasche.

Sie warf ihm einen Blick zu. Er durfte eigentlich nicht trinken, weil er Medikamente nahm. «Von mir aus gerne, Hauptmann Baillie», sagte sie dann. «Einen auf die Jungs, die nicht nach Hause fahren.»

Die Gesichter der Mädchen entspannten sich. «Auf unsere abwesenden Freunde», murmelten sie und hielten ihre Gläser hoch.

«Wenn doch nur die Amerikaner noch hier wären», sagte Schwester Fisher und wischte sich über die Stirn. «Diese Eimer mit dem zerstoßenen Eis vermisse ich wirklich.»

«Ich will nur endlich auf See», ließ sich der Gefreite Lerwick aus seiner Ecke vernehmen. «Ich träume ständig vom Wind.»

«Tee ohne gechlortes Wasser.»

«Kaltes englisches Bier.»

«Das ist ein Widerspruch in sich, Kamerad.»

Normalerweise hätte die Hitze sie alle apathisch gemacht, die Patienten hätten auf ihren Betten gedöst, und die Schwestern wären langsam zwischen ihnen hin und her gegangen, hätten ihnen die feuchten Gesichter mit kühlen Tüchern abgewischt, nach Geschwüren, Infektionen und Anzeichen der Ruhr geschaut. Aber der bevorstehende Aufbruch der Kriegsgefangenen hatte die Stimmung verändert. Vielleicht war es die plötzliche Erkenntnis, dass die fest verwobenen Grüppchen, die sich gegenseitig durch die Schrecken der vergangenen Jahre geholfen hatten, kurz vor der Auflösung standen, dass sie bald durch Hunderte von Meilen, in einigen Fällen sogar Kontinente getrennt sein und sich womöglich niemals wiedersehen würden.

Audrey spürte einen Kloß im Hals – ein seltenes, verwirrendes Gefühl. Plötzlich verstand sie, warum die Mädchen feiern und die Männer trinken mussten, warum sie tanzten und sich mit verzweifelter Fröhlichkeit durch die letzten gemeinsamen Stunden arbeiteten. «Ich sag euch was», sagte sie und zeigte auf den Tropf in der Ecke, neben dem einer der Physiotherapeuten Bier aus einer Prothese trank, «schenkt mir einen Doppelten ein.»

Kurz darauf begannen sie «Oh Shenandoah» zu singen, und ihre durchdringenden, alkoholfeuchten Stimmen drangen durch die Zeltplanen hinauf in den Nachthimmel.

Sie waren gerade mitten im Refrain, als das Mädchen eintrat. Audrey sah sie zuerst nicht – vielleicht hatte der Whisky ihre sonst so scharfen Sinne benebelt. Aber dann spürte sie plötzlich eine gewisse Kühle, Blicke aus den Augenwinkeln, die zeigten, dass sich etwas verändert hatte.

Sie stand in der Tür, ihr sommersprossiges Gesicht blass wie Porzellan, die schmalen Schultern sehr gerade in ihrer Uniform, und beobachtete nur. Sie trug einen kleinen Koffer und einen Seesack. Nicht sehr viel nach fünf Jahren Dienst im Australischen Allgemeinen Krankenhaus. Sie starrte in das überfüllte Zelt und schien unsicher, ob sie wirklich eintreten wollte. Dann bemerkte sie Audreys Blick und kam langsam zu ihr herüber, wobei sie sich so dicht wie möglich an der Zeltwand hielt.

«Sie haben schon gepackt, Schwester?», fragte Audrey.

Sie zögerte, bevor sie antwortete. «Ich gehe heute Nacht an Bord des Lazarettschiffs, Oberschwester, wenn Sie es erlauben. Sie können dort ein wenig Hilfe für die sehr kranken Männer gebrauchen.»

«Ach so? Mich haben sie nicht darum gebeten», entgegnete Audrey und versuchte, nicht beleidigt zu klingen.

Das Mädchen schaute zu Boden. «Ich … ich habe mich selbst angeboten. Ich hoffe, es macht Ihnen nichts aus. Ich dachte, ich wäre dort möglicherweise von größerem Nutzen … dass Sie mich hier vielleicht gar nicht mehr brauchen.» Es war schwer, sie bei der lauten Musik zu verstehen.

«Wollen Sie nicht noch bleiben und etwas mit uns trinken?» Schon als sie es aussprach, war sich Audrey nicht mehr sicher, warum sie es gefragt hatte. In den vier Jahren, in denen sie zusammengearbeitet hatten, hatte Schwester Mackenzie niemals gefeiert. Jetzt erst ahnte sie, warum das so war.

«Das ist sehr freundlich, aber nein, vielen Dank.» Sie schaute bereits zur Tür, als überlegte sie insgeheim, wie sie schnell von hier fortkommen konnte.

Audrey wollte sie schon drängen, sie war nicht bereit, sie einfach so fortgehen, auf diese Art die Jahre ihres Dienstes enden zu lassen. Sie suchte noch nach den richtigen Worten, als ihr plötzlich auffiel, dass die Musik verstummt war, die Mädchen hatten aufgehört zu tanzen. Einige steckten die Köpfe zusammen und beobachteten Schwester Mackenzie mit kaltem Blick.

«Ich möchte sagen …», fing sie an, aber einer der Männer unterbrach sie.

«Ist das nicht Schwester Mackenzie? Verstecken Sie sie da etwa, Oberschwester? Na los, Schwester, Sie können doch nicht gehen, ohne sich ordentlich von uns zu verabschieden.»

Der Gefreite Lerwick versuchte, aus seinem Bett aufzustehen. Er hatte die Füße schon auf dem Fußboden und hielt sich mit einer Hand am schmiedeeisernen Kopfteil des Bettes fest. «Gehen Sie bloß nicht weg, Schwester. Sie haben mir etwas versprochen, erinnern Sie sich?»

Audrey fing den wissenden Blick auf, den Schwester Fisher und die beiden Mädchen neben ihr austauschten. Sie sah Schwester Mackenzie an und erkannte, dass sie ihn ebenfalls bemerkt hatte. Schwester Mackenzies Hände krallten sich an ihren beiden Gepäckstücken fest. Sie stand sehr steif und gerade da und sagte: «Ich kann nicht bleiben, Gefreiter. Ich muss auf das Lazarettschiff.»

«Sie würden doch nicht Ihr Versprechen gegenüber einem Verwundeten brechen, oder, Schwester?» Der Gefreite Lerwick setzte einen Hundeblick auf.

Die Männer rechts und links von ihm fielen in sein Flehen ein: «Na los, Schwester, Sie haben es versprochen.»

Dann wurde es sehr still im Raum. Audrey bemerkte, dass die Mädchen zurücktraten, um zu sehen, was Schwester Mackenzie tun würde.

Schließlich konnte sie es nicht mehr ertragen und sagte: «Gefreiter, ich wäre Ihnen dankbar, wenn Sie sich jetzt wieder zurück in Ihr Bett begeben würden.» Audrey ging entschlossen auf ihn zu. «Versprechen oder nicht, Sie sind noch nicht so weit, Ihr Bett zu verlassen.»

Sie hob schon sein Bein auf die Matratze zurück, als Schwester Mackenzie sagte: «Es ist schon in Ordnung, Oberschwester.» Sie wandte sich um und sah das Mädchen mit glühendem Gesicht hinter sich. Nur ihre unruhigen Hände zeugten von ihrem Unbehagen. «Ich habe es versprochen.»

Audrey fühlte mehr, als dass sie sah, wie die anderen Frauen sie beobachteten, und spürte, wie ihre Haut zu kribbeln begann. «Wie Sie meinen, Schwester.»

Schwester Mackenzie war großgewachsen, daher musste sie sich bücken, um den jungen Mann aufzurichten, die Arme unter seine Schultern zu legen und ihn mit einer routinierten Bewegung auf die Füße zu stellen.

Eine Weile sagte niemand etwas. Dann schrie Sergeant Levy nach Musik, und jemand setzte das Grammophon wieder in Gang.

«Ich konnte noch nie sonderlich gut tanzen», scherzte Lerwick, als sie ihn langsam zu der sandigen Tanzfläche führte. «Und ich fürchte, zwei Pfund Granatsplitter in meinen Knien helfen auch nicht gerade.»

Dann tanzten sie. «Ah, Schwester», hörte Audrey ihn sagen, «Sie glauben ja gar nicht, wie lange ich mir das gewünscht habe.»

Die Männer, die am nächsten standen, applaudierten spontan. Audrey bemerkte, dass sie selbst ebenfalls zu klatschen begonnen hatte. Der Anblick dieses zerbrechlichen Mannes rührte sie, wie er so gerade und stolz dastand und strahlte, weil sich sein bescheidener Wunsch erfüllte, mit einer Frau in den Armen auf der Tanzfläche zu stehen. Sie schaute dem Mädchen zu, das sein eigenes Unbehagen für ihn überwand und ihre langen Arme anspannte, um ihn zu halten, falls er das Gleichgewicht verlor. Ein freundliches Mädchen. Eine gute Krankenschwester. Das war das Traurigste daran.

Die Musik endete. Der Gefreite Lerwick sank dankbar in sein Bett. Er lächelte immer noch, trotz seiner offensichtlichen Erschöpfung. Audrey spürte, wie ihr das Herz sank, sie wusste, dass auch dieser einfache Akt der Freundlichkeit gegen die junge Schwester verwandt werden würde. Sie wusste es, und als Schwester Mackenzie mit den Augen nach ihrem Gepäck suchte, spürte Audrey, dass sie es ebenfalls wusste. «Ich begleite Sie hinaus, Schwester», sagte Audrey, um das Mädchen vor den Blicken der anderen zu schützen.

Der Gefreite Lerwick hielt immer noch Schwester Mackenzies Hand. «Wir wissen, was Sie alle getan haben für uns und dass Sie in Ihrer freien Zeit hierhergekommen sind … Sie waren alle wie … wie unsere Schwestern.» Er brach ab, und nach kurzem Zögern beugte sich Schwester Mackenzie über ihn und murmelte ihm zu, er solle sich nicht aufregen. «Nur daran werde ich mich erinnern, wenn ich an Sie denke, Schwester. An nichts anderes. Ich wünschte nur, der arme Chalkie …»

Audrey schob sich schnell zwischen sie. «Ich bin sicher, dass wir Schwester Mackenzie alle sehr dankbar sind, nicht wahr? Und ich bin sicher, dass wir ihr alle nur das Beste für die Zukunft wünschen.»

Ein paar Schwestern klatschten höflich. Einige Männer feixten.

«Danke schön», sagte das Mädchen leise. «Danke. Ich bin froh, Sie … alle …» Sie biss sich auf die Lippe und schaute in Richtung Ausgang, ganz offensichtlich in dem verzweifelten Wunsch, endlich fort zu sein.

«Ich bringe Sie hinaus, Schwester.»

«Passen Sie auf sich auf, Schwester Mackenzie.»

«Grüßen Sie die Jungs zu Hause.»

«Sagen Sie meinem Frauchen, sie soll meine Seite des Bettes schon mal anwärmen.» Derbes Gelächter erscholl.

Audrey fühlte, dass sich ihre merkwürdige Ängstlichkeit dabei etwas löste. Sie war zufrieden. Vor ein paar Wochen hätten einige der Männer noch nicht einmal den Namen ihrer Frauen aussprechen können.

Die beiden Frauen gingen langsam auf das Schiff zu. Die Geräusche der Feier wurden immer leiser, nur das Knistern ihrer gestärkten Uniformen und die weichen Schritte ihrer Schuhe auf dem Sand waren in der Stille zu hören. Sie gingen den Zaun entlang, an den inzwischen verlassenen Reihen der Lazarettzelte, den verrosteten eisernen Unterkünften für die Belegschaft, dem Küchenhaus und den Latrinen vorbei. Sie nickten dem Wachtposten am Tor zu, der salutierte. Draußen gingen sie die verlassene Straße zum anderen Ende der Halbinsel entlang, dorthin, wo das Lazarettschiff im glitzernden Wasser lag, vom Mondlicht erleuchtet. Sie erreichten den Kontrollpunkt und blieben stehen. Schwester Mackenzie sah zum Schiff, und Audrey fragte sich, was ihr wohl durch den Kopf gehen mochte, glaubte die Antwort jedoch schon zu kennen.

«Ist nicht weit bis nach Sydney, nicht wahr?», fragte sie, als die Stille unangenehm wurde.

«Nein. Gar nicht weit.»

Es gab zu viele unangemessene Fragen, zu viele abgedroschene Antworten. Audrey kämpfte gegen das Bedürfnis an, dem Mädchen den Arm um die Schultern zu legen, und wünschte, sie könnte besser ausdrücken, was sie fühlte.

«Sie tun das Richtige, Frances», sagte sie stattdessen. «Wenn ich Sie wäre, würde ich dasselbe tun.»

Das Mädchen schaute sie an, mit sehr geradem Rücken, direkt in die Augen. Sie war immer zurückhaltend gewesen, dachte Audrey, aber in den letzten Wochen war ihr Gesichtsausdruck vollkommen erstarrt, ihre Züge wie in Marmor gemeißelt.

«Kümmern Sie sich nicht um die anderen», sagte sie plötzlich. «Sie sind wahrscheinlich nur neidisch.»

Sie wussten beide, dass das nicht stimmte.

«Ein neuer Anfang, nicht wahr?», sagte sie und streckte ihr die Hand hin.

«Ein neuer Anfang.» Schwester Mackenzie schüttelte sie fest. Ihre Hand war kühl, trotz der Hitze, ihr Gesichtsausdruck undurchdringlich. «Vielen Dank für alles.»

«Passen Sie auf sich auf.» Audrey war keine Frau, die sich leicht von sentimentalen Gefühlen überwältigen ließ. Als das Mädchen sich zum Schiff wandte, nickte sie, glättete ihre Hosen und ging zum Lager zurück.

Teil zwei

Das bewegendste Ereignis der letzten Woche in Sydney war die Abfahrt der HMS *Victorious* mit 700 australischen Ehefrauen von britischen Soldaten an Bord. Stunden bevor das Schiff lossegelte, standen Freunde und Verwandte bereits dicht an dicht am Kai … Die meisten Bräute waren erstaunlich jung.

The Bulletin, Sydney, 10. Juli 1946

KAPITEL 4

Die Abfahrt

Später begriff sie, dass sie nicht genau gewusst hatte, was sie erwartete. Vielleicht hatte sie sich Frauen vorgestellt, die, mit ihren Koffern in der Hand, ordentlich in einer Schlange standen und darauf warteten, vom Kapitän an Bord gelassen zu werden. Sie würden ihm die Hand geben, und von ein paar leisen Abschiedsworten, vielleicht sogar von Tränen begleitet den Landungssteg hinaufgehen und das große weiße Schiff betreten. Sie selbst würde winken, bis ihre Familie außer Sicht wäre, und das Schiff würde langsam aus dem Hafenbecken hinausgleiten aufs offene Meer. Sie würde tapfer sein, den Blick auf das gerichtet, was kommen würde, und nicht auf das, was sie zurückließ.

Was sie sich nicht vorgestellt hatte, war dies: verstopfte Straßen bis zum Hafen von Sydney, Autos, die versuchten, sich in die Schlange der Wartenden einzufädeln, die daraufhin ungeduldig hupten, Stoßstange an Stoßstange unter dem grauen Himmel der Stadt, die Menschentrauben, die sich vor dem Eingang zu den Docks gebildet hatten. Alle schrien und winkten anderen Menschen zu. Millionen Ellenbogen und stolpernde Füße, die alle versuchten, sich ihren Weg zum Kai zu bahnen. Die Unruhe zahlloser aufgeregter Frauen, die sich an ihren Eltern festhielten, voller Kummer weinten oder versuchten, ihr Gepäck und ihre Proviantpakete durch das Gedränge zu dem riesigen grauen Schiff zu schleppen.

«Zur Hölle noch mal. Bei dieser Geschwindigkeit schaffen wir es nie.» Murray Donleavy saß mit starrem, sommersprossigem Gesicht am Steuer des Pick-ups und rauchte noch eine Zigarette.

«Reg dich nicht auf, Dad.» Margaret legte ihm die Hand auf den Arm.

«Der Mann fährt wie ein Volltrottel. Nun mach schon da drüben!» Er schlug auf die Hupe. Das Auto vor ihm ruckte, und dann blieb es stehen.

«Dad, das ist nicht eine deiner Kühe, Herrgott noch mal! Wir kriegen das schon hin. Wenn es noch schlimmer wird, kann ich immer noch aussteigen und zu Fuß gehen.»

«Sie kann sie ja mit ihrem verdammten Bauch aus dem Weg schubsen.» Daniel, der hinter ihr saß, sprach immer derb von ihrem «Dickbauch», wie er ihn nannte.

«Ich schubse dich gleich aus dem Weg, wenn du weiter so redest.» Margaret beugte sich vor, um den Terrier zu streicheln, der zu ihren Füßen kauerte. Immer wieder zuckte Maud Gonnes Nase, weil unbekannte Gerüche durch das Fenster drangen: Meersalz, Abgase, Popcorn und Diesel. Sie war schon alt, halbblind und ihre Schnauze schon fast grau. Margaret hatte sie zu ihrem zehnten Geburtstag von ihrer Mutter bekommen.

Sie beugte sich nach unten und nahm ihren Handkorb auf die Knie, um zum vierzehnten Mal nachzuschauen, ob sie auch alle ihre Papiere dabeihatte.

Ihr Vater warf ihr einen Blick zu. «Sieht so aus, als ob du rein gar nichts in diesem Korb hättest. Ich dachte, Letty hätte dir ein paar Sandwiches eingepackt.»

«Ich muss sie wohl herausgenommen haben, als ich gepackt habe. Tut mir leid, ich hatte heute Morgen einfach zu viel im Kopf.»

«Hoffentlich bekommst du an Bord etwas zu essen.»

«Natürlich bekommen wir etwas zu essen, Dad.»

«Die brauchen ein zweites Schiff, um das ganze Essen zu transportieren, das Maggie verputzt.»

«Daniel!»

«Ist schon gut, Dad.» Das wütende Gesicht ihres Bruders war halb hinter seinem viel zu langen Pony verborgen. Er schien es immer schwieriger zu finden, sie überhaupt nur anzusehen. Sie überlegte, es ihm leichter zu machen, indem sie sagte, dass sie ihn verstünde, dass sie ihm seine ungewöhnliche Gemeinheit nicht übelnähme, aber sie vermutete, dass er auch das zurückweisen würde – und jetzt, da der Abschied näher rückte, war sie sich nicht mehr sicher, ob sie stark genug war, das zu ertragen.

Letty hatte nicht gewollt, dass er mitfuhr, sie hatte den Missmut des Jungen als ein schlechtes Vorzeichen für die Reise verstanden. «Du willst doch nicht, dass so ein Gesicht das Letzte ist, was du von deiner Familie siehst», hatte sie gesagt, als Daniel zum x-ten Mal die Tür zugeschlagen hatte.

«Es ist schon in Ordnung», hatte Margaret erwidert.

Letty hatte den Kopf geschüttelt und sich doppelt so viel Mühe mit dem Essenspaket gegeben. Fünfundzwanzig Pfund durften sie mit an Bord nehmen, und Letty, die befürchtete, Joes Mutter könnte den neuen australischen Zweig ihrer Familie für geizig halten, hatte gewogen und nachgewogen, bis sie

bis auf das letzte Gramm genau so viel an Lebensmitteln eingepackt hatte.

Margarets Mitgift umfasste daher, unter anderem, Lettys
besten Früchtekuchen, eine Flasche Sherry, Lachskonserven,
Fleisch, Spargel und eine Schachtel mit Leckereien in Gelee,
die sie für die Coupons bei einem Besuch im Kaufhaus Hordern
Brothers in Sydney bekommen hatte.

Außerdem hatte sie noch ein Dutzend Eier einpacken wollen,
aber Margaret hatte sie darauf hingewiesen, dass sie nach sechs
Wochen an Bord eines Schiffes weniger ein Geschenk als vielmehr eine Gefahr für die Gesundheit sein würden.

«Ist ja nicht so, dass die Inselaffen die Einzigen wären, bei
denen es Lebensmittelrationierungen gibt», hatte sich Colm beschwert. Er liebte Lettys Früchtekuchen.

«Je netter wir zu ihnen sind, desto netter sind sie zu Maggie»,
hatte Letty ärgerlich entgegnet. Sie hatte eine Weile vor sich
hingestarrt, um dann in die Küche zu flüchten und sich die Augen mit einem Geschirrhandtuch abzutupfen.

«Papiere bitte.»

Sie waren am Tor des Woolloomooloo-Kais angekommen.
Ein Polizist beugte sich in das Fenster des Wagens, und Margaret zog ihre Papiere aus dem Korb und reichte sie ihm.

Sein Finger glitt die Reihe der Namen auf seiner Liste hinab. Dann, offenbar zufrieden mit dem Ergebnis, winkte er sie
durch. «Alle Bräute auf die *Victoria*. Liegeplatz Nummer sechs.
Sie werden sie wohl bei dem Posten absetzen müssen. Man kann
dort nicht halten.»

«Das geht nicht, Kollege. Sehen Sie sie an.»

Der Polizist beugte sich noch einmal zum Fenster hinunter
und schaute dann über die Menschenmenge. «Vielleicht haben
Sie Glück und finden dort links einen Platz. Folgen Sie den Zei-

chen zum Kai, und dann biegen Sie an dem blauen Pfeiler links ab.»

«Danke, Kollege.»

Der Mann klopfte zweimal auf das Wagendach. «Aber fahren Sie niemanden um. Da drüben ist die Hölle los.»

«Ich geb mein Bestes.» Murray schob seinen Hut in den Nacken und dirigierte den Pick-up zum Kai hinunter. «Aber versprechen kann ich nichts.»

Der Wagen brummte und heulte, als Murray ihn durch das Gedränge lenkte. Hin und wieder musste er scharf bremsen, weil jemand vom Bordstein auf die Straße stolperte, oder um Mütter und Töchter herumfahren, die sich fest umarmt hielten, ohne auf die Welt um sie herum zu achten.

«Du hast vollkommen recht, die sind nicht wie Kühe», murmelte er mehr zu sich selbst. «Kühe sind viel vernünftiger.»

Er mochte auch sonst keine Menschenmengen. Obwohl Woodside nicht weit entfernt lag, war er Margarets Einschätzung nach vielleicht gerade fünfmal in Sydney gewesen, seit sie auf der Welt war. Sie mochte das Gedränge der Stadt ebenfalls nicht besonders, aber heute fühlte sie sich seltsam unbeteiligt, so als wäre sie nur eine Beobachterin. Das Ausmaß dessen, was sie im Begriff war zu tun, konnte sie nicht erfassen.

«Wie spät ist es?», fragte Murray, als sie mit laufendem Motor darauf warteten, dass ein weiterer Pulk Menschen mit prall gefüllten Koffern und störrischen Kindern im Schlepptau an ihnen vorbeizog.

«Es ist alles in Ordnung, Dad, das habe ich dir doch schon gesagt. Ich kann hier aussteigen und den Rest zu Fuß gehen, wenn du willst.»

«Als ob ich dich mit diesen Leuten allein lassen würde!»

Plötzlich erkannte sie, wie sehr er sich für ihre Reise verantwortlich fühlte, dass er, obwohl er es furchtbar fand, sie zu verlieren, gleichzeitig auch fürchtete, bei ihrem letzten Zusammensein irgendetwas falsch zu machen. «Es sind nur ein paar hundert Meter, Dad, das werde ich wohl noch schaffen.»

«Ich habe versprochen, dich auf dieses Schiff zu bringen, Maggie. Du bleibst jetzt hier sitzen.» Er hatte die Zähne zusammengebissen. Sie fragte sich insgeheim, wem er dieses Versprochen wohl gegeben hatte.

«Da! Schau mal, Dad!» Daniel klopfte ans Heckfenster und gestikulierte heftig in Richtung eines offiziell aussehenden Autos, das gerade aus einer Parklücke glitt.

«Gut.» Das Kinn vorgestreckt, trat ihr Vater aufs Gaspedal und zwang die Menschen vor ihnen dazu, zur Seite zu springen. «Weg da», brüllte er durchs Fenster, und in Sekundenschnelle hatte er den Pick-up in die winzige Lücke gezwängt und dabei einige andere Autos abgedrängt, die sich ebenfalls Hoffnungen auf einen Parkplatz gemacht hatten.

«Na also!» Er drehte den Schlüssel im Zündschloss, und der Motor erstarb. Dann wandte er sich an seine Tochter. «Na also», wiederholte er, nicht mehr ganz so fest.

Das Schiff war groß genug, um Maggie den Atem zu rauben. Es nahm die ganze Länge des Kais ein und versperrte den Blick auf das Meer und den Himmel. An seiner Seite traten Geschütztürme wie Balkone hervor, einige mit Kanonen bestückt, andere mit zerbrechlich wirkenden Gerüsten darauf, geschwungen wie die Hälse eleganter Vögel. Hunderte Mädchen waren bereits an Bord und standen auf dem Flugdeck, saßen rittlings auf den Geschützrohren oder winkten von der Gangway. Die Bewegungen der in Mäntel und Tücher verpackten Gestalten wirkten winzig und mechanisch vor dem Hintergrund des Flugzeugträgers. Einige spähten durch die Bullaugen und formten mit den Lippen Botschaften für die, die unten standen. Es war unmöglich, in dem allgemeinen Lärm irgendetwas zu verstehen, also versuchten sich die meisten in einer Art hektischen Zeichensprache zu verständigen.

Am Kai spielte eine Blaskapelle. Margaret konnte gerade so «The Maori's Farewell» und «Bell Bottom Trousers» aus den Fetzen heraushören, die der Wind über den Lärm der Menge herübertrug. Ein Mädchen wurde die Gangway hinuntergeleitet. Es weinte, und an seinem Mantel hingen bunte Papierluftschlangen. «Hat ihre Meinung geändert», hörte sie einen der Polizisten sagen. «Jemand soll sie in den Frachtschuppen zu den anderen bringen.»

Margaret spürte eine leichte Beklemmung aufsteigen und wusste, wie leicht sie in Hysterie umschlagen konnte.

«Aufgeregt?», fragte ihr Vater. Er hatte das Mädchen ebenfalls gesehen.

«Nein», entgegnete sie. «Ich will nur Joe wiedersehen.»

Ihre Antwort schien ihn zu beruhigen. «Deine Mum wäre stolz auf dich.»

«Mum würde sagen, dass ich etwas Vernünftigeres hätte anziehen sollen.»

«Das auch.» Er knuffte sie mit dem Ellenbogen, und sie knuffte zurück. Dann griff sie nach ihrem Hut, um ihn zurechtzurücken.

Eine Frau vom Roten Kreuz mit einem Klemmbrett in den Händen drängte sich durch die Menge. «Bräute, ihr müsst jetzt an Bord gehen. Haltet eure Papiere bereit.» Jedes Mädchen, das die Gangway emporkletterte, wurde mit Luftschlangen beworfen. «Das wird dir noch leidtun!», riefen die Hafenarbeiter ihnen fröhlich zu.

Ihr Vater war losgegangen, um ihren großen Koffer zum Zoll zu bringen. Jetzt sah sie ihren jüngsten Bruder mit abgewandtem Blick dastehen.

«Pass für mich auf die Stute auf, Daniel», sagte sie. Sie musste fast schreien. «Lass keinen von diesen dicken Leuten an sie heran. Und halte sie an der Trense, so lange es geht.»

Er starrte zu Boden und wollte sie einfach nicht ansehen.

«Daniel. Antworte deiner Schwester.» Sein Vater, der wieder zu ihnen trat, bedachte ihn mit einem strengen Blick.

«Ist schon gut, Dad.»

Sie betrachtete Daniels magere Schultern, das Gesicht, das er so entschlossen von ihr abgewandt hielt, und spürte plötzlich den überwältigenden Drang, ihn in den Arm zu nehmen, ihm zu sagen, wie sehr sie ihn liebte. Aber er hatte ihren schwangeren Körper immer abstoßender gefunden, hatte jede Berührung verweigert, seit sie verkündet hatte, dass sie fortgehen würde. Es war beinahe, als ob er ihren Bauch und nicht Joe dafür verantwortlich machte, dass sie ging.

«Gibst du mir die Hand?»

Er zögerte lange, und die Aussicht auf den Zorn ihres Vaters lag lastend auf ihnen. Dann streckte Daniel die Hand aus und drückte die ihre kurz und fest. Sofort ließ er sie wieder los. Er schaute sie immer noch nicht an.

«Ich werde dir schreiben», sagte sie. «Und du antwortest verdammt noch mal lieber.»

Er schwieg.

Ihr Vater trat vor und drückte sie fest. «Sag deinem Mann, dass er auf dich aufpassen soll», murmelte er in ihr Haar, und seine Stimme klang belegt.

«Du nicht auch noch, Dad.» Sie atmete den Geruch von Mottenkugeln, Rindern und Heu ein, der in seinem guten Jackett hing. «Ihr werdet schon zurechtkommen, ihr alle. Letty wird sich besser um euch kümmern, als ich es je konnte.»

«Na, das ist ja auch nicht schwer.»

Sie spürte, dass ihm der Scherz schwerfiel, und drückte ihn noch einmal.

«Na dann.» Er machte sich von ihr los und schluckte hart. «Also, jetzt bringen wir dich besser an Bord. Soll ich dein Gepäck tragen?»

«Es wird schon gehen.» Sie hängte sich die große Tasche über die Schulter, klemmte sich den Handkorb und das Paket mit den Lebensmitteln unter den freien Arm und straffte sich. Sie atmete einmal tief durch und machte sich auf in Richtung Schiff.

Die Hand ihres Vaters hielt sie zurück. «Warte mal, Mädchen. Du musst doch erst noch durch den Zoll.»

«Was?»

«Der Zoll. Sieh doch, sie schicken alle erst einmal dorthin, bevor sie an Bord dürfen.»

Sie spähte durch die Menge. Ein riesiger, angerosteter Eisenschuppen auf der anderen Seite des Kais.

Zwei Mädchen sprachen mit den Zollbeamten an der Tür. Eine zeigte auf ihre Tasche und lachte.

Ihr Vater sah sie prüfend an. «Geht es dir gut, Mädchen? Du bist ja ganz blass geworden.»

«Ich kann nicht, Dad», flüsterte sie.

«Ich kann dich nicht hören, Mädchen. Was ist los?»

«Dad, ich fühle mich nicht gut», antwortete sie.

Ihr Vater trat vor und nahm ihren Arm. «Was ist los? Musst du dich hinsetzen?»

«Nein … es ist die Menge. Mir ist ein wenig schwindelig. Sag ihnen, sie müssen mich an Bord bringen.» Sie schloss die Augen.

Dann hörte sie, wie ihr Vater Daniel einen Befehl gab und dass er davonrannte.

Ein paar Minuten später standen zwei Marineoffiziere neben ihr. «Geht es Ihnen gut, Madam?»

«Ich muss einfach nur schnell an Bord.»

«Gut. Waren Sie schon …»

«Hören Sie, Sie sehen doch, dass ich guter Hoffnung bin. Mir ist schwindelig. Das Baby drückt auf meine Blase, und ich fürchte, in eine peinliche Situation zu kommen. Ich kann nicht eine Minute länger in diesem Gedränge bleiben.» Die Verzweiflung hatte ihr die Tränen in die Augen getrieben, und sie spürte, wie unangenehm das den Männern war.

«Sonst ist sie nicht so», sagte ihr Vater mit Besorgnis in der Stimme. «Sie ist ein starkes Mädchen. Habe noch nie erlebt, dass ihr schwindelig geworden wäre.»

«Uns sind hier schon einige untergekommen», sagte einer der Offiziere. «Das liegt an dem Gedränge hier. Wir bringen sie an Bord. Bitte geben Sie uns Ihr Gepäck, Madam.»

Sie gab ihnen ihre Reisetasche und das Essenspaket. Das braune Papier war ganz weich geworden von ihren feuchten Händen.

«Wird es ihr gut gehen? Haben Sie einen Arzt an Bord?» Ihr Vater blieb mit besorgtem Gesichtsausdruck bei ihnen stehen.

«Ja, Sir. Machen Sie sich keine Sorgen.» Sie spürte, wie er neben ihr zögerte. «Tut mir leid, Sir. Sie dürfen hier nicht weiter.»

Einer der Offiziere griff nach ihrem Korb. «Soll ich Ihnen das hier noch abnehmen?»

«Nein», fuhr sie ihn an und zog den Korb an sich. «Nein danke», fügte sie hinzu und versuchte zu lächeln. «All meine Papiere und persönlichen Dinge sind darin. Es wäre furchtbar, wenn ich ihn verlieren würde.»

Er grinste sie an. «Da haben sie wohl recht, Madam. Heute ist kein guter Tag, um etwas zu verlieren.»

Sie nahmen sie in ihre Mitte und schoben sie auf das Schiff zu.

«Auf Wiedersehen, Maggie», rief ihr Vater hinter ihr her.

«Dad.» Plötzlich kam ihr das alles viel zu übereilt vor. Sie war sich nicht mehr sicher, ob sie überhaupt dazu bereit war.

Ihr Vater zwinkerte, um die Tränen zurückzuhalten.

«Es wird dir noch leidtun!» Ein junger Arbeiter, der seine Mütze tief ins Gesicht gezogen hatte, grinste sie an.

«Du passt besser auf», schrie ihr Vater. «Hörst du? Du passt besser auf dich auf.» Dann verloren sich seine Stimme, sein Gesicht und sein abgewetzter Hut in der Menge.

Der Oberste Offizier hatte schon dreimal versucht, seine Aufmerksamkeit auf sich zu ziehen. Der verdammte Kerl blieb einfach dort stehen und hüpfte auf und nieder, wie ein Kind, das um die Erlaubnis bittet, aufs Klo gehen zu dürfen.

Dobson. Immer ein bisschen zwangloser, als es die Situation erlaubte. Kapitän Highfield war ohnehin schon übler Laune und beschloss, ihn zu übersehen. Er wandte sich ab und rief im Maschinenkontrollraum an.

Die Feuchtigkeit ließ sein Bein schmerzen. Er verlegte sein Gewicht auf sein anderes Bein, um es ein wenig zu entlasten, und stand so ziemlich schief da. Er war ein stämmiger Mann, dessen stocksteife Haltung ihm in den vielen Jahren seines Dienstes in Fleisch und Blut übergegangen war – und die zu unzähligen respektlosen Imitationen unter Deck führte.

«Hawkins, ist der Backbordmotor immer noch blockiert?»

«Ich habe im Moment zwei Mann dort unten, Sir. Wir hoffen, ihn in den nächsten zwanzig Minuten frei zu bekommen.»

Highfield seufzte. «Tun Sie Ihr Bestes, Mann. Sonst brauchen wir noch zwei weitere Schlepper, um uns auf See zu ziehen, und das lässt uns gerade heute nicht besonders gut aussehen, nicht wahr?»

«Nicht ganz der Eindruck, den wir bei den Bewohnern der alten Kolonien hinterlassen wollen, während wir gerade mit ihren Töchtern durchbrennen», sagte eine Stimme hinter ihm.

Kapitän Highfield stand vom Sprachrohr auf.

«Wie bitte?»

Dobson zögerte. «Ich … wollte sagen, dass ich ganz Ihrer Meinung bin, Sir. Nicht gerade der Eindruck, den wir hinterlassen wollen.»

«Ja, nun, darüber müssen Sie sich keine Gedanken machen, Dobson. Was wollten Sie noch gleich?»

Von der Brücke aus konnte man den ganzen Hafen überblicken: die riesige Menschenmenge, die sich bis zu den Trockendocks hin drängte, die flatternden Wimpel und, eine nach der anderen, die Frauen, die langsam die Gangway erklommen und dabei winkten. Highfield hatte innerlich bei jeder einzelnen gestöhnt.

«Ich wollte mit Ihnen über die Besatzungsliste sprechen, Sir. Ein paar fehlen immer noch.»

Der Kapitän warf einen Blick auf seine Armbanduhr. «Immer noch? Wie viele?»

Dobson schaute auf seine Liste. «Zurzeit noch fast ein halbes Dutzend.»

«Verdammt noch mal.» Highfield schlug mit der flachen Hand auf die Wählscheibe. Das Auslaufen dieses Schiffes wurde langsam zu einer lächerlichen Veranstaltung. «Was zum Teufel haben die Männer letzte Nacht nur gemacht?»

«Es scheint eine recht ausgelassene Party in einer Kneipe gegeben zu haben, Sir. Ein paar von ihnen sind ziemlich angeheitert zurückgekommen, ein paar auch vollkommen besoffen. Einer hat sogar die Gangway verfehlt und ist direkt ins Wasser gefallen. Zum Glück haben Jones und Morris Wache gestanden, sonst hätten wir ihn verloren. Und dann sind da noch die sechs, die immer noch unterwegs sind.»

Highfield starrte hinaus. «Verdammter Saustall», sagte er. Der Zorn in seiner Stimme galt nicht nur den fehlenden Männern. «Sechshundert gackernde Mädchen schaffen es rechtzeitig an Bord, aber Englands beste Matrosen schaffen es nicht. Sie sind eine verdammte Schande für uns.»

«Da ist noch etwas. Vier der Bräute haben sich bereits beim Roten Kreuz gemeldet.»

«Was? Die sind doch erst seit fünf Minuten an Bord.»

«Haben nicht auf uns gehört, als wir sie gewarnt haben, dass sie sich an der Luke ducken müssen. Waren wohl zu aufgeregt, nehme ich an.» Er schlug sich mit der flachen Hand gegen die Stirn, um den häufigsten Unfall an Bord eines Schiffes zu illustrieren. «Eine muss sogar genäht werden.»

«Kann sich der Schiffsarzt nicht darum kümmern?»

«Ah. Er ist … äh … einer derjenigen, die fehlen.»

Die Männer um Highfield herum schwiegen erwartungsvoll.

«Zwanzig Minuten», sagte Highfield schließlich. «Bis der Backbordmotor wieder funktioniert. Danach können die Habseligkeiten der Verspäteten von Bord geschafft werden. Ich lasse nicht zu, dass dieses Schiff von Trunkenbolden aufgehalten wird. Schon gar nicht ausgerechnet heute.»

Avice lehnte sich gegen die Reling, mit einer Hand hielt sie ihren neuen Hut fest. Jean saß rittlings auf einem Geschützturm und führte sich unmöglich auf. Das Mädchen war vollkommen hysterisch. Sie schrie herum, bis sie heiser war, und hatte die Arme um zwei Matrosen geschlungen, als ob sie betrunken wäre und sich an ihnen festhalten müsste. Möglicherweise *war* sie betrunken; bei dieser Art Mädchen hätte Avice das nicht überrascht. Deswegen hatte sie sich bewusst von ihr entfernt, als sie vor einer halben Stunde an Bord gekommen waren.

Sie schaute auf die Falten ihres neuen Reisekostüms herab und war zufrieden, dass ihre Kleidung viel besser war als die der anderen Mädchen. Ihre Eltern, die sie nicht zum Schiff hatten bringen können, hatten stattdessen ein Telegramm und etwas Geld geschickt, und ihre Mutter hatte dafür gesorgt, dass ihr Kostüm am Morgen ins Hotel gebracht wurde. Avice hatte sich schon Sorgen gemacht, was sie anziehen sollte, weil sie sich nicht sicher war, was man zu solchen Gelegenheiten trug. Jetzt, da sie all die anderen Mädchen sah, fragte sie sich, warum sie überhaupt darüber nachgedacht hatte. Kaum eines schien dem Anlass entsprechend gekleidet zu sein.

Das Schiff wirkte schäbig. Als Avice die wackelige Gangway hinaufgegangen war, hatte sie die Nase gerümpft: Schwach, aber eindeutig roch es nach gekochtem Kohl. Ein klares Anzeichen für die zweite Klasse.

Aber Feigheit sollte Avice niemand vorwerfen können. Oh nein. Sie straffte die Schultern und zwang sich, daran zu denken, wo sie hinfuhr. In sechs Wochen würde sie herausfinden, was ihr neues Leben für sie bereithielt. Sie würde seine Eltern kennenlernen, ihren Tee im Pfarrhaus nehmen, die Damen des reizenden englischen Städtchens kennenlernen, in dem sie leben würden, vielleicht sogar einen Herzog oder eine Herzogin. Sie würde seinen Freunden vorgestellt werden, jenen, die nichts mit der Royal Air Force zu tun und ihn schon als Kind gekannt hatten. Und sie würde ihm ein behagliches Zuhause schaffen.

Sie würde endlich Mrs. Ian Radley sein.

«Schaut euch die an!» Avice spähte auf das Deck unter ihr: Jean war gerade vom Geschützturm geglitten. Jetzt hing sie kichernd an der Hosentasche eines der Matrosen, ihre Unterwäsche und ein großer Teil ihres Beins für alle sichtbar. Sie wollte gerade etwas sagen, als sie plötzlich bemerkte, dass das Deck sanft unter ihren Füßen zu vibrieren begonnen hatte: Die Motoren mussten gestartet worden sein, obwohl man es in dem Lärm nicht hören konnte. Sie schaute über die Reling und erschrak, als sie feststellte, dass die Gangway nach oben gezogen worden war. Großer Lärm erhob sich, und ganz in der Nähe wurden einige Matrosen mit einer Winde hochgezogen. Offenbar hatten sie die Gelegenheit verpasst, auf übliche Weise an Bord zu gelangen. Sie lachten und schrien und waren mit Lippenstiftspuren übersät. Womöglich waren sie sogar betrunken.

Beschämend, dachte Avice, musste aber gegen ihren Willen lächeln, als sie kurzerhand auf dem Flugdeck über ihr abgeladen wurden. Um sie herum zogen Schlepper an dem riesigen Schiff und bugsierten es langsam aus dem Hafen heraus. Die Frauen plapperten aufgeregt, winkten noch heftiger, und eine schrie lauter als die andere, um sicherzugehen, dass ihre Botschaft im allgemeinen Getöse nicht unterging.

«Mum!», schrie eine Stimme unter Avice immer hysterischer. «Mum! Mum!»

Neben ihr betete ein Mädchen, brach dann ab und murmelte vor sich hin: «Ich kann es nicht glauben! Ich kann es nicht glauben!»

Die Menge am Anleger war ein Meer aus australischen Flaggen und ein paar britischen. Immer mehr Menschen drängten sich an den Rand des Kais und hüpften hoch, damit ihre Angehörigen an Bord sie sehen konnten. Plakate wurden hochgehalten: «Viel

Erfolg, Audrey», «Viel Glück wünschen die Werftarbeiter von Garden Island». Sie ertappte sich dabei, wie sie über den Hafen hinweg zu den Hügeln sah. Ist es das?, dachte sie plötzlich, und die Kehle wurde ihr plötzlich eng. Das letzte Mal, dass ich Australien sehe? Dann gab es einen Ruck, die Absperrbänder rissen, ihre Enden flatterten wie Spinnweben und entließen das Schiff vom Kai. Mit einem hörbaren Ächzen schlingerte es fort, lichtete den Anker und sank ein paar Strich tiefer ins Meer.

Ein Keuchen aus tausend Kehlen erklang. Die Motoren dröhnten. Ein Mädchen kreischte, und über den ganzen Lärm hinweg spielte die jetzt gut sichtbare Kapelle mit «Waltzing Matilda» auf.

Das dünne Band blauen Wassers unter ihnen verbreiterte sich und wurde schließlich zu einer endlosen Fläche. Das Schiff, vollkommen unbeeindruckt von all dem Wahnsinn um es herum, glitt erstaunlich schnell aus dem Hafen.

«Das wird dir noch leidtun!», erscholl ein einzelner Ruf, der sogar über der Musik noch zu hören war. Es klang wie ein Scherz. «Es wird euch allen noch leidtun!»

Genau in diesem Moment verstummten die Passagiere des Schiffes. Und dann brach das erste Mädchen in Tränen aus.

Murray Donleavy legte seinen Arm um die Schultern seines schluchzenden Sohnes und saß still neben ihm. Die Menge verzog sich langsam, und man hörte immer deutlicher das Jammern und Weinen der Frauen. Schließlich waren nur noch einige Grüppchen auf dem Kai und starrten dem Schiff hinterher, das langsam mit dem Horizont verschmolz. Es wurde kühl, und der Junge zitterte. Murray zog seine Jacke aus, legte sie Daniel um die Schultern und zog seinen Sohn dann an sich, um ihn zu wärmen.

Hin und wieder hob Daniel den Kopf, als ob er etwas sagen wollte, sank dann aber wieder in sich zusammen, um still vor sich hin zu weinen, das Gesicht in den Händen vergraben, als schämte er sich für seine Tränen.

«Es gibt nichts zu bereuen, Junge», murmelte Murray. «Es war ein harter Tag.»

«Glaubst du, dass sie mich jetzt hasst, Dad?»

«Jetzt sei mal nicht so verdammt empfindlich.» Er zauste ihm das Haar. «Sie wird darauf drängen, dass du sie besuchst, ehe du dich's versiehst.»

«In England?»

«Warum nicht. Spar du nur dein Kaninchengeld, dann kannst du eher, als du glaubst, dorthin fliegen. Die Dinge ändern sich schnell.»

Der Junge starrte ins Nichts, in Gedanken in einer Welt voller teuer bezahlter Pelze und riesiger Flugzeuge. «Ich könnte dorthin fliegen», wiederholte er ungläubig.

«Wie ich schon sagte, Junge, spar du nur dein Geld. Wenn du in diesem Tempo weitermachst, kannst du uns bald allen die Reise bezahlen.»

Jetzt lächelte Daniel. Seinem Vater tat es in der Seele weh zu sehen, wie tapfer sein Sohn diesen weiteren Verlust hinnahm. Pass auf sie auf, bat er das Schiff in Gedanken, als er in den Pickup kletterte. Sorge für mein Mädchen.

Ein paar Minuten lang saßen sie beide nur da und beobachteten, wie die Leute durch die Tore der Werft kamen. Jetzt, ohne die Menschenmengen, sahen sie erst, wie groß das Areal war. Der Wind wehte stärker, wirbelte Papierfetzen auf und jagte sie über den Kai. Möwen schossen aus der Luft auf sie herab. Er seufzte, als ihm einfiel, wie weit der Weg nach Hause sein würde.

«Dad, sie hat ihre Sandwiches vergessen.» Daniel hielt das in Butterbrotpapier eingeschlagene Päckchen hoch, das Letty am Morgen gemacht hatte. «Es lag hier auf dem Boden. Sie hat ihren Proviant vergessen.»

Murray runzelte die Stirn. Hatte sie nicht geglaubt, sie zu Hause vergessen zu haben?

«Darf ich sie essen, Dad? Ich bin am Verhungern.»

Murray steckte den Schlüssel ins Zündschloss. «Warum nicht. Maggie kann sie ja jetzt nicht mehr gebrauchen. Aber lass eins für mich übrig.»

Endlich hatte es zu regnen begonnen. Den ganzen Tag über hatten die grauen Wolken gedroht, ihre Last loszuwerden, und jetzt klatschte der Regen gegen die Windschutzscheibe. Murray startete den Wagen und fuhr langsam auf den Kai. Dann trat er plötzlich auf die Bremse und starrte seinen Sohn an.

«Warte mal», sagte er, und die Erinnerung an einen leeren Korb und die unerklärliche Hast, mit der seine Tochter an Bord gegangen war, elektrisierte ihn förmlich. «Wo ist der verdammte Hund?»

Eine australische Braut, die an Bord der HMS *Victorious* nach England reisen wollte, verpasste das Auslaufen des Schiffes, weil im letzten Moment gegen sie Anklage erhoben wurde. Die Klage wurde zurückgezogen, und sie wurde mit dem Polizeiauto zur Woolloomooloo-Werft 3 gebracht, aber der Flugzeugträger mit den Bräuten an Bord war bereits ausgelaufen.

Sydney Morning Herald, 4. Juli 1946

KAPITEL 5

Erster Tag der Reise

D ie HMS *Victoria* war 228 Meter lang und wog dreiundzwanzigtausend Tonnen. Neun Stockwerke befanden sich unter dem Flugdeck und vier Decks darüber, bis hoch zur Brücke und deren Aufbauten. Selbst ohne die eigens für die Bräute eingebauten Kojen beherbergte das Schiff in seinem riesigen Bauch etwa zweihundert Kajüten, Lagerräume und Kammern. Die Hangars, in denen die meisten Bräute untergebracht waren, waren fast 150 Meter lang und lagen auf denselben Decks wie die Kantinen, Waschräume, die Zimmer des Kapitäns und mindestens vierzehn geräumige Lagerräume. Sie waren durch enge Flure miteinander verbunden, die, wenn man aus Versehen auf das falsche Deck geriet, ebenso gut zu einer Maschinenwerkstatt oder Ingenieursmesse führen konnten wie zum Waschraum einer Braut – eine Situation, die schon einige rote Gesichter zur Folge gehabt hatte. Avice hatte den Plan des Schiffes bereits mehrmals studiert und übellaunig Gemüselager, Fallschirmpackräume und Geschützmagazine registriert, die eigentlich doch große Ballsäle und Erste-Klasse-Kajüten hätten sein sollen. Das Ganze war eine schwimmende Welt voller unverständlicher Regeln und Vorschriften, ein labyrinthartiger Kaninchenbau mit niedrigen Decken, Spinden und Fluren, von denen die meisten zu Orten führten, die nun wirklich nichts für Frauen waren. Die schiere Anzahl von Menschen, die sich hier bewegten und keine Ahnung hatten, wo sich die verschiedenen Aufgänge und Korridore befanden, führte dazu, dass man eine gute halbe Stunde brauchte, um einfach nur ein Deck zu überqueren, wobei man sich an Leuten vorbeidrängen oder sich an die Rohrleitungen an den Wänden pressen musste, um andere durchzulassen.

Und dennoch wurde Avice Jean nicht los.

Von der Sekunde an, als herauskam, dass ihnen dieselbe Kabine zugewiesen worden war (mehr als sechshundert Bräute, und man hatte sie ausgerechnet mit dieser Jean zusammengepfercht!), hatte das Mädchen beschlossen, eine neue Rolle zu übernehmen: die von Avice' bester Freundin. Sie vergaß bequemerweise die gegenseitige Abneigung, die ihre Treffen im Club der Amerikanischen Ehefrauen gekennzeichnet hatte, und war den größten Teil der vergangenen vierundzwanzig Stunden hinter ihr hergelaufen. Wann immer Avice ein Gespräch mit jemand anderem begonnen hatte, unterbrach Jean es, um ihre älteren Rechte mit dem Hinweis auf die gemeinsame Vergangenheit in Sydney zu untermauern.

So kam es, dass sie beide zusammen beim Frühstück saßen («Avice! Erinnerst du dich an das Mädchen, das alles mit Schlingenstich genäht hat, sogar ihre Unterhosen?»), über die Decks spazierten, um sich zurechtzufinden («Avice! Weißt du noch, als wir diese Halsketten aus den Fußringen für Hühner basteln mussten? Hast du deine noch?»), oder in der überlangen

Schlange zu den Waschräumen warteten («Avice! Hast du diese Spitzenhöschen auch in deiner Hochzeitsnacht getragen? Sie sehen ein bisschen zu vornehm aus für jeden Tag … Oder willst du jemanden damit beeindrucken? Na? Na?»). Sie wusste, dass sie netter zu Jean sein sollte, besonders seit sie erfahren hatte, dass sie erst sechzehn war – aber mal im Ernst! Das Mädchen war wirklich anstrengend.

Und Avice war sich nicht einmal sicher, ob sie vollkommen ehrlich war. Es hatte da ein Gespräch beim Frühstück gegeben. Jean hatte darüber geredet, dass sie in einem Kaufhaus Arbeit finden wollte, in dem die Tante ihres Mannes eine höhere Stellung bekleidete. «Aber wie willst du arbeiten? Ich dachte, du wärst guter Hoffnung», hatte Avice entgegnet.

«Hab's verloren», sagte Jean unbekümmert. Avice warf ihr einen prüfenden, misstrauischen Blick zu. «Das war ziemlich traurig», sagte Jean. Und nach einer kurzen Pause fügte sie hinzu: «Glaubst du, sie geben mir eine zweite Portion Speck?»

Als sie flink die letzten Stufen hinaufstieg, fiel Avice auf, dass Jean kaum jemals ihren Mann Stanley erwähnte. Sie selbst hätte gern öfter über Ian gesprochen, aber bei den wenigen Gelegenheiten, in denen sie ihn erwähnt hatte, hatte Jean versucht, ihr schmutzige Vertraulichkeiten zu entlocken («Hast du ihn schon vor der Hochzeitsnacht rangelassen?» und, noch schlimmer: «Hast du dich nicht erschreckt, als du ihn … du weißt schon … stehen gesehen hast?»). Schließlich gab Avice den Versuch auf, sie abzuschütteln.

«Gehst du zu einem dieser Vorträge?», rief Jean, die auf einem Kaugummi herumkaute, als sie am Vorführraum vorbeigingen. Avice tat so, als höre sie sie nicht.

«Ich hätte Lust auf den, in dem es um allgemeine Schwierigkeiten im ersten Ehejahr geht», fuhr Jean fort. «Auch wenn unser erstes Jahr bisher verdammt einfach gewesen ist. Er war ja nicht da.»

«Die Besatzung der HMS *Victoria* wird ihr Bestes geben, um Ihnen die Reise in das Vereinigte Königreich so angenehm wie möglich zu machen ... Gleichzeitig sollten Sie jedoch bedenken, dass Sie sich nicht auf einem Kreuzfahrtschiff befinden. Das Leben an Bord muss gewissen Regeln und Gepflogenheiten gehorchen.»

Margaret stand auf dem Flugdeck und lauschte der Begrüßungsrede des Kapitäns mitten unter nervös kichernden Bräuten. Er bewegte sich, dachte sie, als hätte ihm jemand die Ärmel der Länge nach an der Uniformjacke festgenäht.

Das Meer lag glitzernd blau und ruhig da, und das knapp einen Hektar große Deck bewegte sich kaum. Margaret schaute verstohlen darüber hinweg, roch die salzige Luft, spürte die Feuchtigkeit des Meeres auf ihrer Haut und genoss zum ersten Mal, seit gestern der Anker gelichtet worden war, das Gefühl von Platz und Freiheit. Sie hatte gefürchtet, dass es ihr Angst machen würde, wenn das Land außer Sicht geriete, aber stattdessen genoss sie die Weite des Meeres und fragte sich – aus Neugier, nicht aus Angst –, was wohl unter seiner Oberfläche sein mochte.

An den beiden Enden des Decks waren die Flugzeuge festgebunden. Ihre Umrisse spiegelten sich in schillernden Pfützen aus Meerwasser und Treibstoff, und die glänzenden Nasen waren nach oben gerichtet, so als könnten sie es kaum erwarten zu starten.

«Jede Person an Bord eines Schiffes, das Seiner Majestät gehört, untersteht dem Marinegesetz. Das bedeutet: kein Alkohol. Glücksspiel in jeglicher Form wird bestraft. Rauchen in der Nähe der Flugzeuge ist zu jeder Zeit verboten. Und am allerwichtigsten: Stehen Sie den Männern, die im Dienst sind, nicht im Weg und lenken Sie sie nicht ab. Sie dürfen sich auf dem Schiff fast vollständig frei bewegen, jedoch nicht in den Unterkünften der Männer.»

Einige Mädchen schauten sich um, einer der Matrosen zwinkerte ihnen zu. Ein Kichern ertönte. Margaret verlagerte ihr Gewicht auf den anderen Fuß und seufzte.

Jean, eines der Mädchen, das mit ihr in der Kajüte schlief, war in die Lücke direkt vor ihr geglitten, zwei Minuten, nachdem der Kapitän angefangen hatte zu sprechen. Jetzt stand sie schief da und kaute an ihren Fingernägeln. Sie war an diesem Morgen sehr lebhaft gewesen und hatte seit dem Aufwachen ununterbrochen geschwatzt, von ihrer Aufregung, von dem Schiff und ihren neuen Schuhen. Sie hatte vor ihren neuen Reisebegleiterinnen alles ungefiltert herausgesprudelt, so wie es ihr in den Sinn kam. Jetzt, da der Kapitän so streng vor ihr stand und alle möglichen Vergehen aufzählte, schien sich ihre Aufregung in Beklemmung zu verwandeln.

«Möglicherweise haben Sie von anderen Bräuten gehört, dass sie an einigen Stationen der Reise von Bord gehen durften. Vielleicht bekommen Sie die Gelegenheit in Colombo oder in Bombay, wenn es die internationale Lage erlaubt. Aber das ist nicht sicher. Ich möchte hinzufügen, dass diejenigen, die sich nicht zur festgelegten Zeit zurück an Bord einfinden, zurückgelassen werden.»

Der Blick des Kapitäns glitt über sie hinweg. «Wenn es eine allgemeine Beschwerde gibt, so sollten Sie eine Offizierin des Frauenmarinedienstes informieren. Sie wird die Angelegenheit einem der Korvettenkapitäne vortragen. Unterdessen sind die folgenden Räumlichkeiten für Frauen verboten: die Unterkünfte und Messen der Matrosen, die Unterkünfte und Messen der Offiziere, alles unterhalb des Hangardecks, das Deck über dem Flugdeck, die Geschütze und die Gänge, die zu ihnen führen, sowie das Innere der Rettungsschiffe.

Jede von Ihnen wird an diesem Nachmittag einen umfassenden Leitfaden ausgehändigt bekommen. Bitte lesen Sie ihn alle und stellen Sie sicher, dass Sie die Anweisungen darin befolgen. Ich kann nicht oft genug betonen, wie schwer die Konsequenzen für diejenigen sein werden, die sie außer Acht lassen.»

Er ließ seine Worte auf die Zuhörerinnen wirken. Niemand sagte etwas. Ein paar Meter von Margaret entfernt weinte eine Frau.

«Acht weibliche Offiziere des Frauenmarinedienstes sind an Bord, um Ihnen Rat zu geben und Ihnen beizustehen.» An dieser Stelle deutete er auf ein Grüppchen Frauen, das bei den Corsair-Kampfflugzeugen stand. Sie wirkten grimmig und wichtigtuerisch. «Jede Offizierin des Frauenmarinedienstes hat eine bestimmte Anzahl Kabinen zu betreuen und wird Ihnen zu jeder Zeit mit Rat und Tat zur Seite stehen.» Er fixierte die Frauen, die direkt vor ihm standen, mit einem strengen Blick. «Die Offizierinnen werden darüber hinaus nachts Kontrollgänge absolvieren.»

«Da geht meine Abendunterhaltung den Bach runter», flüsterte das Mädchen neben Margaret. Unterdrücktes Gelächter ertönte.

«Ebenso wie Frauen nicht in den Unterkünften des Marinepersonals gestattet sind, darf die Schiffsbesatzung nicht die Quartiere der Frauen und ihre Aufenthaltsräume betreten, außer zu dienstlichen Zwecken.»

«Und unartige Mädchen gehen über die Planke.» Ein erneuter unterdrückter, aber diesmal deutlich hörbarer Heiterkeitsausbruch, ganz so, als hätte sich ein Druckventil gelöst.

Der Kapitän schien am Ende seiner langen Rede angekommen zu sein. Er schaute auf eine Notiz, die an seine Informationsbroschüren geheftet war, und überlegte offensichtlich, ob er weitermachen sollte oder nicht. Dann hob er den Kopf. «Ich bin überdies gebeten worden, Ihnen zu sagen, dass ... ein kleiner Friseursalon ...» – an dieser Stelle schien er die Zähne zusammenzubeißen – «... im hinteren Teil des Aufenthaltsraums eingerichtet wurde, der an Kabine B grenzt. Er wird von Freiwilligen aus dem Kreis der Passagierinnen geführt werden, wenn also jemand ... seine Dienste bereitstellen möchte.»

Er starrte auf seine Papiere und sah sie dann alle mit einem Blick an, der streng oder auch einfach müde und resigniert sein mochte.

«Freundliche Seele», bemerkte Margaret leise, als die Menge auseinanderstrebte.

Highfield blickte die Frauen an, die vor ihm standen, wie sie sich gegenseitig knufften, flüsterten und herumzappelten und es nicht einmal schafften, so lange stillzuhalten, bis er ihnen die Regeln und Vorschriften vorgelesen hatte, die ihr Leben in den nächsten sechs Wochen bestimmen würden. In den letzten vierundzwanzig Stunden hatte er bereits unzählige Regelverstöße beobachtet, die ihm bestätigten, dass dies hier eine katastrophale Idee war, und am liebsten hätte er sofort an McManus telegraphiert und gesagt: «Sehen Sie? Hab ich nicht gesagt, dass genau das passieren würde?» Die eine Hälfte war völlig hysterisch und schien nicht zu wissen, ob sie lachen oder weinen sollte. Die andere Hälfte machte sich schon auf dem Schiff breit, verlief sich unter den Decks, vergaß, sich in den Durchgängen zu ducken, und verletzte sich die Köpfe, stand seinen Männern im Weg herum oder hielt ihn auf, um ihn nach dem Weg zur Kantine zu fragen oder um Eiscreme zu bitten, wie es eine Frau am Morgen doch tatsächlich getan hatte. Zu allem Überfluss war er in der Frühe über die oberen Decks gegangen und hatte dort nicht etwa Kerosin, sondern Parfüm gerochen! Parfüm! Als Nächstes würden sie wahrscheinlich noch ihre Unterwäsche als Wimpel hissen.

Zugegeben, die Männer schienen sich nicht wesentlich anders zu benehmen als zuvor, aber er wusste, dass das nur eine Frage der Zeit war: Er spürte die Unruhe in der Luft, so wie Hunde es spüren, wenn ein Sturm aufkommt.

Vielleicht war aber auch einfach seit Harts Tod keine Ruhe mehr eingekehrt. Die Kompanie hatte ihre fröhliche Entschlossenheit eingebüßt, die sie die letzten neun Monate im Pazifik ausgezeichnet hatte. Die Männer – diejenigen, die geblieben waren – waren in sich gekehrt und eher geneigt, einen Streit anzufangen oder Befehle zu missachten. Oft standen sie in kleinen Grüppchen beieinander und unterhielten sich gedämpft, und er fragte sich, inwieweit sie ihm die Schuld gaben an dem, was geschehen war.

Er beendete seine Rede und schob diese Gedanken wie so oft beiseite. Die Frauen passten nicht hierher. Sie waren zu bunt, ihre Haare zu lang, und überall flatterten Schals. Sein Schiff war eine geordnete Welt in Grautönen und Weiß gewesen. Allein die Farben brachten alles aus dem Gleichgewicht – so als hätte jemand eine Schar exotischer Vögel freigelassen, die jetzt kreischend Chaos produzierten. Ein paar der Frauen trugen sogar hohe Absätze, zum Teufel noch mal.

Es ist ja nicht so, dass ich etwas gegen Frauen hätte, dachte er immer wieder. Es ist nur so, dass im Leben alles seinen Platz hat.

Er klemmte die Heftchen unter seinen Arm und entdeckte ein paar Matrosen, die bei den Verzurrungen herumlungerten, mit denen die Flugzeuge an Deck gesichert waren. «Habt Ihr nichts Besseres zu tun?», bellte er, drehte sich auf dem Absatz um und stürmte in die Kommandozentrale.

Lieber Joe,

jetzt bin ich also hier auf der Victoria *mit den anderen Bräuten, und ich kann dir jetzt schon sagen: Ich bin definitiv eine Landratte. Es ist alles furchtbar beengt hier, sogar auf einem Schiff dieser Größe, und wo immer man hingeht, rennt man in jemanden hinein. Es ist wie in der Stadt, nur schlimmer. Vermutlich bist du daran gewöhnt, aber ich träume jetzt schon von Feldern und leeren Räumen. Letzte Nacht habe ich sogar von Dads Kühen geträumt ...*

Drei andere Mädchen sind mit mir in der Kabine untergebracht, und sie scheinen ganz in Ordnung zu sein. Eine von ihnen, Jean, ist erst sechzehn – und weißt du, was? Sie ist nicht einmal die jüngste an Bord. Das zweite Mädchen bei mir in der Kabine hat für das Australische Allgemeine Krankenhaus draußen im Pazifik gearbeitet. Sie spricht fast gar nicht. Und die Dritte scheint zur feinen Gesellschaft zu gehören. Ich kann nicht behaupten, dass wir viel miteinander gemein hätten, außer dass wir alle dasselbe Ziel haben.

Eine Braut hat offenbar das Schiff in Sydney verpasst. Sie fliegen sie nach Fremantle herüber, und wir nehmen sie dort an Bord. Man kann also wirklich nicht sagen, dass die Navy nicht alles in Bewegung setzt, um uns zu euch zu bringen.

Die Männer sind alle recht freundlich, obwohl wir nicht mit ihnen reden sollen. Einige Mädchen benehmen sich ziemlich albern, wenn sie an den Matrosen vorbeigehen. Ehrlich, man könnte fast

glauben, sie hätten noch nie zuvor einen Mann gesehen und schon
gar keinen geheiratet. Ich denke oft an dich, und es ist mir ein
Trost, dass wir vielleicht genau in diesem Augenblick auf dem-
selben Ozean unterwegs sind.
Joe Junior schickt dir bestimmt auch seine Grüße (er tritt wie ein
Maultier, wenn ich versuche zu schlafen!).

Deine Maggie

Vieles hatte sie Joe nicht geschrieben: dass sie in der ersten Nacht wach gelegen und dem Klirren der Ketten, dem Knallen zuschlagender Türen und dem hysterischen Kichern und Kreischen hinter den dünnen Wänden gelauscht hatte. Dass ihr das Vibrieren der Motoren im großen Schiff wie das Ächzen eines urzeitlichen Untiers vorgekommen war. Dass neben den unverständlichen Pfiffen, die etwa alle fünfzehn Minuten erschollen und von Kommandos begleitet wurden («Alle Mann an Deck», «Lastkahn Backbord voraus», «Matrosen auf, klar zum Manöver»), auch ihr Weckruf über Lautsprecher kam, und zwar «Reise, reise, hoch das Bein» (und dass sie um halb sechs Uhr morgens die weniger ersprießliche, inoffizielle Version für die Männer gehört hatte, die da lautete: «Reise, reise, senkt die Rohre, hebt die Leiber, die Pier steht voller nackter Weiber»). Dass das Schiff ein verwirrendes Durcheinander aus Dienst-rängen und -rollen war, von den Marineinfanteristen über die Heizer bis hin zu den Fliegern. Dass die Kantine groß genug war, um dreihundert Mädchen auf einmal zu bewirten, dass sie alle zusammen so laut waren wie ein riesiger Schwarm Stare, die gerade auf die Erde hinabstoßen, und dass ihr Abendessen besser gewesen war als alles, was sie in den letzten zwei Jahren selbst gekocht hatte. Dass eine der ersten Regeln, die man ih-nen beigebracht hatte und deren Einhaltung großes Gewicht beigemessen wurde, die sogenannte «U-Boot-Katzenwäsche» war: Man stellte sich ein paar Sekunden lang unter die Dusche, stellte sie dann ab, um sich einzuseifen, und spülte anschließend den Schaum ab. Es war ganz entscheidend, hatte die Offizierin des Roten Kreuzes ihnen erklärt, dass sie Wasser sparten, damit die Pumpen mit der Entsalzung von Meerwasser nachkamen, um die Tanks nachzufüllen. Nach allem, was sie aus den Duschkabinen hörte, war sie allerdings wohl die einzige Braut, die sich tatsächlich daran hielt.

Hinter ihr, verdeckt von ihrem Umfang und einem penibel gefalteten Tuch, lag Maud Gonne und schlief. Nach der Begrüßung des Kapitäns war Margaret zurück in ihre Kabine gehastet und hatte das Bellen des kleinen Hündchens mit gestohlenen Keksen unterdrückt und es dann in den Waschraum geschmuggelt, damit es seine Notdurft nicht in der Kabine verrichtete. Sie hatte es gerade eben zurück zu ihrer Koje geschafft, als Frances kam. Margaret hatte sich sofort auf ihre Schlafstatt geworfen und dem Hündchen eine warnende Hand auf den Kopf gelegt, um es am Bellen zu hindern.

Es war ein echtes Problem. Sie hatte erwartet, in einer Einzelkabine untergebracht zu werden – die meisten schwangeren Frauen schliefen allein. Sie war gar nicht auf die Idee gekommen, dass sie ihre Schlafstatt womöglich teilen musste.

Sie fragte sich, ob sie Frances, die in der Koje ihr gegenüber schlief, vertrauen konnte. Sie schien ganz in Ordnung zu sein, aber andererseits hatte sie auch noch nicht viel gesagt, sodass man das kaum beurteilen konnte. Und sie war Krankenschwester, und die nahmen Regeln und Vorschriften meistens furchtbar ernst.

Margaret versuchte, es sich in ihrer Koje gemütlich zu machen. Sie spürte, wie die Motoren unter ihr rumorten. Es gab so vieles, was sie Joe erzählen wollte, sie wollte ihn so gern an all den Merkwürdigkeiten hier teilhaben lassen – dass sie aus ihrer Heimat in eine Welt geraten war, in der sich die Mädchen nicht nur über ihre Zukunft den Kopf zerbrachen, sondern auch noch über Shampoomarken oder Strümpfe («Woher hast du die nur? Ich habe überall nach ihnen gesucht!») und sich gegenseitig Intimes offenbarten, als ob sie sich schon jahrelang kennten und sich nicht erst vor vierundzwanzig Stunden zum ersten Mal begegnet wären.

Mum hätte ihr all das erklären können, dachte Margaret. Sie hätte mit den Mädchen in ihrer Sprache sprechen und sie für sie übersetzen können, und danach hätte sie das Ganze mit ein paar treffsicheren Bemerkungen entschärft. Wenn ich gewusst hätte, dass ich einmal ohne sie zurechtkommen müsste, dann hätte ich ihr besser zugehört. Mit mehr Respekt, statt die ganze Zeit immer nur zu versuchen, so zu sein wie die Jungs. Sie schaute auf ihre Armbanduhr. Sie waren jetzt sicher draußen, vielleicht auf dem Traktor, und rodeten die Bäumchen am Rand der Stierweide, wie sie es schon den ganzen Sommer vorgehabt hatten. Colm hatte gescherzt, dass die Wochen, die sie in reiner Frauengesellschaft verbringen musste, sie bestimmt in den Wahnsinn treiben würden. Dad hatte hinzugefügt, dass es sicher lehrreich für sie sein würde. Margarets Blick wanderte zu dem weiblichen Krimskrams, der überall herumlag – Seide, Nylon und Blumenmuster, Gesichtscremes und Nagelpflegesets. Sie fühlte sich inmitten dieser Dinge wahrlich wie eine Fremde.

«Möchtest du mein Kissen?» Frances schaute von ihrem Roman auf und deutete auf Margarets Bauch.

«Nein danke.»

«Nimm's dir ruhig – das kann doch nicht bequem sein.»

Das war der längste Satz, den sie gesagt hatte, seit sie sich einander vorgestellt hatten. Margaret zögerte und nahm dann das Kissen mit Dank an, um es sich unter den Schenkel zu stopfen. Es stimmte schon: Die Kojen boten den Komfort von Bügelbrettern.

«Wann ist es denn so weit?»

«In ein paar Monaten.» Margaret befühlte die Matratze. «Könnte schlimmer sein, nehme ich an. Sie hätten uns auch Hängematten geben können.»

Das Lächeln des anderen Mädchens erstarb, als fiele ihr nach den ersten Sätzen nun nichts mehr ein. Sie wandte sich wieder ihrem Buch zu.

Maud Gonne regte sich und jaulte im Schlaf, ihre Pfoten kratzten an Margarets Rücken. Das Geräusch wurde vom Dröhnen der Motoren und dem Geplauder von Mädchen geschluckt, die an der angelehnten Tür ihrer Kabine vorbeigingen. Aber sie musste etwas tun. Maud Gonne konnte nicht die ganzen sechs Wochen hier bleiben. Selbst wenn sie die Kabine nur verließ, um sich im Waschraum zu erleichtern, würden die anderen Mädchen immer noch oft genug da sein. Wie sollte sie sie dann still halten?

Verdammt, dachte sie und legte sich auf die andere Seite. Mit dem Baby, das sich ständig in ihr bewegte, und all den Frauen in ihrer Nähe konnte sie keinen klaren Gedanken fassen.

Die Kabinentür stand offen, und Avice trat ein. Sie erinnerte sich noch gerade rechtzeitig daran, sich zu ducken, schließlich hatte sie nicht vor, Ian mit einer Beule auf der Stirn entgegenzutreten. Für die beiden Mädchen, die in den unteren Kojen lagen, setzte sie ein Lächeln auf. Die Schlafstätten waren gerade mal einen Meter voneinander entfernt und bestanden aus einem Armeeschlafsack, der auf einem festen Gewebe lag. Die kleinen

Koffer, in denen ein winziger Teil der Habseligkeiten der Frauen verstaut war, standen an der dünnen Blechwand, die ihre von der angrenzenden Kabine trennte.

Der Raum war kleiner als ihr Badezimmer zu Hause. Es gab hier keinerlei Zugeständnisse an die Weiblichkeit seiner Bewohner: Die Stoffe waren allerhöchstens zweckmäßig, auf dem Boden lag kein Teppich, alles war in tristem Kriegsschiff-Grau gehalten. Der einzige Spiegel hing im Duschraum und war ständig beschlagen. Die großen Koffer mit dem größten Teil ihrer Habseligkeiten waren in Schränken auf dem Achterdeck verstaut, wo es nach Flugzeugbenzin roch. Wenn sie dorthin wollten, mussten sie den Zugang bei einer beeindruckend mürrischen Offizierin des Frauenmarinedienstes beantragen, die Avice bereits zweimal darauf hingewiesen hatte, dass das Leben an Bord keine Modenschau war – reiner Neid, wie Avice annahm.

Avice war furchtbar enttäuscht von ihren Mitreisenden. Überall sonst, wo sie an diesem Morgen gewesen war, hatte sie Mädchen in besserer Kleidung gesehen, die sich hergerichtet hatten, wie es sich gehörte, die Sorte Mädchen, die eindeutig aus ähnlichen gesellschaftlichen Kreisen kam wie sie selbst. Sie hätten sie vielleicht über das scheußliche Schiff hinweggetröstet. Aber stattdessen war sie mit einer schwangeren Bauerntochter und einer missmutigen Krankenschwester zusammen in eine Kajüte gesteckt worden. Und dann war da natürlich noch Jean.

«He, Schiffskameradinnen.» Jean krabbelte mit dünnen nackten Gliedern wie ein Äffchen auf die Koje über Margaret und zündete sich eine Zigarette an. «Avice und ich haben uns über das Unterhaltungsprogramm an Bord schlaugemacht. Es gibt ein Kino in der Nähe des Bugs, auf der unteren Galerie. Will eine von euch später ins Kino?»

«Nein. Danke trotzdem», sagte Frances.

«Ich denke, dass ich hierbleibe und ein paar Briefe schreibe.» Avice war auf ihre Koje geklettert und hatte dabei mit der einen Hand den Rock festgehalten, damit er nicht hochrutschte. Das war nicht ganz einfach gewesen. «Ich fühle mich ein wenig erschöpft.»

«Und was ist mit dir, Maggie?» Jean beugte sich über die Kojenkante.

Als sich so plötzlich das Gesicht in ihr Blickfeld schob, zuckte Margaret zusammen und krümmte sich. Avice fragte sich, ob diese Mitreisende womöglich noch merkwürdiger war, als sie angenommen hatte. Margaret schien zu bemerken, dass ihre Reaktion ein wenig seltsam gewirkt hatte: Sie langte hinter sich, nahm sich eine Zeitschrift und blätterte sie mit aufgesetztem Gleichmut durch. «Nein», sagte sie. «Danke. Ich – ich sollte mich wohl besser ausruhen.»

«Ja. Tu das», sagte Jean, wälzte sich zurück auf ihre Koje und nahm einen tiefen Zug von ihrer Zigarette. «Das Letzte, was wir wollen, ist, dass du es hier drin wirfst.»

Avice suchte nach ihrer Haarbürste. Sie hatte ihren Kulturbeutel schon mehrmals danach durchforstet und war schließlich von ihrer Koje heruntergeklettert. Jetzt sah sie die anderen an. Nun, da sich die erste Aufregung nach der Abfahrt gelegt hatte und sie sich um die Umstände kümmern musste, unter denen sie die nächsten sechs Wochen verbringen würde, hatte sich ihre Stimmung verdüstert. Es fiel ihr schwer, dennoch zu lächeln. «Tut mir leid, euch alle zu belästigen, aber hat jemand meine Bürste gesehen?» Sie fand es ziemlich anständig, dass sie Jean nicht direkt ansprach.

«Wie sieht sie denn aus?»

«Silber. Sie hat meine Anfangsbuchstaben auf der Rückseite. Meine Eheinitialen – A. R.»

«Hier oben ist sie nicht», antwortete Jean. «Hast du unter den Betten nachgesehen?»

Avice kniete sich hin und verfluchte das matte Licht, das von der einzigen nackten Glühbirne an der Decke kam. Wenn sie wenigstens ein Fenster hätten, könnte sie besser sehen. Eigentlich wäre mit Seeblick alles angenehmer. Sicher hatten einige von den anderen Mädchen Fenster. Warum hatte ihr Vater nicht darauf bestanden? Gerade wollte sie ihre Hand unter Frances' Koje ausstrecken, als etwas Kaltes, Feuchtes die Innenseite ihres Schenkels berührte. Sie kreischte, sprang auf und stieß sich den Kopf an Frances' Koje.

«Was, in Gottes Namen ...» Der Schmerz schoss ihr in den Kopf und ließ sie stolpern. Sie raffte ihren Rock fest um die Beine und drehte sich um, um hinter sich zu sehen.

«Was ist denn los?», fragte Jean.

«Jemand hat seine kalte, feuchte ...» Avice fand keine Worte dafür, stattdessen schaute sie sich misstrauisch um, als könnte sich irgendwo in der Kajüte ein Irrer versteckt halten. «Jemand hat mich gestupst», wiederholte sie.

Niemand sagte etwas.

Frances schaute sie stumm und regungslos an.

«Das bilde ich mir nicht ein», sagte Avice ärgerlich.

In diesem Moment richteten sich aller Augen auf Margaret, die sich über die Kante ihrer Koje beugte und etwas vor sich hin murmelte. Avice, die ganz rot geworden war, starrte sie mit pochendem Herzen an.

Margaret schaute schuldbewusst zu ihr hoch. Sie stand auf, ging zur Tür, schloss sie und seufzte. «Ach, zur Hölle. Ich muss euch allen etwas gestehen. Ich hatte gehofft, eine Kajüte für mich allein zu bekommen, weil ich doch ... in diesem Zustand bin.»

«Baust du etwa ein Nest unter deiner Koje?», fragte Jean. «Meine Katze hat das gemacht, als sie Junge bekam. Das war furchtbar schmutzig.»

«Nein», antwortete Margaret. «Ich habe kein verdammtes Nest gebaut. Hört doch mal zu, ich versuche, euch alles zu erklären.» Ihre Wangen waren gerötet.

Avice verschränkte schützend die Arme vor der Brust. «Ist das deine Art, dich zu entschuldigen?»

Margaret schüttelte den Kopf. «Es ist nicht, was ihr denkt.» Sie ging auf alle viere und schnalzte leise mit der Zunge. Kurz darauf zog sie eine Decke unter ihrer Koje hervor. Darin lag ein kleiner Hund. «Mädchen», sagte sie, «ich möchte euch Maud Gonne vorstellen.»

Vier Augenpaare starrten den Hund an, der mit feuchtem Blick gleichmütig zurückstarrte.

«Ach um Himmels willen.» Avice zog eine Grimasse. «Du meinst, das war es, was ...»

Frances betrachtete den Hund genau. «Aber man darf keine Haustiere mit an Bord nehmen», sagte sie dann.

«Das weiß ich.»

«Tut mir leid, aber du wirst es kaum schaffen, das Tier still zu halten», sagte Avice. «Außerdem wird unser Schlafraum nach Hund riechen. Und wo soll der Hund sein Geschäft erledigen?»

Margaret setzte sich und duckte sich gerade noch rechtzeitig, um sich nicht den Kopf zu stoßen. Das Hündchen machte es sich auf ihrem Schoß bequem. «Sie ist ganz sauber, und ich habe mir schon meine Gedanken darüber gemacht. Ihr habt letzte Nacht gar nichts von ihr gemerkt, oder? Ich bin mit ihr den hinteren Korridor auf und ab gegangen, als ihr schon geschlafen habt.»

«Du bist den Korridor mit ihr auf und ab gegangen?»

«Und danach habe ich ihr Häufchen weggewischt. Sie bellt nicht, wisst ihr. Sie riecht nicht. Ich passe auf, dass sie nicht in die Kajüte macht. Aber bitte, bitte verpetzt mich nicht. Sie ist sehr alt … Meine Mum hat sie mir geschenkt. Und …» – sie blinzelte heftig – «… sie ist alles, was ich von meiner Mum noch habe. Ich konnte sie nicht zurücklassen, versteht ihr?»

Die Mädchen schwiegen und wechselten Blicke. Margaret starrte zu Boden, hochrot vor Aufregung. Es war viel zu früh für solche Vertraulichkeiten, das wusste sie, und die anderen wussten es auch. «Es ist doch nur für ein paar Wochen, und es ist mir wirklich sehr wichtig», setzte sie hinzu.

Keine von ihnen sagte etwas. Die Krankenschwester schaute auf ihre Schuhe. «Mir macht es nichts aus, wenn du versuchst, sie hierzubehalten», sagte sie schließlich.

«Mir auch nicht», sagte Jean. «Solange sie nicht auf meinen Schuhen herumkaut. Sie ist eigentlich ganz süß. Für eine Ratte.»

Avice wusste, dass sie sich nicht als Einzige gegen den Hund aussprechen konnte. Es würde sie herzlos wirken lassen. «Was ist mit den Marinesoldaten?», fragte sie.

«Was?»

«Mit denen, die von morgen Abend an vor unseren Kajüten Wache halten. Davon hat die Frauendienstoffizierin vorhin gesprochen. Du wirst sie nicht aus der Kajüte herausschmuggeln können.»

«Ein Marinesoldat? Wofür?»

«Er kommt um halb zehn. Wahrscheinlich, damit die Männer nicht von unten heraufkommen und uns vergewaltigen», sagte Jean. «Stellt euch mal vor – eintausend verzweifelte Männer, die nur ein paar Meter unter uns liegen. Sie könnten die Türen einrennen, wenn sie wollten, und …»

«Also jetzt reicht's aber wirklich!» Avice schnappte empört nach Luft.

«Andererseits», fuhr Jean fort und grinste anzüglich, «kommt er vielleicht auch, damit unsereins nicht hinuntergeht.»

«Auf jeden Fall muss ich sie ihr Geschäft machen lassen, bevor der Soldat kommt.»

«Auf dem Gang ist um die Zeit aber noch zu viel los», gab Jean zu bedenken.

«Vielleicht sollten wir uns einfach jemandem anvertrauen», schlug Avice vor. «Sie verstehen es sicher. Und vielleicht haben sie … Einrichtungen für derlei Dinge. Einen Raum, in den man sie stecken kann. Ihr geht es doch sicher viel besser, wenn sie ein wenig Auslauf hat, oder?» Sie ärgerte sich nicht so sehr über den Hund, sondern eher darüber, dass hier jemand mit einem solchen Regelverstoß ungestraft davonkam. Man hatte jedes einzelne Gepäckstück bis auf das letzte Gramm gewogen, man hatte ihnen nur winzige Essenspakete erlaubt und sie dazu gezwungen, ihre liebsten Dinge zurückzulassen. Und dieses Mädchen hatte die Unverfrorenheit, sich über all das hinwegzusetzen.

«Nein», antwortete Margaret, und ihr Gesichtsausdruck verdüsterte sich. «Du hast den Kapitän heute Morgen doch gehört. Wir sind noch viel zu nah der Heimat. Sie würden sie in ein Boot stecken und zurück nach Sydney schicken, und das wäre dann das Letzte, was ich jemals von ihr sehen würde. Das Risiko kann ich nicht eingehen.»

«Wir passen auf, dass sie nicht bellt.» Jean streichelte dem kleinen Hund den Kopf. Avice dachte bei sich, dass Jean vermutlich alles mitgemacht hätte, was irgendwie nach Autoritätsuntergrabung roch. «Das tun wir doch, Mädchen, oder? Das ist bestimmt ein großer Spaß.»

«Avice?», fragte Margaret besorgt. Es war, als wäre sie jetzt schon der Spielverderber der Runde.

«Ich werde kein Wort sagen», sagte sie, aber es klang angespannt. «Aber halte sie von mir fern. Und wenn du entdeckt wirst, dann sag ihnen, dass wir nichts damit zu tun hatten.»

Unter den Besatzungsmitgliedern befanden sich auch etwa fünfunddreißig Marinesoldaten, die sowohl dem Aussehen als auch dem Auftreten nach eleganter wirkten als wir «gewöhnlichen» Matrosen. Wir lachten und wunderten uns darüber ... All diese Messingknöpfe und auf Hochglanz polierten Stiefel glänzten um die Wette, und sie achteten so pingelig auf ihre Erscheinung.

L. Troman, Matrose auf der HMS *Victorious*,
in *Wine, Women and War*

KAPITEL 6

Zweiter Tag der Reise

In dem Bemühen, diejenigen Bräute zu unterhalten, die womöglich nach der ersten Aufregung unter Heimweh litten, bot die HMS *Victoria* am zweiten Tag der Reise die folgenden Aktivitäten an – säuberlich dokumentiert in der ersten Ausgabe der *Daily Ship News*:

10:00 Uhr	Evangelischer Gottesdienst (Deck E)
13:00 Uhr	Schallplattenmusik
14:30 Uhr	Spiele an Deck (Flugdeck)
16:00 Uhr	Strickecke (Das Rote Kreuz stellt jedem Mädchen 1000 Gramm rosafarbene und weiße Wolle sowie zwei Nadeln zur Verfügung)
17:00 Uhr	Vortrag: «Ehe und Familienleben», der Vortragende ist der Schiffsseelsorger

18:30 Uhr   Bingoparty (Erholungsbereich, Hauptdeck)
19:30 Uhr   Römisch-katholischer Gottesdienst

Von diesen Programmpunkten schienen die Spiele an Deck und die Bingoparty die beliebtesten zu sein, der Vortrag dagegen schien kaum jemanden zu interessieren. Die Zeitung, die von einem der weiblichen Offiziere unter Mithilfe zweier Bräute herausgegeben wurde, gab die Geburtstage von Mrs. Josephine Darnforth, 19 Jahre, und von Mrs. Alice Sutton, 22 Jahre, bekannt und forderte ihre Leser auf, kleine Anekdoten und gute Wünsche beizusteuern, die «die Reise angenehmer gestalten würden».

«Anekdoten, ja?», bemerkte Jean, der man den Artikel vorgelesen hatte. «Ich möchte wetten, dass sie am Ende der Reise genug Klatsch zusammenhaben, um zwanzig verdammte Zeitungen damit zu füllen.»

Avice hatte den Schlafraum früh verlassen, um am evangelischen Gottesdienst teilzunehmen. Sie hoffte, dort mehr Menschen aus ihren Kreisen zu treffen. Sie war ein wenig betroffen gewesen, als Margaret ankündigte, an der römisch-katholischen Messe teilnehmen zu wollen. In ihrem ganzen Leben hatte sie noch keinen Papisten getroffen, wie ihre Mutter die Katholiken zu nennen pflegte, aber sie bemühte sich, ihr Mitleid nicht zu zeigen.

Jean, die gleich zu Beginn ihre Abneigung gegenüber jeder Art von Religion ausgedrückt hatte, machte sich zurecht für die Schallplattenmusik. Sie hoffte, dass dort auch getanzt würde, und sagte, dass sie sich so kribbelig fühlte «wie ein Känguru, das auf einem Termitenhügel sitzt». Damit floh sie aus der Kajüte und machte sich auf den Weg zum Deck.

Margaret lag auf ihrem Bett, eine Hand auf dem Hündchen,

und las in einer von Avice' Zeitschriften. Hie und da schnaubte sie verächtlich. «Hier steht, man soll nicht auf der Seite schlafen, weil man sonst Falten im Gesicht bekommt. Wie zum Teufel soll man denn dann schlafen?» Dann fiel ihr ein, dass Avice in der Nacht zuvor die ganze Zeit gestützt auf einen Haufen Nackenrollen auf dem Rücken gelegen hatte, obwohl das ziemlich unbequem gewesen sein musste, und nahm sich vor, besser nichts mehr laut zu kommentieren.

Frances nutzte die Gelegenheit, kommentarlos zu verschwinden. Sie trug helle Khakihosen und eine kurzärmelige Bluse – das kam ihrer alten Uniform noch am nächsten –, nickte den Mädchen im Vorbeigehen zu und ging den Korridor entlang.

Sie musste zweimal klopfen, bevor sie eine Antwort hörte, und trat einen Schritt zurück, um den Namen an der Tür noch einmal zu überprüfen.

«Herein.»

Sie betrat die Krankenstation, deren Wände bis unter die Decke mit Flaschen und Gläsern vollgestellt waren. Sie standen auf schmalen Regalen und waren durch Glastüren gesichert. Der Mann hinter dem Schreibtisch hatte kurzes rotes Haar, das er wie einen Schutzhelm an den Kopf geklebt trug, und war in Zivil gekleidet. «Treten Sie nur ein. Es sieht hier sonst so unordentlich aus, mit Ihnen auf der Türschwelle.»

Frances wurde rot, verstand dann, dass er nur einen Scherz gemacht hatte, und machte ein paar Schritte auf ihn zu.

«Wo liegt denn das Problem?» Er strich mit der Hand über die Schreibtischplatte, als folge er einem unhörbaren Takt.

«Ich habe keins.» Frances straffte sich und fühlte sich in ihrer gestärkten Bluse ganz steif. «Sind Sie der Schiffsarzt? Mr. Farraday?»

«Nein.» Er schaute sie direkt an, offenbar überlegte er, ob er sie erleuchten solle. «Vincent Duxbury. Ziviler Passagier. Ich bin wohl nicht der Mann, den Sie suchen. Er – äh – er konnte die Reise nicht antreten. Kapitän Highfield hat mich gebeten, für ihn einzuspringen. Und, offen gestanden, wenn ich das Unterhaltungsprogramm betrachte, freue ich mich, das Angebot angenommen zu haben. Wie kann ich Ihnen helfen?»

«Ich war – ich meine, ich bin Krankenschwester.» Sie streckte die Hand aus. «Frances Mackenzie. Schwester Frances Mackenzie. Ich habe gehört, dass es einigen Bräuten erlaubt ist, Schreibarbeiten und Ähnliches zu erledigen, und daher dachte ich, ich könnte hier meine Dienste anbieten.»

Vincent Duxbury schüttelte ihr die Hand und wies auf einen Stuhl. «Eine Krankenschwester, was? Ich dachte mir schon, dass wir sicher einige an Bord haben. Sind Sie schon länger im Dienst?»

«Fünf Jahre im Pazifik», antwortete sie. «Zuletzt war ich im 17. Australischen Allgemeinen Krankenhaus auf Morotai stationiert.» Sie konnte sich gerade noch verkneifen, ein «Sir» hinterherzuschieben.

«Mein Cousin war in Japan, 1943. Ihr Ehemann?»

«Mein? Oh.» Er hatte sie auf dem falschen Fuß erwischt. «Alfred Mackenzie. Königlich Walisische Füsiliere.»

«Die Königlich Walisischen Füsiliere …» Dr. Duxbury lehnte sich in seinem Stuhl zurück und fingerte am Glasstöpsel einer braunen Flasche herum. Plötzlich schwante ihr, dass der Geruch nach Alkohol womöglich nicht unbedingt nur von den Medizinfläschchen ausging.

«Also …»

Sie wartete und versuchte, das Etikett auf der Flasche nicht allzu auffällig anzustarren.

«Sie wollen also weiter Ihre Pflicht erfüllen. In diesen sechs Wochen.»

«Wenn ich von Nutzen sein kann, ja.» Sie atmete tief durch. «Ich habe besondere Erfahrung in der Behandlung von Brandwunden, in der Pflege Ruhrkranker und in der Heilung gestörter Verdauungssysteme. Es waren hauptsächlich Kriegsgefangene», setzte sie hinzu.

«Aha.»

«Ich kenne mich nicht so gut mit Frauenleiden oder mit Geburtshilfe aus, aber ich könnte sicher auch hier aushelfen. Ich ... will nicht nur meine Zeit sinnvoll verbringen, Doktor. Ich würde mich über die Gelegenheit freuen, ein bisschen mehr Erfahrung zu sammeln ... Ich habe eine schnelle Auffassungsgabe.»

Eine kurze Pause entstand. Sie sah ihn an, aber sein durchdringender Blick machte sie unruhig.

«Singen Sie?», fragte er schließlich.

«Entschuldigung?»

«Singen Sie, Mrs. Mackenzie? Sie wissen schon, bekannte Melodien aus Shows, Kirchenlieder, Opernstücke.» Er begann, eine Melodie zu summen, die sie nicht erkannte.

«Tut mir leid, nein.»

«Schade.» Er verzog das Gesicht und schlug dann mit der flachen Hand auf den Tisch. «Ich dachte, wir könnten ein paar Mädchen zusammentrommeln und eine Show einstudieren. Wäre doch die Gelegenheit, oder?»

Die braune Flasche war, wie sie jetzt sah, leer. Sie konnte immer noch nicht erkennen, was auf dem Etikett stand, aber jetzt konnte sie den Inhalt mit jedem seiner Sätze riechen.

Sie atmete tief durch. «Ich bin sicher, das wäre eine ... eine nützliche Idee, Doktor. Aber ich würde wirklich gern ...»

«*Long ago and far away* ... kennen Sie das Musical ‹Show Boat›?»

«Nein», antwortete Frances. «Tut mir leid.»

«Schade. *Old Man River* ...» Er schloss die Augen und sang weiter.

Sie stand mit den Händen im Schoß gefaltet da und war sich nicht sicher, ob sie ihn unterbrechen sollte oder nicht. «Doktor?»

Sein Gesang ging in ein leises, melodiöses Summen über. Er hatte den Kopf zurückgelegt.

«Doktor? Ich könnte heute schon anfangen, wenn Sie möchten. Wenn Sie es ... für nützlich halten. Meine Uniform liegt in meiner Kajüte.»

Er hatte aufgehört zu singen und lächelte breit. Sie fragte sich, ob er wohl jeden Tag so war. Sie würde heimlich die Flaschen zählen müssen, genau wie bei Dr. Arbuthnot.

«Wissen Sie, was ich Ihnen sagen werde, Frances? Ich darf Sie doch Frances nennen, oder?» Jetzt zeigte er mit der Flasche auf sie. «Ich werde Ihnen sagen, dass Sie verschwinden sollen.»

«Entschuldigung?»

Er lachte. «Das hat Sie jetzt aber kalt erwischt, oder? Nein, Frances Mackenzie. Sie haben Ihrem Land und meinem fünf Jahre lang gedient. Sie verdienen eine kleine Pause. Ich verschreibe Ihnen einen sechswöchigen Urlaub.»

«Aber ich möchte gern arbeiten», beharrte sie.

«Kein Aber, Mrs. Mackenzie. Der Krieg ist vorüber. In ein paar kurzen Wochen treten Sie den härtesten Job Ihrer Laufbahn an. Sie werden Kinder haben, bevor Sie sich auch nur umsehen können, und, glauben Sie mir, die kranken Soldaten werden Ihnen dann wie Urlaub vorkommen. Das ist die wahre Arbeit. Lassen Sie sich das von jemandem sagen, der Bescheid weiß. Drei Jungen und ein Mädchen. Jedes einzelne Kind ein richtiges Energiebündel.» Er zählte sie an seinen Fingern ab und schüttelte dann den Kopf, als könne er sich selbst mit seiner Nachkommenschaft beeindrucken.

«Ich möchte, dass das die einzige Arbeit ist, für die Sie sich von jetzt an interessieren. *Richtige* Frauenarbeit. Nun, sosehr ich die Gesellschaft einer attraktiven jungen Dame auch genieße, bestehe ich darauf, dass Sie Ihre letzten Tage der Freiheit genießen. Gehen Sie zum Friseur. Schauen Sie sich Filme an. Machen Sie sich hübsch für Ihren Mann.»

Sie starrte ihn an.

«Na, nun gehen Sie schon.»

Sie benötigte einige Sekunden, bis sie begriff, dass er sie tatsächlich wegschickte. Er winkte ab, als sie ihm ihre Hand hinstreckte.

«Und genießen Sie es! Kommen Sie und singen Sie ein bisschen mit uns! *Make way for tomorrow …*»

Sie hörte ihn auf ihrem gesamten Weg durch den Korridor singen.

An diesem Abend kam der Marinesoldat eine Minute vor halb zehn Uhr. Er war ein schlanker Mann mit dunklem, glattem Haar und positionierte sich mit den sparsamen Bewegungen desjenigen vor ihrem Schlafraum, der es gewohnt ist, unsichtbar zu sein. Er stand breitbeinig und mit dem Rücken zur Tür da, den Blick ins Nichts gerichtet. Er war verantwortlich für die Überwachung ihrer und der beiden angrenzenden Kajüten sowie für die fünf Kajüten gegenüber. Weitere Marinesoldaten stellten sich in regelmäßigen Abständen vor die anderen Kajütentüren.

«Und gerade bei uns steht einer direkt vor der Tür», murmelte Margaret.

Die Bräute lagen auf ihren Kojen und schrieben oder lasen. Avice hatte sich die Nägel mit einem neuen Lack lackiert, den sie im Armeeladen im Aufenthaltsraum gekauft hatte. Es war kein besonders hübscher Farbton, aber sie hatte das Gefühl gehabt, sich etwas gönnen zu müssen. Die Reise drohte jetzt schon ziemlich anstrengend zu werden.

Um Viertel vor zehn trat Jean mit ihren Zigaretten aus der Tür und bot dem Soldaten eine an. Er lehnte ab. Sie zündete sich selbst eine an und begann, ihn auszufragen: Wo war das Kino? Bekamen die Männer dasselbe Essen wie die Bräute? Mochte er Kartoffelpüree? Er antwortete einsilbig und lächelte nur ein einziges Mal, als sie ihn fragte, was er tat, wenn er mal aufs Klo musste. («Oh, Jean», stöhnte Avice hinter der Tür.) «Ich bin darauf trainiert, nicht zu gehen», antwortete er trocken. «Und? Wo schlafen Sie?», fragte sie kokett und lehnte sich gegen ein Rohr an der Wand.

«In meiner Messe, Ma'am.»

«Und wo ist die?»

«Dienstgeheimnis», entgegnete er.

«Jetzt tun Sie mal nicht so empfindlich», sagte Jean.

Der Marinesoldat schaute geradeaus.

«Ich bin doch nur neugierig …» Sie trat auf ihn zu und spähte in sein Gesicht. «Ach, nun kommen Sie schon, ich hatte Spielzeugsoldaten, die gesprächiger waren als Sie.»

«Ma'am.»

Offenbar überdachte sie ihre verbliebene Munition. Konventionelle Waffen schienen hier nichts zu nützen. «Eigentlich», fuhr sie fort und drückte ihre Zigarette aus, «wollte ich Sie etwas fragen … aber es ist mir ein bisschen peinlich.»

Der Marinesoldat schwieg misstrauisch. Zu Recht, dachte Avice. Jean fuhr mit der Schuhspitze das Muster auf dem

Boden nach. «Bitte sagen Sie es niemandem, aber ich verirre mich immer wieder», sagte sie. «Ich würde so gern ein bisschen herumspazieren, aber ich habe schon zweimal nicht mehr zurückgefunden, und die anderen Mädchen lachen schon über mich. Also möchte ich sie lieber nicht fragen. Ich konnte nicht einmal zu Abend essen, weil ich den Speisesaal nicht gefunden habe.»

Der Soldat entspannte sich ein wenig.

«Ich bin doch erst sechzehn, wissen Sie. In der Schule war ich auch nicht besonders gut. Lesen und solche Sachen. Und ich kann nicht ...» – sie flüsterte jetzt – «... ich kann einfach den Plan nicht verstehen. Den vom Schiff. Sie könnten ihn mir nicht vielleicht erklären?»

Der Marinesoldat zögerte und nickte dann.

«Da oben an der Anschlagtafel hängt ein Plan. Soll ich Ihnen den erklären?» Seine Stimme war leise, klingend, so als würde er gleich zu singen anfangen.

«Oh, würden Sie das tun?», fragte Jean zuckersüß.

«Donnerwetter, das macht sie ja brillant», sagte Margaret, die hinter der Tür gelauscht hatte. Avice und sie spähten hinaus und sahen, dass die beiden vor dem Plan standen, etwa fünf Meter von ihnen entfernt. Margaret ging mit ihrem riesigen Wäschebeutel hinaus, winkte ihnen fröhlich zu und hastete, in ihren Bademantel gehüllt, an ihnen vorbei. Der Soldat salutierte und wandte sich dann wieder Jean zu, um ihr zu erklären, wie sie anhand des Plans den Weg vom Hangardeck zur Wäscherei finden konnte. Jean konzentrierte sich scheinbar sehr auf das, was er sagte.

«Es ist nicht die beste Lösung», sagte Margaret später, als sie sich wieder auf ihre Koje fallen ließ. Maud Gonne trottete durch die Kajüte und schnüffelte auf dem Boden herum. «Es ist kein richtiges Gassigehen für sie. Immerhin ist sie an Felder und Wiesen gewöhnt.»

Avice unterdrückte die Bemerkung, dass sie sich darüber auch früher hätte Gedanken machen können, hielt sich ihren kleinen Reisespiegel vors Gesicht und rieb sich mit Coldcream ein. Die Seeluft hatte eine schreckliche Wirkung auf die Haut, und sie würde alles daransetzen, um Ian nicht so braun wie eine Pekingente entgegenzutreten.

Die Tür öffnete sich.

«Großartig», sagte Margaret, als Jean eintrat, die Tür hinter sich schloss und grinste. «Das hast du toll gemacht!»

Jean lächelte geschmeichelt. «Tja, Mädels, entweder man hat's …»

«Ich bin dir ja so dankbar, Jean», fuhr Margaret fort. «Er hätte sich sonst sicher keinen Millimeter fortbewegt. Ich meine, diese Geschichte, dass du nicht lesen kannst, das war wirklich ein Meisterstreich.»

«Was?»

«Das wäre mir niemals eingefallen.»

Jean sah sie mit seltsamem Blick an. «Das war nicht ausgedacht.» Die nächsten Worte richtete sie an den Fußboden. «Ich kann kein Wort lesen. Außer meinen Namen.»

Alle schwiegen betreten. Avice überlegte, ob das vielleicht einer von Jeans merkwürdigen Scherzen war, aber sie lachte nicht.

Jean brach das Schweigen. «Was zum Teufel ist das?» Sie stand auf und wedelte mit den Händen vor ihrem Gesicht herum.

Ein erneutes kurzes Schweigen, dann zog ein fauliger Geruch herüber, der ihren Ausruf erklärte.

Margaret zuckte zusammen. «Es tut mir leid, meine Damen.

Ich habe gesagt, sie sei stubenrein. Ich habe nie behauptet, dass sie keine Blähungen hat.»

Jean brach in Gelächter aus, und selbst Frances brachte ein klägliches Lächeln zustande.

Avice hob den Blick zum Himmel und dachte an die *Queen Mary*. Sie bemühte sich sehr, keine Bitterkeit in ihr Herz zu lassen.

In der zweiten Nacht kam das Heimweh. Margaret lag in der dunklen Kabine und lauschte auf das Quietschen und Schnaufen ihrer Mitreisenden, die sich in ihren Kojen bewegten. Erstaunlicherweise fühlte sie sich jetzt, da sie hätte schlafen können, gar nicht mehr erschöpft. Sie hatte geglaubt, dass sie es gut verkraften würde: All das Fremde und die Aufregung, als sie den Hafen verließen, hatten sie von ihrem Abschiedsschmerz abgelenkt. Aber jetzt stellte sie sich das Schiff mitten im Ozean vor, wie es in das tintenschwarze Nichts fuhr, und eine merkwürdige Angst ergriff von ihr Besitz, der kindliche Wunsch, auf dem Absatz umzudrehen und in die vertraute Sicherheit des einzigen Hauses zurückzukehren, in dem sie je geschlafen hatte. Ihre Brüder würden jetzt bald zu Bett gehen. Sie stellte sie sich vor, wie sie um den Küchentisch saßen – das Esszimmer hatten sie kaum benutzt, seit ihre Mutter tot war –, wie sie ihre langen Beine ausstreckten und dem Radio lauschten, Karten spielten oder einen Comic lasen. Dad würde in seinem Sessel sitzen, die Hände hinter dem Kopf gefaltet, sodass man die ausgefransten Flicken auf seinen Ellenbogen sehen konnte. Er hätte die Augen geschlossen, als wäre er bereits eingeschlafen, und würde bisweilen nicken. Letty würde nähen oder irgendetwas polieren, vielleicht würde sie sogar in dem Sessel sitzen, in dem früher ihre Mutter immer saß.

Plötzlich überwältigte sie der Gedanke, dass sie sie alle womöglich niemals wiedersehen würde, und biss sich auf die Finger in der Hoffnung, dass der Schmerz die traurigen Bilder verdrängen würde.

Sie atmete tief durch, streckte die Hand aus und fühlte Maud Gonne an der Stelle unter der Bettdecke, wo ihr Bauch ihre Schenkel berührte. Sie hätte das Hündchen nicht mitnehmen dürfen, das war selbstsüchtig gewesen. Sie hatte nicht darüber nachgedacht, wie schlecht es für sie war, vierundzwanzig Stunden am Tag eingesperrt in dieser lauten, stickigen Kajüte. Es tut mir leid, entschuldigte sie sich in Gedanken. Ich verspreche dir, dass ich es wiedergutmache, wenn wir in England sind. Eine Träne rann ihre Wange herunter.

Draußen hörte man an dem leisen Geräusch auf dem Metallboden, dass der Soldat sich bewegte. Er murmelte jemandem einen leisen Gruß zu. Sie hörte, wie sein Hemd die Tür streifte. In der Ferne stiegen schwere Stiefel die Metalltreppe herunter. Über ihr murmelte Jean etwas, wahrscheinlich im Schlaf, und Avice zog sich die Bettdecke über die Lockenwickler in ihrem Haar.

Margaret hatte niemals ihr Schlafzimmer teilen müssen; das war einer der wenigen Vorteile gewesen, als einziges Mädchen im Haus der Donleavys aufzuwachsen. Es war furchtbar stickig in der kleinen Kabine. Sie schwang die Beine über die Bettkante und saß einen Augenblick nur so da. Sie dachte an Joe, an sein warmes und leicht spöttisches Gesicht. «Reiß dich zusammen, altes Mädchen», sagte er, und sie schloss die Augen und versuchte, sich daran zu erinnern, warum sie diese Reise machte.

«Margaret?», drang Jeans Stimme durch die Dunkelheit. «Gehst du irgendwohin?»

«Nein», antwortete Margaret und schlüpfte wieder unter die

Bettdecke. «Nein, es ist nur …» Sie konnte nicht darüber reden. «Ich kann nur nicht einschlafen.»

«Ich auch nicht.»

Jeans Stimme klang ungewohnt leise. Margaret überkam eine Welle des Mitleids mit ihr. Sie war doch noch ein Kind. «Willst du ein bisschen zu mir kommen?», flüsterte sie.

Sie sah, wie Jeans schlanke Glieder flink die Leiter herunterkletterten, und dann schlüpfte das Mädchen am Fußende der Koje unter ihre Decke. «Am Kopfende ist ja kein Platz mehr.» Sie kicherte, und auch Margaret musste kichern. «Wehe, das Baby tritt mich. Und wehe, der Hund steckt seine Schnauze unter mein Nachthemd.»

Eine Weile lagen sie ganz still da. Margaret wusste nicht recht, ob sie Jeans Haut an der ihren tröstlich oder beunruhigend empfand.

«Wie heißt dein Mann?», fragte Jean schließlich.

«Joe.»

«Meiner heißt Stan. Stan Castleforth. Er wird am Dienstag neunzehn. Seine Mum war nicht gerade begeistert, als er ihr erzählt hat, dass er heiratet, aber er sagt, dass sie sich inzwischen ein bisschen beruhigt hat.»

Margaret lag auf dem Rücken und starrte in die Dunkelheit über ihr. Sie musste an die warmen, freundlichen Briefe denken, die sie von Joes Mutter erhalten hatte, und fragte sich, ob es mutig oder verrückt war, ein halbes Kind allein auf die andere Seite der Welt zu schicken. «Ihr versteht euch sicher gut, wenn ihr euch erst einmal kennenlernt», sagte sie.

«Er kommt aus Nottingham», sagte Jean. «Kennst du das?»

«Nein.»

«Ich auch nicht. Aber er hat mir gesagt, dass Robin Hood daher kommt. Also liegt es wohl in einem Wald.»

Jean rückte sich erneut zurecht. «Macht es dir etwas aus, wenn ich eine rauche?», raunte sie.

«Nur zu.»

Ein kurzes Aufglimmen, und sie sah Jeans erleuchtetes Gesicht, ganz konzentriert auf das Anzünden der Zigarette. Dann wurde das Streichholz ausgeschüttelt, und in der Kajüte wurde es wieder dunkel.

«Ich denke ständig an Stan, weißt du», sagte sie. «Er sieht verdammt gut aus. Alle meine Freundinnen finden das. Ich habe ihn vor dem Kino getroffen, er und sein Freund haben uns eingeladen. *Ziegfield Follies*. In Technicolor.» Sie stieß den Rauch aus. «Er hat mir erzählt, dass er seit Portsmouth kein Mädchen mehr geküsst hat, und unter den Umständen konnte ich nicht mehr nein sagen. Und schon vor ‹This Heart Of Mine› hatte er die Hand unter meinem Rock.»

Margaret hörte, wie sie die Melodie summte.

«Ich habe in Fallschirmseide geheiratet. Meine Tante Mavis hatte sie von einem GI, den sie kannte. Meine Mum hat zu so was keine Lust. Nähen, meine ich.» Sie hielt inne. «Eigentlich komme ich sowieso besser mit meiner Tante Mavis zurecht. Das war schon immer so. Meine Mum hält mich für überflüssig.»

Margaret wälzte sich auf die Seite und dachte an ihre eigene Mutter. An ihre Beständigkeit, ihre resolute mütterliche Art, ihre sommersprossigen Hände, die sich viele hundert Mal am Tag hoben, um ihr die Strähnen aus dem Gesicht zu streichen. Sie spürte, wie ihr Mund ganz trocken wurde.

«Sag mal, war es eigentlich anders, als du … du weißt schon, was?»

«Was?»

«Musstet ihr es anders tun, um … ein Baby zu bekommen, meine ich.»

«Jean!»

«Was?» Jeans Stimme hob sich verärgert. «Irgendjemand muss es mir doch verraten.»

Margaret setzte sich vorsichtig auf, um sich nicht den Kopf an der Koje über ihr zu stoßen. «Das musst du doch wissen.»

«Dann würde ich nicht fragen, oder?»

«Du meinst, niemand hat dir je davon erzählt ... von den Bienchen und den Blümchen?»

Jean schnaubte. «Ich weiß, wo er ihn hinstecken muss, wenn es das ist, was du meinst. Den Teil der Sache mag ich sogar. Aber ich weiß nicht, wie man damit Kinder machen kann.»

Margaret war so erschrocken, dass sie schwieg. Aber dann kam eine Stimme von oben: «Wenn ihr schon so ungehobelt seid, dass ihr diese Dinge in Gesellschaft diskutiert», sagte sie, «dann könntet ihr das wenigstens leise tun. Einige von uns versuchen zu schlafen.»

«Ich wette, Avice weiß Bescheid», kicherte Jean.

«Ich dachte, du hättest gesagt, dass du ein Kind verloren hast», sagte Avice spitz.

«Oh, Jean. Das tut mir so leid.» Margaret war ganz betroffen. Eine längere Pause entstand.

«Um ehrlich zu sein», sagte Jean dann, «war ich nicht wirklich in anderen Umständen.»

Margaret hörte, wie sich Avice unter ihren Decken bewegte.

«Ich war ... hm ... ein bisschen spät mit meiner Du-weißt-schon-was. Und meine Freundin Polly sagte, dass das bedeutet, dass ich schwanger bin. Also sagte ich, dass ich das sei, weil ich wusste, dass ich dann leichter an Bord kommen würde. Obwohl, als ich dann nachgerechnet habe, wusste ich, dass das eigentlich nicht stimmen konnte, wenn du weißt, was ich meine. Und dann mussten sie meine ärztliche Untersuchung zweimal verschieben. Und als sie dann stattfand, habe ich gesagt, dass ich es verloren hätte. Ich habe zu weinen angefangen, weil ich es bis dahin fast selbst geglaubt hätte, und der Krankenschwester habe ich leidgetan, und sie sagte, dass die Leute weder das eine noch das andere jemals erfahren müssten, und dass es jetzt erst einmal das Wichtigste wäre, mich zu Stan herüberzuschaffen.»

Sie nahm einen tiefen Zug von ihrer Zigarette. «Gut, jetzt weißt du's. Ich wollte nicht richtig lügen.» Sie rollte sich auf die Seite, griff nach einem Schuh und drückte die Zigarette an der Sohle aus. Ihre Stimme klang plötzlich hart und abwehrend: «Aber wenn mich jemand verpetzt, sage ich einfach, dass ich es an Bord verloren hätte. Also bringt es gar nichts, mich zu verraten.»

Margaret legte die Hand auf ihren Bauch. «Keiner wird dich verraten, Jean», sagte sie.

Oben in Avice' Koje herrschte eine Stille, die fast betäubend war.

Draußen in der Ferne hörten sie ein Nebelhorn. Es tutete einmal tief und melancholisch.

«Frances?», fragte Jean.

«Sie schläft», wisperte Margaret.

«Nein, tut sie nicht. Ich habe ihre Augen gesehen, als ich meine Zigarette angezündet habe. Du verpetzt mich doch nicht, Frances, oder?»

«Nein», antwortete Frances von der gegenüberliegenden Koje her. «Das tue ich nicht.»

Jean stand auf. Sie tätschelte Margarets Bein und kletterte dann flink wieder hoch in ihre eigene Koje, wo man sie rascheln hörte, bis sie sich zurecht gelegt hatte. «Also los dann», sagte sie schließlich. «Wer von euch tut es gern, und was daran genau macht die Babys?»

Wie viele andere hegte auch ich eine Hassliebe gegenüber der Vic. Wir hassten das Leben auf ihr, aber gleichzeitig waren wir stolz auf sie. Unter uns verfluchten wir sie, aber wenn jemand von außen irgendetwas Schlechtes über sie gesagt hätte ... Sie war ein Schiff, das vom Glück begünstigt war. Seeleute sind so abergläubisch.

L. Troman, Matrose auf der HMS *Victorious*,
in *Wine, Women and War*

KAPITEL 7

Zwei Wochen vorher

Nach dem Logbuch war die HMS *Victoria* im Nordatlantik, im Pazifik und zuletzt vor Morotai in Kampfhandlungen verwickelt gewesen. Dabei hatte sie einige Blessuren davongetragen. Wie viele andere Flugzeugträger auch war sie in den letzten Jahren mehrmals in der Werft von Woolloomooloo gewesen, wo man ihren beschädigten Rumpf reparierte, Geschoss- und Torpedolöcher flickte und die schlimmsten Narben ihrer Zeit auf See zu heilen versuchte. Die Männer auf ihr waren ebenso wieder zusammengeflickt und für den nächsten Kampf bereit gemacht worden.

Kapitän George Highfield neigte nicht zu Phantastereien, aber wenn er den Kai entlangging und durch den Seenebel den Rumpf der *Victoria* sah, erlaubte er sich, das Schiff als Kameradin anzusehen. «Armes altes Mädchen», murmelte er beim Anblick eines Loches, das in die Seite des Flugzeugträgers gerissen war. Sie ähnelte sehr der *Indomitable*, seinem alten Schiff.

Der Arzt hatte gesagt, er solle einen Stock benutzen. «Solche Verletzungen heilen nicht mehr so leicht in Ihrem Alter», hatte er bemerkt, während er das fahle Narbengewebe untersuchte, das dort entstanden war, wo das Metall das Fleisch bis zum Knochen durchdrungen hatte. «Ich glaube nicht, dass Sie schon wieder auf Ihrem Posten stehen sollten, Kapitän.»

Highfield hatte sich an jenem Morgen selbst aus dem Krankenhaus entlassen. «Ich muss ein Schiff nach Hause bringen», hatte er entgegnet, und damit war das Gespräch beendet gewesen. Als ob er sich zu diesem Zeitpunkt schon hätte ausmustern lassen!

«Ah, Highfield. Man hat mir gesagt, dass Sie hier draußen sind.»

«Sir.» Er blieb stehen und salutierte. Der Admiral kam durch den leichten Regen näher und scheuchte den Offizier mit dem Schirm neben ihm mit einer Handbewegung fort.

Der Blick des Admirals glitt zu seinem Bein hinunter. «Geht's besser?»

«Sehr gut, Sir. So gut wie neu.»

Wenn man einem Admiral begegnete, wusste man nie, ob man seine Uniformknöpfe für eine Feierlichkeit polieren oder sich auf eine Standpauke gefasst machen musste, pflegten seine Männer zu sagen. Aber McManus gehörte zu der guten Sorte. Viele blieben hinter ihren Schreibtischen sitzen und gingen erst am Tag vor der Rückkehr an Bord eines Schiffes, um so einen Teil des Ruhms für sich in Anspruch zu nehmen. Aber dieser Admiral war wie ein seltener Vogel: Er wollte immer wissen, was am Kai los war, er schlichtete Meinungsverschiedenheiten, versuchte, die allgemeine Stimmung zu erkennen, und befragte alles und jeden. Ihm entging nichts.

Highfield widerstand dem Drang, das Gewicht auf das gesunde Bein zu verlagern. Plötzlich hatte er den Eindruck, dass McManus vermutlich auch darüber genau Bescheid wusste.

«Dachte, ich schau mir die *Victoria* mal an», sagte er. «Hab sie ein paar Jahre nicht mehr gesehen. Seit dem Einsatz im Adriatischen Meer.»

«Sie hat sich ein wenig verändert», sagte McManus. «Hat ganz schön einstecken müssen.»

«Das kann man vermutlich von jedem von uns sagen.» Highfield hatte das als Witz gemeint, und McManus quittierte die Bemerkung mit einem stillen Lächeln.

Die beiden Männer gingen langsam über das Dock. Unbewusst glichen sie ihre Schritte aneinander an.

«Also sind Sie wieder eins a in Schuss und bereit weiterzumachen, Highfield?»

«Sir.»

«Furchtbare Sache, die da passiert ist. Wir haben alle an Sie gedacht, wissen Sie.»

Highfield sah unbeirrt geradeaus.

«Ja», fuhr McManus fort. «Hart hätte die Sache bis zum Ende durchgezogen. Er war kein normaler Luftwaffenoffizier ... eine verdammte Schande, gerade als Sie so knapp vor der Rückkehr standen.»

«Ich habe mich mit seiner Mutter in Verbindung gesetzt, Sir, als ich im Krankenhaus lag.»

«Ja. Guter Mann. Dass Sie das übernommen haben, war die beste Lösung.»

Es war unangenehm, für eine solche Kleinigkeit gelobt zu werden. Wie so oft, wenn der junge Mann erwähnt wurde, stellte Highfield fest, dass ihm die Worte fehlten. Als die Stille drückend wurde, blieb der Admiral stehen und sah ihm direkt ins Gesicht. «Sie dürfen sich dafür nicht die Schuld geben.»

«Sir.»

«Ich hörte, dass Sie ein wenig … bedrückt waren deswegen.» Sein prüfender Blick glitt über Highfields Gesicht. «Sie hatten keine Wahl. Jeder weiß das.»

Highfield straffte sich. Er konnte dem Admiral nicht in die Augen sehen.

«Das meine ich ernst. Grübeln Sie nicht länger darüber nach, Highfield. Diese Dinge passieren nun mal.»

Highfield schwieg. Er lauschte dem Geräusch seiner Schritte auf dem inzwischen glitschigen Kai und dem entfernten dumpfen Schaben und Rumsen der Kräne.

Sie hatten die Gangway beinahe erreicht. Schon von hier aus sah er die Arbeiter an Bord, die das zerbeulte Metall ersetzten. Sie hatten ihr Bestes getan, aber ein riesiger, rußiger Riss an der Steuerbordseite war noch immer im glatten grauen Metall zu erkennen. Das Schiff würde keine Schönheitswettbewerbe mehr gewinnen. Dennoch genügte ein Blick auf die *Victoria*, und Highfield spürte, wie das ganze Elend der letzten Wochen von ihm abfiel.

Sie blieben am Fuß der Gangway stehen und blinzelten in den Nieselregen hinauf. Highfields Bein ziepte erneut, und er fragte sich, ob er sich unauffällig am Rand abstützen konnte.

«Also, was wird, wenn Sie wieder nach Hause kommen, Highfield?»

Highfield zögerte. «Tja, dann gehe ich wohl in den Ruhestand, Sir.»

«Das weiß ich, Mann. Ich meinte, was fangen Sie mit sich an? Haben Sie Hobbys? Keine Mrs. Highfield, die Sie all die Jahre vor uns versteckt haben?»

«Nein, Sir.»

«Oh.»

Highfield glaubte Mitgefühl in seiner Stimme zu hören. Er wollte sagen, dass er niemals eine Frau in seinem Leben vermisst hatte. Wenn man Frauen zu nah an sich heranließ, kam man nie mehr zur Ruhe. Er hatte beobachtet, wie Männer sich an Bord nach ihren Frauen gesehnt hatten, aber dann, wenn sie wieder an Land waren, fühlten sie sich von ihnen und ihrer Häuslichkeit eingesperrt.

Der Admiral räusperte sich. «Tja, es geht doch nichts über einen Berufssoldaten, nicht wahr? Wenn Sie die ganze Zeit an eine besondere Frau gedacht hätten, hätten Sie bei uns wohl nicht Ihr Bestes gegeben.»

«Allerdings, Sir.»

Beinahe sprach er aus, was er dachte: dass er nicht recht wusste, was er tun würde, nach dieser letzten Reise. Und dass es ihn verwirrte, es nicht zu wissen. Die letzten vier Jahrzehnte seines Lebens waren minuziös durchgeplant gewesen, er hatte nur einen Blick auf seinen Kalender werfen müssen, um schon Tage, Wochen im Voraus zu wissen, was er tun und in welchem Teil der Welt er sich aufhalten würde.

Er hatte schon oft gegen den Drang ankämpfen müssen, den Admiral um eine Verlängerung seiner Dienstzeit zu bitten.

«Gehen Sie also rauf?»

«Ich dachte, ich könnte mal einen Blick auf die Arbeiten werfen. Es scheint, als wäre ziemlich viel zu tun gewesen.» An Bord fühlte sich Highfield wieder sicherer. Ein Teil seiner Autorität war ihm während seines Krankenhausaufenthaltes abhandengekommen. Der Admiral schwieg und strebte schnell die Gangway hinauf, die Hände hinter dem Rücken verschränkt.

Die Steckplantafel war gegen die Wand gedreht worden. Der Kapitän blieb in der Tür stehen, drehte sie um und steckte sein

Namenskärtchen hinein; allein die Geste war beruhigend. Dann stiegen sie über die Türschwelle und duckten sich gleichzeitig, als sie den riesigen Hangar betraten.

Längst nicht alle Lichter brannten, und Highfield brauchte ein paar Minuten, um sich an das Dämmerlicht zu gewöhnen. Um ihn herum zurrten Matrosen riesige Ausrüstungskisten an engen Regalen fest, sie reichten den Arbeitern über ihnen schwarze Eimer mit Werkzeugen an und nahmen sie wieder entgegen. An einem Ende standen drei junge Männer, die die Rohre anstrichen. Sie warfen einen Blick über die Schulter und schienen sich nicht ganz sicher zu sein, ob sie salutieren sollten oder nicht. Einen von ihnen erkannte Highfield, einen jungen Mann, der vor ein paar Wochen beinahe den Finger im Tauwerk verloren hatte. Der Junge salutierte, und dabei sah Highfield, dass der Finger in einem ledernen Schutz steckte. Er nickte anerkennend und freute sich, dass er schon wieder im Dienst war. Dann fiel sein Blick auf den riesigen Aufzug, mit dem die Flugzeuge an Deck gehoben wurden. Hier arbeiteten einige Männer, einer stand auf einer Gerüstplattform. Er befestigte in regelmäßigen Abständen metallene Streben bis hinauf zum Flugdeck. Highfield starrte ihn an und überlegte, zu welchem Zweck er das tat. Aber es fiel ihm keine Erklärung ein.

«Hey, Sie da!» Der junge Schweißer auf der Plattform hob seinen Schutzhelm an. Der Kapitän stellte sich auf die Kante der Aufzugsplatte. «Was um alles in der Welt tun Sie da?»

Der Mann schwieg. Sein Gesichtsausdruck wirkte unsicher.

«Was tun Sie da mit dem Aufzugsschacht? Sind Sie verrückt geworden? Wer zum Teufel hat Ihnen befohlen …»

Der Admiral legte eine Hand auf seinen Arm. «Deshalb bin ich gekommen. Ich wollte mit Ihnen darüber sprechen.»

«Dieser verdammte Idiot bringt Metallstützen im Aufzugsschacht an. Metallstützen, um Himmels willen. Wissen Sie eigentlich, was Sie da tun, Mann?»

«Er tut es auf meinen Befehl, Highfield.»

«Sir?»

«Die *Victoria*. Es gab hier ein paar Neuerungen, als Sie im Lazarett waren. Neue Anweisungen aus London. Diese Reise wird womöglich nicht ganz so unkompliziert, wie Sie gedacht haben.»

Highfield machte ein langes Gesicht. «Noch mehr Kriegsgefangene?»

«Schlimmer, fürchte ich, Highfield.» Der Admiral stieß einen langen Seufzer aus, dabei sah er Highfield direkt ins Gesicht. «Diese Stützen sind für Frauen.»

Eine lange Pause entstand, in der keiner sprach.

«Sie werden natürlich Ihre Männer nach Hause bringen. Aber Sie werden eine zusätzliche Fracht transportieren. Ungefähr sechshundert australische Kriegsbräute, die zu ihren Ehemännern nach England reisen. Die Aufzugsschächte werden als Kojen gebraucht.»

Der Schweißer machte sich wieder an seine Arbeit. Vom Metallrahmen sprühten die Funken.

Kapitän Highfield wandte sich zum Admiral. «Aber sie können nicht auf mein Schiff.»

«So ist das nun mal mit dem Krieg, Highfield. Man muss sich behelfen.»

«Man kann doch keine Mädchen auf einen Flugzeugträger lassen. Das ist Wahnsinn.»

«Ich kann nicht behaupten, dass ich besonders glücklich darüber wäre. Aber was sein muss, muss sein, alter Freund. Die Linienschiffe sind bereits alle requiriert worden.» Er klopfte Highfield auf die Schulter. «Es sind doch nur sechs Wochen.

Das geht im Handumdrehen vorbei. Und nach all der Aufregung mit Hart und der Mine muntert es die Männer vielleicht ein bisschen auf. Lenkt sie ein wenig ab.»

Aber es ist meine letzte Reise. Die letzte Zeit mit meinen Männern. Mit meinem Schiff. Highfield spürte Schmerz in sich aufsteigen, gemischt mit Zorn über die Demütigung. «Sir ...»

«Sehen Sie, George, die Telefonleitungen nach London sind deswegen schon heiß gelaufen. Es gibt eine Menge politischer Diskussionen über diese Ehefrauen. Britische Mädchen demonstrieren vor dem Parlament, weil sie sich Sorgen machen, man könne sie vergessen. Sowohl die hohen Tiere als auch die australische Regierung wollen unbedingt vermeiden, dass sich so etwas bei uns wiederholt. Es hat für eine Menge Unmut bei den australischen Männern gesorgt – so viele ihrer Frauen haben nach drüben geheiratet. Ich glaube, allen Seiten ist am besten gedient, wenn die Frauen so schnell wie möglich weggebracht werden und sich die ganze Angelegenheit beruhigt.» Sein Tonfall wurde versöhnlich. «Ich weiß, dass es nicht einfach ist für Sie, aber versuchen Sie, es mal aus der Sicht der Frauen zu sehen. Einige von ihnen haben ihre Männer zwei Jahre oder länger nicht mehr gesehen. Der Krieg ist vorbei, und sie wünschen sich nichts sehnlicher als ein Wiedersehen.»

Highfields Miene hatte sich versteinert. «Frauen an Bord – das führt auf jeden Fall ins Unglück.» Die starken Gefühle ließen seine Stimme hart klingen. «Das lasse ich nicht zu! Ich lasse dieses Schiff nicht von Frauen zerstören. Das müssen Sie verstehen.»

Der Tonfall des Admirals klang beruhigend, aber unter der Oberfläche spürte man die unpersönliche Kälte desjenigen, der dabei war, seine Geduld zu verlieren: «Die Frauen haben eine strenge Auswahl durchlaufen. Es sind ausschließlich gesunde junge Frauen – nun, möglicherweise sind einige von ihnen in anderen Umständen.»

«Aber was ist mit den Männern?»

«Keine Männer. Oh, vielleicht der ein oder andere, aber das erfahren wir erst ein paar Tage vor der Abfahrt. Die endgültige Liste habe ich noch nicht bekommen.» Der Admiral verstummte. «Ach so, Sie meinen Ihre Männer. Tja, die werden sich auf anderen Decks aufhalten. Die Aufzugschächte – und ebenso die Kabinen – werden abgeschlossen werden. Die Arbeit Ihrer Männer wird ganz planmäßig verlaufen. Und wir werden alle möglichen Maßnahmen ergreifen, um unangemessene Kontaktaufnahmen zu verhindern – Sie wissen schon, was ich meine.»

Kapitän Highfield schaute seinem Vorgesetzten jetzt direkt ins Gesicht. Der Druck seiner Lage hatte allen gewohnheitsmäßig zur Schau getragenen Gleichmut aus seinem Gesicht gewischt: Sein ganzes Selbst wollte den Admiral verzweifelt davon überzeugen, wie falsch das alles war und wie unmöglich. «Hören Sie, Sir, viele meiner Männer waren monatelang ohne – ohne weibliche Gesellschaft. Das hier ist, als ob man ein Streichholz in eine Kiste mit Feuerwerkskörpern halten würde.»

«Diese Angelegenheit ist nicht verhandelbar, Highfield.»

«Aber Sie wissen doch, was meine Männer durchmachen mussten! Sie können nicht einfach eine Ladung Mädchen hier abwerfen und glauben …»

«Sie werden strikte Anweisungen erhalten. Die Marine wird Richtlinien erstellen …»

«Was wissen Frauen schon von Anweisungen? Sobald Männer und Frauen dicht beieinander logieren, gibt es Ärger.»

«Es geht hier um verheiratete Frauen, Highfield.» Der Tonfall des Admirals war jetzt scharf geworden. «Sie kehren heim zu ihren Ehemännern. Nur darum geht es.»

«Also, bei allem Respekt, Sir, das beweist nur, wie wenig Sie von der menschlichen Natur verstehen.»

Beide Männer erschraken; die Worte standen zwischen ihnen. Kapitän Highfield atmete zittrig ein. «Erbitte die Erlaubnis abzutreten, Sir.» Das Nicken wartete er kaum ab. Zum ersten Mal in seiner Laufbahn drehte sich Kapitän Highfield zornig auf dem Absatz um und ließ seinen Vorgesetzten stehen.

Der Admiral sah ihm hinterher, wie er den Hangar entlangging und im Bauch des Schiffs verschwand, fast wie ein Hase, der die Sicherheit seines Baus sucht. In anderen Fällen hätte eine solche Respektlosigkeit zur Entlassung geführt. Aber McManus hatte selbst eine Menge Respekt vor dem mürrischen alten Haudegen Highfield. Er wollte nicht, dass seine Laufbahn unehrenhaft endete. Der Admiral nickte den Matrosen zu, damit sie ihre Arbeit wieder aufnahmen. Eigentlich, überlegte er – wenn dies hier sein Schiff wäre, hätte er vermutlich ebenso reagiert.

Die Bräute konnten während ihrer Reise Vorträge anhören und an Schulungen teilnehmen, um mit den Schwierigkeiten der Lebensmittelrationierung im Haushalt fertigzuwerden. Ihre Verpflegung wurde gegen Ende der Reise ein wenig zurückgefahren, damit sie nach der Ankunft besser mit den Auswirkungen der Rationierung klarkämen.

Daily Mirror, London, 7. August 1946

KAPITEL 8

Fünfter Tag

E benso wechselhaft wie die Stimmung der Bräute an Bord wurde auch das Wetter auf See, sobald das Schiff den Küstenstreifen hinter sich ließ. Die Große Australische Bucht, sagten die Männer mit einer Mischung aus Schadenfreude und banger Vorahnung, würde schon die Spreu vom Weizen trennen.

Es war, als hätte das Schicksal sie absichtlich erst in Sicherheit gewiegt, um ihnen jetzt ihre Verletzbarkeit, die Unvorhersehbarkeit ihrer Zukunft umso deutlicher vor Augen zu führen. Die heitere blaue See verdunkelte sich und schwoll zu bedrohlichen Wellen an. Der Wind, zunächst eine flüsternde Brise, verstärkte sich erst zu einer Abfolge steifer Böen, um dann zu einem Sturm zu werden. Regen sprühte auf die in Ölzeug gehüllten Männer, die immer wieder versuchten, die Flugzeuge noch besser an Deck zu sichern. Unter ihnen bockte und rollte das Schiff durch die Wellen und ächzte dabei vor Anstrengung.

An den vergangenen Tagen waren die Passagiere wie ein rastloser Schwarm über die Decks spaziert, aber jetzt zogen sie sich, erst vereinzelt, dann in größerer Zahl, in ihre Kojen zurück. Die, die noch auf den Beinen waren, taumelten unsicher und steifbeinig die Gänge entlang und lehnten sich immer wieder bleichgesichtig gegen die Wände. Die Vorträge wurden abgesagt, ebenso die anberaumte Rettungsboot-Übung, weil die Schiffsführung erkannte, dass zu wenig Frauen auf den Beinen waren, als dass sich die Veranstaltung gelohnt hätte. Diejenigen Offizierinnen des Frauenmarinedienstes, die noch gehen konnten, taten ihr Möglichstes, um alle mit Pillen gegen die Seekrankheit zu versorgen.

Der ruppige Seegang, das Tuten des Nebelhorns und das ununterbrochene Klirren der Ketten an den Flugzeugen über ihnen hinderten alle am Schlafen. Avice und Jean lagen in ihren Kojen, jede in ihre eigene Welt des Elends versunken.

«Kommt ihr nicht mit zum Abendessen?», fragte Margaret, die in der Tür stand. «Es gibt Schmalzfleisch.» Das Hündchen schlief auf ihrem Bett, offensichtlich ganz unberührt vom starken Seegang.

Jean hatte sich zur Wand gedreht. Ihre Antwort war unverständlich. Avice schüttelte nur matt den Kopf.

«Na komm schon, Frances», sagte Margaret. «Dann gehen eben nur wir beide.»

Margaret hatte Joseph O'Brien vor achtzehn Monaten getroffen, als ihr Bruder Colm ihn eines Abends aus dem Pub mit heimgebracht hatte. Sechs oder sieben andere Männer waren dabei gewesen, und sie alle hatten in den Monaten kurz vor dem Ende des Krieges bald zum Inventar des Donleavy-Haushaltes gehört. Auf diese Weise versuchte ihr Bruder wohl, nach dem

Tod der Mutter wieder ein wenig Leben ins Haus zu bringen, dachte sie.

Zu Beginn kamen sie alle nur schwer mit der Leere zurecht, mit der betäubenden Stille, die nur durch die Abwesenheit einer einzelnen, eher ruhigen Person entstanden war. Weder ihr Vater noch ihre Brüder hatten sie und Daniel allein lassen wollen, während sie selbst ihren Kummer in den Pubs ertränkten, also brachten sie einige Monate lang den Pub auf die Farm. Manchmal saßen vierzehn oder fünfzehn Männer auf der Ladefläche des Pick-ups, oft Amerikaner, die Schnaps und Bier mitbrachten, oder Iren, die so lange schwermütige Lieder sangen, bis Murray die Tränen in die Augen traten. «Joe war der Einzige, der mich nicht einlud oder sich sonst wie aufdrängte», erzählte sie Frances. Dabei schaufelte sie in der fast leeren Kantine mit großem Appetit Kartoffelpüree in sich hinein. «Die anderen behandelten mich entweder wie eine Art Bardame oder versuchten, mich zu betatschen, wenn meine Brüder gerade einmal wegsahen. Einem musste ich sogar die Schaufel über den Schädel ziehen, weil er in der Milchkammer zudringlich wurde.» Sie bekam ihr Metalltablett gerade noch zu fassen, bevor es vom Tisch glitt. «Der hat es wenigstens nicht noch einmal versucht.» Eine Woche später hatte Colm einen anderen der Männer dabei erwischt, wie er durch das Schlüsselloch spähte, um sie im Badezimmer zu beobachten. Niall, Liam und er prügelten ihn windelweich. Danach brachten sie keine Männer mehr nach Hause.

Außer Joe, der weiter jeden Tag kam, Daniel mit seinen Scherzen aufheiterte und ihrem Vater berichtete, was er selbst auf dem kleinen väterlichen Bauernhof in Devon gelernt hatte. Er warf ihr verstohlene Blicke zu und brachte ihr viel zu kleine Nylons und Zigaretten mit.

«Zuletzt musste ich ihn sogar fragen», erzählte sie, «warum

er mich nie bitte, mit ihm auszugehen. Er hoffte wohl, dass ich ihn irgendwann für einen Teil der Einrichtung halten würde, wenn er nur lange genug bei uns herumhing.»

Genau drei Monate, bevor die US-Luftwaffe die Atombombe auf Hiroshima abwarf, gingen sie zum ersten Mal miteinander aus. Einige Wochen später heirateten sie, Margaret im Hochzeitskleid ihrer Mutter, weil es die letzte Gelegenheit war, zu der Joe Urlaub bekommen konnte. Sie wusste, dass sie zusammenpassten. Joe, sagte sie, war genau wie ihre Brüder. Er nahm weder sich selbst noch sie allzu ernst.

«Hat er sich gefreut, dass ihr ein Baby bekommt?»

«Als ich ihm eröffnete, dass ich guter Hoffnung bin, überlegte er kurz und fragte mich dann, ob es etwa genau zur Ablammsaison käme.» Sie schnaubte.

«Nicht gerade romantisch», lächelte Frances.

«Joe würde Romantik nicht einmal erkennen, wenn man sie ihm direkt vor die Nase hielte», bemerkte Margaret. «Aber das macht mir nichts aus. Ich halte sowieso nichts von diesem ganzen kitschigen Kram.» Sie grinste und schob sich eine weitere Gabel Kartoffelpüree in den Mund. «Ich wollte eigentlich gar nicht heiraten. Ich habe mit der Ehe nur noch mehr Kocherei und nasse Socken verbunden.» Sie schaute an sich herunter, und ihr Grinsen verschwand. «Ich frage mich immer noch hin und wieder, wie ich in diese Situation geraten konnte.»

«Tut mir leid wegen deiner Mutter», sagte Frances. Sie hatte sich einen Nachschlag gegönnt, bemerkte Margaret, und dennoch war sie so dünn wie eine Bohnenstange.

«Wie ist sie gestorben? Entschuldigung», fügte Frances hastig hinzu, als sie bemerkte, dass Margarets blasse Haut sich rötete. «Ich wollte nicht … taktlos sein. Berufliche Neugier, nehme ich an.»

«Nein ... schon in Ordnung ...», sagte Margaret.

Sie hielten sich am Tisch fest, der am Boden festgeschraubt war, und versuchten zugleich, die Salz- und Pfefferstreuer und die Becher am Herunterfallen zu hindern.

«Es kam ganz plötzlich», sagte Margaret schließlich, als sich das Schiff wieder beruhigte. «In der einen Minute war sie noch da, und in der nächsten war sie plötzlich ... fort.»

In der Kantine war es jetzt fast ganz still. Man hörte nur das leise Murmeln derjenigen Frauen, die mutig oder zäh genug waren, um überhaupt ans Essen zu denken. Hie und da fiel Geschirr oder ein Tablett einem erneuten Schwanken zum Opfer.

«Ich finde, das ist eine gute Art zu sterben», bemerkte Frances. Ihr Blick war klar und ruhig, von einem lebendigen Blau. Sie hielt inne und fügte dann hinzu: «Wirklich. Es hätte sie weit schlimmer treffen können.»

Margaret hätte sicher noch länger über diese seltsame Bemerkung nachgedacht, wenn sie nicht aus der Ecke ein Kichern gehört hätte. Es war zunächst nur schwach zu hören und mischte sich in die Hintergrundgeräusche, wurde jetzt aber lauter und dann wieder leiser, fast wie die Wellen des Ozeans draußen.

Sie wandten sich auf ihren Stühlen um und sahen, dass die Frauen, die an dem Ecktisch saßen, nicht mehr allein waren. Ein paar Männer in Maschinistenoveralls hatten sich zu ihnen gesetzt. Margaret erkannte einen von ihnen – er hatte vorhin das Deck geschrubbt, und sie hatte ihn im Vorbeigehen gegrüßt. Die Männer waren eng an die Frauen herangerückt, und die schienen die männliche Aufmerksamkeit zu genießen.

«Jetzt müsste Jean hier sein», sagte Margaret abwesend und wandte sich wieder ihrem Essen zu.

«Meinst du, wir sollten ihnen etwas zu essen bringen? Vielleicht ein bisschen Kartoffelpüree?»

«Das wird doch kalt, bis wir in der Kabine sind», wandte Margaret ein. «Außerdem möchte ich nicht, dass Jean es auf meine Koje spuckt. Es riecht auch so schon schlimm genug da drin.»

Frances starrte aus dem Fenster auf die See, die sich um sie herum hob und senkte. Hin und wieder traf ein heftiger Klatscher die salzverkrusteten Fenster.

Sie ist in sich gekehrt, dachte Margaret. Als ob sie in Gedanken immer noch ein weiteres Gespräch führt, selbst wenn sie mit einem spricht. «Ich hoffe nur, dass es Maud Gonne gut geht», sagte sie laut.

Frances wandte sich um, als könne sie sich nur schwer von ihren Gedanken lösen.

«Ich weiß nicht recht, ob ich nachsehen soll, ob es ihr gut geht, oder einfach hier bleiben. Ich finde es einfach unerträglich in dieser verdammten Kabine. Ich werde noch verrückt da drin. Besonders wenn die beiden anderen die ganze Zeit vor sich hin stöhnen.»

Frances nickte fast unmerklich. Mehr offene Zustimmung würde sie von ihr wohl nicht erhalten, vermutete Margaret. Aber sie beugte sich vor, sodass man ihre Stimme gerade eben hören konnte. «Wir könnten später ein bisschen auf den Decks spazieren gehen. Sie ein bisschen Luft schnappen lassen. Vielleicht lassen wir sie einfach in den Weidenkorb springen und legen eine Strickjacke darauf.»

«Hallo, die Damen.»

Es war einer der Maschinisten. Margaret zuckte zusammen und schaute dann zu den ausgelassenen Mädchen, von denen er kam. Einige von ihnen schauten ihm über die Schulter nach. «Guten Tag», sagte sie so neutral wie möglich.

«Heute Abend geben wir eine kleine ‹Willkommen an Bord›-Party in der Heizermesse – haben Sie vielleicht Lust?» Er wirkte so ungezwungen, als sei eine Einladung zu einer Party unter Deck das Normalste der Welt.

«Das ist ja sehr nett», sagte Margaret und nahm einen Schluck von ihrem Tee. «Aber vor unserer Tür steht ein Mann Wache.»

«Heute nicht, meine Damen», entgegnete er. «Großer Mangel an Sittlichkeitswächtern wegen des Wetters. Wir dürfen uns auf eine oder zwei Nächte Freiheit freuen.» Er zwinkerte Frances zu. Vermutlich war er schon zwinkernd zur Welt gekommen. «Wir werden einfach ein wenig Spaß haben. Wir haben Grog, wir können Karten spielen und Sie vielleicht mit ein paar englischen Gewohnheiten bekannt machen.»

Margaret schaute zur Decke. «Nein danke, für uns ist das nichts.»

«Karten, mein Fräulein, nur Karten.» Sein Gesichtsausdruck wirkte jetzt erschrocken und beleidigt. «Ich weiß nicht, woran Sie gedacht haben. Teufel noch mal, Sie sind doch verheiratete Frauen und so …»

Gegen ihren Willen musste Margaret lachen. «Eigentlich habe ich nichts gegen eine Runde Karten», gab sie nach. «Welches Spiel denn?»

«Rommé. Siebzehn und Vier. Vielleicht auch mal eine Partie Poker.»

«Aber ich spiele nur mit Einsatz», entgegnete Margaret.

«Das Mädchen gefällt mir», sagte der Mann anerkennend.

«Soso. Aber habe ich da auch genügend Platz?», fragte Margaret und lehnte sich in ihrem Stuhl zurück, damit er das volle Ausmaß ihres Bauches sehen konnte. Sie wartete auf seine Reaktion.

Er zögerte nur den Bruchteil einer Sekunde. «Wir werden Platz für Sie schaffen», sagte er. «Jeder ordentliche Pokerspieler ist in der Heizermesse willkommen.»

Es war fast, als hätten sie aneinander etwas wiedererkannt.

«Dennis Tims.» Er streckte ihr die Hand hin.

Sie ergriff sie. «Margaret – Maggie – O'Brien.»

Er nickte Frances zu, die ihm ihre Hand nicht gab. «Wir sind vier Decks weiter unten, fast genau unter Ihnen. Gehen Sie einfach an den Waschräumen der Offiziere die Treppen herunter und folgen Sie dann dem Lärm.» Er salutierte und wollte sich schon zum Gehen wenden, fügte dann jedoch hinzu: «Wenn Sie im Treppenaufgang stecken bleiben, Mags, rufen Sie einfach nach mir, und ich hole ein paar von den Jungs, damit sie Ihnen einen Schubs geben.»

Die Aussicht auf ein paar Stunden in männlicher Gesellschaft heiterte Margaret entschieden auf. Es ging ihr dabei gar nicht ums Flirten – ganz im Gegensatz zu vielen anderen Frauen an Bord –, sondern nur um die unkomplizierte Kumpelhaftigkeit, die sie als heimelig empfand. Sie seufzte tief: Dennis' Auftritt hatte ihr gezeigt, wie sehr ihr neues, überwiegend weiblich geprägtes Umfeld sie belastete. «Der wirkte doch ganz in Ordnung», sagte sie heiter und wuchtete sich aus ihrem Stuhl hoch.

«Ja», sagte Frances. Sie brachte ihr Tablett zum Geschirrwagen.

«Kommst du mit? Frances?»

Margaret musste beinahe rennen, um zu dem großen, schlanken Mädchen aufzuschließen, das durch den Gang schritt und kaum sein Gewicht verlagern musste, obwohl der Boden heftig schwankte. Frances hatte ihr Gesicht fast die ganze Zeit von Dennis abgewandt, solange er gesprochen hatte, fiel ihr plötzlich ein. Dann ging ihr auf, dass Frances ihr während der gesamten zwei Stunden, die sie soeben zusammen verbracht hatten, überhaupt nichts von sich selbst erzählt hatte.

Lieber George,

ich hoffe, dass dich dieser Brief bei guter Gesundheit antrifft und dass dein Bein wieder genesen ist. Ich bin nicht sicher, ob du meinen letzten Brief erhalten hast, weil ich noch keine Antwort habe. Also habe ich mir die Freiheit genommen, diesen hier mit einer Nummer zu versehen, damit du weißt, in welcher Reihenfolge meine Briefe kommen. Uns hier in Tiverton geht es gut. Patrick arbeitet wie immer hart und hat sich einen Burschen genommen, der ihm bei den größeren Kunden hilft. Damit hat er jetzt fünf Angestellte, eine ganz schöne Anzahl in diesen schwierigen Zeiten.

Ich warte gespannt auf deine Antwort, George, zumal ich dich ja schon mehrfach gefragt habe, ob du das Cottage am Rand des Hamworth-Anwesens mieten willst. Ich habe mit Lord Hamworth persönlich gesprochen (wir haben uns zufällig auf einer Gesellschaft seiner Frau getroffen), und er hat gesagt, dass er dich gerne in Betracht zieht, zumal du ja eine solch glanzvolle Karriere gemacht hast, aber er braucht deine Antwort sehr bald, weil es noch andere Interessenten gibt. Eine pensionierte Lehrerin wohnt nebenan, Mrs. Barnes, sehr nett. Sie kommt aus Cheltenham. Und wir hätten auch schon eine Zugehfrau für dich, also müsstest du dir um dein warmes Abendessen keine Gedanken mehr machen!

Wie ich bereits erwähnte, freut sich Patrick darauf, dich der besseren Gesellschaft von Tiverton vorzustellen – er hat im hiesigen Rotary Club nicht unbeträchtlichen Einfluss und könnte dafür sorgen, dass du bei den richtigen Leuten eingeladen wirst. Jetzt, da du ja ein wenig Zeit haben wirst, möchtest du vielleicht Mitglied im hiesigen Automobilclub werden? Oder vielleicht ein wenig segeln? Ich bin sicher, dass du auch weiterhin «an Booten herumbasteln» wirst, auch im Herbst deines Lebens.

Ein anderer pensionierter Soldat ist mit seiner Frau hierherge-
zogen, wobei ich jedoch glaube, dass er zur Britischen Luftwaffe
gehörte. Mit ihm könntest du «Kriegsgeschichten» austauschen.
Ich muss jetzt schließen, George. Aber ich dachte, ich sollte dir
noch berichten, dass es unserer Schwester ein wenig besser geht.
Ich soll dir sagen, dass sie dankbar ist für alles, was du getan
hast, und dass sie hofft, dir bald selbst schreiben zu können. Sie
hat ihren Verlust so tapfer getragen.
Ich bete wie immer, dass deine Reise glücklich verlaufen möge.
Deine dich liebende Schwester
Iris

Kapitän Highfield saß in seinen Zimmern. Seit Sydney hatte
er es immer wieder hinausgeschoben, den Brief zu öffnen. Mit
der einen Hand hielt er das Bleikristall-Weinglas fest, damit es
nicht herunterfiel, mit der anderen hatte er die Gabel fast bis
zum Mund geführt. Seit einigen Absätzen hing sie dort in der
Luft, und jetzt, da er den Brief zu Ende gelesen hatte, legte er sie
wieder zurück und schob den Teller mit dem erkalteten Schin-
kensteak und den Salzkartoffeln von sich.

Die Wetterveränderung war ihm ganz recht: Die Frauen
waren bei Sturm leichter in ihren Kabinen zu halten, und abgesehen von ein paar Fällen schweren Erbrechens und dem Mädchen, das sich verletzt hatte, weil es aus der oberen Koje gefallen war, war das Lazarett nicht übermäßig frequentiert worden.
Davon abgesehen, musste er im Augenblick ziemlich viel an den
Arzt denken.

Zuerst hatte er es auf die Feuchtigkeit und das plötzliche Sinken des Luftdrucks schieben wollen, ein rheumatisches Zwicken.
Aber der Schmerz in seinem Bein war immer schlimmer geworden und hatte sich verändert; inzwischen war es ein scharfes,

bösartiges Stechen. Er wusste, dass er sein Bein ansehen lassen sollte. Der Arzt in Sydney hatte ihm eindringlich ins Gewissen geredet. Aber er wusste auch: Wenn sie fanden, was er glaubte, dass sie finden würden, würden sie ihn seine letzte Reise nicht beenden lassen. Sie würden ihn nach Hause fliegen. Und selbst ein Schiff voller Frauen war immer noch besser als gar keins.

Er hörte ein Klopfen an der Tür. Sofort schob Kapitän Highfield sein Bein unter den Tisch. «Herein.»

Es war Dobson, der ein dickes Bündel Papiere trug. «Entschuldigen Sie bitte die Störung, Sir, aber ich habe Ihnen die überarbeitete Krankenliste gebracht. Ich dachte, dass es Sie interessiert, dass nur noch drei von unseren acht Offizierinnen im Dienst sind.»

«Alle krank?»

«Vier sind krank, Sir. Eine verletzt. Sie ist die Stufen bei der Funkerkabine heruntergefallen und hat sich den Fuß verstaucht.»

Dobson starrte auf das unberührte Essen. Highfield zweifelte nicht daran, dass später in der Messe darüber geredet würde. Man würde über die möglichen Gründe für seine Appetitlosigkeit spekulieren. «Was zum Teufel hatte sie vor der Funkerkabine zu suchen?»

«Sie hat sich verirrt, Sir.» Dobson verlagerte geschickt sein Gewicht, weil sich der Boden unter ihm hob. «Einer der Maschinisten hat heute Morgen zwei Mädchen im Mehllager Nummer zwei gefunden. Sie haben es irgendwie fertiggebracht, sich aus Versehen einzusperren. Scheint, als ob die meisten nicht mal eine Karte lesen können.»

Der Wein schmeckte plötzlich sauer. Highfield seufzte leise. «Und was machen wir jetzt mit unseren Kontrollgängen heute Abend?»

«Ich dachte, wir könnten ein paar von den Marinesoldaten damit beauftragen, Sir. Clive und Nicol sind recht verlässliche Kameraden. Um ehrlich zu sein, glaube ich nicht, dass wir hier in der Australischen Bucht viel Ärger mit den Damen haben werden. Ich würde sagen, dass mindestens die Hälfte damit beschäftigt ist, in den Kojen zu liegen und zu jammern. Die stehen bestimmt nicht auf und stellen irgendetwas an. Die Kantinen sind fast leer.»

Dobson hatte recht. Highfield hoffte zerstreut, das schlechte Wetter möge die gesamten sechs Wochen anhalten. «Gut. Dann lassen Sie die Männer die Kontrollgänge übernehmen. Wie ist der Pegelstand?»

«Nicht schlecht, Sir. Wir haben beinahe alles im Griff, obwohl ich sagen muss, dass die Maschinen auf dieser alten Dame hier doch ziemlich müde sind. Ein paar der Systeme scheinen nur noch mit Bindedraht und viel Glück zu halten. Aber es hilft, dass so viele der Frauen in ihren Kojen liegen.» Er grinste. «Weniger Haarwäschen und solche Sachen.»

«Ja, hm, darüber habe ich auch nachgedacht. Setzen Sie noch einen Vortrag über Wasserverschwendung an. Er soll verpflichtend sein. Und diejenigen, die sich nicht an die Regelungen halten, bekommen drei Tage, bevor sie ihre Ehemänner wiedersehen, überhaupt kein Wasser. Das hilft ganz sicher.»

Dobson ging. Irgendetwas an seinem Gang reizte Highfield. Er stolzierte fast. Rennick, Highfields Steward, hatte ihm mehr als einmal erzählt, dass Dobson sich im Grunde längst selbst für den Kapitän hielt. Highfield hatte sich immer gefreut, wenn Männer befördert wurden, die einmal unter ihm gedient hatten, aber Dobson ging ihm irgendwie gegen den Strich. Etwas in seinem Blick sagte ihm, dass er ihn bereits abgeschrieben hatte, ob es nun an der Sache mit Hart lag oder daran, dass er bald in den

Ruhestand ging. Trotz all seiner Verdienste und seiner Stellung musste man offenbar nicht mehr mit ihm rechnen.

«Der Mann ist ein Idiot», sagte Rennick, der gekommen war, um den Teller des Kapitäns abzuräumen. Er diente Highfield seit bald zehn Jahren und äußerte seine Meinungen nach all der Zeit unverblümt.

«Er mag ein Idiot sein, aber er ist der einzige Leitende Marineoffizier, den ich habe.»

«Die Männer haben keinen Respekt vor ihm. Er wird Ihnen auf dieser Reise nur Ärger bringen.»

«Wissen Sie, was, Rennick? In diesem Moment, Idiot oder nicht, ist Dobson die kleinste meiner Sorgen.»

Der Steward zuckte die Achseln. Er wandte ihm sein faltiges schottisches Gesicht zu und sah ihn mit einem Blick an, der zeigte, dass sie beide mehr wussten, als sie aussprachen. Er ging aus dem Raum, und Highfields Blick fiel auf den Brief, der vor ihm lag. Dann ergriff er sein Weinglas und fegte den Brief mit der anderen Hand vom Mahagonitisch direkt in den Papierkorb darunter.

Dennis hatte falschgelegen, was den Wachtposten anging. Als Margaret und Frances wieder bei ihrer Kabine anlangten, stand er schon mit erhobener Hand davor, als wollte er gerade klopfen. «He!», kreischte Margaret und versuchte, trotz ihrer Schwerfälligkeit und des schwankenden Bodens den Gang entlangzurennen. «Hallo!»

Er ließ seinen Arm sinken, und Margaret schaffte es gerade noch, sich zwischen ihn und die Tür zu drängen.

«Kann ich Ihnen helfen?», fragte sie und schnaufte vor Anstrengung. Sie hatte eine Hand unter ihren Bauch gelegt, um ihn zu stützen.

«Ich habe Ihnen ein paar Cracker gebracht. Auf Befehl des Kapitäns, Ma'am. Das tun wir für alle, die krank sind.»

«Sie schlafen», antwortete Margaret. «Es ist besser, sie nicht zu stören, meinst du nicht auch, Frances?»

Frances sah erst den Mann an und wandte dann den Blick ab. «Ja.»

«Unsere Frances hier ist Krankenschwester», erklärte Margaret. «Sie weiß, was bei Übelkeit am besten hilft.»

Niemand sagte etwas.

«Cracker helfen normalerweise.» Der Marinesoldat hielt die Schachtel mit dem Salzgebäck steif mit beiden Händen.

«Geben Sie her.» Margaret nahm die Schachtel und zuckte zusammen: Dem Baby hatte es offenbar nicht gefallen, so durchgeschüttelt zu werden.

Der Mann starrte Frances an. Als er bemerkte, dass Margaret ihn beobachtete, sah er schnell weg. «Heute Abend werde ich nicht hier sein», sagte er. «Ein paar von uns sind seekrank, also helfe ich bei den Kontrollgängen. Ich habe aber die Erlaubnis, bei Ihnen später nach dem Rechten zu sehen, wenn Sie das wünschen.» Er sprach abgehackt, als fiele ihm eine zwanglose Unterhaltung schwer.

«Nein», sagte Margaret. «Das ist nicht nötig.» Sie lächelte breit. «Aber vielen Dank für das Angebot. Und Sie müssen uns nicht ‹Ma'am› nennen. Das klingt doch ein bisschen … steif.»

«Geschieht auf Anweisung, Ma'am.»

«Oh. Anweisung.»

«Genau.» Er hob die Hand zu einem halben Gruß.

«Dann auf Wiedersehen. Und vielen Dank für die Cracker.» Margaret betete, dass Maud Gonne nicht zur Begrüßung bellte, wenn sie ihre Stimme hörte.

Als sie die Tür öffneten, wachte Jean auf und hob ihr blasses

Gesicht. Sie lehnte die Cracker ab und setzte sich langsam auf, sodass man ihr Flanellnachthemd mit den winzigen Rosenknospen darauf sehen konnte. Margaret fand, dass sie erschreckend jung aussah.

«Wann sollen wir losgehen?», fragte sie Frances.

«Ich gehe da nicht hin», stellte Frances fest.

«Aber das musst du! Ich kann da doch nicht alleine hin.»

Jean blinzelte. Ihre Augen waren ganz glasig. «Wohin gehen?», murmelte sie.

«Eine kleine Party unten in der Heizermesse», antwortete Margaret. «Man hat mir ein Pokerspiel versprochen. Na los, Frances, du kannst doch nicht die ganze Zeit hier drin sitzen. Da wird dir doch ganz elend zumute.»

«Das liegt mir wirklich nicht», sagte Frances. Aber es klang halbherzig.

«Dann bringe ich es dir bei.»

«Ihr lasst mich doch wohl nicht einfach hier», sagte Jean und schwang ihre Beine über die Kojenkante.

«Bist du sicher?», fragte Margaret. «Draußen ist es ziemlich rau.»

«Besser, als mir in Gesellschaft von Miss Prüde die Seele aus dem Leib zu kotzen», sagte sie und wies mit dem Daumen auf Avice' schlafende Gestalt auf der gegenüberliegenden Koje. Ein langer Seidenmorgenrock in Zartrosa hing davon herab. «Ich komme mit euch. Ich verpasse ganz sicher keine Party. Das wird wahrscheinlich der erste echte Spaß seit Beginn unserer Reise.»

Wenn Margaret geglaubt hatte, dass die Kabinen der Bräute beengt waren, dann erschrak sie vor der schieren Anzahl von Männern, die in eine einzige Messe von der Größe eines Arbeiterwohnzimmers gepfercht waren. Als Erstes nahm sie den moschusartigen Geruch war. So roch es auch in den Zimmern ihrer Brüder zu Hause, aber hier nahm sie den Geruch schon vor der Tür wahr. Es roch nach gewaschenen und ungewaschenen Männerkörpern, die zu wenig Raum für sich hatten, nach Schweiß und Alkohol und Zigaretten und ungewaschenem Bettzeug. Eigentlich war es kein Wunder: Die Messe befand sich vier Stockwerke abwärts im Bauch des Schiffes, genau auf der Wasserlinie, und hatte sicher niemals mehr als ein schwaches Lüftchen von draußen abbekommen. Weil sie genau über dem Steuerbord-Maschinenraum lag, vibrierte der Boden mit einer furchterregenden, monströsen Beständigkeit.

«Ich glaube, wir sollten lieber umkehren», schlug Frances vor. Sie hatte sich den ganzen Weg gesträubt und am Ende jeden Korridors Ärger erwartet. Margaret hatte sie schließlich am Ärmel hinter sich hergezogen, wild entschlossen, dem Mädchen wenigstens einmal im Leben ein bisschen Spaß zu bereiten, und wenn sie sie zwingen musste.

«Hier ist es», sagte Margaret. «Hallo?», rief sie und klopfte vorsichtig. «Ist Dennis da drin?»

Ganz kurz herrschte Stille, dann ertönten Rufe und Pfiffe. «Los, auf, Jungs, wir haben Besuch!», rief jemand, und die Tür flog auf. Dennis trug ein gebügeltes Hemd und hielt eine Flasche mit einer bernsteinfarbenen Flüssigkeit in der Hand. Er roch süßlich und machte eine schwungvolle Handbewegung, als bäte er wichtige Persönlichkeiten in sein Haus.

«Die Damen», sagte er und beugte sich herab, um sie zu begrüßen, «willkommen im wahren Motor der *Victoria*.»

Zweiunddreißig Männer waren in der Heizermesse untergebracht. Obwohl nur die Hälfte von ihnen anwesend war, mussten sie so nah bei ihnen sitzen, wie es unter normalen Umständen nur Verlobten gestattet war. Frances presste sich die erste halbe Stunde gegen die einzigen fünfzehn Zentimeter freie Wand im ganzen Raum. Die Gegenwart einiger nur halb angezogener Männer erschreckte sie zu sehr, als dass sie sich hätte setzen können. Jean kicherte und wurde rot. Immer wenn ihr nichts Vernünftiges einfiel – und das war oft –, sagte sie in tadelndem Tonfall: «Das ist aber frech!» Margaret war vielleicht am wenigsten verstört: Wegen ihres Zustands und ihrer Entspanntheit im Umgang mit Männern behandelten sie sie wie eine Art Schwester. Nach einer Stunde hatte sie nicht nur einige Partien Poker gewonnen, sondern auch Fragen nach den besten Themen für Briefe an die Liebste oder nach dem richtigen Umgang mit aufdringlichen Schwiegermüttern beantwortet. Ein Matrose fragte sie sogar, welchen Schlips er zu einer zivilen Feier wählen sollte. Die Luft war voller Zigarettenqualm und Alkoholdunst. Hin und wieder fluchte jemand und entschuldigte sich sofort, als Zugeständnis an die anwesenden Damen. In der hinteren Ecke spielte ein spindeldürrer Mann leise Trompete. Niemand achtete auf ihn, daher vermutete Margaret, dass er das jede Nacht tat.

«Möchten die Damen einen Drink?», fragte Dennis und beugte sich mit ein paar Gläsern über sie. Das Alkoholverbot nahm man in der Heizermesse offenbar nicht sonderlich ernst. Frances, die man hatte überzeugen können, sich doch neben Margaret zu setzen, schüttelte den Kopf. Inzwischen hatte sie schon so viel Zeit damit verbracht, ihre eigenen Schuhe anzustarren, dass Margaret sich schuldig fühlte, so darauf gedrängt zu haben, dass sie mitkam. Jean dagegen hatte schon zwei Gläser intus und wurde von Sekunde zu Sekunde alberner.

«Jetzt ist es aber gut, Jean», flüsterte Margaret ihr zu. «Denk dran, wie übel dir gerade noch war.»

«Davy hier sagt, dass Schnaps den Magen beruhigt», entgegnete Jean und stieß den Mann neben ihr mit dem Ellenbogen in die Seite.

«Dasser den Magen berujicht?» Einer der Matrosen fand ihren australischen Akzent faszinierend und wiederholte alles, was sie sagten.

«Du wirst doch wohl nichts von dem glauben, was diese Leute hier erzählen», sagte Margaret und hob die Augenbrauen. «Den Magen beruhigen, also wirklich.»

«Dein Joe hat dir das wohl auch erzählt, oder?», sagte Dennis und deutete auf ihren Bauch. Röhrendes Gelächter ertönte.

An den Wänden gab es Stangen, an denen die Hängematten befestigt waren, außerdem ein paar Reihen Spinde. An dem bisschen Wand, das noch frei war, hingen Bilder von spärlich bekleideten Starlets neben körnigen, weit weniger glamourösen Schnappschüssen von Ehefrauen, Freundinnen und strahlenden Kindern – nikotinfleckige Erinnerungen an eine andere Welt, weit entfernt von hier. Diejenigen Männer, die nicht an den Holztischen saßen und Karten spielten, lagen in ihren Hängematten, schrieben Briefe, schliefen, lasen oder sahen einfach zu und genossen die Anwesenheit der Frauen. Die meisten hatten sich höflicherweise anständig angezogen. Einige boten ihnen Bonbons und Zigaretten an oder zeigten ihnen Fotos ihrer Liebsten. Obwohl sie alle auf so engem Raum zusammengepfercht waren, lag keine Bedrohung in der Luft wie damals, als Dad all die Burschen aus dem Pub mit nach Hause gebracht hatte. Die Männer waren gastfreundlich, höflich und flirteten nur ganz wenig. Margaret glaubte zu verstehen; nach Monaten allein und weit weg von den Lieben reichte ihnen ihre Gegenwart als Erinnerung an eine Welt, die nichts mit Krieg, Männern und Kampf zu tun hatte.

«Frances? Willst du wirklich nicht mitspielen?» Margaret hatte erneut gewonnen. Dennis hatte einen enttäuschten Pfiff ausgestoßen, seine Karten auf den Tisch geworfen und für das nächste Mal bittere Rache geschworen. Er schien keine Sekunde daran zu zweifeln, dass es ein nächstes Mal geben würde.

«Nein. Danke.» Frances wirkte teilnahmslos; sie benahm sich gerade eben so, dass es nicht unfreundlich wirkte. Aber nur gerade eben.

«Alles in Ordnung mit deiner Freundin?», murmelte Dennis in Margarets Ohr.

«Ich glaube, sie ist ein bisschen schüchtern.» Margaret fand einfach keine andere Erklärung. Sie hielt ihren Kopf dabei gesenkt, weil es ihr peinlich war, so zu tun, als sei sie mit einer Frau vertraut, die sie erst seit ein paar Tagen kannte.

«Ein bisschen schöchtern», murmelte der Matrose hinter ihr.

«Halt den Mund, Jackson. Also, wo dient dein Mann?»

«In der Marine», antwortete Margaret. «Er heißt Joseph O'Brien und ist Maschinist auf der *Alexandra*.»

«Maschinist, ja? Hey, Jungs, Mags hier ist eine von uns. Die Frau eines Maschinisten. Ich wusste doch gleich, dass du Geschmack hast, Mags.»

Margaret hingegen wusste, dass sie sich bei jemandem wie Dennis keine Sorgen machen musste: Er gehörte zu der Art von Männern, die die Gesellschaft von Frauen auch schätzten, wenn kein sexuelles Interesse dahinterstand. Sie hatte befürchtet, dass ihre Schwangerschaft die Dinge auf der Reise komplizieren könnte; jetzt erkannte sie, dass sie vermutlich alles eher leichter machte.

Erstaunlicherweise war es sogar noch besser, dass diese Männer auf ihren Bauch gar nicht zu achten schienen. Fast jede Frau, die sie an Bord getroffen hatte, hatte gefragt, wann es denn so weit sei, ob sie sich ein Mädchen oder einen Jungen wünschte. Es war, als hätte sie aufgehört, Margaret zu sein, und wäre nur noch ein Brutkasten auf zwei Beinen. Einige wollten ihren Bauch anfassen und flüsterten ihr unvermittelt zu, wie sehr sie sich ein eigenes Baby wünschten. Andere, so wie Avice, beäugten ihren Bauch mit vagem Widerwillen oder übergingen ihn geflissentlich, fast so, als glaubten sie, dass er womöglich irgendwie ansteckend sein könnte. Margaret selbst brachte das Thema selten auf. Sofort hatte sie dabei die Bilder vor Augen, wie die Kühe ihres Vaters kalbten. Sie hatte sich noch längst nicht mit ihrem eigenen biologischen Schicksal versöhnt.

Sie spielten zwei, drei, viele weitere Partien. In der Messe wurde die Luft immer stickiger. Der Mann in der Ecke spielte auf seiner Trompete zwei Lieder, die sie nicht wiedererkannte, und dann ungewöhnlich schnell «The Green Green Grass of Home». Die Männer unterbrachen ihr Spiel, um dazu zu singen. Dann stimmte Jean ein beschämendes Liedchen an, vergaß aber die letzten Strophen. Stattdessen brach sie in quiekendes Gelächter aus.

Margaret legte ihre Karten nieder und ließ Dennis einen Augenblick Zeit, um den Spielstand zu notieren.

«Ich glaube, Sie schulden mir etwas, Mr. Tims.»

«Ich bin raus», sagte er in gutmütiger Verzweiflung. «Wie wär's mit Zigarettenbildchen? Die du deinem Liebsten schenken könntest?»

«Behalte sie», lachte Margaret. «Du tust mir zu sehr leid, als dass ich dir noch etwas wegnehmen könnte.»

«Wir gehen wohl besser zurück in unsere Kabine. Es ist schon spät.» Frances war die Einzige, die noch steif und formell dasaß. Jetzt schaute sie demonstrativ erst auf ihre Armbanduhr und dann zu Jean herüber, die hilflos kichernd in einer

Hängematte lag und sich das Comicheft eines jungen Matrosen ansah.

Es war Viertel vor zwölf. Margaret wuchtete sich mühsam hoch. «Es war großartig, Jungs», sagte sie, «aber ich fürchte, wir sollten gehen, solange die Gelegenheit noch günstig ist.»

«Vielen Dank für die Gastfreundschaft», sagte Frances hastig und stand auf.

«Gastfrointschaft», murmelte Jackson.

«Es war uns ein Vergnügen», sagte Dennis. «Sollen wir für euch auskundschaften, ob die Luft auf dem Korridor rein ist?» Dann wurde sein Ton plötzlich scharf. «Hey, Plummer, zeig gefälligst ein bisschen mehr Respekt.»

Die Musik brach ab. Alle folgten Dennis' Blick. Der Besitzer von Jeans Comicheft hatte seine Hand beiläufig auf ihren Oberschenkel gelegt und zog sie jetzt fort. Ob Jean zu betrunken war, um es zu bemerken, war nicht ganz sicher. Dennoch veränderte sich die Stimmung kaum merklich. Ein oder zwei Sekunden lang herrschte absolute Stille.

Dann trat Frances vor und sagte plötzlich resolut: «So, jetzt komm, Jean. Steh auf. Wir müssen zurück.»

«Spielverderber.» Halb rutschte, halb fiel Jean aus der Hängematte und ließ es zu, dass Frances sich bei ihr einhakte. «Tschüs, Jungs. Danke für die tolle Zeit.» Das Haar fiel ihr ins Gesicht und verdeckte halb ein glückseliges Lächeln. «Muss morgen früh das Tanzbein schwingen.» Sie wackelte ungeschickt mit einem Bein, und Frances streckte die Hand aus, um ihren Rock auf eine anständige Höhe herunterzuziehen.

Margaret nickte den Männern zu, die um den Tisch saßen, und ging dann zur Tür. Sie fühlte sich plötzlich unbehaglich.

Dennis schien ihre Stimmung zu erspüren. «Tut mir leid», sagte er. «Das liegt am Alkohol. War nicht bös gemeint.»

«Ist schon gut», erwiderte Margaret und setzte ein neutrales Lächeln auf.

Er streckte die Hand aus. «Kommt gern wieder.» Dann trat er einen Schritt auf sie zu und murmelte: «Manchmal wird mir schlecht, wenn ich die anderen nur sehe.»

Sie wusste, was er zu sagen versuchte, und sie war ihm dankbar dafür.

«Ich würde mich über eine Revanche freuen», fügte er hinzu.

«Wir kommen sicher wieder», sagte Margaret. Frances zerrte Jean hinter sich her und aus der Tür.

Auf ihrem Weg zurück zu ihrer Kabine begegneten sie nur zwei Menschen: misstrauischen Mädchen, die ein vorsichtiges verschwörerisches Lächeln mit ihnen tauschten, bevor sie hinter einer dunklen Tür verschwanden. Margaret glaubte überall Wachen zu sehen. Ihre Ohren glühten, weil sie bei jedem Schritt den Ruf «Hey, ihr da, was macht ihr hier?» zu hören erwartete. Ein Blick in Frances' ernstes Gesicht zeigte ihr, dass sie dasselbe dachte. Jean hatte sich unterwegs zweimal übergeben müssen, zum Glück in den Waschräumen der Offiziere, die um diese Zeit verlassen waren. Doch jetzt kicherte sie und versuchte, ihnen die Geschichte zu erzählen, die sie gerade gelesen hatte. «Es war furchtbar lustig. Jedes Mal, wenn dieses Mädchen irgendwas tut, egal was», auf ihrem Gesicht erschien ein Ausdruck übertriebenen Erstaunens, «verliert sie all ihre Kleider.»

«Sehr witzig», murmelte Margaret. Sie war ein starkes Mädchen, aber das Baby zusammen mit der bleischweren Jean und dem ständigen Schwanken des Schiffes brachten sie auf ihrem Weg durch die Gänge zum Ächzen und Schwitzen. Frances trug den Großteil von Jeans Gewicht und zerrte sie stumm hinter sich her. Mit der anderen Hand hangelte sie sich an Rohren und Stangen entlang. Ihr Gesicht war vor Anstrengung angespannt.

«Meistens fallen ihr die Schlüpfer und wer weiß was runter. Aber es gab auch mindestens zwei Bilder, auf denen sie gar nichts anhatte. Nichts. Sie musste das hier mit ihren Händen machen.» Jean befreite sich aus ihrem Griff – für ein so kleines Mädchen war sie erstaunlich kräftig – und tat so, als ob sie ihren Schritt und ihre Brust bedecken müsste.

«Ach, jetzt hör doch auf, Jean.» Margaret spähte um die Ecke in den Gang, in dem ihre Schlafkabine lag. Zum Glück waren die Marinesoldaten gerade nicht auf ihrem Posten. «Schnell. Vielleicht haben wir nur eine Minute.»

In diesem Moment trat eine Frau aus der Dunkelheit.

«Oh!», keuchte Frances.

Margaret spürte, wie sie errötete.

«Was geht hier vor, Ladys?»

Die Offizierin trabte ihnen entgegen, und ihre ausladende Oberweite schien noch vor ihr selbst bei ihnen anzukommen. Irgendetwas in ihrer Hast wirkte fast unanständig, es war beinahe, als hätte sie nur auf einen Regelverstoß gelauert. «Was geht hier vor? Sie wissen, dass es den Bräuten nicht erlaubt ist, sich um diese Zeit außerhalb der Schlafräume aufzuhalten.»

Margaret hatte keinen blassen Schimmer, was sie der übereifrigen Offizierin erwidern konnte.

«Unsere Zimmergenossin ist krank», sagte Frances ruhig. «Sie musste dringend zum Waschraum und wusste nicht, ob sie es allein schaffen würde.» Wie zur Bestätigung hob sich der Boden unter ihnen, und alle vier stolperten gegen die Wand. Jean fiel auf die Knie, fluchte und stieß dann auf.

«Seekrankheit, oder?»

«Grauenvoll», bestätigte Margaret und half Jean auf.

«Nun, ich bin mir nicht sicher …»

«Ich bin Krankenschwester», unterbrach sie Frances. Ihr zartes Stimmchen konnte überraschend bestimmt klingen, dachte Margaret. «Ich habe beschlossen, dass es hygienischer ist, sie sich nicht bei den Kojen übergeben zu lassen. Es ist noch jemand da drin», sagte sie und deutete auf ihre Tür.

Die Frau starrte Jean an, die den Kopf hängen ließ. «Sind Sie sicher, dass es nur die Seekrankheit ist?»

«Oh ja», sagte Frances. «Ich habe sie untersucht. Sonst geht es ihr gut.»

Die Frau wirkte überrumpelt.

«Gut, ich muss Sie dennoch bitten, zu Ihren Kojen zurückzukehren, meine Damen, und nur im äußersten Notfall wieder herauszukommen. Sie wissen, dass wir heute Nacht keinen Wachsoldaten hier haben, und daher herrscht hier heute strikte Ausgangssperre.»

«Wir kommen jetzt sicher zurecht», sagte Frances.

Margaret wollte sich schon in Bewegung setzen, aber Frances wartete, bis die Frau ging.

Natürlich, dachte Margaret. Der Hund.

Die Offizierin gab sich geschlagen. Sie warf noch einen kurzen Blick über die Schulter und machte sich dann schwankend auf den Weg in Richtung Kantine.

Auf allen Außendecks, Korridoren und Geschütztürmen gingen nach Einbruch der Dunkelheit in kurzen, unregelmäßigen Abständen Wachsoldaten Streife. Alle Frauen mussten um elf Uhr abends in ihren Kojen liegen, und die zuständige Frauendienstoffizierin kontrollierte, ob jemand fehlte ... Diese Maßnahmen waren notwendig, und auch wenn sie keinesfalls perfekt waren, wirkten sie doch als Abschreckung gegen schlechtes Benehmen und hielten so manches Pärchen davon ab, die ausgetauschten Zärtlichkeiten zu ihrem erwartbaren Ende zu führen.

Kapitän John Campbell Annesley, zitiert aus:
HMS *Victorious* von Neil McCart

KAPITEL 9

Siebter Tag

D er Ton des Signalhorns schallte blechern aus den Lautsprechern und hallte an den Wänden von Deck B wider. Darunter verzogen einige Männer schmerzerfüllt das Gesicht, die Folge von sechs inoffiziellen «Partys», die in den vorangegangenen Nächten stattgefunden hatten. Von den fünfzehn Männern, die sich vor dem Büro des Kapitäns eingefunden hatten, mussten sich elf einem Schnellverfahren für damit zusammenhängende Vergehen stellen. Normalerweise waren derartige disziplinarische Maßnahmen nicht nötig, wenn das Schiff gerade ein paar Tage auf See war, aber die besondere Natur seiner Fracht und die ungewöhnliche Anzahl der Vergehen wiesen darauf hin, dass ein normaler Dienst an Bord der HMS *Victoria* derzeit nicht möglich war.

Der Bootsmann hatte sich vor einem der jüngeren Männer aufgebaut, der von zwei Kameraden gestützt wurde. Er stieß seinen breiten, dicken Finger vor, hob damit das Kinn des Missetäters an und runzelte die Stirn, als sein Atem ihn traf. «Ich weiß nicht, was deine Mutter dazu sagen würde, wenn sie dich in diesem Zustand sehen könnte, Bürschchen, aber ich für meinen Teil habe eine gute Idee.» Er wandte sich an seine Begleiter. «Ist das hier euer Kamerad?»

«Sir.»

«Wie ist er in diesen Zustand geraten?»

Die Jungen, denn mehr waren sie nicht, starrten ihre Füße an. «Weiß nicht, Sir.»

«Es war nur der Seegang, was? Nicht etwa der schottische Whisky?»

«Weiß nicht, Sir.»

«Weiß nicht, Sir», äffte der Mann die Jungen nach und sah sie mit einem geübt strengen Blick an. «Ganz sicher wisst ihr es nicht.»

Henry Nicol, Marineinfanterist, trat zurück an die Wand. Der junge Mann neben ihm knetete die Mütze in seinen blutig zerschrammten Händen. Er atmete tief durch, um das Schwanken des Schiffes auszugleichen. Das Schlimmste in der Australischen Bucht hatten sie hinter sich, aber es konnte sie immer noch aus heiterem Himmel treffen, wenn sie nicht aufpassten.

«Soames, richtig?»

Der junge Mann nickte unglücklich. «Sir.»

«Was hat er getan, Nicol?»

«Er hat sich geprügelt und Unruhe gestiftet, Sir. Und getrunken.»

«Ganz anders als du, was, Nicol?»

«Ganz richtig, Sir.»

Der Bootsmann schüttelte den Kopf. «Du bürgst für ihn, nicht wahr, Nicol?»

«Ja, Sir.»

«Sorg dafür, dass du danach ein bisschen Schlaf bekommst. Du stehst heute Nacht wieder Wache. Du siehst verdammt schlimm aus.» Er nickte dem jüngeren Mann zu. «Soames, das hier ist eine üble Angelegenheit. Nächstes Mal benutzt du deine Rübe, nicht deine Fäuste.»

Der Bootsmann trat langsam vor den nächsten Mann, und Soames sackte an der Wand zusammen.

«Ihr seid alle dran», warnte der Bootsmann. «Heute kriegt ihr es mit dem Kapitän zu tun, nicht mit dem Obersten Offizier, und ich kann euch verraten, dass er gar nicht gut gelaunt ist.»

«Ich kriege heute richtig was aufs Dach, oder?», stöhnte Soames.

Unter normalen Umständen hätte Nicol das bestritten, hätte ihn beruhigt und aufgeheitert. Aber eine Hand ruhte noch immer auf dem Brief in seiner Hosentasche, und er hatte weder die Energie noch den Wunsch, die Laune eines anderen zu heben. Seit Tagen hatte er den Brief ungeöffnet mit sich herumgetragen, überlegt, was darin stehen könnte, und sich davor gefürchtet. Jetzt, sieben Tage, nachdem sie Sydney verlassen hatten, wusste er es.

«Das wird schon», sagte er zu Soames.

Lieber Henry,
ich bin ein wenig enttäuscht, wenn auch nicht überrascht, dass ich nichts von dir gehört habe. Ich möchte dir sagen, wie sehr es mir leidtut. Ich wollte dich nicht verletzen. Aber wir haben so lange kaum etwas von dir gehört, und ich mag Anton wirklich

sehr gern. Er ist ein guter Mann, ein freundlicher Mann, der mir
viel Aufmerksamkeit schenkt.
Das soll keine Kritik an dir sein. Wir waren so furchtbar jung,
als wir geheiratet haben, und vielleicht, wenn der Krieg nicht
gewesen wäre … Dennoch wissen wir beide, dass unsere Welt
heutzutage voller solcher «was wäre wenns» ist …

Er hatte den ersten Absatz gelesen und bei sich gedacht, dass
sein Leben eigentlich leichter gewesen war, als seine Briefe noch
zensiert wurden. Welch Ironie des Schicksals!

Es dauerte fast zwanzig Minuten, bis sie endlich aufgerufen
wurden. Nicol folgte dem jungen Mann in die Kapitänskabine
und salutierte. Kapitän Highfield saß hinter seinem Schreibtisch, flankiert von dem Marineoffizier und einem Kapitänleut-
nant, den Nicol nicht kannte. Er schrieb etwas in ein Buch. Er
schaute nicht einmal auf, und ein paar Sekunden lang wirkte es
nicht so, als hätte er die Besucher überhaupt bemerkt.

Nicol stieß den jüngeren Mann in die Rippen. «Mütze»,
zischte er. Er selbst hielt seine schwarze Mütze vor dem Bauch.
Soames zog sich seine vom Kopf.

Der Offizier neben dem Kapitän verlas die Anklage: Der Junge hatte sich mit einem anderen Matrosen in der Kantine gestritten. Und er hatte getrunken – Schnaps, weit mehr als die
täglich zugewiesene Ration.

«Worauf plädieren wir?», fragte Kapitän Highfield, der immer
noch schrieb. Er hatte eine hohe, elegante Schrift, die irgendwie
nicht zu seinen kurzen, stummeligen Fingern passen wollte.

«Schuldig, Sir», antwortete Soames.

Ja, ich bin schuld. Ich bin schwach. Aber, um ehrlich zu sein, in
den letzten vier Jahren hätte ich auch eine Witwe sein können,

so wenig habe ich von dir gehört. Drei von diesen Jahren habe ich nachts dauernd wach gelegen und für deine Sicherheit gebetet und dass du zu uns zurückkommst. Jeden Tag habe ich den Kindern von dir erzählt, obwohl ich annehmen musste, dass du uns vergessen hast. Als du dann wirklich zurückkamst, warst du wie ein Fremder für uns.

Schließlich sah der Kapitän auf. Er musterte den jungen Mann und wandte sich dann an den Marineinfanteristen. «Nicol, oder?»

«Sir.»

«Was können Sie mir über den Charakter dieses jungen Mannes berichten?»

Nicol räusperte sich und dachte nach. «Er ist seit etwas über einem Jahr bei uns, Sir. Ein Matrose. Er war während dieser Zeit sehr zuverlässig, arbeitsam und ruhig.» Er hielt inne. «Ein guter Charakter.»

«Also, Soames, jetzt, da wir diese glänzende Charakterbeurteilung gehört haben, erklär doch mal, was dich zu einem krakeelenden Idioten gemacht hat.»

Der Junge hielt den Kopf gesenkt.

«Sieh mich an, Junge, wenn du mit mir sprichst.»

«Sir.» Er wurde rot. «Es ist mein Mädchen, Sir. Sie … sie hätte mich in Sydney verabschieden sollen. Wir sind eine ganze Weile miteinander gegangen. Aber sie war … also, es ist einer der anderen auf Deck C, Sir.»

Und dann kam Anton und schenkte mir seine Aufmerksamkeit. Henry, es ist ja nicht so, dass er einfach deinen Platz eingenommen hätte. Deinen Platz gab es ja gar nicht mehr.

«Und er hat mich verhöhnt ... und dann die anderen, also, die haben gesagt, dass ich kein Mädchen halten kann, und Sie wissen, wie es da unten in der Messe ist, Sir, also, ich hatte wirklich genug davon, und – also – ich habe dann wohl rotgesehen, nehme ich an.»

«Du nimmst an, dass du rotgesehen hast.»

Die Kinder mögen ihn sehr. Du wirst immer ihr Vater bleiben, das wissen sie, aber sie werden sich in Amerika wohlfühlen und alle Chancen haben, die sie in einem verschlafenen kleinen Dorf in Norfolk niemals gehabt hätten.

«Ja, Sir.» Er hielt sich die Hand vor den Mund und hustete hinein. «Es tut mir sehr leid, Sir», krächzte er dann.

«Es tut dir sehr leid», wiederholte der Kapitän. Er legte seinen Federhalter nieder und faltete die Hände. Seine Stimme klang eisig. «Ihr wisst, dass ich keine Streitereien auf meinem Schiff haben will. Ganz besonders will ich keine Prügeleien, wenn Alkohol im Spiel ist. Ohnehin gefällt es mir überhaupt nicht, dass hier offenbar ohne mein Wissen Feierlichkeiten stattfinden, bei denen Alkohol ausgeschenkt wird.»

«Sir.»

«Verstehst du? Ich hasse Überraschungen, Soames.»

Aber an dieser Stelle, mein Lieber, muss ich dir etwas Schwieriges sagen. Der Grund, dass ich Dir erneut und so dringlich schreibe, ist die Tatsache, dass ich Antons Kind in mir trage. Wir alle warten darauf, dass du die Einwilligung zur Scheidung gibst, damit wir heiraten und dieses Baby zusammen aufziehen können.

«Du bist eine Schande.»

«Ja, Sir.»

«Du bist schon der fünfte, der heute Morgen wegen Sauferei vor mir steht.»

Der Junge schwieg.

«Erstaunlich auf einem Schiff, das außer der wöchentlichen Ration keinen Alkohol mit sich führt.»

«Sir.»

Nicol räusperte sich.

Der Kapitän starrte den Jungen unter zusammengezogenen Augenbrauen an. «Du kannst von Glück sagen, dass du bisher einen gefestigten Eindruck gemacht hast, Soames, und dass jemand mit einem besseren Charakter als dem deinen ein gutes Wort für dich einlegt.»

«Sir.»

«Ich werde dich mit einem Bußgeld davonkommen lassen. Aber ich will, dass du dir über eins im Klaren bist – und das kannst du auch deinen Freunden und denen, die draußen warten, weitererzählen. Mir entgeht kaum etwas auf diesem Schiff. Fast nichts. Und wenn du glaubst, dass ich von den kleinen Zusammenkünften nichts mitbekomme, die zu Zeiten stattfinden, zu denen unsere Besatzung und unsere weibliche Fracht nicht nur durch Wände, sondern durch ganze verdammte Gänge voneinander getrennt sein sollten, dann hast du dich gewaltig geschnitten.»

«Ich hatte nichts Böses im Sinn, Sir.»

Ich habe niemals gewollt, dass sich die Dinge so entwickeln. Bitte lass dieses Kind nicht unehelich aufwachsen, Henry, ich flehe dich an. Ich weiß, dass ich dir furchtbar weh getan habe, aber bitte lass deinen Groll auf mich nicht an dem Kleinen aus.

«Du hattest nichts Böses im Sinn», murmelte Highfield und wandte sich wieder seinem Schreiben zu. «Zwei Pfund. Und dass ich dich hier nicht wiedersehe.»

«Sir.»

Die beiden Männer salutierten und verließen das Büro.

«Zwei verdammte Pfund», sagte Soames. Sie schlurften an der Schlange der Übeltäter vorbei, und Soames stülpte sich die Mütze wieder auf den Kopf. «Zwei verdammte Pfund», murmelte er. «Er ist wirklich ein elender alter Bastard, dieser Highfield.» Soames ging immer schneller, je ungerechter er den Schiedsspruch des Kapitäns fand. «Ich weiß nicht, warum er so auf mir herumhacken musste, der hat ja gar nicht wieder aufgehört. Ich hab mit diesen verdammten Aussie-Bräuten nicht ein Wort gewechselt. Nicht mit einer von denen. Ganz im Gegensatz zu dem verfluchten Tims. Der hat fast jede Nacht Mädchen in der Messe. Hat mir Jackson erzählt.»

«Halt dich besser fern von denen», sagte Nicol.

«Was?» Der jüngere Mann wandte sich um, überrascht von der geballten Wut im Ton des Marinesoldaten. «Alles in Ordnung?»

«Alles in Ordnung», antwortete der und nahm die Hand von seiner Tasche.

Bitte schreib oder telegraphiere mir, sobald du kannst. Ich überlasse dir gern das Haus und alles andere. Ich habe alles in Ordnung gehalten, so gut ich konnte. Ich will dir nicht noch mehr Ärger bereiten. Ich will nur deine Erlaubnis zu gehen.

Deine Fay

Die Schnellverfahren waren ein paar Minuten nach elf beendet. Kapitän Highfield legte seinen Federhalter nieder und gab

Dobson, der gerade gekommen war, und dem Marineoffizier ein Zeichen, dass sie sich setzen sollten.

«Das sieht nicht gut aus, oder?», fragte er und lehnte sich in seinem Stuhl zurück. «Wir sind kaum eine Woche auf See, und sehen Sie sich das jetzt an.»

Der Marineoffizier schwieg. Die Marinesoldaten waren in der Regel sehr diszipliniert und tranken an Bord keinen Alkohol.

«Zu viele Spannungen an Bord. Und zu viel Alkohol. Wann haben wir zuletzt so viele Fälle von Trunkenheit auf See gehabt?»

Die beiden Männer schüttelten die Köpfe.

«Wir werden die Spinde durchsuchen lassen, Kapitän. Mal sehen, was wir da alles finden», schlug Dobson vor.

Draußen vor dem Fenster war der Himmel klar geworden und strahlte jetzt in einem lebhaften Blau. Die See lag ruhig und glatt da – ein Anblick, der optimistisch stimmte. Aber Highfield konnte sich daran nicht freuen: Sein Bein hatte schon den ganzen Morgen dumpf gepocht, eine ständige, stetig wiederkehrende Erinnerung an sein Versagen.

Er hatte weggesehen, als er sich heute Morgen angezogen hatte: Die zarte, schwach violette Färbung seines Beines zeugte nicht von neuem, gesundem Gewebe, sondern von einem schrecklichen Kampf, der unter der Haut stattfand. Wenn sein Schiffsarzt an Bord gewesen wäre, hätte er ihn bitten können, einen Blick darauf zu werfen. Aber diesem verdammten Idioten Duxbury konnte er sich nicht anvertrauen.

Dobson beugte sich vor und stützte sich mit den Ellbogen auf die Knie. «Die Frauendienstoffizierinnen sagen, dass es nachts Bewegungen gibt. Die Offizierin von Deck B musste letzte Nacht eine Situation auflösen.»

«Eine Prügelei?»

Die beiden Männer schauten erst einander an, dann den Kapitän.

«Nein, Sir. Äh … eher ein körperlicher Kontakt zwischen einer Braut und einem Matrosen.»

«Körperlicher Kontakt?»

«Ja, Sir. Er umarmte sie hinter der Lenzpumpe.»

Highfield hatte schon befürchtet, dass so etwas passieren könnte, er hatte McManus davor gewarnt. Dennoch traf ihn die Nachricht wie ein Schlag. Allein die Vorstellung, dass solche Dinge an Bord seines Schiffes vor sich gingen …

«Ich wusste, dass das passieren würde», sagte er. Die anderen beiden Männer schienen weit weniger beunruhigt davon als er selbst. Tatsächlich sah Dobson so aus, als müsste er einen Heiterkeitsanfall unterdrücken.

«Wir werden mehr Marinesoldaten außerhalb des Hangarbereichs, der Heizer- und der Matrosenmessen postieren.»

«Bei allem Respekt, Sir», unterbrach der Marineoffizier, «meine Jungs stehen sieben Tage die Woche in Schichten Wache, und das neben all ihren anderen Aufgaben. Ich kann nicht noch mehr von ihnen fordern. Sie haben gesehen, wie erschöpft Nicol war, und er ist nicht der Einzige, dem es so geht.»

«Brauchen wir denn wirklich Posten vor den Messen der Männer?», fragte Dobson. «Wenn wir Marinesoldaten haben, um die Bräute in ihren Kabinen zu halten, und zusätzlich noch die Offizierinnen, die ihre Keuschheitsrunden drehen, dann sollte das doch wohl genügen?»

«Nun, offenbar genügt es nicht. Wenn wir jetzt schon die Zügel lockern, dann weiß der Himmel, wo das alles endet.» Bilder von Paaren, die im Mehllager Unzucht trieben, stiegen vor Highfields innerem Auge auf, von zornigen Ehemännern und puterroten Admirälen.

«Ach kommen Sie, Sir. Ich würde vorschlagen, das alles etwas nüchterner zu betrachten», sagte Dobson.

«Wie bitte?»

«Natürlich wird es einige kleine Zwischenfälle geben, besonders da so viele Neulinge in der Besatzung sind, aber das können wir schon im Griff behalten. Nach der Angelegenheit mit der *Indomitable* ist das vielleicht sogar ein gutes Zeichen. Es beweist doch, dass die Männer wieder ein wenig aufleben.»

Bis dahin, vielleicht aus Diplomatie oder sogar, weil man den Kapitän nicht noch mehr verletzten wollte, hatte niemand je von dem gesunkenen Schiff gesprochen – und ganz gewiss nicht im Zusammenhang mit der Moral der Männer. Bei der Erwähnung des Namens biss Highfield die Zähne zusammen. Vielleicht war es ein Reflex. Wahrscheinlich aber lag es vor allem an demjenigen, der gesprochen hatte.

Er versuchte gerade, seine Gedanken zu ordnen, als Dobson aalglatt hinzufügte: «Wenn Sie es bevorzugen, Kapitän, können Sie uns die Disziplinarmaßnahmen überlassen. Es wäre doch traurig, Sir, wenn Sie Ihre letzte Reise nicht auch ein bisschen genießen könnten, nur weil ein paar Jungs in ihrem jugendlichen Überschwang etwas über die Stränge schlagen.»

In Dobsons hintergründigen Worten, in seiner entspannten, selbstsicheren Art lag alles, was die Männer über Highfield dachten, aber niemals laut ausgesprochen hätten. Früher hätte es auch Dobson nicht gewagt, in diesem Ton mit ihm zu sprechen. Highfield war so verblüfft von seiner kaum verhüllten Respektlosigkeit, dass ihm kein Wort über die Lippen kam.

Der Marineoffizier beugte sich in diplomatischem Bemühen vor. «Ich glaube, Sir, dass das Hauptproblem in der vergangenen Woche darin lag, dass wir mit den Umständen in der Australischen Bucht zu kämpfen hatten», sagte er. «Ich denke, dass sowohl die Matrosen als auch die Frauen den Umstand ausgenutzt haben, dass die meisten Wachtposten mit anderen Dingen beschäftigt waren. Geben Sie ihnen ein paar Tage, dann sind die Frauen nicht mehr so aufgeregt, und die Männer gewöhnen sich daran, dass Frauen an Bord sind. Dann wird sich die Lage sicher ganz von selbst beruhigen.»

Highfield musterte den Marineoffizier misstrauisch. Dessen Gesichtsausdruck war offen, ganz im Gegensatz zu dem des Mannes, der neben ihm saß. «Sie meinen also, wir sollten die Dinge laufen lassen?»

«Ja, das meine ich, Sir.»

«Ich stimme zu, Sir», sagte Dobson. «Wir sollten zu diesem Zeitpunkt lieber nicht zu sehr eingreifen.»

Highfield beachtete ihn nicht. Er schloss das Buch und wandte sich an den Marineoffizier. «Gut», sagte er. «Wir gehen die Sache langsam an. Aber ich will über alles unterrichtet werden, über jeden Schritt, der nach zehn Uhr abends unter Deck getan wird. Und bei dem kleinsten Hinweis auf Fehlverhalten – dem allerkleinsten, dass das klar ist – verlange ich, dass rigoros durchgegriffen wird. Ich werde nicht zulassen, dass auf dieser Reise niedrigere Standards herrschen als gewöhnlich. Nicht unter meinem Kommando.»

Liebe Deanna,

ich hoffe, dir, Mutter und Vater geht es gut. Ich weiß nicht, wann ich diesen Brief losschicken kann, aber ich dachte, ich schreibe dennoch ein wenig von unserer Reise. Es ist alles sehr aufregend. Oft denke ich daran, wie sehr es dir gefallen würde, hier zu sein, und wie überraschend die Umstände sind, unter denen wir reisen – trotz all meiner Vorbehalte.

Ich habe drei reizende neue Freundinnen gefunden: Margaret, deren Vater eine große Farm nicht weit von Sydney besitzt; Frances, die ungeheuer elegant ist und bewundernswerterweise Dienst als Krankenschwester getan hat; und Jean. Sie sind alle so viel interessanter als unsere alten Freunde. Ein Mädchen hier hat fünfzehn Paar Schuhe mitgenommen! Ich bin im größten Teil des Schiffes untergebracht, unweit der Brücke und ganz in der Nähe der Kapitänskajüte. Es heißt, dass es vielleicht eine Cocktailparty gibt, wenn wir in Gibraltar ankommen, weil dort wahrscheinlich einige Gouverneure an Bord kommen. Wir freuen uns sehr darauf.

Die Besatzung gibt sich wirklich viel Mühe mit uns. Jeden Tag gibt es neue Veranstaltungen, damit wir beschäftigt sind; Nähen, Tanz, die neuesten Filme. Heute Nachmittag werde ich «Kleines Mädchen, großes Herz» schauen. Ich glaube nicht, dass er schon in Melbourne läuft, aber wenn, musst du ihn unbedingt ansehen. Die Mädchen, die ihn schon geschaut haben, sagen alle, dass Elizabeth Taylor wirklich wundervoll darin ist.

Die Matrosen sind sehr nett und hilfsbereit. Und, Deanna, du würdest das Essen hier lieben. Es ist fast, als ob hier nie jemand etwas von Lebensmittelrationierung gehört hätte. Viel besser als das Eipulver, das wir befürchtet hatten! Sag Mutter und Vater, dass sie sich in dieser Hinsicht überhaupt keine Sorgen machen müssen.

Es gibt einen vollständig ausgerüsteten Friseursalon am anderen Ende des Schiffs. Wenn ich mit diesem Brief hier fertig bin, gehe ich vielleicht einmal hin und schaue ihn mir an. Vielleicht biete ich dort sogar meine Mithilfe an! Erinnerst du dich, dass Mrs. Johnson immer gesagt hat, dass niemand so gut Haare legt wie ich? Sobald ich in London angekommen bin, suche ich mir einen anständigen Friseursalon. Natürlich werde ich dir alles über London berichten. Hoffentlich höre ich noch etwas von Ian,

bevor wir uns wiedersehen, auch wegen des kleinen Urlaubs, den
wir geplant haben.
Wie ich schon sagte: Ich hoffe, dass es euch allen gutgeht. Oh, in-
zwischen hat sicher auch deine kleine Aufführung stattgefunden.
Sie ist bestimmt gut gelaufen. Ich schreibe wieder, wenn ich ein
bisschen Zeit finde!
Deine dich liebende Schwester
Avice

Avice saß in der kleinen Kantine auf dem Flugdeck und starrte durch das salzverkrustete Fenster hinaus auf die Möwen, die dem Schiff folgten, und in den heiteren Himmel. In der halben Stunde, die sie gebraucht hatte, den Brief zu verfassen, war es ihr fast gelungen, sich selbst davon zu überzeugen, dass sie eine wunderbare Reise unternahm. So sehr, dass sie sich ziemlich ernüchtert fühlte, als sie unterschrieb und feststellen musste, dass sie in einem rostigen Hangar auf dem Wasser saß, umgeben von den zerkratzten Nasen der Flugzeuge an Deck, von herumschlurfenden Jungen in groben Overalls und den Gerüchen nach Gebratenem, Öl und Rost.

«Ein Tässchen Tee, Avice?» Margaret beugte sich über sie, sodass ihr riesiger Bauch auf der hölzernen Tischplatte lag. «Ich hole mir welchen. Man weiß ja nie, vielleicht beruhigt es den Magen.»

«Nein. Danke schön.» Avice schluckte und stellte sich dann vorsichtig den Geschmack vor. Sofort wurde ihr übel. Sie hatte immer noch Schwierigkeiten, mit dem allgegenwärtigen Kerosingeruch fertigzuwerden, der ihr überallhin zu folgen schien und in ihren Kleidern und der Nase hing. Egal wie viel Parfüm sie benutzte, sie hatte immer noch das Gefühl, wie ein Mechaniker zu riechen.

«Du musst aber doch etwas zu dir nehmen.»

«Ich nehme ein Glas Wasser. Vielleicht einen trockenen Cracker, wenn sie welche haben.»

«Armes Ding. Dich hat es wohl besonders schlimm getroffen.»

«Es wird bestimmt bald besser.» Avice bemühte sich, heiter zu lächeln. Es gab nur wenige Dinge, die nicht besser wurden, wenn man hübsch lächelte – das sagte ihre Mutter immer.

«In der ersten Zeit hiermit» – Margaret tätschelte ihren Bauch – «ging es mir auch so. Ich konnte nicht einmal trockenen Toast bei mir behalten. Mir war wirklich elend. Wundert mich, dass ich nicht seekrank werde so wie du und Jean.»

«Würde es dir etwas ausmachen, wenn wir über etwas anderes sprächen?»

Margaret lachte. «Natürlich. Tut mir leid, Ave. Ich gehe schnell und hole meinen Tee.»

Ave. Wenn es ihr besser gegangen wäre, hätte sie sie verbessert: Es gab doch nichts Schlimmeres als einen abgekürzten Vornamen. Aber Margaret war schon in Richtung Tresen losgewatschelt und hatte sie mit Frances allein gelassen, eine noch ungemütlichere Situation.

In den letzten Tagen hatte Avice festgestellt, dass Frances etwas zutiefst Verunsicherndes an sich hatte. Als ob sie stets auf der Hut wäre, als ob sie, selbst wenn sie nur schweigend dasaß, den anderen abschätzte. Selbst wenn sie nett war, wenn sie Avice Tabletten brachte, damit ihr nicht mehr so übel war, und aufpasste, dass sie nicht dehydrierte, wirkte sie irgendwie reserviert, als hätte Avice etwas an sich, das sie auf Abstand gehen ließ. Als wäre *sie* irgendetwas Besonderes!

Margaret hatte ihr erzählt, dass Frances' Angebot, auf der Krankenstation zu arbeiten, abgelehnt worden war. Der kleingeistige Teil von Avice fragte sich, was die Marine an diesem

Mädchen wohl unpassend gefunden hatte. Der andere Teil dachte, wie viel leichter das Leben an Bord doch wäre, wenn sie nicht ständig in der Nähe wäre mit ihrem hölzernen Verhalten und dem ewig ernsten Gesicht. Sie blickte zu den Tischen der anderen Mädchen herüber. Die meisten plauderten miteinander, als ob sie sich schon seit Jahren kannten. Sie hatten sich zu kleinen Grüppchen zusammengefunden und enge Freundschaften geknüpft, die für Außenstehende bereits undurchdringlich wirkten. Avice' Blick blieb an einer besonders fröhlichen Gruppe hängen, und sie musste den Drang unterdrücken, bei ihnen einen guten Eindruck hinterlassen zu wollen und zu zeigen, dass sie sich nicht freiwillig mit diesem merkwürdigen, strengen Mädchen abgab. Aber das wäre natürlich unhöflich gewesen.

«Hast du heute Nachmittag schon etwas vor?»

Frances hatte die *Daily Ship News* studiert. Sie schaute mit jenem misstrauischen Gesichtsausdruck auf, bei dem Avice am liebsten «Nein, das ist keine Fangfrage, weißt du?» hätte schreien mögen. Frances' hellrotes Haar war zu einem straffen Dutt zusammengefasst. Wenn sie jemand anders gewesen wäre, hätte Avice angeboten, ihr eine schmeichelhaftere Frisur zu machen. Sie könnte hübsch aussehen, wenn sie sich etwas weniger streng zurechtmachen würde.

«Nein», antwortete Frances. Dann, weil die entstandene Pause unangenehm zu werden drohte, fügte sie hinzu: «Ich dachte, ich bleibe hier einfach eine Weile sitzen.»

«Ach so. Ich fand den Vortrag heute ziemlich langweilig», sagte Avice. Sie hasste diese drückenden Gesprächspausen.

«Ja?»

«Rationierungen und so was.» Sie schniefte. «Ehrlich gesagt, in England möchte ich so wenig wie möglich kochen.»

Hinter ihnen schob eine Gruppe Mädchen geräuschvoll die Stühle zurück und stand auf. Dabei schnatterten sie ununterbrochen weiter.

Die beiden Frauen sahen ihnen nach.

«Bist du mit deinem Brief fertig geworden?», fragte Frances.

Avice' Hand legte sich auf den Schreibblock, als könnte sein Inhalt irgendwie sichtbar werden. «Ja.» Es klang schärfer als beabsichtigt. Sie bemühte sich bewusst, sich zu entspannen. «Er ist an meine Schwester.»

«Ah.»

«Heute Morgen habe ich noch zwei andere geschrieben. Einen an Ian und einen an eine alte Schulfreundin. Aber wer weiß, wann wir die Briefe losschicken können. Ich wüsste zu gern, wann ich einen von Ian bekomme.» Sie studierte ihre Fingernägel. «Hoffentlich klappt es in Ceylon. Ich habe gehört, dass sie dort vielleicht Post an Bord bringen.»

Sie stellte sich ein dickes kleines Kissen aus Ians Briefen vor, das in irgendeinem brutheißen tropischen Postamt auf sie wartete. Sie würde ein rotes Band um sie schlingen und sie ganz für sich lesen, genüsslich und einen nach dem anderen, so wie man eine Pralinenschachtel leert. «Es ist wirklich merkwürdig», sagte sie mehr zu sich selbst, «wenn man eine so weite Reise unternimmt und so lange nichts voneinander hört. Manchmal fühlt es sich ein bisschen unwirklich an. Ich kann es kaum glauben, dass ich diesen Mann geheiratet habe und nun auf diesem Schiff bin, irgendwo am Ende der Welt. Manchmal ist es doch schwer, sich klarzumachen, dass es alles ganz real ist, wenn man nicht mal mit ihm reden kann.»

Fünf Wochen und vier Tage seit seinem letzten Brief. Dem ersten, den sie als verheiratete Frau erhalten hatte.

«Ich versuche, mir vorzustellen, was er gerade denkt. Das

Schlimmste daran, so lange auf Briefe warten zu müssen, ist, dass man weiß, dass all die Gefühle in den Briefen schon wieder vergangen sind. Geschehnisse, über die er sich aufgeregt hat, sind dann schon längst vorbei. Sonnenuntergänge, die er beschrieben hat, sind Vergangenheit. Ich weiß nicht einmal, wo er gerade ist. Ich meine, wir alle müssen uns irgendwie darauf verlassen, dass sich ihre Gefühle für uns nicht verändern, selbst wenn wir nicht miteinander sprechen, nicht wahr? Vermutlich müssen wir einfach Vertrauen haben.»

Ihre Stimme war leiser geworden, nachdenklicher. Sie richtete sich ein wenig auf. «Meinst du nicht auch?»

Etwas Merkwürdiges geschah mit Frances' Gesichtsausdruck: Es war, als ob er sich verschlösse. Er wurde neutral wie der einer Maske. «Ich nehme es an», sagte sie schließlich.

Und Avice wusste, sie hätte genauso gut verkünden können, dass der Himmel plötzlich grün geworden war. Sie fühlte sich verunsichert und verärgert. Sie hatte das Gefühl, als hätte Frances ihren Versuch, ein wenig mehr Vertrauen aufzubauen, absichtlich abgewiesen. Sie war schon versucht, etwas dazu zu sagen, aber in diesem Moment watschelte Margaret zurück zum Tisch, ein Teetablett in den Händen. Ihr Becher war mit Vanilleeiskrem gefüllt, schon die dritte Portion, seit sie hier saßen.

«Hört mal zu, Mädchen. Das wird unserer Jean gefallen. Es wird eine Feier geben, wenn wir die Äquatorlinie passieren. Das ist offenbar eine alte Seemannstradition, und es gibt alle möglichen Belustigungen auf dem Flugdeck. Der Typ am Teeausschank hat es mir gerade erzählt.»

Frances' Unhöflichkeit war vergessen. «Müssen wir uns schick anziehen?» Avice hatte sofort die Hand gehoben, um ihre Frisur zu kontrollieren.

«Weiß nicht. Sie werden später einen Zettel an der Haupt-anschlagtafel aushängen. Aber das wäre doch mal ein Spaß, oder? Etwas, worauf man sich freuen kann?»

«Ja! Hoffentlich geht es meinem Magen bis dahin besser.»

«Frances?» Margaret aß den ersten Löffel Eis noch im Stehen.

«Ich weiß nicht.»

«Ach, komm schon», sagte Margaret. Der Stuhl quietschte protestierend, als sie sich auf ihm niederließ. «Entspann dich ein bisschen, Mädchen. Es wird sicher lustig.»

Frances lächelte ihr vorsichtig zu und zeigte dabei ihre klei-nen weißen Zähne. Avice stellte fast erschrocken fest, dass sie sogar schön sein konnte.

«Vielleicht», antwortete Frances schließlich.

Frances hatte geglaubt, dass sie der Mann stören würde, der draußen vor ihrer Tür stand. In der ersten Nacht seiner Wache hatte sie nicht schlafen können, weil sie sich der Nähe dieses Fremden nur allzu bewusst war. Ihrer eigenen Halbnacktheit, ihrer Verletzlichkeit. Sie hatte jede seiner Bewegungen ver-folgt, jeden Schritt seiner Füße, jeden Schnaufer oder Huster, den Klang seiner Stimme, wenn er einen Gruß murmelte oder einem Vorbeigehenden den Weg erklärte. Hin und wieder grü-belte sie in der Dunkelheit über die Bedeutung seiner Anwesen-heit nach: Sie unterstrich die Tatsache, dass die Bräute an Bord eine Fracht waren, eine Lieferung, die sicher vom einen Ende der Welt zum anderen gebracht werden musste, von Vätern zu Ehemännern, von einem Mann zum anderen.

Diese schweren Füße, die stramme Haltung, die Waffe – all das sagte ihr, dass sie im Grunde Gefangene waren, eingesperrt, aber gleichzeitig bewacht und beschützt vor unbekannten Ge-fahren. Manchmal, wenn die Nähe so vieler Menschen, so vieler fremder Männer ihr Angst machte, war sie sogar froh darüber, dass er vor ihrer Tür auf Posten stand. Aber meistens ärgerte sie sich doch darüber, dass sie sich wie ein Besitz fühlte, wenn er draußen stand, wie jemandes Eigentum, das man bewachen musste.

Die anderen schienen solcherlei philosophische Betrachtungen gar nicht erst anzustellen. Tatsächlich beachteten sie ihn eigentlich gar nicht. Für sie gehörte er wie alles andere zum nächtlichen Mobiliar. Man sagte ihm guten Abend und schmuggelte den Hund oder sich selbst an ihm vorbei, wenn sie wieder einmal auf Zehenspitzen hinunter zu einer Feier schlichen. Wie an diesem Abend. Margaret und Jean planten, auf ein paar Runden Poker zu Dennis hinunterzugehen. Sie unterhielten sich flüsternd miteinander und bürsteten sich die Haare, hantierten mit Strümpfen und Schuhen, und Jean lieh sich von allen die Schminksachen aus. Es war bald neun Uhr, noch nicht so spät, als dass sie die Kabinen gar nicht mehr hätten verlassen dürfen. Aber die beiden Abendbrotschichten waren bereits vorbei, also liefen sie Gefahr, dass man sie befragen würde, wenn man sie denn erwischte.

«Bist du sicher, dass du nicht mitkommen willst, Frances?»

Frances schüttelte den Kopf.

«Du musst dich hier nicht wie eine Nonne benehmen.» Margaret war damit fertig, ihren Schuh zu schnüren. «Sicher hat dein Mann nichts dagegen, wenn du ein bisschen in Gesellschaft bist, du meine Güte.»

«Wir erzählen's auch nicht weiter», fügte Jean hinzu und zog einen Schmollmund, um den Lippenstift aufzutragen.

Margaret hob ihr Hündchen auf das, was von ihrem Schoß übrig geblieben war. «Du wirst noch verrückt, wenn du jeden Abend hier drinbleibst.»

«Genau, und dann führen sie dich in Plymouth in einer Zwangsjacke ab», gackerte Jean.

«Das Risiko nehme ich in Kauf.» Frances lächelte müde.

«Avice?»

«Nein danke. Ich ruhe mich heute Abend aus.» Avice' Übelkeit war wieder schlimmer geworden. Sie lag blass und schwach in ihrer Koje und versuchte, hin und wieder einen Blick in ihr Buch zu werfen. «Ich wäre euch dankbar, wenn ihr den Hund von mir fernhalten könntet. Von seinem Geruch wird mir noch schlechter.»

Jean und Margaret brachen plappernd auf und rannten beinahe den Marinesoldaten um, der draußen vor der Tür stand. Am vorhergehenden Abend war er nicht da gewesen, und keine von ihnen hatte ihn kommen gehört.

«Oh … wir wollten nur schnell noch etwas frische Luft schnappen», sagte Margaret und schloss hastig die Tür hinter sich.

«Um zehn sind wir wieder zurück», fügte Jean hinzu.

Frances, die aufgestanden war, um ihren Morgenmantel vom Haken zu nehmen, hielt auf der anderen Seite der Tür inne und lauschte der Männerstimme und der Überraschung und Anspannung in den Frauenstimmen.

«Ich würde die schwarze Truppe lieber meiden, wenn es das ist, was Sie mit frischer Luft meinen», sagte er jetzt so leise, dass sie nicht sicher war, ob sie richtig gehört hatte. Sie legte ihr Ohr an die Tür.

«Die Heizermesse. Da gibt es heute Nacht wohl eine Razzia», erklärte er.

«Oh. Gut», sagte Margaret. «Tja. Danke.»

Sie hörte, wie ihre Schuhe den Korridor entlangklapperten. Dann hustete der Soldat leise. Sie würden nicht miteinander sprechen, bevor sie die Ecke mit dem Feuerwehrschlauch erreichten. Dann, sobald sie außer Sicht wären, würden sie vor Schreck in Gelächter ausbrechen und sich aneinander festhalten, einen kurzen, verstohlenen Blick über die Schulter werfen und sich zur Heizermesse aufmachen.

Avice lag mit dem Gesicht zur Wand auf ihrer Koje, und Frances blätterte verlegen durch eine Zeitschrift. Sie hoffte, dass sie dabei konzentrierter wirkte, als sie war.

Es war ihr unangenehm, mit Avice allein zu sein. Margaret war ungezwungen und direkt, von angenehm unkomplizierter Natur. Auch bei Jean gab es keine Geheimnisse: Sie zeigte sofort alles, was sie fühlte, jede noch so kleine Verärgerung, aber auch ihre Begeisterung, so geschmacklos sie auch sein mochte. Bei Avice hatte Frances das Gefühl, dass diese sie schwierig fand. Sie hatten nichts gemeinsam, aber das allein war es nicht: Ihre Persönlichkeit, ihre ganze Art schien Avice gegen den Strich zu gehen. Sie nahm an, dass Avice ihr unter anderen Umständen sicher mit offener Feindseligkeit begegnet wäre. Die Erfahrung hatte ihr gezeigt, dass diese Art Mädchen sich oft so verhielt. Sie mussten auf jemanden hinabschauen können, um sich ihrer eigenen Stellung zu versichern.

Aber in einer Kabine von nicht einmal drei mal zweieinhalb Metern Fläche war einfach kein Platz für derlei Gefühle. Und das hielt sie beide in vornehmer Diplomatie gefangen. Sie würden den Rest des Abends damit verbringen, höflich so zu tun, als glaubten sie, dass die andere schliefe.

Frances versuchte zu lesen, bemerkte aber, dass sie denselben Absatz schon mehrmals überflogen hatte, ohne irgendetwas davon zu verstehen. Sie zwang sich zur Konzentration und stellte fest, dass sie die Zeitschrift schon gelesen hatte.

Das Hündchen winselte leise im Schlaf. Es war unter Mar-

garets Strickjacke kaum zu erkennen. Sie schaute zur Wasser-
schüssel, die auf dem Boden stand. War noch Wasser darin?

Weit über ihnen hörte sie einen dumpfen Schlag, gefolgt von
einem unterdrückten Heiterkeitsausbruch. Die Zeit zog sich
wie Kaugummi.

Frances seufzte. Leise, damit Avice es nicht hörte. Margaret
hatte recht. Wenn sie noch einen Abend hier verbrachte, würde
sie verrückt werden.

Der Marinesoldat wandte sich um, als sie die Tür öffnete.
«Ich muss mir ein wenig die Beine vertreten», sagte sie.

«Streng genommen, Ma'am, sollten Sie die Kabine um diese
Zeit nicht mehr verlassen.»

Sie protestierte nicht, bat nicht, sondern stand einfach nur da
und wartete. Schließlich nickte er ihr zu. «Heizermesse?»

«Nein», antwortete sie und lächelte auf ihre Füße herunter.
«Nein. Das ist nicht mein Fall.»

Sie ging hastig den Korridor entlang und war sich seines Blickes in ihrem Rücken durchaus bewusst. Sie eilte weiter, den
Kopf gesenkt, vorbei an Kabinen, an Reihen von Blechtruhen,
die mit Gurtbändern an der Wand befestigt waren, an überflüs-
sigen Behältern für Schwimmwesten, Waffen, Munition und
an den aufgemalten Befehlen – «Trocken lagern», «Durchgang
freihalten», «Rauchen verboten». Sie nahm gleich zwei Stufen
auf einmal, als sie die provisorische Treppe erklomm, die zu
den Kabinen des Kapitäns führten, und zog den Kopf ein, um
sich nicht an den metallenen Stützbalken zu stoßen.

Sie erreichte die Luke, schaute über die Schulter, um sicherzugehen, dass ihr auch niemand gefolgt war, öffnete sie dann
und trat hinaus auf das Flugdeck. Dann blieb sie abrupt stehen.
Die plötzliche Weite der tintenschwarzen See und des Himmels
ließ sie beinahe taumeln.

Frances stand eine Weile einfach so da und atmete die kühle, frische Luft, spürte, wie die Brise ihre Gesichtshaut spannte, und genoss die weichen Bewegungen des Schiffes. Unter den stampfenden Motoren hatte sie oft das Gefühl, sich in den Eingeweiden eines Urzeittieres zu befinden. Es vibrierte darin, es tuckerte und ächzte mühsam und übellaunig. Hier oben fühlte sich die Bewegung wie ein sanftes Schnurren an, das Wesen schien gutartig und zahm zu sein und sie sicher über den Ozean voranzubringen.

Frances spähte über das verlassene Flugdeck, auf dem der Zutritt nach Einbruch der Dunkelheit verboten war. Einige der Flugzeuge waren vom Mondlicht beschienen, andere lagen im Schatten und waren nur als Umrisse zu erkennen – wie Kinder, die sich auf einem nächtlichen Spielplatz versammelt hatten. Sie ging langsam zwischen ihnen hindurch und erlaubte sich, das glänzende Metall zu berühren und das kühle, glatte Gefühl unter ihrer Hand zu genießen. Schließlich setzte sie sich unter einem schmalen, stromlinienförmigen Flugzeugbauch auf dem Betonboden nieder. Hier, zwischen zwei Enden Gurtband, schlang sie die Arme um die Knie und starrte hinaus auf die Millionen Sterne, auf die unendliche Spur weißen Schaums, der ihren Kurs durch das Wasser markierte, hinaus auf die fast unsichtbare Linie, wo die tintenschwarze See auf den unendlichen schwarzen Himmel traf. Und wahrscheinlich zum ersten Mal seit sie an Bord gegangen waren, schloss Frances Mackenzie die Augen und erlaubte sich mit einem Schaudern, das ihren gesamten Körper durchlief, auszuatmen.

Sie hatte schon fast zwanzig Minuten so dagesessen, als sie den Kapitän entdeckte. Er war aus derselben Luke gestiegen, die sie hinter sich geschlossen hatte. Sein Rangabzeichen war auf seiner weißen Mütze deutlich zu sehen, aber sie hätte ihn auch ohne es an seiner merkwürdig betont aufrechten Haltung erkannt. Frances zuckte unwillkürlich zusammen und rückte tiefer in den Schatten hinein. Sie beobachtete, wie er vorsichtig die Luke schloss, damit sie nicht zufiel. Dann setzte er langsam einen Schritt vor den anderen und hinkte zur Steuerbordseite des Schiffes. Er blieb bei einem der größeren Flugzeuge stehen, seine Uniform vom Mondlicht beschienen, und streckte die Hand danach aus, als wollte er sich am Flügel abstützen. Er bückte sich und rieb sich das Bein. Sie hielt die Luft an.

Ein paar Minuten lang blieb er so stehen, das Gewicht auf ein Bein verlagert und mit hängenden Schultern, und starrte hinaus aufs Meer. Dann richtete er sich auf und ging zurück zur Luke. Als er dort ankam, konnte man sein Hinken kaum noch erkennen.

Später hätte sie nicht erklären können, was sie an diesem Anblick so tröstlich gefunden hatte – ob es das Meer selbst gewesen war, ihr Vermögen, sich heimlich zwanzig Minuten Freiheit zu erschleichen, oder der schwache Hinweis auf Menschlichkeit, der im Hinken des Kapitäns lag, eine Erinnerung an die Fehlbarkeit des Menschen, seine Fähigkeit, Schmerz und Leid zu verbergen – aber als sie die Stufen wieder hinunterging, machten ihr die Blicke der Vorbeigehenden nicht mehr so viel aus. Es war, als ob sie ein wenig Selbstsicherheit wiedergefunden hätte.

Unter normalen Umständen hätte sie niemals einen Mann um eine Zigarette gebeten. Sie hätte sich nicht in ein Gespräch verwickeln lassen und auf keinen Fall eines begonnen. Aber sie fühlte sich so viel besser. Der Himmel war so wunderschön gewesen. Und es lag etwas so Melancholisches in seinem Gesicht.

Er stand an die Wand neben der Tür gelehnt und hielt die

Zigarette zwischen Daumen und Zeigefinger. Den Blick hatte er fest auf einen Punkt auf dem Boden vor ihm gerichtet. Das Haar war ihm ins Gesicht gefallen, und er stand gebeugt da und wirkte nachdenklich. Sobald er sie sah, drückte er die Zigarette aus und ließ sie in seiner Tasche verschwinden. Kurz glaubte sie, dass er rot geworden war.

«Das ist doch nicht nötig», sagte sie, «meinetwegen müssen Sie das nicht tun.»

Er zuckte die Achseln. «Das dürfen wir eigentlich nicht im Dienst.»

«Trotzdem.»

Er dankte ihr. Es klang ein wenig barsch, und er vermied es, sie dabei anzusehen. Frances war selbst am meisten davon überrascht, dass sie ihn fragte, ob sie auch eine haben könne. «Ich habe noch keine Lust hineinzugehen», erklärte sie. Dann stellte sie sich befangen neben ihn und bereute ihre Entscheidung sofort wieder.

Er zog eine Zigarette aus der Packung und reichte sie ihr wortlos. Dann zündete er sie an. Dabei streifte seine Hand für den Bruchteil einer Sekunde ihre, als er die Flamme vor Zugluft schützte. Frances wäre beinahe zusammengezuckt. Dann überlegte sie, wie schnell sie die Zigarette aufrauchen könnte, ohne dass ihr schwindelig würde. Er wollte einfach keine Gesellschaft. Und gerade sie hätte das bemerken müssen.

«Danke», sagte sie. «Ich nehme nur kurz ein paar Züge.»

«Lassen Sie sich Zeit.»

Zweimal ertappte sie sich dabei, dass sie lächelte, ein instinktives, ermunterndes Lächeln. Seins dagegen verflog sofort wieder. Sie standen zu beiden Seiten des Türrahmens und schauten auf ihre Füße, die Sicherheitshinweise und den Feuerlöscher, bis das Schweigen unerträglich wurde.

Sie schaute zur Seite auf seinen Ärmel. «Welchen Dienstrang haben Sie?»

«Unteroffizier.»

«Ihre Streifen sind aber falsch herum.»

«Marinesoldat mit drei Abzeichen.»

Sie nahm einen tiefen Zug von ihrer Zigarette. Ein Drittel hatte sie schon aufgeraucht. «Ich dachte, drei Streifen bedeuten Sergeant.»

«Nicht, wenn sie falsch herum sind.»

«Das verstehe ich nicht.»

«Sie stehen für eine lange Dienstzeit und gute Führung.» Sein Blick glitt über sie, als wäre sie gar nicht da. «Prügeleien beenden, so etwas. Ich nehme an, dass sie damit Leute belohnen, die kein Interesse an einer Beförderung haben.»

«Warum wollten Sie denn keine Beförderung?»

«Weiß nicht.» Möglicherweise merkte er selbst, dass es etwas schroff klang, denn er fügte hinzu: «Vielleicht habe ich mich selbst nie als Sergeant gesehen.»

Sein Gesicht wirkte versteinert, enttäuscht, dachte sie, aber nicht eigentlich unfreundlich. Es zeigte sein Unbehagen bei dieser eigentlich harmlosen Plauderei. Sie kannte diesen Gesichtsausdruck: Sie selbst hatte ihn auch fast immer.

Sein Blick traf den ihren und glitt dann weiter. «Vielleicht wollte ich die Verantwortung nicht.»

In diesem Moment sah sie das Foto. Er musste es betrachtet haben, als sie kam. Eine schwarzweiße Aufnahme, ein wenig kleiner als die Brieftasche eines Mannes. Er hielt sie in der rechten Hand zwischen Daumen und Zeigefinger. «Sind das Ihre?», fragte sie und nickte in Richtung des Bildes.

Er sah das Bild an, als täte er das zum ersten Mal. «Ja.»

«Mädchen und Junge?»

«Zwei Jungen.»

Sie entschuldigte sich, und beide lächelten sie unbeholfen.

«Mein Jüngster müsste mal zum Friseur.» Er reichte ihr das Bild. Sie nahm es, hielt es unter das Licht und betrachtete die strahlenden Gesichter, unsicher, was sie sagen sollte. «Sie sehen nett aus.»

«Das Bild ist schon achtzehn Monate alt. Sie sind inzwischen sicher ziemlich gewachsen.»

Sie nickte, als ob er eine elterliche Weisheit mit ihr geteilt hätte.

«Und Sie?»

«Oh. Nein …» Sie gab ihm das Bild zurück. «Nein.»

Sie standen schweigend da.

«Vermissen Sie sie?»

«Jeden einzelnen Tag.» Dann klang seine Stimme plötzlich hart. «Wahrscheinlich wissen sie gar nicht mehr, wie ich aussehe.»

Sie war ratlos: Was auch immer sie sagen würde, es würde an Wunden rühren, die eine Zigarette und ein paar Minuten Plauderei nicht heilen konnten. Plötzlich hatte sie das Gefühl, dass es voreilig und unangebracht gewesen war, ihn in ein Gespräch zu verwickeln. Sein Auftrag war es, vor ihrer Tür Wache zu stehen. Er hatte keine Ausweichmöglichkeit, wenn sie mit ihm sprach. Sicher wollte er nicht ständig von Frauen belästigt werden.

«Ich lasse Sie dann mal allein», sagte sie leise und fügte hinzu: «Danke für die Zigarette.»

«Kein Problem.»

«Gute Nacht dann also.»

Sie öffnete die Tür einen Spalt und wollte gerade lautlos in die Dunkelheit gleiten, als sie nochmals seine Stimme hörte. Sie war leise genug, um ihr zu bestätigen, dass ihre Einschätzung von ihm richtig gewesen war, und gleichzeitig freundlich genug, sodass sie wusste, dass er ihr nichts übelnahm. So freundlich, dass man eine Art Angebot heraushören konnte.

«Also, wem gehört dieser Hund?», fragte die Stimme.

Die Reise war ein einziger Albtraum. Wegen einiger Pannen dauerte sie acht Wochen. Wir hatten einen Mord zu verzeichnen, einen Selbstmord und einen verrückt gewordenen Luftwaffenoffizier. Und all das, während die Mannschaft ihren Dienst vernachlässigte, um stattdessen «Bräute» zu belästigen und schließlich praktisch öffentlich gymnastische geschlechtliche Aktivitäten mit ihnen auszuüben. Sie schienen jeden möglichen Ort dafür zu benutzen, einschließlich des Ausgucks.

Aus den Unterlagen des verstorbenen Richard Lowery,
Schiffbauingenieur

KAPITEL 10

Sechzehnter Tag

Die erste Nachricht, in der stand, dass eine Braut nicht willkommen war, erreichte das Schiff am Morgen des sechzehnten Tages der Reise. Das Telegramm kam gegen acht Uhr im Funkraum an, kurz nach der Wettervorhersage. Sein Inhalt wurde vom Bordfunker erfasst. Er trug das Papier rasch zum Kapitän, der gerade bei Toast und Porridge am Frühstückstisch saß. Highfield las es und rief dann den Schiffsgeistlichen herbei, der wiederum die zuständige Frauendienstoffizierin holen ließ. Alle drei berieten sich eine Weile darüber, was über den Charakter der betreffenden Braut bekannt war und wie gut – oder eben nicht – sie die Nachricht vermutlich aufnehmen würde.

Die Empfängerin des Telegramms, eine gewisse Mrs. Millicent Newcombe (geborene Sumpter), wurde um zehn Uhr dreißig ins Kapitänsbüro gerufen. Man hatte es für ratsam gehalten, das Mädchen erst einmal ein ordentliches Frühstück zu sich nehmen zu lassen; einige Bräute hatten sich noch immer nicht von der Seekrankheit erholt. Sie erschien mit bleichem Gesicht, überzeugt, dass ihr Ehemann, ein Pilot, abgeschossen und vermisst, vermutlich tot wäre. Sie war so erschrocken, dass keiner der drei Offiziellen schnell genug war, ihr die Wahrheit zu sagen, und sie standen unbehaglich daneben, während sie in ihr Taschentuch schluchzte. Schließlich erklärte Kapitän Highfield der Braut mit seiner klangvollen Stimme, dass es ihm furchtbar leidtäte, es aber anders sei, als sie denke. Dann händigte er ihr das Telegramm aus.

Später erzählte er seinem Steward, dass sie in der Folge der Lektüre sogar noch blasser geworden sei. Sie hatte mehrfach nachgefragt, ob das vielleicht ein Scherz sein konnte, aber als sie hörte, dass Telegramme dieser Art selbstverständlich nachverfolgt und überprüft wurden, hatte sie sich hingesetzt und angestrengt auf die Worte vor sich geblinzelt, als ob sie keinen Sinn ergäben. «Das war seine Mutter», sagte sie dann. «Ich wusste, dass sie mich loswerden wollte. Ich wusste es.»

Sie standen schweigend um sie herum, und sie fuhr fort: «Ich habe zwei Paar neue Schuhe gekauft. Sie haben mich meine gesamten Ersparnisse gekostet. Ich dachte, er würde mich gern in hübschen Schuhen sehen.» Dann warf sie einen herzzerreißenden Blick in den Raum und sagte: «Ich weiß wirklich nicht, was ich jetzt tun soll.»

Kapitän Highfield hatte gemeinsam mit der Frauendienstoffizierin den Eltern des Mädchens telegraphiert und dann London kontaktiert. Dort hatte man ihnen geraten, sie in Ceylon an Land gehen zu lassen. Ein Vertreter der australischen Regierung würde alles Nötige veranlassen, um sie wieder nach Hause zu bringen.

«Es tut mir sehr leid», sagte die Braut, als man sie über die unternommenen Schritte unterrichtet hatte, und ihre schmalen Schultern strafften sich. «Dass ich Ihnen solche Unannehmlichkeiten bereite, meine ich. Es tut mir wirklich sehr leid.»

Als sie das Zimmer verlassen hatte, herrschte Stille im Raum. Niemand wusste, was er angesichts solch tiefer Verzweiflung sagen sollte. Highfield setzte sich. Er hatte immer noch die mutlose Stimme des Mädchens im Ohr und stellte fest, dass er Kopfschmerzen bekam.

«Ich rede mit dem Roten Kreuz in Ceylon, Sir», sagte der Geistliche schließlich. «Damit jemand bei ihr bleibt. Und sie ein wenig unterstützt.»

«Das ist eine gute Idee», entgegnete Highfield. Er kritzelte etwas Sinnloses auf den Notizblock, der vor ihm lag. «Wir sollten außerdem den Vorgesetzten des Piloten kontaktieren, um sicherzustellen, dass alles seine Richtigkeit hat. Sie kümmern sich darum, Dobson, nicht wahr?»

«Ja, Sir», antwortete Dobson. Er war eingetreten, als Millicent Newcombe den Raum verlassen hatte, und pfiff eine heitere Melodie vor sich hin, die Highfield als überaus lästig empfand.

Er fragte sich, ob er mehr Zeit mit dem Mädchen hätte verbringen sollen, ob er die Frauendienstoffizierin beauftragen sollte, sie zum Abendessen an seinen Tisch zu laden. Eine Mahlzeit am Kapitänstisch wäre vielleicht ein Trost nach ihrer Demütigung. Aber er hatte es schon immer schwierig gefunden, solche Dinge einzuschätzen.

«Es wird schon wieder mit ihr», bemerkte Dobson.

«Wie meinen Sie das?», fragte Highfield.

«Bis wir in Ceylon sind, hat sie sicher schon einen anderen gefunden. Hübsches Ding wie sie.» Dobson grinste. «Ich habe den Eindruck, dass diese australischen Mädchen nicht allzu wählerisch sind. Hauptsache, jemand bringt sie von ihrer Schaffarm fort.»

Highfield war sprachlos.

«Außerdem haben wir so immerhin eine Braut weniger an Bord, nicht wahr, Kapitän?» Dobson lachte, offenbar sehr zufrieden mit seinem eigenen Scherz. «Mit ein bisschen Glück sind wir sie alle los, wenn wir in Plymouth ankommen.»

Inzwischen lag die Welt, die die Bräute kannten, unzählige Seemeilen weit weg. Die *Victoria* war zu einem eigenen Kosmos geworden, der vollkommen unabhängig vom alltäglichen Leben auf dem Festland existierte. Diese neue Welt erstreckte sich vom Büro des Kapitäns am einen Ende bis hin zum Armeeladen am anderen und vom Flugdeck, umgeben vom endlosen blauen Horizont, bis hinunter zu den Tiefen der Lenzpumpen, der Steuerbord- und Backbordmaschinen.

Für einige Frauen bestanden die Tage vor allem aus Gottesdienst und dem Schreiben von Briefen. Andere hörten sich die Vorträge an und gingen ins Bordkino, dazwischen machten sie Spaziergänge über die freigegebenen Bereiche des windigen Decks und spielten Bingo. Um das Essen mussten sie sich nicht kümmern, und ihr Leben war ganz von den Regeln an Bord bestimmt. Es gab keine Entscheidungen zu treffen. Ausgesetzt auf ihrer schwimmenden Insel, wurden sie träge, ergaben sich dem neuen Tagesrhythmus, umgeben von nichts außer der Luft, deren Temperatur sich langsam veränderte, von den immer dramatischeren Sonnenuntergängen und dem endlosen Ozean.

In dieser ereignisarmen Atmosphäre verbreitete sich die Neuigkeit von der Braut, die bei ihrem Ehemann nicht mehr willkommen war, so schnell und so nachhaltig wie ein Virus. Als die Mädchen sich langsam von der Seekrankheit erholt hatten, war die allgemeine Stimmung fast ein wenig ausgelassen geworden, aber jetzt war sie plötzlich angespannt. Eine gewisse Besorgnis lag auf den Unterhaltungen in der Kantine, und viele Bräute meldeten sich auf der Krankenstation mit Kopfschmerzen und Herzrasen. Plötzlich gab es ständig Anfragen, wann die nächste Postsendung zu erwarten war. Dieses eine Stück Papier mit den garstigen Worten darauf hatte ihnen brutal ihre raue Wirklichkeit vor Augen geführt. Es zeigte ihnen, dass ihre Zukunft nicht von ihnen allein abhing, dass unbekannte Kräfte schon jetzt die Monate und Jahre bestimmten, die ihnen bevorstanden. Es erinnerte sie daran, wie überstürzt sie geheiratet hatten und dass sie, egal was sie empfanden oder welche Opfer sie gebracht hatten, jetzt auf Gedeih und Verderb dem Wohlwollen ihrer Ehemänner ausgeliefert waren.

Trotz alledem, oder vielleicht genau deshalb, entstand am Nachmittag bei der Ankunft von König Neptun und seinem Gefolge eine Stimmung, die man bestenfalls als fiebrig, eher jedoch als manisch bezeichnen konnte.

Nach dem Mittagessen hatte Margaret die anderen hoch zum Flugdeck geschleppt. Avice hatte erklärt, lieber in ihrer Koje ausruhen zu wollen, dass sie sich zu schwach fühlte, um den Ausflug genießen zu können. Frances hatte mit ihrer leisen Stimme gesagt, sie glaube nicht, dass das etwas für sie sei. Margaret war die kühle Atmosphäre zwischen den beiden nicht entgangen. Sie selbst fühlte sich ein wenig aufgewühlt, weil sie am Morgen im Waschraum auf ein schluchzendes Mädchen getroffen war, das fest daran glaubte, ein Telegramm zu bekommen, obwohl es dafür keinerlei Anzeichen gab. Daher hatte sie beschlossen, dass es ihnen allen guttun würde, an der Veranstaltung auf dem Flugdeck teilzunehmen.

Sie hatte es einfach satt, die angespannte Stimmung zwischen

Frances und Avice ertragen zu müssen, und wollte auf keinen Fall noch einen Nachmittag ziellos zwischen der Kantine und der beengten Kabine verbringen.

Jean immerhin hatte nicht überredet werden müssen.

Normalerweise war das Flugdeck meist verlassen, abgesehen von ein paar aufmerksamen Möwen, verirrten Bräuten oder einsamen Matrosen, die jeweils zu zweit das Deck schrubbten. An diesem Tag aber wimmelte es hier von Menschen. Ihr Geschnatter übertönte sogar das Brummen der Motoren. Die Sonne schien direkt auf das Deck, und sie ließen sich um eine Art Bühne herum nieder, die extra für den Nachmittag aufgebaut worden war. Erst dann bemerkte Margaret den Stuhl, der von einem Kranwagen herabgelassen wurde.

«Du meine Güte! Die werden uns doch nicht dort hineinquetschen, oder?», sagte sie.

«Für dich bräuchten sie sowieso einen Werftkran», entgegnete Jean. Sie hatte die Ellbogen angewinkelt und rempelte sich so durch die Menge, vollkommen unempfindlich gegen die wütenden Blicke und Bemerkungen, die sie damit erntete. «Hey, Mädchen. Macht mal Platz, hier kommt eine Schwangere!»

Jetzt, da die meisten saßen, bemerkte Margaret, dass die Menge gemischt war. Es war das erste Mal, dass sich Männer und Frauen ohne formelle Trennung versammelten, seit sie den Anker gelichtet hatten. Die Offiziere allerdings standen in ihren weißen Uniformen ein wenig abseits. In der Hitze auf Deck wurde die Stimmung immer erwartungsvoller und festlicher, und als Margaret sich durch die Menge kämpfte, bemerkte sie einige entblößte Frauenarme und die unverhohlene Aufmerksamkeit der Männer.

Sie ließ sich in der Lücke nieder, die Jean für sie erkämpft hatte, und versuchte, sich so einzurichten, dass ihr die Glieder nicht sofort weh taten. Ein paar Minuten später musste sie sich ducken, weil einer der Matrosen einem Maschinisten mit Schnurrbart eine große Kiste über die Köpfe der Frauen hinweg reichte. Sie erkannte ihn, er war beim Pokerabend in Dennis' Messe dabei gewesen. «Bitte sehr, die Dame», sagte er und platzierte die Kiste neben ihr. «Setzen Sie sich besser darauf.»

«Sehr freundlich von Ihnen», antwortete Margaret. Sie war etwas beschämt, dass ihr Zustand so etwas verlangte.

«Keine Ursache», entgegnete er verschmitzt. «Keiner von uns wollte Sie später auf die Füße hochziehen müssen, wissen Sie.»

Es war sicher ein Glück, dass in diesem Moment «Neptun» erschien, denn Margaret wollte gerade losfluchen. Er trug eine Perücke aus aufgedrehten Seilen und hatte sich das Gesicht knallgrün angemalt. Um ihn herum standen seine ebenso absonderlich gekleideten Kollegen, die als (eine ziemlich haarige) Königin Amphitrite, Königlicher Doktor, Zahnarzt und Barbier und als überdimensioniertes Königliches Baby vorgestellt wurden. Letzteres trug ein Frottéhandtuch als Lätzchen und war mit Maschinenöl eingeschmiert. Hinter ihnen traten ein paar Männer mit freiem Oberkörper auf, begleitet von einem rothaarigen Trompeter. Er wurde vom Publikum mit lautem Geschrei begrüßt – offenbar fiel ihm die Aufgabe zu, die Auftretenden anzufeuern. Die Halbnackten wurden ohne weitere Erklärung als «Bären» eingeführt.

Jeans Gesicht glühte vor Aufregung. «Sieh dir den an! Der ist so stark wie ein Mallee-Bulle!»

«Oh, Jean», seufzte Avice.

Trotz ihrer zur Schau gestellten Verzweiflung sah man deutlich, dass es Avice viel besser ging. Sie genoss die gemischte Gesellschaft sichtlich. «Schaut mal. Alle Dienstränge sind hier», sagte sie glücklich und reckte den Hals, um zu sehen, wer alles in der Menge war. «Seht euch die ganzen Streifen an! Und ich dachte, hier säße nur wieder ein Haufen schmutziger Maschinisten.»

Margaret und Frances tauschten einen Blick.

«Oh, hätte ich doch nur das Kleid mit den blauen Blümchen angezogen», sagte Avice zu niemandem im Besonderen und musterte ihren Baumwollrock. «Es ist so viel hübscher.»

«Geht es dir gut?», fragte Frances mit einem Blick auf Margarets Bauch.

«Alles gut», antwortete Margaret.

«Möchtest du etwas zu trinken? Es ist ziemlich warm hier.»

«Nein», sagte Margaret, nun schon etwas ungeduldig.

«Es macht mir aber gar nichts aus, mal eben zur Kantine zu gehen.» Es wirkte fast, als suchte Frances nur einen Grund zu gehen.

«Ich bin doch nicht krank, um Himmels willen», entfuhr es Margaret.

«Ich dachte doch nur ...»

«Lass es einfach. Ich bin durchaus in der Lage, auf mich selbst aufzupassen.» Sie senkte den Kopf und kämpfte eine Weile schlechter Laune nieder. Frances neben ihr war sehr still geworden. Sie erinnerte Margaret plötzlich auf unangenehme Weise an ihre Tante Letty.

«Hört, hört», dröhnte jetzt Neptun und hob seinen Dreizack, sodass er in der Sonne glänzte. Langsam verebbte der Lärm zu einem kaum unterdrückten allgemeinen Kichern, hie und da hörte man ein Flüstern, das durch die Menge ging wie ein Windstoß durch ein Maisfeld. Neptun überblickte majestätisch die Menge und hob mit großer Geste eine Schriftrolle.

«Die Frau'n hier, Britanniens Damen
In niedrige Gesellschaft kamen.
Beleidigungen, viel und schwer
Gott Neptun hier missfallen sehr.
Vom Kapitän zum Leichtmatrosen
Wer immer auch an Bord trägt Hosen
Gerichtet wird aus Neptuns Mund
Auf dass er seine Strafe fund.
Und allen wird er ihrer Sünden
Die nasse Strafe dann verkünden.
Ob sie den Grog nicht teilen wollten
Ob sie's mit Schimpfwörtern vergolten,
Den Richtspruch wird der König sagen,
Und Ihr werdet's leiden ohne Klagen.»

«Woodsworth ist das wohl nicht gerade, oder?», murmelte Avice.

«Wer?», fragte Jean.

«Nun Kaulquappen und auch Matrosen
Nicht angetreten sind zum Kosen.
Sie müssen hier und heute ringen
Dass Neptuns Spruch sie nicht kann zwingen.
Käpt'n, Kaplan und auch Arbeiter
Sie sandten viele einfach weiter
Ins Seemannsgrab, das tiefe dort.
Drum schicken wir selbst ein'ge fort
Im Tauchstuhl in das kühle Nass
Für alle hier ein großer Spaß.»

Nach einigen Buhrufen und einem kleinen Handgemenge wurde die erste «Kaulquappe» aufgerufen: ein junger Matrose, der halbblind in die Menge blinzelte. Jemand hielt seine Brille wie einen Preis in die Höhe. Seine Schuld bestand offenbar darin, erst zum zweiten Mal den Äquator überquert zu haben. Unter dem zustimmenden Johlen der Frauen wurde er zunächst angeklagt, «Neptuns Reich nicht anerkannt» zu haben. Seine Ankläger hielten ihn fest, und der Königliche Zahnarzt füllte seinen Mund mit etwas, das aussah wie Seifenlauge. Er würgte und spuckte. Dann hob man ihn in den Stuhl. Neptun senkte seinen Dreizack, und mit ihm wurde auch der Stuhl langsam ins Wasser getaucht.

«Besonders würdevoll ist das ja nicht gerade», bemerkte Avice und beugte sich vor, um besser sehen zu können.

Jetzt stiegen die Bären von der Bühne in die Menge hinab und musterten die Frauen mit theatralischer Genauigkeit. Die Bräute kreischten pflichtgemäß, hielten sich aneinander fest und schworen, einander zu beschützen. Sie benahmen sich so übertrieben albern, dass Margaret mit den Augen rollte. Frances neben ihr zuckte nicht einmal mit der Wimper. Andererseits schien sie die Gegenwart von Männern ohnehin so wenig zu beeindrucken, dass Margaret sich fragte, wie sie es überhaupt geschafft hatte zu heiraten.

Einer der Bären blieb direkt vor ihnen stehen. Er hatte ein grünes Gesicht, trug eine Muschelkette um den Hals und beugte sich tief zu ihnen herunter, um ihnen ins Gesicht zu spähen. «Was haben wir denn hier für Sünderinnen und Missetäterinnen?», fragte er. «Welche von euch beiden verdient eine Strafe?»

Frances blieb ungerührt sitzen und starrte so stumpf zurück, dass er schließlich einsah, von ihr keine Reaktion erwarten zu können, und sich an Margaret wandte. «Aha!», rief er aus und bewegte sich auf sie zu. Margaret wollte schon lächelnd protestieren, dass man sie nun wirklich nicht in den verdammten Stuhl setzen könne, als er herumfuhr und im theatralischen Ton eines Schauspielers zum begeisterten Publikum sprach: «Ich sehe, dass ich ein anderes Opfer finden muss» – damit zeigte er in ihre Richtung –, «weil es Neptuns Gesetz ist, dass niemand einen Wal beleidigen darf!»

Die Bräute um sie herum bogen sich vor Lachen. Margaret, die eigentlich eine scherzhafte Bemerkung hatte machen wollen, blieb die Antwort im Hals stecken. Sie lachten sie aus! Als ob ihre Schwangerschaft sie zu einer Witzfigur machte. «Ach, hau doch ab», sagte sie wütend. Aber das brachte alle nur noch mehr zum Lachen.

Er trottete weiter, und ihre Augen füllten sich unerklärlicherweise mit Tränen. Frances hatte den Hut tief in ihr Gesicht gezogen und die Hände fest im Schoß gefaltet.

«Verdammter Idiot», murmelte Margaret.

Die Sonne stach jetzt noch erbarmungsloser, und sie spürte, dass ihre Nase und ihre Wangen zu brennen begannen. Andere Matrosen wurden nach vorn gebracht und auf ähnliche Weise bestraft; einige wurden gepackt und zur Bühne getragen, weil sie sich angeblich hatten verstecken wollen, andere wehrten sich und fluchten. Die meisten lachten.

Margaret beneidete Frances um ihren Hut. Sie rutschte auf ihrer Kiste hin und her und hob die Hand an die Stirn, um die Vorführung zu verfolgen. Mit der Zeit verscheuchte das Unglück der anderen ihre eigene schlechte Laune. «Du warst doch schon auf Schiffen. Ist es dort immer so?», fragte sie Frances, die jetzt eine Sonnenbrille aufgesetzt hatte. Sie konnte ihre Anspannung schwer ertragen.

Frances zwang sich zu einem Lächeln, und Margaret schämte sich dafür, sie so angefahren zu haben. «Ich weiß es nicht», murmelte sie. «Ich habe die ganze Zeit gearbeitet.» Dann lenkte sie etwas ab. Sie hob zaghaft die Hand und lächelte.

«Wem winkst du da zu?»

«Das ist unser Marinesoldat», antwortete Frances. «Der immer an unserer Tür wacht.»

«Tatsächlich?» Margaret blinzelte in Richtung des dunkelhaarigen Mannes, der nur wenige Meter von ihnen entfernt stand. Sie hatte ihm noch nie wirklich ins Gesicht gesehen, sie hatte es immer viel zu eilig gehabt, an ihm vorbeizuhasten und dabei ihren kleinen Hund vor ihm zu verstecken. «Er sieht ganz schön müde aus. Sollte er nicht lieber schlafen, wenn er die ganze Nacht vor unserer Tür Wache steht?»

«Seht mal!», unterbrach sie Jean und packte Margaret am Ellenbogen. «Zum Teufel noch mal. Jetzt haben sie einen der Offiziere!»

«Und das ist kein normaler Offizier», fügte Avice aufgeregt hinzu. «Es ist der Oberste Offizier. Das ist ganz weit oben, wisst ihr. Oh du meine Güte!» Ihre Mundwinkel zuckten unter der Hand, die sie verdeckte. Offenbar glaubte sie, dass man besser nicht sehen sollte, wie sehr sie die Vorstellung genoss.

Der Oberste Offizier fluchte und stammelte, während man ihn von seinem Platz neben dem Kapitän zum Tauchstuhl trug und ihn daran festband. Die Bären zogen ihm das Hemd aus. Die Bräute kreischten ihren Beifall, als man ihn mit Fett einschmierte und sein Gesicht mit etwas bestäubte, was wie Haferflocken aussah.

Er wand sich in seinem Stuhl und versuchte, sich umzudrehen, als ob er jemanden um Hilfe bitten wollte, aber da rieb man ihm bereits Sirup ins Haar und verteilte Federn darauf. Mit jeder neuen Demütigung wurde der Lärm lauter, bis sogar die Möwen kreischten, die über dem Deck kreisten. Es war fast, als würden die Frauen, denen gerade erst so brutal klargemacht worden war, dass sie keine Kontrolle über ihre Leben mehr hatten, eine Art reinigenden Genuss dabei empfinden, jemand anderem dabei zuzusehen, wie er die seine verlor.

«Runter mit ihm! Runter! Runter!», schrie die Menge.

Margarets eigene Demütigung war vergessen. Sie lachte und fühlte sich an die Prügeleien ihrer Brüder erinnert, daran, wie sie sich als Kinder gegenseitig in den Dreck gestoßen und Kuhdung in den Mund gestopft hatten.

Jemand tippte ihr auf die Schulter. Frances formte ein paar Worte mit den Lippen. Es war völlig unmöglich, es zu verstehen, aber sie schien gehen zu wollen. Sie sah blass aus, dachte Margaret, wandte sich dann aber sofort wieder dem Elend des Obersten Offiziers zu.

«Seht ihn euch an», schrie Avice voller Staunen. «Er sieht ungeheuer zornig aus.»

«Wütend wie eine Hornisse», sagte Jean. «Ich hätte nicht gedacht, dass sie sich so etwas mit jemandem trauen, der so weit oben steht.»

«Geht es dir …», fing Margaret an und sah dann, dass Frances bereits gegangen war.

Auf Drängen der tobenden Menge strich der Königliche Barbier Schaum auf das Haar des Offiziers, nahm dann eine übergroße Schere zur Hand und säbelte daran herum. Schadenfrohe Männer öffneten seinen Mund und stopften etwas hinein, was Neptun als «Seemannsmedizin» bezeichnete. Der Offizier würgte und spuckte, und sein Gesicht war bereits kaum noch wiederzuerkennen. Einer der Bären schritt in der Menge umher und erklärte stolz, was alles darin war: Rizinusöl, Essig, Seifenlauge und Eipulver. Man steckte je einen verdorbenen Fisch in die Ohren des Obersten Offiziers und schlang ihm einen Damenschal um den Hals. Dann wurde er ins Wasser getaucht. Zweimal kam er außer sich vor Wut wieder empor.

«Dafür werdet ihr verdammt noch mal bezahlen», schrie er gurgelnd. «Ich finde heraus, wer ihr seid, und rede mit euren Vorgesetzten.»

«Halt den Mund, Dobbo», befahl Königin Amphitrite mit schriller Stimme. Die Frauen lachten noch lauter.

«Ich kann es gar nicht *glauben*, dass sie so etwas mit einem Vorgesetzten tun», sagte Avice, die vor Begeisterung nur so sprudelte. Dann wurde sie plötzlich so still wie ein Jagdhund, der eine Fährte aufnimmt. «Ach du meine Güte! Das ist Irene Carter!»

Neptuns Hofstaat und ihre Kameradinnen waren vergessen. Sie stand auf und drängte sich durch die johlende Menge, dabei schützte sie mit einer Hand ihre Frisur. «Irene! Irene! Ich bin's, Avice!»

«Glaubst du, dass der Kapitän sie dafür bestraft?», fragte Jean mit großen Augen. Der Lärm war abgeebbt, und man band das spuckende Opfer vom Tauchstuhl los. «Man sollte doch meinen, dass jemand wie er tabu sein müsste, oder?»

«Ich habe keine Ahnung», antwortete Margaret.

Sie suchte das Deck nach Frances ab und entdeckte stattdessen den Kapitän. Er stand neben dem Kontrollturm. Ein kleinerer Mann mit einem faltigen Gesicht reckte sich, um ihm etwas ins Ohr zu flüstern. Aus der Entfernung konnte man es schlecht beurteilen, zumal der Kapitän seine Mütze trug und so viele Menschen um ihn herumstanden, aber sie hätte schwören können, dass er lachte.

Sie brauchte fast zwei Stunden, um Frances zu finden. Sie saß allein im Kino, ein paar Reihen von der Leinwand entfernt. Sie sah «Kleines Mädchen, großes Herz» und schien vom Anblick des betrunkenen Mickey Rooney an der Theke des Saloons vollkommen gefangen genommen zu sein.

Margaret blieb in dem engen Gang stehen und blinzelte in die Dunkelheit, um sicherzugehen, dass es wirklich Frances war. Dann ging sie zu ihr, setzte sich neben sie und fragte leise: «Alles in Ordnung mit dir?»

«Alles in Ordnung», murmelte Frances.

Margaret hatte in ihrem ganzen Leben noch nie jemanden getroffen, der so entschlossen gefühllos war. «Die Feier war wirklich lustig», sagte sie und legte ihre Füße auf den Sitz vor ihr. «Sie haben dem Koch vorgeworfen, ungenießbares Essen zu kochen. Sie haben ihm einen toten Tintenfisch auf den Kopf gesetzt und ihn die Reste von gestern essen lassen, alle zusammengepanscht. Das war eigentlich ein bisschen unfair. Ich meine, ich kann auch nicht besser kochen.»

Im Licht der Leinwand sah sie Frances' Lächeln. Es wirkte, als interessiere sie das kein bisschen. Margaret fuhr beharrlich fort: «Jean trinkt mit den Matrosen Tee, die noch dazu in der Lage sind. Oh, und Avice hat uns verlassen. Sie hat eine alte Freundin getroffen, und sie haben sich aufeinandergestürzt wie zwei Liebende, die getrennt wurden. Sie sahen sogar gleich aus: perfekte Frisur, eine Menge Schminke.» Das Baby trat in ihrem Bauch. Margaret rutschte zur Seite und tadelte es stumm. «Ich … ich habe mich gefragt, warum du gegangen bist», sagte sie dann. «Ich dachte … also, ich wollte nur sichergehen, dass es dir gut geht.»

Jetzt begriff Frances endlich, dass sie den Film nicht würde zu Ende sehen können. Ihre Haltung wurde ein wenig weicher, und sie neigte Margaret den Kopf zu. «Ich komme nicht gut mit Menschenmengen zurecht», sagte sie schließlich.

«Das ist der Grund?», fragte Margaret.

«Ja.»

Elizabeth Taylor bestieg ihr Pferd mit einer einzigen fließenden Bewegung, leicht wie eine Feder, es war eine Freude, ihr zuzusehen. Margaret musste an die übellaunige Stute ihrer Mutter denken. Vor ein paar Monaten war sie selbst noch geschmeidig auf den Pferderücken gesprungen. Wenn sie ihre Brüder beeindrucken wollte, drehte sie sich mit einer sportlichen Bewegung um und ritt sie rückwärts.

«Tut mir leid», murmelte sie. «Dass ich vorhin ein wenig scharf reagiert habe.»

Frances fixierte die Leinwand.

«Es ist nur so, dass die Schwangerschaft mir schon ein wenig zusetzt. Irgendwie bin ich das gar nicht selbst. Und manchmal … sage ich Dinge, ohne vorher nachzudenken.»

Margaret legte die Hände auf den Bauch und sah zu, wie das Baby sie hob und senkte. «Das liegt an meinen Brüdern. Ich bin es gewohnt, direkt zu sein.»

Frances hatte jetzt den Blick gesenkt, und auf der Leinwand leuchtete kurz die Sonne auf. Nur deshalb erkannte Margaret, dass die andere zuhörte.

«Wenn ich ehrlich bin», fuhr sie fort, froh darüber, dass die Dunkelheit und das Alleinsein mit Frances es ihr erlaubten, die Dinge auszusprechen, die sie so lange mit sich selbst hatte ausmachen müssen, «wenn ich ehrlich bin, hasse ich es. Ich weiß, ich sollte das nicht sagen, aber es ist so. Ich hasse es, so dick zu sein. Ich hasse es, dass ich es nicht einmal zwei verdammte Treppen hoch schaffe, ohne wie ein altes Walross zu schnaufen.»

Sie fingerte an ihrem Saum herum. Sie hatte diesen Rock so

satt, sie hatte es satt, dass sie jeden Tag immer dasselbe anziehen musste. Gedankenverloren strich sie ihn glatt.

Schließlich sprach sie weiter. «Weißt du, Joe war kurz nach unserer Hochzeit schon wieder fort, und ich wohnte weiter bei Dad und meinen Brüdern. Theoretisch verheiratet, so kann man das nennen. Ich habe mich gar nicht verheiratet gefühlt. Aber ich habe mich nicht beschwert. Als dann der Krieg zu Ende war, habe ich bemerkt … du weißt schon …» Sie sah an sich herunter. «Und anstatt einfach mit dem Schiff über den Ozean zu fahren und Joe wiederzusehen und mich daran zu freuen, dass wir wieder vereint sind, was im Grunde alles war, was ich mir gewünscht hatte, müssen wir jetzt auf das hier Rücksicht nehmen. Keine Flitterwochen. Keine Zeit für uns. Wenn es auf der Welt ist, werden wir ungefähr vier Wochen als Ehepaar für uns allein gehabt haben.»

Sie stockte. «Wahrscheinlich findest du mich jetzt schrecklich, dass ich all das so sage. Wahrscheinlich hast du alle möglichen Todesfälle und Krankheiten und Babys gesehen und findest, dass ich gefälligst dankbar sein sollte. Aber das kann ich nicht. Ich kann es einfach nicht. Ich sollte all diese weiblichen, mütterlichen Dinge fühlen, die ich nicht fühlen kann.» Ihre Stimme brach. «Und vor allem hasse ich die Vorstellung, dass ich niemals wieder frei sein werde, sobald es auf der Welt ist …»

Tränen waren ihr in die Augen getreten. Sie versuchte, sie ungeschickt mit der linken Hand abzuwischen, damit Frances es nicht merkte. Das war es, wozu das Baby sie machte: zu einem dummen, heulenden Mädchen. Sie schnäuzte sich die Nase mit einem feuchten Taschentuch, versuchte, sich bequem hinzusetzen, und zuckte zusammen, als das Baby sie hart in die Rippen trat, als ob es sich rächen wollte. Dann spürte sie eine kühle Hand auf ihrem Arm.

«Ich nehme an, dass es vollkommen normal ist», sagte Frances, «dass wir manchmal ein wenig angespannt miteinander umgehen. Ich meine, auf so engem Raum.»

Margaret schniefte. «Ich wollte niemanden verletzen.»

Frances wandte sich zu ihr um. Margaret konnte gerade eben ihre großen Augen erkennen. Sie schluckte, als kostete das, was sie sagen wollte, Überwindung. «Das hast du nicht.» Sie drückte ihren Arm für den Bruchteil einer Sekunde, zog ihre Hand zurück und wandte sich wieder dem Film zu.

Margaret und Frances gingen über das Hangardeck zurück. Sie hatten mit der zweiten statt mit der ersten Schicht zu Abend gegessen, weil der Film so spät zu Ende gewesen war. Dieses Ansinnen war mit so viel Kopfschütteln und übellaunigen Kommentaren von den zuständigen Frauendienstoffizierinnen quittiert worden, als hätten sie darum gebeten, nackt zu Abend zu essen, wie Margaret bemerkte. Frances hatte zum zweiten Mal an diesem Abend gelächelt; Margaret war es aufgefallen, weil es ihr Gesicht jedes Mal so sehr veränderte. Die porzellanhafte Reglosigkeit, die melancholische Zurückhaltung verschwanden für den Bruchteil einer Sekunde und ließen jene wunderschöne Fremde zutage treten. Sie war versucht gewesen, etwas darüber zu sagen, aber das wenige, was sie über Frances wusste, ließ sie sicher sein, dass sie sich nach so einer Bemerkung nur wieder verschließen würde.

An diesem Abend war es nicht so kühl wie an den vorangegangenen Tagen, und die weiche Luft erinnerte Margaret an den Sommer daheim, wie sie draußen auf der Veranda gesessen hatten, an das Gefühl der bloßen Füße auf den rauen Dielen, an die Stille, nur unterbrochen durch ein gelegentliches Klatschen, wenn einer ihrer Brüder den Nachtflug eines blutsaugenden

Insekts beendete. Sie versuchte, sich vorzustellen, was sie an diesem Abend wohl taten. Vielleicht saß Daniel auf der Veranda und zog mit einem Taschenmesser ein paar Kaninchen das Fell ab …

Plötzlich kam ihr zu Bewusstsein, was Frances ihr erzählte. Sie hielt inne. Bat Frances, den Satz zu wiederholen. «Bist du sicher? Er weiß Bescheid?», fragte sie.

Frances' Hände waren tief in ihren Taschen vergraben. «Das hat er zumindest gesagt. Er hat gefragt, wem er gehört.»

«Hast du's ihm gesagt?»

«Nein.»

«Und was hast du genau gesagt?»

«Ich habe gar nichts gesagt.»

«Was meinst du damit, du hast gar nichts gesagt?»

«Ich habe gar nichts gesagt. Ich habe einfach die Tür zugemacht.»

Sie traten zurück an die von Rohren überzogene Wand, weil zwei Offiziere an ihnen vorbeigingen. Einer tippte an seine Mütze, und Margaret lächelte höflich. Sie wartete, bis sie weit genug entfernt waren, dann sprach sie weiter: «Er hat dir gesagt, dass er von meinem Hund weiß, und du hast ihn nicht gefragt, ob er uns verrät? Oder seit wann er es weiß? Gar nichts?»

«Ich wollte nur … ich wollte nicht mit ihm darüber diskutieren müssen.»

«Wieso diskutieren? Was meinst du damit?», fragte Margaret ungläubig.

«Ich wollte nicht, dass er auf Gedanken kommt …»

«Gedanken? Was für Gedanken?»

Frances schaffte es, gleichzeitig wütend und schuldbewusst auszusehen. «Ich wollte nicht, dass er den Hund als Druckmittel benutzt.»

Eine längere Pause entstand. Margaret runzelte verständnislos die Stirn.

«Ich dachte, er würde vielleicht etwas ... als Gegenleistung verlangen.» Frances wirkte jetzt verlegen.

Margaret schüttelte den Kopf. «Herrje, Frances. Du hast wirklich eine komische Vorstellung davon, wie die Leute denken.»

Sie waren jetzt an ihrer Kabine angekommen. Margaret überlegte, ob eine verborgene Bedeutung darin gelegen hatte, wie der Marinesoldat ihnen am Nachmittag auf dem Deck zugewinkt hatte. Sie wollte gerade vorschlagen, noch einmal mit ihm zu reden, als ein Mädchen auf sie zurannte. Sie schlitterte die letzten Meter, bis sie schließlich vor ihnen zum Stehen kam, und musterte die Tür. «Wohnt ihr hier drin? 3G?», brachte sie atemlos heraus.

«Ja», antwortete Margaret mit einem Achselzucken. «Warum?»

«Kennt ihr ein Mädchen namens Jean?», fragte sie immer noch außer Atem. Und auf ihr Nicken: «Ihr solltet nach unten gehen. Behaltet eure kleine Freundin im Auge, bevor jemand Offizielles sie findet. Sie hat sich Ärger eingebrockt.»

«Wo?», fragte Margaret.

«Seemannsmesse. Deck E. Links hinter der zweiten Treppe. Es ist die blaue Tür in der Nähe des Feuerlöschers. Ihr müsst euch beeilen.»

«Ich gehe vor», sagte Frances, an Margaret gewandt. «Ich bin schneller als du. Du kommst nach.» Sie schlüpfte aus ihren Schuhen, ließ ihre Strickjacke und ihre Tasche vor der Tür fallen und rannte den Korridor hinunter. Ihre langen dünnen Beine flogen nur so.

Man konnte alle Schwierigkeiten ertragen, dachte Avice, wenn man nur in der richtigen Gesellschaft war. Seit sie an diesem Nachmittag Irene Carter getroffen hatte und von ihr und ihren Freundinnen erst zum Tee, dann zu einem Vortrag und schließlich zum Abendessen eingeladen worden war, hatten sie sich so lange und angeregt unterhalten, dass sie nicht nur die Zeit vergessen hatte, sondern auch die Tatsache, wie sehr sie dieses stinkende Schiff hasste.

Irene Carters Vater gehörte der berühmteste Tennisclub in Melbourne. Sie selbst war mit einem Unteroffizier verheiratet, der gerade erst vom Adriatischen Meer zurückgekehrt war. Er war der Sohn von (an dieser Stelle musste Avice erst einmal tief durchatmen) jemandem, der einen hohen Posten im Auswärtigen Amt bekleidete. Und Irene hatte nicht weniger als elf Hüte mitgebracht. Irene Carter war auf jeden Fall der richtige Umgang für Avice. Und mit einer Hartnäckigkeit, die ihr selbst vermutlich fehlte, hatte Irene darauf bestanden, sich an Bord ausschließlich mit Mädchen aus den richtigen Kreisen zu umgeben. Sie war sogar so weit gegangen, dafür zu sorgen, dass Kojen getauscht wurden. Das dunkelhäutige Mädchen mit der Brille musste daraufhin in eine Kabine umziehen, in der es «Mädchen von ihrer Sorte» treffen würde. Natürlich hatte sie nicht aussprechen müssen, welche «Sorte» sie damit gemeint hatte. Irene und die absolut entzückenden Mädchen um sie herum ähnelten sich alle sehr, nicht nur in der Art, sich zu kleiden und sich zu geben, sondern auch in ihrer Geisteshaltung.

«Du weißt sicher, was mit Lolicia Tarrant passiert ist, oder?», fragte Irene gerade. Sie hatte sich bei Avice eingehakt, und sie gingen die Stufen zum Haupthangar hinunter.

«Nein.» Irenes Schuhe sahen ganz genauso aus wie die, die

Avice' Mutter in einem Pariser Magazin bewundert hatte. Sie musste sie einfliegen lassen haben.

«Na, du weißt doch, dass sie mit diesem Piloten verlobt war? Der mit dem … unglücklichen Schnauzbart? Nein? Nun … er war noch keine fünf Wochen in Malaysia, da hat sie sich schon mit einem amerikanischen Soldaten eingelassen.» Sie senkte die Stimme. «Furchtbarer Kerl. So grob. Weißt du, was er immer über Melbourne gesagt hat? ‹Halb so groß wie der größte Friedhof in New York City – und doppelt so tot.› Mein Gott. Er hat es ständig wiederholt und sich dabei wohl für furchtbar originell gehalten.»

«Und was ist passiert?» Avice hörte mit großen Augen zu und stellte sich dabei Lolicia mit dem Amerikaner vor.

«Na, das war's dann. Ihr Verlobter kam zurück und war nicht gerade begeistert davon, dass Lolly mit diesem GI herumspazierte, das kannst du dir ja vorstellen. Er hatte ja nicht nur die Brisbane-Front verteidigt, wenn du verstehst, was ich meine.»

«Du meine Güte», sagte Avice.

«Auch Lollys Vater war nicht besonders erfreut, als er es herausfand. Seit diesen Morden sind ja alle ziemlich auf der Hut vor den Amerikanern.» Auch Avice erinnerte sich noch gut an den Aufruhr, als drei Frauen aus Melbourne von dem Rekruten Edward J. Leonski umgebracht worden waren. GIs waren seitdem in Australien nicht mehr gut angesehen.

«Aber er war doch kein Mörder?»

«Nein. Aber er hat all seinen GI-Freunden erzählt, was er mit Lolly gemacht hat. In allen Einzelheiten. Und sein Vorgesetzter hat offenbar Wind davon bekommen und Lollys Vater einen Brief geschrieben, in dem er ihn aufforderte, besser auf seine Tochter achtzugeben.»

«Ach du meine Güte!»

«Ihr Ruf ist natürlich vollkommen zerstört. Ihr Verlobter will nichts mehr mit ihr zu tun haben, obwohl die Hälfte von dem gelogen war, was dieser amerikanische Offizier erzählt hat.»

«Wie geht es ihr denn?»

«Weiß ich nicht», antwortete Irene.

«Ich dachte, du wärst ihre Freundin», sagte Avice.

«Jetzt doch nicht mehr.» Irene verzog das Gesicht und schüttelte den Kopf, als ob sie versuchte, ein lästiges Insekt loszuwerden. Beide schwiegen. «Also», fuhr Irene dann fort. «Willst du auch ‹Queen of the *Victoria*› werden? Es gibt eine ganze Reihe von Disziplinen für den Wettbewerb, nächste Woche geht es los mit der Wahl zur ‹Miss Hübsche Beine›.»

Sie hatten das Hangardeck zur Hälfte durchquert, als sie auf Margaret trafen. Sie stand gegen eine Anschlagtafel gelehnt, eine Hand über dem Kopf gegen die Wand gestützt, während die andere Hand ihren riesigen Bauch hielt.

«Alles in Ordnung mit dir?», fragte Avice, vollkommen erstarrt vor Angst, dass das Bauernmädchen womöglich hier und jetzt ihr Kind bekommen würde. Dann müsste sie ihr helfen. Und der Himmel allein wusste, was Irene dann denken würde.

«Seitenstechen», antwortete Margaret mit zusammengebissenen Zähnen.

Avice wäre vor Erleichterung fast in Ohnmacht gefallen.

«Sollen wir dich in deine Kabine zurückbegleiten?», fragte Irene höflich.

«Nein.» Margaret schaute von Avice zu ihrer Freundin. Avice bemerkte, dass ihre Nase von der Sonne gerötet war. «Ich muss nach unten. Jean hat sich in gewisse … Schwierigkeiten gebracht.»

«Sie teilt sich mit uns die Kabine», erklärte Avice.

«Braucht ihr Hilfe?», fragte Irene.

«Ich muss erst einmal zu Atem kommen.»

«Nun, so kannst du auf keinen Fall deine Freundin holen gehen. Nicht die ganzen Stufen hinunter. Wir kommen mit dir.»

Avice wollte protestieren: «Nein ... ich glaube nicht, dass wir ... Ich meine, Jean ist ...»

Aber Irene hatte schon ihren Arm nach Margaret ausgestreckt. «Geht es dir besser? Na komm, nimm meinen Arm. Wir erleben jetzt ein kleines Abenteuer. Ich habe kein bisschen Spaß gehabt, seit ich meinen Fuß an Bord gesetzt habe. Wir retten jetzt eine Jungfrau in Nöten.»

Avice hatte Jeans derbes Gelächter schon im Ohr. Sie schloss die Augen und übte schon all die Entschuldigungen und Sätze, mit denen sie sich von Jeans Vulgarität distanzieren würde, damit Irene sich nicht gleich wieder von ihr abwendete. Aber Jean lachte nicht, als sie sie fanden. Sie stand nicht einmal.

Sie entdeckten zuerst nur ihre Beine. Sie schauten hinter einem Stapel Kanister neben dem überheizten Steuerbord-Maschinenraum hervor. Die Schuhe, die ihr halb von den Füßen geglitten waren, zeigten zueinander. Mit jedem Schritt durch den langen, engen Korridor auf sie zu wurden die jungen Frauen stiller. Jean war betrunken. So betrunken, dass sie halb saß, halb lag, die Beine gespreizt, direkt auf dem harten, öligen Boden, und unverständliches Zeug vor sich hinmurmelte.

Frances stand über sie gebeugt. Ihr sonst so blasses Gesicht war gerötet, das Haar hatte sich aus ihrer streng zurückgesteckten Frisur gelöst, und ihr ganzes Sein strahlte Spannung aus. Ein Matrose, der ebenfalls betrunken war, wankte von ihr fort und hielt sich die Schulter. Sein Hosenschlitz stand offen. Die Neuankömmlinge standen stumm da, vollkommen erschüttert und erschrocken. Da trat ein anderer Mann aus dem Schatten hinter Jean, warf ihnen einen schuldbewussten Blick zu, strich sich über die Kleidung und hastete fort. Jean rührte sich und murmelte etwas, das Haar lag ihr in dunklen, verschwitzten Strähnen im Gesicht. In der geschockten Stille kniete sich Margaret hin und versuchte, Jean den Rock über die blassen Schenkel zu ziehen.

«Du Scheißkerl», schrie Frances den Mann an, der sich die Schulter hielt. Sie sahen, dass sie einen großen Schraubenschlüssel in ihrer knochigen Hand hielt. Der Mann bewegte sich, und sofort sauste ihr Arm nieder. Der Schraubenschlüssel traf seine Schulter mit hörbarem Knacken. Er duckte sich und versuchte, sich zu schützen, aber die Hiebe prasselten auf ihn nieder mit der unbarmherzigen, rasenden Wucht eines Presslufthammers. Ein Schlag traf seine Schläfe, und ein dünner Strahl Blut schoss in hohem Bogen in die Luft.

Bevor sie die Szene noch richtig begriffen hatten, rannten Dennis Tims und ein weiterer Matrose auf sie zu. Tims' massiger Körper baute sich wie eine Drohung vor ihnen auf. «Was zum Teufel geht hier vor?», fragte er mit der Zigarette in der Hand. «Mikey hat gesagt … Was zum Teufel …? Oh, mein Gott», sagte er und sah Frances, die Hosen des Mannes, Jean, wie sie auf dem Boden lag und jetzt von Margaret gestützt wurde. «Oh, mein Gott. Mein Gott … Thompson, du verdammter …» Er ließ seine Zigarette fallen und packte Frances, die mit verzerrtem Gesicht versuchte, ihn abzuschütteln. «Du Scheißkerl!», schrie sie. «Du dreckiger Scheißkerl!»

«Ist ja gut, Mädchen», sagte er. «Ist ja alles gut. Alles gut.» Sein Kamerad zog den Mann von ihr fort, während Tims seine breiten Unterarme um Frances' Oberkörper schloss und sie wegzog, bis der Schraubenschlüssel vergeblich in der Luft schwang.

Tims' Kamerad ließ den Mann los, der offenbar zu erschrocken oder vielleicht auch zu berauscht war, um zu reagieren, und wie ein Stein zu Boden fiel. Irene kreischte auf.

Tims ließ Frances los und stieß den Mann auf die Seite, und erst sah es so aus, als wolle er ihm weitere Verletzungen zufügen. Aber er untersuchte nur kurz die Kopfwunde und murmelte dabei etwas Unverständliches vor sich hin.

Frances stand breitbeinig da und hielt den Schraubenschlüssel locker in der Hand, sie zitterte unkontrolliert. Vermutlich wusste sie nicht einmal, dass sie schluchzte.

«Wir sollten Hilfe holen», sagte Avice zu Irene. Eine furchtbare Energie lag in der Luft. Ihr Atem ging stoßweise, schon das Zuschauen hatte sie mit Adrenalin erfüllt.

In diesem Moment sahen sie die Frauendienstoffizierin auf sich zueilen, ihre Schritte hämmerten hart auf dem metallenen Fußboden. Tims' Kamerad legte ihm die Hand auf den Ellenbogen und sagte etwas zu ihm, dann verschwand er in der Dunkelheit. Tims richtete sich auf und fuhr mit der Hand durch sein kurzes, strohfarbenes Haar. Er sah mit geweiteten Augen zu Margaret herüber, als hätte er erst jetzt bemerkt, dass auch sie hier war, und seine Hand bewegte sich unwillkürlich. Er schüttelte den Kopf, als wollte er etwas sagen, vielleicht, um sich zu entschuldigen. Und dann war die Frauendienstoffizierin da, stand vor ihnen allen, ihr Blick schoss von einem zum anderen, sie roch förmlich nach Behörde.

«Was ist hier los?»

Zunächst schien sie nicht zu bemerken, dass Jean auf dem Boden lag. Margaret versuchte sie nach Kräften zu verbergen.

«Ein kleiner Unfall», sagte Tims und wischte sich die blutigen Hände an der Hose ab. Er sah die Frau nicht an. «Wir sind gerade dabei, es in Ordnung zu bringen.»

Die Offizierin sah von seinen Händen zu Avice, dann zu Margaret und ließ sich kurz von ihrem Bauch ablenken. «Was habt ihr Mädchen hier unten zu suchen?»

Sie wartete auf eine Antwort, aber niemand sagte etwas. Irene, die neben Avice stand, hatte die Hand mit einem Taschentuch darin auf die Brust gepresst wie die schwindsüchtige Heldin in einem Liebesroman.

Als Avice sich umdrehte, war Tims verschwunden. Der verletzte Mann saß ein wenig zur Seite geneigt auf dem Fußboden, die Knie an die Brust gezogen.

«Sie wissen, dass der Aufenthalt im Männerbereich geahndet wird?»

Die Stille, die entstand, lastete schwer auf ihnen. Die Offizierin beugte sich hinunter und versuchte, sich ein Bild vom Zustand des Mannes zu machen und zu begreifen, was es bedeutete, dass der andere verschwunden war. Dann erblickte sie Jean. «Ach du meine Güte. Bitte sagen Sie mir, dass es nicht so ist, wie es aussieht.»

«So ist es auch nicht», erwiderte Margaret schnell.

Der Blick der Frau erfasste sie. «Ach du meine Güte», wiederholte sie. «Wir werden den Kapitän informieren müssen.»

«Aber warum? Wir waren es doch gar nicht.» Avice hatte geschrien, damit man sie über den Lärm der Motoren verstand. «Wir sind nur hierhergekommen, um Jean zu holen.»

«Avice!» Frances rappelte sich hoch. Der Schraubenschlüssel war verschwunden. «Überlassen Sie sie uns. Wir bringen sie zurück in ihre Kabine.»

«Das geht nicht. Ich muss jede Feier, jede Trinkerei, jedes … Fehlverhalten melden. Ich brauche die Namen von Ihnen allen.»

«Aber wir haben nichts gemacht!», wiederholte Avice mit einem Seitenblick auf Irene. «Es war allein Jean, die sich hier blamiert hat!»

«Jean?»

«Jean Castleforth», erklärte Avice verzweifelt. «Wir haben wirklich nichts damit zu tun. Wir sind nur hier heruntergekommen, weil wir gehört hatten, dass sie in Schwierigkeiten steckt.»

«Jean Castleforth», wiederholte die Frau. «Und Ihre Namen?»

«Aber ich habe keinen Mann auch nur angeschaut! Ich mag Alkohol noch nicht einmal!», schrie Avice verzweifelt.

«Ich bin Krankenschwester. Ich kümmere mich um sie», mischte sich Frances ein.

«Sie wollen mir doch wohl nicht nahelegen, das hier zu übergehen? Sehen Sie sich das Mädchen doch an!»

«Sie ist nur …»

«Sie ist keinen Deut besser als eine Hure, das ist sie!»

«Wie können Sie es wagen?» Frances war überraschend groß, wenn sie sich aufrichtete. Ihre Gesichtszüge waren hart geworden. Avice bemerkte, dass sie die Fäuste geballt hatte. «Wie können Sie es wagen?»

«Warum lassen wir sie nicht einfach …», schaltete sich Avice ein.

Zitternd vor Wut, wandte sich Frances ihr zu. «Raus hier! Geh bloß weg von mir. Und hören Sie, Sie Frauenoffizierin oder was auch immer Sie sind. Sie dürfen das nicht melden, hören Sie? Es war nicht ihre Schuld.»

«Ich habe den Befehl, jedes Fehlverhalten zu melden.»

«Sie ist erst sechzehn Jahre alt. Sie haben sie ganz offensichtlich betrunken gemacht und … sie missbraucht. Sie ist sechzehn!»

«Alt genug, um zu wissen, was sie tut. Sie darf nicht hier unten sein. Keine von Ihnen sollte hier sein.»

«Sie haben sie betrunken gemacht! Sehen Sie sich sie doch an!

Sie ist doch fast ohnmächtig! Und Sie finden, dass sie ihren Ruf und vermutlich auch ihren Ehemann deshalb verlieren sollte?»

«Ich kann nicht …»

«Sie können doch nicht ihr ganzes Leben wegen eines betrunkenen Augenblicks zerstören!» Frances hatte sich direkt vor die Frau gestellt. Sie war kaum wiederzuerkennen, und Avice war zutiefst erschrocken. Unwillkürlich machte sie einen Schritt rückwärts.

Die Offizierin sah es ebenfalls. Sie hatte sich gestrafft und wirkte fast ein wenig defensiv. «Wie ich schon sagte, ich habe Befehle …»

«Oh, hören Sie doch endlich auf mit Ihren verdammten Befehlen, Sie übereifrige …»

Es war unmöglich zu sagen, warum Frances, ganz rot im Gesicht und aufgewühlt, ihren Arm erhoben hatte, aber Margaret zog sie bereits zurück. «Frances», flüsterte sie, «beruhige dich, okay? Es ist alles in Ordnung.»

«Nein, es ist nichts in Ordnung», entgegnete Frances mit einem zornigen Glitzern in den Augen. Sie war ganz steif vor Wut.

«Aber du hilfst ihr damit nicht», sagte Margaret. «Hörst du mich? Du musst dich zurückhalten.»

Etwas in Margarets Blick ließ sie innehalten. Sie blinzelte ein paarmal und atmete dann tief und zittrig aus.

Irenes Hand, die immer noch das Taschentuch hielt, bebte. Avice sah, dass sich die Offizierin abgewandt hatte und jetzt, offenbar froh über die Gelegenheit zu entkommen, schnell und zielstrebig den Korridor entlangging.

«Sie ist doch noch ein Kind!», schrie Frances ihr hinterher. Aber die Frau war schon verschwunden.

Herzliche Glückwünsche an Mrs. H. Skinner und an Mrs. H. Dill, die beide in dieser Woche ihren Hochzeitstag feiern. Mrs. Skinner ist seit zwei Jahren verheiratet, Mrs. Dill ein Jahr. Auch wenn sie zu diesem frohen Ereignis allein sind, hoffen wir sehr, dass dies der letzte Hochzeitstag ist, den sie getrennt von ihren Ehemännern verbringen müssen. Wir wünschen ihnen alles Gute für ihr weiteres Leben.

«Zeit zu feiern», Daily Ship News, aus den Unterlagen von
Avice R. Wilson, Kriegsbraut, Imperial War Museum

KAPITEL 11

Achtzehnter Tag

Auf See war es unmöglich, genau festzustellen, wann der Morgen dämmerte – nicht, weil man sich zwischen den Kontinenten befand und Zeitzonen durchquerte, sondern weil der erste glühende Streifen in der Dunkelheit über den abgeflachten Bogen des Horizonts hier schon in Hunderten, vielleicht sogar Tausenden von Meilen Entfernung gesehen werden konnte, lange bevor der neue Tag tatsächlich anbrach. Und, noch wichtiger, weil es unter Deck, in den engen Korridoren ohne Fenster oder Türen, beleuchtet nur mit künstlichem Licht, unmöglich zu sagen war, ob es überhaupt dämmerte oder nicht.

Das war ein, aber nicht der einzige Grund dafür, dass Henry Nicol die Stunde zwischen fünf und sechs Uhr am Morgen nicht besonders mochte. Früher hatte er die Frühwache genossen, als ihm der Ozean noch neu und irgendwie magisch erschienen war. Damals war er noch nicht an die engen und vollen Unterkünfte gewöhnt gewesen und hatte sich über jene letzten dunklen Minuten gefreut, bevor das Schiff Stück für Stück um ihn herum erwachte und in die Routine des Tages verfiel. Es war die einzige Zeit gewesen, in der er sich hatte einbilden können, allein auf der Welt zu sein.

Später, wenn er auf Urlaub daheim war, als die Kinder noch klein waren, weckte ihn unweigerlich eines oder sogar beide um diese Zeit auf, und er hörte, wie seine Frau schwer aus dem Bett glitt. Wenn er beschloss, ein Auge zu öffnen, sah er halb, wie sie unbewusst mit einer Hand nach ihren Lockenwicklern tastete und mit der anderen nach ihrem Morgenmantel griff. «Wartet, Mama kommt ja schon», flüsterte sie dann. Er drehte sich wieder um, erfüllt sowohl von Schuldbewusstsein als auch von Ungeduld, und selbst im Halbschlaf wusste er, dass er nicht fühlte, was er hätte fühlen sollen: Dankbarkeit, Liebe und sogar Begehren für die Frau, die da über das Linoleum tapste.

Seit einiger Zeit schon waren die Ziffern 05:00 nicht mehr der Bote einer neuen Morgendämmerung, sondern stete Erinnerung daran, wie sehr sich alles verändert hatte: In Amerika war es siebzehn Uhr am vorigen Abend. Und wenn die Uhr bei ihm 19:00 Uhr zeigte, standen seine Jungs gerade auf. Ihre ganzen Leben würden auf unterschiedlichen Zeitachsen verlaufen. Er hatte sich oft gefragt, wie sie sich an ihn erinnern würden, ob sie sich vorstellen konnten, dass er einen halben oder sogar einen ganzen Tag in der Zeit vor ihnen lebte. Jetzt würde er nie mehr an sie in der Gegenwart denken können. Er würde sich nicht mehr vorstellen können, wie er es manchmal tat, dass sie jetzt frühstückten. Dass sie jetzt die Zähne putzten. Vielleicht waren sie draußen und spielten Ball oder mit dem Auto, das er für sie aus Holzstückchen gebastelt hatte. Von jetzt an würde er an sie in der Vergangenheit denken müssen. Ein anderer Mann würde den Ball für sie werfen.

Auf der anderen Seite der Stahltür murmelte eine Frau im Schlaf. Dann trat Stille ein.

Nicol starrte auf seine Armbanduhr und stellte sie auf die neue Zeitzone ein. Meine Stunden gehen vorüber und ins Nichts, dachte er. Kein Zuhause, keine Söhne, keine heldenhafte Rückkehr. Ich habe meine besten Jahre hingegeben und dabei zugeschaut, wie meine Freunde erfroren, ertranken und verbrannten. Ich habe meine Unschuld verloren, meine Freunde sogar ihre Leben, und jetzt trauere ich um etwas, von dem ich nicht einmal sicher bin, ob ich es je wollte. Zumindest nicht, bis es zu spät war.

Nicol lehnte sich zurück und versuchte, die bekannten Gedanken zurückzudrängen, die riesige Last von sich zu werfen, die an ihm zog. Er versuchte, die letzte Stunde schneller vergehen zu lassen. Die Morgendämmerung heraufzuzwingen.

«Nicol.» Beim plötzlichen Klang der Stimme schreckte er auf. Er hatte den Heizer gar nicht kommen gehört.

Tims' breite, straffe Gestalt stand neben ihm und nahm ein paar tiefe Züge aus der Zigarette, bevor er weitersprach. Ein derber, grobschlächtiger Kerl, den die anderen Heizer bewunderten. Es gab Gerüchte, dass er als Geldverleiher tätig war, und diejenigen, die ihm in die Quere kamen, neigten auffällig oft zu Unfällen. Nicol war ihm instinktiv aus dem Weg gegangen. Weder wollte er einen wie Tims zum Feind haben noch in seiner Schuld stehen. Diese Sorte Männer mit ihrem merkwürdigen Charisma und ihrer kompliziert gesicherten Machtposition fand man auf jedem Schiff. Wahrscheinlich war das unausweichlich in einer in sich geschlossenen, streng hierarchischen Welt.

Jetzt allerdings wirkte Tims geradezu kleinlaut. Er wählte seine Worte vorsichtig und überlegt. Es könne sein, dass es böses Blut zwischen den Matrosen und den Heizern gebe, flüsterte er. Es habe einen Vorfall mit einer Frau gegeben. Die Dinge, setzte er hinzu, seien ein wenig aus dem Ruder gelaufen.

Ein solches Eingeständnis war äußerst ungewöhnlich. Aber bevor Nicol dazu kam zu fragen, ob ihn das in irgendeiner Weise etwas anginge, fuhr Tims fort: «Deine Mädels stecken da mit drin.»

Deine Mädels. Was für eine merkwürdige, beinahe familiäre Nähe damit angedeutet wurde. Nicol spürte Unverständnis in sich aufsteigen: die zurückhaltende Braut, die an jenem Abend mit ihm geplaudert hatte, konnte doch wohl nicht die Ursache für einen Tumult aus Trunkenheit sein. Aber so waren die Frauen eben, dachte er bitter. Sie konnten keine sechs Wochen lang treu sein – geschweige denn nüchtern.

Tims sprach weiter. Es war nicht das hochgewachsene Mädchen, sondern das junge, alberne, mit dem Nicol während seiner ersten Wache gesprochen hatte. Das, das ständig kicherte. Jean.

«Ich hätte gern, dass du uns einen Gefallen tust, Soldat. Ich kann da ja wohl nicht selbst reingehen.» An dieser Stelle zeigte Tims mit dem Daumen in Richtung Kabinentür. «Sieh einfach nach, ob es Maggie gut geht, ja? Die Schwangere. Sie ist ein nettes Mädchen, und sie wirkte sehr erschrocken. Das in ihrem Zustand und so … Also, ich würde gern wissen, dass es ihr gut geht. Hab ein Auge auf die Mädchen. Und wenn irgendwer irgendetwas sagt, waren sie die ganze Nacht in ihren Kojen. Richtig?»

Normalerweise sprachen die Heizer nicht so mit den Marinesoldaten. Und normalerweise hätte sich Nicol dagegen gewehrt. Aber er nahm an, dass Tims sich ihm gegenüber diese

Vertraulichkeit herausnahm, weil er ritterlich sein wollte, vielleicht war er sogar ehrlich besorgt. Also sagte er nichts. «Kein Problem», antwortete er stattdessen.

Wenn er darüber nachdachte, war am Abend tatsächlich etwas anders gewesen. Von der anderen Seite der Tür waren keine Gespräche zu ihm gedrungen wie sonst, stattdessen nur eindringliches Flüstern. Jemand hatte geweint, dann wurde offenbar kurz gestritten. Das große Mädchen war dreimal herausgekommen, «um Wasser zu holen», und hatte kaum gegrüßt.

«Ich sage dir», raunte Tims jetzt, «Thompson hat Glück gehabt, dass ich den Schraubenschlüssel nicht zuerst in die Finger bekommen habe.»

«Schraubenschlüssel?» Er schaute sich um.

«Eins der Mädchen hatte einen. Die große. Anscheinend war sie es, die den Scheißkerl verjagt hat. Hat ihm ordentlich eins auf die Schulter verpasst.» Tims lachte, aber es klang nicht fröhlich. «Man muss es diesen Aussies lassen, sie haben wirklich Mumm. Kannst du dir vorstellen, dass ein englisches Mädchen dasselbe tun würde?» Er nahm einen tiefen Zug von seiner Zigarette. «Andererseits, nehme ich an, würde ein englisches Mädchen wohl auch nicht mit einem Haufen dahergelaufener Typen unter Deck gehen.»

«Da sei dir mal nicht so sicher», murmelte Nicol und bereute es gleich wieder.

«Jedenfalls halte ich den Ball lieber erst einmal flach. Die Messe ist für eine Weile für Besucher geschlossen. Aber sag Mags, dass es mir leidtut. Wenn ich ihre kleine Freundin zuerst gesehen hätte … tja, dann wäre das nicht passiert.»

«Wo ist Thompson?», fragte Nicol. «Für den Fall, dass sie fragen. Ist er in Gewahrsam?»

Tims schüttelte den Kopf.

«Sollten wir ihn nicht melden?»

«Denk doch mal drüber nach, Mann. Wenn sie ihn für das, was er getan hat, einsperren, dann ist das Mädchen auch erledigt. Die Frauendienstoffizierin, die runtergekommen ist, hatte keine Ahnung und hat nur den Namen des Mädchens erfahren. Aber die kleine Jean wird nicht die Wahrheit erzählen. Nicht, wenn sie ohne Ärger nach England und zu ihrem Alten will.» Er drückte seine Zigarette aus. «Außerdem bin ich sicher, dass du deine Mädchen auch aus der ganzen Aufregung heraushalten willst. Würde ja für dich auch nicht gut aussehen, oder? Dass sie alle da unten in den Maschinenräumen waren, und das so kurz vor Beginn deiner Wache …» Er sprach mit sanfter Stimme, die in Kontrast zu der verborgenen Drohung stand. «Ich und die Jungs werden mit Thompson und seinem schäbigen kleinen Kumpel auf unsere Weise fertig.»

Margaret lehnte sich so weit über die Reling, wie es ihr Bauch erlaubte, und zog den Weidenkorb hoch. Unter ihr, im glitzernden Wasser, tauchten schlanke braune Jungen nach den Münzen, die die Matrosen an Deck für sie herunterwarfen. Schmale Kanus aus ausgehöhlten Baumstämmen schwankten unter den Bewegungen dünner, gebräunter Männer, die Arme voller Schmuck hielten. Der Hafen von Colombo in Ceylon flimmerte in der Hitze. Nur hie und da ragte ein hohes Gebäude auf, dahinter dehnte sich der dichte, dunkle Urwald.

Es hatte Fälle von Pocken in Ceylon gegeben, und das bedeutete, die Frauen durften nicht an Land gehen. Das Schiff ankerte ein paar hundert Meter vom Ufer entfernt. Näher würden sie Ceylon nicht kommen.

Margaret hatte sich nichts mehr gewünscht, als ein paar Schritte an Land tun zu können. Tagelang hatte sie sich darauf gefreut, festen Boden unter den Füßen zu spüren. Seit dem Verbot war sie sehr wütend. «Die Männer lassen sie an Land gehen, also ist es offenbar völlig in Ordnung, sich bei ihnen anzustecken.» Sie war fast in Tränen ausgebrochen, weil es so unfair war.

«Die Männer sind wahrscheinlich geimpft», sagte Frances.

Wohl zum Trost hatte ihnen einer der Lageristen ein Seil geliehen, an dem er einen Korb befestigt hatte. Sie sollten ihn herablassen und wieder hochziehen, wenn er voll war, sodass sie die Waren in Ruhe begutachten konnten. Er hatte auf zwei weitere Kriegsschiffe gezeigt, die ebenfalls im Hafen ankerten. Sie waren genau wie ihr Schiff von Schwärmen kleiner Boote umlagert. «Franzosen und Amerikaner. Die meisten Händler liegen mit ihren Booten beim amerikanischen Schiff.» Er rieb Daumen und Zeigefinger gegeneinander, grinste und hob eine Augenbraue. «Wenn ihr euren Korb so weit werfen könnt, bekommt ihr vielleicht sogar neue Strümpfe.»

«Diese Ladung sieht aber gut aus, Mädchen. Holt schon mal eure Geldbörsen heraus.»

Margaret schnaufte vor Anstrengung, hob den Korb vorsichtig über die Reling und stellte ihn behutsam auf den Boden. Sie stöberte darin herum, hielt Perlenschnüre, Muschelketten und Korallen hoch. «Möchte jemand eine Perlmuttkette? Besser als das Ding aus Hühnerringen, oder, Jean?» Jean brachte ein dünnes Lächeln zustande. Sie war den ganzen Morgen lang sehr still gewesen. Vor dem Weckruf hatte Margaret gehört, wie sie mit Frances flüsterte. Dann waren sie eine Weile im Waschraum verschwunden. Frances hatte ihren Verbandskasten mitgenommen. Niemand hatte über das geredet, was vermutlich geschehen war, und auch Margaret hatte nicht nachfragen wollen, weil ihr die richtigen Worte dafür fehlten. Aber jetzt saß Jean stumm, kleinlaut und sehr blass zwischen ihnen und sah beängstigend jung aus. Wenn sie sich bewegte, tat sie es sehr vorsichtig.

«Schau mal, Jean. Das hier würde gut zu deinem blauen Kleid passen. Sieh mal, wie das Perlmutt das Licht einfängt.»

«Hübsch», stimmte Jean zu. Sie zündete sich eine neue Zigarette an, die Schultern bis zu den Ohren hochgezogen, als würde sie trotz der Hitze frieren.

«Wir sollten der armen alten Avice etwas mitbringen. Um sie ein bisschen aufzuheitern.» Margaret hörte ihre eigene betont fröhliche Stimme.

Die folgende Stille ließ Platz für den Gedanken, dass Frances vielleicht gar nicht wollte, dass es Avice besser ging. Es hatte einen schrecklichen Streit zwischen den beiden gegeben, als sie in der vorhergehenden Nacht zurück in die Kabine gekommen waren. Frances, die ihre Reserviertheit vollkommen abgelegt hatte, schrie Avice an, dass sie selbstsüchtig sei, eine Verräterin, die nur damit beschäftigt sei, ihre eigene Haut zu retten. Avice, die ganz rot vor Schuldbewusstsein war, hatte entgegnet, dass sie nicht einsähe, weshalb sie ihre Zukunft riskieren sollte, nur weil Jean das moralische Verhalten einer Straßenkatze an den Tag legte. Avice' Zorn war noch dadurch angefacht worden, dass ihre Freundin Irene einfach verschwunden war. Margaret hatte Frances und Avice gerade noch davon abhalten können, sich zu prügeln.

Die Stimmen der Händler drangen zu ihnen hoch: «Mrs. Melbourne! Mrs. Sydney!» Mit den Fingern zeigten sie Zahlen. Inmitten ihrer Boote tauchte der Kopf eines kleinen Jungen durch die glänzende Wasseroberfläche auf. Er grinste und hielt etwas Metallisches hoch. Dann sah er es sich genauer an, sein Gesichtsausdruck verdunkelte sich, und er warf es in Richtung Schiff. Es prallte klimpernd von seiner Seite ab wie eine Gewehrkugel.

«Was ist denn da unten los?», fragte Margaret und spähte hinunter.

«Die Matrosen werfen Nüsse und alte Nägel ins Wasser. Sie tun so, als seien es Münzen, und lassen die Jungen danach tauchen», sagte Frances. «Das ist offenbar ihre Vorstellung von Spaß.» Sie hielt inne. Sie hatten inzwischen einiges über die Vorstellung von Spaß der Matrosen gelernt.

Aber Jean schien sie nicht gehört zu haben. Sie hatte eine kleine Perlenhalskette betrachtet und stopfte sie nun in ihre Tasche.

«Soll ich sie dir kaufen?», fragte Margaret. Jeans Augen waren immer noch rot gerändert. «Nee», antwortete sie. «Ich bezahl das nicht. Schön blöd von denen, dass sie die Sachen einfach hochschicken.»

Eine kurze Pause entstand. Dann stand Margaret wortlos auf, nahm ein paar Münzen aus ihrem Portemonnaie und ließ sie mit den übrigen Schmuckstücken zum Boot unter ihnen hinab. Vermutlich, um sich selbst ebenso sehr wie Jean zu trösten, sagte sie: «Habe ich dir jemals erzählt, wie Joe mir einen Antrag gemacht hat?»

Sie setzte sich neben Jean. «Du wirst lachen. Er hatte schon beschlossen, mich zu fragen. Er hatte auch schon Dads Erlaubnis. Und er hatte einen Ring gekauft. Oh, ich trage ihn gerade nicht», erklärte sie. «Meine Finger sind so angeschwollen. Er beschließt also, dass es am Mittwoch passieren soll – es ist der vorletzte Tag seines Landurlaubs, und er kommt ganz nervös an, die Stiefel auf Hochglanz poliert und das Haar zurückgekämmt. Er hatte es alles genau geplant. Er will auf die Knie gehen und die einzige romantische Handlung seines Lebens begehen.»

«Völlig verschwendet an dich», bemerkte Frances.

«Tja, jetzt weiß er das auch», grinste Margaret. «Er kommt

also zu uns und klopft an die Tür, und gerade als er herein-
kommt, schreie ich Daniel an, weil er wieder all seine Kleider
auf dem Boden hat liegen lassen, und ich will verdammt sein,
wenn ich hinter ihm herräume wie Mum. Der arme alte Joe steht
im Flur und schaut zu, wie Dan und ich aufeinander losgehen
wie zwei Streithähne. Dann kommt Dad hereingerannt und
schreit, dass die Kühe ausgebrochen sind. Joe steht noch immer
da, völlig geschockt, dass ich fluche wie ein Kanalarbeiter, und
Dad schnappt ihn sich und sagt: ‹Los, Junge. Mach schon›, und
zerrt ihn zur Hintertür raus.»

Margaret lehnte sich zurück. «Tja», sagte sie, «das war
vielleicht ein Durcheinander. Ungefähr vierzig Kühe sind ausgebrochen, sie haben einen Zaun niedergetrampelt, zwei weitere verwüsten gerade, was von Mums Garten übrig ist, also
schlägt Dad sie mit einem Stock, dabei strömen Tränen über
sein Gesicht, und dann versucht er, Mums Blumen wieder aufzurichten. Colm rast mit dem Truck den Weg herunter und
hupt dabei und versucht, den Kühen den Weg abzuschneiden,
die zur Straße rennen. Liam sitzt auf einem der Pferde und tut
so, als wäre er John Wayne. Und dann sind da noch Joe und ich,
die versuchen, die restlichen Kühe wieder in den Stall zu bringen.»

Sie sah in die Gesichter ihrer Zuhörerinnen. «Habt ihr schon
mal eine verängstigte Kuh gesehen, Mädchen?» Sie senkte die
Stimme. «Sie scheißen so heftig, das könnt ihr euch gar nicht
vorstellen. Und wenn sie sich dabei bewegen, landet es überall.
Der arme Joe war von oben bis unten mit Kuhscheiße bedeckt,
seine schönen Schuhe, alles.»

«Wie ekelhaft», sagte Jean und schaffte es zu lächeln.

«Zu allem Überfluss beschließt unsere größte Kuh gerade
jetzt auszubrechen und trampelt direkt über ihn hinweg. Ver-

steht mich nicht falsch, er ist wirklich kein Schwächling – aber sie rennt einfach in ihn hinein, als ob er gar nicht da wäre. Bumm.» Sie tat so, als ob sie hintenüberfiele.

Sogar Margaret, die eigentlich immun gegen Bauernhofgerüche war, hatte sich die Nase zuhalten müssen, als sie ihm aufhalf, und versucht, ihm das Schlimmste abzuwischen. Sie glaubte, dass er fluchte, bis sie schließlich merkte, dass er immer wieder wiederholte: «Der Ring, der Ring.» Die beiden mussten fast eine halbe Stunde auf allen vieren im Kuhstall verbringen, um Joes Unterpfand ewiger Zuneigung im Mist wiederzufinden.

«Und du … du trägst ihn immer noch?»

«Mit dem Kuhdung. Na klar. Für mich ist das Teil der Romantik.» Jean verzog das Gesicht, aber Margaret sagte schnell: «Ach, Jean! Den habe ich natürlich abgewaschen, bevor ich ihn angesteckt habe. Dasselbe musste ich für Joe tun. Meinen ersten Abend als Verlobte habe ich damit verbracht, seine Uniform zu waschen, damit er keinen Ärger bekam.»

«Stan hat mich gefragt, als wir tanzen waren», sagte Jean. «Es war wunderschön. Ich habe ein zweiteiliges Kleid aus blauer Shantungseide getragen, das ich von meiner Freundin Polly geliehen hatte, und er hat gesagt, dass ich das schönste Mädchen im Saal sei. Er hatte schon ein paar, aber als sie ‹You made me love you› spielten, hat er sich zu seinem Freund umgedreht und gesagt: ‹Das ist das Mädchen, das ich heiraten werde. Hast du gehört?› Und dann hat er es noch lauter gesagt. Und mir war das ungeheuer peinlich, aber um ehrlich zu sein, hat es mir auch gefallen.»

«Das glaube ich dir gern», sagte Frances und lächelte.

«Er ist der Erste, der mir jemals gesagt hat, dass er mich liebt.» In ihren Augen glitzerten Tränen. «Niemand hat mir das je gesagt. Meine Mutter nicht. Nicht einmal mein Dad.» Sie strich sich das Haar aus dem Gesicht. «Nein. Mich hält dort nichts mehr. Gar nichts. Er ist der beste Mann, den ich je getroffen habe.»

Margaret blinzelte zu einem kleinen Propellerboot herüber, das auf sie zusummte. Der Skipper trug eine Marinemütze und beförderte unförmige graue Klumpen, deren Umrisse immer deutlicher wurden, je näher er kam. «Mädchen!», schrie sie. «Es ist die Post! Wir haben Post!»

Eine Stunde später saßen sie in der Kantine. Die Atmosphäre war erwartungsvoll. Ein Offizier des Roten Kreuzes sammelte die Briefe ein, die abgeschickt werden sollten, und händigte kleine Briefbündel an einem Tisch aus. Bei jedem einzelnen Namen, der aufgerufen wurde, kreischte die Empfängerin mitsamt ihren Freundinnen auf, als bekäme sie einen Preis und keine Briefe übergeben. Um sie herum hatte man die Fenster geöffnet, damit die sanfte Meeresbrise den Raum lüften konnte. Das Fensterglas reflektierte das Licht des glitzernden Ozeans weit unten.

Jean war eine der Ersten, die an den Tisch gerufen wurden. Sieben Briefe von Stan gaben ihr einen großen Teil ihrer Lebensfreude wieder. Sie überließ sie Frances, die sie ihr mit ihrer leisen, sonoren Stimme vorlas. Jean qualmte währenddessen nervös ihre Zigarette. «Hast du das gehört?», unterbrach sie immer wieder. «Mein Name, tätowiert auf seinem rechten Arm. In zwei Farben! Und es hat höllisch weh getan.»

Margaret und Frances wechselten einen Blick. Sie waren froh, dass Jean wieder lachen konnte, wenn es auch etwas schrill klang.

Später sollte Frances gestehen, dass sie einige Absätze ausgelassen hatte: jene, in denen Stan Jean warnte, «sich zu benehmen», und die Geschichte eines Mädchens, das von einem seiner Freunde verlassen wurde, weil er gehört hatte, dass sie «ein falsches Spiel» mit ihm getrieben hatte.

«Margaret O'Brien?»

Margaret war schneller auf den Beinen, als man ihrem schwerfälligen Körper zugetraut hätte. Atemlos warf sie sich auf das Bündel Briefe, das man ihr zuschob, und kehrte strahlend und triumphierend zu den anderen zurück. Die Enttäuschung, nicht an Land gehen zu können, war vergessen. Sie dachte kurz darüber nach, in die Kabine zu gehen und die Briefe dort ganz in Ruhe zu lesen, machte sich aber Sorgen, die anderen damit zu beleidigen. Gerade als sie fragen wollte, hörte sie, wie ein Stuhl zurückgeschoben wurde. Sie schaute von ihren Briefumschlägen auf und sah, dass Avice sich direkt vor sie gesetzt hatte.

Keiner sagte etwas. Margaret war ein wenig überrascht, dass Avice nach dem Streit vom vorhergehenden Abend zu ihnen kam. Sie überlegte, ob sie sich wohl entschuldigen wollte.

«Ich habe Neuigkeiten», sagte Avice.

«Ich auch», sagte Jean. «Schau mal. Sieben Briefe. Sieben!»

«Nein», sagte Avice und lächelte verhalten. Das hier war eine ganz andere Avice als das zornige, zugeknöpfte Mädchen, das die Kabine vor ein paar Stunden verlassen hatte. «Ich habe echte Neuigkeiten», sagte sie und hob das Kinn. «Ich bin guter Hoffnung.»

Alle schwiegen verblüfft.

«Guter Hoffnung auf was?», fragte Jean verständnislos.

«Auf ein Baby, natürlich. Ich war beim Arzt.»

«Bist du sicher?», fragte Frances. «Dr. Duxbury scheint mir nicht gerade … der allerzuverlässigste …» Sie musste daran denken, wie er blind in einen Vorratsschrank hineingesungen hatte, als sie bei ihm vorsprach.

«Oh, heutzutage wissen Krankenschwestern also mehr als Ärzte, was?»

«Nein, ich bin nur …»

«Dr. Duxbury hat mir Blut abgenommen, aber er hat mir auch eine Menge Fragen gestellt und mich untersucht. Er ist sich ziemlich sicher.» Sie glättete ihre Frisur und schaute sich um, vielleicht hoffte sie, eine derart bedeutsame Neuigkeit einem größeren Publikum eröffnen zu können. Ihr Gesicht leuchtete vor Freude. «Ein Baby! Könnt ihr euch das vorstellen? Ich wusste doch, dass ich nicht seekrank war. Ich bin tausendmal gesegelt, und nie war mir schlecht. Margaret, du musst mir sagen, was ich alles kaufen muss. Ich muss Mummy schreiben, damit sie mir alle möglichen Sachen herüberschickt.»

Margaret stand auf und umarmte sie über den Tisch hinweg. «Avice», sagte sie, «das sind wirklich großartige Neuigkeiten. Herzlichen Glückwunsch.»

«Das ist ja der Hammer», sagte Jean mit großen Augen. «Dann warst du gar nicht seekrank, sondern nur schwanger?» Sie wirkte ehrlich erfreut. Frances hat ihr nichts von Avice' Verrat erzählt, dachte Margaret und war plötzlich ein wenig traurig.

«Dr. Duxbury denkt, dass ich schon in der neunten oder zehnten Woche bin. Ich war ganz schön erschrocken, als er es mir erzählt hat. Aber ich bin so aufgeregt. Ian wird außer sich sein vor Freude. Er wird sicher ein toller Vater», trällerte Avice. Sie hatte sich eine ihrer schmalen Hände auf den Bauch gelegt und genoss offenbar schon die Vorstellung ihres zukünftigen Familienlebens. Fast bewunderte Margaret ihre Fähigkeit, die Geschehnisse der letzten Stunden einfach auszublenden.

«Stan hat sich ein Tattoo mit meinem Namen machen lassen», erzählte Jean ihr, aber Avice hörte gar nicht zu.

«Ich glaube, ich bitte den Kapitän, meiner Familie ein Telegramm zu schicken und ihnen die Nachricht zukommen zu lassen. Ich ertrage es nicht zu warten, bis wir in England sind.» Ihr Name hallte durch die Kantine. «Briefe!», sagte sie und stand bereits. «Briefe! In der ganzen Aufregung habe ich gar nicht mehr daran gedacht ... oh, ihr beide habt eure schon.» Sie sah Frances an, als ob sie sich erst jetzt plötzlich an alles erinnerte, und sagte nichts mehr.

«Herzlichen Glückwunsch», sagte Frances. Sie sah Avice nicht an.

Frances' Name wurde eine Stunde später aufgerufen. Es war fast der letzte, und die vorher noch überfüllte Kantine hatte sich schon geleert. Margaret hatte mehrmals darüber nachgedacht zu gehen, um mit Joes Worten allein zu sein, sie noch einmal ganz in Ruhe zu lesen, aber es herrschte so böses Blut zwischen den beiden anderen Mädchen, und Jean war immer noch so anfällig, dass sie sich verpflichtet fühlte zu bleiben.

Avice hatte zwei Briefe von ihrer Familie erhalten und zwei sehr alte von Ian. «Sieh dir nur mal das Datum an», sagte sie verärgert. Offenbar hielt sie es für eine persönliche Beleidigung, dass Jean und Margaret mehr Briefe bekommen hatten als sie. «Sie sind fast sechs Wochen alt. Ehrlich, man sollte doch meinen, dass die Navy wenigstens unsere Briefe zügig ausliefern könnte. Wie um alles in der Welt soll ich ihm von dem Baby erzählen, wenn er meinen nächsten Brief erst eine Woche nach unserer Ankunft in Plymouth erhält?»

Missmutig musterte sie den Poststempel. «Das ist wirklich nicht schön. Ich könnte schon viel mehr haben. Wahrscheinlich stapeln sie sich in irgendeiner gottvergessenen Poststation im Nirgendwo.»

«Ich glaube, du hast einfach Pech», sagte Margaret etwas abwesend. Sie hatte Joes ersten Brief schon mehrere Male gelesen. Er hatte sie vorausschauend durchnummeriert, damit sie sie in der richtigen Reihenfolge lesen konnte. «Hallo, Liebste», hatte er geschrieben. «Ich hoffe, dass du schon an Bord der *Victoria* bist, wenn du dies hier liest. Ich konnte es kaum glauben, als du mir erzählt hast, dass du auf dem alten Mädchen sein würdest. Frag nach Archie Littlejohn. Er ist ein Funker. Wir waren 1944 zusammen in der Ausbildung. Guter Kerl. Er wird auf dich aufpassen. Andererseits: Wahrscheinlich gibt es keinen einzigen Mann an Bord, der nicht gern auf euch Mädchen aufpassen wird. Es sind gute Jungs auf der *Vic*.»

Margaret musste schlucken. Den Eindruck konnte sie nach den Geschehnissen der letzten Nacht nicht mehr teilen. Sie schaute zu Jean, die konzentriert auf Stans Briefe starrte. «Soll ich es dir beibringen?», fragte sie. «Ich wette, du kannst lesen, wenn wir von Bord gehen.»

«Wirklich?»

«Da ist nichts dabei», sagte Margaret. «Ein, zwei Stunden am Tag, und du bist ein richtiger Bücherwurm.»

«Stan weiß es nicht … das mit dem Lesen. Die Briefe hat immer meine Freundin Nancy geschrieben, weißt du?», sagte sie. «Aber als ich an Bord kam, ist mir eingefallen, dass die Handschrift ja eine andere sein wird, wenn sie jemand anders für mich schreibt.»

«Noch ein Grund mehr, endlich damit anzufangen», sagte Margaret. «Dann kannst du deine eigenen Briefe schreiben, und ich wette, Stan bemerkt den Unterschied gar nicht.»

Jeans offensichtliche Freude hob die Stimmung. «Glaubst du wirklich, dass ich das schaffe?», wiederholte sie immer wieder und lächelte, wenn Margaret nickte. Ihre Mutter hatte ihr immer wieder gesagt, sie sei dumm, verriet Jean, und ihr Blick wanderte von einer zur anderen. «Allerdings ist wohl eher sie die Dumme. Sie ist noch immer in dieser Crackerfabrik, und ich bin auf einem Schiff nach England. Stimmt doch?»

«Stimmt», bestätigte Margaret entschieden. «Gib mir mal einen Umschlag. Ich schreibe dir das ABC auf.»

Frances war zurück an den Tisch gekommen. Avice sah von ihren Briefen auf. «Nur einer?», fragte sie laut. Sie schaffte es nicht, ihr Lächeln zu unterdrücken.

Frances wirkte unbeeindruckt. «Er ist von einem meiner ehemaligen Patienten», sagte sie mit scheuer Freude. «Er ist daheim und kann wieder gehen.»

«Wie wunderbar», sagte Margaret und tätschelte ihr den Arm.

«Nichts von deinem Mann?»

«Avice …», sagte Margaret in warnendem Ton.

«Ich frag ja nur.»

Margaret wollte etwas Nettes sagen, aber es fiel ihr nichts ein. «Na ja. Vielleicht ist er einfach überwältigt von dem Gedanken, dich wiederzusehen», sagte sie dann. Avice hob die Augenbrauen, stand auf und ging davon.

Da ich auf keinen meiner Briefe eine Antwort erhalten habe, schreibe ich dir höflicherweise, um dich wissen zu lassen, dass ich die Scheidung aufgrund unserer dreijährigen Trennung eingereicht habe. Du und ich wissen, dass das nicht ganz korrekt ist, ich hoffe aber, dass du das nicht anfichst. Anton bezahlt die Überfahrt nach Amerika für mich und die Kinder. Wir verlassen Southampton am 25. des Monats. Ich hätte die Trennung lieber auf anständige Weise vollzogen, vor allem für die Kinder, aber du bist offenbar entschlossen, mir in dieser Situation dieselbe

*Achtlosigkeit angedeihen zu lassen wie während der gesamten
Zeit deiner Abwesenheit.*

*Wo ist deine Menschlichkeit geblieben? Vielleicht ist unter all
den Regeln und Vorschriften nichts mehr von dir übrig. Ich weiß,
dass es schwer für dich gewesen sein muss. Ich weiß, dass du vermutlich grauenvolle Dinge gesehen hast und mit ihnen fertigwer-
den musstest. Aber wir hier leben. Wir hätten deine Rettungsleine sein können, wenn du uns gelassen hättest. Jetzt fühle ich
keine Schuld, wenn ich ein besseres Leben wähle, für mich und
meine Kinder …*

«Was ist los, Nicol? Du siehst ein bisschen blass aus. Hast du
einen dieser Briefe bekommen, in denen steht, dass du fort-
bleiben sollst?» Jones der Waliser lag in seiner Hängematte und
blätterte durch ein Dutzend Briefe. Wahrscheinlich waren sie
von einem Dutzend unterschiedlicher Frauen. Er grinste breit.

Nicol starrte ausdruckslos auf seinen Brief. Stopfte ihn in
seine Tasche. «Nein», antwortete er und hustete, damit seine
Stimme nicht so belegt klang. «Nein … nur ein paar Neuigkeiten von zu Hause.»

Einige der Männer wechselten Blicke. «Es ist doch wohl niemand krank?», fragte Jones.

«Nein», antwortete Nicol. Sein Ton ließ jede weitere Frage
verstummen.

«Also, du siehst furchtbar aus. Eigentlich siehst du schon seit
Wochen aus wie Scheiße. Die mittlere Schicht macht das aus
einem, oder, Jungs? Weißt du, was du brauchst, Mann?» Jones
knuffte Nicols Arm. «Du brauchst ein bisschen Spiel und Spaß.
Heute Nacht hast du frei, oder? Komm mit uns an Land.»

«Oh … ich glaube, ich lege mich lieber schlafen.»

«Das nennt man Urlaub, Mann. Ob du's glaubst oder nicht:

Selbst du, Nicol, solltest hin und wieder mal nicht im Dienst sein.»

«Ich bleibe hier. Ich muss noch ein paar Dinge reparieren.»

«Tut mir leid, Mann, aber das lasse ich nicht zu. Du hast 'ne Menge Zaster in der Tasche und ziehst ein Gesicht wie zehn Tage Regenwetter. Dr. Jones sagt, dass es dagegen nur eine Medizin gibt: Du haust dich jetzt ein paar Stunden aufs Ohr. Dann kommst du mit uns. Und wir werden uns total besaufen.»

Nicol wollte schon ablehnen, aber dann fühlte er sich unerklärlicherweise erleichtert, dass Jones ihn so gutmütig drängte. Die Vorstellung, eine weitere Nacht vor der Metalltür zu stehen, allein mit seinen Gedanken an eine weitere Morgendämmerung, war einfach zu viel für ihn. «Okay», sagte er schließlich, spannte seine Hängematte aus und sprang geschmeidig hinein. «So machen wir's. Weckt mich eine halbe Stunde, bevor es losgeht.»

Sie hatten gemeinsam gegessen – weniger, so argwöhnte Margaret, weil Avice so gern mit ihnen aß, als vielmehr, weil Irene und ihre Freundinnen mit Tuscheln und kalten Blicken klargestellt hatten, dass sie nicht länger willkommen war in ihrem Kreis. Margaret hatte zugesehen, wie Avice zu ihrem Tisch gehen wollte, um ihre Neuigkeit zu verkünden, und dann bemerkte, dass man über sie redete – und zwar offenbar nichts Gutes. Sie sank ein wenig in sich zusammen, und bei jeder Lachsalve schoss ihr Blick zu dem kleinen Grüppchen um Irene. Dann strich sie sich über das Haar und setzte sich Margaret gegenüber. «Wisst ihr», sagte sie in leichtem Ton, «gerade ist mir wieder eingefallen, was ich an Irene Carter nicht leiden kann. Sie ist so furchtbar unhöflich. Ich weiß gar nicht, was ich je an ihr gefunden habe.»

«Es ist doch schön, dass wir zur Abwechslung mal alle gemeinsam essen», sagte Margaret gelassen und überging damit Frances' Schweigen.

«Auf jeden Fall ist es schön, dass Avice mal nicht kotzt», bemerkte Jean.

«Haben sie einen Fehler gemacht mit deiner Post, Frances», fragte Avice, «oder hast du wirklich nur einen Brief bekommen?»

«Weißt du, was, Avice?», sagte Margaret laut. Sie schob ihren Teller von sich. «Wir haben uns vorhin sehr nett darüber unterhalten, wie unsere Ehemänner um unsere Hand angehalten haben. Ich wette, du würdest uns auch gern erzählen, wie Ian dir einen Antrag gemacht hat, nicht wahr?»

Margaret fing Frances' Blick auf. Es konnte Dankbarkeit darin liegen oder etwas ganz anderes.

«Habe ich euch das wirklich noch nicht erzählt? Wirklich? Oh, das war der schönste Tag meines Lebens. Na ja, neben unserer Hochzeit natürlich. Das ist doch immer der schönste Tag im Leben einer Frau, oder? Und in unserem Fall konnten wir ja nicht die Hochzeit haben, die wir normalerweise erwartet hätten – bei der Stellung meiner Familie in der Gesellschaft und so ... Nein, es musste ein wenig intimer sein. Aber, oh, Ians Antrag. Oh ja ...» Sie schloss die Augen. «Wisst ihr, ich erinnere mich so lebhaft daran, fast wie an einen Duft ...»

«Also war er ein bisschen wie Margarets», bemerkte Jean und grinste.

«Ich wusste, dass er der Richtige war, sobald ich ihn sah. Und er sagt dasselbe über mich. Oh, Mädchen, er ist so süß. Und es ist so lange her, dass wir miteinander gesprochen haben – ich halte es fast nicht aus. Er ist der romantischste Mann auf der ganzen Welt. Ich hätte nie gedacht, dass ich jemanden aus der

Armee heiraten würde, wisst ihr. Ich bin nicht so wie diese Mädchen, die sofort mit den Wimpern klimpern, sobald jemand in Uniform auftaucht.»

«Und was hat er nun getan?», fragte Jean und zündete sich eine Zigarette an.

«Ach, er war furchtbar ritterlich. Wir wussten, dass wir einander liebten – er hat mir sogar einmal gestanden, dass er geradezu besessen von mir ist, könnt ihr euch das vorstellen? –, aber er machte sich Sorgen, ob ich damit zurechtkommen würde, mit einem Offizier verheiratet zu sein. Ich meine, mit all den Trennungen und der ständigen Unsicherheit … Er hat gesagt, dass er nicht wisse, ob es richtig sei, mich alldem auszusetzen. Aber ich habe ihm gesagt: ‹Möglicherweise sehe ich aus wie eine zarte Blume› – so hat mich mein Vater immer genannt, seine kleine Jasminblüte –, ‹aber ich bin in Wirklichkeit ziemlich stark. Ich kann sehr entschlossen sein.› Und ich glaube, dass Ian das schließlich auch erkannt hat.»

«Und, was ist dann passiert?», fragte Margaret und leckte ihren Teelöffel ab.

«Nun ja, wir haben beide sehr gelitten. Daddy wollte, dass wir warten. Und Ian wollte ihn nicht gegen sich aufbringen, also stimmte er zu. Aber ich hätte den Gedanken nicht ertragen, dass wir uns nur als ‹Verlobte› hätten verlassen müssen. Also hat er sich die Erlaubnis von seinem Vorgesetzten geholt, und wir sind losgezogen und haben uns von einem Friedensrichter trauen lassen. Einfach so. Es war schrecklich romantisch.»

«Was für eine wunderhübsche Geschichte, Avice», sagte Margaret. «Ich hole noch etwas Tee. Möchte noch jemand eine Tasse?»

Draußen dunkelte es schon. Die Sonne ging hier sehr schnell unter, als ob die Nacht ungeduldig wäre, den Tag zu verschlucken. «Nein danke. Ich sehe mal nach, ob sie etwas im Kino zeigen», sagte Jean. «Vielleicht machen sie ja ein bisschen Programm, weil wir nicht an Land dürfen.»

«Da wirst du nichts finden», sagte Avice. «Nur ein Schild, auf dem steht, dass der nächste Film morgen Nachmittag läuft.»

«Die Männer sind jetzt sicher an Land», sagte Margaret und starrte aus dem Fenster. «Die haben es gut.»

«Was ist eigentlich mit deinem Mann, Frances?» Jean stützte das Kinn in die Hände und legte den Kopf zur Seite. «Wie hat er dir seinen Antrag gemacht?»

Frances stand auf und fing an, die Teller auf ein Tablett zu räumen. «Oh, das ist nicht besonders aufregend», sagte sie.

«Ich bin sicher, wir werden fasziniert sein», sagte Avice.

Frances sah sie zornig an.

Margaret überlegte, die Unterhaltung in ruhigere Gewässer zu steuern, aber sie musste zugeben, ebenfalls ein wenig neugierig zu sein.

Also warteten sie ab. Und Frances setzte sich nach kurzem Zögern hin. Die schmutzigen Teller stapelten sich vor ihr. Sie erzählte ihnen ihre Geschichte ruhig und gleichmütig, in Worten, die in krassem Gegensatz zu Avice' Erguss standen. Sie hatte ihn in Malaysia getroffen, wo sie als Krankenschwester gearbeitet hatte. Armeetechniker Alfred «Chalkie» Mackenzie, achtundzwanzig Jahre alt. Er hatte Schrapnellwunden davongetragen, die sich in der tropischen Feuchtigkeit entzündet hatten. Sie hatte ihn gepflegt, und mit der Zeit hatte er sie immer lieber gemocht.

«Manchmal, wenn er Fieber hatte, fing er an zu delirieren und dachte, wir wären längst verheiratet. Wir sollten eigentlich keine persönlichen Beziehungen zu den Männern aufbauen, aber sein Hauptmann, der im Bett neben ihm lag, drückte ein Auge zu. Wir alle haben darüber hinweggesehen. Wir haben alles mitgemacht, damit sich die Männer besser fühlten.»

«Und? Wann hat er dich gefragt?», fragte Jean. Über ihr gingen plötzlich die Neonlichter an und erleuchteten die Gesichter der Frauen.

«Nun ... er hat mich eigentlich sehr oft gefragt. Es gab nicht nur eine Gelegenheit. Ich glaube, er hat so um die sechzehnmal gefragt, bis ich ja gesagt habe.»

«Sechzehnmal!», rief Avice. Es schien, als fiele es ihr schwer, sich vorzustellen, dass Frances eine solch hartnäckige Zuneigung hervorrufen könnte.

«Und warum hast du ja gesagt?», fragte Margaret. «Am Ende, meine ich.»

Aber Frances stand auf und warf einen Blick auf ihre Armbanduhr. «Du meine Güte, Maggie! Sieh nur, wie spät es ist. Dein kleines Hündchen kann es bestimmt gar nicht mehr erwarten, dass du mit ihm Gassi gehst.»

«Oh, verdammt. Du hast recht. Ich gehe jetzt wohl besser wieder nach unten», sagte Margaret. Sie nickte den anderen zu und hastete mit Frances hinunter zu der Kabine.

Die Mädchen küssten sich. Sie taten es nur einmal und ganz kurz, drehten sich dann zu ihm um und lachten, weil er nicht wusste, wie er reagieren sollte. Die kleinere von den beiden lehnte sich auf ihrem Barhocker zurück und musterte ihn träge, dann streckte sie ein nacktes Bein aus. Die andere trug ein grünes Kleid, das für ihre zarte Gestalt viel zu groß war, und murmelte etwas, was er nicht verstand. Sie beugte sich zu ihm herüber, um ihm die Haare zu zausen. «Zwei zwei.» Sie hielt zwei Finger hoch. «Sehr schöne Zeit. Zwei zwei.» Er hatte ihnen beiden einen Drink spendiert. Jetzt brauchte er ein paar Minuten um zu verstehen, was sie da vorschlug. Dann schüttelte er den Kopf, selbst dann noch, als sie den Preis auf ein Drittel der ursprünglichen Summe senkte. «Kein Geld mehr», sagte er. Die Worte klangen fremd und verwaschen in seinen Ohren. «Alles weg.»

«Nein, nein», sagte das Mädchen im grünen Kleid. Wahrscheinlich hatte sie diese Antwort schon viel zu oft gehört und wusste, dass sie nichts bedeutete. «Zwei zwei. Sehr schöne Zeit.»

Irgendwann an diesem Abend hatte er seine Armbanduhr verloren und wusste nicht mehr, wie spät es war. Draußen warf das Neonschild der Bar das blaue Licht einer kalten grauen Morgendämmerung über den Eingang.

An der Wand hinter den Mädchen konnte er Eisenhowers Porträt erkennen, wahrscheinlich das Geschenk eines GIs, der hier eingekehrt war. Wie viel Uhr war es in Amerika? Nicol versuchte, sich daran zu erinnern, wie er früher am Abend den Zeitunterschied berechnet hatte.

Am anderen Ende des Raums versuchte Jones der Waliser, der halb auf einer Bank lag, einem Mädchen Zigaretten in den Mund zu stecken. Er lachte, als sie hustete und ihr die Zigarette aus dem Mund fiel. «Du darfst nicht so viel inhalieren», sagte er, und sie schlug ihn spielerisch mit ihrer schmalen Hand. «Sonst wird dir noch schlecht davon.» Er bemerkte, dass Nicol ihm zusah. «Ach … nein … sag nicht, dass du Annie hier auch magst?», rief er. «Gieriger Mistkerl. Du hast doch schon zwei.»

Nicol versuchte, eine Antwort zu formulieren, aber sie wurde zu Staub in seinem Mund.

«Auf Ehefrauen und Geliebte», verkündete Jones der Waliser und hielt sein Glas hoch. «Und darauf, dass sie sich niemals begegnen.»

«Du jetzt mitkommen.» Das Mädchen im grünen Kleid zupfte an seinem Ärmel. Das andere war verschwunden. Sie schloss in einer kindlichen Geste besitzergreifend ihre Hand um die seine und führte ihn die Stufen empor. Er musste sie loslassen, um hochzusteigen, und sich am Geländer festhalten, weil die hölzernen Stufen auf und ab schwankten wie ein Schiffsdeck im Sturm.

Die Tür des Zimmers lag papierdünn in seiner Hand. Wie zerbrechlich die Trennwände waren, konnte man an den Geräuschen aus dem Nachbarzimmer hören.

«Schöne Zeit, ja?» Das Mädchen folgte seinem Blick und kicherte. Er fühlte sich plötzlich unglaublich müde, ließ sich schwer auf die Bettkante fallen und schaute zu, wie sie sich auszog. Man konnte jeden einzelnen Wirbel unter ihrer blassen Haut erkennen. Er musste an Frances denken, an ihre knochigen Finger, mit denen sie das Bild seiner Jungs gehalten hatte.

«Du mir helfen?», fragte sie und drehte sich flink, um ihn anzusehen und auf ihren Reißverschluss zu deuten.

Das dünne Bettlaken war makellos sauber. Daneben stand auf einem klapprigen Tischchen eine Flasche, in der ein paar hübsch arrangierte Blumen steckten. Und es waren gerade diese beiden Dinge, die ihm die Tränen in die Augen trieben. «Es tut mir leid», sagte er. «Ich glaube nicht …»

Sie wandte sich um, und in ihrem Ausdruck lag etwas Wundes. «Ja, ja», sagte sie und setzte schnell wieder ihr Lächeln auf. «Du werden glücklicher Mann. Du mich schon mal besucht? Du mich kennen. Ich machen dich glücklicher Mann.»

«Es tut mir leid», wiederholte er.

Da nahm sie seine Hand mit einem überraschend harten Griff. Ihr Blick, der zur Tür glitt, sagte ihm, dass sie ihre eigenen Gründe dafür hatte, ihn nicht gehen lassen zu wollen.

«Du warten ein bisschen», bat sie. «Nur ein kleines bisschen.»

Er bemerkte, dass ihre Augen sie älter wirken ließen. Etwas Mattes und Resigniertes lag darin, selbst wenn sie kokett lächelte und mit den Wimpern klimperte wie ein junges Mädchen. Jetzt, da er genau hinsah, wirkten ihre Brüste merkwürdig unterentwickelt, so als ob sie noch nicht voll ausgereift wären. Und ihre Nägel waren abgekaut, genau wie die seiner Schwester früher, bis hinunter aufs Fleisch, als würde sie in kindlicher Unbekümmertheit nicht auf ihr Äußeres achten. Nicol schloss die Augen und schämte sich plötzlich. Das macht der Krieg aus uns, dachte er. Selbst aus uns, die wir überlebt haben. Am Ende kriegt er uns doch.

Dann spürte er ihr Gewicht auf sich, ihre zarten Hände, die ihm das Gesicht streichelten.

«Bitte du warten ein kleines bisschen», flüsterte sie in sein Ohr. Er roch ihr Parfüm, etwas Schweres und Aufdringliches, das so gar nicht zu ihrer Jugend passte, zu ihrer zarten Gestalt.

«Du warten ein kleines bisschen mit mir.» Sie langte mit flinken Fingern herunter und gab einen erstickten Laut von sich, als er ihre Hand zart aufhielt.

«In mir ist nichts mehr», sagte er. «Ich bin leer.»

Dann lag er auf dem Kissen. Sie schmiegte sich an ihn und forschte in seinem Gesicht nach seinen Absichten. Durch das halb geöffnete Fenster hörte er Rufe. Der Geruch nach Gebratenem stieg auf, scharf und stechend. Er nahm ihre Hand. «Erzähl mir etwas», sagte er. Er spürte ihren Atem an seinem Hals, vorsichtig, erwartungsvoll, und spürte, dass er kurz vorm Einschlafen war.

«Ich dich jetzt glücklich machen?», flüsterte sie.

Er zögerte. Wusste, dass es in dieser Nacht wohl seine letzten Worte sein würden: «Wie viel Uhr ist es in Amerika?»

Das Schiff hatte Telefonkontakt mit London! Und zwar mittels einer Funkverbindung über Sydney. Der Empfänger in Sydney wurde mit einem Mikrophon zusammen geschlossen, das wiederum mit der Telefonleitung London–Sydney verbunden war ... Das stellt einen großen Fortschritt in der Tele-Kommunikation dar und verspricht Großes für die Zukunft.

Aus dem privaten Tagebuch des Seekadetten Henry Stamper,

13. Januar 1946

KAPITEL 12

Einundzwanzigster Tag

D as war ihr noch nie passiert. Und sie war doch fest entschlossen gewesen, es niemals geschehen zu lassen. Aber Frances war gezwungen zuzugeben, dass sie dabei war, sich zu verlieben.

Jeden Abend sagte sie sich, dass sie lieber vorsichtig sein sollte, dass sie mit ihren Handlungen ihre Reise gefährdete. Und trotz allem verschwand sie jeden Abend wieder durch die Metalltür, und jedes Mal wurden ihre Erklärungen an ihre Mitreisenden einsilbiger. Verstohlen schaute sie sich auf dem Korridor um und schlich leise an den anderen Kabinen vorbei, auf Zehenspitzen die Stufen hoch und das Hangardeck entlang, bis sie die schwere Stahlluke erreichte, die sich auf das Flugdeck öffnete.

Wenn sie später darüber nachdachte, glaubte sie, dass es auch daran lag, dass sie sich so sehr aneinander gewöhnt hatten: die Matrosen, die Frauen und der Tagesablauf auf dem Schiff, die

Atmosphäre schwer vor Sehnsucht und Warten, die Ungewissheit. Sie hatte sich daran gewöhnt, morgens aufzuwachen und kein Ziel vor Augen zu haben, vielleicht hatte sie sogar ein wenig von ihrer Schroffheit verloren, die sie jahrelang vor sich hergetragen hatte wie einen Schutzschild. Ihr fiel es jetzt leichter, in Gesellschaft zu sein. Sie ging sogar so weit zuzugeben, dass sie einige von ihren Mitreisenden mochte. Es war schließlich fast unmöglich, jemanden wie Margaret nicht zu mögen.

Aber tatsächlich liebte sie das Schiff: seine schiere Größe, im Grunde viel zu riesig, um von Menschen gebaut worden zu sein, ein Meeresungeheuer, das von unbekannten Mächten durch die raue See getrieben wurde. Sie liebte seine Narben, die Rostspuren, die trotz sorgfältiger Ausbesserungen auf seiner Haut zu sehen waren, Zeugnisse der langen Zeit, die es auf See verbracht hatte. Frances liebte den unendlichen Raum um sich herum. Sie liebte die Illusion all der Möglichkeiten, die ihr das Schiff schenkte. Die nautischen Meilen und unergründlichen Tiefen, die es zwischen sie und ihre Vergangenheit legte, während es durch das Wasser glitt.

In diesen Breitengraden wurde es immer heißer, sodass der Aufenthalt auf dem Flugdeck eine wahre Erleichterung war; sie setzte sich an ihren Lieblingsplatz unter dem Flugzeug und genoss die weiche Brise, das unaufhörliche Plätschern der Wellen unter ihr, den salzigen Geschmack auf ihren Lippen. Sie liebte es zuzusehen, wie sich der Himmel am Horizont veränderte, wenn ein Sturm aufkam, der aus der Entfernung ganz harmlos wirkte. Und dann waren da die Sonnenuntergänge, die urzeitlichen Orange- und Blautöne, die wie Blut am Rand der Erde verliefen, bis man nicht mehr erkennen konnte, wo der Himmel endete und der Ozean begann.

Manchmal, wenn sie Glück hatte, sah sie einen Schwarm Delfine und musste lachen, weil sie sich so lustig bewegten. Man konnte fast meinen, dass sie mit dem Schiff eins waren, so wie sie es anschauten und sich in perfektem Einklang mit ihm bewegten. Aber die meiste Zeit saß sie gegen eines der Räder des Flugzeuges gelehnt, den Hut mit der breiten Krempe zurückgeschoben, und schaute einfach in den Himmel. In einen Himmel, der nun frei war von feindlich brummenden Flugzeugen, bösartig leisen Raketengeschossen und den Schreien der Verletzten. Von den Urteilen derjenigen, die glaubten, sie zu kennen. Es lag nichts mehr zwischen ihr und ihrem Ziel – keine Berge, keine Bäume, keine Gebäude. Keine Menschen.

Wenn sie in der Nacht allein war, konnte sie zeitweise Vergangenheit und Zukunft abschütteln. Sie konnte dasitzen und einfach nur sein, getröstet von der Tatsache, dass sie nur Frances war – ein winziges, bedeutungsloses Nichts zwischen Himmel, Ozean und den Sternen.

«Und, wie läuft es auf deinem Brautschiff?»

Das Kriegsschiff *Alexandra* war das erste Schiff, das seit Sydney in Funkdistanz gekommen war. Aber Highfield hatte den Anruf von Kapitän Edward Baxter mit weniger Begeisterung angenommen, als er es unter anderen Umständen getan hätte, zumal er schon ahnte, wie das Gespräch verlaufen würde.

«Alles im Lot», antwortete Highfield und musste an den morgendlichen Bericht denken. Es hatte ein paar Probleme mit der Entsalzungsanlage gegeben, aber der Chefingenieur hatte ihm versichert, dass jetzt alles wieder normal funktionierte.

Baxter sprach viel zu laut, als ob er sich bewusst wäre, dass ihm andere zuhörten. «Es ist uns zu Ohren gekommen, dass du einen Friseursalon eingerichtet hast, und wir fragen uns, wie du wohl nach Waschen, Schneiden und Legen aussiehst ...» Er wieherte fast, und Highfield glaubte Gelächter im Hintergrund zu hören.

Er war allein auf der Wetterstation des Schiffes, hoch über dem flirrenden Deck. In seinem Bein hatte es den ganzen Tag lang gepocht. Er hatte sich vage verraten gefühlt, als es anfing. Tagelang hatte sich das Bein ruhig verhalten, und er hatte sich selbst eingeredet, dass es offenbar ohne medizinischen Eingriff heilte.

«Ich habe mit Dobson gesprochen, bevor er mich zu dir durchgestellt hat. Er sagt, dass diese Aussie-Mädchen dir ganz schön zu schaffen machen.»

«Was meinst du damit?»

«Na, dass sie immer wieder für Unruhe sorgen. Die Männer ein bisschen aufwühlen. Ich beneide dich wirklich nicht, alter Freund. Haufenweise Frauen, die das Schiff mit Wäsche und Nagellack und Spitzenhöschen und wer weiß was noch allem überschwemmen. Die in einem Hauch von Nichts herumspazieren und die Männer von der Arbeit ablenken. Meine Jungs hier haben schon Wetten darauf abgeschlossen, wie viele kleine Victors und Victorias wohl in neun Monaten England bevölkern werden.»

Der Ton unter dem verantwortlichen Marinepersonal war seit Ende des Krieges um einiges lässiger geworden. Highfield sehnte sich nicht zum ersten Mal nach den alten Zeiten. Er versuchte, nicht allzu beleidigt zu klingen. «Meine Männer benehmen sich ordentlich.»

«Ich denke dabei gar nicht an das Benehmen der Männer, George. Ich habe von diesen Mädchen aus den Kolonien gehört. Nicht ganz dieselbe Sorte wie ihre britischen Schwestern ...»

«Diese Mädchen sind vollkommen in Ordnung. Alles unter Kontrolle.» Er dachte mit Unbehagen an den Vorfall, von dem die Frauendienstoffizierin letzte Woche berichtet hatte. Baxter und seinesgleichen würden noch früh genug davon erfahren.

«Ja. Also. Mein Rat wäre, sie so weit wie möglich unter Verschluss zu halten. Wir hatten schon alle möglichen Probleme mit unseren jüngeren Besatzungsmitgliedern und weiblichen Passagieren. Und dabei haben wir ja nur hin und wieder mit Frauen in der Marine zu tun. Ich mag mir gar nicht vorstellen, wie es mit mehr als sechshundert wäre.»

Highfield schwieg, und Baxter merkte, dass er nicht die erwünschte Antwort bekommen würde. Highfield hatte inzwischen sein Hosenbein hochgezogen. Er wusste nicht, ob er sich das einbildete, aber die Farbe der Haut schien um die Wunde herum irgendwie wütender zu leuchten als beim letzten Mal. Er ließ den Stoff wieder fallen und biss sich auf die Zähne, als könnte er die verdammte Angelegenheit durch seinen schieren Willen besser machen.

«Ja ... wir haben alle ordentlich gelacht, als wir uns dich und den Friseursalon vorgestellt haben. Ausgerechnet dieses Schiff ... und ausgerechnet dieser Kapitän, was? Trotzdem ... es ist doch auch schön zu wissen, dass das alte Mädchen noch mal von Nutzen ist, bevor sie ausrangiert wird.»

Highfields Aufmerksamkeit wurde von seinem Bein abgelenkt. «Bevor sie ausrangiert wird?»

Eine kurze Pause entstand. «Ich dachte, das wüsstest du, alter Freund. Die *Victoria* ist erledigt. Die Ingenieure in Woollomooloo haben entschieden, dass es nicht mehr lohnt, sie wieder zusammenzuflicken. Sie wird stillgelegt, wenn du wieder in England bist. Sie wollen sich auf eine ganz neue Flugzeugträgerklasse konzentrieren, jetzt, da der Krieg vorbei ist. Aber das betrifft dich ja nicht mehr so sehr, oder?»

Highfield setzte sich. Die Anzeigen und Karten der Wetterstation um ihn herum starrten stumm zurück, vollkommen unberührt von ihrer drohenden Überflüssigkeit. Also, sagte er in Gedanken zu seinem Schiff, wir beide zusammen. Er hörte kaum noch, dass der andere Kapitän weitersprach.

«Aber jetzt mal im Ernst, wie geht es dir, alter Junge? Habe gehört, dass du dich mit der *Indomitable* angelegt hast. Ein paar Leute haben sich echte Sorgen gemacht.»

«Mir geht es gut.»

«Natürlich, natürlich. Man kann sich nicht zu lange mit diesen Dingen aufhalten, nicht wahr? Trotzdem schade. Der junge Hart hat vor ein paar Jahren unter mir gedient. Ich war ganz schön geschockt, als ich davon hörte. Netter junger Mann. Herausragend.»

«Ja. Ja, das war er.»

«Habe seine Frau mal getroffen, als wir in Singapur auf Landgang waren. Reizendes kleines Mädchen. Ich glaube, sie hatten gerade Zwillinge bekommen. Was mich zum Grund meines Anrufs bringt. London hat mir heute Morgen telegraphiert. Sie sagen, du hättest vielleicht ein paar Bräute an Bord, die mit meinen Männern verheiratet sind. Wir haben ein, zwei Tage lang denselben Kurs, und London denkt, es wäre doch eine schöne Geste, wenn wir ihnen Funkkontakt erlauben würden. Was denkst du? Ich wage zu behaupten, dass es gut für die Moral der Männer wäre, wenn sie kurz mit ihren Frauchen plaudern könnten.»

«Ich weiß nicht …»

«Na, das musst du ja nicht jetzt entscheiden. So wie ich es verstanden habe, sind es sowieso nur ganz wenige. Ich nehme nicht an, dass Horden hysterischer Mädchen an deine Tür klopfen werden. Aber meinen Jungs würde es viel bedeuten. Und es hilft ihnen, anständig zu bleiben. Wir legen in ein paar Tagen in Aden an, und es ist immer gut, die Männer an ihre Verantwortung zu erinnern, bevor sie an Land gehen.» Sein Lachen klang tief und kehlig.

Unten schrubbten Männer in tropischer Kluft das Deck. Hin und wieder wischten sie sich den Schweiß von der Stirn. Hinter ihnen standen die Kampfflugzeuge. Ihre glatten Oberflächen strahlten Hitze ab. Ebenso überflüssig wie der Rest des Schiffes.

«Highfield?»

«Lass deinen Mann mit meiner Nummer eins sprechen», sagte Highfield, der den Blick nicht vom Deck unter ihm wandte. «Wir schicken eine Passagierliste rüber, und du kannst mich dann wissen lassen, mit wem deine Jungs sprechen wollen. Wir wollen sehen, ob wir etwas organisieren können.»

Er nahm seine Kopfhörer ab. Dann wandte er sich an den Funker. «Verbinden Sie mich mit dem obersten Befehlshaber der britischen Pazifikflotte. Und mit jemandem, der sich mit dem Leih- und Pachtgesetz auskennt.»

Die Kabine hatte den ganzen Abend leer gestanden. Avice hatte an einem Stoffblumen-Bastelkurs teilgenommen, dessen Resultate offenbar in den «Queen of the *Victoria*»-Wettbewerb einflossen. Nun, da sie sicher war, dass Irene Carter ihre Erzfeindin war, war sie entschlossen, den Titel zu gewinnen.

Jean, die die ganze Zeit über die drückende Hitze gejammert hatte und keine Lust mehr hatte, sich mit ihren Leseübungen zu beschäftigen, schaute sich mit zwei anderen Bräuten im Kino einen Film an.

Frances hatte eine Stunde Einsamkeit genossen, kümmerte sich um das alte Hündchen und war unruhig. Es war einfach zu warm, um sich wohl zu fühlen. In dem stickigen Raum klebte ihr die Bluse am Körper, und die Laken klumpten sich im

Schlafsack zusammen. Sie ging in den Waschraum und wusch sich das Gesicht mehrmals mit kaltem Wasser.

Sie wollte die Kabine gerade verlassen, um zum Flugdeck zu gehen, als Margaret hereinplatzte, mit gerötetem Gesicht und außer Atem. «Oh du meine Güte», sagte sie und wedelte mit einer Hand vor ihrem Gesicht herum. «Oh du meine Güte.»

«Alles in Ordnung mit dir?» Frances sprang ihr entgegen.

Margaret wischte sich einen schwachen Glanz vom Gesicht. Ein Hitzeausschlag hatte sich von ihrer Brust bis hinauf zu ihrem Hals ausgebreitet. Sie ließ sich schwer auf ihre Koje fallen.

«Margaret?»

«Ich bin in den Funkraum beordert worden. Das rätst du nie: Ich darf mit Joe sprechen!»

«Was?»

Margaret hatte die Augen weit aufgerissen. «Heute Abend! Kannst du dir das vorstellen? Die *Alexandra* ist offenbar gar nicht weit von uns entfernt, und wir können sie per Funk erreichen. Ich und ungefähr fünf andere können mit unseren Ehemännern sprechen. Ich bin eine von den Glücklichen! Kannst du dir das vorstellen? Kannst du?»

Sie packte ihr Hündchen und küsste es heftig. «Oh Maudie, kannst du dir das vorstellen? Ich werde mit Joe sprechen! Heute Abend!» Dann warf sie einen Blick in den Spiegel, den Avice auf der Ablage neben der Tür aufgestellt hatte, und stöhnte. «Oh nein! Sieh nur, in was für einem Zustand ich bin. Mein Haar spielt in der Feuchtigkeit immer verrückt.» Sie hob die widerspenstigen Strähnen mit den Fingern an.

«Ich glaube nicht, dass er das über Funk sehen kann», wandte Frances vorsichtig ein.

«Aber ich will trotzdem hübsch für ihn aussehen.» Margaret bearbeitete ihr Haar mit Avice' Bürste, energische Bürstenstriche, die es statisch aufluden und in gutartiger Rebellion hochfliegen ließen. Sie machte einen Schmollmund. «Kommst du mit mir? Ich fühle mich so wackelig – ich will doch keinen Narren aus mir machen. Würde es dir etwas ausmachen?» Sie biss sich auf die Lippen. «Es ist fast drei Monate her, seit ich zum letzten Mal mit ihm gesprochen habe. Und ich brauche jemanden, der mich daran erinnert, nicht in Gegenwart des Kapitäns zu fluchen.»

Frances schaute auf ihre Füße hinunter.

«Ach du meine Güte, herrje, es tut mir so leid. Ich bin ja so taktlos. Ich wollte mich nicht brüsten. Ich bin sicher, du würdest auch gern mit deinem Ehemann sprechen. Ich dachte nur, wenn schon jemand mit dabei sein sollte, dann auf jeden Fall du.»

Frances nahm ihre Hand. Sie war feucht von der Hitze oder von der nervlichen Aufregung. «Es wäre mir eine Ehre», sagte sie.

«Joe?»

Um sie herum wurde das Licht schwächer. Margaret verlagerte unbehaglich ihr Gewicht und fragte flüsternd, ob sie an der richtigen Stelle stand. Der Funker trug Kopfhörer und hantierte mit den Drähten und Wählscheiben vor ihm herum. Als es im Lautsprecher zirpte und pfiff, schien er zufrieden zu sein und stellte das Mikrophon vor sie. «Gehen Sie ganz nah heran», sagte er und legte ihr sanft die Hand auf den Rücken, um sie zu bestärken. «So geht es. Versuchen Sie es noch einmal.»

«Joe?»

In dem kleinen Raum unter der Brücke standen die ausgewählten Bräute eng beieinander, einige mit ihren Freundinnen, und stießen sich gegenseitig an. Der Funkraum war viel zu klein für so viele Leute, und sie standen allesamt steif da, die Arme eng an den Körper gepresst, die Gesichter glänzend in der drückenden Hitze. Draußen war der Himmel schwarz geworden, und irgendwo, viele Meilen entfernt, trieben die Objekte ihrer Sehnsucht in der Dunkelheit.

«Maggie?» Die Stimme klang weit entfernt und knisterte. Aber Margarets Gesichtsausdruck nach zu schließen, war es eindeutig seine.

Alle sogen scharf die Luft ein, fast wie Kinder, die zum ersten Mal den Weihnachtsbaum sehen. Margaret war als Erste an der Reihe, und es war fast, als ob die Bräute jetzt erst daran glauben könnten, dass ihre Männer ihnen tatsächlich so nahe waren, dass es möglich war, nach Monaten des Schweigens ein paar wertvolle Worte auszutauschen. Jetzt strahlten sie sich gegenseitig an, und ihre Freude war ansteckend.

Margaret streckte die Hand nach dem Mikrophon aus. Dann lächelte sie kurz verlegen und sagte: «Joe, ich bin's. Wie geht es dir?»

«Mir geht es großartig, Schatz. Wie hältst du dich? Kümmern sie sich um dich?» Die körperlose Stimme verstummte.

Margaret schloss die Hand um das Mikrophon. «Mir geht es gut. Mir und Joe junior. Es – es ist so schön, dich zu hören», sagte sie zögernd, offenbar in dem Bewusstsein, dass er vermutlich ebenso umringt war von Fremden wie sie selbst. Keine der Frauen wollte ihren Mann vor seinen Kameraden oder Vorgesetzten blamieren.

«Bekommst du genug zu essen?», hörte man wieder die Stimme, und die Anwesenden im Funkraum lachten. Margarets Blick glitt zum Kapitän, der sich mit verschränkten Armen im Hintergrund hielt. Er lächelte gutmütig.

«Sie kümmern sich wirklich gut um uns», sagte sie.

«Gut. Du … pass in der Hitze auf dich auf. Achte darauf, viel Wasser zu trinken.»

«Oh, das tue ich.»

«Ich muss jetzt aufhören, Liebling, damit der Nächste drankommen kann. Aber pass auf dich auf.»

«Du auch.» Margaret hielt ihr Gesicht noch näher an das Mikrophon, als ob sie ihm dadurch näherkommen könnte.

«Wir sehen uns in Plymouth. Dauert nicht mehr lang.»

Margarets Stimme brach. «Gar nicht mehr lang», sagte sie. «Tschüs, Joe.»

Sie schien zu strancheln, als sie sich von dem Mikrophon abwandte, und Frances trat vor, um sie aufzufangen, besorgt, weil ihr Tränen die Wangen herunterliefen. Das war ein ziemlich knappes Gespräch gewesen, fand Frances. Man hätte ihnen wirklich ein paar Minuten mehr erlauben können und vielleicht sogar ein wenig Privatheit, damit sie sagen konnten, was sie fühlten. Es musste so viel geben, was Margaret ihrem Joe hätte sagen wollen, dachte Frances, über Freiheit, über ihr Dasein als Ehefrau und über ihre Schwangerschaft.

Aber ein Blick auf Margaret genügte, und sie sah, dass ihr Lächeln hell genug war, um die Dunkelheit aus dem Raum zu vertreiben. «Oh, Frances, das war wunderbar», flüsterte sie.

Frances hörte die unverstellte Liebe in Margarets Stimme, sie sah, wie glücklich der kurze Wortwechsel sie gemacht hatte. Und sie hielt ihre Freundin eine Weile fest, während ihr Kopf fieberhaft arbeitete. Margaret versuchte, flüsternd zu wiederholen, was sie gesagt hatten, und klagte, dass sie alles vergessen hätte – dass sie nicht mehr gewusst hätte, was sie hatte sagen wollen, sobald sie seine Stimme gehört hatte. «Aber das macht nichts, oder? Oh Frances, ich wünsche mir so sehr, dass du auch bald mit deinem Mann sprechen kannst. Ich kann dir gar nicht sagen, wie viel besser es mir geht. Hast du Joe gehört? Ist er nicht der Allerbeste?»

Nicol ging die untere Galerie entlang, an den Geschützreserven und der Kadettenmesse vorbei, er durchquerte den Hangar, wo normalerweise die Kisten mit den Ersatzteilen für die Flugzeuge standen. Stattdessen kam er an Reihen von Türen vorbei. Die meisten standen in der müßigen Hoffnung offen, vielleicht doch noch eine verirrte Brise einzufangen, und hinter ihnen hörte man das Gemurmel der Frauen, Karten, die auf provisorische Tischchen gelegt wurden, und das Rascheln von Zeitschriftenseiten. Er gab sich Mühe, seinen Blick geradeaus gerichtet zu halten. Er ging an ihnen vorbei und lief dann leise die Stufen hinauf, und er merkte, wie seine Hosen nach dieser kleinen Anstrengung bereits am Körper klebten. Er nickte dem Schiffsgeistlichen zu und ging durch den halb erleuchteten Korridor zur großen Halle. Er versuchte, möglichst unauffällig an den Räumen des Kapitäns vorbeizukommen. Schließlich warf er einen Blick nach rechts und nach links, öffnete dann die Luke neben dem Büro des Korvettenkapitäns und trat auf das unbeleuchtete Deck.

Man hatte ihm gesagt, wo er sie finden konnte. Er hatte ziemlich befangen an die Tür geklopft (es hatte sich schon wie ein Eindringen angefühlt, nur in dieses Frauenlager hineinzusprechen), um ihnen zu sagen, was entschieden worden war. Damit sie sich wie die anderen darauf vorbereiten konnten. Vielleicht hatte er ihnen besonders früh Bescheid gesagt, damit sie sich die besten Plätze sichern konnten. Sie hatten ungläubig gelacht. Er hatte es wiederholen müssen, bevor sie ihm glaubten. Dann setzten sich Avice und Jean in Bewegung, und Margaret, die nach ihrem Funkgespräch noch immer vor Freude glühte, hatte ihm flüsternd bestätigt, was er bereits angenommen hatte.

Der Himmel war fast vollständig von Wolken bedeckt, man konnte nur eine Handvoll Sterne erkennen. Er brauchte ein paar

Minuten, bevor er sie entdeckte. Zuerst hatte er gedacht, dass er umsonst gekommen sei. Er wollte sich schon umdrehen und gehen. Eigentlich hätte er sich gar nicht von seinem Wachtposten entfernen dürfen. Aber dann bewegte sich ein Schatten, und als eine Wolke weiterglitt und das Deck plötzlich im Mondlicht badete, konnte er ihre Umrisse unter der am weitesten weg stehenden Corsair erkennen, wie sie da saß, die Arme um die Knie geschlungen.

Er stand einen Moment lang ganz still da und fragte sich, ob sie ihn gesehen hatte und ob sie es wohl unangenehm fand, dass er sie entdeckt hatte. Dann kam er näher, und sie wandte sich ihm zu. Er spürte, wie ihn Erleichterung durchströmte. Ihre schiere Anwesenheit beruhigte ihn irgendwie. Er musste plötzlich an Thompson denken, an sein blutüberströmtes Gesicht, als er vor ein paar Tagen auf der Trage fortgetragen wurde. Er war während seines kurzen Landgangs in eine Prügelei geraten, hatte ein Kamerad aus seiner Messe gesagt. Dummer Junge, sich allein herumzutreiben. Sie hatten es ihnen von Anfang an eingebläut, dass sie auf fremdem Terrain immer zusammenbleiben mussten.

Nicol sah, dass sie geweint hatte. Er sah zu, wie sie sich mit der Hand über die Augen wischte, die Schultern straffte, und plötzlich wurde seine Freude, sie zu sehen, von Befangenheit getrübt. «Es tut mir leid, wenn ich Sie gestört habe. Ihre Freundin sagte mir, dass ich Sie hier finden würde.»

Sie machte Anstalten aufzustehen, aber er bedeutete ihr mit einer Handbewegung, sitzen zu bleiben.

«Ist alles in Ordnung?»

Sie wirkte plötzlich so erschrocken, dass ihm einfiel, dass sie vielleicht glaubte, sein unangemeldeter Besuch bedeute ein Telegramm unangenehmen Inhalts. Er verdammte sich für sein mangelndes Einfühlungsvermögen. «Es ist nichts Schlimmes passiert. Bitte. Ich wollte Ihnen nur sagen … Sie warnen … dass Sie hier nicht mehr lange allein sein werden.»

Sie sah fast entsetzt aus. «Wie bitte?», fragte sie. «Was meinen Sie damit?»

«Befehl des Kapitäns. Es ist zu heiß in den Aufzugsschächten – in Ihren Kabinen, meine ich. Der Käpt'n hat angeordnet, dass heute alle an Deck schlafen sollen. Na ja, ihr Bräute zumindest.»

Ihre Schultern schienen sich ein wenig zu entspannen. «Hier draußen schlafen? An Deck? Sind Sie sicher?»

Er ertappte sich dabei, dass er lächelte. Es klang selbst in seinen Ohren ziemlich verrückt. Als der Oberste Offizier es ihm gesagt hatte, hatte Nicol an seiner Wortwahl erkennen können, dass er den Kapitän für wahnsinnig hielt. «Wir können euch da unten nicht im eigenen Saft schmoren lassen. Heißer kann es kaum werden. Einer unserer Ingenieure ist heute Abend im Steuerbord-Maschinenraum ohnmächtig geworden, deshalb hat Kapitän Highfield entschieden, dass alle Bräute ihre Schlafsäcke hinauf an Deck bringen sollen.»

Sie wandte den Blick von ihm ab und schaute hinaus auf den dunklen Ozean. «Ich nehme an, das bedeutet, dass ich nicht mehr hierherkommen kann», sagte sie wehmütig.

Er musste immerfort ihr Profil anschauen. Ihre Haut schimmerte im milchig blauen Mondlicht. Als er wieder zu sprechen ansetzte, brach seine Stimme, und er räusperte sich, um es zu verbergen. «Was mich angeht, ist das kein Problem», sagte er. «Sie sind nicht die Erste, die ein paar Minuten allein mit dem Meer verbringen muss.»

Allein mit dem Meer? Woher kam das nur? Er redete doch sonst nicht so. Wahrscheinlich hielt sie ihn für einen überspannten Trottel. Etwas in ihrer Selbstbeherrschung ließ ihn solches Zeug reden. Als wäre er ein Idiot.

Aber sie schien es gar nicht bemerkt zu haben. Als sie sich ihm wieder zuwandte, sah er, dass Tränen in ihren Augen glitzerten. «Es macht nichts», sagte sie matt. «Heute Abend hat es ohnehin nicht funktioniert.»

Was hat nicht funktioniert?, wollte er fragen. Aber stattdessen fragte er leise: «Geht es Ihnen gut?»

«Ja. Es geht mir gut», antwortete sie. Sie stand abrupt auf und klopfte sich den nicht existierenden Staub vom Rock. Genau in diesem Augenblick zogen die Wolken vor den Mond, und er konnte ihren Gesichtsausdruck nicht mehr erkennen.

Highfield musste heimlich über Dobsons Gesicht lachen, als die erste Braut mit ihrem Schlafsack unter dem Arm auf Deck erschien. Sie blieb an der Hauptluke stehen und schaute argwöhnisch zum Kapitän herüber, und als er nickte, trat sie hinaus und gab ihren nachfolgenden Freundinnen ein Handzeichen. Sie ging auf Zehenspitzen über das Deck zu der Stelle, die ihr ein Matrose zuwies.

Zwei weitere Mädchen folgten ihr, kichernd und sich unter den Scheinwerfern gegenseitig anstoßend. Auch ihnen wurden Plätze zugewiesen, fast so, als wären sie Flugzeuge, die geparkt werden mussten. Bald quollen die Bräute nur so aus den offenen Luken, die meisten sittsam in übergroße Baumwollhemden gekleidet. Einige wirkten ein wenig befangen, weil man sie in ihrer Nachtwäsche sah. Er hatte gesagt, dass diejenigen, denen es unangenehm sei, gerne weiterhin in ihren stickigen Schlafsälen nächtigen könnten. Aber er war sich sicher gewesen, dass bei dieser drückenden Hitze die meisten die milde Brise an Deck bevorzugen würden. Und genauso war es: Sie kamen und kamen. Einige plauderten, andere riefen nach den Matrosen, weil sie ihren Schlafsack ausrollen wollten und feststellen mussten, dass sie schon keinen Platz mehr fanden.

Die Marinesoldaten sollten über sie wachen. Erstaunlicherweise war das eine der wenigen Gelegenheiten, bei denen die Männer sich nicht beschwert hatten, dass sie zur Nachtwache eingeteilt wurden. Highfield sah in die Gesichter der Soldaten, die über das Flugdeck gingen: Selbst sie, die sonst immer vollkommen ungerührte Mienen zur Schau trugen, mussten lachen und mit den Frauen scherzen. «Was zum Teufel?», murmelte Highfield immer wieder vor sich hin, und allein dieser Ausdruck brachte ihn zum Lächeln. Was zum Teufel?

Eine der Frauendienstoffizierinnen trat an ihn heran, Dobson im Schlepptau. «Sind fast alle oben, oder?», fragte Highfield.

«Ich glaube wohl, Kapitän. Aber wir überlegen, einige von ihnen etwas näher an den Flugzeugen schlafen zu lassen. Es ist nicht genügend Platz da für alle. Wenn die Männer auf ihrer Wachschicht noch um das Deck herumgehen sollen und wenn sich alle ausstrecken wollen …»

«Nein», entgegnete Highfield schroff. «Ich will, dass sie Abstand halten.»

Dobson wartete ein paar Sekunden ab, vermutlich auf eine Erklärung hoffend. Als keine kam, schickte er übellaunig die Frauendienstoffizierin los, um zwischen zwei Mädchen zu schlichten, die sich um eine Decke stritten. Er würde seinen Kollegen erzählen, dass es sicher mit Hart zu tun hätte, dass die Sache mit der *Indomitable* den Kapitän übertrieben vorsichtig gemacht hatte. Soll er doch glauben, was er will, dachte Highfield wegwerfend.

Es war schon fast zehn Uhr, als die letzte Braut aus der Luke stieg. Highfield stand vor den Frauen und machte ein Handzeichen, um sie zum Schweigen zu bringen. Endlich ließ das Geschnatter der Menge so weit nach, dass wieder das entfernte Brummen der Motoren und das leise Plätschern der Wellen zu hören waren.

«Ich wollte eigentlich ein paar Regeln erläutern», sagte der Kapitän und verlagerte sein Gewicht auf das andere Bein, «um ein paar Dinge in Bezug auf diesen Abend klarzustellen. Aber ich habe beschlossen, dass es zu heiß dafür ist. Und wenn Sie nicht genügend Menschenverstand haben, nicht über die Reling zu fallen, dann ist eine Ansprache ohnehin hoffnungslos. Daher bitte ich Sie auch diesmal, die Männer nicht von ihrer Arbeit abzulenken. Und ich hoffe, dass Ihnen eine angenehmere Nachtruhe bevorsteht als in den letzten Tagen.»

Seine Worte wurden von Seiten der Frauen mit einem fröhlichen Schwall Geschnatter und mit einem kurzen Applaus quittiert. Sein Mund verzog sich zu einem Lächeln.

«Passen Sie auf, dass nur Marinesoldaten hier hochkommen», sagte er zu Dobson. Die gute Laune linderte den Schmerz in seinem Bein, und er ging steif zu seinen Räumen.

Jene Nacht, dachte Frances später, war der Höhepunkt der Reise. Nicht nur für sie, sondern für die meisten von ihnen. Vielleicht lag es daran, dass sie alle zusammen waren, vielleicht an der Freiheit und der süßen Unendlichkeit der offenen See und des Himmels nach all den Tagen in drückender Hitze und wachsender Ungeduld. In jedem Fall stieg die allgemeine Laune. Avice, die Frances in der letzten Woche ignoriert hatte, hatte sich mit den um sie herumliegenden Mädchen angefreundet und schlug Kapital aus ihrem neuen Status als Schwangere. Margaret, die sich kurz um Maud Gonne Sorgen gemacht hatte, ließ sich von Frances beruhigen, die mit einer Ausrede nach unten geschlichen war und das Hündchen gemütlich schlafend vorgefunden hatte. Keine zwanzig Minuten, nachdem sie sich niedergelassen hatten, war sie schon eingeschlafen und schnarchte nun auf der linken Seite liegend. Frances' Kissen stützte ihren Bauch, der nur von einem papierdünnen Männerhemd bedeckt war.

Frances freute sich darüber: Ihr hatte Margaret oft leidgetan, sie litt besonders unter der Hitze und hatte sich in der Koje hin und her geworfen, um irgendwie eine bequeme Lage zu finden.

Zu Beginn hatte sich Frances in ihrem Nachthemd ein wenig unbehaglich gefühlt, aber jetzt, da mehrere hundert Frauen aller Größen und Körperformen ihre Nachtwäsche zeigten, erkannte sie schnell, dass diese Selbstbezogenheit lächerlich war. Als die Marinesoldaten erst einmal den Schock über das verarbeitet hatten, was sie da bewachten, hatten sie ebenfalls das Interesse verloren. Einige von ihnen spielten Karten auf den Kisten an der Brücke, andere plauderten miteinander, und offenbar waren alle völlig unbeeindruckt von den fast nackten schlafenden Körpern in ihrer Nähe.

Schließlich hatte sie es zugelassen, dass ihre eigene Decke etwas herunterrutschte, hatte sich so hingelegt, dass ihr halb aufgerichteter Körper so viel wie möglich von der sanften Brise an Deck abbekam. Und wenn sie tatsächlich einmal einen der immer noch in Tropenkluft gekleideten Männer einen sehnsuchtsvollen Blick in ihre Richtung werfen sah, schien er es eher auf die kühlende Brise abgesehen zu haben als auf ihren Körper.

Sie musste nach Mitternacht ein paar Stunden geschlafen haben. Die meisten Mädchen um sie herum schliefen tief. Der Schlafmangel der vergangenen Nächte hatte seinen Tribut gefordert. Aber sie konnte sich nicht helfen: Mit so vielen Menschen zusammen zu sein, flößte ihr Unbehagen ein. Schließlich setzte sie sich auf und beschloss, sich nicht mehr gegen die Schlaflosigkeit zu wehren und stattdessen die Freiheit zu genießen, einfach so und ohne Angst vor Entdeckung dazusitzen. Sie schlang sich die Baumwolldecke locker um die Schultern und schlich vorsichtig zum Rand der Gruppe. Von hier aus konnte sie den Gischtstreifen erkennen, den das Schiff hinter sich herzog. Schließlich fand sie ein Plätzchen, das weit genug von allen entfernt war, und setzte sich. Sie dachte an nichts und starrte in die Ferne.

«Geht es Ihnen gut?» Es war ein Flüstern, das nur sie hören konnte.

Der Marinesoldat stand nur ein paar Meter von ihr entfernt, sein Gesicht vorsichtig nach vorn gewandt.

«Danke. Mir geht es gut», murmelte sie. Sie hielt den Blick auf den Ozean gerichtet. Beide taten so, als sprächen sie überhaupt nicht miteinander.

Eine Weile stand er einfach so da. Frances war die Präsenz der Beine neben ihr nur allzu bewusst. Sie wappnete sich ein wenig, als ob sie eine unsichtbare Welle erwartete.

«Es gefällt Ihnen hier oben, nicht wahr?», fragte er.

«Sehr. Es klingt vielleicht ein wenig albern. Aber ich habe herausgefunden, dass mich das Meer ... nun ja ... glücklich macht.»

«Sie haben bisher aber nicht sehr glücklich ausgesehen.»

Sie fragte sich, ob sie offen mit ihm sprechen konnte. «Vermutlich hat mich die Leere zuerst überwältigt», sagte sie. «Ich habe mich nicht getröstet gefühlt ... wie sonst.»

«Ah.» Sie fühlte sein Nicken mehr, als dass sie es sah. «Na ja, das Meer tut selten, was man von ihm erwartet.»

Sie schwiegen eine Weile. Frances fühlte sich ein wenig unbehaglich, weil sie nicht länger durch eine Stahltür getrennt waren. Sie hatte sich die Decke bis zum Hals hochgezogen, sodass sie fast komplett von ihr verhüllt war. Jetzt entschied sie, dass das lächerlich war, eine übertriebene Reaktion auf seine Anwesenheit. Sie ließ die Decke über die Schultern gleiten und errötete gleichzeitig über ihre eigene Kühnheit.

«Ihr Gesicht verändert sich vollkommen, wenn Sie hier oben sind.»

Sie warf ihm einen schnellen Blick zu. Vielleicht war ihm bewusst, dass er eine Grenze überschritten hatte, denn er hielt den Blick fest auf den Ozean gerichtet. «Ich weiß, wie sich das anfühlt», fügte er hinzu. «Deshalb bin ich so gern auf See.»

Was ist mit deinen Kindern?, wollte sie fragen, aber sie wusste nicht, wie sie es hätte ausdrücken sollen, damit es sich nicht wie eine Anklage anhörte. Stattdessen schaute sie verstohlen in sein Gesicht. Sie wollte ihn fragen, weshalb er so traurig wirkte, obwohl er doch so viele Gründe für eine Rückkehr hatte. Aber er wandte sich um, und ihre Blicke trafen sich. Schnell schaute Frances wieder aufs Meer.

«Möchten Sie, dass ich Sie allein lasse?», fragte er leise.

«Nein», antwortete sie. Das Wort war bereits ausgesprochen, bevor sie noch darüber nachdenken konnte. Und dann schwiegen beide, vor Befangenheit oder Überraschung darüber, dass sie überhaupt etwas gesagt hatte. Er blieb neben ihr stehen, ihr persönlicher Bodyguard, und sie starrten gemeinsam hinaus auf das dunkle Meer.

Die ersten Lichtstrahlen, beinahe elektrisch glühend, erschienen um kurz vor fünf, Tausende von Meilen entfernt am Horizont. Er erzählte ihr davon, wie sich die Sonnenaufgänge veränderten, abhängig davon, an welcher Stelle des Äquators man sich befand. Manchmal waren sie langsam und verträumt, und der Himmel wurde sanft von cremig bläulichem Licht geflutet, manchmal war es nur ein kurzes, nahezu aggressives Zünden, fast wie ein Kurzschluss, der die Morgendämmerung einleitete. Er erzählte ihr, wie er als junger Rekrut in der Lage gewesen war, beinahe alle Sternbilder zu benennen, wie stolz er darauf gewesen war und wie er dabei zugesehen hatte, wenn sie im Morgengrauen langsam verblassten. Wenn sie Stunden später wieder erschienen, freute er sich. Doch als der Krieg ausbrach, konnte er nicht länger als eine Minute in den Nachthimmel schauen, ohne das ferne Brummen eines feindlichen Flugzeuges zu hören. «Das hat es mir verdorben», sagte er. «Es ist leichter, gar nicht erst hinzusehen.»

Sie erzählte ihm, dass die explodierenden Granaten im Pazifischen Ozean die Farben der Morgenröte aufnahmen, und wie sie auf ihren Nachtschichten durch die Fensterklappe des Krankenhauszeltes dabei zugesehen und über die Fähigkeit der Menschheit gestaunt hatte, die Natur zu zerstören. Sogar in diesen Farben konnte man Schönheit erkennen, sagte sie. Der Krieg – oder vielleicht auch die Krankenpflege – hatte sie gelehrt, Schönheit in fast allem zu sehen. «Sie wird wieder kommen, wissen Sie», sagte sie. «Die Schönheit. Man muss ihr nur ein wenig Zeit geben.» Ihre Stimme klang jetzt tief, tröstlich. Er stellte sich vor, dass sie Ähnliches zu den Verwundeten gesagt hatte, die von ihr gepflegt wurden, und wünschte sich plötzlich, einer von ihnen gewesen zu sein.

«Dienen Sie schon lange auf diesem Schiff?»

Er brauchte eine Minute, um zu verstehen, was sie gesagt hatte.

«Nein», antwortete er. «Die meisten von uns waren auf der *Indomitable*. Aber sie wurde gegen Ende des Krieges versenkt. Diejenigen, die überlebt haben, sind jetzt auf der *Victoria*.»

Nur ein paar einfache Worte, die er inzwischen so oft einge-
übt hatte. Sie konnten nicht ausdrücken, welches Chaos und
welcher Schrecken in den letzten Stunden jenes Schiffes ge-
herrscht hatten, die Bomben, die Schreie und die Frachträume,
die sich in Flammenhöllen verwandelten.

Sie wandte ihm ihr Gesicht zu. «Haben Sie viele Kameraden
verloren?»

«Eine ganze Menge. Der Kapitän hat seinen Neffen verloren.»

Sie schaute zu der Stelle unter der Brücke, wo der Kapitän
vor ein paar Stunden gestanden hatte, makellos in seiner Tropenkluft. «Jeder hat jemanden verloren», sagte sie mehr zu sich
selbst. Er fragte sie nach den Kriegsgefangenen und lauschte
ihrer Aufzählung der Verwundungen der Patienten, die sie gepflegt und schließlich verloren hatte. Er fragte sie nicht, wie sie
damit zurechtkam. Die, die überlebten, taten das selten, war
ihr aufgefallen. Es war unwichtig, wenn man erst einmal erlebt
hatte, wie es war, von wilder Dankbarkeit für das schiere Überleben erfüllt zu sein.

«Das ist eine große Sache, für die Sie sich da entschieden
haben», sagte er.

«Glauben Sie wirklich, dass wir die Wahl hatten?»

In diesem Moment, in dem er in ihr blasses, ernsthaftes Gesicht sah und in ihrer Antwort die Entschlossenheit erkannte,
nicht den kleinsten Vorteil aus dem Leid anderer Menschen
zu ziehen, spürte er, dass seine Gefühle für sie nicht mehr angemessen waren. «Ich … ich … nein …» Der Schreck über
diese Erkenntnis ließ seine Stimme ersterben, und er schüttelte
stumm den Kopf. Er bemerkte, dass seine Gedanken plötzlich
und vollkommen unangebracht zu seinem letzten Landgang
schweiften, und er fühlte sich entblößt und voller Scham.

«Wir alle müssen einen Weg finden», sagte sie, «Buße zu tun.»

Du?, wollte er ungläubig ausrufen. Du hast doch diesen Krieg nicht begonnen. Du bist nicht verantwortlich für all die Zerstörung, für die zerrissenen Gliedmaßen, das Leid. Du gehörst zu den Guten. Du bist einer der Gründe, weshalb wir überhaupt weitermachen konnten. Gerade du musst für gar nichts Buße tun.

Vielleicht lag es an der seltsamen Stunde oder daran, dass ihre nackten Schultern im sich ausbreitenden Licht überirdisch schimmerten. Vielleicht war es die schlichte Tatsache, dass er schon seit Jahren kein einziges Wort mehr an jemanden gerichtet hatte, das nicht von soldatischem Gehabe und Tapferkeitsgetue geprägt war. Er wollte sich öffnen, wollte sich zu erkennen geben, mit all seinen Fehlern, und er wollte durch ihre Wärme und ihr Verständnis freigesprochen werden. Er wollte ihren Ehemann anschreien – der ganz sicher irgend so ein dummer, Witze reißender Maschinist war. Bestimmt strich er just in diesem Moment seine Hosen glatt, nachdem er aus irgendeinem fernöstlichen Bordell gekrochen war, und zwinkerte seinen Kumpels schlitzohrig zu.

Einen kurzen Moment lang dachte er verrückterweise daran, zumindest einen Teil von dem, was ihm durch den Kopf ging, in Worte zu kleiden. Und dann sah er aus dem Augenwinkel, dass Kapitän Highfield auf die Brücke trat. Sie folgte seinem Blick, wandte sich um und sah, wie der Kapitän mit zwei Offizieren sprach. Er machte eine Handbewegung in Richtung der Flugzeuge und richtete sich auf, während sie schnell auf ihn einredeten. Sie hatten die Stimme erhoben; etwas schien passiert zu sein.

Widerstrebend trennte Nicol sich von Frances. «Ich gehe mal lieber und finde heraus, was da los ist», sagte er. Die Wärme ihres Lächelns war noch in seinem Herzen, als er bei den anderen ankam.

Ein paar Minuten später kehrte er zurück. «Sie gehen über Bord», sagte er.

«Was?»

«Die Flugzeuge. Der Kapitän hat beschlossen, dass wir alle mehr Platz brauchen. Er hat gerade die Erlaubnis aus London bekommen, sie über die Reling gehen zu lassen.»

«Aber sie sind doch noch vollkommen in Ordnung!», wandte sie ein.

Die lange Nacht hatte ihre Spuren hinterlassen, ihm den Atem genommen. Nun, da sie vorbei war, fühlte er sich ganz weich und ungeschützt, und seine Stimme sprudelte ganz ungewohnt. «Die hohen Tiere, die das Leih- und Pachtgesetz überwachen, sind einverstanden. Es ist nur … er ist eigentlich nicht die Sorte Kapitän, die solche Entscheidungen trifft.» Er schüttelte ungläubig den Kopf.

«Aber er hat recht», sagte sie schließlich. «Es ist vorbei. Das Meer soll sie aufnehmen.»

Und als der Morgen anbrach und die fast nackten Körper mit seinem blauen Licht berührte, wachten ein paar der Mädchen auf, wickelten sich fester in ihre Decken und beobachteten stumm, wie leise, eins nach dem anderen, die Flugzeuge von jeweils zwei Maschinisten zum Rand des Schiffes gerollt wurden. Begleitet von so wenig Kommandos wie möglich, um die Schlafenden nicht aufzuwecken, sahen die Flugzeuge zum letzten Mal den Himmel, mit emporgeklappten Flügeln, einige noch voller Dellen und rußiger Flecken von ihren Siegen in der Luft. Sie trafen überraschend leise auf der Wasseroberfläche auf, dann glitten sie hinunter, bewegten sich mit der Strömung des Indischen Ozeans, tiefer und immer tiefer, bis sie schließlich sanft irgendwo auf dem Meeresgrund landeten.

Mein Bruder hat eine englische Braut mit nach Hause gebracht. Bevor sie hier ankam, wurde sie als schön, vollkommen, hilfsbereit und wunderbar in den Himmel gelobt ...; aber stattdessen trafen wir auf eine hässliche, grobschlächtige, faule Göre mit geröteter Haut, die kein einziges gutes Wort übrighatte für irgendjemanden oder irgendetwas in diesem Land ... Für mich persönlich war es ein trauriger Tag, an dem dieses importierte Biest in unsere Familie kam.

Leserbrief an die Truth-Zeitung in Melbourne, 1919

KAPITEL 13

Zweiundzwanzigster Tag

L iebe Mum,
es fällt mir schwer, diesen Brief zu schreiben. Ich habe ihn so lange wie möglich vor mir hergeschoben. Aber du weißt vermutlich, auch ohne dass ich es erklären muss, was ich getan habe und wie es mich seitdem belastet hat. Ich bin nicht stolz auf mich, Mum. Ich habe immer wieder versucht, mein Handeln zu rechtfertigen. Aber ich bin mir nicht mehr sicher, wen ich damit versucht habe zu schützen – dich oder mich selbst ...

Mein Liebster,
es ist merkwürdig, diesen Brief zu schreiben, denn ich weiß, dass wir uns vermutlich längst wieder in den Armen liegen, wenn du ihn bekommst. Aber diese Reise zieht sich in die Länge, und hier, mitten auf dem Ozean, wünsche ich mir immer verzweifelter, den Kontakt zu dir nicht zu verlieren.

*Wenigstens mit dir zu sprechen, wenn du mir auch nicht
zuhören kannst. Vermutlich sind die meisten Bräute un-
abhängiger als ich und kommen besser mit den endlosen
Tagen der Trennung klar. Aber mir kommt jede einzelne
Minute, die ich ohne dich verbringe, viel zu lang und so unendlich wertlos vor ...*

Mitunter wurden die stummen Unterhaltungen auf der *Victoria* geradezu ohrenbetäubend. Jetzt, da sie die erste Hälfte der
Reise hinter sich gebracht hatten, hingen diese einseitigen Gespräche schwer in der Luft. Die Bräute lasen ihre Korrespon-
denz immer wieder und schrieben Brief um Brief, versuchten,
ihre Sehnsucht auszudrücken, gestanden ihren Familien ihre
Ängste oder tadelten ihre Ehemänner für ihre Gefühllosigkeit.
In Kabine 3G saßen zwei Bräute nebeneinander in den Kojen,
die beide ganz in Gedanken versunken ihre Füllfederhalter
über das hauchdünne Marineschreibpapier gleiten ließen.

Hin und wieder hörte man neben dem Geräusch von Schritten Gelächter oder überraschte Ausrufe. Die Hitze der vorhergehenden Tage hatte ein wenig nachgelassen, nachdem in den
frühen Morgenstunden ein kurzer Sturm über das Schiff gefegt
war, und die Bewohnerinnen der Kabinen waren weniger träge:
Viele von ihnen genossen draußen die frische Luft. Aber die
beiden Frauen in Kabine 3G hörten nichts davon, beide waren
vollkommen in ihre einseitige Konversation mit Personen versunken, die weit entfernt von der *Victoria* weilten.

*... Liebling, unter diesen Umständen fühlt es sich ein wenig
albern an, diese Worte zu schreiben. Also sollte ich einfach nur sagen, wie sehr ich dich liebe und wie glücklich
ich darüber bin, dass dieses Baby unseres ist. Dass wir es*

zusammen aufziehen werden, und nicht getrennt durch die
endlosen Weiten des Ozeans. Ich kann mir keinen besseren
Vater als dich vorstellen.

Manchmal kann man etwas so stark fühlen, so sehr im eigenen
Unglück gefangen sein, dass man nicht mehr weiß, was das
Richtige ist. Und noch schwieriger ist es, es auch zu tun.
Dennoch ist mir gestern Nacht etwas klargeworden: dass du
selbst nach allem, was geschehen ist, niemals getan hättest, was
ich getan habe. Dass du gewollt hättest, dass alle so glücklich wie
möglich sind. Es fällt mir schwer, das zu schreiben, ohne ~~mich zu~~
~~schämen~~ dass es mir leidtut.

«Avice», sagte Margaret, «hast du Löschpapier?» – «Hier», antwortete Avice und langte nach unten. «Du kannst diesen Bogen
haben. Ich habe viele davon.» Sie richtete beim Hinsetzen ihren
Rock. Dabei legte sie sich abwesend die Hand auf den Bauch.

… und deshalb werde ich Letty schreiben und ihr die Wahrheit
sagen. Dass Dad, auch wenn er niemanden jemals so lieben wird,
wie er dich geliebt hat, ein bisschen Gesellschaft verdient hat. Er
verdient jemanden, der sich um ihn kümmert. Ich habe endlich
verstanden, dass ich das ideale Bild, das ich von euch beiden
hatte, nicht mehr verteidigen muss. Ich muss nicht wütend auf sie
sein, weil sie ihn all die Jahre geliebt hat. Es ist nur traurig, dass
sie sie auf jemand verschwendet hat, von dem sie wusste, dass sie
ihn nicht haben konnte.
Ich weiß, dass du das auch so siehst, Mum. Aber ich glaube, dass
es Letty nach all den Jahren der Einsamkeit verdient hat, geliebt
zu werden.

«Ich gehe nach oben, um ein wenig an Deck zu sitzen. Ist es in Ordnung, wenn ich dich mit Maudie allein lasse?»

Avice schaute zu Margaret hoch, die mit dem fertigen Brief in der Hand an der Tür stand. Avice fand, dass ihre Augen ein wenig gerötet wirkten. In diesem schrecklichen blauen Kleid, das sie in den letzten zehn Tagen sicher nicht ein Mal ausgezogen hatte, und mit den geschwollenen Gelenken waren ihre Augen vermutlich ihre geringste Sorge.

Avice nickte. «Sicher», antwortete sie. Als die Tür hinter Margaret ins Schloss fiel, schrieb sie weiter.

Es ist wirklich merkwürdig, vielleicht findest du es auch albern, aber weißt du, was, Ian? Ich war richtig nervös. Ich weiß, dass du nicht allzu erpicht auf Überraschungen bist, aber das hier ist doch eine wirklich besondere Art von Überraschung, oder? Natürlich wäre es schön gewesen, wenn wir ein wenig Zeit für uns gehabt hätten, aber sobald das Baby auf der Welt ist, können wir ein Kindermädchen einstellen, und dann können du und ich einfach so weiterleben, als wären wir noch in Australien – nur noch mit einem süßen kleinen Baby dazu, das wir liebhaben können. Ich weiß, dass einige Männer die Aufmerksamkeit ihrer Frauen vermissen, wenn die Kleinen kommen, aber, mein Schatz, ich versichere dir, dass ich nicht so eine bin. Kein Baby wird sich je zwischen uns drängen können. Du bist die Nummer eins in meinem Herzen und wirst es immer sein. Das Wichtigste für uns ist, dass wir zusammen sind. Das hast du mir immer gesagt. Ich bewahre diese Worte in meinem Herzen. Das Wichtigste für uns ist es, zusammen zu sein.

Deine Avice

Avice lehnte sich in ihrer Koje zurück und hörte dem entfernten Wummern der Schiffsmotoren zu, das hin und wieder von Lautsprecherdurchsagen und dem Kreischen der Mädchen unterbrochen wurde, die dort oben irgendetwas spielten. Sie presste den Brief gegen ihre Brust und hielt ihn mit beiden Händen fest. Dann kamen die Erinnerungen.

Check-out-Zeit wäre eigentlich um elf Uhr morgens gewesen, aber es herrschten noch Kriegszustände, und die Bedürfnisse waren nun einmal da. Deshalb war es auch um viertel nach zwei am Nachmittag unwahrscheinlich, dass sie von dem Zimmermädchen gestört werden würden. Das Melbourne Flower Garden Hotel machte in diesen Tagen wie viele andere Hotels ein gutes Geschäft mit den sogenannten «verlängerten Checkouts». Avice überlegte, wie viel Zeit sie noch hatten, bis sie aufstehen und nach Hause zurückkehren mussten. Wenn sie in der nächsten Stunde gehen würden, könnten sie noch einen Abstecher zum Zoo machen, und dann würde sie gar nicht lügen müssen. Ihre Mutter würde sie sicher irgendetwas Spezielles über Sumatra-Tiger oder Ähnliches fragen.

Ian hatte ein Nickerchen gemacht und sie mit seinem schweren Arm auf dem Bett festgehalten. Jetzt öffnete er ein Auge. «Was denkst du?»

Sie wandte ihm langsam den Kopf zu, sodass ihre Gesichter nur wenige Zentimeter voneinander entfernt waren. «Ich habe gerade gedacht, dass wir das hier wohl nicht vor der Hochzeit hätten tun sollen.»

«Sag das nicht, du wunderbares Mädchen. Ich hätte gar nicht so lange abwarten können.»

«Wäre das denn so schlimm gewesen?»

«Schätzchen, du weißt, dass ich nur achtundvierzig Stunden

Ausgang habe. Hat das hier nicht mehr Spaß gemacht, als sich über Blumen und Brautjungfern und wer weiß nicht was Gedanken zu machen?»

Avice dachte bei sich, dass es ihr sicher Spaß gemacht hätte, sich über Blumen und Brautjungfern Gedanken zu machen, aber sie wollte die Stimmung nicht zerstören und lächelte geheimnisvoll.

«Gott, ich liebe dich.»

Sie spürte seine Worte auf der Haut, als würden winzige Teilchen von ihm mit seinem Atem ausströmen. Sie schloss die Augen und genoss sie: «Ich liebe dich auch, mein Schatz.»

«Es tut dir nicht leid?», fragte er.

«Dich zu heiraten?» Sie riss die Augen auf.

«Das hier … getan zu haben, du weißt schon. Ich hab dir doch nicht weh getan oder so?»

Doch, das hatte er, ein wenig, wenn sie ehrlich war. Aber nicht so, dass sie sich gewünscht hätte, er möge aufhören. Sie wurde rot, erschrak über die Dinge, die sie getan hatte, und wie leicht sie ihm nachgegeben hatte. Nach allem, was ihre Mutter ihr erzählt hatte, hatte Avice immer geglaubt, dass es etwas war, was sie aushalten müsse. Das Schlafende Tier, so hatte es ihre Mutter genannt. «Am besten lässt man es so viel wie möglich schlafen», hatte sie ihr geraten.

«Du verachtest mich jetzt aber nicht …», murmelte sie, «weil ich dich gelassen habe …» Sie schluckte. «Ich meine, ich bin nicht sicher, ob ich es wirklich so sehr hätte genießen sollen.»

«Oh, meine Liebste, nein! Gott, nein, es ist so wunderbar, dass es dir gefallen hat. Das ist eins der Dinge, die ich an dir liebe, Avice», Ian zog sie an sich und sprach in ihr Haar. «Du bist ein sinnliches Wesen. Ein freier Geist. Nicht so wie die englischen Mädchen.»

Ein freier Geist. Sie glaubte inzwischen selbst an diese neue Ausgabe von sich selbst, die Ian beschrieben hatte. Nur ein paar Stunden vorher, als sie nackt und unsicher vor ihm gestanden hatte, hatte er gesagt, dass sie eine Göttin sei, das bezauberndste Wesen, das er je gesehen hätte, und noch etwas anderes, das sie erröten ließ. Seine Augen waren voller Bewunderung für sie gewesen, und sie war entschlossen, bezaubernd und göttinnengleich zu sein, obwohl sie eigentlich am liebsten nach einem Morgenmantel gegriffen hätte.

Das bedeutet sicher, dass er der Richtige für mich ist, sagte sie sich. Mit ihm bin ich die beste Version meiner selbst.

Draußen wurde der Verkehr stärker. Irgendwo unter dem offenen Fenster wurde eine Autotür zugeschlagen, und ein Mann schrie ständig: «Davy, Davy», offenbar ohne eine Antwort zu erhalten.

«Also», sagte sie, löste sich aus seiner Umarmung und drehte sich um, sodass sie sich über ihn beugte. Tief in ihrem Inneren war sie immer noch ein wenig erschrocken über das Gefühl ihrer nackten Haut auf seiner. «Du liebst mich wirklich und von ganzem Herzen, oder?»

Er lächelte sie an, sein Haar lag zerzaust auf dem Kissen. Sie glaubte, in ihrem ganzen Leben noch keinen schöneren Mann gesehen zu haben. «Musst du das wirklich noch fragen?»

«Und ich tue niemals etwas, das dich aufregt oder ärgert?»

«Das könntest du gar nicht», erwiderte er und langte hinüber zum Beistelltisch nach einer Zigarette.

«Und du willst für immer bei mir bleiben?»

«Noch länger. Unendlich.»

Sie atmete tief durch. «Dann sage ich dir jetzt etwas, aber du darfst nicht wütend auf mich werden.»

Er zog mit seinen hübschen weißen Zähnen eine Zigarette aus

dem Päckchen und hielt inne, bevor er sie anzündete. «Hm?», fragte er. Eine sanfte blaue Rauchwolke stieg in die unbewegte Luft neben ihrem Kopf.

«Wir werden heiraten.»

Er sah sie kurz an. Die Fältchen um seine Augen vertieften sich. «Natürlich werden wir heiraten, mein kleines Entchen.»

«Morgen.»

Sie wollte gar nicht zu sehr darüber nachdenken, was dann folgte. Darüber, wie die Falten sich verhärteten und sein Blick weniger sanft wurde. Darüber, wie das nicht sehr tief schlafende Tier plötzlich wieder tiefer schlief.

«Was?»

«Ich habe alles geregelt. Mit einem Friedensrichter. Wir heiraten morgen. Im Standesamt in der Collins Street. Mum und Dad und Deanna werden da sein, und die Hendersons haben sich bereit erklärt, unsere Trauzeugen zu sein.»

Er schwieg.

Sie sagte: «Oh, Schatz, sei nicht wütend auf mich. Ich könnte den Gedanken nicht ertragen, wenn du fortgingest und wir nur verlobt wären. Und ich dachte, da du mich nun mal liebst und ich dich und wir doch nur zusammen sein wollen, ergibt es doch keinen Sinn, noch monatelang zu warten. Und du hast gesagt, dass du die Erlaubnis deines Vorgesetzten hast.»

Ian richtete sich so abrupt auf, dass sie gegen das Kissen fiel. Sie lehnte sich gegen das Kopfteil und zog die Decke um die Brust.

Ian saß mit dem Rücken zu ihr auf der Bettkante. Vielleicht bildete sie sich das nur ein, aber es schien so, als läge eine grimmige Entschlossenheit in der Art, wie er seine Zigarette rauchte.

«Also, Liebling», sagte sie in spielerischem Ton, «du bist jetzt aber nicht böse. Das lasse ich nicht zu.»

Er rührte sich nicht.

Sie wartete eine Ewigkeit und sank dabei immer mehr in sich zusammen. Ihre zur Schau gestellte kesse Resolutheit verflog. Als sie es schließlich nicht länger aushalten konnte, streckte sie die Hand nach ihm aus. Sie berührte seine Haut, die sich nach den gemeinsam verbrachten Stunden anfühlte. «Bist du wirklich zornig auf mich?»

Er schwieg weiter. Er drückte die Zigarette aus und wandte sich ihr zu. Dabei fuhr er sich mit der Hand durchs Haar. «Ich mag es nicht, wenn du über meinen Kopf hinweg entscheidest … besonders nicht so etwas … etwas Wichtiges wie dies.»

Jetzt ließ sie die Decke fallen, beugte sich vor und schlang ihre Arme um seinen Hals. «Es tut mir leid, Liebling», flüsterte sie und schnupperte an seinem Ohr. «Ich dachte, dass du dich freuen würdest.» Das stimmte nicht ganz: Schon als sie den Termin ausgemacht hatte, hatte sie gewusst, dass das nervöse Flattern in ihrer Magengrube nicht nur von der Vorfreude herrührte.

«Der Mann organisiert diese Dinge nun einmal. Du gibst mir das Gefühl … ich weiß nicht, Avice. Wer hat denn hier die Hosen an?» Sein Gesichtsausdruck war düster.

«Du!», sagte sie, und die Decke glitt vollends von ihr, als sie ihr schlankes Bein um ihn schlang.

«Das ist doch kein Scherz, oder? Du hast wirklich alles organisiert? Gäste und alles?»

Sie löste ihre Lippen von seinem Hals. «Nur die Hendersons. Abgesehen von der Familie, meine ich. Es ist ja nicht so, als hätte ich ein Riesenfest ohne dein Wissen organisiert.»

Er bedeckte sein Gesicht mit der Hand. «Ich kann einfach nicht glauben, dass du das getan hast.»

«Oh, Ian, Schatz, bitte nicht …»

«Ich kann nicht glauben, dass du ...»

«Du willst mich doch noch, oder, Liebling?» Ihre Stimme zitterte und klang kleinmütiger, als Avice sich fühlte. Ihr war nie in den Sinn gekommen, dass Ian seine Meinung ändern könnte.

«Du weißt, dass ich dich will ... es ist nur ...»

«Du willst sichergehen, dass du das Oberhaupt der Familie bist. Natürlich bist du das! Oh, Ian, sei nicht böse, Liebling, bitte. Ich möchte doch nur so gern Mrs. Radley sein.»

Sie drückte ihre Nase an seine und riss die Augen auf, damit er sich in ihrem Blick verlieren konnte. «Oh, Ian, mein Liebling, ich liebe dich doch so sehr.»

Zuerst erwiderte er nichts, sondern ließ sich nur ihre Küsse gefallen, ihre geflüsterten Beschwörungen, die zarten Liebkosungen ihrer Hände. Dann endlich spürte sie, wie er auftaute. «Es ist doch nur, weil ich dich so sehr liebe, Schatz», flüsterte sie und verlor sich in dem Gefühl, wie ihr Körper den seinen wieder zurück zu ihr brachte, wie das Schlafende Tier erwachte. Ein kleiner Teil von ihr nahm noch mit Befriedigung wahr, dass, so schwierig die Dinge auch manchmal sein mochten, Avice Pritchard mit Intelligenz, Charme und ein bisschen Glück doch immer noch ihren Kopf durchsetzte.

Er hatte sich auf der Hochzeit ein bisschen merkwürdig verhalten. Sie wusste, dass ihre Mutter das so sah. Er war abgelenkt gewesen, hatte oft nicht zugehört, sogar an seinen Fingernägeln geknabbert (eine äußerst unpassende Angewohnheit für einen erwachsenen Mann). Da nur acht Personen anwesend waren und er immerhin Offizier war, fand sie seine Nervosität ein wenig übertrieben.

«Sei nicht albern», hatte ihr Vater gesagt. «Alle Bräutigame müssen aussehen wie zum Tode Verurteilte.» Ihre Mutter hatte ihm einen spielerischen Klaps gegeben und versucht, ihm ein beruhigendes Lippenstiftlächeln zu schenken.

Deanna hatte geschmollt. Sie hatte ein blaues Kostüm getragen, so dunkelblau, dass man es fast für schwarz hätte halten können, und Avice hatte sich darüber bei ihrer Mutter beschwert, die ihr wiederum gesagt hatte, sie solle deswegen keinen Aufstand machen. «Es ist nicht leicht für sie, dass du die Erste bist, die heiratet», hatte sie ihr zugeflüstert. «Verstehst du?»

Avice verstand. Nur zu gut.

«Liebst du mich noch?», hatte sie ihn später gefragt. Ihre Eltern hatten alle zum Abendessen und auf einen Drink ins Melbourne Grand eingeladen. Ihre Mutter hatte am Tisch geweint, und als Ian und sie auf ihr Zimmer nach oben gehen wollten, flüsterte sie ihr für alle hörbar zu, dass es alles ja gar nicht so schlimm sei und dass ihr ein oder zwei Drinks sicher guttun würden. Avice hatte gelächelt – ein Lächeln, das ihre Mutter beruhigte und ihre Schwester zur Weißglut brachte, die daraus las: Ich tu's jetzt, ich werde vor dir zur Frau. Sie war sogar kurz versucht gewesen, ihrer Schwester zu gestehen, dass sie es schon am Abend zuvor getan hatte, aber so wie sich Deanna in letzter Zeit benahm, war sie sicher gewesen, dass sie es sofort ihrer Mutter weitererzählt hätte, und das hätte sie gar nicht gebrauchen können.

«Ian? Liebst du mich immer noch, obwohl ich jetzt die langweilige Mrs. Radley bin?»

Sie standen vor ihrem Zimmer. Er schloss die Tür hinter ihnen, nahm einen letzten Schluck Brandy und lockerte seinen Kragen. «Natürlich», antwortete er. Dabei hatte er wieder ruhiger gewirkt. Er zog sie zu sich und ließ seine warme Hand ein wenig wüst ihren Schenkel hinaufgleiten. «Ich liebe dich über alles, meine Liebste.»

«Hast du mir verziehen?»

Seine Aufmerksamkeit schien schon wieder ganz woanders zu sein. «Natürlich.» Er drückte seine Lippen auf ihren Hals und biss sie zärtlich. «Ich hab's dir doch gesagt. Ich mag nur keine Überraschungen.»

«Ich denk mal, da braut sich ein Sturm zusammen.» Jones der Waliser sah auf das Barometer neben der Tür zur Messe, zündete sich eine neue Zigarette an und schauderte dann. «Ich spüre es in den Knochen. Ein solcher Luftdruck – der muss sich doch irgendwann entladen, oder?»

«Und was war das heute Morgen deiner Meinung nach, schottischer Nebel?»

«Das nennst du einen Sturm? Das war doch nur ein Furz im Wasserglas. Ich rede hier von einem richtigen Sturm, Jungs. Einer echt wild gewordenen Frau von einem Sturm. Die Sorte, die dir die Haare zu Berge stehen lässt, dir eine klebt und dir die Hosen zerfetzt, bevor du auch nur sagen kannst: ‹Ach, komm schon, Schätzchen. Ich habe dich doch nur zum Spaß beim Namen der anderen genannt.›»

Gelächter kam aus den Hängematten. Nicol erschien das Geräusch wie der dumpfe Vorbote des mächtigen Unwetters. Jones hatte recht. Ein Sturm würde über sie hereinbrechen. Er fühlte sich angespannt, nervös, fast als hätte er zu viel arabischen Kaffee getrunken. Vor seinem inneren Auge sah er erneut das blasse Gesicht, erleuchtet vom Mondlicht. Es hatte keine Einladung in ihrem Blick gelegen, keine Koketterie. Sie war nicht die Sorte Frau, die flirtete, um sich für die Ehe zu entschädigen. Aber da lag etwas in ihrem Blick. Etwas, das ihm sagte, dass da Verständnis zwischen ihnen war. Eine Verbindung. Sie *kannte* ihn. Das war es, was er spürte.

«Oh, um Himmels willen», sagte er laut und schwang die Beine aus der Hängematte. Er hatte nichts sagen wollen. Als seine Füße den Boden berührten, fühlte er sich befangen.

«Was ist los, Nicol, mein Lieber?» Jones der Waliser ließ seinen Brief sinken. «Hat dir jemand das Korsett zu eng geschnürt? Hast du in letzter Zeit nicht genügend Leute festgenommen?»

Nicol schloss die Augen. Sie fühlten sich entzündet an und brannten. Obwohl er erschöpft war, konnte er nicht schlafen. Der Schlaf jagte ihn durch die wachen Stunden und gab sich hin und wieder den Anschein, als käme er zu ihm. Doch jedes Mal, wenn er sich entspannte, verließ er ihn wieder, verschwand und hinterließ nur sein Zeichen im Inneren seiner Lider. Und den Schmerz in seiner Seele. Wie kann ich nur so denken?, fragte er sich selbst. Ausgerechnet ich.

«Kopfweh», sagte er jetzt und rieb sich die Stirn. «Wie du schon gesagt hast. Der Luftdruck.»

Er hatte sich eingeredet, nichts mehr fühlen zu können. So erschüttert durch die Schrecken des Krieges, vom Verlust so vieler Kameraden, dass er sich, wie die meisten, vollkommen abgeschottet hatte. Jetzt, da er dazu gezwungen war, sein Verhalten ehrlich zu beurteilen, dachte er, dass er seine Frau vielleicht niemals geliebt hatte, dass er sich stattdessen der Erwartung, der Idee zu heiraten gebeugt hatte. Er hatte gemusst – nachdem sie ihm die Folgen dessen gestanden hatte, was sie getan hatten. Man heiratete, bekam Kinder und wurde alt. Die Frau wurde bitter, weil sie nicht genügend Aufmerksamkeit bekam, man selbst wurde bitter und wortkarg, weil man seine unerfüllten Träume betrauerte; die Kinder wuchsen auf, zogen aus und schworen, diese Fehler niemals zu wiederholen. Es gab keinen Raum für Wünsche, für Alternativen. Man kam damit zurecht. Vielleicht, dachte er in seinen dunkelsten Augenblicken, fiel es ihm nur schwer zuzugeben, dass der Krieg ihn vor all dem bewahrt hatte.

«Weißt du, Nic, die Heizer planen eine Party heute Abend. Jetzt, da sich die alte Dame wieder beruhigt hat.» Jones tätschelte die Wand neben sich. «Ich muss sagen, es scheint mir doch wirklich ein Verlust für all die Weiblichkeit an Bord zu sein, dass ihnen die Erfahrung guter alter Marinegastfreundschaft versagt bleiben soll. Ich glaube, ich schaue nachher mal vorbei.»

Nicol langte nach einem Stiefel und polierte ihn. «Du bist ein Hund», bemerkte er.

Jones der Waliser kläffte wie ein Hund. «Ach, was ist schon dabei?», sagte er dann. «Die, die ein walisisches Würstchen verschmähen, sind sicher sehr verliebt in ihre Männer. Das ist doch wunderbar. Aber die, die spüren, dass die Seeluft bei ihnen …» – hier hob er die Augenbraue – «… den Appetit anregt, hätten es sicher ohnehin irgendwann getan.»

«Das kannst du nicht machen, Jones. Sie sind alle verheiratet, um Gottes willen.»

«Und ich bin mir ganz sicher, dass einige schon ein bisschen weniger verheiratet sind, seit sie ihre Reise angetreten haben. Du hast doch sicher von der Sache auf Deck B gehört, oder? Und ich hatte letzte Nacht die Mittelschicht draußen vor 6E. Das Mädchen mit den blonden Haaren ist eine echte Bedrohung. Die lässt mich einfach nicht in Frieden. Rein und raus, rein und raus … ‹Ooh, ich geh nur mal schnell in den Waschraum›, und ihr Bademantel klafft dabei weit auf. Eigentlich sind wir Männer doch die wahren Opfer in diesen Dingen.» Er klimperte mit den Wimpern.

Nicol wandte seine Aufmerksamkeit wieder seinen Stiefeln zu.

«Ach komm, Nicol. Jetzt tu mal nicht so heilig. Nur weil es

dich froh macht, nach den Regeln zu leben, heißt das nicht, dass wir anderen uns nicht ein wenig amüsieren können.»

«Ich finde, du solltest sie in Ruhe lassen», sagte Nicol und versuchte, das allgemeine Protestgeheul zu überhören, das sofort ertönte. Der untergründige Mangel an Respekt für Frauen, den sogar die Männer an den Tag legten, die er eigentlich für ehrenwert hielt, war ihm unangenehm.

«Und *ich* finde, du solltest dich mal ein bisschen entspannen. Lidders geht auch, stimmt doch, Junge? Und Brent und Farthing. Komm doch mit – dann kannst du kontrollieren, ob wir uns auch benehmen.»

«Ich hab Dienst.»

«Natürlich. Du schmiegst dich an die Schlafzimmertür dieser Mädchen, die die ganze Nacht vor Sehnsucht seufzen.» Er lachte meckernd und sprang in seine Hängematte. «Ach komm schon, Nicol. Auch Marinesoldaten dürfen mal ein bisschen Spaß haben. Sieh doch das, was wir tun, einfach mal als eine Art Dienst für die gute Sache. Die Unterhaltung der Damen des britischen Weltreichs. Zum Wohle der Nation.»

Er vollführte einen übertriebenen militärischen Gruß und ließ sich nach hinten sinken. Als Nicol endlich eine kernige Antwort einfiel, war er bereits eingeschlafen, eine brennende Zigarette der Marke Senior Service in der Hand.

Die Männer boxten auf dem Flugdeck. Jemand hatte genau an der Stelle, an der die Corsair-Flugzeuge gestanden hatten, einen Ring aufgebaut, und darin stand Dennis Tims und prügelte einem der Matrosen die Seele aus dem Leib. Sein nackter Oberkörper war ein einziger Block sehniger Muskeln, er bewegte sich ohne jede Eleganz oder Rhythmus durch den Ring. Er war ein Automat, eine Zerstörungsmaschine, seine Fäuste hämmerten stumpf auf seinen Gegner ein, bis der torkelnde junge Matrose den Angriffen erlag und bewusstlos durch die Seile geschleudert wurde. Vier Runden hatte Tims schon hinter sich, und er siegte mit einer solch fürchterlichen Unausweichlichkeit, dass es dem versammelten Publikum schwerfiel, noch Beifall zu klatschen.

Frances brachte es kaum über sich zuzuschauen. Sie hatte dem Ring den Rücken zugewandt. Tims, der ununterbrochen zuschlug, erinnerte sie einfach zu sehr an den «Zwischenfall» mit Jean. Da lag etwas in der Wucht seiner Haken, in der Art, wie er brutal die Zähne zusammenbiss und sich durch das blasse Fleisch vor ihm pflügte, das ihr kalte Schauder über den Rücken jagte, sogar bei dieser Hitze. Als Jean und sie sich auf ihre Plätze gesetzt hatten, hatte sie sich schon gefragt, ob das eine gute Idee war. Aber Jeans gutmütiges Interesse bewies, dass sie wohl zu betrunken gewesen war, um zu wissen, was Tims gesehen hatte.

«Hoffentlich wird es ihnen nicht zu heiß dabei», sagte Jean gerade und klemmte sich wieder zwischen sie und Margaret. Sie schien kaum still sitzen zu können. Die vergangene Stunde hatte sie damit verbracht, zwischen dem Ring und den Deckstühlen hin und her zu wandern. «Habt ihr gehört? Es gibt kein Wasser mehr.»

Margaret sah sie an. «Was?»

«Trinkwasser schon, aber die Pumpe funktioniert nicht mehr richtig, und wir dürfen uns nicht mehr waschen – weder die Haare noch die Kleider –, bis sie sie repariert haben. Es gibt nur noch Notrationen. Könnt ihr euch das vorstellen? Bei dieser Hitze!» Sie fächelte sich mit der Hand Luft zu. «Ich sag dir, da herrscht ein echter Aufstand in den Waschräumen. Diese Irene Carter bildet sich vielleicht ein, eine echte Lady zu sein, aber als ihre Dusche plötzlich ausging, hättet ihr sie mal fluchen hören sollen. Da wäre selbst der alte Dennis Tims rot geworden.»

Im Laufe der Woche hatte Jean ihre gute Laune wiedergefunden, und zwar derart, dass ihr ununterbrochenes und meist belangloses Geplapper neuen Schwung erhalten hatte. «Wusstet ihr, dass Avice bei den Wahlen zur ‹Queen of the *Victoria*› gegen Irene antritt? Heute Nachmittag wird die ‹Miss Hübsche Beine› gewählt. Avice war schon unten im Gepäckraum und hat die Marinedienstoffizierin dort gebeten, ihr ihre besten Pumps herauszugeben. Zehn-Zentimeter-Absätze in dunkelgrünem Satin, die zu ihrem Badeanzug passen.»

«Oh.»

Tims parierte einen Aufwärtshaken mit einer linken Geraden. Dann schlug er wieder zu. Und wieder.

«Geht es dir gut, Maggie?» Frances gab Margaret die Portion Eiscreme, die sie ihr schon eine Weile hingehalten hatte. Sie wechselte einen kurzen Blick mit Jean.

«Ja, du bist so still, ist alles in Ordnung?», ergänzte Jean.

Margaret wandte sich ihnen zu. «Mir geht es gut. Wirklich.» Sie sah keiner von beiden in die Augen.

«Oh, Dennis hat schon wieder gewonnen. Ich werde mal schauen, ob jemand mit mir für den nächsten Kampf wetten will. Allerdings kann ich mir kaum vorstellen, dass jemand gegen ihn setzt. Nicht bei diesen Aussichten.» Jean stand auf, strich sich den Rock glatt und ging leichtfüßig hinüber zu den anderen Zuschauern.

Margaret und Frances widmeten sich schweigend ihrer Eiscreme. In der Ferne zog ein Tanker über den Horizont, und sie verfolgten seine Fahrt, bis er nicht mehr zu sehen war.

«Was ist das?»

Margaret schaute auf den Brief in ihrer Hand; und bemerkte offenbar, dass man den Namen des Empfängers sehen konnte.

«Wolltest ... wolltest du ihn ins Wasser werfen?», fragte Frances.

Margaret starrte hinaus auf die türkisfarbene See.

«Das ... das wäre doch vielleicht eine gute Sache. Ich hatte mal einen Patienten, dessen Liebste in Deutschland im Bombenhagel umgekommen war. Er hat ihr einen Abschiedsbrief geschrieben. Wir haben ihn in eine Flasche gesteckt und sie über die Reling des Lazarettschiffs geworfen.»

«Ich wollte ihn abschicken», sagte Margaret.

Frances sah erneut auf den Umschlag, um sicherzugehen, dass sie den Namen richtig gelesen hatte. Dann wandte sie sich ratlos an Margaret. Hinter ihnen erscholl Geschrei. Offenbar waren die Zuschauer der Meinung, dass es im Ring nicht ganz gerecht zugegangen sei, aber Frances wandte sich nicht um.

«Ich habe gelogen», sagte Margaret. «Ich habe euch glauben gemacht, dass sie tot sei, aber das ist sie nicht. Sie hat uns verlassen. Vor fast zweieinhalb Jahren.»

«Deine Mutter?»

«Genau.» Sie wedelte mit dem Brief. «Ich weiß auch nicht, wieso ich den hier mit hochgenommen habe.»

Und dann begann Margaret zu erzählen, zuerst leise und dann, als ob es ihr egal wäre, wer alles zuhörte.

Es war ein Schock gewesen, und das war noch untertrieben. Eines Tages waren sie nach Hause gekommen, das Abendessen hatte auf dem Herd gestanden, die Hemden hingen gebügelt in der Diele, die Böden waren gewischt und poliert. Auf dem Tisch hatte eine Nachricht gelegen: Sie könne es nicht mehr ertragen, hatte sie geschrieben. Sie habe gewartet, bis Margarets Brüder aus dem Krieg heimgekehrt waren, Daniel seinen vierzehnten

Geburtstag gefeiert hatte und zum Mann geworden war, und jetzt sei sie der Ansicht, ihre Aufgabe erfüllt zu haben. Sie liebe sie alle, hatte sie geschrieben, aber sie müsse sich ihr Leben zurückerobern, solange sie noch eins habe. Sie hoffe, sie würden sie verstehen, aber sie erwarte es nicht.

Sie hatte Fred Bridgeman gebeten, sie abzuholen und zum Bahnhof zu bringen, und sie war nur mit einem Koffer voller Kleidung, zweiundzwanzig beiseitegelegten Pfund und zwei guten Fotos von den Kindern aus dem Haus gegangen.

«Mr. Leader am Fahrkartenschalter sagte, sie sei in den Zug nach Sydney gestiegen. Von dort aus kann sie überallhin gereist sein. Wir haben geglaubt, dass sie schon wiederkommen würde. Bald. Irgendwann. Aber sie kam nicht. Daniel hat es am schwersten getroffen.»

Frances nahm Margarets Hand.

«Im Nachhinein hätten wir es natürlich wissen müssen. Aber man schaut einfach nicht richtig hin, nicht wahr? Mütter sind nun einmal erschöpft und haben es hin und wieder satt. Sie müssen herumschreien und sich danach entschuldigen. Sie haben nun mal Kopfweh. Wahrscheinlich haben wir sie alle für einen Teil des Mobiliars gehalten.»

«Hast du jemals wieder von ihr gehört?»

«Sie hat ein paarmal geschrieben, und Dad hat sie angefleht, doch zurückzukommen, aber dann kam und kam sie nicht, und er hat damit aufgehört. Wenn ich darüber nachdenke, hat er ziemlich schnell nicht mehr geschrieben. Er ist wohl nicht mit dem Gedanken zurechtgekommen, dass sie ihn nicht mehr liebt. Und sobald sie verstanden, dass sie nicht mehr zurückkommen würde, haben auch die Jungs ihr nicht mehr geschrieben. Also ... hat er sich ... haben sie sich einfach so benommen, als wäre sie gestorben. Das war einfacher, als sich die Wahrheit einzugestehen.» Sie hielt inne. «Sie hat in diesem Jahr nur ein Mal geschrieben. Vielleicht erinnere ich sie nur wieder an etwas, was sie zu verdrängen versucht, an eine Schuld, die sie gern vergessen würde. Manchmal denke ich, es wäre am besten, wenn ich sie gehen lassen könnte.» Sie drehte und wendete den Umschlag in ihrer freien Hand.

«Ich bin mir sicher, dass sie dir nicht weh tun will», sagte Frances leise.

«Aber sie tut es. Die ganze Zeit.»

«Du kannst dich doch bei ihr melden. Ich meine, wenn sie hört, wo du bist, wer weiß? Vielleicht schreibt sie dann öfter.»

«Es geht gar nicht um die Briefe.» Margaret warf den Umschlag aufs Deck.

Frances musste sich zurückhalten, um ihn nicht mit irgendetwas zu beschweren. Sie wollte nicht, dass ein Windstoß ihn von Bord wehte.

«Es geht um alles – um sie und mich.»

«Aber sie hat doch gesagt, dass sie dich liebt ...»

«Das verstehst du nicht. Ich bin doch ihre Tochter, oder?»

«Ja ... aber ...»

«Also wie soll ich mich denn jetzt fühlen, wenn die Mutterschaft so grauenvoll ist, dass meine Mutter nur auf die Gelegenheit gewartet hat zu fliehen?» Sie rieb sich die Augen mit ihren geschwollenen Fingern. «Frances, was ist, wenn dieses Ding hier auf die Welt kommt, was, wenn dieses Baby geboren wird ... und ich fühle ganz genau dasselbe?»

Das Wetter schwang gegen vier Uhr dreißig um, genau zum Ende des Boxturniers – oder als Tims keine Lust mehr hatte, das konnte man nicht so genau sagen. Die ersten großen Regentropfen klatschten schwer aufs Deck, und die Frauen brachen eilig auf, setzten sich ihre Sonnenhüte auf oder hielten sich schützend Magazine über den Kopf, packten ihre Habseligkeiten in Taschen und hasteten wie die Ameisen unter Deck.

Margaret hatte sich in die Kabine zurückgezogen, um nach ihrem Hündchen zu schauen. Frances saß mit Jean in der Deckkantine und sah dem Regen zu, der sich seinen Weg durch die Salzschicht an den Scheiben bahnte und schließlich in den rostigen Rahmen versickerte. Nur einige wenige Bräute hatten es vorgezogen, an Deck zu bleiben. Sie suchten unter dem Dach der Kantine Schutz. Ein Sturm auf hoher See war nun einmal etwas ganz anderes als an Land. Auf dem Schiff hatte man 360 Grad freie Sicht. Nichts stand zwischen ihnen und der endlosen Weite der grauen See, immer mehr schwarze Wolken drängten von Süden heran, und man konnte sich leicht sehr ungeschützt fühlen.

Margaret schien es besser zu gehen, seit sie ihr Geheimnis ausgesprochen hatte. Sie hatte ein wenig geweint und verärgert ihr Baby dafür verantwortlich gemacht. Dann hatte sie wieder gelächelt und sich tausendmal für ihren Gefühlsausbruch entschuldigt. Frances hatte sich vollkommen hilflos gefühlt. Sie hatte ihr eigentlich ein wenig von ihrer eigenen Familie erzählen wollen, aber sie hatte das Gefühl, dass sie dann einiges hätte erklären müssen, und dazu war sie nicht bereit, nicht einmal für Margaret. Deren Freundschaft war ihr wichtig, und das machte sie verletzlich. Sie spielte mit dem Metalllöffel in ihrer leeren Tasse herum, hörte zu, wie das Schiff ächzte und seufzte, wenn die Metallbleche aneinanderrieben wie Verwerfungslinien vor einem Erdbeben. Draußen klirrte das Tauwerk, und der Regen flutete in Strömen vom Deck.

Wo ist er jetzt?, dachte sie. Schläft er? Träumt er von seinen Kindern? Seiner Ehefrau? Margarets Freundschaft hatte neue

Gefühle in ihr Leben gebracht, und der Gedanke an die Familie des Marinesoldaten holte etwas hoch, das sie mit Scham erfüllte.

Sie war neidisch. Sie hatte es zum ersten Mal gespürt, als Margaret per Funk mit Joe gesprochen hatte. Dem Gespräch zu lauschen und zuzusehen, wie Margaret bei der Aussicht auf ein paar Worte strahlte, erinnerte sie an die große Leere in ihrem eigenen Leben. Sie hatte eine Trauer gespürt, die nicht vom Anblick des Ozeans gelindert werden konnte. Wenn sie an den Marinesoldaten und seine Familie dachte, wurde der Schmerz nur noch heftiger. Sie hatte ihn für einen Freund gehalten, eine verwandte Seele. Das war mehr, als sie je von einem Mann erwartet hatte. Jetzt spürte sie, dass es sich zu etwas entwickelt hatte, was sie nicht verstand, zu einem nagenden Gefühl der Sehnsucht.

Sie dachte an ihren Ehemann, «Chalkie» Mackenzie. Was sie gefühlt hatte, als sie sich begegnet waren, war ganz anders gewesen. Du wirst das nicht tun. Es hat keinen Sinn, sich nach Dingen zu sehnen, die du nicht haben kannst. Die du niemals haben konntest. Sie dachte an den Anfang der Reise zurück, an die Zeit, als die schiere Tatsache, dass sie stattfinden würde, noch ausgereicht hatte. Sie war zufrieden gewesen damals, oder nicht?

«Der Koch sagt, dass es nicht schlimm wird», sagte Jean, als sie mit zwei Tassen Tee zum Tisch zurückkehrte. Sie klang fast ein wenig enttäuscht. «Schlimmer als jetzt wird es wohl nicht. Aber er sagt, dass das Wetter auf der anderen Seite des Suezkanals wieder schlechter wird.»

Frances hatte sich inzwischen an Jeans Fähigkeit gewöhnt, sich für merkwürdige Dinge zu begeistern. «Es gibt sicher nicht viele Passagiere, die für schlechtes Wetter beten.»

«Aber ich tue das. Ich will einen richtigen Mordssturm. Einen, von dem ich Stan erzählen kann. Oh, ich weiß schon, dass wir auf einem so großen Mädchen wie diesem hier nicht so viel davon spüren werden, aber ich würde gern hier oben sitzen und zuschauen. Ein bisschen Aufregung, weißt du? Wie im Film, aber in echt. Für meinen Geschmack wird es hier allmählich ein bisschen langweilig.»

Frances starrte aus dem Fenster. In unendlicher Ferne zuckten Blitze über den Himmel. Der Regen fiel nun dichter und hämmerte auf das Metalldach, sodass sie lauter sprechen mussten, um einander zu verstehen. «Ach komm schon, Frances. Du hast doch auch Lust auf ein wenig Abenteuer, oder? Sieh dir nur mal diesen Blitz an! Erzähl mir nicht, dass dich das nicht auch ein bisschen …» Jean zappelte auf ihrem Stuhl herum. «Ich meine, sieh es dir doch nur mal an!»

Für einen Moment erlaubte sich Frances, die Sturmfront mit Jeans Augen zu sehen, sich von ihrer rohen Energie mitreißen, sich erleuchten und aufladen zu lassen. Aber die Macht der jahrelangen Gewohnheit war zu stark, und als sie sich Jean zuwandte, wirkte sie ruhig und gemessen. «Sei lieber vorsichtig mit dem, was du dir wünschst», sagte sie. Dennoch sah sie wieder zur sich nähernden Sturmfront.

Sie wollten gerade gehen, standen nebeneinander an der Kantinentür und warteten darauf, dass der Regen ein wenig nachließ, damit sie zur Luke rennen konnten, die zu den Kabinen führte. In diesem Moment erschien der Matrose. Er trat durch die Tür, tropfnass von dem kurzen Lauf über das Deck, und brachte einen Schwall regennasser kühler Luft mit sich.

«Ich suche eine gewisse Jean», sagte er und las den Namen von einem Zettel ab. «Jean Castleforth.» Seine Stimme klang unheilverkündend.

«Das bin ich.» Jean packte den Mann am Arm. «Warum?»

Die Miene des Matrosen war undurchdringlich. «Sie werden zum Büro des Kapitäns gerufen, Madam.» Jean stand stocksteif und mit starrem Gesichtsausdruck da, und er wandte sich an Frances, als wäre Jean gar nicht mehr da: «Man hat mir gesagt, dass es am besten wäre, wenn sie jemand begleitet.»

Diese Worte machten alle weiteren Fragen überflüssig. Er ging voran, und Frances dachte später, dass das der längste kurze Weg ihres Lebens gewesen war. Plötzlich achteten sie nicht mehr auf den Regen. Sie eilten über das Hangardeck, am Torpedolager vorbei und dann ein paar Stufen hinauf, bis sie vor einer Tür standen. Der Matrose klopfte. Auf das «Herein» von innen öffnete er sie und trat mit ausgestrecktem Arm zur Seite, und sie gingen hinein. Jean hatte Frances' Hand ergriffen und drückte sie fest.

Der Raum hatte an drei Wänden Fenster, und darin war es viel heller als im Flur, sodass sie blinzeln mussten. Sie nahmen die Umrisse dreier Personen wahr, die vor dem Fenster standen. Zwei davon hatten sich ihnen zugewandt. Frances bemerkte aus dem Augenwinkel, dass der Boden mit Teppich ausgelegt war.

Mit Sorge sah sie, dass der Kaplan da war. Dann erkannte sie die Frauendienstoffizierin, die in jener Nacht im Maschinenraum hinzugekommen war. Plötzlich schien es kalt zu werden, und sie schauderte.

Jeans Blick huschte von einem verschlossenen Gesicht zum anderen. Inzwischen zitterte sie unkontrolliert. «Ihm ist etwas zugestoßen, oder?», sagte sie. «Oh Gott, Sie sagen mir jetzt, dass ihm etwas passiert ist. Geht es ihm gut? Sagen Sie mir, ist alles in Ordnung mit ihm?»

Der Kapitän wechselte einen kurzen Blick mit dem Kaplan, trat dann vor und reichte Jean ein Telegramm.

«Es tut mir sehr leid, meine Liebe», sagte er.

Jean schaute auf das Telegramm und dann zum Kapitän hoch. Sie fuhr die Buchstaben mit ihrem Finger nach. «Fran? Kannst du es für mich lesen?», fragte sie und streckte es Frances hin. Ihre Hand zitterte so sehr, dass das Papier raschelte.

Frances nahm das Telegramm mit der linken Hand, mit der anderen hielt sie Jeans Hand. Der Griff des Mädchens war jetzt so fest, dass sich ihre Fingerspitzen röteten.

Sie überflog den Inhalt des Telegramms, bevor sie ihn laut vorlas. Die Worte fielen von ihren Lippen wie Steine. «Habe von Benehmen an Bord gehört. Keine Zukunft für uns.» Sie schluckte. «Du bist unerwünscht, komm nicht.»

Jean starrte erst das Telegramm an und dann Frances. «Was?», sagte sie in die Stille. Dann: «Lies es noch einmal vor.»

Frances wünschte, dass etwas in diesen Worten ihre Wirkung abmildern könnte.

«Das verstehe ich nicht», sagte Jean.

«Neuigkeiten machen schnell von Schiff zu Schiff die Runde», sagte die Frauendienstoffizierin leise. «Als wir in Ceylon vor Anker lagen, muss jemand weitererzählt haben, was Sie ...»

«Aber niemand wusste davon. Außer Ihnen ...»

«Als wir mit den Vorgesetzten Ihres Ehemannes sprachen, um das Telegramm zu überprüfen, sagten sie, dass er recht verstört war, als er von Ihrer Schwangerschaft erfuhr.» Sie hielt inne. «Ich nehme an, dass er unmöglich der Vater sein kann.» Die Frau sprach mit einer grausamen Härte, fast als genösse sie es, einen weiteren Stock gefunden zu haben, mit dem sie auf Jean einschlagen konnte. Als ob das Telegramm nicht schon zerstörerisch genug wäre.

Jean war leichenblass geworden. «Aber ich bin gar nicht schwanger – das war ...»

«Ich glaube, unter diesen Umständen hält er das vermutlich für unwichtig.»

«Aber ich hatte nicht einmal die Gelegenheit, es ihm zu erklären. Ich muss mit ihm sprechen. Er hat alles falsch verstanden.»

Frances mischte sich ein. «Es war nicht ihre Schuld. Wirklich. Das ist ein Missverständnis.»

Der Gesichtsausdruck der Frau ließ erkennen, dass sie das schon hundertmal gehört hatte. Die Männer wirkten peinlich berührt.

«Es tut mir leid», sagte der Kaplan. «Wir haben mit dem Roten Kreuz gesprochen und werden Ihre Reise zurück nach Australien organisieren. Sie werden von Bord gehen, und zwar am ...»

Jean warf sich mit der Wucht eines Wirbelsturms auf die Frauendienstoffizierin, die Fäuste geballt. «Du Miststück! Du verdammtes altes Miststück!» Bevor Frances sie daran hindern konnte, hatte sie der Frau bereits mehrere Schläge auf den Kopf versetzt. «Du rachsüchtige alte Hure! Nur weil du selbst niemanden gefunden hast!», schrie sie. Sie achtete nicht auf die Männer, die versuchten, sie fortzuziehen, oder auf Frances' Bitten. «Ich habe gar nichts getan», schrie sie, und Tränen rannen ihr die Wangen hinab. Frances und der Kaplan hielten sie mit vor Anstrengung geröteten Gesichtern zurück. «Ich habe gar nichts getan! Das müsst ihr Stan sagen!»

Es fühlte sich an, als wäre alle Luft aus dem Raum entwichen. Sogar der Kapitän wirkte erschrocken. Er war einen Schritt zurückgetreten.

«Soll ich sie zurückbegleiten?» Frances sah aus dem Augenwinkel, dass der Matrose wieder das Büro betreten hatte.

Jean hatte aufgegeben.

Der Kapitän nickte. «Das wäre das Beste. Jemand wird mit

Ihnen über die … Vorbereitungen sprechen. Zu einem späteren Zeitpunkt. Wenn die Dinge sich ein wenig … beruhigt haben.»

«Sir», sagte Frances schwer atmend. Sie hielt das zitternde Mädchen im Arm. «Bei allem Respekt, Sie haben ihr großen Schaden zugefügt.» In ihrem Kopf wirbelten die Gedanken durcheinander. «Sie war das Opfer in dieser Angelegenheit.»

«Sie sind Krankenschwester, keine Anwältin», zischte die Frauendienstoffizierin, die sich den blutenden Kopf hielt. «Ich habe es gesehen. Oder haben Sie das vergessen?»

Es war zu spät. Frances begleitete Jean aus dem Kapitänsbüro. Gegen das hemmungslose Schluchzen des Mädchens konnte sie gerade noch hören, wie die Frauendienstoffizierin in missmutigem, selbstgerechtem Tonfall sagte: «Ich kann nicht sagen, dass mich das überrascht. Man hat es mir schon vor der Abreise prophezeit, mich sozusagen gewarnt. Diese australischen Mädchen sind alle gleich.»

Wenn Sie persönliche Dinge eines Verwandten oder Freundes in den Streitkräften erhalten, bedeutet das keinesfalls, dass er getötet wurde oder vermisst wird … Tausende Männer haben einen großen Teil ihrer Habseligkeiten vor ihrem Aufbruch nach Übersee verpackt und darum gebeten, sie nach Hause zu schicken. Die Zustellung eines Pakets ist deshalb kein Grund zur Sorge, wenn die Sendung nicht von einem Brief oder Telegramm aus offizieller Quelle an die nächsten Angehörigen begleitet ist.

Daily Mail, London, Montag, 12. Juni 1944

KAPITEL 14

Dreiundzwanzigster Tag

Jean wurde während eines kurzen, außerplanmäßigen Aufenthalts in Cochin von Bord gebracht. Niemand sonst durfte an Land gehen, aber einige Bräute schauten zu, wie sie, ohne jemanden eines Blickes zu würdigen, in das kleine Boot kletterte und zum Ufer gefahren wurde. Ein Offizier des Roten Kreuzes saß neben ihr, ihre Reisetasche und der große Koffer waren auf der anderen Seite verstaut. Sie winkte nicht.

Frances hatte sie den ganzen Abend festgehalten, als sie weinte und wütete, und war auch bei ihr geblieben, als ihre Stimmung etwas Dunklerem wich. Sie hatte versucht, sich eine Lösung für Jeans verfahrene Situation auszudenken, aber ihr war nichts eingefallen. Margaret war sogar so weit gegangen, den Kapitän um ein Gespräch zu bitten. Er sei sehr nett gewesen, sagte sie später, aber wenn Jeans Ehemann sie nicht mehr wolle, könne er nicht viel tun. Sie hätte der verdammten

Frauendienstoffizierin am liebsten den Hals umgedreht, sagte sie.

Wenn sie die Augen mit den Händen beschatteten, konnten sie gerade noch so erkennen, wie das Boot an einem Steg anlegte. Zwei Gestalten warteten unter einem Sonnenschirm. Die eine nahm Jeans Gepäck, die andere half ihr ans trockene Ufer. Aus dieser Entfernung war es unmöglich, Einzelheiten auszumachen.

«Es war nicht meine Schuld», sagte Avice, als die Stille immer drückender wurde. «Ihr müsst mich gar nicht so anschauen.»

Margaret rieb sich die Augen und ging schwerfällig hinein. «Es ist nur so verdammt traurig», sagte sie.

Frances schwieg.

Sie war kein schönes Mädchen gewesen, noch nicht einmal ein besonders angenehmes. Aber Kapitän Highfield stellte fest, dass er in den Tagen darauf Jean Castleforths Gesicht nicht aus dem Kopf bekam. Die ganze Prozedur hatte auf das unangenehmste der Behandlung eines Kriegsgefangenen geähnelt. Allein wie man sie an Land und in sicheren Gewahrsam gebracht hatte – und der Ausdruck hilfloser Wut, Verzweiflung und zuletzt düsterer Resignation auf ihrem Gesicht.

Er hatte sich gefragt, ob er das Richtige getan hatte. Ihre Freundinnen waren so hartnäckig gewesen, und die Worte der Krankenschwester gingen ihm immer noch nach: «Sie haben ihr großen Schaden zugefügt.» Aber was hätte er tun sollen? Die Frauendienstoffizierin hatte schließlich einen eindeutigen Bericht abgeliefert. Er musste seinen Mitarbeitern vertrauen – denselben Mitarbeitern, denen er eingeschärft hatte, dass er solches Fehlverhalten nicht tolerieren würde. Und wenn der Ehemann sie nicht mehr wollte, was konnten sie da schon ausrichten?

Das Schicksal des Mädchens – sie war schon die Zweite, die man unter diesen Umständen von Bord schaffen musste – hatte einen Schatten über die Stimmung an Bord geworfen. Er spürte, dass sich die Bräute noch unsicherer fühlten als zuvor. Sie warfen ihm aus den Augenwinkeln Blicke zu, wenn er auf seiner Runde über das Deck ging, zogen sich ängstlich in Nischen zurück, als fürchteten sie sich davor, dass er sie zu demselben Schicksal verurteilen würde. Der Kaplan hatte versucht, diese Ängste während des Gottesdienstes mit ein paar sorgfältig gewählten Worten anzusprechen, aber das hatte nur zu noch mehr Nervosität geführt. Die Frauendienstoffizierinnen wurden von allen gemieden. Die Bräute drückten ihr Mitgefühl mit der jungen Jean Castleforth auf unterschiedliche Art und Weise aus, einige deutlicher als andere, und inzwischen waren schon einige Offizierinnen in Tränen aufgelöst in sein Büro gekommen.

Der Kapitän hatte allerdings noch eine Menge andere Sorgen. Als hätte das Schiff von seinem Schicksal erfahren, gab es eine Serie von Pannen an Bord. Das Ruder hatte zum dritten Mal in den letzten zehn Tagen blockiert, weshalb man auf Dampfsteuerung umgeschaltet hatte. Wasser war noch immer knapp an Bord, und die Ingenieure konnten nicht herausfinden, weshalb die Entsalzungspumpen immer wieder ausfielen. Er sollte eine weitere Gruppe von vierzehn Zivilpassagieren in Aden aufnehmen, darunter den Gouverneur von Gibraltar und dessen Ehefrau, und sie zurück nach Hause bringen, und er wusste nicht, wo er sie alle unterbringen sollte. Zudem fiel es ihm immer schwerer, sein Humpeln zu verbergen. Dobson hatte ihn erst gestern gezielt gefragt, ob mit ihm «auch wirklich alles in Ordnung» sei, und er hatte sich gezwungen gesehen, das kranke Bein voll zu belasten, obwohl das Pochen so stark geworden war, dass er sich auf die Innenseite der Wange beißen musste, um nicht zu schreien.

All das trug schließlich dazu bei, dass er beschloss, den Ball zu veranstalten. Ein guter Kapitän tat alles, was in seiner Macht stand, um das Wohlbefinden seiner Passagiere sicherzustellen. Ein wenig Musik und ein bisschen beaufsichtigte Geselligkeit würden allen guttun.

Maud Gonne ging es schlecht. Vielleicht lag es an der gedrückten Stimmung in der kleinen Kabine, die ganz leer wirkte, seit Jean mit ihrem überschäumenden Temperament fort war. Vielleicht war es aber auch lediglich die Folge einiger Wochen schlechter Ernährung und mangelnder Frischluft. Sie hatte kaum noch Appetit und wirkte ganz teilnahmslos. Sie hatte Gewicht verloren und fühlte sich erschreckend leicht an, ganz zerbrechlich.

Frances saß auf ihrem Bett und streichelte dem kleinen Hündchen das Köpfchen. Maud Gonne keuchte sich in den Schlaf, die milchigen Augen halb geschlossen. Hin und wieder schien sie sich daran zu erinnern, dass Frances bei ihr saß, und wedelte höflich mit dem Schwanz, als ob sie sich dankbar zeigen wollte. Sie war wirklich ein süßes altes Hündchen.

Margaret machte sich Vorwürfe. Sie hätte sie niemals mitnehmen dürfen, sagte sie zu Frances. Sie hätte sie zu Hause lassen sollen mit den Hunden ihres Vaters und den endlosen grünen Wiesen, auf denen sie glücklich gewesen war. Frances ahnte, dass Margarets untypische Niedergeschlagenheit ihre heimlichen Sorgen widerspiegelte: Wenn sie sich nicht einmal ordentlich um einen kleinen Hund kümmern konnte, was sagte das dann über ihre Zukunft als Mutter ...?

«Komm, wir gehen mit ihr an Deck Gassi», schlug sie vor.

«Was?» Margaret rührte sich in ihrer Koje.

«Wir packen sie in deinen Korb und legen ein Tuch darüber. Es gibt einen Geschützturm hinter dem Waschraum, da kommt nie jemand hin. Lass uns dort doch eine Weile sitzen, damit Maudie ein bisschen frische Luft bei Tageslicht genießen kann.»

Margaret schaute sie zweifelnd an. «Ich weiß nicht …»

«Oder soll ich mit ihr gehen?», bot Frances an. Sie sah genau, wie erschöpft Margaret war.

«Würdest du das für mich tun? Ein Nickerchen würde mir guttun.»

«Natürlich. Ich bleibe so lange wie möglich mit ihr draußen.»

Sie ging schnell hinunter zum Deck C. Je selbstbewusster sie wirkte, desto weniger wahrscheinlich war es, dass jemand sie aufhalten würde. Sie öffnete die kleine Luke, duckte sich, trat hindurch und ließ sie offen stehen. Das Wetter war heiter, die Luft lau, aber nicht drückend heiß. Eine sanfte Brise hob den Seidenschal, der auf Margarets Korb lag, und sofort schob sich eine kleine schwarze, schnuppernde Schnauze heraus.

«Na dann, altes Mädchen», murmelte Frances. «Mal sehen, ob dir das hilft.»

Einige Minuten später hatte Maud Gonne einen Keks und einen Streifen Schinken verschlungen, die erste Nahrung, für die sie sich seit zwei Tagen überhaupt interessierte.

Frances saß fast eine Stunde mit dem Hündchen auf dem Schoß da und schaute zu, wie die Wellen unter ihr rauschten. Hie und da schnappte sie einen Gesprächsfetzen auf und hörte Gelächter vom Flugdeck herunterwehen. Obwohl ihre seit Tagen ungewaschenen Kleider muffig rochen und sie das Gefühl hatte, dringend ein Bad zu benötigen, wusste sie jetzt schon, dass sie dieses Schiff vermissen würde. Seine Geräusche waren ihr inzwischen vertraut und tröstlich.

Den Marinesoldaten hatte sie seit zwei Tagen nicht mehr gesehen. An den vorhergehenden Abenden hatte ein anderer Soldat vor ihrer Tür Wache gestanden, und obwohl sie extra lange auf dem Schiff spazieren gegangen war, war er einfach nirgends aufgetaucht. Kurz fragte sie sich, ob er vielleicht krank war. Die Vorstellung, dass er womöglich von Dr. Duxbury behandelt wurde, machte ihr Sorgen. Dann wies sie sich selbst zurecht, sich nicht so lächerlich zu benehmen: Es war vermutlich gut, dass sie ihn nicht getroffen hatte. Sie war schon aufgewühlt genug nach Jeans Abschied. Eine Schulmädchenschwärmerei war nun wirklich das Letzte, was sie brauchte.

Aber fast eine Stunde später, als sie sich anschickte, wieder hineinzugehen, wich sie erschrocken zurück. Sein Gesicht war blass, und er hatte tiefe Schatten unter den Augen, die schlaflose Nächte verrieten. Er trug einen Seesack geschultert, und sie erstarrte bei dem Gedanken, dass er womöglich von Bord gehen würde.

Ohne zu wissen, was sie da tat, glitt Frances zurück an die Wand, die Hand auf die Brust gepresst, und lauschte auf seine Schritte, die an ihr vorbei den Gang entlanggingen. Er war schon einige Meter entfernt, als seine Schritte plötzlich langsamer wurden. Er hatte sie entdeckt, und er lächelte. Es war ein ehrliches Lächeln, eines, das die scharfen Züge aus seinem Gesicht zu wischen schien.

«Hallo. Geht es Ihnen gut?», fragte er.

Sie wusste nicht, wie sie erklären sollte, dass sie sich versteckt hatte. Aber sie spürte, dass sie rot geworden war, versuchte, etwas zu sagen, und nickte dann.

Er betrachtete sie prüfend und schaute dann hinunter auf den

Korb. «Ist es das, was ich glaube, dass es ist?», murmelte er. Der Klang seiner Stimme ließ ihre Haut kribbeln.

«Es geht ihr nicht gut», antwortete sie. «Ich dachte, ein wenig frische Luft würde ihr guttun.»

«Dann halten Sie sich von Deck D fern. Da wird gerade kontrolliert.» Er warf einen Blick über die Schulter, als wollte er sichergehen, dass ihm niemand gefolgt war. «Es tut mir leid für Ihre Freundin. Das war nicht richtig», sagte er.

«Nein, das war es nicht», bestätigte sie. «Nichts davon war ihre Schuld. Sie ist doch noch ein Kind.»

«Tja, die Marine kann ein ziemlich strenger Gastgeber sein.» Er streckte die Hand aus und berührte zart ihren Arm. «Geht es Ihnen trotzdem gut?» Sie wurde erneut rot, und er korrigierte sich hastig. «Ich meine, auch den anderen. Geht es Ihnen allen gut?»

«Oh, es ist alles in Ordnung mit uns», sagte sie.

«Brauchen Sie vielleicht etwas? Mehr Trinkwasser? Mehr Cracker?»

Frances schüttelte den Kopf. «Gehen Sie irgendwohin?», fragte sie dann und zeigte auf den Seesack. Ihr war alles recht, was sie davon abhielt, ihn anzustarren.

«Ich? Nein … das ist nur meine Festtagsuniform.»

«Oh.»

«Heute Abend habe ich wieder frei», sagte er. Er lächelte sie an, als wäre das eine gute Nachricht. «Wegen der Tanzveranstaltung?»

«Wie bitte?»

«Haben Sie nicht davon gehört? Heute Abend wird auf dem Flugdeck getanzt. Befehl des Kapitäns.»

«Oh!», rief sie aus, lauter, als sie beabsichtigt hatte. «Oh! Gut!»

«Hoffentlich drehen sie vorher das Wasser auf.» Er grinste.

«Ihr Mädchen läuft doch sonst sofort davon, wenn ihr auf tausend verschwitzte Matrosen trefft.»

Sie blickte auf ihre knittrigen Hosen, aber seine Aufmerksamkeit war jetzt auf eine entfernte Gestalt gerichtet.

«Ich sehe Sie dann heute Abend», sagte er und setzte wieder seine Marinesoldatenmiene auf. Und mit einem Nicken, das auch ein militärischer Gruß hätte sein können, verschwand er.

Die Kapelle der Königlichen Marine saß auf einem hastig zusammengezimmerten Podest draußen vor der Deckkantine, ein Stück entfernt vom Kontrollturm, und stimmte «I've Got You Under My Skin» an. Die Motoren der *Victoria* schwiegen, weil sie gerade repariert wurden, und das Schiff lag unbeweglich auf der ruhigen Wasseroberfläche. An Deck wirbelten ein paar hundert Bräute in ihren besten Kleidern herum – oder zumindest in den besten Kleidern, zu denen man ihnen Zugang gewährt hatte. Einige hatten männliche Tanzpartner, andere tanzten kichernd miteinander. Um den Turm herum hatte man Tische und Stühle aus der Kantine aufgestellt. Diejenigen, die nicht tanzen mochten, hatten dort Platz genommen. Über ihnen glitzerten die Sterne wie Lampen in einem Ballsaal und überzogen die See mit einem silbrigen Licht.

Wenn man die Geschütztürme, das zerkratzte Deck, die wackeligen Tische und Stühle übersah, war es genau wie in einem der großen Ballsäle Europas. Der Kapitän war selbst überrascht, wie sehr er sich an der Veranstaltung freute. Er musste zugeben, dass das ein sentimentaler Gedanke war, aber er fand, dass das alte Mädchen auf seiner letzten Reise ein bisschen Glanz und Gloria verdient hatte. Ein bisschen Festlichkeit.

Die Männer hatten ihre besten Exerzieruniformen angezogen und sahen viel fröhlicher aus als in den letzten Tagen. Die

Bräute, die schon ein wenig aufmüpfig geworden waren, weil der Friseursalon zwischenzeitlich geschlossen werden musste, wirkten ebenfalls wesentlich heiterer. Man hatte extra Notduschen aufgestellt, aus denen zwar nur Salzwasser kam, aber immerhin. Es war gut für sie, eine Gelegenheit zu haben, für die sie sich ein wenig herausputzen konnten, dachte er. Selbst die Männer genossen es, in ihren guten Uniformen herumzuspazieren. Für die Dauer des Festes kümmerten sie sich nicht um die Hierarchie. Warum eigentlich, zum Teufel?, hatte Highfield gedacht, als eine der Frauendienstoffizierinnen ihn gefragt hatte, ob er die Männer nach ihren Dienstgraden aufteilen wollte, wie es sich gehörte. Diese Reise war ohnehin schon nicht normal.

«Wie lange braucht es, bis die *Victoria* wieder aufgetankt ist, Kapitän Highfield?» Neben ihm saß eine Marineangestellte, die ihm Dobson vor etwa einer halben Stunde vorgestellt hatte. Sie war klein, dunkel und ungeheuer ernsthaft und hatte ihn so ausgiebig nach den Einzelheiten dieses Schiffes befragt, dass er schon versucht gewesen war, sie zu fragen, ob sie vielleicht für die Japaner spionierte. Aber dann hatte er es gelassen. Irgendwie wirkte sie nicht wie der Typ Frau, der Sinn für Humor hat.

«Wissen Sie es? Ich glaube nicht, dass ich Ihnen das aus dem Kopf sagen könnte», log er.

«Ein bisschen länger, als Ihre Jungs brauchen, sich vollzutanken», murmelte Dr. Duxbury und lachte.

Als Dank dafür, dass sie die angespannte Wasserversorgungslage mit Fassung trugen, hatte Kapitän Highfield allen einen Extraschluck Rum versprochen. Nur um den Abend ein wenig anzuwärmen, hatte er verkündet, und die Besatzung hatte gejubelt. Dennoch konnte er sich des Eindrucks nicht erwehren, dass Dr. Duxbury bereits mehr als seinen Anteil intus hatte.

Warum auch nicht, zum Teufel, dachte er erneut. Sein Bein

schmerzte so sehr, dass er selbst darüber nachdachte, sich einen Extraschluck zu genehmigen. Wenn die Wasserversorgung besser gewesen wäre, hätte er das Bein in eine Wanne mit kaltem Wasser gehalten – das schien den Schmerz ein wenig zu lindern –, aber stattdessen würde er wohl auch in dieser Nacht nicht in den Schlaf finden können.

«Haben Sie Gelegenheit gehabt, einige der US-Träger zu sehen?», fragte die kleine Marineangestellte. «Wir sind längs der USS *Indiana* im Persischen Golf gefahren, und ich muss sagen, dass mir diese amerikanischen Schiffe den unseren doch weit überlegen zu sein scheinen.»

«Sie wissen eine Menge über Schiffe, nicht wahr?», fragte Dr. Duxbury.

«Das will ich doch hoffen», erwiderte sie. «Ich bin schon seit vier Jahren im Marinedienst.»

Dr. Duxbury schien sie gar nicht gehört zu haben. «Sie haben Ähnlichkeit mit Judy Garland. Hat Ihnen das schon jemand gesagt? Haben Sie sie mal in ‹Me and My Girl› gesehen?»

«Ich fürchte nicht.»

Es geht schon wieder los, dachte Kapitän Highfield. Er hatte bereits einige Abendessen mit seinem Ersatzdoktor verbracht, und bei mindestens der Hälfte von ihnen hatte der Mann begonnen, seine furchtbaren Liedchen zu schmettern. Er sprach so viel von Musik und so wenig von Medizin, dass sich Highfield fragte, ob die Marine seine Referenzen nicht vielleicht ein wenig gründlicher hätte prüfen sollen, bevor sie ihn einstellte. Kurz durchzuckte ihn das schlechte Gewissen, als er erkannte, dass ihm Duxburys Zerstreutheit eigentlich recht gut in den Kram passte: Ein tüchtiger Arzt hätte sicher viel zu viele Fragen über sein Bein gestellt.

Er schaute ein letztes Mal herüber zu dem Frohsinn vor

ihm. Die Kapelle hatte einen schnellen schottischen Tanz angestimmt, und die Mädchen drehten sich leichtfüßig im Kreis und juchzten mit geröteten Gesichtern. Dann sah er zu Dobson und dem Marineoffizier, die mit einem Flugkapitän bei den Rettungsbooten standen und sich unterhielten. Seine Arbeit war getan. Sie konnten von jetzt an übernehmen. Er war sowieso nie ein großer Partygänger gewesen.

«Entschuldigen Sie mich bitte», sagte er und wuchtete sich mit schmerzverzogenem Gesicht hoch. «Ich muss mich da noch um eine Sache kümmern.» Und damit ging er wieder hinein.

«Jean hätte das hier sehr gefallen», bemerkte Margaret. Sie saß auf einem bequemen Stuhl, den Dennis Tims aus der Offizierslounge für sie gebracht hatte. Um ihre Schultern hatte sie einen leichten Schal geschlungen. Sie strahlte. Ein bisschen Schlaf und Maud Gonnes Genesung hatten ihre Stimmung sichtlich gehoben.

«Arme Jean», sagte Frances. «Was sie jetzt wohl tut?»

Avice tanzte ganz in der Nähe mit einem Offizier. Sie hatte ihr Haar im Salon legen lassen. Es glänzte wie Honig unter den Bogenlichtern. Ihre schmale Taille unter dem geschickt gerafften Rock ließ ihren Zustand noch nicht erkennen.

«Ich glaube nicht, dass sich Madame da drüben irgendwelche Sorgen darüber macht, was meinst du?», fragte Margaret.

Keine zwei Stunden, nachdem Jean von Bord gegangen war, hatte Avice deren Koje für ihre Kleider und Schuhe in Beschlag genommen, die sie von unten aus dem Gepäckraum geholt hatte.

Frances war so zornig gewesen, dass sie sich zurückhalten musste, um das Zeug nicht auf den Boden zu werfen. «Was ist denn los?», hatte Avice protestiert. «Sie braucht die Koje jetzt doch nicht mehr.»

Sie feierte immer noch den Sieg im Stick-Wettbewerb, den sie mit einer verzierten Abendtasche errungen hatte. Später hatte sie den Mädchen gestanden, dass sie mit so einer Tasche auf keinen Fall auf der Straße gesehen werden wollte. Aber es war ihr wichtig gewesen, Irene Carter zu schlagen. Sie lag jetzt zwei Punkte vor ihr in der Gesamtwertung für den Titel der «Queen of the *Victoria*».

«Ich glaube, die macht sich nie irgendwelche Sorgen …» Frances musste sich zurückhalten.

«Lass uns heute Abend nicht darüber nachdenken, okay? Wir können jetzt nichts mehr daran ändern», sagte Margaret.

«Nein», stimmte Frances zu.

Sie hatte sich nie besonders für Kleider interessiert. Sie hatte niemals Aufmerksamkeit auf sich ziehen wollen. Jetzt glättete sie ihren Rock: Im Vergleich zum pfauenartigen Putz der anderen Frauen erschien Frances ihr eigenes Kleid auf einmal ziemlich schäbig. Aus einer Laune heraus hatte sie ihr Haar aus seinem straffen Knoten am Hinterkopf gelöst. In Avice' kleinem Spiegel in der Kabine hatte ihr gefallen, wie es locker auf ihre Schultern fiel und ihre Gesichtszüge weicher machte. Aber hier, inmitten all der perfekt zurechtgemachten Frauen, die Stunden mit Lockenwicklern und Festiger zugebracht hatten, fühlte sie sich unelegant, unfertig, und wünschte sich ihre Haarnadeln zurück. Ob sie Margaret ihre Zweifel gestehen und bei ihr Bestätigung suchen sollte? Aber beim Anblick des verschwitzten Gesichts und der geschwollenen Glieder ihrer Freundin, die sich in dasselbe Baumwollkleid gequetscht hatte, das sie schon die letzten vier Tage getragen hatte, konnte sie die Frage nicht über die Lippen bringen. «Soll ich dir etwas zu trinken holen?», fragte sie stattdessen.

«Du Engel! Ich dachte schon, du würdest nie fragen», sagte

Margaret erfreut. «Ich würde mir ja selbst was holen, aber ich fürchte, man muss mich mit einem Kran aus diesem Sessel heben.»

«Ich bringe dir eine Limonade.»

«Gott segne dich! Willst du gar nicht tanzen?»

Frances hielt inne. «Was?»

«Du musst nicht die ganze Zeit bei mir sitzen, weißt du. Ich bin schon groß. Geh ruhig und amüsier dich ein bisschen.»

Frances verzog das Gesicht. «Ich schaue lieber zu.»

Streng genommen stimmte das nicht ganz. Im Schutz des Halbdunkels, in der süßen und entspannten Atmosphäre, die die Musik herstellte, spürte Frances an diesem Abend eine drängende Sehnsucht, eines der Mädchen zu sein, die auf der Tanzfläche herumwirbelten. Sie nahm die beiden Limonadengläser und kehrte zu Margaret zurück.

«Ich habe nie besonders gern getanzt», bemerkte Margaret, «aber wenn ich mir das jetzt so anschaue, würde ich alles dafür geben, dabei sein zu können.»

Frances nickte in Richtung Margarets Bauch. «Ist ja nicht mehr lang», sagte sie. «Dann kannst du durch halb England tanzen.»

Sie hatte sich eingeredet, dass es ihr nichts ausmachte, ihn nicht zu sehen. Dass es so, wie sie aussah, sogar besser sei. Wahrscheinlich tanzte er irgendwo in der dunklen Menge mit einem hübschen Mädchen in einem bunt gemusterten Kleid und Satinschuhen. Sie war ohnehin schon so daran gewöhnt, Männer zurückzustoßen, dass sie gar nicht mehr wusste, wie sie sich sonst verhalten sollte.

Die einzigen Tanzveranstaltungen, an denen sie in ihrem Erwachsenenleben teilgenommen hatte, hatten auf Krankenstationen stattgefunden – das war nicht schwierig gewesen. Sie hatte entweder mit ihren Kollegen getanzt, die meist gleichzeitig alte Freunde waren und eine respektvolle Distanz einhielten, oder mit Patienten, denen gegenüber sie fast mütterliche Gefühle hegte und die meistens eine gewisse Hochachtung gegenüber allen «Medizinern» hatten. Hier jedoch wusste sie nicht, wie sie sich hätte benehmen sollen, unter all diesen lachenden, übermütigen Männern, von denen einige in ihren Galauniformen so gut aussahen, dass es ihr den Atem verschlug. Sie wusste nicht, wie man plauderte oder unbefangen flirtete.

«Hallo», sagte er und setzte sich neben sie. «Ich habe schon nach Ihnen gesucht.»

Sie brachte kein Wort heraus. Seine dunklen Augen sahen sie fest an, sein Gesicht wirkte im Dämmerlicht weicher. Sie nahm einen schwachen Karbolgeruch an ihm wahr, den typischen Geruch des Uniformstoffs. Seine Hand lag vor ihr auf dem Tisch, und sie musste sich zusammennehmen, um sie nicht zu berühren.

«Ich habe mich gefragt, ob Sie wohl Lust hätten zu tanzen», sagte er.

Sie starrte die Hand an und stellte sich vor, wie sie auf ihrer Taille lag, wie sein Körper ihrem ganz nah kam. Panik stieg in ihr auf. «Nein», sagte sie unvermittelt. «Eigentlich wollte ich … gerade gehen.»

Sie schwiegen beide.

«Es ist ja auch schon spät», räumte er ein. «Ich wollte eigentlich schon früher kommen, aber wir hatten unten in der Kombüse einen Vorfall, und ein paar von uns mussten die Sache wieder ins Lot bringen.»

«Trotzdem vielen Dank», sagte sie mit einem Kloß im Hals. «Und genießen Sie den Rest Ihres freien Abends.» Sie raffte ihre Sachen zusammen, und er stand auf, um sie gehen zu lassen.

«Geh noch nicht», bat Margaret.

Frances wirbelte herum.

«Bleib da. Meine Güte, Mädchen, du hast mir den ganzen verdammten Abend lang Gesellschaft geleistet, jetzt solltest du wenigstens noch eine Runde auf der Tanzfläche drehen. Zeig mir, was ich verpasse.»

«Margaret, es tut mir leid, aber ich …»

«Aber was? Ach, Frances, komm schon. Es hat keinen Sinn, wenn wir hier beide Mauerblümchen spielen. Schwing das Tanzbein, wie unsere liebe Freundin gesagt hätte. Ein Mal, nur für Jean.»

Frances schaute zu ihm, dann hinüber zum überfüllten Deck. Ein endloser bunter Wirbel zog an ihr vorbei. Sie war sich nicht sicher, ob sie mehr Angst vor seiner Nähe hatte oder davor, sich in das Gedränge zu stürzen.

Er stand immer noch neben ihr. «Nur ein kleines Tänzchen?», schlug er vor und hielt ihr den Arm hin. «Es wäre mir ein Vergnügen.»

Sie atmete tief durch und ergriff seinen Arm.

Heute Nacht würde sie nicht darüber nachdenken, wie unmöglich das alles war. Darüber, dass sie etwas fühlte, von dem sie schon seit langem wusste, dass es aussichtslos war. Darüber, dass es unausweichlich schmerzhafte Folgen haben würde. Sie schloss einfach ihre Augen, streckte sich auf ihrer Koje aus und erlaubte sich, in jenen Augenblicken zu versinken, die sie tief in sich gespeichert hatte: jene vier Tänze, in denen er sie festgehalten hatte, die eine Hand fest die ihre umschließend, die andere an ihrer Taille. Wie sie während des letzten Tanzes seinen Atem an ihrem Hals spüren konnte, obwohl er sich korrekt verhalten und den Abstand zwischen ihnen nicht verringert hatte.

Wie er sie angesehen hatte, als er sie loslassen musste. War da ein kleines Zögern, als er langsam seine Hand von ihrer löste? Lag da nicht eine besondere Bedeutung in der Art, wie er den Kopf zu ihr geneigt und leise «Danke» gesagt hatte?

Was sie für ihn empfand, schockierte und beschämte sie. Aber gleichzeitig hätte sie singen mögen vor Freude über die Entdeckung, dass sie überhaupt so etwas fühlen konnte. Die wirren, überwältigenden Gefühle, die sie an diesem Abend erfuhr, ließen sie beinahe an ein seltsames Meeresvirus glauben. Sie hatte sich noch nie so fiebrig gefühlt, so unfähig, einen klaren Gedanken zu fassen. Sie zwang sich, tief durchzuatmen, versuchte, ihre innere Gelassenheit wiederzufinden, die ihr in den letzten sechs Jahren so viel Trost gespendet hatte.

Es waren schließlich nur vier Tänze gewesen. «Vier Tänze», flüsterte sie und zog sich die Decke über den Kopf. Warum kannst du nicht einfach dankbar dafür sein?

Sie hörte Schritte, dann Männerstimmen. Jemand sprach mit dem Marinesoldaten vor ihrer Tür, einem jungen Mann mit roten Haaren und müden Augen, der eingesprungen war. Sie lag da und hörte halb auf das, was dort gesprochen wurde. War es schon Zeit für die Wachablösung? Dann setzte sie sich auf.

Er war es. Sie saß ganz still und hörte genau hin, ob sie sich auch nicht verhört hatte, dann glitt sie aus ihrer Koje. Das Herz hämmerte in ihrer Brust. Sie dachte an Jean, und plötzlich wurde ihr ganz kalt. Vielleicht war sie so geblendet von ihrer Zuneigung zu ihm, dass sie nicht sah, was ihr bevorstand.

Sie legte das Ohr an die Tür.

«Was meinst du?», sagte er gerade.

«Es ist schon mehr als eine Stunde her», antwortete der andere Marinesoldat, «aber ich nehme an, dass du keine Wahl hast.»

«Das gefällt mir nicht», antwortete er. «Ich möchte das nicht tun.»

Sie wich zurück von der Tür, und genau in diesem Augenblick drehte sich der Knauf, und die Tür öffnete sich leise. Sein Gesicht erschien, und dann sah er sie, erschrocken und blass im Dämmerlicht der Flurbeleuchtung.

«Ich habe Stimmen gehört», sagte sie befangen, weil sie nicht ganz angezogen war. Sie tastete hinter sich, um etwas zu finden, womit sie sich bedecken konnte, legte es sich um die Schultern und zog es fest.

«Tut mir leid, dass ich Sie stören muss.» Seine Stimme war leise und klang dringlich. «Aber es gab einen Vorfall unten. Ich habe mich gefragt ... also, wir brauchen Ihre Hilfe.»

Die Tanzveranstaltung hatte sich in kleine inoffizielle Partys in verschiedenen Teilen des Schiffes aufgelöst. Eine hatte im hinteren Backbord-Maschinenraum stattgefunden. Ein Heizer hatte mit einer Braut Walzer auf den Gerüstgängen direkt am Hauptmotor getanzt. Die Zeugenaussagen waren bisher noch unklar, aber anscheinend waren sie in den Schacht gefallen, in dem sich der Motor befand. Der Mann hatte das Bewusstsein verloren, die Braut hatte einen üblen Schnitt im Gesicht.

«Es liegt auf der Hand, dass wir nicht den Schiffsarzt holen können.» Er zögerte. «Wir dachten ... ich dachte, Sie könnten vielleicht helfen.»

Sie schlang die Arme um ihren Körper. «Es tut mir leid», flüsterte sie, «ich kann da nicht runter. Sie müssen jemand anderes fragen.»

«Ich komme mit. Ich bleibe bei Ihnen.»

«Das ist es nicht ...»

«Sie müssen sich keine Sorgen machen, das verspreche ich. Sie wissen, dass Sie Krankenschwester sind.»

Sie hatte ihm in die Augen gesehen und verstanden, was er sagen wollte.

«Es gibt sonst niemanden, der helfen könnte», sagte er und schaute auf seine Armbanduhr. «Wir haben etwa zwanzig Minuten. Bitte, Frances.»

Er hatte ihren Namen noch nie gesagt. Sie wusste gar nicht, dass er ihn kannte.

Margarets Stimme drang leise durch die Dunkelheit. «Ich komme mit.»

Sie quälte sich mit ihrer eigenen Unentschlossenheit und war gleichzeitig überwältigt von seiner Nähe.

«Sehen Sie sie sich einfach einmal an, bitte. Wenn es ganz schlimm ist, wecken wir den Doktor.»

«Ich hole meinen Erste-Hilfe-Kasten», sagte sie. Sie langte unter die Koje nach der Blechkiste. Auf der gegenüberliegenden Seite wuchtete sich Margaret schwerfällig hoch und zog einen Morgenmantel an, der sich nun kaum noch um ihren Bauch schließen ließ. Sanft drückte sie Frances' Arm.

«Wo geht ihr hin?», fragte Avice und zog an der Lichtkordel. Sie setzte sich auf und blinzelte schläfrig ins Licht.

«Nur ein bisschen frische Luft schnappen», erwiderte Margaret.

«Ich bin doch nicht von gestern.»

«Wir helfen ein paar Leuten, die sich verletzt haben», sagte Margaret. «Wenn du willst, kannst du mitkommen.»

Avice schaute sie zweifelnd an.

«Das ist das mindeste, was du tun kannst», setzte Margaret nach.

Avice glitt aus ihrer Koje und schlüpfte in ihren pfirsichfarbenen Seidenmorgenrock. Dann folgte sie den anderen.

Hinter ihnen stellte sich der rothaarige Soldat wieder an seinen Platz, um eine Kabine zu bewachen, die bis auf einen schlafenden Hund vollkommen leer war.

Sie hörten die Stimmen, noch bevor sie sie sahen: aus der Tiefe des Schiffsbauches. Sie waren endlose Treppen und enge Korridore entlanggegangen, bis sie endlich den Backbord-Maschinenraum erreichten. Hier war die Hitze fast unerträglich. Margaret musste sich anstrengen, um mit den anderen Schritt zu halten, und geriet schnell außer Atem. Ständig musste sie sich mit dem Ärmel den Schweiß von der Stirn wischen. Und dann hörten sie schrilles Weinen, unterbrochen von gedämpften Stimmen, weiblichen und männlichen, einige schienen sich zu streiten, andere klangen beruhigend, und im Hintergrund stampfte und hämmerte es, das Herzklopfen der riesigen Bestie. Vielleicht als Antwort auf den Lärm beschleunigte Frances ihre Schritte, und sie rannte fast mit dem Marinesoldaten den Gang entlang.

Margaret erreichte den Maschinenraum ein paar Sekunden nach den anderen. Als sie die Luke öffnete, schlug ihr eine solche Hitze entgegen, dass sie erst einmal einen Moment stehen bleiben musste, um sich daran zu gewöhnen.

Sie trat auf den Gerüstgang und schaute nach unten, dorthin, wo das Geräusch herkam. Gute vier Meter unter ihnen lag ein junger Matrose auf dem Boden einer riesigen Grube, die aussah wie ein auf den Grund gesunkener Boxring. Man hatte ihn aufgerichtet und mit dem Rücken gegen die Wand gelehnt. Eine schluchzende Braut stützte ihn, auf der anderen Seite hockte ein Freund. Auf einer Kiste in der Ecke lag ein Kartenspiel, auf dem Boden einige umgeworfene Becher. In der Mitte pumpte und hämmerte eine riesige Maschine – ein verworrenes Organ aus Ventilen und Rohren – und erzeugte ein ohrenbetäubendes, metallenes Stampfen. In regelmäßigen Abständen zischte Dampf aus seinen Ventilen, als folge es einer Höllenmelodie. Etwas weiter entfernt kauerte eine Braut unter dem Gerüstgang, hielt sich die Wange und weinte. Frances machte sich daran, die Leiter hinabzusteigen, die in die Eingeweide der Schiffsmaschine führte. Ihre Füße machten kaum ein Geräusch auf dem Metallgitter. Sie drängte sich durch die betrunkene Menge, fiel auf die Knie und untersuchte die Wunde unter dem blutgetränkten, schmutzigen Lappen, den man dem Mann um den Arm gebunden hatte.

Margaret lehnte sich gegen das Metallseil, das als Sicherheitsgeländer diente. Sie sah zu, wie eines der Mädchen der verletzten Frau die Hand vom Gesicht nahm und die glänzende Wunde mit einem feuchten Tuch betupfte. Einige Matrosen, immer noch in ihren Festtagsuniformen, versuchten übergroße Sauerstoffkanister beiseitezuschaffen. Zwei standen da, ganz offensichtlich zutiefst erschrocken, und inhalierten in heftigen Zügen den Rauch aus ihren Zigaretten. Die Rohre der Maschine glänzten im dämmrigen Licht.

«Er ist über das Geländer gegangen, und die Kanister sind auf ihn gefallen», rief ein Mann. «Ich weiß nicht, wo sie ihn getroffen haben. Wir haben verdammt Glück gehabt, dass die ganze Chose nicht explodiert ist.»

«Wie lange ist er schon bewusstlos?» Frances hatte die Stimme erhoben, damit man sie über all dem Lärm hören konnte. «Wer ist noch verletzt?» Es lag jetzt keine Zurückhaltung mehr in ihrem Verhalten: Sie wirkte wie ausgewechselt.

Neben ihr lockerte der Marinesoldat den Kragen seiner Festtagsuniform. Er folgte ihren Anweisungen und suchte nach Gegenständen aus ihrem Erste-Hilfe-Kasten. Er rief den anderen Matrosen Befehle zu. Zwei von ihnen flitzten die Leiter hinauf, ganz offensichtlich froh, verschwinden zu können.

Avice stand mit dem Rücken gegen die Wand gepresst auf dem Gang. Margaret konnte nur zu gut in ihrem Gesicht lesen: Sie hatte bereits entschieden, dass sie auf keinen Fall hier sein wollte. Plötzlich musste Margaret an Jean denken und fragte sich kurz, ob ihnen nun womöglich dasselbe passieren konnte. Aber dann sah sie hinunter auf Frances, die sich über den bewusstlosen Mann beugte, mit einer Hand seine Augenlider anhob und mit der anderen in ihrem Erste-Hilfe-Kasten wühlte, und sie wusste, dass sie jetzt nicht einfach gehen konnte.

«Er kommt wieder zu sich. Jemand soll seinen Kopf halten, bitte. Wie heißt er? Kenneth? Kenneth», rief sie, «kannst du mir sagen, wo es weh tut?» Sie lauschte seiner Antwort, hob dann seine Hand an und zog an seinen Fingern. «Öffnen Sie das bitte für mich.» Sie reichte dem Marinesoldaten etwas, das aussah wie ein Nähset. Margaret wandte sich ab. Unter ihren Füßen vibrierte der Gang im Einklang mit den Maschinen.

«Um wie viel Uhr ist noch mal der Schichtwechsel?», fragte Avice nervös.

«In vierzehn Minuten», antwortete Margaret. Sie überlegte, ebenfalls hinunterzuklettern und Frances an die Zeit zu erinnern, aber es schien ihr zwecklos: Ihre Bewegungen waren von solcher Dringlichkeit, schneller konnte sie wohl nicht handeln.

Gerade als sie sich umwandte, fiel ihr Blick auf einen Mann. Er saß in einer Ecke auf dem Boden, und Margaret sah, dass er Frances anstarrte. Die Art, wie er sie ansah, ließ sie sofort überprüfen, ob Frances' Morgenrock vielleicht zu viel enthüllte. Sein Blick war nicht lüstern, aber freundlich war er auch nicht. Er sah Frances mit einem merkwürdig wissenden Blick an. Sie hatte plötzlich ein mulmiges Gefühl und rückte näher an Avice heran.

«Wir sollten besser gehen», sagte Avice.

«Sie braucht sicher nicht mehr lang», antwortete Margaret. Dabei war sie eigentlich ihrer Meinung: Das hier war ein schrecklicher Ort. Ein bisschen so, wie man sich die Hölle vorstellte. Aber Frances hatte nie mehr in ihrem Element gewirkt als hier.

«Tut mir leid, dass ich dich da reinziehen musste, Nicol. Ich konnte ihn nicht allein lassen. Nicht in diesem Zustand.»

Jones der Waliser versuchte, seinen Kragen mit dem Finger etwas zu lockern, dann schaute er an seinen ölbefleckten Hosen herunter. «Das ist jetzt aber das letzte Mal, dass mich Duckworth zu einer Party überredet hat. Dieser verdammte Idiot! Mein Drillich ist völlig ruiniert.» Er zündete sich eine Zigarette an, die «Rauchen verboten»-Schilder an der Wand im Blick. «Trotzdem, Kumpel, ich bin dir was schuldig.»

«Ich glaube, du schuldest jemand anderem etwas», entgegnete Nicol. Er schaute auf seine Armbanduhr. «Herrgott. Wir haben nur noch acht Minuten, Frances, bevor wir sie hier herausgeschafft haben müssen.»

Neben ihm auf dem Boden war Frances gerade damit fertig geworden, den Schnitt im Gesicht der Braut zu säubern. Das Mädchen hatte zu schluchzen aufgehört, war ganz weiß im Gesicht und befand sich in einem Schockzustand, verschlimmert, wie Nicol vermutete, durch die großen Mengen Alkohol, die sie offensichtlich getrunken hatte. Frances' Haar hing ihr in verschwitzten Strähnen um das Gesicht; ihr heller Baumwollmorgenrock war mit Öl verschmiert.

«Geben Sie mir bitte die Morphiumflasche», sagte sie. Er holte das kleine braune Fläschchen aus ihrem Notfallkasten. Sie nahm es und ergriff dann seine Hand, um sie auf eine Mullbinde auf dem Gesicht des Mädchens zu legen. «Halten Sie das mal fest», sagte sie. «So fest Sie können.»

Mit den flüssigen Bewegungen, die lange Routine mit sich bringt, öffnete sie das Fläschchen und zog eine Spritze auf. «Gleich wird's besser», sagte sie zu dem verletzten Mädchen. Nicol rückte ein wenig von ihr ab, um ihr Platz zu machen, und sie setzte die Nadel an. «Ich werde es nähen müssen», sagte sie, «aber ich verspreche dir, dass ich die Stiche so klein mache, wie es geht. Das meiste wird ohnehin von deinen Haaren verdeckt sein.»

Das Mädchen nickte stumm.

«Sollen wir sie nicht erst nach oben bringen und es dort machen?», fragte Nicol.

«Eine Frauendienstoffizierin geht Streife auf dem Hangardeck», warnte einer der Männer.

«Lasst mich das hier einfach erst mal fertig machen», sagte Frances, und nur bei genauem Hinhören nahm man die Härte in ihrer Stimme wahr. «Ich mache, so schnell ich kann.»

Die Männer trugen Kenneth hinaus und zogen ihn mit vereinten Kräften die Leiter hoch. Dabei warnten sie sich gegenseitig, auf seine Beine und seinen Kopf zu achten.

«Deine Freundin hier sagt aber nichts, oder?» Jones beobachtete sie und kratzte sich am Kopf. «Ich meine, kann man ihr vertrauen?»

Nicol nickte.

Er wollte ihr so gern danken und seine Bewunderung ausdrücken. Als sie oben miteinander getanzt hatten und er sie in den Armen gehalten hatte, hatte er gesehen, wie wunderschön dieses ungelenke Mädchen sein konnte, wenn sie entspannt war. Sie hatte geradezu von innen geleuchtet. Jetzt, an diesem Ort, erkannte er sie kaum wieder. Er hatte noch nie eine Frau erlebt, die mit solcher Selbstsicherheit ihren Dienst versah, und es erfüllte ihn mit Stolz zu erkennen, dass sie einander ebenbürtig waren.

«Zeit?», fragte Frances.

«Noch vier Minuten», antwortete er.

Sie schüttelte den Kopf, als ob das eine Unmöglichkeit schlechthin wäre. Nicol stand inzwischen aufrecht und schaute immer wieder hinüber zur Luke, überzeugt, über den ohrenbetäubenden Krach des Motors Schritte zu hören.

Dann wandte sie ihm ihr schmutziges und gerötetes Gesicht zu. «Wir haben es geschafft», sagte sie mit einem kurzen Lächeln. «Wir sind fertig.»

«Etwas über anderthalb Minuten», sagte Nicol. «Los jetzt, wir müssen hier raus. Lasst das», rief er den Matrosen zu, die versuchten, das Geländer zu reparieren. «Dafür haben wir jetzt keine Zeit. Helft mir lieber, sie raufzuschaffen.»

Margaret und Avice standen auf dem Gittergang an der Luke über ihnen, und Frances machte ihnen ein Handzeichen, dass sie gehen konnten. Margaret antwortete mit einem beschwichtigenden Winken. Sie würden warten.

Er reichte ihr die Hand, damit sie aufstehen konnte. Sie zögerte kurz, strich sich das Haar aus dem Gesicht und ergriff sie. Er versuchte, den Blick nicht auf ihren Morgenmantel zu richten, der jetzt deutlich die eleganten Rundungen ihrer Brust sehen ließ. Schweiß glitzerte auf ihrer Stirn und lief in schmutzigen Rinnsalen in die Vertiefung zwischen ihren Brüsten. Möge mir Gott beistehen, dachte Nicol. Ich werde kämpfen müssen, dieses Bild vergessen zu können.

«Du musst das hier unbedingt trocken halten», flüsterte Frances dem Mädchen zu. «Die nächsten Tage darfst du dir nicht die Haare waschen.»

«Kann mich sowieso nicht daran erinnern, wann ich sie zum letzten Mal gewaschen habe», murmelte das Mädchen.

«Warte mal», sagte Jones der Waliser plötzlich. «Kenne ich dich nicht von irgendwoher?»

Zuerst schien Frances anzunehmen, dass er mit dem verletzten Mädchen sprach. Dann begriff sie, dass er sie meinte, und ihre Züge verhärteten sich.

«Ich glaube nicht», sagte sie leise und begann, ihre Erste-Hilfe-Kiste zu packen.

«Doch, doch.» Jones schüttelte nachdenklich den Kopf. «Ich vergesse nie ein Gesicht.»

Nicol sah, dass Frances blass geworden war. «Ich geh dann mal lieber», sagte sie. «Es wird ihnen bald besser gehen.» Ihr Blick traf seinen nur kurz.

«Ich bringe Sie nach oben», sagte er.

«Nein», entgegnete sie scharf. «Nein, es geht mir gut. Vielen Dank.»

Verbandsmaterial und andere Utensilien aus dem Erste-Hilfe-Kasten waren unter dem Gang verstreut, aber das schien sie nicht zu kümmern. Sie raffte ihren Morgenmantel fest zusammen und ging am Motor vorbei auf die Leiter zu, den Notfallkasten unter den Arm geklemmt.

«Oh, nein ...»

Nicol riss den Blick von Frances los und schaute zu Jones dem Waliser hinüber. Der Mann starrte Frances hinterher und schüttelte verwirrt den Kopf. Dann flackerte ein hinterhältiges Lächeln über sein Gesicht.

«Was?», fragte Nicol. Er folgte ihr zur Leiter und griff nach seiner Jacke, die er über einen Werkzeugkasten geworfen hatte.

«Nein ... das kann doch nicht sein ... niemals ...» Jones schaute sich um und schien endlich den Mann gefunden zu haben, mit dem er sprechen wollte. «Hey, Duckworth, denkst du dasselbe wie ich? Queensland? Stimmt doch, oder?» Frances war die Leiter hinaufgeklettert und ging nun mit gesenktem Kopf auf die anderen Mädchen zu.

«Hab ich gleich gesehen», kam es in breitem Cockney-Akzent zurück. «Das alte Rest Easy. Man kann's kaum glauben, oder?»

«Was ist los?», fragte Avice von oben. «Wovon redet er?»

«Ich glaub's einfach nicht», sagte Jones der Waliser und brach in Gelächter aus. «Eine Krankenschwester! Warte, bis wir das dem alten Kenny erzählen! Eine Krankenschwester!»

«Wovon zum Teufel redest du, Jones?», fragte Nicol irritiert.

Auf Jones' Gesicht erschien das amüsierte Lächeln, mit dem er den meisten schönen Überraschungen des Lebens begegnete – ob es sich nun um Extrarationen Alkohol, Siege in Seeschlachten oder erfolgreiches Schummeln beim Kartenspiel handelte. «Deine kleine Krankenschwester, Nicol», sagte er, «ist eine Nutte.»

«Was?»

«Yep – wir haben sie mal in einem Club in Queensland getroffen, muss so vier, fünf Jahre her sein.»

Sein Gelächter und seine Stimme übertönten den Lärm des Motors. Die erschöpften Männer und die Bräute, die auf dem Weg nach draußen waren, konnten sie gut hören. «Mach dich nicht lächerlich, Mann.» Nicol sah hoch zu Frances, die jetzt beinahe die Luke erreicht hatte. Sie hatte den Blick fest auf den Boden vor sich gerichtet, aber dann erlaubte sie sich, kurz zu ihm hinunterzusehen. In ihren Augen sah er Resignation. Ihm war plötzlich ganz kalt.

«Aber sie ist doch verheiratet.»

«Was? Mit ihrem Zuhälter? Sie war die Trophäe des Clubchefs, das war sie! Und jetzt sieh sie dir an. Kannst du dir das vorstellen? Jetzt hat sie sich in Florence Nightingale verwandelt!»

Frances konnte sein ungläubiges Gelächter noch im Gang hinter der Luke hören.

Es war ein Mädchen aus England,
Susan Summers war ihr Name,
Vierzehn Jahre sollten gehen ins Land,
So lautet' das Schicksal der Dame.
Unser Plantagenbesitzer kaufte sie frei
Und heiratete sie kurzerhand,
Sie war uns von gutem Nutzen,
Hier in Van Diemens Land.

Aus: «Van Diemen's Land»,
australisches Volkslied

KAPITEL 15

Australien, 1939

F rances hatte in der Arnotts-Keksdose nachgesehen, bevor
Mr. Radcliffe kam. Sie hatte außerdem in der Besteck-
schublade nachgeschaut und unter der Matratze in dem Zimmer, das früher, vor vielen Jahren, ihren Eltern gehört hatte. Sie
hatte ihre Mutter mehrfach gefragt, wo das Geld war, aber ihre
Mutter hatte nur geschnarcht und Alkohol ausgedünstet.

Doch Mr. Radcliffe wollte diese Antwort nicht gelten lassen.
«Also, wo ist es?», hatte er lächelnd gefragt. Er sah dabei aus wie
ein Hai, der das Maul aufreißt, um zuzubeißen.

«Es tut mir wirklich leid. Ich weiß nicht, was sie damit gemacht hat.» Frances hatte ihren Fuß hinter die Tür gestellt, um
ihn daran zu hindern hineinzusehen, aber Mr. Radcliffe beugte
sich ein wenig zur Seite, um durch das Fliegengitter zu schauen.
Er sah ihre Mutter im Lehnsessel hängen. «Nein», entgegnete
er. «Natürlich.»

«Es geht ihr nicht sehr gut», sagte Frances und zog unbehaglich an ihrem Rock. Hinter ihm sah sie zwei Nachbarn die Straße entlanggehen. Sie schauten zu ihr herüber und flüsterten etwas. Sie musste die Worte nicht hören, um zu wissen, worüber sie sprachen. «Wenn Sie wollen, kann ich später damit vorbeikommen.»

«Was? So wie deine Mum letzte Woche? Und die Woche davor?» Er strich eine nicht vorhandene Falte an seiner Hose glatt. «Ich nehme an, dass in ihrem Portemonnaie noch nicht mal genügend Geld für einen Laib Brot ist.»

Sie schwieg.

«Du warst länger nicht hier.» Das war keine richtige Frage.

«Ich war bei meiner Tante May.»

«Oh ja. Sie ist gestorben, oder? Krebs, nicht wahr?»

Frances' Augen füllten sich mit Tränen, und sie konnte kaum antworten. «Ja», sagte sie. «Ich war dort ... um ihr ein wenig zu helfen.»

«Tut mir leid, dass du sie verloren hast. Wahrscheinlich weißt du, dass es deiner Mutter nicht besonders gut ergangen ist, seit du weg bist.» Mr. Radcliffe schaute erneut an ihr vorbei durch die Tür, und sie musste sich zurückhalten, um sie nicht noch weiter zu schließen.

«Sie ... ist mit ihren Zahlungen ziemlich im Rückstand. Nicht nur bei mir. Bei Green's oder bei Mayhew's werden sie dich nicht mehr anschreiben lassen.»

«Ich schaff das schon», sagte Frances.

Er wandte sich zu dem glänzenden Automobil, das auf der Straße stand. Zwei kleine Jungs standen davor und schauten sich staunend im Rückspiegel an. «Deine Mutter war hübsch, als sie noch für mich arbeitete. Da siehst du, was die Trunksucht mit einem macht.»

Sie hielt seinem Blick stand.

Mr. Radcliffe verlagerte sein Gewicht auf den anderen Fuß und schaute dann auf seine Armbanduhr.

«Wie alt bist du, Frances?», fragte er.

«Fünfzehn.»

Er musterte sie, als wollte er ihren Wert abschätzen. Dann seufzte er, als hätte er gerade wider besseres Wissen einen Entschluss gefasst.

«Sieh mal, ich sage dir was. Ich lasse dich im Hotel arbeiten. Du kannst Teller waschen. Ein bisschen putzen. Auf deine Mutter kannst du dich wohl nicht verlassen. Aber enttäusch mich nicht, oder ihr fliegt hier alle beide raus.» Er war schon beim Auto und scheuchte die Jungen fort, bevor sie ihm danken konnte.

Sie kannte Mr. Radcliffe schon fast ihr ganzes Leben. Die meisten Leute in Aynsville kannten ihn: Er besaß das einzige Hotel im Ort und vermietete einige Schindelhäuser. Sie konnte sich noch daran erinnern, wie ihre Mutter, bevor sie sich vollkommen der Trunksucht ergab, abends zum Arbeiten in die Hotelbar ging. Tante May hatte dann auf sie aufgepasst. Später verfluchte Tante May den Tag, an dem sie Frances' Mutter dazu geraten hatte, dort zu arbeiten.

Frances' eigene Erfahrungen mit dem Hotel waren gar nicht so schlecht. Zumindest im ersten Jahr. Jeden Tag meldete sie sich um kurz nach neun in der Küche zur Arbeit, gemeinsam mit einem wortkargen Chinesen, der finster dreinsah und ein riesiges Messer gegen sie erhob, wenn sie das Gemüse nicht gut genug abwusch und schnippelte. Sie putzte die Küche, wischte den Boden mit einem schwarzen Mopp, half bis vier Uhr nachmittags bei der Essenszubereitung und wusch danach die Teller.

Ihre Hände wurden vom brühheißen Wasser ganz rissig, Rücken und Nacken schmerzten von der über das Waschbecken gebückten Haltung. Sie verstand schnell, dass es besser war, mit gesenktem Blick an den Frauen vorbeizugehen, die am Nachmittag schlechtgelaunt an der Bar herumsaßen und nichts weiter zu tun hatten, als zu trinken und sich miteinander zu zanken. Aber sie genoss es, Geld zu verdienen und wenigstens ein bisschen Kontrolle über ihr Leben zu haben.

Mr. Radcliffe behielt die Miete ein, und dennoch konnte sie ein wenig Geld mit nach Hause nehmen, um Essen und andere Kleinigkeiten für den Haushalt zu kaufen. Sie hatte sich sogar ein Paar neue Schuhe geleistet, und für ihre Mutter eine cremefarbene Bluse mit hellblauer Stickerei. Es war die Art Bluse, die andere Mütter tragen würden. Ihre Mutter hatte vor Dankbarkeit geweint und versprochen, bald wieder auf den Beinen zu sein. Frances würde dann vielleicht aufs College gehen können, so wie es Tante May versprochen hatte. Fort aus diesem stinkenden Loch.

Aber dann, befreit von der Verantwortung, Geld zu verdienen und den Haushalt zu führen, trank ihre Mutter noch mehr. Hin und wieder kam sie in die Hotelbar und lehnte sich mit ihren weit ausgeschnittenen Kleidern über den Tresen. Spät in der Nacht schwang sie große Reden vor den Männern, die dort saßen, und vor den Mädchen, die dort arbeiteten. Sie schlug nach nicht vorhandenen Fliegen und kreischte nach Frances in einem Ton, der gleichzeitig vorwurfsvoll und selbstmitleidig war. Und dann klapperte sie auf hohen Hacken in die Küche, um ihre Tochter für all ihre Fehler zu tadeln – dafür, dass sie sich nicht gut genug anzog, dass sie überhaupt geboren war und das Leben ihrer Mutter ruiniert hatte –, so lange, bis Hun Li sie mit seinen riesigen Armen umschlang und rauswarf. Hun Li schaute Frances dann böse an, als ob das Versagen ihrer Mutter ihr eigenes wäre. Sie versuchte gar nicht erst, sie zu verteidigen: Schon vor Jahren hatte sie erkannt, dass das nichts nützte.

Angesichts ihrer Armut wunderte Frances sich, wie es sich ihre Mutter leisten konnte, sich regelmäßig derart zu betrinken.

Und dann, eines Nachts, verschwand sie – mit den ganzen Einnahmen eines Abends.

Frances hatte gerade fünf Minuten Pause gemacht. Sie saß auf einem umgedrehten Eimer im Besenschrank, um ein paar mit Margarine bestrichene Schnitten zu essen, die Hun Li für sie aufgespart hatte, als sie den Tumult hörte. Sie hatte bereits ihren Teller abgestellt und war aufgestanden, als Mr. Radcliffe hereinstürmte. «Wo ist sie, die diebische Hure?»

Frances erstarrte und riss die Augen auf. Sie wusste sofort, von wem er sprach, und ihr wurde ganz bange.

«Sie ist fort! Und mein verdammtes Geld auch! Wo ist sie?»

«Ich … ich weiß es nicht», hatte Frances gestammelt.

Mr. Radcliffe, der sonst so weltmännisch und vornehm auftrat, hatte sich in eine wütende, puterrote Kreatur verwandelt. Sein Körper schien das Hemd sprengen zu wollen, seine riesigen Fäuste waren geballt, als müsste er sich sehr bemühen, sich zurückzuhalten. Er starrte sie eine gefühlte Ewigkeit lang an. Dann war er fort und schlug die Tür hinter sich zu.

Sie hatten sie zwei Tage später bewusstlos hinter dem Fleischergeschäft gefunden. Sie hatte kein Geld bei sich, nur ein paar leere Flaschen. Ihre Schuhe hatte sie verloren. Noch in derselben Woche ging Mr. Radcliffe zu ihr, um «ein Wörtchen mit ihr zu reden». Danach kam er ins Hotel, um Frances zu sagen, dass er und ihre Mutter entschieden hätten, dass es das Beste wäre, wenn sie die Stadt für eine Weile verlassen würde. «Nur bis sie wieder ein wenig zur Vernunft kommt», hatte er gesagt. «Obwohl nur der liebe Gott weiß, wie lange das dauern mag.»

Frances war zu erschrocken gewesen, um etwas zu sagen. Als sie am Abend nach Hause kam, empfand sie die schwere Stille in dem kleinen Häuschen als erdrückend. Ihre Mutter hatte ihr keine Nachricht hinterlassen. Sie hatte den Kopf auf ihre Arme gelegt und so dagesessen, bis sie schließlich erschöpft eingeschlafen war.

Fast drei Monate später hatte Mr. Radcliffe sie zu sich gerufen. Der Schatten ihrer Mutter war kleiner geworden; die Leute in der Stadt flüsterten nicht mehr, wenn Frances vorbeiging – einige grüßten sie sogar. Hun Li hatte sich sehr anständig verhalten – er sorgte dafür, dass sie Rind- und Hammelfleischreste zum Abendbrot bekam und dass sie regelmäßig Pause machte. Einmal hatte er ihr sogar zwei Apfelsinen abgezweigt, obwohl er das später verneinte und in gespieltem Zorn sein Hackmesser hob, als sie es erwähnte. Die Mädchen in der Bar fragten sie, ob es ihr gut ging, und zogen sie schwesterlich an den Zöpfen. Eine hatte ihr einen Drink angeboten, als ihre Schicht beendet war. Sie hatte zwar abgelehnt, sich aber dennoch darüber gefreut. Als ein anderes Mädchen seinen Kopf durch die Küchentür steckte und sie bat, hinauf in Mr. Radcliffes Büro zu flitzen, war sie zusammengezuckt, voller Angst, dass man sie vielleicht ebenfalls des Diebstahls bezichtigen könnte. Wie die Mutter, so die Tochter. Aber dann klopfte sie und trat ein, und Mr. Radcliffes Gesicht wirkte überhaupt nicht zornig.

«Setz dich», sagte er. Er schaute sie geradezu wohlwollend an. Sie setzte sich. «Ich werde dich bitten müssen, euer Haus zu verlassen.»

Bevor sie auch nur ansetzen konnte, etwas zu erwidern,

fuhr er auch schon fort: «Der Krieg wird einiges verändern in Queensland. Truppen sind auf dem Weg hierher, und in der Stadt muss man Vorbereitungen treffen. Man hat mir gesagt, es kämen Leute, die viel höhere Mieten zu zahlen bereit sind. Und es ergibt doch sowieso keinen Sinn für ein junges Mädchen wie dich, Frances, allein in dem großen Haus herumzusitzen.»

«Aber ich habe die Miete doch immer pünktlich bezahlt», sagte Frances. «Ich habe Sie nicht ein Mal enttäuscht.»

«Dessen bin ich mir wohl bewusst, Schätzchen, und ich bin nicht die Sorte Mensch, die dich auf die Straße setzen würde. Du ziehst hier ein. Du kannst das Zimmer ganz oben haben. Und ich nehme eine niedrigere Miete dafür, dann hast du mehr Geld zur Verfügung. Na, wie klingt das?»

Er war so überzeugt davon, dass sie seine Idee begeistert aufnehmen würde, dass sie kaum sagen konnte, was sie fühlte: dass das Haus in der Ridley Street ihre Heimat war. Dass sie ihre Unabhängigkeit zu genießen begonnen hatte, seit ihre Mutter fort war, dass sie nicht mehr ständig das Gefühl hatte, am Rande eines Abgrunds zu stehen. Und dass sie nicht noch tiefer in seiner Schuld stehen wollte, indem sie seinen Vorschlag annahm.

«Ich würde lieber in dem Haus wohnen bleiben, Mr. Radcliffe. Ich ... ich kann auch Extraschichten übernehmen, um die Miete zahlen zu können.»

Mr. Radcliffe seufzte. «Ich würde dir in dieser Angelegenheit wirklich gerne helfen, Frances, wirklich. Aber als deine Mutter mit meinem Geld verschwunden ist, hat sie ein großes Loch in meine Finanzen gerissen. Ein sehr großes Loch. Ein Loch, das ich wieder füllen muss.»

Er stand auf und trat zu ihr. Seine Hand fühlte sich ungeheuer schwer auf ihrer Schulter an.

«Das mag ich an dir, Frances. Du bist ein Arbeitstier, ganz anders als deine alte Mutter. Also ziehst du hier ein. Ein Mädchen wie du sollte seine besten Jahre nicht damit verschwenden, sich um seine Miete Sorgen zu machen. Du solltest ausgehen, dich schick anziehen, dich amüsieren. Außerdem ist es gar nicht gut, wenn die Leute wissen, dass ein junges Mädchen wie du alleine lebt …» Er drückte ihre Schulter. Sie fühlte sich wie gelähmt. «Nein. Du holst am Samstag deine Habseligkeiten, und ich kümmere mich um alles andere. Ich schicke dir einen der Jungs rüber, damit er dir hilft.»

Später ging ihr auf, dass die Mädchen vielleicht etwas gewusst hatten, was sie nicht wusste. Dass ihre Freundlichkeit, ihr Mitgefühl und, in einem Fall, ihre Feindseligkeit nicht aus der Tatsache erwuchsen, dass sie mit ihr unter einem Dach lebten, sondern weil sie über ihre Lage Bescheid wussten.

Und als Miriam, eine kleine jüdische Frau mit Haaren, die ihr bis zur Taille reichten, an einem Nachmittag verkündete, dass sie ihr jetzt helfen würde, sich ein wenig herauszuputzen, war es vielleicht auch nicht nur aus reiner Mädchenfreundschaft, sondern womöglich auf Anweisung von jemand anders.

Frances, die sich nicht besonders gut mit Freundschaft auskannte, war jedoch viel zu eingeschüchtert von der ungewohnten Aufmerksamkeit, die man ihr entgegenbrachte, als dass sie protestiert hätte. Als Miriam ihr schließlich die Haare gelegt und das Band um die Taille ihres dunkelblauen Kleides festgezogen hatte, das extra für sie geändert worden war, als sie sie Mr. Radcliffe vorgeführt und mit der großen Veränderung geprahlt hatte, hatte Frances angenommen, dass sie nun wohl dankbar sein müsse.

«Na, sieh mal einer an», sagte Mr. Radcliffe und paffte an seiner Zigarette. «Wer hätte das gedacht, he, Miriam?»

Frances spürte, wie ihre Wangen unter der dicken Schicht Make-up brannten. Sie musste dem Drang widerstehen, die Arme über der Brust zu verschränken.

«Zum Anbeißen. Eigentlich glaube ich, dass unsere kleine Frances an den alten Hun Li im Grunde verschwendet ist, findest du nicht? Ich bin sicher, dass wir für sie etwas Schmückenderes finden als Tellerwaschen.»

«Es geht mir gut», sagte Frances. «Wirklich. Es macht mir viel Spaß, mit Mr. Hun zu arbeiten.»

«Natürlich macht es dir Spaß, Süße, und du machst deine Arbeit auch sehr gut. Aber wenn ich so sehe, wie verdammt hübsch du bist, denke ich doch, dass du mir draußen noch mehr von Nutzen sein wirst. Also servierst du von nun an die Drinks. Miriam hier zeigt dir alles, was du wissen musst.»

Wie so oft fühlte sie sich auch jetzt wieder ausgetrickst. Es gab zu viele Menschen, die über sie entscheiden konnten, obwohl sie doch eigentlich schon erwachsen war. Wenn sie in Miriams Blick etwas entdeckte, was sie noch etwas anderes spüren ließ, etwas vage Beunruhigendes, so hätte sie nicht sagen können, was genau es war.

Sie sollte dankbar sein. Sie sollte dankbar dafür sein, dass Mr. Radcliffe ihr die hübsche Mansarde zu einem weit niedrigeren Preis überließ, als sie sich hätte leisten können. Sie sollte dankbar dafür sein, dass er sich um sie kümmerte, zumal ihre Eltern offenbar beide nicht fähig dazu waren, es zu tun. Sie sollte dankbar sein, dass er ihr so viel Aufmerksamkeit schenkte, dass er die beiden guten Kleider für sie in Auftrag gegeben hatte, als er feststellte, dass sie kein einziges Kleid besaß, das nicht bereits abgetragen und fadenscheinig war, dass er sie einmal in der Woche zum Essen ausführte und verbot, dass irgendjemand ein böses Wort über ihre Mutter verlor, dass er sie vor den Zudringlichkeiten der Soldaten beschützte, die in die Stadt strömten.

Als Mr. Radcliffe sie zum ersten Mal nach dem Abendessen in seine Suite einlud, statt sie ins Bett zu schicken, war es daher schwierig, nein zu sagen. Und als er darauf bestand, dass sie sich neben ihn auf das Sofa setzte statt auf den kleinen Stuhl, auf dem sie es eigentlich ganz bequem gefunden hatte, war es unhöflich abzulehnen.

«Weißt du, du bist wirklich ein wunderschönes Mädchen, Frances», hatte er gesagt. Die Art, wie er in ihr Ohr geraunt hatte, war beinahe hypnotisch. Ebenso wie seine breite Hand, die ihren Rücken streichelte, als ob sie ein Baby wäre. Wenn sie später daran zurückdachte, wie er ihr das Kleid von der nackten Haut gestreift hatte, wusste sie, dass sie kaum versucht hatte, ihn daran zu hindern, weil sie erst viel zu spät begriff, was sie da hätte verhindern sollen. Eigentlich war es auch gar nicht so schlimm gewesen, nicht wahr? Weil sich Mr. Radcliffe um sie kümmerte. So wie niemand sonst. Mr. Radcliffe würde auf sie aufpassen.

Frances blieb noch drei Monate im Rest Easy Hotel. Zwei Monate lang kam Mr. Radcliffe (er bot ihr nie das Du an) zweimal wöchentlich in der Nacht «zu Besuch». Manchmal lud er sie zu sich in seine Suite ein, nachdem er sie zum Essen ausgeführt hatte. Hin und wieder stand er unangekündigt vor der Tür ihrer Mansarde. Sie mochte diese Besuche nicht: Oft war er betrunken, und einmal hatte er kaum mit ihr gesprochen, sondern einfach nur die Tür geöffnet und sich auf sie geworfen, sodass sie sich wie eine Art Gefäß gefühlt hatte. Noch Stunden später hatte sie versucht, sich seinen Geruch von der Haut zu schrubben.

Sie wusste nun, weshalb er so viele Frauen beschäftigte. Und sie sah mit einigem Interesse, dass kaum eine von ihnen sie um ihre Position beneidete, obwohl er sie klar bevorzugte – sie bekam einen höheren Lohn, schönere Kleider und mehr Aufmerksamkeit, nur das Beste von allem.

Doch an dem Tag, als er vorschlug, sie solle seinen Freund ein wenig «unterhalten», verstand sie plötzlich alles. «Es tut mir leid», sagte sie und lächelte bebend, als sie die beiden Männer ansah, «ich glaube, ich habe Sie nicht recht verstanden.»

Er legte ihr die Hand auf die Schulter. «Neville hier hat eine Schwäche für dich, Süße. Tu mir den Gefallen. Heitere ihn ein wenig auf.»

«Ich verstehe nicht», wiederholte sie.

Seine Finger gruben sich in ihre Schulter. Es war eine schwüle Nacht, und sie glitten fast an ihrer Haut ab. «Ich glaube doch, Süße. Du bist doch kein dummes Mädchen.»

Sie lehnte erneut ab und versuchte, mit einem erzürnten Blick ihre Verletzung über diesen Vorschlag auszudrücken. Sie rannte zur Treppe in dem verzweifelten Versuch, in die Sicherheit ihres Zimmers zu flüchten. Dabei sah sie genau, dass die anderen Mädchen sie anstarrten, und hörte, wie die Soldaten, die einfach überall zu sein schienen, ihr hinterherpfiffen. Aber dann hörte sie seine polternden Schritte hinter ihr. Als sie ihr Zimmer erreichte, war er bei ihr.

«Was glaubst du eigentlich, was du hier machst?», schrie er sie an und riss sie herum, damit sie ihn ansah. Sein Gesicht hatte dieselbe Farbe wie damals, als er ihre Mutter des Diebstahls bezichtigt hatte.

«Lassen Sie mich los!», schrie sie. «Ich kann einfach nicht glauben, dass Sie mich zu so etwas zwingen wollen!»

«Wie kannst du es wagen, mich so zu blamieren! Nach allem,

was ich für dich getan habe. Ich habe mich um dich gekümmert und all das Geld, das mir deine Mutter gestohlen hat, einfach vergessen, obwohl mich alle in der Stadt davor gewarnt haben, eine aus deiner Familie auch nur mit der Kneifzange anzufassen ...»

Sie saß jetzt, die Hände vor das Gesicht geschlagen, als könnte sie ihn so verschwinden lassen. Unten hörte sie, dass jemand ein Lied anstimmte, und die anderen Gäste johlten.

«Neville ist mein Freund, verstehst du, du dummes kleines Mädchen? Ein sehr guter Freund. Und sein Sohn ist in den Krieg gezogen. Er ist ganz traurig deswegen, und ich versuche, ihn ein wenig davon abzulenken. Wir drei könnten einen netten Abend haben, als Freunde, und du benimmst dich hier wie ein verwöhntes Gör! Was glaubst du wohl, wie sich Neville jetzt fühlt?»

Sie versuchte, ihn zu unterbrechen, aber er hinderte sie daran.

«Ich dachte, du wärst erwachsener, Frances.» An dieser Stelle wurde seine Stimme leise und nahm einen verschwörerischen Ton an. «Was ich immer an dir gemocht habe, ist, dass du so einfühlsam warst. Du mochtest es nicht, die Menschen unglücklich zu sehen. Das ist doch nicht zu viel verlangt, wenn man es recht bedenkt, oder? Jemandem zu helfen, dessen Sohn vielleicht bald im Krieg fällt?»

«Aber ich ...» Sie wusste nicht, was sie antworten sollte. Sie brach in Tränen aus und hob eine Hand zum Gesicht.

Er ergriff sie. «Ich habe dich nie zu etwas gezwungen, nicht wahr?»

«Nein.»

«Sieh mal, Süße, Neville ist doch ein netter Mann, oder?»

Eine kleinwüchsige, grauhaarige Maus von einem Mann, die einen Schnäuzer trug. Er hatte sie die ganze Nacht lang angegrinst. Sie hatte geglaubt, dass er die Unterhaltung mit ihr amüsant fand.

«Und du hast mich gern, oder?»

Sie nickte stumm.

«Es würde ihm so viel bedeuten. Und mir auch. Na komm, Süße, das ist doch nun wohl wirklich keine Zumutung, oder?» Er hob ihr Gesicht an, sodass er sie direkt ansehen konnte. Zwang sie, die Augen zu öffnen.

«Ich will das nicht», flüsterte sie. «Das nicht.»

«Es ist doch nur eine halbe Stunde deines Lebens. Und es ist ja nicht so, dass du es nicht auch genießt, oder?»

Sie wusste nicht, was sie darauf antworten sollte. Sie war nie nüchtern genug gewesen, um sich genau daran erinnern zu können.

Er schien ihr Schweigen als Zustimmung zu deuten und schob sie vor den Spiegel. «Na also», sagte er, «du gehst jetzt mal nach oben und richtest dich ein bisschen her. Niemand will ein verheultes Gesicht sehen. Ich lasse dir einen Drink bringen – den guten Brandy, den du so magst –, und dann schicke ich Neville zu dir hoch. Ihr beide versteht euch sicher gut.» Er hatte sie nicht einmal mehr angesehen, als er den Raum verließ.

Danach hatte sie die Male nicht mehr gezählt. Sie wusste nur, dass sie jedes Mal betrunkener war als das vorhergehende. Einmal war ihr übel geworden, und der Mann hatte sein Geld zurückverlangt. Mr. Radcliffe war im Laufe der Zeit immer wütender geworden. Sie verbrachte inzwischen so viel Zeit wie möglich im Badezimmer, wo sie sich so lange abschrubbte, bis sich ihre Haut in Fetzen abschälte. Die Mädchen zuckten jedes Mal zusammen, wenn sie an ihnen vorbeiging.

Schließlich, als es in der Bar wieder einmal lärmend zuging, hatte Hun Li sie in ihrem Versteck im Keller erwischt, wo sie eine Flasche Rum versteckt hatte. Sie stand zwischen den Castlemaine- und McCracken-Bierfässern und trank aus der bereits halb leeren Flasche.

«Frances!»

Sie war herumgewirbelt. Betrunken, wie sie war, hatte es einige Zeit gedauert, bis sie ihren Blick auf ihn richten konnte. Sie erkannte ihn nur an seinem blauen Hemd und den starken Armen. «Sag jetzt nichts», lallte sie und stellte die Flasche ab. «Ich tu Geld dafür in die Kasse.»

Er war näher an sie herangetreten und stand jetzt direkt unter der nackten Glühbirne. Sie fragte sich, ob er sie ebenfalls betatschen wollte. «Frances. Du musst gehen», sagte er. Er schlug nach einer Motte, die vor seinem Gesicht herumflatterte.

«Was?»

«Du musst weg. Dieser Ort nicht gut.»

So viel hatte er in den vergangenen achtzehn Monaten nicht zu ihr gesagt. Sie lachte ein bitteres, böses Lachen, das sich schließlich in Schluchzen verwandelte. Dann beugte sie sich vor, fasste sich in die Seiten und versuchte, wieder zu Atem zu kommen.

Hun Li stand befangen vor ihr und trat dann vorsichtig vor, als ob er sie auf keinen Fall berühren wollte. «Ich hab das hier für dich», sagte er.

In seiner Faust hielt er ein schmutziges großes Bündel Geldscheine. «Was ist das?», flüsterte Frances.

«Dieser Mann letzte Woche. Der, der …» Er hielt inne und suchte nach Worten, um Mr. Radcliffes neuesten «Freund» zu beschreiben. «Der mit dem feinen Anzug. Er hat einen Spielclub. Ich hab das aus seinem Auto gestohlen.» Er streckte ihr seine Faust entgegen. «Du nimmst das. Geh morgen. Du kannst Mr. Musgrove dafür bezahlen, dass er dich zum Bahnhof bringt.»

Sie rührte sich nicht, und er stieß drängend seine Faust in ihre Richtung. «Nimm. Du hast es verdient.»

Sie starrte auf das Geld und fragte sich, ob sie schon betrunken genug war, um sich diese Szene einzubilden. Aber als sie einen Finger ausstreckte, konnte sie es tatsächlich berühren. «Und du glaubst, dass er es Mr. Radcliffe nicht erzählen wird?»

«Egal. Bis dahin bist du weg. Morgen fährt ein Zug. Los. Du gehst.» Als sie schwieg, versuchte er, ein böses Gesicht zu machen. «Das hier nicht gut für dich, Frances. Du bist ein gutes Mädchen.»

Ein gutes Mädchen. Sie starrte diesen Mann an, von dem sie nicht gewusst hatte, dass er überhaupt sprechen konnte, ganz zu schweigen davon, dass er so freundlich war. Sie nahm das Geld und steckte es in ihre Tasche. Die Scheine waren weich von seinem Schweiß. Sie streckte die Hand aus, um danke zu sagen.

Er nickte ihr zu. Dann wandte er sich um, und sein breites Kreuz verschwand in der Dunkelheit.

Für die Wäsche an Bord sind die Möglichkeiten beschränkt ...
Hängen Sie niemals etwas aus einem Bullauge oder einer Luke,
wenn man es außenbords sehen kann.

Aus den Anweisungen für weibliche Passagiere, HMS *Victorious*

KAPITEL 16

Fünfundzwanzigster Tag

A rmes altes Mädchen. Dieses Schicksal hast du nicht verdient, egal wie man es betrachtet.» Highfield legte sanft
seine Hand auf die Reling und glaubte zu spüren, wie die Jahre
des Kampfes im kühlen Metall widerhallten. «Du bist zu gut für
sie. Viel zu gut.»

Er richtete sich auf und warf dann einen Blick hinter sich,
plötzlich war er sich nur allzu bewusst, dass er laut mit dem
Schiff gesprochen hatte. Hoffentlich hatte Dobson es nicht bemerkt. Dobson war vollkommen verunsichert durch die Ände-
rungen des Tagesablaufs, die der Kapitän vorgenommen hatte.
Er hatte es genossen, den jungen Mann gewissermaßen aus dem
Lot zu bringen, aber dann war ihm klargeworden, dass er es
nicht auf die Spitze treiben durfte, weil er sich sonst vor seinen
eigenen Vorgesetzten dafür würde verantworten müssen.

Sie hatten sich am Morgen mit ihm in Verbindung gesetzt.
Der Oberste Befehlshaber der britischen Pazifikflotte hatte
ihm persönlich telegraphiert. In scherzhaftem Ton hatte er
Highfield verkündet, dass er die Malertrupps für den Rest der
Reise von ihrer Aufgabe entbinden könne: Es sei nicht mehr

nötig, die Männer mit Instandhaltungsarbeit zu belasten. Die *Victoria* würde in Plymouth im Trockendock untersucht werden. Entweder würde man sie dann umbauen und an eine Reederei verkaufen oder abwracken.

«Das alte Mädchen ist gut in Schuss», hatte er geantwortet. «Plädiere definitiv für die erste Möglichkeit.»

Er hatte es den Männern nicht gesagt. Er nahm an, dass die meisten gar nicht wussten, auf was für einem Schiff sie sich aufhielten, solange die Messen geräumig, die Heuer ausreichend und die Verpflegung genießbar waren. Jetzt, da der Krieg vorüber war, würden viele die Marine für immer verlassen. Er und das alte Schiff würden nicht mehr als eine blasse Erinnerung sein, wenn man beim Abendessen Kriegsgeschichten austauschte.

Highfield seufzte und belastete vorsichtig sein krankes Bein. Sie würden am nächsten Tag in Bombay anlegen. Er würde der Anweisung des Obersten Befehlshabers nicht Folge leisten. Seit einigen Tagen schon hatte er Gruppen von Matrosen damit beauftragt, zu putzen, zu lackieren und zu polieren. In der Marine wusste man, dass Matrosen, die genug zu tun hatten, weniger Ärger machten – und gerade bei einer Fracht wie dieser musste man darauf besonders achten. Er wollte, dass man sich in jedem noch so unbedeutenden Messingriegel auf dem Schiff spiegeln konnte.

Er nahm an, dass die Männer ahnten, dass mit ihm etwas nicht stimmte. Womöglich würde auch der Gouverneur von Gibraltar etwas bemerken. Er war kein Dummkopf. Der Teufel soll mich holen, wenn ich dich frühzeitig verlasse, sagte er dem Schiff in Gedanken, und seine Hand griff die Reling fester. Ich halte zu dir, bis mein verdammtes Bein abfällt.

«So, die Damen: Sie vermischen einen gestrichenen Esslöffel Eipulver mit zwei Esslöffeln Wasser. Lassen Sie die Mischung ein paar Minuten stehen, bis das Pulver die Feuchtigkeit aufgenommen hat, dann rühren Sie das Ganze mit einem Holzlöffel so lange durch, bis alle Klümpchen verschwunden sind.»

Margaret saß mit dem Notizbuch auf dem Schoß und dem Stift in der Hand da. Sie hatte es aufgegeben, die Rezepte mitzuschreiben. Die geflüsterten Gespräche um sie herum lenkten sie zu sehr ab.

«Eine Prostituierte? Das glaube ich nicht. Die Marine würde so eine doch sicher nicht mit den Männern reisen lassen.»

«Na, sie wussten es ja nicht, nicht wahr?»

«Mit Eipulver kann man alles Mögliche kochen. Wenn man ein wenig Petersilie oder Kresse hinzufügt, kann man einen recht guten ... Rühreiersatz herstellen. Also lassen Sie sich nicht daran hindern, nur weil Sie nicht alle Zutaten zur Hand haben, die Sie von zu Hause gewohnt sind.»

«Aber wer um alles in der Welt hat sie denn geheiratet? Glaubst du, es war einer von ihren ... Kunden?»

«Und was, wenn er gar nichts davon weiß? Glaubst du nicht, die Marine sollte es ihm sagen?»

Es war überall dieselbe Geschichte. In den letzten paar Tagen war Frances Mackenzie, die wahrscheinlich unauffälligste Passagierin, die die *Victoria* jemals an Bord gehabt hatte, zur berüchtigtsten Person auf dem Schiff geworden. Der nächste Landgang war noch in weiter Ferne, und es gab keinen Zweifel daran, dass dies das faszinierendste Ereignis auf der bisherigen Reise war.

«Ich habe gehört, dass sie im Zug war. Du weißt schon, in dem, den sie früher zu den Truppen geschickt haben. Er war voll von ... dieser Sorte.»

«Glaubst du, dass sie sie auf Krankheiten untersuchen mussten? Ich weiß, dass sie das bei den amerikanischen Transporten getan haben. Ich meine, wir haben den Waschraum mit ihr geteilt, um Himmels willen!»

Margaret musste sich zurückhalten, um diesen dummen Klatschweibern nicht auf den Kopf zuzusagen, dass sie keine Ahnung hatten, wovon sie sprachen. Aber es war schwierig, zumal sie selbst nicht wusste, wie die Wahrheit aussah.

Und Frances selbst sagte ja auch nichts. In der Nacht des Unfalls hatte sie sich in ihr Bett zurückgezogen und so getan, als schliefe sie, bis die anderen am nächsten Morgen die Kabine verlassen hatten. Und als sie wiederkamen, hatte sie sich erneut schlafend gestellt. Sie hatte kaum ein Wort gesagt und die Gespräche auf das absolut notwendige Mindestmaß beschränkt.

Avice hatte ziemlich demonstrativ um die Verlegung in eine andere Kabine gebeten. Als die einzige andere freie Koje ihr nicht gefiel, hatte sie laut verkündet, dass sie so wenig wie möglich mit Frances zu tun haben wolle. Margaret hatte sie angefahren, nicht so verdammt lächerlich zu sein und nicht auf den ganzen verdammten Tratsch zu hören. Er enthalte sicher kein einziges Körnchen Wahrheit.

Aber es war schwierig, so entschlossen zu sein, wie sie es gerne wollte, wenn Frances so wenig dafür tat, sich zu verteidigen.

Und selbst Margaret, die sonst selten um Worte verlegen war, wusste manchmal nicht, was sie sagen sollte. Vermutlich war sie etwas naiv, um es milde auszudrücken, denn sie hatte Schwierigkeiten, die adrett gekleidete, überkorrekte junge Dame mit «einer von diesen» in Einklang zu bringen. Das Einzige, was Margaret über solche Frauen wusste, hatte sie von einem Poster in der Messe von Dennis Tims, auf dem unmissverständlich stand: «Geschlechtskrankheiten – die stillen Killer», und aus den Western, die sie mit ihren Brüdern zusammen gesehen hatte, wo diese Frauen in den Saloons immer im Hintergrund saßen. Hatte Frances Kleider mit engen Miedern getragen und sich Rouge ins Gesicht geschmiert, um die Männer auf sich aufmerksam zu machen? Hatte sie sie in ein Zimmer gelockt, ihre Beine gespreizt und sie dazu aufgefordert, mit ihr weiß Gott was zu tun? Diese Gedanken verfolgten Margaret, färbten jedes ihrer Gespräche mit Frances, trotz all der Freundlichkeit, die das Mädchen ihr entgegengebracht hatte. Sie wusste das, und es beschämte sie. Vermutlich wusste Frances es ebenfalls.

«Also, ich finde das ekelhaft. Im Ernst, wenn meine Eltern wüssten, dass ich mit so jemandem reise, hätten sie mich niemals an Bord gelassen.» Das Mädchen vor ihr ließ die Schultern unter einem selbstgerechten Schaudern erzittern.

Margaret starrte auf die Eipulver-Rezepte, die vor ihr lagen, auf ihr fahriges Gekritzel.

«Man muss sich wirklich wundern», sagte das Mädchen neben ihr.

Margaret steckte ihr Notizbuch in ihren Korb, stand auf und verließ den Raum.

Liebe Deanna,

du glaubst nicht, wie viel Spaß ich an Bord habe – das ist ja in Anbetracht der Lage wirklich eine Überraschung. Ich weiß auch nicht recht, wie es kam, aber ich nehme am Wettbewerb um den Titel der «Queen of the Victoria» teil. Bisher habe ich bereits Punkte in Handarbeit gemacht, in Nähen, Musik und Gesang (ich habe Shenandoah *gesungen, und den Zuschauern hat es sehr gefallen), und – das rätst du nie! – ich bin «Miss Hübsche Beine»! Ich habe meinen grünen Badeanzug mit den passenden Satinpumps getragen. Ich hoffe, du hast nichts dagegen, dass ich* sie mitgenommen habe. Du hast sie nur so selten getragen, und es wäre doch dumm gewesen, wenn du sie immer nur für besondere Gelegenheiten aufgehoben hättest, zumal es nur noch so wenig soziales Leben in Melbourne gibt, jetzt, wo die Alliierten fortgehen.

Wie geht es dir? In Mummys Brief steht, dass du dir nicht mehr mit dem netten jungen Mann aus Waverley schreibst. Sie hat nicht gesagt, was passiert ist – es ist schwer vorstellbar, dass jemand so grausam ist, ein Mädchen einfach so sitzenzulassen. Es sei denn, er hat eine andere gefunden, nehme ich an. Männer können ein solches Rätsel sein, nicht wahr? Ich danke dem lieben Gott jeden Tag dafür, dass Ian so eine treue Seele ist.

Ich muss jetzt aufhören, liebste Schwester. Sie geben das Zeichen, dass es Zeit ist zum Baden, und ich brauche dringend eine Erfrischung. Ich schicke diesen Brief bei unserem nächsten Halt ab, und natürlich schreibe ich dir auch von den Abenteuern, die ich dort erleben werde!

Deine dich liebende Schwester
Avice

Es war das erste Mal, dass die Bräute baden durften, und es gab nur wenige, die sich angesichts der Wasserknappheit diese Gelegenheit entgehen ließen. Als Avice den Brief beendet hatte und zum Vorderdeck ging, sah sie, wie sich bereits Hunderte von Frauen im klaren Wasser tummelten. Sie kreischten und plantschten um die Rettungsboote herum, während die Matrosen und Marineoffiziere, die nicht in den Booten saßen, sich rauchend über die Reling beugten und sie beobachteten.

Man sah ihre Schwangerschaft noch nicht. Avice hatte ihren immer noch flachen Bauch mit einem gewissen Stolz im Spiegel begutachtet. Nur der Busen war auf hübsche Weise voller geworden. Bestimmt würde sie keiner dieser wabbeligen Walfische sein, so wie Margaret, die immer nur schnaufend und schwitzend in der Ecke saß, mit grotesk angeschwollenen Gelenken und Füßen. Sie würde darauf achten, bis zum Ende der Schwangerschaft gepflegt und hübsch zu bleiben. Wenn sie ganz dick war, würde sie zu Hause bleiben, das Kinderzimmer hübsch einrichten und sich nicht mehr zeigen, bis das Baby da war. So machte man das als Dame.

Jetzt, da ihr nicht mehr übel war, war sie sicher, dass ihr die Schwangerschaft gut stehen würde: Die Sonne hatte ihre Haut zum Leuchten gebracht, ihre blonden Haare hatten helle Strähnen bekommen. Sobald sie irgendwo auftauchte, zog sie die Aufmerksamkeit auf sich. Zwischendurch hatte sie überlegt, sich ein wenig mehr zu verhüllen, jetzt, da ihr Zustand allgemein bekannt war. Vielleicht war es ratsam, ein wenig bescheidener aufzutreten. Aber sie hatten nur noch ein paar Tage, bis sie in europäische Gewässer kommen würden, und sie fand es einfach schade, sie zu verschwenden. Avice zog ihr Sommerkleidchen aus und straffte sich ein wenig, damit sie möglichst vorteilhaft aussah, bevor sie sich dekorativ an Deck in die Sonne legte. Abgesehen von dieser unangenehmen Sache mit Frances, von der man sicher noch jahrelang sprechen würde, fand sie, dass diese Reise bisher ein Erfolg für sie war. Immerhin häufte sie stetig Punkte für die Wahl zur «Queen of the *Victoria*» an.

Nur ein paar Meter weiter auf dem Vorderdeck stand Nicol gegen die Wand gelehnt. Normalerweise rauchte er nicht an Deck, schon gar nicht im Dienst, aber in den letzten Tagen hatte er mit grimmiger Entschlossenheit eine nach der anderen gepafft, als ob die immer wiederkehrende Handlung seine Gedanken ordnen könnte.

«Gehst du auch ins Wasser?» Einer der Matrosen trat zu ihm. Er hatte mit ihm oft Uckers gespielt, eine Art seemännisches Mensch ärgere dich nicht. Die Männer durften baden, wenn die Frauen wieder an Deck waren.

«Nein.» Nicol drückte seine Zigarette aus.

«Ich schon. Ich kann es kaum erwarten.»

Nicol versuchte, höflich interessiert zu wirken.

Der Mann wies mit dem Daumen auf die Frauen. «Wenn ich so sehe, welchen Spaß die haben, dann erinnert mich das an meine Mädchen daheim.»

«Oh.»

«An unserem Garten fließt ein Fluss vorbei. Als meine Mädchen noch klein waren, sind wir mit ihnen dort baden gegangen und haben ihnen Schwimmen beigebracht.» Er machte eine Schwimmbewegung mit den Armen, ganz verloren in seinen Erinnerungen. «Wir wohnen ja so nah am Wasser, da mussten wir ihnen so früh wie möglich beibringen, wie man die Nase über der Oberfläche hält. Damit sie sicher sind.»

Nicol nickte zustimmend.

«Manchmal dachte ich schon, ich würde sie nie wiedersehen. Oft sogar, wenn ich ehrlich bin. Du lässt solche Gedanken sicher nicht zu, oder, Junge?»

Nicol musste unwillkürlich über die Einschätzung des älteren Mannes lächeln.

«Immerhin … immerhin. Es kommen jetzt bessere Zeiten.» Er zog heftig an seiner Zigarette und ließ sie dann ins Wasser fallen. «Ich bin überrascht, dass der alte Highfield sie überhaupt ins Wasser gelassen hat. Ich hätte gedacht, der Anblick von so viel weiblichem Fleisch wäre zu viel für ihn.»

Unter ihnen plantschten zwei Frauen im klaren Wasser und versuchten kreischend und quiekend, in eines der Rettungsboote zu klettern. Andere riefen ihnen über die Reling aufmunternde Worte zu. Ein Mädchen schrie spitz auf, weil ihre Freundin sie mit Wasser bespritzte.

Der Mann schaute ihnen wohlwollend zu. «Ein kalter Fisch, dieser Highfield. Das hab ich schon immer gefunden. Man muss sich doch wundern, wenn ein Mann immer nur allein sein will.»

Nicol schwieg.

«Früher hätte ich mich mit jedem gestritten, der behauptet hätte, er wäre ein schlechter Kapitän. Ich muss zugeben, dass er uns Ehre gemacht hat, als wir noch Eskorte gefahren sind. Aber jetzt merkt man, dass er nicht mehr so fit ist. Sein Selbstbewusstsein ist erschüttert, nicht wahr, seit der *Indomitable*?»

Damit brach der ältere Mann die unausgesprochene Übereinkunft unter den Männern, dass man nicht über das sprach, was in jener Nacht passiert war, und schon gar nicht darüber, wer daran die Schuld trug. Nicol schüttelte nur stumm den Kopf.

«Er konnte einfach nicht delegieren, als es um die Wurst ging. Wenn er klar im Kopf gewesen wäre in dieser Nacht, dann hätte er anderen ein paar Befehle gegeben, und wir hätten eine Menge Menschenleben gerettet. Er war zu sehr mit sich selbst beschäftigt. Hat das große Ganze nicht gesehen. Aber genau das muss man als Kapitän können – das große Ganze sehen.»

Wenn er für jeden Lehnstuhlstrategen einen Schilling bekäme, den er in seiner Dienstzeit getroffen hatte, wäre er längst ein reicher Mann, dachte Nicol.

«Wahrscheinlich haben die hohen Tiere sich einen kleinen Scherz erlaubt, indem sie ihm das Schwesterschiff überlassen haben, damit er es nach Hause bringt …»

Sie standen eine Weile schweigend da. Schließlich schien der Mann zu bemerken, dass ihre Unterhaltung ziemlich einseitig war, und fragte: «Du bist doch sicher auch froh, deine Familie wiederzusehen, oder?»

Nicol zündete sich eine weitere Zigarette an.

Sie war nicht da. Aber das hatte er auch nicht erwartet.

Er hatte den Rest jener Nacht wach gelegen. Jones' Worte gingen ihm ebenso im Kopf herum wie das Gefühl, betrogen worden zu sein. Als die Nacht schließlich zum Tag wurde, war sein Zweifel an ihrer Unschuld verflogen. Er hatte all die versteckten Hinweise, die Widersprüchlichkeiten in ihrem Verhalten in neuem Licht gesehen. Im Maschinenraum hatte er noch gehofft, dass sie den Vorwurf empört zurückweisen würde. Er wollte sie zornig über die Beleidigung sehen. Aber nichts dergleichen war geschehen. Nun wollte er, dass sie ihm alles erklärte – als ob sie ihm irgendetwas schuldig wäre.

Als er in jener Nacht zur Messe zurückgekehrt war, sprachen die Männer von nichts anderem. Ein naives kleines Ding sei sie gewesen, sagte Jones der Waliser und lehnte sich aus seiner Hängematte, um sich eine Zigarette zu nehmen.

Nicol hatte in der Luke innegehalten und sich kurz gefragt, ob er wieder umkehren sollte. Er wusste selbst nicht, was ihn dableiben ließ.

Jones selbst hatte man sie anscheinend auch angeboten, aber er hatte abgelehnt. Sie war ihm im Gedächtnis geblieben, weil sie so dünn war: «Mager wie ein Hündchen», sagte er, «mit Titten, die nicht der Rede wert waren.» Und sie sei betrunken gewesen, fügte er hinzu. Er schürzte die Lippen, als hätte man ihm etwas Unappetitliches angeboten.

Der Bordellbesitzer hatte sie mit einem seiner Kameraden nach oben geschickt, und dabei war sie die Treppe hinaufgefallen. Sie hatten alle gelacht: Es war irgendwie lustig, wie dieses magere Mädchen, das so bunt geschminkt war, sturzbetrunken auf den Stufen lag. Dann sagte er, jetzt ernster: «Ich hatte gleich den Verdacht, dass sie minderjährig ist, wenn du weißt, was ich meine. Ich hatte keine Lust, festgenommen zu werden.»

Duckworth nickte murmelnd.

«Aber trotzdem 'ne verdammte Scheiße. Hätte man nie gedacht, oder? Die sieht doch aus, als könnte sie kein Wässerchen trüben.»

Nicol hatte seine Hängematte aufgespannt. Er dachte, er könnte vielleicht noch ein wenig schlafen, bevor seine nächste Wachschicht begann.

«Na, na, Nicol», ertönte Jones' Stimme hinter ihm. «Hoffentlich denkst du nicht daran, schnell bei ihr auf einen Quickie reinzuschlüpfen. Du musst dein Geld schließlich für deine Frau aufsparen.» Er lachte wiehernd. «Im Übrigen sieht sie ja jetzt auch ein bisschen besser aus. Bisschen adretter. Wahrscheinlich kostet sie jetzt ein Vermögen.»

Er war kurz davor gewesen, ihn zu schlagen, und ein unvernünftiger Teil von ihm wollte dasselbe mit ihr tun. Stattdessen hatte er ein schiefes Lächeln aufgesetzt und war in der Nasszelle verschwunden. Aber auch dort konnte er das Gefühl nicht abschütteln, irgendwie betrogen worden zu sein.

Es war Nacht geworden. Die *Victoria* pflügte sich durch das schwarze Wasser, blind gegenüber Raum und Zeit, den Stimmungen und Launen ihrer Passagiere. Gehorsam stampften die riesigen Motoren in ihrem Leib. Frances lag in ihrer Koje und lauschte den inzwischen vertrauten Geräuschen, den letzten Pfiffen, den gemurmelten Gesprächen und den stockenden Schritten, die davon zeugten, dass sich alle langsam zu Bett begaben. In der Kabine hörte sie hin und wieder ein Schnaufen oder Grunzen. Der Atem ihrer beiden Kabinengenossinnen wurde regelmäßiger, sie waren eingeschlafen. Es waren Geräusche der Stille, der Einsamkeit, Geräusche, die für sie bedeuteten, dass sie wieder frei atmen konnte. Die Geräusche, auf die sie einen großen Teil ihres Lebens gewartet hatte.

Und draußen schlichen zwei Füße über den Boden des Korridors.

Er kam um vier Uhr morgens an. Sie hörte, wie er dem anderen Marinesoldaten etwas zuraunte, als er ihn ablöste, und wie sich dann die gedämpften Schritte des anderen Mannes entfernten. Angestrengt lauschte sie auf weitere Geräusche.

Als sie es schließlich nicht mehr aushalten konnte, stieg sie aus ihrer Koje. Unbemerkt von den beiden schlafenden Frauen, schlich sie mit leisen Schritten zur Stahltür. Kurz bevor sie sie erreichte, blieb sie mit geschlossenen Augen stehen.

Dann tat sie einen weiteren Schritt vorwärts und legte vorsichtig ihre Wange gegen die Tür. Langsam verlagerte sie ihr Gewicht nach vorn, ihre Schenkel, ihr Bauch, ihre Brust lagen jetzt an der stählernen Oberfläche, sie presste die Handflächen zu beiden Seiten ihres Kopfes dagegen und spürte das kühle Metall durch ihr dünnes Nachthemd, seine unbewegliche Festigkeit.

Wenn sie den Kopf wandte und ihr Ohr gegen die Tür gepresst hielt, konnte sie ihn beinahe atmen hören.

Eine Weile stand sie so in der Dunkelheit. Eine Träne rann ihr die Wange hinunter und fiel auf ihren nackten Fuß. Draußen hörte man nur das tiefe Grollen der Maschinen. Sonst herrschte Stille.

Unter den 300 verschiedenen Gegenständen, die das Rote Kreuz den Bräuten zum Gebrauch an Bord zur Verfügung gestellt hat, befinden sich Bettzeug, Handtücher, Schreibwaren, medizinische und kosmetische Präparate, außerdem tonnenweise Obstkonserven, Sahne, Kekse, Fleisch und Schokolade. Das Rote Kreuz hat überdies 500 Klappfeldstühle und ein Lehrbuch für Hebammen geliefert.

Sydney Morning Herald, 3. Juli 1946

KAPITEL 17

Sechsundzwanzigster Tag

Ein großer Seehafen, insbesondere einer, der ein wichtiger Stützpunkt während der Kriegsjahre war, hat schon fast alles durch seine Tore kommen sehen. Geschütze, Waffen, Nahrungsmittel, Seide, Gewürze, Truppen, Händler, heilige Schriften und verdorbene Abfälle waren schon hindurchgebracht worden.

Die älteren unter den Hilfsarbeitern erinnerten sich noch an das albtraumhafte Gebrüll der sechs weißen Tiger, die in Kisten gefangen auf dem Weg zum Anwesen eines amerikanischen Filmmoguls waren; andere erzählten von der glänzenden Goldkuppel eines Tempels, den irgendein aufgeblasener europäischer Staatchef geordert hatte. Vor gar nicht so langer Zeit hatte der ganze Hafen merkwürdig gerochen, nachdem ein Kran seine Last von fünftausend Parfüm-Flakons auf den Kai hatte fallen lassen.

Aber der Anblick von sechshundert Frauen, die darauf warteten, in Bombay an Land zu gehen, brachte den Verkehr an der Alexandra-Schleuse komplett zum Erliegen. Die Frauen standen in ihren bunten Sommerkleidern an der Reling und winkten mit ihren Hüten und Handtaschen hinunter. Ihre Stimmen waren nach dreieinhalb Wochen auf See voller Kraft und Energie. In Scharen rannten Kinder den Kai entlang, streckten die Arme in die Höhe und riefen den Frauen zu, sie sollten mehr Münzen, mehr Münzen hinunterwerfen. Kleine Schlepper schwammen wie Satelliten unter dem riesigen Bug und zogen die *Victoria* unter großem Getöse herum, um sie in ihre Position längs des Kais zu bringen.

Das Schiff glitt elegant an seinen Platz. Viele Bräute taten lautstark ihr Erstaunen kund, dass ein so riesiges Schiff tatsächlich durch die Schleuse passte. Und auf dem Kai schauten alle zu dem riesigen Flugzeugträger hoch, der längst kein Flugzeug mehr trug. Frauen wie Männer standen in bunten Kleidern und Saris da, Soldaten, Dockarbeiter, Händler – alle hielten inne, als das Schiff der Bräute in den Hafen bugsiert wurde.

Die Frauendienstoffizierin bemühte sich redlich, den Lärm der Frauen zu übertönen, die ungeduldig darauf warteten, endlich an Land gehen zu können. «Sie müssen spätestens um 22 Uhr zurück sein. Kapitän Highfield hat deutlich zum Ausdruck gebracht, dass er Verspätungen nicht tolerieren wird. Haben Sie das alle verstanden?»

Es war erst ein paar Monate her, seit die indischen Matrosen im Hafen gemeutert hatten. Sie hatten gegen ihre Lebensbedingungen protestiert. Wie es dazu kommen konnte, dass der Aufstand eskalierte, war immer noch Gegenstand heftiger Diskussionen, aber unstrittig war, dass sich die englischen Truppen und die Aufständischen mehrere Tage lang erbittert beschossen hatten. Man hatte lange und hitzig darüber gestritten, ob es weise war, die Frauen überhaupt an Land zu lassen, aber da sie schon in Colombo und Cochin an Bord hatten bleiben müssen, schien es nicht fair, sie noch länger an einem Landgang zu hindern. Die Offizierin hielt ein Klemmbrett hoch und wischte sich mit der freien Hand die Stirn. «Der diensthabende Offizier nimmt die Namen der zurückkehrenden Frauen auf. Stellen Sie sicher, dass Ihrer darunter ist.»

Es herrschte eine unerbittliche Hitze. Margaret hielt sich an der Reling fest. Um sie herum drängten sich die Frauen, und sie wünschte sich nichts mehr, als sich irgendwo hinsetzen zu können. Avice stand neben ihr auf den Zehenspitzen, beschirmte mit der Hand an der Stirn die Augen und rief über die Schulter zurück, was sie gerade sah.

«Wir müssen unbedingt zum Gateway of India. Offenbar gehen alle dorthin. Auch der Willingdon Club soll schön sein, aber er liegt ein paar Meilen außerhalb der Stadt. Sie haben dort Tennisplätze und einen Swimmingpool. Sollen wir uns ein Taxi nehmen?»

«Ich will nur einfach ein nettes Hotel finden und eine halbe Stunde meine Füße hochlegen», sagte Margaret. Sie hatten fast während der gesamten zwei Stunden, die die Victoria für ihr Anlegemanöver gebraucht hatte, an der Reling gestanden und zugeschaut, und in der drückenden Hitze waren ihre Knöchel dick angeschwollen.

«Dafür haben wir noch genug Zeit, Margaret. Wir Frauen in anderen Umständen müssen unbedingt aktiv bleiben. Ooh, sieh mal! Gleich geht es los!»

Es hatte sich bereits eine Schlange gebildet, die auf die Gharrys wartete, kleine, von Pferden gezogene Wagen, die die Frauen zum Roten Tor am Eingang des Hafenbereiches bringen sollten. Die, die es bereits an Land geschafft hatten, scharten sich um sie, schwatzten miteinander, kontrollierten immer wieder, ob sie ihre Handtaschen und Sonnenhüte noch bei sich hatten, und zeigten einander die Sehenswürdigkeiten der Stadt, die man in der Ferne sehen konnte.

Hinter dem Tor sah Margaret breite Alleen, flankiert von großen Hotels, Häusern und Geschäften. Auf den Bürgersteigen und Straßen wimmelte es nur so von Menschen. Vom Anblick all der Mauern und Straßen wurde ihr nach der langen Zeit auf See fast schwindelig, und hin und wieder schwankte sie ein wenig. Sie war sich nicht ganz sicher, ob es an der Hitze lag oder daran, dass sie mehrere Wochen an Bord eines schwankenden Schiffs verbracht hatte.

Zwei Frauen gingen an ihr vorbei und balancierten riesige Obstkörbe mit derselben Eleganz auf ihren Köpfen, mit der die Bräute ihre Hüte trugen. Sie flüsterten miteinander, bedeckten dann den Mund mit der Hand und kicherten hinter ihren reich geschmückten Fingern. Margaret beobachtete, wie eine von ihnen etwas auf dem Boden entdeckte. Mit kerzengeradem Rücken streckte sie ihren nackten Fuß aus, hob den Gegenstand mit den Zehen auf, nahm ihn in die Hand und steckte ihn in die Tasche.

«Alle Achtung», bemerkte Margaret, die ihre eigenen Füße schon seit ein paar Wochen nicht mehr gesehen hatte.

«Es gibt offenbar eine Abendgesellschaft mit Tanz im Green's Hotel.» Avice schaute in ihr Notizbuch. «Ein paar von den Mädchen aus 8D gehen später dorthin. Ich habe gesagt, dass wir sie dort zum Tee treffen. Aber ich würde so furchtbar gern einkaufen gehen. Ich habe das Gefühl, im Armeeladen schon alles gekauft zu haben, was es da überhaupt gibt.»

«Ich will einfach nur einen verdammten Stuhl», murmelte Margaret. «Die Sehenswürdigkeiten oder Einkaufen interessieren mich nicht die Bohne. Ich will einfach nur festen Boden unter den Füßen und einen verdammten Stuhl.»

«Findest du wirklich, dass du so viel fluchen solltest?», sagte Avice leise. «Es gehört sich irgendwie nicht, wenn jemand das tut, der in … in deinem …»

Avice' Stimme erstarb, als ein Gemurmel durch die Menge der Bräute ging. Margaret folgte dem Blick der anderen. Frances ging hinter ihnen die Gangway entlang. Sie trug eine hellblaue Bluse, hochgeschlossen bis zum Hals, und Khakihosen. Sie trug ihren Sonnenhut mit der breiten Krempe und eine Brille, aber ihr rotgoldenes Haar und die langen Glieder verrieten sie.

Am Ende der Gangway hielt sie inne, vermutlich war ihr die plötzliche Stille um sie herum bewusst geworden. Dann sah sie, dass Margaret die Hand gehoben hatte, und sie schlängelte sich durch die Menge zu ihnen herüber. Die Mädchen wichen vor ihr zurück.

«Hast du es dir anders überlegt?» Margaret hatte das Gefühl, dass ihre Stimme in der Stille dröhnte.

«Ja», antwortete Frances.

«Das ist schön! Man wird verrückt, wenn man zu lange an Bord bleibt, nicht wahr?» Margaret warf Avice einen Blick zu. «Besonders bei dieser Hitze.»

Frances stand bewegungslos da, den Blick auf Margaret gerichtet. «Es ist ganz schön schwül», sagte sie dann.

«Also, ich schlage vor, wir suchen uns eine Bar oder ein Hotel, wo wir …»

«Die geht nicht mit uns.»

«Avice!»

«Die Leute reden. Und wer weiß, was noch passiert – immerhin laufen ihre ehemaligen Kunden hier auf den Straßen herum. Was, wenn die denken, dass wir auch so welche sind …»

«Mach dich nicht lächerlich. Frances kommt mit uns.»

Es war Margaret bewusst, dass alle Frauen um sie herum ihnen zuhörten. Ein Haufen schnatternder Hyänen, so hätte ihr Dad sie genannt. Sicher hatte Frances auch in ihrer Vergangenheit nichts getan, womit sie eine solche Behandlung verdiente.

«Mit dir vielleicht», sagte Avice. «Ich such mir jemand anderen.»

«Frances», sagte Margaret und hoffte, damit die anderen Frauen mundtot zu machen, «du kannst sehr gern mit mir gehen. Ich freue mich über deine Gesellschaft.»

Hinter ihrer Sonnenbrille konnte man ihre Augen nicht sehen, aber Frances schien einen Seitenblick auf die verschlossenen Gesichter um sie herum zu riskieren.

«Du könntest mir helfen, ein nettes Plätzchen zu finden, wo ich mich hinsetzen kann.»

«Pass bloß auf, dass sie nicht bloß ein Plätzchen zum Hinlegen findet.»

Frances' Kopf fuhr herum, und ihre Finger krampften sich um den Henkel ihrer Handtasche.

«Na komm», sagte Margaret und hielt ihr die Hand hin. «Lass uns das Gateway of India besichtigen.»

«Eigentlich habe ich es mir gerade anders überlegt.»

«Ach komm schon! Du hast wahrscheinlich nie wieder die Gelegenheit, Indien zu sehen.»

«Nein. Danke. Wir ... wir sehen uns später.» Bevor Margaret noch etwas sagen konnte, war Frances schon im Gewusel verschwunden.

Die Menge schloss sich wieder, und von allen Seiten hörte man selbstgerechtes und empörtes Gemurmel. Margaret sah hoch zur Gangway und konnte die schmale Gestalt kaum noch ausmachen. Sie wartete, bis sie im Inneren verschwunden war.

«Das war gemein, Avice.»

«Ich bin nicht gemein, Margaret, du musst mich gar nicht so ansehen. Ich bin nur ehrlich. Ich lasse mir meinen Landgang nicht von diesem Mädchen verderben.» Sie glättete ihr Haar und setzte sich dann vorsichtig den Sonnenhut auf. «In unserem Zustand sollten wir im Übrigen unsere Sorgen möglichst auf ein Minimum beschränken. Das kann nicht gut für uns sein.»

Die Schlange hatte sich weiterbewegt. Avice hakte sich bei Margaret ein und geleitete sie rasch zu einem Gharry.

Margaret wusste, dass sie Frances hätte hinterhergehen sollen. Schon indem sie an diesem Ausflug teilnahm, billigte sie Frances' Behandlung gewissermaßen. Aber sie musste einfach festen Boden unter den Füßen spüren. Und es war so schwierig, die richtigen Worte zu finden.

Nur eine Handvoll Bräute war an Bord geblieben. Auf dem Schiff wurde daher konzentriert gearbeitet: Matrosenteams tummelten sich auf den Decks, die sonst für Männer verboten waren. Sie schrubbten, lackierten und polierten. Einige knieten auf dem Flugdeck und kämpften mit Schaum und Holzbürsten, um den grauen Beton von den in allen Regenbogenfarben schillernden Kerosinpfützen zu befreien. Kleine Schlepper brachten riesige Kisten mit frischem Obst und Gemüse, die durch Luken in den Laderaum verfrachtet wurden, während das Schiff auf der anderen Seite aufgetankt wurde.

Unter anderen Umständen hätte Frances es genossen, die Arbeitsabläufe auf dem Schiff zu beobachten. Aber jetzt sah sie nur das Feixen des diensthabenden Offiziers oben an der Gangway, den wissenden Blick, den er mit seinem Kameraden austauschte, als sie wieder an Bord ging und ihm ihre Karte zeigte. Sie bemerkte, wie die Matrosen von ihren Malerarbeiten aufsahen, als sie vorbeiging, und wie der Offizier, der ihr früher immer fröhlich einen guten Morgen gewünscht hatte, den Blick senkte und sie kaum hörbar grüßte.

Sie war nur noch ein paar Schritte von der Kabine entfernt, als sie ihn entdeckte. Sie hatte sich eingeredet, dass sie ihre Spaziergänge auf dem Schiff nur unternommen hatte, um ein wenig frische Luft zu schnappen, damit sie die stickige Beengtheit der Kabine für eine Weile vergessen konnte. Jetzt, da sie den Mann erkannte, der auf sie zukam, wusste sie plötzlich, dass sie nicht ganz ehrlich mit sich gewesen war.

Sie schaute an sich herunter und kontrollierte unbewusst ihren Aufzug. Sie spürte, dass ihre Haut in einer Mischung aus Ängstlichkeit und Erwartung prickelte. Sie wusste nicht, was sie sagen sollte, aber es war klar, dass sie etwas würde sagen müssen: Sie waren einander schon zu nah, als dass sie das hätten vermeiden können.

Sie blieben stehen. Schauten sich für den Bruchteil einer Sekunde lang an, senkten dann den Blick.

«Gehen Sie an Land?» Er wies in Richtung Hafen.

Sie sah nichts in seinem Gesicht, keinen Hinweis. Sollte ich nicht dankbar dafür sein, dass er überhaupt mit mir spricht?, fragte sie sich. «Nein ... ich – ich hab mich entschieden, hier zu bleiben.»

«Die Ruhe und den Frieden genießen.»

«So in etwa.»

Vielleicht wollte er gar nicht mit ihr reden und war nur zu sehr Gentleman, als dass er ihre Gefühle hätte verletzen wollen.

«Na ja ... so viel Ruhe und Frieden, wie man haben kann mit diesen ...» Er machte eine Handbewegung in Richtung einer

Gruppe von Technikern, die weit oben etwas reparierten und dabei laut miteinander scherzten.

«Ja», sagte sie. Etwas anderes fiel ihr nicht ein.

«Sie sollten es genießen», sagte er. «Es ... es ist schwierig, an Bord ein bisschen Raum für sich allein zu finden. Ich meine, echten Raum ...»

Vielleicht verstand er mehr, als er zeigen konnte. «Ja», sagte sie. «Ja, das ist es.»

«Ich ...»

«He, Soldat.»

Der Matrose ging auf sie zu. Er hatte seine Mütze schräg über das linke Auge gezogen und hielt eine Notiz in den Händen. «Sie wollen, dass du vor deiner Schicht im Kommandoraum erscheinst. Anweisungen für den Besuch des Gouverneurs.» Als er näher kam, sah sie, dass er sie erkannt hatte. Der Blick, den der jüngere Mann ihr zuwarf, als er seinem Kameraden die Notiz aushändigte, ließ sie zusammenzucken. Sie wandte sich ab und hoffte halb, dass er sie bitten würde, doch noch einen Moment zu bleiben. Dass er etwas sagen würde, das zeigte, dass er sie in einem anderen Licht sah als seine Kameraden. Sag doch was, flehte sie ihn in Gedanken an. Irgendwas.

Ein paar Augenblicke später zerrte sie die Kabinentür auf und ließ sie schwer hinter sich ins Schloss fallen. Sie lehnte sich dagegen. Durch die Bluse hindurch spürte sie ihre unnachgiebige Oberfläche. Sie hatte die Zähne so fest aufeinandergebissen, dass es weh tat. Bisher hatte sie nie darüber nachgedacht, wie ungerecht das Leben war, zumindest nicht, was sie selbst anging. Ihre Patienten hatten gelitten, und hin und wieder hatte sie sich gefragt, warum der liebe Gott den einen zu sich nahm und dem anderen solche Qualen auferlegte. Aber niemals hatte sie darüber nachgedacht, ob es gerecht war, was ihr widerfahren war: Sie hatte schon vor langer Zeit erkannt, dass es besser war, nicht zu viel über jene Jahre nachzudenken. Aber jetzt, da sich all ihre Gefühle zu einem höllischen Cocktail vermischten, schlug ihre Stimmung von trostloser Verzweiflung um in blinde Wut darüber, wie ihr Leben verlaufen war. Hatte sie nicht schon genug gelitten? Wie viel musste sie noch zahlen?

Maud Gonne, die vielleicht verstand, dass Margaret an Land gegangen war, kratzte unentwegt an der Tür. Frances bückte sich, hob sie auf und nahm sie auf ihren Schoß.

Aber das Hündchen ließ sich nicht beruhigen. Frances saß da und streichelte es, schaute in seine milchigen Augen und wusste doch, dass der bebende kleine Körper nur auf eine einzige Person wartete.

Frances drückte das Hündchen an sich. «Ich weiß», flüsterte sie und legte ihre Wange an das weiche Köpfchen. «Glaub mir, ich weiß.»

In Bombay herrschte drückende Hitze, und die riesigen Ventilatoren, die unter der Decke surrten, konnten dagegen kaum etwas ausrichten. Die Kellner in der Cocktailbar des Green's Hotel schwitzen. Der Schweiß glitzerte auf ihren Gesichtern und sickerte in die Krägen ihrer makellosen weißen Uniformen. Aber ihr Unbehagen hatte weniger mit der Hitze zu tun als mit den vielen unterschiedlichen Wünschen der etwa hundert Bräute, die sich zum Ende ihres Landganges in dieser Bar eingefunden hatten.

«Wenn ich nur noch eine Minute länger auf mein Getränk warten muss, dann beschwere ich mich, das schwöre ich», sagte Avice und wedelte mit ihrem Fächer, den sie sich am Nachmittag gekauft hatte. Sie verfolgte den unglückseligen Kellner mit ihrem Blick. Er hielt das Tablett hoch in die Luft und verschwand in der Menge. «Ich verwelke hier noch», sagte sie in Richtung seines sich entfernenden Rückens.

«Er tut, was er kann», sagte Margaret. Sie hatte sich vorsichtshalber extra viel Zeit mit ihrem Getränk gelassen, weil sie schon geahnt hatte, dass die Bedienung nicht sehr schnell sein würde. Sie fühlte sich vollkommen wiederhergestellt, nachdem sie ihre Füße eine halbe Stunde hatte hochlegen können, und nun lehnte sie ihren Kopf an die Stuhllehne und genoss die leichte Brise, die vom Deckenventilator kam.

Ohne Rücksicht auf Hitze, Staub oder ihren «heiklen Zustand», auf den sie ununterbrochen hinwies, hatte Avice sie an diesem Nachmittag praktisch überall hingeschleppt. Sie waren in allen europäischen Geschäften gewesen, hatten mindestens eine Stunde im Armee- und Marinegeschäft verbracht und eine weitere, in der sie mit den Männern und kleinen Jungen auf der Straße handelten, die ihnen ständig angebliche Schnäppchen anboten. Margaret hatte schnell die Lust an der Feilscherei verloren. Sie fand es angesichts der jämmerlichen Armut der Händler nicht richtig, den Preis um ein paar Rupien zu drücken. Aber Avice hatte eine erstaunliche Begeisterung an den Tag gelegt und einen großen Teil des Abends damit verbracht, ihre verschiedenen Einkäufe hochzuhalten und die Preise zu verkünden.

Margaret war schon überwältigt von dem wenigen, das sie von Bombay gesehen hatten. Sie war geschockt, Menschen auf den Straßen schlafen zu sehen, und sie fand es merkwürdig, dass sie ihr Schicksal offenbar so gleichmütig hinnahmen. Im Vergleich zu ihrer Wohlgenährtheit wirkten die Glieder der Armen auf Bombays Straßen noch magerer, und Margaret erschrak jedes Mal, wenn sie in Lumpen gekleidete Kinder und Behinderte sah. Sie schämte sich dann für die Nächte, in denen sie über die unbequemen Kojen an Bord gejammert hatte.

Ihr Getränk wurde gebracht. Sie gab dem Kellner ein Trinkgeld, sodass Avice es sah. Als er wieder ging, schaute sie zur *Victoria* herüber, die still im Hafen lag, und fragte sich schuldbewusst, ob Frances wohl schlief. Die Lichter ließen das Schiff festlich glänzen, aber ohne Flugzeuge oder Passagiere an Deck wirkte es dennoch leblos.

«Ah! Ein Sitzplatz! Habt ihr etwas dagegen, wenn wir uns zu euch setzen?» Margaret wandte sich um und sah Irene Carter in Begleitung einer ihrer Freundinnen. Irene verzog die geschminkten Lippen zu einem breiten Lächeln, das jedoch nicht die Augen erreichte. Trotz der Hitze wirkte sie kühl und duftete zart nach Lilien.

«Irene», sagte Avice. Ihr Lächeln wirkte eher wie ein Zähnefletschen. «Wie schön.»

«Gott, sind wir erschöpft», sagte Irene, warf ihre Taschen unter den Tisch und hob die Hand, um den Kellner zu sich zu rufen. Er erschien sofort. «Überall diese Eingeborenen, die einem auf Schritt und Tritt folgen. Ich musste einen der Offiziere bitten, dafür zu sorgen, dass sie mich in Ruhe lassen.»

«Wir haben einen Mann ohne Beine gesehen», fügte ihre Begleiterin hinzu, ein molliges Mädchen, das ein wenig schwermütig wirkte. «Der saß einfach so auf einem Teppich. Könnt ihr euch das vorstellen?»

«Wir haben kaum etwas gesehen. Wir hatten so viel damit zu tun einzukaufen, oder, Margaret?» Avice zeigte auf ihre Taschen.

«Stimmt», bestätigte Margaret.

«Und? Habt ihr was Hübsches gefunden?», fragte Irene, und ihre Augen glitzerten stählern.

«Oh, nichts, was für dich von Interesse wäre», sagte Avice mit eingefrorenem Lächeln.

«Wirklich? Ich habe gehört, du hättest etwas für das Finale der ‹Queen of the *Victoria*›-Wahl gekauft.»

«Natty Johnson hat euch im Armee- und Marinegeschäft gesehen», erklärte das mollige Mädchen.

«Ach das? Das werde ich sicher nicht tragen. Um ehrlich zu sein, habe ich überhaupt noch nicht darüber nachgedacht, was ich anziehen werde.»

Margaret musste ein Prusten unterdrücken. Avice hatte fast eine Stunde damit verbracht, in verschiedenen Kleidern vor dem Spiegel herumzustolzieren. «Wenn ich doch nur wüsste, was Irene Carter trägt», hatte sie immer wieder gemurmelt. «Ich muss sie unbedingt in den Schatten stellen.» Sie hatte mehr Geld für drei Kleider bezahlt, als Margarets Vater im Jahr für Viehfutter ausgab.

«Oh, ich werde wohl einfach irgendetwas aus meinem Koffer ziehen», sagte Irene. «Es ist ja nur ein kleiner Spaß, nicht wahr?»

«Aber sicher.»

Du meine Güte, dachte Margaret und starrte in Avice' unschuldig lächelndes Gesicht.

«Ganz meine Meinung», sagte Irene. «Weißt du, was, Avice? Ich werde all den Mädchen, die finden, dass du die Sache viel zu ernst nimmst, sagen, dass sie vollkommen falschliegen.» Sie hielt inne. «Und dass ich das aus erster Hand weiß.» Sie hob ihr Glas, als ob sie ihr zuprosten wollte.

Margaret musste sich fest auf die Lippe beißen, um Avice nicht ins Gesicht zu lachen.

Durch den Platzmangel in der Bar zusammengepfercht, blieben die vier Frauen fast anderthalb Stunden beieinandersitzen. Sie bestellten ein Fischcurry. Margaret fand es köstlich, bereute ihre Wahl jedoch sofort, weil sie inzwischen Schwierigkeiten mit der Verdauung hatte. Die anderen Bräute jedoch wedelten mit der Hand vor dem Mund herum und behaupteten, es sei ungenießbar.

«Hoffentlich hat es dem Baby nicht geschadet», sagte Avice und legte die Hand auf ihren nicht vorhandenen Bauch.

«Ich hab schon gehört, herzlichen Glückwunsch», sagte Irene. «Weiß dein Mann es schon? Ich nehme mal an, es *ist* von deinem Mann», fügte sie hinzu und lachte glockenhell, um damit zu zeigen, dass sie nur scherzte.

«Ich glaube, wir bekommen morgen Post», sagte Avice, deren eigenes anmutiges Lächeln ein wenig erstarrt wirkte. «Ich nehme an, dass er es inzwischen allen erzählt hat. Wir werden ein Fest feiern, wenn ich in London ankomme», sagte sie. «Durch den Krieg war das ja bislang nicht möglich, also geben wir nun eine große Gesellschaft. Wahrscheinlich im Savoy. Und jetzt haben wir natürlich doppelten Grund dafür.»

Das Savoy war ein Volltreffer, dachte Margaret. In Irenes Blick war für den Bruchteil einer Sekunde Zorn aufgeflackert.

«Vielleicht hast du ja auch Lust zu kommen, Irene. Mummy und Daddy werden auch kommen – sie fliegen mit dem neuen Qantas-Känguru-Dienst –, und ich bin sicher, dass sie sich freuen würden, dich zu sehen. Du bist ja ganz neu in London und freust dich sicher über jeden neuen Freund.» Avice beugte sich verschwörerisch vor. «Man fühlt sich doch besser, wenn man wenigstens eine Verabredung im Kalender hat, oder?»

Ka-*wumm!*, dachte Margaret, die langsam Spaß an der Sache hatte. Das hier war weit schmutziger als alles, was ihre Brüder sich jemals gegenseitig angetan hatten.

«Ich würde mich freuen, zu eurem kleinen Treffen zu kommen, wenn ich es schaffe», sagte Irene und tupfte sich den Mund ab. «Vorher muss ich aber natürlich noch sehen, welche Pläne wir selbst haben.»

«Natürlich.» Avice nippte an ihrem Eiswasser. Ein kleines Lächeln umspielte ihre Lippen.

«Aber ich freue mich wirklich, dass du ein wenig Ablenkung bekommst.» Irene lächelte maliziös.

Avice hob eine Augenbraue.

«Ach, diese schlimme Sache mit der Prostituierten, mit der du befreundet warst. Ich meine, das konnte man ja nun wirklich nicht ahnen. Und das auch noch so kurz nachdem deine andere kleine Freundin dabei erwischt wurde, wie sie sich mit diesen groben Matrosen eingelassen hat.»

«Mit heruntergelassenem Schlüpfer», fügte das mollige Mädchen hinzu.

«Ich habe wohl kaum ...», fing Avice an.

Irenes Stimme klang besorgt: «Es muss ja so belastend für dich gewesen sein, nicht zu wissen, ob du vielleicht über denselben Kamm geschoren wirst ... du weißt schon, weil doch alle über deine Kabine reden und darüber, was darin so vorgeht. Wir haben sehr deinen Gleichmut bewundert. Nein, da ist deine kleine Gesellschaft wirklich eine gute Idee. Das wird dich sicher ablenken.»

Der Nachmittag wurde zum Abend, und mit dem abnehmenden Licht wurden auch ihre Gedanken dunkler. Sie konnte die enge Kabine nicht mehr länger ertragen und hatte schon mit dem Gedanken gespielt, das Schiff doch noch zu verlassen. Aber sie hatte niemanden, mit dem sie hätte gehen können, und ein einsamer Spaziergang durch Bombay schien doch eine gewisse Stabilität zu erfordern, die sie nicht besaß. Sie war aus der Kabine getreten und in Richtung des Decks gegangen, auf dem sie mit Maud Gonne vor nur einer Woche gesessen hatte.

Jetzt stand sie dort. Die Hafenlichter glitzerten auf dem

tintenschwarzen Wasser, durch das hin und wieder Schlepper und Barken zogen. Eine merkwürdige Geruchsmischung aus Gewürzen, Treibstoff, Parfüm und verdorbenem Fleisch breitete sich in der bewegungslosen Luft aus, die sie gleichzeitig gebannt und angeekelt in die Lungen sog. Ihre Gedanken hatten sich ein wenig beruhigt. Sie würde einfach tun, was sie immer tat, sagte sie sich. Sie würde auch das überleben. Es waren nur noch ein paar Wochen, bis sie in England ankommen würden, und sie hatte schon vor langer Zeit gelernt, dass man alles ertragen konnte, wenn man sich nur Mühe gab. Sie würde nicht darüber nachdenken, was hätte sein können. Die Menschen, die den Krieg am besten überstanden, das hatte sie schon vor langer Zeit begriffen, waren jene, die es schafften, immer im Jetzt zu leben, jene, die es fertigbrachten, sich auch noch über die winzigsten Kleinigkeiten zu freuen. Über das Wasser drangen Stimmen zu ihr herüber, und in der Ferne hörte man indische Musik, einen langen, traurigen, zarten Ton.

«Du solltest vorsichtig sein. Eigentlich darfst du nicht hier draußen sein.»

Sie erschrak. «Oh», sagte sie. «Sie sind das.»

«Ja, ich bin's», sagte er und drückte seine Zigarette aus. «Ist Maggie nicht bei dir?»

«Sie ist an Land.» Sie überlegte, wie sie ihn höflich darum bitten könnte, sie allein zu lassen.

Er trug seinen Heizer-Overall. Es war zu dunkel, als dass sie die Ölflecken hätte sehen können, aber sie konnte sie unter dem Duft des Tabaks riechen. Sie hasste den Geruch von Öl. Sie hatte schon viel zu viele verbrannte Männer pflegen müssen, die damit getränkt waren, und sie wusste noch genau, wie sich der dichte, klebrige Stoff anfühlte, den sie von ihrem Fleisch hatte schälen müssen.

Ich sollte in England wieder als Krankenschwester arbeiten, dachte sie bei sich. Audrey Marshall hatte ihr eine persönliche Empfehlung mitgegeben. Damit würde sie jederzeit irgendwo anfangen können.

«Warst du schon mal in Indien?»

Sie ärgerte sich fast, dass er ihre Gedanken unterbrochen hatte. «Nein.»

Er zündete sich eine neue Zigarette an und blies nachdenklich den Rauch in den Himmel. «Aber ich wette, du könntest mir eine Frage beantworten», sagte er.

Sie sah ihn an.

«Gibt es einen Unterschied?»

Sie runzelte die Stirn. Am Ufer standen zwei Fahrzeuge einander gegenüber, die nicht aneinander vorbeikamen und laut hupten. Das Geräusch schallte über die Docks und drängte die Musik in den Hintergrund.

«Wie bitte?»

«Was die Männer angeht.» Er lächelte. Seine Zähne leuchteten weiß in der Dunkelheit. «Ich meine, gibt es eine Nationalität, die du bevorzugst?»

Sie sah an seinem Gesichtsausdruck, dass sie richtig gehört hatte. «Entschuldigen Sie bitte», sagte sie. Sie schob sich mit glühenden Wangen an ihm vorbei, aber als sie nach dem Riegel an der Luke griff, trat er dazwischen.

«Vor mir musst du nicht den Unschuldsengel spielen», sagte er.

«Würden Sie mich bitte entschuldigen?»

«Wir wissen doch alle, was du bist. Da müssen wir doch nicht mehr um den heißen Brei herumreden.» Er sprach in einem sanften Singsang, sodass sie eine Sekunde brauchte, bevor sie die Gefahr in seinen Sätzen begriff.

«Würden Sie mich bitte vorbeilassen?»

«Weißt du, ich habe dich vollkommen falsch eingeschätzt.» Dennis Tims schüttelte den Kopf. «Wir haben dich in der Messe Fräulein Frigide getauft. Fräulein Frigide. Wir konnten kaum glauben, dass du überhaupt verheiratet bist. Haben gedacht, dass du mit einem von diesen Bibelfritzen verheiratet und damit zu lebenslanger Jungfräulichkeit verdammt bist. Wie falsch wir doch gelegen haben, was?»

Ihr Herz raste, während sie überlegte, wie sie an ihm vorbei und durch die Luke kommen konnte. Seine Hand lag locker auf dem Riegel. Sie spürte sein Vertrauen in seine Kraft, die Sicherheit eines Mannes, der sich immer körperlich durchsetzte.

«So nett und adrett, die Blüschen immer bis zum Hals zugeknöpft. Und in Wirklichkeit bist du nur eine Nutte, die es geschafft hat, einen armen dummen Matrosen dazu zu bringen, ihr einen Ring an den Finger zu stecken. Wie hast du das bloß hingekriegt, he? Hast ihm versprochen, dich für ihn aufzubewahren, oder? Ihm weisgemacht, er sei der Einzige, der dir etwas bedeutet?»

Er versuchte, ihr die Hand auf die Brust zu legen, und sie schlug sie weg.

«Lassen Sie mich durch», sagte sie.

«Was ist los, Fräulein Rührmichnichtan? Hier sieht uns doch keiner.» Er packte ihren Arm und drängte sie ans Stahlgeländer. Sie stolperte, als sein Gewicht wie eine feste Mauer auf sie stieß. Aus der Ferne, vom Hotel in der Nähe des Hafens, hörte man Gelächter.

«Mädchen wie dich habe ich schon in tausend Häfen gesehen. Eine wie dich hätte man gar nicht an Bord lassen dürfen», murmelte er feucht an ihrem Ohr.

«Lassen Sie mich los!»

«Ach, hör doch auf! Du erwartest doch wohl nicht, dass ich dir glaube, dass du dir an Bord nicht ein bisschen was dazuverdienst ...»

«Bitte ...»

«Lass sie los, Tims.»

Die Stimme kam von rechts. Tims hob den Kopf, und sie sah über seine Schulter. Er stand dort, seine Augen tiefschwarz im dämmrigen Licht.

Tims erkannte den anderen Mann, lächelte und wurde dann wieder ernst. «Eine kleine Auseinandersetzung über den Preis», sagte er und rückte von ihr ab. Dabei zupfte er demonstrativ an seiner Hose. «Nichts, was dich etwas anginge. Du weißt doch, wie diese Mädchen sind.»

Sie schloss die Augen, um den Blick des Marinesoldaten nicht ertragen zu müssen. Sie zitterte heftig.

«Geh rein.» Der Soldat sprach sehr langsam und deutlich.

Tims wirkte erstaunlich ruhig. «Wie ich schon sagte, Soldat, nur eine kleine Meinungsverschiedenheit. Sie will das Doppelte des üblichen Preises. Glaubt wohl, wir Matrosen hätten keine Ausweichmöglichkeiten, du verstehst, was ich meine?»

«Geh rein», wiederholte Nicol.

Sie drückte sich an die Wand, damit Tims sie nicht sehen konnte.

«Das hier bleibt aber unter uns, ja? Ich nehme an, du willst auch nicht, dass der Kapitän erfährt, dass eine Nutte an Bord ist. Oder wer ihre Freunde sind.»

«Wenn ich bemerke, dass du während des Rests der Reise auch nur einmal in Richtung von Mrs. Mackenzie schaust, dann bist du dran.»

«Du willst mich nicht zum Feind haben, Soldat.» Tims war schon an der Luke.

«Du hast mir nicht zugehört.» Die Stimme des Marinesoldaten war eisig.

Einen kurzen Moment herrschte vollkommene Stille. Dann warf Tims ihnen beiden noch einen wütenden Blick zu und stieg durch die Luke. Sie wollte schon erleichtert aufatmen, als sein riesiger, geschorener Schädel erneut auftauchte. «Dir macht sie's billiger, oder?» Er lachte. «Ich sag's deiner Frau ...»

Dann hörten sie, wie sich Tims Schritte in Richtung der Heizermesse entfernten.

«Geht es Ihnen gut?», fragte er leise.

Sie strich sich das Haar aus dem Gesicht und schluckte hart.

«Ja.»

«Es tut mir leid», sagte er. «Sie hätten nicht ...» Seine Stimme erstarb, als ob er nicht genau wüsste, was er sagen sollte.

Sie wusste nicht, ob sie es schaffen würde, ihn anzusehen. Schließlich flüsterte sie: «Danke», und floh.

Als er zurückkam, war nur noch ein anderer Marinesoldat in der Messe: der junge Trompeter, Emmett. Er schlief tief, die Arme entspannt nach oben gestreckt wie ein kleines Kind. Es roch muffig. Die Hitze verstärkte noch den Gestank nach Aschenbechern und Männerschuhen. Nicol zog die Uniform aus, wusch sich und legte sich das Handtuch um den Hals. Die Feuchtigkeit auf seiner Haut verdunstete sofort wieder. Er holte Briefpapier aus seinem Spind und setzte sich.

Er war kein guter Briefeschreiber. Schon vor vielen Jahren hatte er die Erfahrung gemacht, dass sein Füller immer wieder über die Worte stolperte, dass er seine Gefühle nicht zu Papier bringen konnte. Jetzt aber flossen die Worte nur so aus ihm heraus. Er ließ sie gehen. «Hier ist eine Passagierin an Bord», schrieb er, «ein Mädchen mit einer schlechten Vergangenheit.

Wenn ich sehe, was sie hat durchmachen müssen, verstehe ich, dass jeder eine zweite Chance verdient, besonders dann, wenn jemand da draußen sie ihm bietet, trotz allem, was er mit sich herumträgt.»

An dieser Stelle zündete er sich eine Zigarette an und starrte blicklos an die Wand. So blieb er eine Weile sitzen und hörte weder das Gebrüll der Männer auf dem Flur noch die Matrosen, die jetzt um ihn herum in ihre Hängematten kletterten.

Endlich schrieb er weiter. Er würde den Brief morgen an Land bringen und ihn dort losschicken, egal, was das kostete. «Ich versuche damit wohl auszudrücken, dass es mir leidtut. Und dass ich mich freue, dass du jemanden gefunden hast, der dich liebt, trotz allem. Ich hoffe, dass er dich gut behandelt, Fay. Dass du eine Chance auf das Glück bekommst, das du verdienst.»

Er musste den Brief zweimal durchlesen, bevor er sah, dass er aus Versehen Frances' Namen geschrieben hatte.

Daher respektieren die britischen Soldaten Frauen in Uniform. Sie haben sich das Recht auf äußersten Respekt verdient. Wenn Sie ein Mädchen in einer khakifarbenen oder blauen Airforce-Uniform mit einem Band am Revers sehen, denken Sie daran, dass sie es sicher nicht deshalb trägt, weil sie die meisten Socken in Ipswich gestrickt hat.

Aus: *A short guide to Great Britain,*
US War and Navy Departments 1943

KAPITEL 18

Dreiunddreißigster Tag

Der Gouverneur von Gibraltar war nicht nur in der Marine, sondern auch in der Verwaltung als außergewöhnlich intelligenter Mann bekannt. Er hatte sich während des Ersten Weltkriegs einen Ruf als großer Stratege erarbeitet, und messerscharfe Beobachtungsgabe und taktisches Geschick hatten seine diplomatische Karriere vorangebracht. Aber selbst er hatte zweimal zum Aufzugsschacht am Bug schauen müssen, um zu verstehen, was er da sah.

Kapitän Highfield geleitete ihn hoch zum Flugdeck, wo der Empfang durch die Kapelle der Königlichen Marine stattfinden sollte, und verfluchte sich dafür, den Weg nicht vorab kontrolliert zu haben. Ein Aufzugsschacht war ein Aufzugsschacht. Er hätte niemals gedacht, dass die Frauen so frech sein würden, ihre Unterwäsche darüber zu trocknen. Weiße, hautfarbene, durch die vielen Wäschen schon grau verfärbte oder spinnwebzarte, mit französischer Spitze verzierte Büstenhalter, Höschen und Mieder flatterten überall in dem riesigen Innenraum, fast wie eine Veralberung der Wimpel, mit denen die *Victoria* zur Feier des Tages geschmückt worden war. Und hier stand die Elite des britischen diplomatischen Dienstes, auf Highfields großem Kriegsschiff, umgeben von makellos gekleideten Matrosen und zwischen Wäscheleinen, an denen Schlüpfer hingen.

Dobson. Der Mann hatte das doch sicher gewusst, aber ihn nicht gewarnt. Kapitän Highfield verfluchte sein Bein, das ihn an diesem Morgen im Büro gefangen gehalten und dem Jüngeren damit die Gelegenheit eröffnet hatte. Es war ihm nicht gut gegangen, er hatte sich lieber etwas hingelegt, zumal er wusste, dass der Tag lang und anstrengend werden würde. Er hatte Dobson die Verantwortung dafür übertragen, alles erstklassig zu organisieren. Er hätte wissen müssen, dass er einen Weg finden würde, seine Autorität zu untergraben.

«Ich … Ich fürchte, wir mussten in einigen Dingen etwas … pragmatisch sein», begann Kapitän Highfield vorsichtig, als er sich endlich so weit gefasst hatte, dass er wieder sprechen konnte.

Der Mund des Gouverneurs stand offen, seine Wangen hatten sich zartrot gefärbt. Dobsons Gesicht wirkte gelassen unter seiner Mütze und verriet nichts.

Die Frau des Gouverneurs hielt die Handtasche vor der Brust und stieß ihren Mann verstohlen in die Seite. Sie neigte Highfield den Kopf zu. «Es ist nichts, was wir nicht schon einmal gesehen hätten, Kapitän», sagte sie freundlich. Ihre Lippen zuckten amüsiert. «Ich denke, dass der Krieg uns weit schlimmere Anblicke als diesen hier geboten hat.»

«In der Tat», pflichtete der Gouverneur bei. «In der Tat.» Aber er klang nicht sehr überzeugt.

«Tatsächlich ist es doch bewundernswert, dass Sie sich solche

Umstände machen, damit Ihre Passagiere es bequem haben.»
Sie legte die Hand auf seinen Ärmel und sah ihn verständnisvoll
an. «Sollen wir weitergehen?»

Auf dem Flugdeck wurde es besser. Nachdem der Gouverneur und die anderen Passagiere in Aden an Bord gegangen waren, fuhr die Victoria jetzt langsam Richtung Norden durch den Suezkanal, eine silbrige Wasserader, gesäumt von Sanddünen, die so hell in der starken Hitze schimmerten, dass sich die Passagiere an der Reling unwillkürlich nach Schatten sehnten. Trotz der Hitze plauderten die Bräute fröhlich unter ihren Sonnenschirmen und Hüten, und die Kapelle spielte tapfer weiter, obwohl selbst die Tropenuniformen bei diesen Temperaturen viel zu heiß waren.

Die Männer hatten ihren Dienst wieder aufgenommen. Der Gouverneur und seine Frau erklärten sich bereit, als Jurymitglieder dem Stepptanz-Wettbewerb beizuwohnen. Es war der vorletzte der ‹Queen of the Victoria›-Wettbewerbe, die man erdacht hatte, um die Frauen zu beschäftigen. Unter einem großen Schirm, der ihn vor der erbarmungslosen Sonne schützte, stand der Gouverneur mit einem kalten Gin Tonic in der Hand vor einer Reihe kichernder Mädchen und taute langsam auf. Seine Frau hatte sich die Zeit genommen, mit jeder einzelnen Bewerberin zu plaudern, und den Preis schließlich einem hübschen blonden Mädchen überreicht, offenbar eine gute Entscheidung, denn die anderen Bräute gratulierten ihr herzlich. Später hatte sie Highfield anvertraut, dass sie die Australier für «recht nette Leute» hielt. Es sei furchtbar mutig, die Seinen zu verlassen und sich auf diesen weiten Weg zu machen. Highfield, der sich ein wenig vom Frohsinn des Nachmittags hatte anstecken lassen, konnte dem nur zustimmen.

Und dann war wieder alles schiefgegangen.

Kapitän Highfield wollte gerade verkünden, dass die Veranstaltung vorbei war, und seinen neuen Passagieren vorschlagen, mit ihm unter Deck zu gehen, wo der Koch ein spätes Mittagessen vorbereitet hatte, als er steuerbord eine gewisse Unruhe bemerkte. Die *Victoria* zog ruhig an einem Militärlager vorbei. Die Bräute hatten einen Haufen hellhäutiger Männer entdeckt und standen alle am Rand des Flugdecks. Ihre leuchtend bunten Kleider flatterten im Wind, und sie winkten den von der Sonne gebräunten jungen Männern zu. Die halbnackten Männer am Ufer drängten sich gegen den Drahtzaun, blinzelten gegen die Sonne und winkten begeistert zurück.

Highfield brauchte einen Moment, um sicherzugehen, dass er richtig sah. Dann griff er schweren Herzens zum Lautsprechermikrophon. «Ich danke Ihnen sehr, dass Sie unseren Gästen, dem Gouverneur und seiner Frau, so einen begeisterten Empfang bereitet haben», sagte er und bemerkte, wie sich der Rücken des Gouverneurs in seiner weißen Tropenuniform versteifte, als er die Szene am Ufer und an der Reling sah. «Für die, die Tee möchten, gibt es Erfrischungen im Bughangar. Im Übrigen interessiert es Sie vielleicht, dass es sich bei den jungen Männern am Ufer um deutsche Kriegsgefangene handelt.»

Irene Carter war nach dem Wettbewerb auf Avice zugegangen, um ihr zu ihrem Sieg zu gratulieren – «Schließlich muss man ja das Beste aus diesen Beinen machen, bevor die Krampfadern kommen, nicht?» – und um mit ihrer Post anzugeben. Sie hatte nicht weniger als sieben Briefe bekommen, davon vier von ihrem Mann. «Meine Mutter sagt, sie habe deine zum Tee eingeladen, als sie herausgefunden haben, dass wir auf demselben Schiff reisen. Sie können es bestimmt kaum erwarten zu erfahren, was wir hier so treiben.»

Und ich wette, du hast ihr längst alles erzählt, dachte Avice.

«Na dann. Ich gehe jetzt zum Tee und lese Harolds Briefe. Hast du viele bekommen?»

«Oh, haufenweise», antwortete Avice und wedelte mit ihren in der Luft herum. Sie hatte nur einen von Ian bekommen und ihn unter die von ihrer Mutter gelegt, sodass Irene nicht sehen konnte, wie viele es wirklich waren. «Viel Glück jedenfalls für den nächsten Wettbewerb», fügte sie hinzu. «Da geht es um das beste Kostüm, glaube ich, darin schneidest du bestimmt viel besser ab. Du bist ja schon so braun, dass du dir einen Schal um die Hüfte schlingen und als Eingeborene gehen könntest.» Und damit nahm Avice ihre «Urkunde» und ging so unbeteiligt wie möglich davon.

Frances war nicht in der Kabine. Dort hielt sie sich nur noch selten auf. Avice glaubte, dass sie sich irgendwo versteckte. Margaret nahm an einem Vortrag über Ausflugsziele in England teil. Also zog Avice ihre Schuhe aus und legte sich auf ihre Koje, um ihre Briefe in einem der seltenen privaten Momente zu lesen.

Sie überflog die Briefe ihres Vaters (Geschäft, Geld, Golf), ihrer Mutter (Reiseeindrücke, Kleider) und die ihrer Schwester («mir geht es gut allein, vielen Dank, blablabla») und widmete sich dann Ians Umschlag. Sie schaute sich seine Handschrift an und fragte sich, wie es kam, dass man Autorität sogar in Tinte und Papier spürte. Ihre Mutter hatte immer gesagt, dass Männer mit schlechter Handschrift meist auch unreif seien. Schließlich sei das ein Hinweis darauf, dass auch ihr Charakter irgendwie ungeformt sei.

Sie öffnete den Umschlag und stieß einen kleinen Freudenseufzer aus.

Frances und Margaret saßen in der Kantine an Deck, als der Matrose sie fand. Sie aßen gerade eine Kugel Eis. Frances war inzwischen an das Getuschel gewöhnt, das entstand, sobald sie es wagte, sich in der Öffentlichkeit zu zeigen. Margaret dagegen hatte die dreistesten Gaffer gefragt, ob sie so schauten, weil sie einen Löffel von ihrem Eis haben wollten, und ihnen ein paar geflüsterte Flüche hinterhergeschickt, wenn sie mit roten Köpfen abzogen.

«Mrs. Frances Mackenzie?», fragte der Matrose. Er wirkte beinahe schmerzhaft jung. Sein Hals füllte kaum den Kragen der Uniform aus.

Sie nickte. Ein Teil von ihr hatte schon seit Tagen auf diesen Moment gewartet.

«Der Kapitän würde Sie gern in seinem Büro sehen, Madam. Ich soll Sie dorthin bringen.»

Margaret wurde blass. In der Kantine war es ganz still geworden. «Nicht willkommen, nicht erwünscht», flüsterte es um sie herum.

Irgendwo in der Nähe hörte Avice ein merkwürdiges Geräusch, etwas wie ein tiefes Stöhnen, und mit einer gewissen distanzierten Überraschung stellte sie fest, dass es aus ihrer eigenen Kehle kam.

Sie starrte auf ihre Hand, die den Brief hielt, dann auf den Ehering an ihrem schlanken Finger. Um sie herum schien der Raum zurückzuweichen. Plötzlich warf sie sich auf den Boden, ging auf die Knie und übergab sich heftig in die Schüssel, die von ihren ersten Tagen der Übelkeit noch immer dort stand. Sie würgte, bis ihre Rippen schmerzten und ihre Kehle brannte, die Arme um ihren Oberkörper geschlungen, als könnten sie sie daran hindern, ihr ganzes Selbst von innen nach außen zu kehren. Zwischen ihren Hustern hörte sie ihre eigene Stimme, die «Nein! Nein! Nein!» gurgelte, so als ob sie einfach nicht akzeptieren könnte, dass diese Monstrosität wahr war.

Endlich lehnte sie sich erschöpft gegen die Koje. Das Haar hing ihr in verschwitzten Strähnen ins Gesicht, die Glieder lagen schwach und unbeholfen auf dem harten Fußboden, ohne Rücksicht auf ihr Kleid und ihr Make-up.

Draußen hörte sie das Klackern der Absätze einer Gruppe Frauen, die miteinander schwatzten, als sie an ihrer Tür vorbeigingen. Maud Gonne, die direkt hinter der Tür lag, hob ihren Kopf, als hoffte sie, eine bekannte Stimme darunter zu erkennen, und legte ihn dann enttäuscht wieder zwischen ihre Pfoten.

Avice war so schwindelig, als wäre sie betrunken. Sie fühlte sich seltsam losgelöst von allem. Ein gewaltiges Gewicht lastete plötzlich auf ihrem Kopf. Sie konnte nichts weiter tun, als auf den geriffelten Metallfußboden zu starren.

Sie schob die Schüssel zurück unter ihr Bett. Trotz des Geruchs, trotz des unbarmherzigen Metalls unter ihr und ihres feuchten Haars legte sie sich hin, den Blick auf den Brief neben sich gerichtet. Ihre Mutter hatte geschrieben:

Ich habe allen gesagt, dass die Feier im Savoy stattfindet. Daddy hat einen sehr günstigen Preis ausgehandelt. Und, Avice, mein Liebling – das errätst du nie –, die Darley-Hendersons bauen die Feier in ihre Weltreise mit ein, und als wäre das nicht schon aufregend genug, haben auch der Gouverneur und seine Frau zugesagt. Die Leute scheinen jetzt, da der Krieg vorbei ist, wieder reisen zu wollen. Und sie werden außerdem dafür sorgen, dass dein Bild im Tatler erscheint. Liebling, ich hatte so meine Zweifel, was diese Hochzeit angeht, aber jetzt muss ich dir sagen, dass

ich mich wie ein Schneekönig freue. Wir werden ein Fest feiern,
über das nicht nur ganz Melbourne, sondern auch halb England
noch monatelang sprechen wird!

Deine dich liebende Mutter

PS: Achte gar nicht auf deine Schwester. Sie ist ein wenig garstig
im Moment. Typischer Fall von Geschwisterneid, nehme ich an.
PPS: Wir haben bisher noch nichts von Ians Eltern gehört, was
wirklich schade ist. Könntest du ihn darum bitten, uns ihre
Adresse zu schicken, damit wir sie selbst anschreiben können?
Ich wüsste gern, ob sie noch jemanden einladen wollen.

Es war ein langer, ziemlich anstrengender Nachmittag gewesen,
und es kostete ihn einige Mühe aufzustehen, als das Mädchen
in den Raum trat, also blieb Kapitän Highfield hinter seinem
Schreibtisch, um sich abstützen zu können. Die Ankunft des
Gouverneurs und die damit verbundenen Schwierigkeiten hatten ihn erschöpft, und aus diesem Grund – vielleicht auch, um
dem Mädchen ein wenig Peinlichkeit zu ersparen – hatte er beschlossen, dieses Gespräch ohne die Anwesenheit des Kaplans
oder einer Frauendienstoffizierin zu führen.

Der Matrose kündigte sie an. Sie stand in der Tür und blieb
auch dort, als er schon wieder gegangen war. In der Hand hielt
sie eine kleine Tasche. Er hatte sie nun schon zweimal aus der
Nähe gesehen, und sie sah wirklich hinreißend aus. Nur ihr
Auftreten hinderte sie daran, verführerisch zu wirken. Offenbar hatte sie gelernt, mit dem Hintergrund zu verschmelzen.
Jetzt, da er mehr über sie wusste, verstand er auch, weshalb.

Kapitän Highfield bedeutete ihr mit einer Handbewegung,
Platz zu nehmen. Er starrte minutenlang auf den Fußboden und
überlegte, wie er das Thema anschneiden sollte, und wünschte

sich, die Kapitänswürde nur dieses eine Mal jemand anderem überlassen zu können. Disziplinarische Maßnahmen mit seinen Männern waren eine klare Sache: Es gab festgelegte Verfahrensweisen dafür, und im Zweifel machte man sie zur Schnecke. Aber Frauen waren da ganz anders, dachte er verärgert.

Mitsamt den Tonnen an Gepäck brachten sie all ihre Probleme mit an Bord, verursachten zu allem Überfluss auch noch neue – und dann fühlte man sich auch noch schuldig und im Unrecht, bloß weil man sich an die Regeln hielt.

Draußen wurde über Lautsprecher die Kantinenpause für die Männer verkündet. Er wartete, bis wieder Ruhe herrschte. «Wissen Sie, aus welchem Grund ich Sie hergebeten habe?», fragte er dann.

Sie antwortete nicht. Sie schaute ihn nur an, als ob es seine Pflicht wäre, es zu erklären.

Na los, Mann, sagte er sich. Bring es endlich hinter dich. Danach kannst du dir einen Schluck einschenken.

«Es ist mir zugetragen worden, dass Sie vor ein paar Tagen unten in so etwas wie einen Vorfall verwickelt waren. In diesem Zusammenhang habe ich Dinge gehört, die … mich ein wenig in Sorge versetzt haben.»

Rennick hatte es ihm am Abend zuvor erzählt. Einer der Heizer war an ihn herangetreten und hatte etwas von allen möglichen Problemen gemurmelt, und dann hatte er erzählt, was man über das Mädchen sagte.

«Es geht um Ihre … Lebensführung, bevor Sie an Bord dieses Schiffes gekommen sind. Es tut mir leid, dass ich dieses Thema anschneiden muss, zumal es Ihnen vermutlich unangenehm sein wird. Aber im Sinne des Wohlergehens und des Wohlverhaltens meiner Männer muss ich wissen, ob diese … diese Gerüchte wahr sind.»

Sie sagte nichts.

«Muss ich aus Ihrem Schweigen schließen, dass sie nicht … unwahr sind?»

Sie antwortete wieder nicht, und er fühlte sich langsam unbehaglich. Zusammen mit seinen Schmerzen ließ ihn das ungeduldig werden. Er stand auf, vielleicht, um sie durch seine Autorität zu beeindrucken, und ging um den Schreibtisch herum.

«Ich will Sie nicht schikanieren, Miss …»

«Mrs.», sagte sie. «Mrs. Mackenzie.»

«Aber Regeln sind nun einmal Regeln, und nach Stand der Dinge kann ich es nicht zulassen, dass Frauen Ihres … Schlages auf einem Schiff voller Männer reisen.»

«Meines Schlages.»

«Sie wissen, was ich damit sagen will. Es ist schwierig genug, so viele Frauen auf so beengtem Raum zu transportieren. Ich kann nicht zulassen, dass Ihre Gegenwart mein Schiff destabilisiert.» Gott allein wusste, was der Gouverneur von Gibraltar sagen würde, wenn er von diesem speziellen Passagier wüsste. Ganz abgesehen von der Ehefrau des Gouverneurs. Sie hatten sich doch gerade erst von dem Anblick der herumtanzenden deutschen Kriegsgefangenen erholt.

Sie starrte eine Weile auf ihre Schuhe. Dann hob sie den Kopf. «Kapitän Highfield, schicken Sie mich von Bord?» Ihre Stimme klang ganz ruhig.

Er war fast erleichtert, dass sie es ausgesprochen hatte. «Es tut mir leid», sagte er. «Ich habe wohl keine andere Wahl.»

Sie schien über etwas nachzudenken. Anscheinend überraschte sie nichts von dem, was er gesagt hatte. Aber sie hatte die Augen ganz leicht verengt, sodass ihr Blick fast mitleidig wirkte.

Das hatte er nicht erwartet. Wut, vielleicht. Theatralisches

Geheule, wie bei den anderen beiden Unglücklichen. Deshalb hatte er den Matrosen vor der Tür stehen lassen.

«Sie dürfen natürlich etwas dazu sagen», sagte er, als die Stille begann drückend zu werden. «Zu Ihrer Verteidigung, meine ich.»

Eine längere Pause entstand. Dann legte sie die Hände in den Schoß. «Zu meiner Verteidigung ... Ich bin Krankenschwester. Seit fünf Jahren arbeite ich als Krankenschwester. In dieser Zeit habe ich einige tausend Männer behandelt, einigen sogar das Leben gerettet.»

«Das ist wirklich sehr gut – dass Sie es geschafft haben ...»

«Ein anständiger Mensch zu werden?» Ihr Tonfall klang scharf.

«Das wollte ich nicht ...»

«Aber das geht nicht, nicht wahr? Weil ich niemals meine sogenannte Vergangenheit vergessen darf. Nicht einmal einige tausend Meilen davon entfernt.»

«Ich wollte nicht andeuten, dass ...»

Sie sah ihn jetzt direkt an. Er hatte den Eindruck, als hätte ihre Haltung sich gestrafft.

«Ich weiß sehr gut, was Sie andeuten wollten, Kapitän. Dass meine Leistungen im Dienst nicht relevant sind. Genau wie die meisten anderen Passagiere auf diesem Schiff beurteilen Sie meinen Charakter lieber nach dem ersten Gerücht, das Sie hören. Und dann handeln Sie danach.»

Er hatte nicht erwartet, dass sie so beherrscht reagieren würde. So wortgewandt.

Er hatte nicht erwartet, dass er der Angeklagte sein würde.

«Hören Sie», sagte er versöhnlich, «ich kann doch nicht so tun, als wüsste ich nichts über Sie.»

«Nein, und ich kann das offenbar auch nicht. Ich kann nur

versuchen, ein sinnvolles Leben zu führen. Und nicht zu viel über die Dinge nachzudenken, die möglicherweise außerhalb meiner Kontrolle lagen.»

Sie schwiegen beide. Sein Verstand versuchte fieberhaft, einen Ausweg aus dieser außergewöhnlichen Situation zu finden. Draußen auf dem Flur hörte er, wie sich der Matrose mit einem Kameraden gedämpft unterhielt, und senkte die Stimme, um ihre Würde zu bewahren.

«Hören Sie – wollen Sie damit sagen, dass das, was damals geschehen ist, nicht Ihre Schuld ist? Dass man sich womöglich … eher an Ihnen versündigt hat, als dass Sie selbst gesündigt haben?»

Wenn sie für sich bitten würde, versprechen würde, sich in Zukunft tadellos zu verhalten, dann vielleicht …

«Ich sage, dass Sie auch das nichts angeht.» Ihre gesamte Körperhaltung verriet nichts als Beherrschung. «Das Einzige, was Sie etwas angeht, Kapitän, ist mein Beruf, der Krankenschwester ist, wie Sie Ihren Passagierlisten und meinem Wehrpass entnehmen könnten, wenn Sie sich die Mühe machten hineinzusehen. Außerdem mein Familienstand und mein Verhalten an Bord Ihres Schiffes, das, wie ich annehme, all Ihren Anforderungen an Anstand und Sitte entsprechen dürfte.»

Ihre Stimme war jetzt kräftiger geworden. Ihre blassen Ohren hatten sich gerötet, das einzige Anzeichen einer gewissen inneren Erregung.

Er stellte mit einiger Verwirrung fest, dass er sich fühlte, als wäre er derjenige, der im Unrecht war.

Er schaute auf die Papiere, in denen die Einzelheiten für die Abschiebung von Bräuten von Bord standen. «Schicken Sie sie in Port Said von Bord», hatte die australische Bereichsleiterin des Roten Kreuzes gesagt. «Sie wird wohl eine Weile auf ein

Schiff zurück warten müssen. Andererseits verschwinden viele von denen in Ägypten.» Das hatte ziemlich verächtlich geklungen.

Gott, das war vielleicht ein Schlamassel. Ein verdammter Schlamassel. Wenn er doch dieses Gespräch nie geführt und an dieser komplizierten Geschichte herumgekratzt hätte. Aber jetzt war die Maschinerie angelaufen. Seine Hände waren gebunden.

Vielleicht sah sie etwas in seinem Gesicht, das sie aufstehen ließ. Ihre Haare waren aus der Stirn gekämmt. Die Frisur betonte die hohen, fast slawisch anmutenden Wangenknochen und die Schatten unter ihren Augen. Bevor sie ging, überlegte er kurz, ob sie ihn wohl schlagen würde, so wie es die Kleine getan hatte, und fühlte sich sofort schuldig deswegen.

«Sehen Sie, Mrs. Mackenzie, ich ...» Er suchte fieberhaft nach den richtigen Worten, nach Worten, die die richtige Mischung aus Autorität und Bedauern ausdrückten.

Sie war schon fast an der Tür, als sie fragte: «Soll ich noch einen Blick auf Ihr Bein werfen?»

Seine Worte blieben ihm im Hals stecken. Er blinzelte.

«Ich habe bemerkt, dass Sie humpeln. Immer wenn Sie glauben, allein zu sein. Ich habe nachts oft auf dem Flugdeck gesessen, wissen Sie.»

Highfield war jetzt vollkommen verwirrt. Offenbar hatte er das Bein nachgezogen. «Ich glaube nicht, dass das ...»

«Dann werde ich Sie nicht belästigen.»

Sie standen jeder an einem Ende des Büros einander gegenüber. Keiner von ihnen rührte sich. Nichts in ihrem Blick war eine Einladung.

«Ich habe ... ich habe das niemandem gegenüber erwähnt», hörte er sich schließlich sagen.

«Ich bin recht gut darin, Geheimnisse für mich zu behalten», sagte sie, den Blick fest auf ihn gerichtet.

Er ließ sich schwer in seinen Stuhl fallen und schob sein Hosenbein hoch. Seit ein paar Tagen hatte er es sich nicht mehr ansehen mögen.

Sie wirkte erschüttert. Wich erst einen Schritt zurück und trat dann heran, um es aus der Nähe zu untersuchen. «Das ist sehr entzündet, Kapitän.» Sie machte eine kurze Handbewegung in Richtung seines Beins, als wollte sie fragen, ob es ihm etwas ausmache, und legte dann ihre Hände darauf, um die Länge der Wunde und die geschwollene Haut an den Rändern zu begutachten. «Haben Sie erhöhte Temperatur?»

«Ich habe mich schon mal besser gefühlt», gab er zu.

Sie untersuchte sein Bein einige Minuten lang. «Ich glaube, Sie haben Osteomyelitis, das ist eine Entzündung, die sich bis ins Knochenmark ausgebreitet hat. Man muss den Eiter abfließen lassen, und Sie brauchen Penizillin.»

«Haben Sie welches?»

«Nein, aber Dr. Duxbury sollte welches haben.»

«Ich möchte nicht, dass er davon erfährt.»

Sie zeigte ihre Überraschung nicht. Aber er würde ihren erschrockenen Gesichtsausdruck beim Anblick seines Beins nicht vergessen. «Sie brauchen medizinische Hilfe», sagte sie.

«Ich möchte aber nicht, dass Duxbury davon hört», wiederholte er.

«Dann habe ich Ihnen hiermit meine professionelle Einschätzung gegeben, Kapitän, und respektiere Ihr Recht, sie zu ignorieren.»

Sie stand auf und wischte sich die Hände an ihrer Hose ab. Er bat sie zu warten, ging dann an ihr vorbei und öffnete die Tür. Er holte den Matrosen hinein.

Der Junge trat ein. Sein Blick flog zwischen dem Kapitän und der Frau neben ihm hin und her.

«Bringen Sie Mrs. Mackenzie hier zur Schiffsapotheke», sagte Highfield. «Sie soll einige Dinge holen.»

Sie zögerte, als ob sie noch eine Ermahnung oder eine Warnung erwartete. Aber es kam nichts.

Er hielt ihr den Schlüssel hin. Als sie ihn aus seiner Hand nahm, achtete sie darauf, ihn dabei nicht zu berühren.

Die Nadel drang in sein Bein. Das hauchdünne Metallröhrchen glitt mechanisch in sein Fleisch und wieder hinaus, um die faulige Flüssigkeit darin herauszusaugen. Trotz seiner Schmerzen spürte Highfield, wie die Angst, die ihn geplagt hatte, langsam nachließ.

«Sie brauchen in etwa sechs Stunden die nächste Dosis Penizillin. Danach nehmen Sie es einmal am Tag. Wir fangen mit der doppelten Dosis an, damit Ihr Immunsystem den Kampf gegen die Infektion aufnimmt. Und wenn Sie in England sind, müssen Sie sofort zum Arzt gehen. Vielleicht schickt er Sie ins Krankenhaus.» Sie wandte sich wieder der Wunde zu. «Aber Sie haben Glück gehabt. Ich glaube nicht, dass sie brandig ist.»

Sie sagte das still und unaufgeregt und sah ihm dabei nicht ins Gesicht. Schließlich legte sie die letzte Schicht Gaze auf sein Bein und wich ein wenig zurück, damit er sein Hosenbein wieder herunterlassen konnte. Sie trug eine weiße Bluse und dieselben Khakihosen, in denen er sie gesehen hatte, als sie die junge Braut in sein Büro gebracht hatte.

Er seufzte erleichtert bei der Aussicht auf eine schmerzfreie Nacht. Sie raffte die medizinischen Utensilien zusammen, die sie in der Apotheke besorgt hatte. «Sie sollten etwas davon hierbehalten», sagte sie, den Blick immer auf den Boden gerichtet. «Sie werden den Verband morgen wechseln müssen.» Sie kritzelte ein paar Anweisungen auf einen Zettel. «Lagern Sie das Bein hoch, wann immer Sie allein sind. Und versuchen Sie, es trocken zu halten. Sie können jeweils zwei Schmerztabletten auf einmal nehmen.» Sie legte das Verbandszeug und die Pflaster auf den Schreibtisch und schraubte dann den Verschluss auf seinen Füller.

«Wenn es schlimmer wird, müssen Sie zu einem Arzt. Noch einmal können Sie es sich nicht leisten, das aufzuschieben.»

«Ich sage einfach, dass es ein Missverständnis war», erwiderte er. «Eine Verwechslung. Wenn Sie während des Rests der Reise ein wenig Zeit für das Setzen dieser Penizillinspritzen erübrigen könnten, wäre ich Ihnen sehr dankbar.»

Sie starrte ihn an und stand auf. Vielleicht zum ersten Mal an diesem Tag wirkte sie scheu. Sie schluckte hart. «Dafür habe ich es nicht getan», sagte sie.

Er nickte. «Ich weiß.»

Er stand auf und verlagerte vorsichtig das Gewicht auf das verletzte Bein. Dann streckte er die Hand aus. «Vielen Dank», sagte er, «Mrs. Mackenzie … Schwester Mackenzie.»

Sie starrte seine Hand an. Angesichts der außerordentlichen Selbstbeherrschung, die sie bisher an den Tag gelegt hatte, war er überrascht, Tränen in ihren Augen zu sehen, als sie sie schließlich ergriff.

Bei anderen hinterließ die Quälerei unauslöschliche Narben – die ständige Kälte, die bis ins Mark drang, die Angst und die stetige Gefahr, eines vorzeitigen und sinnlosen Todes zu sterben, vermischt mit dem Gefangensein auf einem kleinen, von Stürmen böse zugerichteten Kriegsschiff –, die schließlich eine lebenslange Abscheu vor dem Krieg entfachten.

Richard Woodman in Arctic Convoys 1941–1945

KAPITEL 19

Fünfunddreißigster Tag – eine Woche bis Plymouth

J oe junior strampelte unermüdlich. Vielleicht fühlte er sich ungerechterweise eingesperrt. Margaret saß ganz hinten im Vorlesungsraum und schaute hinunter auf die Wölbung ihres Bauches, sah, wie sich das zerfledderte Notizbuch, das sie darauf abgelegt hatte, auf und ab bewegte, genau wie ein kleines Schiff auf dem Ozean. Wochenlang schien die Zeit auf diesem Schiff stehengeblieben zu sein. Sie hatte sich verzweifelt danach gesehnt, Joe zu sehen, und war immer verdrießlicher geworden, je länger sich die Tage zogen. Jetzt, da sie in europäischen Gewässern waren, raste die Zeit nur so dahin und versetzte sie in Unruhe.

Sie bot wirklich einen grotesken Anblick, dachte sie. Ihr Bauch war riesig geschwollen, die blasse Haut durchzogen von violetten Adern. Ihre Füße konnte sie nur noch in ein einziges ausgetretenes, derbes Paar Sandalen quetschen. Ihr Gesicht war nie schmal gewesen, aber jetzt schaute ihr aus dem Spiegel im Gemeinschaftswaschraum ein Vollmond entgegen. Wie soll mich Joe nur wollen, wenn ich so aussehe?, fragte sie sich. Er hatte ein schlankes, bewegliches Mädchen geheiratet, das genauso schnell rennen konnte wie er und mit ihm die endlosen grünen Hektar Land der Farm entlanggeritten war. Ein Mädchen, dessen fester, straffer Körper ihn sprachlos gemacht hatte.

Jetzt war er an eine fette, schwerfällige Seekuh gekettet, die schon nach ein paar Stufen vollkommen außer Atem war. Aus deren Brüsten, blass und blau geädert, Milch tropfte. Eine Seekuh, die sich sogar vor sich selbst ekelte.

Sie rutschte auf dem kleinen Holzstuhl herum und seufzte ein kleines unbehagliches «Oh». Der heutige Vortrag trug den Titel «Dinge, die Ihre Ehemänner womöglich erlebt haben». Trotz des Titels kamen darin nur «unaussprechliche Gräuel» vor, die der Referent offenbar für zu unaussprechlich hielt, um sie zu beschreiben. Es war wichtig, sagte der Wohlfahrtsoffizier, den Ehemann nicht dazu zu drängen zu erzählen, was er erlebt hatte. Die Geschichte habe gezeigt, dass es den meisten Männern besser ging, wenn sie nicht zu viel grübelten, sondern stattdessen einfach weitermachten. Sie wollten keine Frauen, die sie löcherten, ihnen ihre Probleme zu erzählen. Was Männer brauchten, sei jemand, der sie mit Fröhlichkeit und Zärtlichkeit ablenkte, der sie an all das erinnerte, wofür sie gekämpft hatten.

Je länger der Mann sprach, desto mehr beschlich Margaret das Gefühl, dass Joe und sie vielleicht gar keine Partner waren, wie sie angenommen hatte, sondern dass allein durch ihr Geschlecht und seine Erfahrungen ein riesiger Abgrund zwischen ihnen lag. Joe hatte nur ein einziges Mal seine eigenen Schrecken angedeutet: Sein Freund Adie war im Pazifik getötet worden, als er nur ein paar Meter von ihm entfernt an Deck stand, und sie hatte beobachtet, wie er nervös die Tränen wegblinzelte, als er davon erzählte. Sie hatte nicht nach Einzelheiten gefragt, aber nicht, weil sie fand, dass das etwas sei, das er mit sich selbst ausmachen sollte, sondern weil sie Australierin war. Aus gutem bäuerlichen Holz geschnitzt. Und den Anblick eines Mannes, der Tränen in den Augen hatte, selbst wenn er Ire war (und man wusste ja, wie gefühlvoll die werden konnten), fand sie ein wenig eigenartig.

Es würde zu zusätzlichen Schwierigkeiten kommen, hatte der Wohlfahrtsoffizier hinzugefügt, weil sie von sehr unterschiedlichen Kontinenten stammten. Er riet, sich schnell mit einer Person aus der neuen Familie anzufreunden. Oder vielleicht mit einer neuen Freundin an Bord Adressen auszutauschen, um jemanden zum Reden zu haben, wenn ihnen etwas besondere Sorgen bereitete.

In den ersten Monaten würden sie möglicherweise finden, dass ihr Ehemann mitunter ein wenig ungeduldig, ja, aufbrausend sei. «Bevor Sie ihn dafür verurteilen, nehmen Sie sich einen Moment Zeit, um sich ins Gedächtnis zu rufen, dass es womöglich andere Gründe für seinen Ausbruch gibt. Dass er sich vielleicht an etwas erinnert, mit dem er Sie nicht belasten möchte. Und bevor Sie im selben Ton antworten, denken Sie daran, was Ihr Mann für sein Land und für Sie selbst getan hat. Wir Engländer haben da eine Redewendung.» An dieser Stelle legte der Offizier eine Pause ein und ließ seinen Blick über sein Publikum schweifen. «‹Steife Oberlippe› – also Haltung bewahren. Das hat das britische Weltreich in den letzten Jahren stark gehalten. Ich rate Ihnen, oft davon Gebrauch zu machen.»

Der Steward des Marineoffiziers hatte ihnen schon zweimal mit einer Handbewegung signalisiert, dass es Zeit war, die Offiziersmesse zu verlassen. «Na los, Mann, mach mal Dampf», musste Jones drängeln, um Nicol aus seinen Gedanken zu reißen.

Um ihn herum hatten die Offiziere ihre Mahlzeiten beendet und zogen sich zurück, um Pfeife zu rauchen und Briefe oder alte Zeitungen zu lesen.

«Schläfst du schon, Mann?» Jones schob ihn buchstäblich in den Anbau der Messe. «Der Oberste Offizier hat während der Tischrede die ganze Zeit zu dir hingesehen – du hast dagestanden wie ein Sack Kartoffeln. An einer Stelle dachte ich schon, du würdest die Hände in deine verdammten Taschen stecken.»

Nicol konnte nicht antworten. Während der Tischrede strammzustehen, war ihm eigentlich in Fleisch und Blut übergegangen. Ebenso wie seine Stiefel zu polieren oder anzubieten, eine Extraschicht zu übernehmen. Aber in letzter Zeit hatte sein Verantwortungsgefühl gelitten.

Er hatte sich vorgestellt, wie sie von Bord geschickt würde und er ihr folgte. Während des Mittagessens hatte er sich ausgemalt, wie ihr Ehemann ihr eine «Nicht willkommen, nicht erwünscht»-Nachricht schickte. Hinterher hatte er sich verflucht, dass er ihr eine solche Erniedrigung wünschte.

Aber er konnte nichts dagegen tun. Wenn er die Augen schloss, sah er ihr wachsames Gesicht. Das kurze, strahlende Lächeln, das sie ihm beim Tanzen geschenkt hatte. Wie sich ihre Taille angefühlt hatte, ihre Hände, leicht auf seinen Schultern ruhend.

Wen hatte sie geheiratet? Hatte sie ihm von ihrer Vergangenheit erzählt? Oder schlimmer: War der Mann Teil davon? Es schien ihm unmöglich, sie danach zu fragen, ohne dass es so wirkte, dass er genau wie die anderen glaubte, sich eine Meinung über ihr Leben bilden zu dürfen. Welches Recht hatte er, sie überhaupt etwas zu fragen?

Diese Gedanken ließen ihn die Augen zukneifen vor den Bildern, mit denen er nichts zu tun haben wollte. In seiner Messe wussten die Männer, dass er wie einige andere auch regelmäßig von den Dämonen des Krieges heimgesucht wurde; sie hatten ihm eine breite Koje überlassen. Sie wussten, dass die Dämonen hin und wieder kamen, im Tiefflug Bomben über seinem Verstand abwarfen und ihn in vollkommener Schwärze zurückließen. Vielleicht könnte ich ihr davon erzählen, dachte er. Ich könnte ihr erklären, was ich fühle. Aber als er nur darüber nachdachte, wusste er schon, dass er die Worte nicht würde aussprechen können. Sie hatte sich eine Zukunft gesucht, ein wenig Stabilität gefunden. Er hatte kein Recht, sich einzumischen.

Letzte Nacht hatte er zu den Sternbildern hochgeschaut, die ihn so fasziniert hatten. Jetzt verfluchte er die Planetenstellung, die ihre Lebenswege an einem Punkt aneinander vorbeigeführt hatte, an dem sie beide hätten geheilt werden können. Ich hätte sie glücklich machen können, dachte er. Konnte der unbekannte Ehemann dasselbe von sich sagen? Oder vielleicht wollte ein selbstsüchtiger Teil von ihm auch nur etwas wiedergutmachen und seine eigenen Schuldgefühle beschwichtigen, indem er ihren Retter spielte.

Diese unangenehme Erkenntnis brachte ihn schließlich dazu, die Schichten mit Emmett zu tauschen, sodass er sich in den nächsten Tagen von ihr fernhalten konnte.

Es war im Grunde gar nicht ihre Vergangenheit, mit der er Schwierigkeiten hatte, musste er feststellen. Es war der Umstand, dass sie ihr entkommen war.

Er starrte hoch zum Bild des Königs, das einen Ehrenplatz an der Wand hatte, und schloss sich dann Jones an, um die Offiziersmesse zu verlassen.

Margaret lag in ihrer Koje und las. Draußen war das Schiff ein wenig mehr in Bewegung geraten – es fuhr jetzt in kühleren, raueren Gewässern. Sie hatte einen Brief an ihren Vater begonnen, aber dann festgestellt, dass sie nichts Neues über das Leben an Bord zu erzählen hatte. Die wirklich wichtigen Ereignisse konnte sie nicht zu Papier bringen, und der Rest bestand eigentlich nur aus Warten.

Stattdessen hatte sie an Daniel geschrieben: eine Reihe von Fragen über die Stute, die dringende Bitte, so viele Kaninchen wie möglich zu häuten, damit er bald genug Geld hätte, um sie in England zu besuchen. Daniel hatte einmal geschrieben. Sie hatte den Brief in Bombay erhalten. Eigentlich ging es nur um den Zustand der Kühe, das Wetter und die Handlung des Films, den er in der Stadt gesehen hatte, aber ihr war gleich leichter ums Herz gewesen. Er hatte ihr verziehen, sagten ihr jene wenigen Zeilen. Wenn ihr Vater ihn mit dem Gürtel zum Schreiben gezwungen hätte, hätte er eher ein leeres Blatt Papier in den Umschlag gesteckt, als sich ihm zu beugen.

Ein lautes Klopfen ertönte, und sie warf sich sofort auf ihr Hündchen und hielt ihm mit ihrer breiten Hand zärtlich, aber fest die Schnauze zu. Gleichzeitig brach sie in einen Hustenanfall aus, damit man das Bellen nicht so hörte. «Moment», sagte sie, «ich komme!»

«Ist Mrs. A. Radley hier?»

Margaret wandte sich zu Avice' Koje um. Avice blinzelte und setzte sich auf. Ihre Kleider waren zerknittert, das Gesicht blass und ausdruckslos. Sie stand langsam auf und hob die Hand zu ihrem Haar. «Avice Radley», sagte sie matt und öffnete die Tür einen Spalt.

Ein junger Matrose stand vor ihr. «Sie haben ein Telegramm bekommen. Ist heute Nachmittag angekommen.»

Margaret ließ das Hündchen hinter sich fallen und trat an Avice heran, um ihren Arm zu nehmen.

«Oh mein Gott», entfuhr es Avice.

Der Matrose sah die Angst in ihren Augen. Dann legte er das Stück Papier in ihre Hand. «Sie brauchen nicht so zu schauen, junge Frau – es sind gute Nachrichten.»

«Was?», fragte Margaret.

Er beachtete sie nicht. Er wartete, bis Avice die Zeilen gelesen hatte, bevor er wieder zu sprechen begann. Er klang fröhlich. «Es ist eine Nachricht von der Familie. Ihre Verwandten werden Sie in Plymouth erwarten und vom Schiff abholen.»

Avice schluchzte fast zwanzig Minuten lang. Margaret fand das erst ziemlich übertrieben und dann besorgniserregend. Schließlich kletterte sie zu Avice in die Koje und versuchte, nicht daran zu denken, wie gefährlich das Bett unter ihrem Gewicht ächzte. «Es ist gut, Avice», sagte sie immer wieder. «Es geht ihm gut. Ian geht es gut. Dieses dumme Telegramm hat dir nur einen Schock versetzt.» Margaret schüttelte den Kopf. «Sie hätten nicht einfach so jemanden herunterschicken dürfen. Sie hätten doch wissen müssen, dass dich das halb zu Tode erschreckt. Besonders in deinem Zustand, oder?» Sie versuchte, das Mädchen zum Lächeln zu bringen.

Avice blieb ihr die Antwort schuldig. Aber schließlich ließ das Schluchzen so weit nach, dass nur noch eine Nachwehe blieb, ein stotterndes Echo. Als Margaret das Gefühl hatte, das Schlimmste sei überstanden, stand sie auf.

«Na, ist ja gut», sagte sie überflüssigerweise. «Ruh dich aus. Beruhige dich ein bisschen.» Sie legte sich auf ihre eigene Koje und plauderte über die Pläne für die letzten paar Tage – an welchen Vorträgen sie teilnehmen sollten, wie sich Avice am besten auf das Finale des «Queen of the *Victoria*»-Wettbewerbs vorbereiten sollte – alles, um sie aus ihrer Niedergeschlagenheit zu holen. «Du musst unbedingt wieder diese grünen Satinpumps tragen», plapperte sie gutmütig weiter. «Du glaubst ja nicht, wie viele Mädchen sich die Finger danach lecken, Avice. Dieses Mädchen aus der 11F hat gesagt, sie hat genau solche schon in der *Women's Weekly* gesehen.»

Avice' Augen waren entzündet und rot gerändert. Das verstehst du nicht, dachte sie und starrte die leere Wand an. Den endlosen Wortschwall, der von unten hochdrang, hörte sie gar nicht. Für einen kurzen Moment habe ich geglaubt, dass alles gut werden würde, dass es einen Ausweg für mich gäbe.

Sie lag ganz still, als könnte sie sich dadurch irgendwie zu Stein verwandeln.

Einen kurzen Moment lang habe ich geglaubt, sie wären gekommen, um mir zu sagen, dass er tot ist.

«Also, da war ich nun, das schmutzige Wasser reichte mir bis zu den Ohren, die Pfannen schwammen in der Kombüse um mich herum, das Schiff fünfundvierzig Grad backbord geneigt, und da watet doch der alte Junge hinein, mustert mich von oben bis unten, kippt ein paar Liter Bilgewasser aus seiner Mütze und sagt: ‹Ich hoffe doch sehr, dass Sie passende Socken tragen, Highfield. Ich dulde auf diesem Schiff keine Nachlässigkeiten.›» Der Kapitän streckte sein Bein aus. «Das Beste daran war, dass er recht hatte. Weiß der Teufel, wie er das unter anderthalb Metern Wasser erkennen konnte, aber er hatte recht.»

Frances richtete sich auf und lächelte. «Ich kannte Oberschwestern, die genau so waren», sagte sie. «Ich wette, die wussten haargenau, wie viele Tabletten in jedem Fläschchen waren.»

Sie legte die Instrumente zurück in ihre Tasche.

«Ah», sagte Highfield. Er räusperte sich. «Na ja. Einundvierzig Torpedoköpfe, die aus den Kisten entfernt wurden, zwei leere Kisten, zweiunddreißig Bomben, die meisten von ihnen entschärft, vier Kisten mit 4.5-Zoll-Munition, eine Kiste 4.5-Zoll-HA/LA-Zwillingshalterungen, neun Kisten mit gemischten Waffen, Kleinwaffenmagazinen und Maschinenkanonen. Oh, und zweiundzwanzig Patronengürtel für verschiedene Handfeuerwaffen. Die bewahre ich zurzeit in meinem Privatlager auf.»

«Irgendwie habe ich das Gefühl», bemerkte Frances, «dass Sie noch nicht bereit für den Ruhestand sind.»

Draußen, hinter seiner linken Schulter, ging die Sonne unter. Sie sank nun langsamer in Richtung Horizont als zu Beginn der Reise. Der Ozean erstreckte sich um sie herum, der graue Dunst, der darüber lag, war der einzige Hinweis auf die hier herrschenden kühleren Temperaturen. Möwen folgten dem Schiff und zankten sich um die Abfälle, die der Schiffskoch über Bord kippte. Oft warfen die Mädchen ihnen Kekskrümel zu, weil es so lustig aussah, wie sie sie in der Luft auffingen.

Highfield beugte sich vor. Das Narbengewebe an seinem Bein fühlte sich an wie geschmolzenes und dann erstarrtes Kerzenwachs. «Wie ist es …?»

«Gut», sagte sie. «Sie sollten es spüren können.»

«Ja, es geht mir besser», sagte er. Er bemerkte ihren Blick und fügte hinzu: «Es ist immer noch ein bisschen wund, aber schon viel besser.»

«Ihre Temperatur ist auch wieder normal.»

«Ich dachte schon, ich hätte mir ein tropisches Fieber eingefangen.»

«Das vielleicht auch.» Sie wusste, dass es ihm besser ging.

Sie erkannte es an seiner Haltung. Er wirkte nicht mehr so verbissen in sich gekehrt. Er lächelte häufiger. Wenn er sich gerade aufrichtete, dann stolz, und nicht, um verzweifelt zu beweisen, dass er es noch konnte.

Er hatte schon wieder eine neue Geschichte begonnen, eine über eine verschwundene Torpedokiste. Sie hatte ihre Arbeit beendet, setzte sich auf den Stuhl ihm gegenüber und hörte ihm zu. Er hatte ihr dieselbe Geschichte schon vor ein paar Tagen erzählt, aber das machte ihr nichts aus, denn sie spürte, dass er sonst nicht so leicht zum Plaudern zu bewegen war. Ein einsamer Mann, dachte sie. Oft waren die mächtigsten Männer die einsamsten.

Und außerdem, das musste sie zugeben, genoss sie seine Gesellschaft, zumal ihr die meisten anderen Bräute immer noch abweisend entgegentraten, Avice so merkwürdig traurig war und sich der Marinesoldat nicht mehr hatte blicken lassen.

«… und der verdammte Kerl hat es nur zum Fischebraten benutzt. ‹Sah aus wie ein Fischkessel, und etwas anderes habe ich nicht gefunden›, meinte er. Ich sage Ihnen, hinterher waren wir nur froh, dass er nicht den Sprengkopf benutzt hat.»

Highfield lachte bellend, und er wirkte fast selbst überrascht davon. Sie lächelte erneut und bemühte sich, nicht zu zeigen, dass sie die Geschichte schon kannte. Nach jedem seiner Scherze warf er ihr einen kurzen Blick zu, für den Bruchteil einer Sekunde, aber Frances erkannte darin seine Unbeholfenheit im Umgang mit Frauen. Er würde sie auf keinen Fall langweilen wollen. Und sie würde nicht zulassen, dass er glaubte, es zu tun.

«Schwester Mackenzie … kann ich Ihnen etwas zu trinken anbieten? Ich nehme gern ein Schlückchen zu dieser Zeit.»

«Vielen Dank, aber ich trinke keinen Alkohol.»

«Vernünftiges Mädchen.» Sie sah zu, wie er um den Schreibtisch herumging, ein wunderschönes Möbelstück aus dunklem Walnussholz und einer Tischplatte, die mit dunkelgrünem Leder bezogen war. Das Privatzimmer des Kapitäns hätte gut in jedes wohlhabende Haus gepasst. Es war mit Teppichen ausgelegt, an den Wänden hingen Bilder, und die Stühle waren bequem gepolstert. Sie musste an die kargen Unterkünfte der Männer im Bauch des Schiffes denken, an ihre Hängematten, die Spinde und zerkratzten Tische. Bei der britischen Marine war sie zum ersten Mal solch eklatanten Unterschieden begegnet. Es brachte sie zum Nachdenken über das Land, das sie ansteuerte.

«Wie ist es eigentlich passiert?», fragte sie, als er sich seinen Drink einschenkte.

«Was?»

«Ihr Bein. Sie haben es mir nie erzählt.»

Er stand mit dem Rücken zu ihr, und für den Bruchteil einer Sekunde wirkte er wie erstarrt. Sie spürte, dass ihre Frage nicht so belanglos zu sein schien, wie sie beabsichtigt war.

«Sie müssen es mir nicht erzählen», setzte sie hinzu. «Es tut mir leid. Ich wollte nicht unhöflich sein.»

Es war, als hätte er sie gar nicht gehört. Er stöpselte die Karaffe zu, setzte sich wieder, nahm einen tiefen Schluck von der bernsteinfarbenen Flüssigkeit und begann zu erzählen. Die *Victoria*, sagte er, war nicht sein Schiff. «Ich habe auf ihrem Schwesterschiff gedient, der *Indomitable*. Seit neununddreißig. Kurz vor dem Sieg über Japan gerieten wir unter Beschuss. Wir hatten sechs Albacore-Torpedobomber, vier Fairey-Swordfish-Doppeldeckerflugzeuge und Gott weiß was noch, um uns zu verteidigen. Alle Männer waren an den Waffen, aber kein Geschütz hat getroffen. Ich wusste sofort, dass wir verloren waren. Mein Neffe war Pilot. Robert Hart. Sechsundzwanzig Jahre alt. Der Sohn meiner Schwester Molly. Er war ein … wir standen uns sehr nah. Er war ein guter Kerl.»

Es klopfte an der Tür. Kurz blitzte Ärger in Highfields Gesicht auf. Er erhob sich und ging mit schweren Schritten durch den Raum, öffnete die Tür und warf einen Blick auf die Papiere, die man ihm gab. Dann nickte er dem jungen Telegraphisten zu. «Sehr gut», murmelte er.

Frances, die ganz gefangen von der Erzählung des Kapitäns war, bemerkte die Unterbrechung kaum.

Der Kapitän setzte sich wieder und ließ die Papiere neben sich auf den Tisch fallen. Er schwieg.

«Ihr Neffe. Wurde er … erschossen?», fragte sie.

Er nahm einen Schluck von seinem Drink, ehe er antwortete. «Nein. Ich nehme an, dass er das vorgezogen hätte. Eine der Bomben fiel in den Frachtraum und zerstörte mehrere Decks, von den Kojen der Offiziere bis hin zum mittleren Maschinenraum. Bei dieser ersten Explosion habe ich sechzehn Mann verloren.»

Frances konnte sich die Szenen an Bord vorstellen. Sie roch förmlich den Rauch und das Öl, hörte die Schreie der eingeschlossenen, brennenden Männer. «Auch Ihren Neffen.»

«Nein … nein, das ist ja das Problem. Ich bin zu spät gekommen, verstehen Sie? Ich hätte sie retten können, aber ich war zu Boden gerissen worden und ein wenig benommen. Ich habe nicht begriffen, wie nah die Explosion dem Munitionslager war.

Das Feuer zerstörte einige der inneren Leitungen. Es fraß sich durch den Ruderraum, in dem das Lenkgetriebe stand, und die Admiralsmesse. Dann loderte es unter dem Förderband für die Munition auf. Fünfzehn Minuten nach dem ersten Einschlag fing die Munition Feuer und jagte fast das gesamte Innere des Schiffes in die Luft.» Er schüttelte den Kopf. «Es war ohrenbetäubend … ohrenbetäubend. Ich dachte, der Himmel selbst hätte sich geöffnet. Ich hätte mehr Männer unten haben sollen, die dafür sorgten, dass die Luken geschlossen blieben, damit das Feuer sich nicht so schnell ausbreiten konnte.»

«Dann hätten Sie noch viel mehr Männer verlieren können.»

«Achtundfünfzig, insgesamt. Mein Neffe war draußen auf der Kontrollplattform.» Er hielt inne. «Ich konnte nicht zu ihm.»

Frances saß ganz still da. «Es tut mir leid», sagte sie.

«Sie zwangen mich, das Schiff zu verlassen», sagte er. Seine Worte kamen schwerfällig, aber schnell, als hätten sie schon viel zu lange darauf gewartet, ausgesprochen zu werden. «Das Schiff sank, und meine Männer – jedenfalls die, die noch stehen konnten – saßen schon in den Rettungsbooten. Der Ozean war merkwürdig ruhig, und ich sah all die Boote unter mir, wie sie fast reglos dalagen, wie Seerosen in einem Teich, alle blut- und ölverschmiert, weil die Männer die Verletzten aus dem Wasser gezogen hatten. Es war so heiß. Diejenigen von uns, die noch an Bord waren, spritzten sich mit den Schläuchen ab, damit wir es an Bord noch aushielten. Und dabei versuchten wir, zu den Verletzten vorzudringen. Teile des Schiffes brachen ab und brannten, und die verdammten Japaner kreisten immer weiter über uns. Sie feuerten nicht mehr, sondern kreisten nur, wie Geier, es war fast, als würden sie es genießen, uns leiden zu sehen.»

Er nahm einen weiteren Schluck.

«Ich war immer noch auf der Suche nach meinen Männern, als sie mich herunterbeorderten.» Er ließ den Kopf sinken. «Zwei Zerstörer kamen längsschiffs, um uns zu helfen. Jagten endlich die Japaner fort. Ich wurde wegbeordert. Und meine Männer saßen in den Booten und sahen zu, wie ich das Schiff sinken ließ, und das in dem Bewusstsein, dass darin vermutlich noch Lebende gefangen waren. Vielleicht auch mein Neffe.»

Frances schloss die Augen. Sie hatte schon ähnliche Geschichten gehört, sie kannte die Narben, die sie verursachten. Es gab nichts, was sie zum Trost sagen konnte.

Sie hörten, wie die Damen per Lautsprecher zur Ausstellung der Filzarbeiten in den Aufenthaltsraum am Bug gebeten wurden. Frances stellte überrascht fest, dass es draußen inzwischen stockdunkel geworden war.

«Keine schöne Art, seine Karriere zu beenden, nicht wahr?» Seine Stimme brach beinahe.

«Kapitän», sagte sie schließlich, «die einzigen Menschen, die Antworten auf alles haben, sind diejenigen, die noch nie mit wahren Fragen konfrontiert wurden.»

Kapitän Highfield starrte auf seine Füße, dann hob er den Blick und schien die Wahrheit dessen, was er gesagt hatte, erst einmal verdauen zu müssen. Er nahm einen weiteren tiefen Schluck aus seinem Glas, den Blick auf sie gerichtet. «Schwester Mackenzie», sagte er dann und stellte das Glas auf den Tisch, «erzählen Sie mir von Ihrem Ehemann.»

Nicol stand schon eine Dreiviertelstunde vor dem Kinovorführraum. Hätte man ihm erlaubt, den Film zu schauen, hätte er abgelehnt. «Die besten Jahre unseres Lebens» interessierte ihn nicht, obwohl der Film ein Happy End für die Heimkehrer zeigte. Seine ganze Aufmerksamkeit war auf das andere Ende des Flurs gerichtet.

«Ich kann das einfach nicht glauben», hatte Jones der Waliser gesagt, als er sich in der Messe abtrocknete. «Ich dachte, sie würde von Bord geschickt. Und das Nächste, was ich höre, ist, dass der Kapitän von einem verdammten Missverständnis spricht. Es war kein Missverständnis, das kann ich dir sagen. Du hast sie doch auch gesehen, oder, Duckworth? Wir haben sie beide wiedererkannt.» Er rieb sich unter den Armen trocken.

«Ich weiß, warum sie noch da ist», sagte ein anderer Soldat. «Sie sitzt da drin und trinkt einen mit dem Kapitän.»

«Was?»

«In seinen Privaträumen. Der alte Wetterfrosch hat ihm gerade die langfristigen Vorhersagen gebracht. Sie hockt jetzt gerade kuschelig mit ihm auf dem Sofa und nimmt einen Drink.»

«Der alte Fuchs», murmelte Jones.

«Dumm ist er nicht, eh?»

«Highfield? Der kann doch eine Frau nicht von einer Ruderpinne unterscheiden.»

«Für den gelten auf jeden Fall andere Regeln», bemerkte Duckworth bitter. «Könnt ihr euch vorstellen, was passieren würde, wenn wir sie in unsere Messe holen würden?»

«Das kann nicht stimmen.» Nicol hatte es ausgesprochen, bevor er verstand, was er da sagte.

«Taylor weiß, was er gesehen hat. Und ich kann dir noch etwas anderes sagen. Es ist nicht das erste Mal. Er sagt, dass er sie schon zum dritten Mal dort gesehen hat.»

«Ach was. Komm schon, Nicol, alter Junge. Du kennst den Grund dafür doch genauso gut wie ich.» Jones war in brüllendes Gelächter ausgebrochen. «Wie findet ihr das, Jungs? Mit sechzig entdeckt unser Skipper endlich die fleischliche Lust!»

In diesem Augenblick hörte Nicol Stimmen. Er drückte sich in eine Nische, als sich die Tür zu den Privaträumen des Kapitäns öffnete. Es nahm ihm den Atem, als er ihre schlanke Gestalt herauskommen sah.

«Danke», sagte Highfield. «Ich weiß nicht, was ich sonst sagen soll. Ich neige normalerweise nicht zu …»

Sie schüttelte den Kopf, als wäre das, was sie für ihn getan hätte, nicht der Rede wert. Dann strich sie sich über das Haar.

Nicol zog sich noch weiter in den Schatten zurück. Er konnte kaum atmen, und sein Gehirn war leer. Als ihm seine Frau ihre Affäre gestanden hatte, hatte es sich anders angefühlt. Das hier war schlimmer.

«Oh, Kapitän», rief Frances fröhlich, als sie sich zum Gehen wendete. «Ich habe ganz vergessen zu sagen … Sechzehn.»

Nicol konnte gerade so erkennen, dass Highfield sie verständnislos anstarrte.

Sie machte sich auf den Weg in Richtung Haupthangar und rief über die Schulter: «Sechzehn Penizillin-Tabletten sind noch in der großen Flasche. Sieben in der kleineren. Und zehn verpackte Mullverbände in der weißen Tüte.»

Er konnte das Lachen des Kapitäns noch den ganzen Flur entlang hören.

Man muss die Langeweile nach Wochen auf See erlebt haben, um sie vollkommen zu verstehen. Die schlechte Laune, die daraus entstand, wirkte für einige auf die Dauer weitaus zerstörerischer als die ständige Gefahr, vom Feind beschossen zu werden ... Wenn wir nicht gegen den Feind kämpften, kämpften wir gegen uns selbst.

L. Troman, Matrose auf der HMS Victorious,
in *Wine, Women and War*

KAPITEL 20

Zwei Tage bis Plymouth

Es war wohl kein Wunder, dass alle so eifrig darum wetteten, welche der Teilnehmerinnen den «Queen of the *Victoria*»-Wettbewerb gewinnen würde. Es gab ja weder Pferderennen noch Flugschüler, auf deren Erfolg oder Misserfolg man wetten konnte. Möglicherweise waren Mrs. Ivy Tuttle und Mrs. Jeannette Latham ein wenig enttäuscht, als sie erfuhren, dass man vierzig zu eins gegen ihren Sieg wettete. Irene Carter dagegen stolzierte bereits mit wiegenden Hüften herum, weil sie wusste, dass ihre Chancen fünf zu zwei standen. Aber seit Tagen war allgemein bekannt, dass die wahre Favoritin, auf deren blonde Locken der größte Teil der Schiffsbesatzung einen Schilling oder mehr gesetzt hatte, Avice Radley hieß.

«Foster sagt, dass schon ordentlich Geld auf sie gesetzt wurde», rief Plummer, der Hilfsheizer.

«Sie hat ja auch ordentlich was zu bieten», grölte die Wachablösung.

In ein paar Stunden würden sie die kalten, unruhigen Gewässer des Golfs von Biskaya erreicht haben, aber mehr als dreißig Meter unter dem Flugdeck, unten im Maschinenraum, lag die Temperatur noch bei schweißtreibenden vierzig Grad.

Tims, der von der Hüfte aufwärts nackt war, drehte an den polierten Rädern, um durch die Rohre mehr Dampf in die Turbinen zu leiten. Plummer war damit beschäftigt gewesen, den Hauptmotor zu ölen, und betastete jetzt die Lager, um festzustellen, ob sie heiß geworden waren. Hin und wieder fluchte er, wenn er sich dabei die Finger verbrannte.

Zwischen ihnen stand der Schiffstelegraph und übertrug die Kommandos von der Brücke, die Maschinen «Volldampf» arbeiten zu lassen oder «Volle Kraft voraus» zu fahren, um so schnell wie möglich die rauen Gewässer hinter sich zu lassen. Um sie herum knirschten und röhrten die Maschinen, und das müde alte Schiff knarrte und stöhnte widerwillig. Dampf entwich in angestrengten Stößen aus den Ventilen. Die Lumpen, mit denen man die Ventile umwickelt hatte, waren nass vom brühend heißen Wasser. Unter Druck ließ die *Victoria* ihr Alter erkennen; ihre Anzeigen und Messgeräte dagegen schauten mit der sorglosen Gleichgültigkeit einer starrsinnigen alten Dame drein.

Plummer legte einen Riegel vor, steckte den Schraubenschlüssel in seine Halterung an der Wand und wandte sich dann an Tims. «Du hast also nichts auf sie gesetzt?»

«Was?» Tims sah ihn finster an.

Plummer plapperte einfach weiter: «Der Wettbewerb heute Abend.» Die Maschinen waren so laut, dass er seinen Satz mit Gesten unterstrich. «Da ist ganz schön viel Geld im Spiel.»

«So ein Schwachsinn», sagte Tims verächtlich.

«Ich würd sie zu gerne alle in ihren kleinen Badeanzügen aufgereiht sehen, du nicht?» Plummer beschrieb mit seinen Händen Kurven in der Luft und zog eine lüsterne Grimasse. In seinem Kindergesicht wirkte sie beinahe komisch. «Bringt einen in Stimmung für die Ehefrau.»

Das schien Tims' Laune noch mehr zu verderben. Er wischte sich die schweißglänzende Stirn mit einem schmutzigen Lumpen ab und langte nach einem Schraubenschlüssel. Die bewegte See ließ die Werkzeuge klirrend über den Boden rutschen und zur Gefahr für Zehen und Schienbeine werden. «Tja», knurrte er. «Leider hast du die ganze Nacht Dienst.»

«Ich hab zwei Pfund auf dieses Radley-Mädchen gesetzt», sagte Plummer. «Zwei Pfund! Ich hab auf sie gesetzt, als es noch drei zu eins gegen ihren Sieg stand, also krieg ich richtig was, wenn sie gewinnt. Wenn nicht, sauf ich mir einen. Hab meiner alten Mutter versprochen, uns einen Ausflug nach Scarborough zu spendieren. Aber ich bin von Natur aus Optimist. Ich kann gar nicht verlieren.»

Er schien sich eine Szene oben an Deck vorzustellen und verlor sich darin. «Sie sah verdammt phantastisch aus in ihrem Badeanzug, als sie ‹Miss Hübsche Beine› wurde. Tolle Stelzen. Meinst du, solche Dinger gibt es nur noch in Australien? Hab gehört, fast alle Mädchen zu Hause haben Rachitis.»

Tims schien gar nicht zuzuhören und starrte auf seine Uhr.

«Die Offiziere dürfen alle zuschauen, weißt du. Das ist doch nicht fair! Nur noch zwei Nächte an Bord, die Offiziere dürfen die Mädchen in ihren Badeanzügen sehen, und wir stecken hier in dem verdammten Maschinenraum fest. Das ist doch wirklich nicht fair, oder? Jetzt, wo der Krieg vorbei ist, sollten sie sich mal um all die Ungerechtigkeiten in der verdammten Marine kümmern.»

Plummer prüfte ein Messgerät, fluchte und warf dann einen

Blick auf Tims, der die Wand anstarrte. «Hey, alles in Ordnung, Tims? Irgendwas geht dir auf den Zeiger, oder?»

«Deck mich mal für eine halbe Stunde», sagte Tims und ging zur Luke. «Muss noch was erledigen.»

Hätte er den Auftakt zum finalen «Queen of the *Victoria*»-Wettbewerb miterlebt, wäre Plummer längst nicht mehr so sicher gewesen, den Ausflug nach Scarborough machen zu können. Denn obwohl Avice Radley bereits allenthalben als sichere Gewinnerin gehandelt wurde, sah sie merkwürdig glanzlos aus. Um es in der Terminologie des Pferderennens auszudrücken, wie es einer der Matrosen tat, konnte man sie heute mit einem dreibeinigen Esel vergleichen.

Sie saß auf der provisorischen Bühne neben ihren Mitbewerberinnen, gegenüber den schwankenden Tischen, auf denen das letzte offizielle Abendessen stand, und wirkte blass und geistesabwesend. Auch das schimmernde scharlachrote Seidenkleid und ihr glänzendes blondes Haar konnten nichts daran ändern. Die anderen Mädchen kicherten und hielten sich aneinander fest, um in ihren hochhackigen Schuhen nicht das Gleichgewicht zu verlieren, denn das Schiff unter ihnen hob und senkte sich. Sie dagegen stand allein und verloren da, mit schwindendem Lächeln und einem dunklen, sorgenvollen Blick.

Zweimal hatte Dr. Duxbury, der durch den Abend führte, schon ihre Hand ergriffen und versucht, sie dazu zu bringen, über die Pläne für ihr neues Leben und die schönsten Erlebnisse auf ihrer Reise zu plaudern. Sie schien ihn gar nicht zu bemerken, selbst dann nicht, als er zum dritten Mal «Waltzing Matilda» anstimmte.

Das ist sicher die Übelkeit, hatten einige Bräute vermutet. Alle Schwangeren sahen in den ersten paar Monaten schlecht aus. Es war nur eine Frage der Zeit. Ein paar weniger wohlmeinende Naturen deuteten an, dass Avice Radley ohne Mieder und Schminke vielleicht gar nicht die Schönheit war, für die sie jedermann gehalten hatte. Und wenn man sie mit der strahlenden Irene Carter verglich, die in leuchtendes Rosa und Hellblau gekleidet war und der der Seegang offenbar überhaupt nichts ausmachte, konnte man schwerlich anderer Meinung sein.

Dr. Duxbury beendete sein Liedchen und zeigte theatralisch auf den Kapitän, der am Rand der Bühne saß.

«Meine Damen», sagte Highfield und wartete, bis es endlich still im Hangar wurde. «Meine Damen ... wie Sie wissen, ist dies unsere letzte Abendunterhaltung auf der *Victoria*. Darum möchte ich ein paar Worte an Sie alle richten.»

Die Frauen schauten zu ihm hoch, stießen sich gegenseitig an und flüsterten. An den Wänden standen die Männer, die Arme hinter dem Rücken verschränkt. Matrosen, Offiziere, Marinesoldaten, Maschinisten: Alle hatten zu diesem Anlass ihre Ausgehuniform angezogen. Einige würden sie zum letzten Mal tragen. Highfield schaute an seiner eigenen Galauniform herab und dachte, dass das vermutlich auch für ihn galt.

«Ich kann nicht ... ich kann nicht behaupten, dass Sie die unkomplizierteste Fracht gewesen wären, die ich jemals zu befördern hatte», fuhr er fort. «Ich kann nicht behaupten, dass ich mich darauf gefreut hätte ... obwohl ich natürlich weiß, dass einige der Männer in dieser Hinsicht anderer Meinung waren. Aber eins kann ich Ihnen sagen, als alter Seebär, der ich bin: Es war überaus ... lehrreich.

Ich werde Sie jetzt nicht mit einer langen Rede darüber langweilen, welch schwierigen Kurs Sie sich ausgesucht haben. Ich bin sicher, davon haben Sie längst genug gehört.» Er nickte dem Wohlfahrtsoffizier zu und hörte höfliches Gelächter. «Aber ich möchte doch sagen, dass Sie, so wie wir alle, die nächsten Monate vermutlich als die schwierigsten, aber hoffentlich auch bereicherndsten Ihres Lebens empfinden werden.»

Er schaute in die Runde und sah überall erwartungsvolle Gesichter. Im grellen Licht des Hangardecks blinkten die vergoldeten Knöpfe seiner Uniform.

«Diejenigen von uns, die immer gedient haben, werden ein neues Leben führen müssen. Diejenigen von uns, die die Erfahrungen des Krieges von Grund auf verändert haben, werden auf neue Weise mit ihren Mitmenschen zurechtkommen müssen. Diejenigen, die gelitten haben, werden lernen müssen zu verzeihen. Wir kehren in ein Land zurück, das uns vermutlich fremd vorkommen wird. Wir werden uns vielleicht selbst fremd darin fühlen. Daher: Ja, liebe Damen, Ihnen stehen große Herausforderungen bevor. Aber ich möchte Ihnen doch mitgeben, dass es eine Freude und eine Ehre war, Sie auf Ihrer Reise begleiten zu dürfen. Und ich hoffe, dass Sie, wenn Sie voller Glück auf Ihre ersten Jahre in Großbritannien zurückblicken, diese Reise nicht nur als Weg in Ihr neues Leben, sondern als seinen Beginn ansehen. Und ich möchte Ihnen mit auf den Weg geben: Sie sind nicht allein.»

Nur wenige hätten bemerken können, dass er einen Teil seiner Rede offenbar an eine bestimmte Frau richtete. Als er sagte «Sie sind nicht allein», ruhte sein Blick möglicherweise ein klein wenig länger auf ihr als auf den anderen. Nach einer kurzen Pause begannen die Frauen zu applaudieren, einige riefen etwas, und schließlich klatschten alle Versammelten.

Kapitän Highfield nickte den verschwommenen Gesichtern der Menge dankbar zu und setzte sich. Nicht nur die Frauen hatten geklatscht, dachte er und versuchte, ein breites Lächeln zu unterdrücken. Sondern auch die Männer.

«Wie fanden Sie es?», fragte er leise und mit stolzgeschwellter Brust die Frau, die neben ihm saß.

«Sehr schön, Kapitän.»

«Ich bin eigentlich kein Mann des Wortes», sagte er, «aber in diesem Fall dachte ich, dass eine Rede angebracht wäre.»

«Ihre Worte waren … sehr gut gewählt.»

«Haben die Mädchen jetzt endlich aufgehört, Sie anzustarren?» Er fragte das, ohne sie dabei anzusehen, sodass es von den anderen Tischen aus so aussehen musste, als ob er dem Steward dafür dankte, dass er ihm das Essen servierte.

«Nein», antwortete Frances und aß eine Gabel Fisch. «Aber das ist nicht so wichtig, Kapitän.» Sie musste nicht hinzufügen: Ich bin längst daran gewöhnt.

Kapitän Highfield warf Dobson einen Blick zu, der zwei Plätze weiter saß und offenbar noch nicht daran gewöhnt war. Nach Jahren des Blinzelns auf den Ozean waren Highfields Augen nicht mehr so gut wie früher. Aber selbst er konnte die Worte lesen, die der Mund des Obersten Offiziers formte: «Er macht dieses Schiff zum Gespött, jawohl», murmelte Dobson zornig in seine Damastserviette. «Als wollte er uns unbedingt alle zur Lachnummer machen.»

Der Lieutenant neben ihm bemerkte, dass Highfield in ihre Richtung starrte, und wurde rot.

«Ein Gläschen Likör, Schwester Mackenzie? Sind Sie sicher, dass Sie nicht etwas Stärkeres mögen?» Highfield wartete, bis sich das Schiff wieder beruhigt hatte, und hob dann sein Glas zum Toast.

Es war ja nur für zwanzig Minuten. Die Maschine lief schon viel besser oder zumindest so gut, wie sie überhaupt noch laufen konnte. Er hatte immerhin zwei ganze Pfund gesetzt. Und Davy

Plummer war doch nicht so dumm, hier ganz allein unten im Maschinenraum zu hocken, während alle anderen den Mädchen zusahen, wie sie im Badeanzug herumstolzierten.

Außerdem würde er die Marine ohnehin verlassen, sobald sie in England wären. Was sollten sie schon mit ihm machen, wenn sie bemerkten, dass er seinen Dienst nicht erfüllte? Ihn nach Hause schwimmen lassen?

Er prüfte noch einmal die Temperaturventile, fuhr mit dem Lappen über die problematischen Rohre, trat seine Zigarette aus, warf einen kurzen Blick über die Schulter und rannte dann, zwei Treppenstufen auf einmal nehmend, hoch zum Korridor und zur Ausstiegsluke.

Die Stimmen waren gezählt. Die Jury, die aus Dr. Duxbury, zwei Frauendienstoffizierinnen und dem Kaplan bestand, stimmte darin überein, dass sie den Preis eigentlich Avice Radley hatten geben wollen (Dr. Duxbury war besonders beeindruckt von ihrer Darbietung von «Shenandoah» gewesen), fanden dann jedoch angesichts ihres Auftretens an diesem letzten Abend, ihrer fehlenden Bereitschaft zu lächeln und ihrer vollkommen verblüffenden Reaktion auf die Frage «Worauf freuen Sie sich am meisten, wenn Sie endlich englischen Boden betreten?» (Irene Carter: «Meine Schwiegermutter kennenzulernen»; Ivy Tuttle: «Geld für die Kriegswaisen sammeln»; Avice Radley: «Ich weiß es nicht»), woraufhin sie auch noch ohne ein Wort verschwand, dass es nur eine Gewinnerin des Wettbewerbs geben konnte.

Irene Carter trug ihre handgenähte Schärpe mit der freudigen Rührung einer frischgebackenen Mutter. Es sei, erklärte sie, die schönste Reise, die sie je unternommen habe. Sie fühle sich, um ehrlich zu sein, als hätte sie sechshundert neue Freunde gewonnen. Und sie hoffe so sehr, dass sie alle in England das Glück finden würden, das sie verdienten. Sie könne der Crew nicht genug für ihre Freundlichkeit und Leistung danken. Sie sei sich sicher, dass alle im Publikum ihr zustimmen würden, wenn sie sage, dass die Worte des Kapitäns eine wahre Inspiration gewesen seien. Als sie jedoch begann, ihren ehemaligen Nachbarn in Sydney namentlich zu danken, griff Kapitän Highfield ein und verkündete, dass die Offiziere und Matrosen jetzt gern die Tische an die Seite schieben würden, damit die Kapelle der Königlichen Marine ein wenig zum Tanz aufspielen konnte. («Tanzen!», schnalzte Dr. Duxbury, und einige Damen rückten hastig von ihm ab.)

Davy Plummer stand in der Nähe der Kapelle und warf einen verächtlichen Blick auf den handgeschriebenen Wettschein, den Foster ihm zwei Tage zuvor gegeben hatte. Er zerknüllte ihn und stopfte ihn tief in die Tasche seines Overalls. Verdammte Weiber. Dass dieses Frauenzimmer aber auch ausgerechnet heute mit einer Papiertüte über dem Kopf besser ausgesehen hätte. Er wollte gerade in den Maschinenraum zurückgehen, als er zwei Bräute bemerkte, die zusammen in der Ecke standen. Sie flüsterten etwas hinter vorgehaltener Hand.

«Habt ihr noch nie einen Arbeiter gesehen?», fragte er und zog seinen Overall mit den Händen in die Breite.

«Wir haben uns gerade gefragt, ob Sie vielleicht tanzen wollen», sagte das kleinere, blondere Mädchen, «und ob das wohl möglich wäre, ohne dass Sie uns dabei schmutzig machen.»

«Verehrte Damen, ihr habt ja keine Ahnung, was ein Heizer mit seinen Händen alles anstellen kann.» Davy Plummer trat vor und hatte seinen Wettschein bereits vollkommen vergessen.

Schließlich war er von Natur aus Optimist.

Die Krönungszeremonie sollte um Viertel vor zehn stattfinden. Das ließ Frances fast fünfzehn Minuten, in denen sie den Gang entlangeilen und die Fotos vom Australischen Allgemeinen Krankenhaus holen konnte, nach denen Kapitän Highfield gefragt hatte. Ihr Fotoalbum lag in ihrer Truhe unten im Laderaum, aber ihre Lieblingsfotos – die vom Zelt der ersten Station, vom Tanz in Port Moresby, von Alfred – steckten in einem Buch, das neben ihrem Bett lag. Leichten Schrittes lief sie den Flur entlang, der vom Hangar zu den Schlafräumen führte. Hin und wieder musste sie sich an der Wand abstützen, um das Gleichgewicht nicht zu verlieren.

Dann hielt sie inne.

Er stand vor der Kajüte und nahm gerade eine Zigarette aus der Packung. Er steckte sie sich in den Mund und warf ihr von der Seite einen Blick zu. Die Art, wie er das tat, sagte ihr, dass ihr Erscheinen ihn nicht überraschte.

Seit der Auseinandersetzung mit Tims hatte sie ihn nicht mehr gesehen. Sie hatte gegen das Gefühl ankämpfen müssen, dass er sie seither mied. Mehrmals hatte sie darüber nachgedacht, den jüngeren Marinesoldaten zu fragen, warum er die Nachtwache übernommen hatte.

Sie hatte ihn sich so oft vorgestellt, hatte so oft gedankliche Zwiegespräche mit ihm gehalten, dass es fast zu viel für sie war, ihn jetzt in Fleisch und Blut zu sehen. Sie machte ein paar Schritte auf ihn zu und spürte, dass ihre Schüchternheit wieder Besitz von ihr nahm. Unsicher strich sie sich über den Rock.

An der Tür blieb sie stehen. Sie wusste nicht, ob sie hineingehen sollte. Er trug seine Ausgehuniform, und sie erinnerte sich plötzlich an die Nacht, in der sie getanzt hatten.

«Auch eine?», fragte er und streckte ihr das Päckchen entgegen.

Sie nahm eine. Er hielt ihr die Flamme so hin, dass sie sich nicht zu ihm neigen musste. Sie konnte kaum den Blick von seinen Händen wenden.

«Ich habe Sie am Kapitänstisch gesehen», sagte er schließlich.

«Ich habe Sie gar nicht gesehen.» Dabei hatte sie nach ihm Ausschau gehalten. Mehrmals.

«Hätte auch nicht da sein sollen.» Seine Stimme klang merkwürdig. «Ziemlich ungewöhnlich für ihn, dass er eine der Frauen einlädt, bei ihm zu sitzen.»

Die Temperatur ihres Blutes sank um ein paar Grad.

«Das wusste ich gar nicht», sagte sie vorsichtig.

«Ich glaube nicht, dass er es überhaupt einmal auf dieser Reise getan hat.»

«Gibt es etwas, was Sie mir sagen wollen?»

Sein Gesicht war ausdruckslos.

Sie vergaß ihr Unbehagen. «Sicher möchten Sie wissen, warum ausgerechnet ich am Tisch des Kapitäns sitzen durfte?»

Er biss die Zähne zusammen. Einen winzigen Augenblick lang meinte sie zu wissen, wie er als Kind ausgesehen hatte. «Ich war nur … neugierig. Ich bin neulich nachmittags gekommen, um Sie zu sehen. Und dann sah ich, wie Sie … aus den Räumen des Kapitäns …»

«Ach so. Jetzt verstehe ich. Sie wollten gar nichts fragen, sondern nur etwas andeuten.»

«Ich wollte nicht …»

«Sie sind also gekommen, um mich über den moralischen Standard meines Betragens auszufragen?»

«Nein, ich …»

«Und was wollen Sie jetzt tun, Soldat? Den Kapitän anzeigen? Oder nur die Hure?»

Das Wort brachte sie beide zum Schweigen. Sie kaute auf

ihrer Lippe. Er stand neben ihr, seine Schultern so gestrafft, als wäre er im Dienst.

«Warum redest du so?», fragte er leise.

«Weil ich es satthabe, Soldat.» Plötzlich war sie wütend. «Ich habe keine Lust mehr, mich zu erklären. Ich habe keine Lust mehr, irgendjemandes Meinung über mich zu verbessern, wenn er seinerseits keine Lust hat zu verstehen …»

«Frances …»

«Du bist genauso schlimm wie all die anderen. Ich dachte, du wärst anders. Weiß der Teufel, warum! Weiß der Teufel, warum ich dir Gefühle entgegengebracht habe, die du niemals in der Lage gewesen wärst …»

«Frances …»

«Was?»

«Es tut mir leid, was ich gesagt habe. Ich habe dich nur gesehen … und … es tut mir leid. Wirklich. Es sind Dinge geschehen, die mich …» Er verstummte. «Sieh mal, ich bin hierhergekommen, weil ich wollte, dass du etwas weißt. Ich habe im Krieg Dinge getan … auf die ich nicht stolz bin. Ich habe mich nicht immer so verhalten, dass die Leute – Leute, die die Zusammenhänge nicht kennen – es gutheißen würden. Niemand von uns – wahrscheinlich nicht einmal dein Mann – kann sagen, dass er sich immer tadellos verhalten hat.»

Sie starrte ihn an.

«Mehr wollte ich dir nicht sagen», sagte er.

Sie spürte einen Schmerz in ihrer Brust. Mit der Hand stützte sie sich an der Wand ab und spürte, wie der Boden sich unter ihnen hob und senkte. «Du solltest wohl besser gehen», sagte sie leise. Sie konnte ihn nicht ansehen. Aber sie spürte, dass er sie ansah. «Gute Nacht, Soldat», sagte sie mit Nachdruck.

Sie wartete, bis sie hörte, dass sich seine Schritte in Richtung

Hangardeck entfernten. Sie lauschte ihnen, bis sich eine Luke schloss und sie wusste, dass er gegangen war.

Dann schloss sie die Augen, ganz fest.

Im zentralen Maschinenraum, irgendwo unter dem Hangardeck, gab die Einspritzdüse Nummer zwei, die Hochdruckpumpe, die Treibstoff in den Heizkessel beförderte, ihrem Alter, dem Druck oder vielleicht auch der Sturheit eines Schiffes nach, das weiß, dass es ausgemustert wird, und barst. Ein winziger Riss war es nur, weniger als zwei Zentimeter lang, der es dem Treibstoff erlaubte herauszusprudeln, dunkel und brodelnd, wie Speichel im Mundwinkel eines Betrunkenen. Und dann in alle Richtungen zu sprühen.

Außer Sicht- und Hörweite der Menschen, die sich auf ihn verließen, stampfte der Motor der *Victoria* energisch vorwärts, zu rot, viel zu heiß. Winzige Tröpfchen Treibstoff hingen in der Luft. Dann glühte nur wenige Zentimeter von der zerborstenen Treibstoffdüse entfernt das Dampfabzugsrohr auf, wie die Bosheit in einem teuflischen Auge, entzündete sich und nutzte seine Chance mit einem plötzlichen Knall.

Trottel. Verdammter Trottel. Nicols Schritte wurden erst vor dem Ölzeug-Lager langsamer. Nur noch eine Nacht, und sie würde für immer fort sein, noch eine Nacht, in der er ihr hätte sagen können, was sie ihm bedeutete, und stattdessen hatte er sich wie ein aufgeblasener Trottel verhalten. Wie ein eifersüchtiger Heranwachsender. Und damit hatte er bewiesen, dass er keinen Deut besser war als all die anderen voreingenommenen Trottel auf diesem altersschwachen Kahn. Genau wie die anderen, hatte sie gesagt. Das Schlimmste, was sie hätte sagen können.

«Zur Hölle damit», sagte er und schlug mit der Faust gegen die Wand.

«Hast du Ärger, Soldat?»

Tims blockierte den Gang. Er trug einen Overall, der vor Öl und Fett starrte. Etwas noch leichter Entzündliches lag in seinem Gesichtsausdruck. «Was ist los?», fragte er leise. «Keine Leute mehr da, die du maßregeln kannst?»

Nicol warf einen Blick auf seine blutenden Knöchel. Galle stieg in ihm auf. «Geh wieder an die Arbeit, Tims.»

«Geh wieder an die Arbeit? Was glaubst du eigentlich, wer du bist?»

Nicol schaute hinter sich in den leeren Flur. Niemand sonst war auf Deck G; diejenigen, die nicht im Dienst waren, befanden sich alle im Hangar und tanzten. Kurz überlegte er, wie lange Tims wohl schon hier gestanden hatte.

«Ärgert dich deine kleine Freundin? Ist sie schon wieder beim Kapitän?»

Nicol atmete tief durch. Er zündete sich eine Zigarette an, erstickte das Flämmchen des Streichholzes zwischen Daumen und Zeigefinger und steckte es wieder in seine Tasche.

«Wahrscheinlich denkst du, dass du ein großer Mann bist auf diesem Schiff, Tims, aber in ein paar Tagen bist du nur ein arbeitsloser kleiner Matrose, genau wie die anderen. Ein Nichts.» Er versuchte, ruhig zu sprechen, aber seine Stimme zitterte, und er selbst konnte die unterdrückte Wut hören.

Tims stellte sich breitbeinig hin und verschränkte die Arme vor der Brust. «Vielleicht bist du einfach nicht ihr Typ.» Er hob das Kinn, als ob ihm plötzlich etwas einfiele. «Oh, entschuldige, ich vergaß. Jeder ist doch ihr Typ, solange er zwei Schilling hat …»

Den ersten Schlag schien Tims erwartet zu haben. Er duckte

sich gerade noch rechtzeitig. Den zweiten blockte er durch seinen eigenen harten Kinnhaken ab. Er traf Nicol unvorbereitet und explodierte unter seinem Kinn, sodass er rückwärts gegen die Wand prallte.

«Und, glaubst du, deine kleine Nutte findet dich jetzt immer noch hübsch, Soldat?» Die Worte trafen ihn wie ein erneuter Schlag. Sie durchschnitten den Lärm der Maschinen, die entfernte Musik, das trostlose Klirren des Tauwerks. Das Blut rauschte in seinen Ohren. «Vielleicht fand sie einfach nur, dass du nicht Manns genug für sie bist, in deiner albernen Uniform, immer schön brav und ordentlich.»

Er spürte den Atem des Heizers auf seiner Haut, roch das Öl, das an seiner Kleidung klebte. «Hat sie dir gesagt, wie sie es mag? Hat sie dir gesagt, dass sie es genossen hat, meine Hände auf ihren Titten zu spüren, dass sie es mochte, als ich …»

Mit einem Brüllen warf Nicol sich auf ihn, sodass sie beide zu Boden stürzten. Er hämmerte blindwütig auf den Körper vor ihm ein, ohne zu wissen, wo seine Schläge ihn trafen. Aber er konnte jetzt nicht aufhören, auch wenn er selbst in Gefahr war. Die Schläge, die auf ihn niederprasselten, spürte er kaum. Ein blutiger Nebel legte sich über sie, und der ganze Ärger der letzten sechs Wochen, oder der letzten sechs Jahre, brach sich durch seine Fäuste Bahn. Etwas Ähnliches – vielleicht die Demütigung vor einer Frau, vielleicht die erduldeten Ungerechtigkeiten in zwanzig Jahren Dienst – schien der Motor für Tims Angriffe zu sein. In ihrem Blutrausch und im Schlägehagel hörte keiner der beiden Männer die Sirene, obwohl ein Lautsprecher direkt über ihren Köpfen hing.

«Feuer! Feuer! Feuer!», lautete das drängende, gepfiffene Kommando. «Die Seenotgruppe auf Deck zwei! Alle Marinesoldaten auf das Bootsdeck!»

Die Teilnehmerinnen des «Queen of the *Victoria*»-Wettbewerbs wurden von der Bühne geleitet. Das Lächeln auf ihren Gesichtern erstarb. Irene Carter hielt sich an ihrer Siegerschärpe fest wie an einer Schwimmweste. Um sie herum schrien die Frauen aufgeregt, und jedes Mal, wenn ein erneutes Kommando ertönte, schwoll das Kreischen an. Margaret hielt eine Hand schützend vor ihren Bauch und ging zum Steuerbordausgang. Es war, als müsste sie gegen eine besonders starke Strömung ankämpfen.

Eine Stimme rief von vorn: «Schnell, meine Damen, bitte. Diejenigen mit Nachnamen von N bis Z finden sich am Sammelplatz B ein, alle anderen am Sammelplatz A. Bitte gehen Sie weiter.»

Margaret hatte es schon aus der Menge herausgeschafft, als eine Frauendienstoffizierin sie am Arm packte.

«Hier entlang, bitte.» Sie streckte die Arme aus und zeigte nach vorn, ein unüberwindbares Hindernis auf dem Weg zum Steuerbordausgang.

«Ich muss schnell nach unten.» Margaret fluchte tonlos, als sie jemand mit dem Ellenbogen in den Rücken stieß.

«Niemand darf nach unten. Nur an die Sammelplätze.»

Margaret spürte, wie sich die Leiber an ihr vorbeidrängten, roch das Gemisch vieler hundert Parfüms und Haarfestiger. «Hören Sie, es ist wirklich wichtig. Ich muss etwas holen.»

Die Frau schaute sie an, als sei sie verrückt geworden. «An Bord brennt es», sagte sie. «Niemand darf nach unten. Befehl des Kapitäns.»

Margarets Stimme hob sich in einer Mischung aus Angst und Verärgerung. «Sie verstehen mich nicht! Ich muss nach unten! Ich muss sichergehen – ich muss mich um mein … mein …»

Vielleicht hatte die Frauendienstoffizierin mehr Angst, als sie zeigen wollte. Jedenfalls verlor sie jetzt die Beherrschung.

Sie blies in ihre Pfeife, um jemanden nach rechts zu lenken, dann nahm sie sie von ihren geschürzten Lippen und zischte: «Jeder hat etwas, das er gern behalten will. Können Sie sich vorstellen, was passiert, wenn wir jeden hier nach Fotoalben oder Schmuckstücken suchen lassen? Es brennt. Jetzt gehen Sie bitte weiter, oder ich muss jemanden holen, der Sie weiterschiebt.»

Zwei Soldaten schlossen bereits die Ausgangsluke. Margaret schaute sich um, um einen anderen Weg nach unten zu finden, und schob sich dann im Gedränge weiter.

«Avice.» Frances stand in der Tür des stillen Schlafraums und starrte auf die bewegungslose Gestalt in der Koje vor ihr. «Avice? Hörst du mich?»

Keine Antwort. Kurz hatte Frances gedacht, dass Avice, genau wie die meisten anderen Bräute, nicht mehr mit ihr reden wollte. Normalerweise hätte sie es nicht noch einmal versucht. Aber irgendetwas in den blassen Gesichtszügen der anderen Frau, in ihrem verstörten Blick ließ sie erneut nachfragen.

«Geh einfach weg», kam jetzt die Antwort. Es klang müde, trotz der aggressiven Worte.

Dann hatte die Sirene losgeheult. Draußen auf dem Gang klingelte der Feueralarm, schrill und drängend, gefolgt von hastigen Schritten vor der Tür.

«Sturmtruppe zum Feuer im zentralen Maschinenraum. Ort: zentraler Maschinenraum. Alle Passagiere zu den Sammelplätzen.»

Frances schaute sich um, sie hatte alles andere vergessen. «Avice, komm schnell. Wir müssen gehen.» Zuerst dachte sie, dass Avice vielleicht nicht verstanden hatte, was die Sirene bedeutete. «Avice», sagte sie leicht gereizt, «das ist Feueralarm. Wir müssen gehen.»

«Nein.»

«Was?»

«Ich gehe nicht.»

«Du kannst hier nicht bleiben. Ich glaube nicht, dass es diesmal eine Übung ist.»

Frances spürte, wie sehr sie das Heulen des Alarms nervös machte. Innerlich erwartete sie das Krachen einer Explosion. Der Krieg ist vorbei, sagte sie sich und zwang sich dazu, tief durchzuatmen. Er ist vorbei. Aber woher kamen dann die panischen Schreie draußen? Was war da los? Eine Seemine? Sie hatte keinen Aufprall gehört, keine Vibration gespürt.

«Avice, wir müssen …»

«Nein.» Avice hob den Kopf. «Dir geht es gut», sagte sie in hartem Ton. «Du hast deinen Ehemann, trotz allem. Sobald du von Bord gehst, bist du frei, eine respektable Ehefrau. Vor mir liegen nur Schande und Demütigungen.»

In das Geheul der Sirene mischte sich eine Lautsprecheransage. «Feuer! Feuer! Feuer!» Frances konnte kaum noch einen klaren Gedanken fassen.

«Avice, ich …»

«Sieh selbst!» Avice hielt ihr einen Brief hin. Es war, als ob sie taub wäre und die verängstigten Stimmen, die hastigen Schritte draußen nicht hörte. «Sieh es dir an!»

Vor lauter Angst verstand Frances die Worte auf dem Papier vor ihr erst gar nicht. Jede einzelne ihrer Zellen schrie ihr zu, sie solle zur Tür rennen, sich in Sicherheit bringen. Unter Avice' Augen überflog sie den Brief noch einmal. Diesmal verstand sie «Es tut mir leid» und begriff, dass sie offenbar Zeugin einer persönlichen Katastrophe wurde. «Das regeln wir später», sagte sie und zeigte auf die Tür. «Na komm schon, Avice, wir gehen jetzt zum Sammelplatz. Denk an dein Baby.»

«Baby? Das Baby?» Avice starrte Frances an, als ob sie irre wäre. «Oh, geh doch einfach weg», sagte sie dann. Sie vergrub ihr Gesicht im Kissen und ließ Frances stumm an der Tür stehen.

Nicol brauchte ein paar Sekunden, bis er begriff, dass die Arme, die an ihm zerrten, nicht Tims' waren. Er war mit fliegenden Fäusten herumgewirbelt, sein Kopf ruckte mit jedem Schlag stumpf vor und zurück, und nur ganz undeutlich wurde ihm bewusst, dass die Schmerzensschreie, die er damit hervorrief, nicht von dem Heizer stammten. Er wankte zurück. Mit brennenden Augen versuchte er, klar zu sehen, und langsam erkannte er, dass Tims ein paar Meter entfernt lag und sich zwei Matrosen über ihn gebeugt hatten.

Emmett zog mit einer Hand an seiner Jacke, mit der anderen rieb er sich die Schläfe. «Was zum Teufel tust du da, Nicol? Du musst hochgehen. Zum Sammelplatz. Die Bräute müssen in die Rettungsboote. Du meine Güte, Mann! Wie du aussiehst!»

In diesem Moment hörte er die Sirene. Vielleicht hatte das Rauschen in seinen Ohren sie übertönt.

«Es ist der zentrale Maschinenraum, Tims», schrie der junge Heizer. «Verdammt, wir sitzen in der Scheiße.»

Sofort war die Schlägerei vergessen.

«Was ist passiert?» Tims war jetzt wieder auf den Beinen und wandte sich an den jüngeren Heizer. Eine lange Platzwunde verlief über seiner Wange. Nicol rappelte sich auf und fragte sich, ob er sie ihm beigebracht hatte.

«Ich weiß es nicht.»

«Was hast du getan?» Tims' riesige blutige Hand schoss hervor und packte den Jungen an der Schulter.

«Ich … ich weiß nicht. Ich bin nur für fünf Minuten raufgegangen, um mir die Mädchen anzuschauen. Dann bin ich sofort wieder nach unten, und der ganze verdammte Flur war voller Rauch.»

«Hast du es abgeschlossen? Hast du die Luke zugemacht?»

«Ich weiß es nicht – da war einfach zu viel Rauch. Ich konnte nicht mal am Munitionslager vorbei.»

«Scheiße!» Tims sah Nicol an. «Ich geh da jetzt runter.»

«Irgendjemand sonst im zentralen Maschinenraum?»

Tims schüttelte den Kopf und zuckte schmerzerfüllt zusammen. Plötzlich rochen sie den Rauch und verstummten.

«Das liegt am Kapitän», sagte Tims. «Der ist verhext, dieser Highfield. Der bringt uns noch alle um.»

A steht für Armee, die wir so mögen,
B steht für Bräute, die braunen und die blonden,
C steht für Courage, von der sie viel hatten,
D steht für Distanz, die wir hinter uns legten
E steht für Einsatz, das Beste zu geben,
F steht für Festigkeit, auf die Probe gestellt ...

Ida Faulkner, Kriegsbraut,
zitiert nach *Forces Sweethearts* von Joanna Lumley

KAPITEL 21

D er Heizer tauchte schwankend wie ein Blinder aus dem schwarzen Rauch auf. In der einen Hand hielt er den Schlauch, die andere hatte er ausgestreckt nach der Hand, die ihn in Sicherheit ziehen würde. Sein Rauchhelm war vollkommen schwarz, und die Matrosen, die ihn ihm vom Kopf hoben, verbrannten sich daran die Finger.

Green hustete und wischte sich den Ruß aus den Augen, dann straffte er sich und sah seinen Kapitän an. «Wir haben es zurückgedrängt, Sir. Wir haben alle Luken geschlossen, die wir erreichen konnten, aber es hat sich bis zum Steuerbord-Maschinenraum ausgebreitet. Das Löschsystem hat versagt.» Er hustete und spuckte etwas Schwarzes auf den Boden, schaute dann auf, und das Weiße in seinen Augen strahlte hell in seinem rußigen Gesicht. «Ich glaube nicht, dass es schon den Haupttank erreicht hat, weil dann der Maschinenkontrollraum bereits ausgebrannt wäre.»

«Löschschaum?», fragte der Kapitän.

«Zu spät, Sir. Es ist mehr als ein Brennstofffeuer.»

Um ihn herum stand das Team aus Marinesoldaten und Heizern, das die Schiffsfeuerwehr bildete, mit Schläuchen und Feuerlöschern bereit. Sie warteten auf ihren Einsatzbefehl.

Der Kapitän ging im Geiste den Weg des Feuers durch das Schiff nach. «Wissen wir, in welche Richtung es sich bewegt?»

«Wir können nur hoffen, dass es sich in Richtung Steuerbord weiterfrisst. Dann verlieren wir vermutlich den Steuerbordmotor, Sir, aber dort tritt es dann an die Oberfläche. Oben haben wir den Schmieröltank und den Turbo-Generator.»

«Also ist das Schlimmste, was uns passieren kann, dass wir uns nicht mehr bewegen können?»

Die Feuersirene heulte durch den engen Korridor.

«Ich kann nicht garantieren, dass es sich in die Richtung fortpflanzt, Sir.»

Wenn man es früh genug entdeckte, konnte man ein Feuer im Maschinenraum mit Feuerlöschern oder, im schlimmsten Fall, mit einem Schlauch löschen. Selbst wenn schon einige Zeit verstrichen war, ließ es sich meistens per Riegellöschung isolieren. Man spritzte dann Wasser auf die äußeren Wände, um die Temperatur im Raum zu senken und ein Übergreifen auf andere Räume zu verhindern. Aber dieses Feuer – Gott allein wusste, auf welche Weise – war schon zu weit vorgedrungen. Wo waren die Männer gewesen?, wollte er schreien. Aber dafür war es jetzt zu spät. «Sie glauben, es könnte sich auf den Maschinenkontrollraum zubewegen?»

Der Mann nickte.

«Wenn es den Maschinenkontrollraum ausbrennt, erreicht es auch die Sprengköpfe und das Bombenlager.»

«Sir.»

Jenes Flugzeug. Jenes Gesicht. Highfield zwang sich, das Bild zu verdrängen.

«Bringen Sie die Frauen vom Schiff.»

«Was?»

«Lassen Sie die Rettungsboote zu Wasser.»

Dobson schaute hinaus von der Brücke auf die raue See. «Sir, ich ...»

«Ich werde kein Risiko eingehen. Lassen Sie die Rettungsboote zu Wasser. Das ist ein Befehl, Mann. Green, nehmen Sie Ihre Männer und Ihre Ausrüstung. Dobson, ich brauche mindestens zehn Mann. Wir räumen die Bombenlager aus, so gut es geht, und dann fluten wir das verdammte Ding. Tennant, ich will, dass Sie und ein paar andere versuchen, zum Durchgang unter dem Mastpumpenraum zu gelangen. Öffnet die Luken zum Schmieröltank und flutet ihn. Flutet so viele Abteile um die beiden Maschinenräume, wie Ihr könnt.»

«Aber die liegen über dem Wasserpegel, Sir.»

«Sehen Sie sich den Wellengang an, Mann. Wir lassen die verdammte See zur Abwechslung mal für uns arbeiten.»

Auf dem Bootsdeck versuchte Nicol, ein schluchzendes Mädchen, das die Arme um ihre Schwimmweste geschlungen hatte, davon zu überzeugen, ins Rettungsboot zu klettern. «Ich kann das nicht», kreischte sie und zeigte nach unten auf die kohlschwarze See. «Sehen Sie sich das an! Sehen Sie sich das nur an!»

Um sie herum versuchten die Marinesoldaten, unter dem ohrenbetäubenden Heulen der Sirenen und den Kommandopfiffen für Ruhe und Ordnung zu sorgen. Trotzdem war das schluchzende Mädchen nicht die Einzige, die sich weigerte, in eines der Rettungsboote zu klettern, die im Gegensatz zur soliden *Victoria* wie Korken auf den Wellen auf und nieder hüpften.

«Sie müssen hineinsteigen», schrie Nicol jetzt schon mit mehr Nachdruck in der Stimme.

«Aber meine Sachen! Was passiert damit?»

«Dafür wird gesorgt. Das Feuer ist bald gelöscht, und dann können Sie alle wieder an Bord. Jetzt kommen Sie. Hinter Ihnen stehen die Frauen schon Schlange.»

Mit einem zögerlichen Aufschluchzen ließ sich das Mädchen in das Boot helfen, und die Schlange bewegte sich einige Zentimeter weiter. Hinter ihm warteten mehrere hundert Frauen, die vom Hangardeck zu den Rettungsbooten geleitet worden waren. Die meisten trugen noch ihre Abendgarderobe. Einige weinten, andere trugen ein heiteres, wenn auch nervöses Lächeln zur Schau, als ob sie sich selbst einreden wollten, dass das alles eigentlich nur ein lustiges Abenteuer sei. Jede dritte weigerte sich rigoros, ins Rettungsboot zu steigen, und musste dazu gezwungen werden, in einigen Fällen sogar mit Gewalt. Nicol konnte es ihnen nicht verübeln – er selbst stieg auch nicht gern in Rettungsboote.

Er spähte zurück durch den Rauch und das Chaos unter der Brücke. Er konnte Frances nirgends entdecken.

«Sie gehen in dieses Boot dort, Nicol.» Sein Marinehauptmann tauchte hinter ihm auf und zeigte auf das Boot, das an der Reling hing. «Stellen Sie sicher, dass alle ihre Rettungswesten tragen.»

«Sir, ich würde lieber an Deck warten, wenn das …»

«Sie steigen jetzt in das Boot.»

«Sir, ich würde gern …»

«Nicol, ins Boot. Das ist ein Befehl.» Der Marinehauptmann machte eine Kopfbewegung in Richtung des kleinen Bootes.

Ein paar Minuten später traf Nicols Boot mit einem flachen Klatschen auf die Wasseroberfläche auf, sodass ein paar der Mädchen aufkreischten. Nicol hatte alle Hände voll damit, Sicherheitsgurte zu entwirren und einer besonders hysterischen Braut die Rettungsweste anzuziehen, aber gleichzeitig suchte er die Boote ab, die bereits zu Wasser gelassen worden waren. Endlich entdeckte er Emmett. Der junge Marinesoldat zeigte hektisch auf sein Ruder. «Wir haben keine Riemen», schrie er, «und die Hälfte der Ruder fehlt. Dieses verdammte Boot ist ein schwimmender Schrottplatz.»

Nicol suchte nach seinen eigenen Rudern. Er hatte Glück.

Sie waren in Sicherheit. Wenn es nötig wäre, könnten sie die ganze Nacht in den Booten bleiben. Um sie herum färbte sich der Ozean dunkelgrau. Die Wellen waren nicht so hoch, als dass sie wirklich gefährlich gewesen wären, aber doch groß genug, dass die Frauen sich ängstlich am Bootsrand festklammerten. Über ihnen übertönten die schnell aufeinanderfolgenden gepfiffenen Kommandos das Pfeifen in seinen Ohren. Jetzt ertönte erneut die Sirene. Er starrte das knarrende Schiff an. In einiger Entfernung machte er eine deutlich wahrnehmbare Rauchwolke aus, die aus dem Raum unter den Kabinen der Frauen drang.

Komm raus da, drängte er stumm. Ich will sehen, dass du es geschafft hast.

«Ich schaffe es nicht, nah bei dir zu bleiben», rief Emmett. «Wie sollen wir die Boote beieinanderhalten?»

«Komm raus. Komm da endlich raus», sagte er laut.

«Hier», sagte die Frau hinter ihm. «Ich weiß, was wir tun können. Los, Mädchen ...»

«Ich gehe nicht.»

Frances hielt Avice fest. Sie kümmerte sich nicht mehr darum, was das Mädchen von ihr dachte oder wie sie den körperlichen Kontakt aufnehmen würde. Sie hörte das Geräusch der

Rettungsboote, die auf das Wasser aufklatschten, und die Rufe derjenigen, die das Schiff verließen. Blinde Angst erfüllte sie, dass sie es nicht rechtzeitig schaffen würden.

«Ich weiß, es ist schwer, aber du musst jetzt mitkommen.» Sie hatte in den letzten zehn Minuten bewusst in leichtem und beruhigendem Tonfall gesprochen. Sanft, gleichmütig, genau wie sie mit den Schwerverletzten gesprochen hatte.

«Mir bleibt nichts mehr», sagte Avice, und ihre Stimme klang rau wie Sandpapier. «Hörst du? Alles ist zerstört. Ich bin zerstört.»

«Ich bin sicher, dass man das regeln kann …»

«Regeln? Was soll ich tun? Mich scheiden lassen? Nach Australien zurückrudern?»

«Avice, es ist jetzt nicht der Moment …» Jetzt roch sie den Rauch. Die Nackenhaare stellten sich ihr auf.

«Oh, wie könntest du das auch verstehen? Du, die du die Moral einer Straßenkatze hast.»

«Wir müssen jetzt hier raus.»

«Mir egal. Mein Leben ist zu Ende. Ich kann ebenso gut hier bleiben …»

Sie brach ab, als über ihnen etwas auf das Deck krachte. Der kleine Raum, in dem sie saßen, erzitterte. Das schien Avice aus ihrer Trance zu reißen.

Ein Mann steckte seinen Kopf durch die Tür. «Was machen Sie denn noch hier», schrie er. «Raus jetzt, schnell! Lassen Sie Ihre Habseligkeiten zurück und kommen Sie.» Er wedelte hektisch mit dem Arm, dann wurde er von einem Ruf im Flur abgelenkt. «Jetzt!», sagte er noch, bevor er im Gang verschwand.

Frances starrte erschrocken zur Tür, gerade lange genug, um noch die Hinterbeine des kleinen Hündchens zu sehen, das hindurchflitzte. Sie spielte kurz mit dem Gedanken, ihm zu folgen, aber ein Blick in Avice' verwirrtes Gesicht zeigte ihr, wo ihre Prioritäten lagen.

Ein erneutes Krachen. Ein Mann im Hangardeck schrie: «Die Luken sichern! Sofort die Luken sichern!»

«Oh, um Gottes willen!» Frances packte mit festem Griff Avice' Arm und ein Stück von ihrem Kleid und schleifte sie aus der Kabine. Der Flur war voller Rauch. Frances legte die Hand über Mund und Nase und versuchte, sich darunter hindurchzuducken. «Geschützturm», schrie sie, zeigte nach vorn, und sie stolperten halb blind und mit brennenden Lungen darauf zu.

Sie tasteten nach der Luke und fielen fast hindurch, nach Luft schnappend und würgend. Frances schleppte sich vom Rauch fort und beugte sich über die Reling. Sie brauchte ein paar Sekunden, um die Szene unter sich zu erfassen: Die Rettungsboote waren mit knotigen braunen Bändern miteinander verbunden und bildeten ein Netz auf der Wasseroberfläche. Sie schaute hoch zu den leeren Schiffsaufbauten und erkannte, dass alle Rettungsboote zu Wasser gelassen worden waren. Sie wusste, dass noch Männer an Bord sein mussten, denn sie hörte ihre Stimmen. Aber sie hatte keine Ahnung, wie sie zu ihnen gelangen sollten.

Jemand auf dem Wasser sah sie und rief etwas. Arme winkten und gestikulierten hektisch. «Kommt raus da!», rief jemand. «Kommt sofort da raus!»

Frances starrte aufs Wasser und sah dann das Mädchen neben sich an, das immer noch sein bestes Kleid trug. «Wir schaffen es nicht bis zum Flugdeck. Es ist schon zu viel Rauch im Flur», sagte sie. «Wir müssen springen.»

«Ich kann nicht», schluchzte Avice.

«Es ist gar nicht so tief. Schau, ich halte dich fest.»

«Ich kann nicht schwimmen.»

Frances hörte ein Krachen. Irgendetwas hinter ihr gab nach und deutete auf ein Inferno hin, das sie auf keinen Fall erleben wollte. Sie packte Avice und zerrte sie zur Reling. Dann hörte sie einen weiteren Schrei, und sie fielen ineinander verschlungen in die tintenschwarze Tiefe.

Der Kapitän hielt den Schraubenschlüssel in der Hand und bemühte sich, die Bombe aus ihrer Halterung an der Wand zu lösen. «Raus!», schrie er die drei Männer an, die die vorletzte Bombe aus dem Magazin trugen. «Holt den Schlauch! Flutet das Abteil! Jetzt!» Er hatte sich die Maske abgenommen, damit sie ihn besser verstehen konnten, und seine Stimme klang heiser.

«Kapitän!», schrie Green durch seine Maske. «Sie müssen hier raus.»

Später dachte Green, dass Highfield ihn womöglich nicht gehört hatte. Er wollte seinen Skipper nicht an Bord zurücklassen, aber er wusste auch, dass er die anderen Männer in Sicherheit bringen musste.

«Fluten!», schrie Highfield. «Jetzt!»

Green wandte sich um, und im selben Augenblick hörte er, wie etwas barst. Er warf dem Kapitän blindlings seinen Rauchhelm zu, in der Hoffnung, dass dieser ihn fing, dass er es irgendwie durch den Rauch schaffen würde. Ihm schwante nichts Gutes, aber dann war er schon draußen und schob seine Männer vor sich her.

Frances hörte Stimmen und spürte, dass Hände an ihr zerrten und versuchten, sie aus dem Wasser zu ziehen. Es war so kalt, dass es ihr schier den Atem aus der Brust gepresst hatte. Zunächst hatte das Meer sie nicht freigeben wollen: Sie spürte seinen eisigen Griff an ihrer Kleidung. Und dann fiel sie keuchend und würgend auf den Boden des kleinen Bootes, wie ein Fisch. Stimmen sprachen beruhigend auf sie ein, und man schlang ihr eine Decke um die Schultern.

Avice, formten ihre Lippen. Als das Brennen in ihren Augen nachließ, sah sie, dass Avice wie ein guter Fang über die andere Seite des Bootes gehievt wurde. Ihr Kleid war ganz glitschig vor Öl, und sie hatte die Augen zusammengekniffen, um ihre Zukunft nicht sehen zu müssen.

Geht es ihr gut?, wollte sie fragen. Aber da schlang sich ein Arm um sie, und sie wurde fest an einen Körper gedrückt. Er ließ sie nicht los, wie sie erwartet hatte, sondern hielt sie weiter fest, sodass sie die Nähe dieses warmen Körpers spürte, die Stärke seines Schutzes, und plötzlich war sie sprachlos. *Frances*, sagte eine Stimme ganz nah an ihrem Ohr, und sie klang ganz dunkel vor Erleichterung.

Die beiden Heizer, die ihn hergetragen hatten, legten Kapitän Highfield auf das Flugdeck. Die Männer standen um ihn herum, die Hände in den Hosentaschen vergraben. Einige wischten sich Schweiß und Ruß aus dem Gesicht und spuckten hinter sich aus. In der Ferne hörte man Stimmen, die bestätigten, dass der Brand in den verschiedenen Teilen des Schiffes gelöscht war.

Das Feuer ist besiegt, sagten sie ihm. Der Brand ist unter Kontrolle. Wir haben es geschafft. Sie flüsterten die Worte halb, unsicher, ob er sie noch hören konnte. Später würde es andere Gespräche geben, in denen es darum ging, wie unüberlegt es für einen Mann seiner Stellung und seines Alters war, sich so leichtsinnig in die Löscharbeiten zu stürzen. Man würde sagen, wie schlecht er Aufgaben delegieren konnte und dass andere Kapitäne die Angelegenheit eher aus der Distanz betrachtet und die Fäden zusammengehalten hätten. Aber viele seiner Männer würden sein Tun billigen. Sie würden sich an Hart erinnern und an all die Kameraden, die sie verloren hatten, und sie würden den persönlichen Einsatz des Kapitäns würdigen.

Es dauerte zwei Stunden, bis das Schiff wieder sicher war. Die Besatzungen der spanischen Fischkutter, die in der anbrechenden Morgendämmerung vorbeifuhren und fragten, ob diejenigen, die noch auf dem Wasser warteten, in Sicherheit wären, sprachen noch Jahre später von den Rettungsbooten, in denen Frauen in bunten Abendkleidern saßen und laut «The Wild Rover» sangen. Die Boote waren wie in einem riesigen Spinnennetz mit straff gespannten Nylonstrümpfen verbunden, die man aneinandergeknotet hatte.

Zwei Marineoffiziere saßen in jedem Rettungsboot. Das Wasser klatschte gegen die Seitenwände und setzte die Strumpfwaren in Bewegung, die wie braunes Seegras über der Oberfläche tanzten. Die Frauen klangen erleichtert und erschöpft, als man ihnen sagte, dass sie nicht mehr lang in den kleinen Nussschalen würden zubringen müssen. Dass sie und ihre Habseligkeiten in Sicherheit seien.

Er starrte sie an, und jetzt, da Avice' Körper schlaff gegen ihren gelehnt lag, starrte sie zurück, still und unverwandt, als ob ihre Augen durch einen unsichtbaren Faden miteinander verbunden wären.

Denken Sie immer daran, dass die Armee Sie niemals an einen Ort schicken wird, wenn nicht sichergestellt ist, dass «derjenige welcher» dort steht und auf Sie wartet. Kurz gesagt, sehen Sie sich selbst als Paket, das zugestellt wird.

Ratschlag aus einer Broschüre, die den Kriegsbräuten an Bord der *Argentina* überreicht wurde, Imperial War Museum

KAPITEL 22

Vierundzwanzig Stunden bis Plymouth

Es dauerte noch ein paar Stunden, bis das Schiff ausreichend abgekühlt war, um nachsehen zu können, aber dann war sofort klar, dass der zentrale Maschinenraum vollkommen zerstört war. Die Hitze hatte die Rohre und Schweißnieten schmelzen lassen, und das flüssige Metall war auf den Boden getropft. Die Decks darüber hatten sich in der Hitze so sehr verbogen, dass die Hälfte der Seemannsmessen zerstört war. Einige Matrosen hatten Decken und Kissen abgegeben, sodass die, die ihre Kojen und Habseligkeiten verloren hatten, wenigstens einigermaßen komfortabel im Hangar am Bug schlafen konnten. Niemand beschwerte sich. Diejenigen, die Fotos und Briefe verloren hatten, trösteten sich mit dem Gedanken, dass sie in vierundzwanzig Stunden den abgebildeten Personen in Fleisch und Blut gegenüberstehen würden. Diejenigen, die auf der *Indomitable* gedient hatten, waren erleichtert, dass diesmal niemand umgekommen war. Wenn der Krieg sie eines gelehrt hatte, dann die Wahrheit, dass ein Leben nur allzu leicht ausgelöscht werden konnte.

«Schaffen Sie es noch in den Hafen?»

Highfield saß in der Brücke und sah in den Himmel. Die grauen Wolken verzogen sich und machten einem leuchtenden Blau Platz, fast als wolle der Himmel sich entschuldigen. «Wir sind weniger als eine Tagesreise entfernt. Wir haben einen funktionierenden Motor. Warum sollten wir es nicht schaffen?»

«Klingt ganz so, als hätte das alte Mädchen ordentlich was abbekommen.» McManus sprach leise. «Und ein kleines Vögelchen hat mir gezwitschert, Sie hätten sich bei ihrer Rettung ein wenig zu sehr eingebracht.»

Highfield schob die Gedanken an Munitionshalterungen und an seinen entzündeten Hals beiseite. Er nahm einen Schluck von der heißen Zitrone mit Honig, die ihm sein Steward zubereitet hatte. «Alles in Ordnung, Sir. Machen Sie sich keine Sorgen. Die Männer … haben sich um mich gekümmert.»

«Guter Mann. Ich sehe mir Ihren Bericht an. Bin froh, dass Sie es geschafft haben, das Feuer unter Kontrolle zu bringen.» Sein Lachen hallte blechern in der Leitung wider.

Highfield trat aus der Brücke aufs Flugdeck hinaus. Achtern schrubbte eine Reihe Männer Rußspuren weg. In ihren Eimern schwappte graues, schäumendes Wasser. Sie arbeiteten sich um die Bereiche herum, die sich verbogen hatten und die man nicht betreten durfte. Ein paar Marinesoldaten hatten sie abgesperrt. Der Schaden war offensichtlich, aber dennoch hatte alles seine Ordnung. Wenn sie in Plymouth ankamen, würde alles unter Kontrolle sein.

Er hatte niemanden verloren.

Niemand stand nah genug, um den zittrigen Atemzug zu hören, den Highfield tat, bevor er zurück auf die Brücke ging.

Mindestens hundert Frauen hatten sich seit dem Frühstück geduldig an der Hauptluke angestellt und warteten darauf, zu ihren Kabinen gelassen zu werden. Mit gedämpften Stimmen unterhielten sie sich darüber, in welchem Zustand sich ihre Habseligkeiten und die sorgfältig ausgewählte Ankunftsgarderobe wohl befanden – vielleicht war alles von Wasser und Rauch zerstört. Obwohl an diesem Deck kein ersichtlicher Schaden entstanden war, hinterließ schon ein kurzes Streifen der Wand einen grauen Fleck auf der Kleidung. Alles hier war von einer feinen Rußschicht überzogen.

Margaret, hochschwanger und schwerfällig, wie sie war, stolperte durch die Luke, sobald sie sich öffnete. Sie war schon in ihrer Kabine, als die anderen Bräute noch die Treppe hinuntergingen. «Maudie! Maudie!», rief sie.

Die Tür stand offen. Sie kniete nieder und spähte unter die beiden unteren Kojen. «Maudie!», schrie sie.

«Maudie!» Sie sah unter jeder Decke nach, hob die Schlafsäcke an und riss in ihrer Verzweiflung die Laken von den Kojen. Nichts. Das Hündchen war nicht in den Betten und in keiner der Taschen. Es war noch nicht einmal in Margarets Hut, in den es sich sonst zurückzog, wenn es Trost suchte.

Margaret wusste nicht mehr, wo sie suchen sollte. Genau in diesem Moment hörte sie den Schrei. Sie erstarrte und lauschte, und als sie hörte, wie jemand schrie: «Was um alles in der Welt ist das?», stürzte sie aus der Tür und lief durch den Flur zu den Waschräumen.

Später dachte sie, dass sie es hätte wissen müssen. Es war der einzige Ort, den Maudie auf diesem Schiff kannte – außer ihrer Kajüte. Der einzige Ort, an dem sie hoffen konnte, Margaret zu finden. Sie stand in der Tür und sah die Mädchen, die sich um die Waschbecken drängten. Sie folgte ihrem Blick und sah das kleine Hündchen, das an das Türblatt gepresst lag. Daneben sah sie ein paar dunkle Streifen an der gefliesten Wand, wo es nach einem Ausweg gesucht haben musste.

Margaret trat vor und kniete sich auf den feuchten Fußboden. Sie schluchzte laut auf. Die Glieder des Hündchens waren ganz steif, der Körper kalt. «Oh nein, oh nein.»

Margarets Gesicht verzog sich wie das eines Kindes. Sie nahm den Körper des kleinen Hundes auf den Arm. «Oh, Maudie, es tut mir so leid, es tut mir so, so leid.»

Sie weinte nicht wirklich, berichteten die Umstehenden später, sondern saß nur da und hielt das Hündchen in ihren Armen, als ob sie einen großen Schmerz in sich aufnähme.

Als die ängstlich blickenden Frauen um sie herum schließlich zu flüstern begannen, schälte sie sich aus ihrer Strickjacke und hüllte das Hündchen darin ein. Dann richtete sie sich mit einer Hand gegen die rußige Wand gestützt ächzend auf. Sie hielt das Bündel an sich gedrückt, ganz so, als wäre es ein Baby.

Die Frauendienstoffizierin stützte sie, als Frances auf das Bett kletterte. Sie war überrascht, wie anstrengend diese kleine Bewegung war. Die Frau deckte sie zu und steckte die Decke um sie herum fest.

«Es geht mir gut», sagte sie der Frauendienstoffizierin. «Ich kann genauso gut in meiner eigenen Koje schlafen.»

«Dr. Duxbury sagt, dass alle, die im Wasser waren, ein paar Stunden unter Beobachtung bleiben müssen. Falls Sie unter Unterkühlung leiden.»

«Ich kann Ihnen versichern, dass ich das nicht tue.»

«Befehl ist Befehl. Zum Abendessen sind Sie sicher wieder entlassen.»

Die Frauendienstoffizierin trat an Avice' Bett und steckte

ihr Laken fest. Die flinke, mütterliche Geste erinnerte Frances plötzlich an das Krankenhaus auf Morotai. Sie befanden sich in einem Nebenraum der Krankenstation, offenbar in einer Art Putzmittellager, wie Frances annahm, denn überall um sie herum standen Kisten, und es roch durchdringend nach Bleichmittel. An den Wänden hingen Tabellen, in denen die Vorräte verzeichnet waren, und es gab verschlossene Schränke, in denen vermutlich die brennbaren Flüssigkeiten standen. Frances schauderte.

«Tut mir leid, dass wir Sie hier unterbringen mussten», sagte die Frauendienstoffizierin. «Wir brauchen die Krankenstation für die Männer, die eine Rauchvergiftung erlitten haben, und wir konnten Sie ja nicht einfach dazulegen. Aber es ist ja nur für ein paar Stunden, nicht wahr?»

Der Marinesoldat stand nur ein paar Zentimeter von ihrem Bett entfernt und starrte sie an. Frances spürte die Wärme in seinem Blick. Es war ihr, als fühle sie noch immer seinen Arm, den er um sie geschlungen hatte. Sein Kopf war ihrem dabei so nah gewesen, dass sie seine Haut hätte spüren können, wenn sie ihren Kopf nur ein wenig mehr geneigt hätte.

«Also, Mrs. Radley, haben Sie es bequem?»

«Ja», sagte Avice in ihr Kopfkissen hinein.

«Gut. Ich muss kurz nach nebenan und mich ein bisschen um die Männer kümmern, aber ich komme so bald wie möglich zurück. Wenn Sie sich dazu in der Lage fühlen: Ich habe Ihnen ein paar hübsche saubere Sachen gebracht, die Sie anziehen können. Ich lege sie hier hin.» Sie legte einen sorgsam gefalteten Stapel Kleidung auf ein kleines Schränkchen. «Nun, ich glaube, die Damen könnten eine Tasse Tee vertragen. Soldat, wären Sie so nett? Unten herrscht noch immer Chaos, und ich möchte mir nicht den Weg zur Kombüse erkämpfen müssen.»

«Es ist mir ein Vergnügen.»

Sie spürte seine Hand, die die ihre kurz drückte, und für einen kurzen Augenblick vergaß sie alles um sich herum, den Raum, Avice, das Feuer. Sie befand sich auf dem Rettungsboot und versank im Blick dieses Mannes, sagte alles, was sie immer hatte sagen wollen, alles, von dem sie niemals geglaubt hätte, dass sie es sagen wollte, und all das, ohne auch nur ein Wort zu sprechen.

«Ich sehe mir später diese Wunden an», murmelte sie und unterdrückte den Drang, sein Gesicht zu berühren. Er schaute sich noch einmal um, als er zur Tür ging. Lächelte.

«Ich nehme nicht an, dass du besonderen Wert darauf legst, mit mir in einem Raum zu sein, oder?» Er hatte die Tür kaum geschlossen, als Avice' Stimme scharf die Stille durchschnitt.

Zögernd richtete Frances ihre Aufmerksamkeit auf die Frau neben ihr. «Es ist mir egal, mit wem ich hier bin», antwortete sie kühl.

Es war, als ob die gemeinsam überstandenen Stunden im Rettungsboot nie gewesen wären, als ob Avice, der es unangenehm war, ausgerechnet von dieser Frau gerettet worden zu sein, jetzt entschlossen wäre, den Abstand zwischen ihnen wiederherzustellen.

«Ich habe Bauchweh. Dieses Mieder ist zu eng. Könntest du mir bitte heraus helfen?» Avice glitt langsam aus ihrem Bett. Ihr Haar teilte sich in blasse, salzverkrustete Strähnen.

Frances half ihr mit sachlicher Umsicht aus dem ruinierten Abendkleid mit dem steifen Korsett. Erst als sie Avice zurück zum Bett geleitete, sah sie den roten Fleck, der sich langsam auf der pfirsichfarbenen Seide ausbreitete. Sie bückte sich, um das schmutzige Kleid aufzuheben, und sah noch mehr Flecken. Sie wartete, bis Avice sich hingelegt hatte, und stellte sich dann steif vor ihr Bett. «Ich muss dir etwas sagen», sagte sie. «Du blutest.»

Avice starrte den roten Fleck an. Auch das Laken hatte sich rot verfärbt. Sie sah in Frances' Gesicht, was das bedeutete, aber sie ließ sich nichts anmerken. Ohne ein Wort nahm sie das saubere Handtuch, das Frances ihr reichte.

«Es tut mir so leid», sagte Frances. Sie hatte einen Kloß im Hals. «Es ... es war vielleicht das kalte Wasser.» Sie war darauf vorbereitet, dass Avice sie anschrie, dass sie dieses verlorene Kind Frances' angeblichem Sündenregister hinzufügen würde. Aber Avice folgte nur stumm Frances' Aufforderung, still liegen zu bleiben, das Handtuch unter dem Unterleib. Wenn sie wiederkäme, würde Frances die Frauendienstoffizierin um eine Schmerztablette für Avice bitten.

«Vermutlich ist es besser so», sagte Avice schließlich. «Armer kleiner Bastard.»

Eine kurze Pause entstand, sie schien selbst vor ihren Worten erschrocken.

Frances' Augen weiteten sich.

Avice schüttelte den Kopf. Dann schaukelte sie plötzlich vor und zurück, als ob sie würgen müsste, und begann zu weinen. Sie schluchzte gequält und vergrub das Gesicht im Laken, aber das Schluchzen schüttelte sie nur noch heftiger.

Frances ließ das Kleid fallen und setzte sich still neben sie. Sie war fassungslos. Eine Weile saß sie nur so da, bis sie das schreckliche Geräusch von Avice' Schluchzen nicht mehr ertragen konnte und ihre Arme um das Mädchen schlang. Avice schob sie weder von sich, noch schmiegte sie sich an sie. Sie war so sehr in ihr Unglück versunken, dass sie gar nicht merkte, dass Frances neben ihr saß.

«Alles wird gut», sagte Frances, obwohl sie nicht wusste, ob das stimmte. «Alles wird gut.»

Avice wischte sich die Tränen aus dem Gesicht und bedeutete

Frances mit der Hand, ihr das Kleid zu reichen, aus dessen Falten sie ein Stück zerfleddertes, feuchtes Papier zog.

«Hier, jetzt kannst du es richtig lesen», sagte sie.

«Du bist unerwünscht?», fragte Frances vorsichtig.

«Nein. Oh, er will mich schon …»

Avice hielt ihr den Brief hin, und Frances wusste, dass sie damit eine Grenze überschritten hatten. Sie nahm ihn und las diesmal bewusst die Zeilen, die der Atlantik noch nicht weggespült hatte.

Ich hätte es dir schon vor langer Zeit sagen müssen. Aber ich liebe dich, Avice, und ich hätte dein trauriges Gesicht einfach nicht ertragen, und schon gar nicht den Gedanken daran, dass du mich womöglich verlassen hättest …

Bitte versteh mich nicht falsch – ich bitte dich nicht, nicht zu kommen. Du musst wissen, dass die Beziehung zwischen mir und meiner Frau eher geschwisterlich ist als sonst irgendetwas. Du, mein Liebling, bedeutest mir weit mehr, als sie es je tat …

Ich möchte, dass du weißt, dass ich jedes einzelne Wort, das ich in Australien gesagt habe, auch so gemeint habe. Aber du musst verstehen – die Kinder sind noch so klein, und ich bin nicht die Sorte Mann, die ihre Verantwortung auf die leichte Schulter nimmt. Vielleicht können wir noch einmal darüber reden, wenn sie ein bisschen älter sind?

Ich weiß, dass ich eine Menge von dir verlange, aber bitte denke darüber nach, solange du noch an Bord bist. Ich habe einiges zurückgelegt und könnte dich in einer hübschen kleinen Wohnung in London unterbringen. Und ich könnte ein paar Nächte in der Woche bei dir verbringen, was, um ehrlich zu sein, mehr ist als das, was die meisten Frauen von ihren Männern sehen, die in der Marine dienen …

*Avice, du hast immer gesagt, dass nur zählt, dass wir zusammen
sind. Beweise mir, Liebling, dass du die Wahrheit gesagt hast …*

Als Frances die letzten Worte las, traute sie sich nicht, Avice
direkt ins Gesicht zu sehen. Sie wollte nicht, dass sie sie womöglich für schadenfroh hielt. «Was willst du tun?», fragte sie
vorsichtig.

«Nach Hause fahren, denke ich. Ich konnte es nicht, als da
noch … aber jetzt kann ich so tun, als sei nichts passiert. Als ob
nichts davon je geschehen wäre. Meine Eltern wollten sowieso
nicht, dass ich fahre.» Ihre Stimme klang kalt und dünn.

Avice ließ den Brief auf das Bett fallen. Der Blick, mit dem
sie Frances nun ansah, war nackt und schamlos. «Wie kannst
du weiterleben», fragte sie, «mit der ganzen Schande, die dein
Leben begleitet?»

Frances verstand, dass sie es nicht so brutal meinte, wie es
klang. In ihrem Blick lag echtes Interesse. Daher wählte Frances
ihre Worte sorgfältig. «Ich habe wohl begriffen … dass wir alle
etwas mit uns herumtragen. Die Last der Scham.»

Frances griff in Avice' Bett, zog das Tuch heraus und begut-
achtete die Größe des Blutflecks. Sie versteckte es diskret und
reichte ihr ein neues.

«Und deine Last ist leichter geworden. Weil du jemanden
gefunden hast, der dich will. Trotz deiner … deiner Vergangenheit.»

«Ich schäme mich nicht für das, was ich bin, Avice. Ich habe
nur eine Sache in meinem Leben getan, für die ich mich schäme.
Und das war es nicht.»

Sie war schon eine ganze Zeitlang Lernschwester am Sydney
Showground Krankenhaus gewesen. Um ihre Ausbildung zu

finanzieren, hatte sie für eine anständige Familie in Brisbane gearbeitet, und ihre Oberin hatte ihr eine glänzende Referenz ausgestellt. Das neu gegründete Australische Allgemeine Krankenhaus wollte sie gern anstellen. Sie musste sich ein wenig älter machen, aber der wissende Blick, den ihr der befehlshabende Offizier zuwarf, als sie ihr neues Geburtsdatum ausrechnete, bewies ihr, dass sie nicht die Erste war, die so etwas tat. Schließlich herrschte Krieg.

Beim Australischen Allgemeinen Krankenhaus zu arbeiten, sagte sie, sei wie eine Heimkehr gewesen. Die Schwestern waren gelassen, fähig, heiter, mitfühlend und vor allem professionell. Sie waren die ersten Menschen, die sie so nahmen, wie sie war, und ihren Einsatz anerkannten. Sie kamen aus ganz Australien und hatten kein Interesse an Frances' Vergangenheit. Die meisten hatten einen Grund dafür, dass sie keinen Ehemann und auch sonst keine Angehörigen hatten, und sie wollten nicht darüber reden. Im Übrigen erforderte es ihr Beruf, dass sie von Tag zu Tag lebten und mit ihren Gedanken in der Gegenwart blieben.

Sie diente einige Jahre in Northfield, dann in Port Moresby und zuletzt auf Morotai, wo sie Chalkie traf. In dieser Zeit begriff sie, dass das, was sie hatte durchmachen müssen, noch lange nicht das Schlimmste war, was jemandem passieren konnte, jedenfalls nicht, wenn man all die Grausamkeiten in Betracht zog, die im Namen des Krieges verübt wurden.

Sie hatte sterbende Männer im Arm gehalten, Wunden verbunden, bei deren Anblick sie würgen musste, stinkende Latrinen gereinigt, klebrige Laken gewaschen und geholfen, Zelte aufzubauen, die zerschlissen und schimmelig waren. Sie war in ihrem ganzen Leben noch nie so glücklich gewesen.

Männer hatten sich in sie verliebt. Es war nicht anders zu

erwarten gewesen – viele von ihnen hatten lange keine Frau mehr zu Gesicht bekommen. Ein paar freundliche Worte, ein Lächeln, und sie schrieben einem alle möglichen Eigenschaften zu, die man hatte oder auch nicht. Sie hatte geglaubt, dass Chalkie einer von ihnen war. Sie glaubte, dass er in seinem Delirium nicht hinter ihr Lächeln blicken konnte. Er bat sie mindestens einmal täglich, ihn zu heiraten, und sie hatte das genauso wenig ernst genommen wie bei den anderen. Sie würde niemals heiraten.

Bis eines Tages der Geschützführer kam.

«War er derjenige, in den du dich verliebtest?»

«Nein. Er war der, der mich wiedererkannt hat.» An dieser Stelle schluckte sie. «Er kam aus der Einheit, die neben dem Hotel stationiert war, in dem ich damals gelebt hatte. Und ich wusste, dass eines Tages der Zeitpunkt kommen würde, an dem ich Australien verlassen müsste, dass es der einzige Weg sein würde, all das wirklich hinter mir zu lassen …» Sie hielt inne. «Also beschloss ich, ja zu sagen.»

«Wusste er es? Dein Ehemann?»

Frances' Hände hatten ruhig in ihrem Schoß gelegen. Jetzt verschränkte sie sie, löste sie voneinander und verschränkte sie wieder. «In den ersten Wochen unserer Bekanntschaft war er die meiste Zeit im Delirium. Er erkannte mein Gesicht. An einigen Tagen glaubte er, wir seien bereits verheiratet. Er nannte mich manchmal Violet. Jemand erzählte mir, dass das der Name seiner verstorbenen Schwester gewesen war. Manchmal bat er mich mitten in der Nacht, seine Hand zu halten und ihm etwas vorzusingen. Wenn er sehr starke Schmerzen hatte, habe ich das auch getan, obwohl ich eine schreckliche Stimme habe.» Sie lächelte schwach. «Ich habe niemals jemanden kennengelernt, der so zartfühlend war. In der Nacht, in der ich ihm sagte, dass ich ihn heiraten würde, weinte er vor Glück.»

Avice schloss vor Schmerz die Augen, und Frances wartete, bis der Krampf vorüber war. Dann fuhr sie fort, und ihre Stimme klang im Dämmerlicht des Zimmers ganz klar. «Er hatte diesen Vorgesetzten, Hauptmann Baillie. Er wusste, dass Chalkie keine Familie mehr hatte. Und er wusste, dass ich aus dieser Heirat keinen finanziellen Vorteil ziehen konnte, dass sie ihn einfach nur glücklich machen würde. Also stimmte er zu. Das hätten sicher nicht viele getan. Es war von meiner Seite aus sicher nicht besonders ehrenhaft, aber ich mochte ihn wirklich.»

«Und du wusstest, dass du Australien hinter dir würdest lassen können.»

«Ja.» Ein kleines Lächeln umspielte ihre Lippen. «Ironisch, eigentlich, oder? Dass ein Mädchen mit meiner Vergangenheit den einzigen Mann heiratet, der sie nie angefasst hat.»

«Aber immerhin hast du deinen Ruf gerettet.»

«Nein. Es kam anders. Ein paar Tage, bevor Chalkie und ich heirateten, saß ich vor dem Messezelt und wusch Verbände aus. Dieser Geschützführer kam zu mir und …» – sie schluckte – «… er versuchte, mir die Hand unter den Rock zu schieben. Ich schrie und schlug ihm hart ins Gesicht. Sonst wäre ich ihn nicht losgeworden. Aber die anderen Krankenschwestern kamen sofort herausgerannt, und er sagte ihnen, dass ich zu nichts anderem nutze sei. Dass er mich noch aus Aynsville kenne. Das war der Wendepunkt, verstehst du? Aynsville ist ein kleiner Ort, und ich hatte ihnen gesagt, woher ich kam. Sie wussten, dass es wahr sein musste.» Sie hielt inne. «Ich glaube, sie hätten besser damit umgehen können, wenn ich ihnen einen Mord gestanden hätte.»

«Hat es jemand Chalkie gesagt?»

«Nein. Aber ich glaube, nur aus Mitleid mit ihm. Oh, einige der Patienten haben sich nicht darum gekümmert. Ich glaube, wenn man dem Tod so nah ist, ist der Ruf anderer Leute nicht mehr so wichtig. Aber sie wussten alle, welche Gefühle er für mich hatte, und er war sehr schwach. Männer sind loyal zueinander ... Manchmal drückt sich das auf merkwürdige Art und Weise aus.»

«Aber die Krankenschwestern haben dich verurteilt – so wie ich?»

«Die meisten schon. Ich glaube, die Oberschwester hat die Sache etwas anders gesehen. Wir haben lange Zeit zusammen gearbeitet. Sie kannte mich ... kannte mich als jemand anderes. Sie hat nur gesagt, ich solle etwas aus dem machen, was er mir gegeben hat. Dass es nicht viele Menschen gibt, die eine zweite Chance bekommen.»

Avice legte sich hin und starrte an die Zimmerdecke. «Sie hatte wohl recht. Niemand muss es wissen. Niemand muss irgendetwas wissen.»

Frances hob zweifelnd die Augenbraue. «Auch nach allem, was passiert ist?»

Avice zuckte mit den Schultern. «England ist ein großes Land. Es gibt dort viele Menschen. Und Chalkie wird sich um dich kümmern.» Frances antwortete nicht, deshalb fragte Avice: «Es hat ihm doch keiner gesagt, oder? Nicht nach allem, was passiert ist?»

«Nein», sagte Frances. «Niemand hat es ihm gesagt.»

Er hatte auf der anderen Seite der Tür gestanden und gelauscht. Der Tee in den beiden Blechbechern war inzwischen eiskalt geworden. Der Marinesoldat schloss die Augen.

Es gab Liebschaften und sogar einige Hochzeiten. Weil man sich auf niederländischem Territorium befand, musste einiges an Formularen ausgefüllt werden … normalerweise stellte der Zahnarzt den Ehering mit seinem Bohrer her, und die Hochzeitskleider wurden aus weißen Moskitonetzen oder aus Uniformstoff zusammengenäht … Gemäß den militärischen Richtlinien kehrten die Bräute bald darauf nach Australien zurück.

Joan Crouch, *A Special Kind of Service*

KAPITEL 23

Morotai, Südpazifik, 1946

Ich weiß, dass es nicht den Vorschriften entspricht», sagte Audrey Marshall, «aber Sie haben sie gesehen. Sie haben gesehen, was es mit ihr gemacht hat.»

«Ich kann das alles kaum glauben.»

«Sie war ein Kind, Charles. Fünfzehn, hat sie mir erzählt.»

«Er mag sie wirklich sehr, das gebe ich zu.»

«Also was kann es schaden?»

Die Oberschwester zog eine Schublade auf und holte eine Flasche mit einer blassbraunen Flüssigkeit heraus. Sie hielt sie hoch, und er nickte, lehnte aber den Schuss gechlortes Wasser aus der Karaffe auf ihrem Schreibtisch ab.

Er nahm einen Schluck. Er wollte einfach nicht auch noch zu allem Überfluss über dieses neue Problem nachdenken müssen. «Es könnte allen möglichen Ärger nach sich ziehen. Der Mann ist doch nicht ganz bei Sinnen.»

«Er vergöttert sie. Es würde ihn glücklich machen. Und außerdem: Was bleibt ihr übrig? Jetzt, da es jeder weiß, kann sie nicht weiter als Krankenschwester arbeiten. In Australien kann sie nicht bleiben.»

«Ach, kommen Sie schon. Das Land ist groß.»

«Und doch hat jemand sie wiedererkannt, nicht wahr?»

«Ich weiß nicht …»

Die Oberschwester beugte sich über den Schreibtisch. «Sie ist eine gute Krankenschwester, Charles. Ein gutes Mädchen. Denken Sie doch nur mal daran, was sie für Ihre Männer getan hat. Denken Sie an Petersen und Mills. Denken Sie an O'Halloran und seine furchtbaren Druckgeschwüre.»

«Ich weiß.»

«Was würde es schaden? Der Junge hat doch kein Geld, oder? Sie haben gesagt, dass er noch nicht einmal so etwas wie Familie hat.» Sie senkte die Stimme ein wenig. «Sie wissen genauso gut wie ich, wie krank er ist.»

«Und Sie wissen, dass ich mich ganz schön ins Zeug gelegt habe, um genau solche Dinge zu verhindern. Allein der ganze Papierkram, der damit verbunden ist.»

«Sie stehen gut mit den Niederländern. Das haben Sie mir selbst gesagt. Die unterschreiben alles, was Sie ihnen geben.»

«Sind Sie sicher, dass das eine vernünftige Idee ist?»

«Für ihn wäre es Glück, und für sie eine Rettung. Sie könnte dann nach England gehen. Sie würde dort sicher eine großartige Krankenschwester sein. Was kann es schon schaden?»

Charles Baillie seufzte tief. Er stellte sein Glas auf den Schreibtisch ab und wandte sich der Frau ihm gegenüber zu. «Es ist wirklich schwierig, Ihnen eine Bitte abzuschlagen, Schwester Audrey.»

Sie lächelte mit der Befriedigung von jemandem, der weiß, dass er die Schlacht gewonnen hat.

Der Kaplan war ein pragmatischer Mensch. Er war des Schmerzes und des Leids um ihn herum überdrüssig, und es war ein Leichtes, ihn zum Helfen zu überreden. Die junge Frances gehörte zu seinen Lieblingen, und sie würde ein gutes Beispiel für die heilende Wirkung der Ehe abgeben, sagte er sich. Und wenn es der armen Seele an ihrer Seite wenigstens für die letzten Wochen die durchlebten Schrecken erleichterte, dann würde sein Gott das schon verstehen. Die drei gratulierten sich gegenseitig zu dieser Lösung. Ein wenig waren sie auch neugierig, wie ihr Plan wohl von den Betroffenen aufgenommen werden würde. Und so saßen sie noch eine Weile im Büro der Oberschwester und feierten ihren gesunden Menschenverstand mit einem weiteren Drink.

Sie sprachen einen Toast auf Schwester Luke, ihren zukünftigen Ehemann, das Ende des Krieges und sicherheitshalber auch noch auf Churchill. Um kurz nach zehn Uhr gingen sie hinaus zum Zelthospital.

«Sie ist auf Station B», sagte die Schwester, die am Nachtschalter saß und einen Brief las.

«Bei Unteroffizier Mackenzie», sagte die Oberschwester und wandte sich triumphierend an Hauptmann Baillie. «Na also, sehen Sie?»

Sie gingen den sandigen Pfad zwischen den Betten entlang und bemühten sich dabei, keinen der Schlafenden aufzuwecken. Dann zogen sie den Vorhang zur nächsten Station beiseite. Schwester Luke schaute auf, als sie sie hereinkommen hörte. Sie sah sie mit großen, undurchdringlichen Augen an, beugte sich über Alfred «Chalkie» Mackenzies Bett, von dem drei Viertel noch von einem Moskitonetz bedeckt waren, und zog ihm ein weißes Laken über das Gesicht.

Avice schlief, als der Marinesoldat mit zwei neuen Bechern mit heißem Tee zurückkehrte. Er klopfte zweimal, trat ein und durchquerte das Zimmer in vorsichtigen Schritten, um nichts zu verschütten. Er stellte die beiden Becher auf das Tischchen zwischen den Betten. Frances stand bei Avice und erschrak, offenbar hatte sie ihn nicht erwartet. Ihre Wangen färbten sich rosig. Er fand, dass sie erschöpft aussah. Vor einer halben Stunde war er noch versucht gewesen, sie zu berühren. Aber jetzt, da er ihre Worte gehört hatte, wusste er, dass er es nicht tun würde. Er ging zurück zur Tür und stand breitbeinig, mit gestrafften Schultern da, als ob er sich selbst etwas versichern wollte.

«Dr. Duxbury hat mir sein Okay gegeben, ich darf die Krankenstation verlassen», sagte Frances. «Avice wird vermutlich die Nacht hier verbringen. Ich komme vielleicht noch einmal, um nachzusehen, ob es ihr gut geht. Sie sind ein wenig überlastet hier.»

«Geht's ihr gut?»

«Das wird schon», antwortete Frances. «Ich wollte nach Maggie sehen. Wie geht es ihr?»

«Nicht so gut. Das Hündchen ...»

«Oh.» Sie sah erschrocken aus. «Oh nein. Und sie ist ganz alleine?»

«Ich bin sicher, dass sie sich über deine Gesellschaft freuen würde.» Sie hatte immer noch die schmutzigen Kleider an, und er sehnte sich danach, den schwarzen Fleck von ihrer Wange zu wischen. Hinter seinem Rücken ballte er seine Hand zu einer Faust.

Sie trat vor, warf einen kurzen Blick zurück zur schlafenden Avice und sagte in leisem, verschwörerischen Ton: «Ich habe über das nachgedacht, was du gesagt hast. Dass der Krieg uns

Dinge hat tun lassen, auf die wir nicht stolz sind. Bis dahin hatte ich immer gedacht, die Einzige zu sein, die …»

Das hatte er nicht erwartet. Er trat einen Schritt zurück und wagte nicht, etwas zu sagen. Halb wollte er sie anschreien, nicht weiterzusprechen. Halb sehnte er sich nach ihren Worten.

«Ich weiß, dass wir nicht immer … ehrlich miteinander sprechen konnten. Dass es … kompliziert ist und dass andere Verpflichtungen vielleicht nicht immer …» Sie brach ab und schaute zu ihm auf. «Aber ich möchte dir dafür danken. Du hast … ich werde immer froh sein, dass du es mir gesagt hast. Ich werde immer dankbar dafür sein, dass wir uns getroffen haben.» Die letzten Worte kamen hastig heraus, als müsste sie sich zwingen, sie auszusprechen, bevor sie der Mut verließ.

Er fühlte sich plötzlich klein und jämmerlich. «Ja. Tja», sagte er, als er wieder Worte herausbrachte, «es ist immer schön, wenn man einen Freund gewonnen hat.» Schon als er den Mund öffnete, um «Madam» hinzuzufügen, wusste er, dass es gemein war.

«Madam?», wiederholte sie.

Ihr schüchternes Lächeln war verschwunden. Ich hab doch keine Wahl, wollte er sie anschreien. Ich tu das hier doch nur für dich.

Sie sah ihn forschend an. Was sie fand, ließ sie zu Boden blicken.

«Es tut mir leid», sagte er. «Ich muss jetzt gehen. Habe einiges zu tun. Aber … England wird Ihnen gefallen.»

«Danke. Ich habe in den Vorträgen eine Menge darüber gelernt.»

Die Zurechtweisung in ihren Worten war wie ein Schlag. «Hören Sie … ich hoffe, dass Sie sich immer an mich als …» – seine Hände hingen schlapp herunter – «… als Ihren Freund erinnern.» Das Wort hatte noch nie so unschön geklungen.

Sie blinzelte ein wenig zu schnell, und er schämte sich und sah fort.

«Das könnte schwierig werden, Soldat», sagte sie. Ihre Stimme klang scharf vor Schmerz, als sie hinzufügte: «Ich kenne ja noch nicht einmal Ihren Namen.»

Margaret stand auf dem Flugdeck achtern beim Tauwerk. Die Strickjacke spannte sich über ihrer breiten Taille, und mit einem Kopftuch hatte sie ihre Haare vorm Wind zu schützen versucht. Der Himmel war jetzt grau, regensatte Wolken hingen schwer und düster über ihnen. Riesige Albatrosse kreisten über dem Schiff und ritten die thermischen Strömungen so geschickt, dass es beinahe so wirkte, als wären sie mit unsichtbaren Drähten befestigt. Hin und wieder schaute sie hinunter auf das Bündel in ihren Armen, und dann tropften Tränen auf den Wollstoff und hinterließen dunkle, unregelmäßige Punkte. Als sie Frances bemerkte, hätte sie nicht sagen können, wie lange sie schon neben ihr stand.

«Seebestattung», sagte sie. «Ich versuche nur, den Mut zu finden, es auch wirklich zu tun, weißt du?»

«Es tut mir so leid, Maggie.» Frances' Blick war traurig. Zaghaft streckte sie die Hand nach Margaret aus.

Margaret wischte sich mit der Handfläche die Augen. Sie schüttelte den Kopf und stieß einen verzweifelten Laut aus, weil sie spürte, dass sie sich nicht mehr im Griff hatte.

Himmel und Ozean schienen miteinander zu verschmelzen; die dunkle, abweisende See wurde am fernen Horizont ein wenig heller. Es war, als ob sie ins Nichts segelten.

Ein wenig später, noch lange bevor sie sich dazu bereit fühlte, trat Margaret vor. Sie zögerte einen Augenblick und presste den kleinen Körper eng an sich.

Dann bückte sie sich und ließ das kleine Bündel ins Meer fallen.

Sie hielt sich an der Reling fest. Ihre Knöchel waren ganz weiß. Der Ozean wirkte plötzlich allzu weit und unendlich, es schien ihr, als sei die Seebestattung eher ein kalter Verrat als ein friedliches Ende. Ihre Arme fühlten sich so schrecklich leer an.

Neben ihr zeigte Frances stumm auf die See.

Die beigefarbene Strickjacke war noch gerade eben sichtbar, ein winziger, blasser Fleck. Dann tauchte sie unter die Gischt einer Welle. Noch eine Weile standen sie schweigend nebeneinander, ließen sich die Kleider vom Wind an den Rücken pressen und beobachteten, wie die Heckwelle der *Victoria* schäumte, stieg, sich teilte und verschwand.

«Sind wir verrückt gewesen, Frances?», fragte sie schließlich.

«Was?»

«Was zum Teufel haben wir getan?»

«Ich weiß nicht, was …»

«Wir haben alles zurückgelassen, all die Menschen, die wir lieben, unsere Heimat, unsere Sicherheit. Und wofür? Um angegriffen und als Flittchen gebrandmarkt zu werden wie Jean? Damit die verdammte Marine in unserer Vergangenheit wühlt, als wären wir Verbrecher? Um all das hier zu überstehen und dann zu hören, dass wir nicht kommen sollen? Weil es nämlich keine Garantie gibt, nicht wahr? Es gibt keinerlei Sicherheit, dass diese Männer und ihre Familien uns wirklich wollen, oder?»

Ihre Stimme wurde vom Wind fortgetragen.

«Was zum Teufel weiß ich über England? Was weiß ich wirklich über Joe oder seine Familie? Über Babys? Ich kann mich doch noch nicht einmal um meinen verdammten Hund kümmern …» Sie ließ den Kopf sinken. «Weißt du … ich glaube, ich habe einen schrecklichen Fehler begangen. Irgendeine dumme Vorstellung hat mich davongetragen, vielleicht wollte ich auch nur dem ständigen Gekoche und Geputze für Dad und die Jungs entfliehen. Und jetzt stehe ich hier, und alles, was ich will, ist meine Familie. Ich will meine Familie zurück, Frances. Ich will meine Mum.» Sie weinte jetzt bitterlich. «Und ich will meinen Hund.»

Sie spürte, wie Frances ihre dünnen, starken Arme um sie schlang. «Nein, Maggie, nein. Alles wird gut. Du hast einen Mann, der dich liebt. Der dich wirklich liebt. Joe ist ein echter Hauptgewinn, Maggie. Sogar ich weiß das. Und vor dir liegt ein wunderbares Leben, weil es nämlich ganz unmöglich ist, dich nicht zu lieben. Und du wirst ein hübsches Baby bekommen und ihn oder sie mehr lieben, als du es dir jemals vorstellen konntest. Oh, wenn du nur wüsstest, wie sehr ich …»

Frances' Gesicht verzerrte sich. Ein krampfhaftes Schluchzen entrang sich ihrer Brust, begleitet von einem unerschöpflichen Strom von Tränen. Die Umarmung, mit der sie Margaret hatte trösten wollen, wurde zu einem Versuch, sich selbst zu trösten. Sie wollte sich entschuldigen, sich zusammenreißen, aber sie konnte einfach nicht aufhören.

Margaret hielt sie erschrocken fest. «He, na komm», sagte sie schwach. «Na komm schon, Frances, komm schon … na komm, das sieht dir doch gar nicht ähnlich …» Sie streichelte ihr Haar, das seit der vergangenen Nacht immer noch zurückgesteckt war. Das muss der Schock sein, dachte Margaret und hatte den Anblick der beiden Mädchen vor Augen, wie sie in das aufgewühlte Meer fielen. Ihr war fast übel vor schlechtem Gewissen. Sie hatte gar nicht gefragt, wie es Frances ging. Sie hielt sie in stummer Abbitte fest und wartete, dass der Sturm vorüberzog.

«Du hast recht. Alles wird gut», murmelte sie und streichelte Frances' Haar. «Vielleicht wohnen wir sogar in der Nähe, nicht wahr? Und du schreibst mir, Frances. Ich habe dort doch niemanden, und von Avice hat man ungefähr so viel wie von einer Teekanne aus Schokolade. Du bist doch alles, was ich habe ...»

«Ich bin nicht die, für die du mich hältst.» Frances weinte jetzt so laut, dass sie Aufmerksamkeit auf sich zog. Eine kleine Gruppe Matrosen stand am anderen Ende des Flugdecks. Sie rauchten und schauten zu ihnen herüber. «Ich weiß nicht einmal, wo ich da anfangen sollte ...»

«Ach komm, wir sollten diese Sache jetzt wirklich hinter uns lassen.» Margaret wischte sich selbst die Tränen aus den Augen. «Sieh mal, ich finde, dass du ein großartiges Mädchen bist. Ich weiß, was ich wissen muss, und ein bisschen etwas von dem, was ich nicht wissen muss. Und ich sag dir was: Ich finde immer noch, dass du ein großartiges Mädchen bist. Und sieh bloß zu, dass wir in Kontakt bleiben.»

«Du bist ... sehr ... freundlich.»

«Du wolltest wohl rund sagen, oder?»

Frances musste lächeln.

«Also, Mädchen», sagte Margaret entschlossen. «Werd jetzt bloß nicht rührselig. Nicht ausgerechnet du.»

«Oh, Maggie ... ich bin so ...»

«Nein», sagte sie. «Das hier ist ein neuer Anfang für uns, Frances. Alles wird neu sein. Und wie du gesagt hast, alles wird gut. Dafür werden wir schon sorgen.» Sie drückte Frances an sich, als sie über das riesige Deck gingen. «Weil das alles nicht umsonst sein kann, nicht wahr? Wir sorgen schon dafür, dass es gut wird.»

Die Männer arbeiteten immer noch, als sie nach dem Abendessen in die Kabine hinuntergingen; sie schrubbten, polierten, lackierten und murrten dabei. Man konnte ihre Gespräche noch in den Fluren hören, obwohl auch die Bräute aufgeregt schnatterten und ihre Habseligkeiten zusammensuchten. Was das sollte, beschwerten sich die Männer. Das Schiff würde ohnehin abgewrackt werden. Warum konnte dieser verdammte Highfield ihnen nicht einmal einen Tag Pause gönnen? Wusste er denn nicht, dass der Krieg vorbei war? Frances fühlte sich trotz allem getröstet: Sie hatte ihn seit dem Brand nicht mehr gesehen, und aus den Gesprächen der Matrosen konnte sie heraushören, dass es ihm gut gehen musste.

Als sie durch die Luke in den Flur traten, in dem ihre Kabine lag, hoffte sie tief in ihrem Inneren, dass der Marinesoldat dort stehen würde. Dass er auf dem Flur wäre und ihr einen heimlichen Blick zuwerfen würde.

Aber der Flur war leer, ebenso wie der Flur darüber, abgesehen von ein paar Frauen, die hin und her liefen und sich gegenseitig ihre Garderobe für den Landgang vorführten. Vielleicht war es besser so. Sie spürte, dass ihre Gefühle in ihr brodelten, als ob die Hysterie und die ängstliche Erwartungsstimmung, die im Schiff herrschten, auch sie angesteckt hätten.

«Guten Abend, Mrs. Mackenzie.» Das war Duxbury, der einen cremefarbenen Leinenanzug trug. «Ich habe gehört, dass wir Sie vermutlich später auf der Krankenstation sehen. Schön, dass Sie jetzt im Dienst sind.» Er tippte an seinen Hut und ging pfeifend davon. Es klang wie «Frankie und Johnny».

Mrs. Mackenzie. Schwester Mackenzie. Es hatte keinen Sinn, sich zu wünschen, dass die Dinge anders wären, sagte sie sich und half Margaret in den kleinen Raum.

Sie hatte Margaret etwa um halb zehn Uhr im Schlafraum allein gelassen. Die Trauer und die Anstrengungen der Schwangerschaft hatten sie in einen tiefen Schlaf versetzt. Sie ging den stillen Flur entlang. Ihre weichen Sohlen machten kaum ein Geräusch, als sie an den verschlossenen Türen vorbeiging. In den anderen Kabinen roch es in dieser Nacht nach Gesichtscreme, und an den Wänden hingen die sorgfältig gewaschenen Kleider. Die meisten schliefen unruhig, nicht nur, weil sie aufgeregt waren, sondern auch, weil sie auf Lockenwicklern und pikenden Haarnadeln lagen. In unserer kleinen Kabine ist das anders, dachte Frances. Margaret hatte versucht, sich die Haare in Wellen zu stecken, das Unterfangen dann aber fluchend aufgegeben. Wenn er sie nicht wollte, so wie sie war, hatte sie gesagt, dann würde ihn auch eine Frisur wie die der verdammten Shirley Temple nicht davon abhalten, sie zu verlassen.

Frances trug ebenfalls keine Lockenwickler. Ihre Gedanken waren so dunkel wie das Meer draußen, und sie versuchte, wie ein Seemann die Luken zu schließen, damit all das, über das sie nicht nachdenken wollte, draußen blieb. Sie stieg die Treppen zur Krankenstation hinauf und nickte einem Matrosen zu, der mit einem Paket unter dem Arm an ihr vorbeieilte.

Sie hörte den Gesang, noch bevor sie die Krankenstation erreichte. Sie lauschte, um herauszufinden, woher er kam. Dem heiseren Klang der Stimmen und den Liedtexten nach zu urteilen, schien Dr. Duxbury mit den Männern Musicalsongs zu singen. Die etwas missratenen Harmonien ließen darauf schließen, dass die Krankenstation vielleicht ein bisschen weniger sterilen Alkohol in ihrem Vorrat hatte als am Tag zuvor. Früher hätte sie ihn möglicherweise gemeldet – oder wäre selbst hineingegangen, um sich zu beschweren. Jetzt aber blieb sie stumm. Sie würden nur noch ein paar Stunden an Bord sein. Auch das

Schiff würde es nicht mehr lange geben. Wer war sie, zu beurteilen, ob die Männer trinken durften oder nicht?

Das Lied endete in einem melancholischen Summen. Frances trat leise in die improvisierte Frauen-Krankenstation und sah im schwachen Licht, dass das Mädchen blass und bewegungslos dalag.

Für Avice war das Schlimmste jetzt vorüber. Sie schlief und wirkte ganz klein. Das Laken und die raue Marinewolldecke hatte sie sich bis zum Kinn hochgezogen. Sie runzelte die Stirn, als ob sie sich noch im Schlaf über die Zukunft Sorgen machte.

Frances schaltete das Licht nicht ein und setzte sich auf den kleinen Stuhl, der neben Avice' Bett stand. Hier blieb sie eine Weile und starrte die Pappkisten um sie herum an, lauschte dem Gesang, der wieder eingesetzt hatte, wenn er auch immer wieder von Husten unterbrochen wurde – oder von Dr. Duxbury, der eine andere Version der Melodie vorschlug. Darunter hörte sie das Brummen der Maschinen, schwächer und weniger dynamisch als zuvor, und stellte sich vor, wie die schwitzenden Heizer fluchend versuchten, das widerspenstige Schiff in den Hafen zu bugsieren. Sie dachte an den Steuermann, den Funker, den Wachdienst und an all die anderen, die auf dem riesigen Schiff immer noch wach waren und an die Rückkehr zu ihren Familien und all die Veränderungen dachten, die vor ihnen lagen. Sie dachte an Kapitän Highfield, der in seinen großzügigen Räumen über ihnen residierte und wusste, dass es vermutlich die letzte Nacht sein würde, die er auf See verbrachte. Uns alle erwarten große Herausforderungen, hatte er ihnen gesagt.

Ich muss versuchen, das Gefühl wiederzufinden, das ich hatte, als ich zum ersten Mal den Fuß an Bord dieses Schiffes gesetzt habe, sagte sie sich. Diese Erleichterung und freudige Erwartung. Ich muss vergessen, dass es ihn jemals gab. Stattdessen würde sie Chalkie jeden einzelnen Tag für das danken, was er ihr geschenkt hatte.

Das war das mindeste, was sie unter diesen Umständen tun konnte.

Sie war schon fast eingeschlafen, als sie das Geräusch hörte. Ein Husten, das so leise war und kaum in ihr Bewusstsein drang, dass sie später nicht mehr genau wusste, warum es sie geweckt hatte. Sie öffnete ein Auge und sah hinüber zu Avice' dunklem Umriss. Aber Avice rührte sich nicht.

Sie setzte sich auf und lauschte.

Noch ein Husten. Die Art Husten, die um Aufmerksamkeit heischt. Sie glitt von ihrem Stuhl und ging durch den Raum. «Frances», sagte eine Stimme so leise, dass nur sie sie hören konnte. Und dann noch einmal. «Frances.»

Kurz glaubte sie, noch immer zu schlafen. Nebenan sang Dr. Duxbury «Danny Boy». Er brach ab und schluchzte geräuschvoll. Die anderen trösteten ihn.

«Du solltest nicht hier sein», murmelte sie und tat einen Schritt nach vorn. Sie öffnete die Tür nicht. Sie alle hatten die strenge Anweisung, in dieser Nacht keinen Kontakt zu den Passagieren des jeweils anderen Geschlechts zu haben. Offenbar fürchtete der Oberste Offizier, dass in dieser letzten Nacht die Atmosphäre ganz besonders aufgeheizt sein könnte.

Einen Moment lang sagte er nichts. Dann begann er: «Ich wollte nur nachsehen, ob es dir gut geht.»

Sie schüttelte verständnislos den Kopf und atmete langsam aus. «Es … geht mir gut.»

«Was ich gesagt habe … ich wollte nicht …»

«Bitte mach dir keine Sorgen.» Sie wollte diese Unterhaltung nicht noch einmal führen müssen.

«Ich wollte dir sagen … ich bin froh. Ich bin froh, dich getroffen zu haben. Und ich wünschte … ich wünschte …» Eine lange Pause entstand. Ihr Herz klopfte.

Der Gesang hatte aufgehört. Irgendwo draußen im Kanal tutete ein Nebelhorn. Sie stand in der Dunkelheit und wartete darauf, dass er weitersprach. Dann begriff sie, dass die Unterhaltung beendet war. Er hatte alles gesagt, was er sagen wollte.

Frances wusste kaum, was sie tat, als sie nah an die Tür herantrat. Sie legte die Wange daran und wartete still, bis sie hörte, worauf sie gewartet hatte. Dann trat sie einen Schritt zurück und öffnete die Tür.

Im trüben Licht vor der Krankenstation waren seine Augen beschattet, sein Blick undurchdringlich. Sie schaute zu ihm auf und wusste, dass sie diesen Mann zum letzten Mal sah. Sie versuchte mit aller Kraft, ein Schicksal zu akzeptieren, das sie am liebsten verflucht hätte. Sie durfte ihn nicht wollen. Sie musste sich das immer wieder sagen, obwohl jede einzelne Zelle ihres Körpers das Gegenteil schrie.

«Nun.» Ihr zitterndes, strahlendes Lächeln brach ihm fast das Herz. «Danke. Danke, dass du nach mir siehst. Nach uns, meine ich.»

Frances erlaubte sich einen letzten Blick. Dann, obwohl sie nicht genau wusste, warum, streckte sie ihm ihre Hand hin. Er zögerte nur einen winzigen Moment und nahm sie. Sie schüttelten sich feierlich die Hand und konnten den Blick nicht voneinander wenden.

«Zeit, ins Bett zu gehen, Jungs. Morgen müssen wir frisch sein!»

Sie starrten sich an. Vincent Duxburys Stimme wurde lauter, als sich die Tür zur Krankenstation öffnete und ein Rechteck aus Licht in den Flur warf. «Nach Hause, Jungs! Morgen seid ihr zu Hause! ‹Home, home on the range …›»

Sie zog ihn in das kleine Zimmer und schloss leise die Tür hinter ihnen. Sie standen nur wenige Zentimeter voneinander entfernt und hörten, wie die Männer in den Flur traten. Sie schlugen einander freundschaftlich auf den Rücken, jemand hustete gequält.

«Ich muss Ihnen mitteilen», sagte Dr. Duxbury, «dass Sie wahrhaftig die anständigsten Männer sind, die ich je das Vergnügen hatte zu … ‹My merry band of brothers› …» Seine Stimme schallte durch den Flur. Die anderen stimmten schräg ein.

Sie war ihm so nah, dass sie seinen Atem spüren konnte. Ihr Körper war ganz steif; ihre sonst so kühle Haut glühte.

Wenn sie nicht genau in diesem Augenblick zu ihm hochgeschaut hätte, hätte er es vielleicht nie getan. Aber sie sah ihn direkt an, mit leicht geöffneten Lippen, so als ob sie ihn etwas fragen wollte. Sie legte ihre Hand auf die Narbe über seiner Braue und fuhr sie mit den Fingerspitzen nach. Statt vor ihr zurückzuweichen, wie er es vorgehabt hatte, hob er seine Hand und berührte die ihre, und dann umschloss er sie mit seinen Fingern.

Die Männer draußen auf dem Flur sangen jetzt lauter und begannen sich dann zu unterhalten. Jemand fiel zu Boden. In der Ferne ein gedämpftes «He da!» und die entschlossenen Schritte eines Vorgesetzten.

Nicol hörte es kaum. Stattdessen hörte er, wie sie schwach ausatmete, spürte, wie ihre Fingerspitzen leicht bebten. Seine Hand brannte, als er die ihre über sein Gesicht führte. Er spürte keinen Schmerz, nicht einmal dort, wo sie wunde und verletzte Stellen berührte. Und dann presste er ihre Hand fest gegen seine Lippen.

Sie seufzte tief. Dann zog sie ihre Hand zurück, und ihr Mund näherte sich seinem. Sie hielt seine Hände so fest gepackt, als wollte sie sie nie wieder loslassen.

Es war süß, zu süß, um unanständig zu sein. Nicol hätte sie am liebsten aufgesogen, sie ausgefüllt, umhüllt, sie in sein Selbst aufgenommen. Ich wusste es!, jubelte ein Teil von ihm. Ich kenne sie! Als ihm die Hitze seines eigenen verzweifelten Verlangens bewusst wurde, spürte er flüchtig einen Anflug von Gefahr, etwas Verurteilendes, und er wusste nicht recht, ob es sich gegen ihn oder gegen sie richtete. Aber dann öffnete er die Augen, und sein Blick versank in ihrem, und in der unendlich schmerzvollen Sehnsucht, die er darin sah, lag etwas so schockierend Ehrliches, dass es ihm den Atem verschlug. Und als er sein Gesicht dem ihren näherte, war sie es, die zurückwich. Sie hob die Hand zu ihren Lippen und wandte den Blick nicht von ihm. «Es tut mir leid», flüsterte sie. «Es tut mir so leid.» Sie warf einen kurzen Blick auf Avice, die immer noch schlief, und legte flüchtig ihre Hand an seine Wange, als ob sie sich seinen Anblick und seine Konturen einprägen wollte.

Dann war sie verschwunden.

Die Zeremonie fand um kurz vor halb zwölf am Dienstagabend statt. Unter anderen Umständen wäre es eine wunderschöne Nacht für eine Hochzeit gewesen: Der Mond hing tief und riesig am tropischen Himmel und badete das Lager in ein märchenhaft bläuliches Licht, die Brise flüsterte leise in den Palmen und verschaffte ein wenig Kühlung.

Neben dem Brautpaar waren nur noch drei Menschen zugegen: der Kaplan, die Oberschwester und Kapitän Baillie. Die Braut saß während der gesamten Zeremonie neben dem Bräutigam. Der Geistliche bekreuzigte sich danach mehrmals und betete, das Richtige getan zu haben. Die Oberschwester beruhigte den Kapitän, der ebenfalls seine Zweifel hatte, und versicherte ihm, dass ihm dieser kleine Akt unter den gegenwärtigen Umständen keine Gewissensbisse verursachen sollte.

Die Braut saß mit gesenktem Kopf da und hielt die Hand des Mannes neben ihr, fast als wolle sie sich entschuldigen. Am Ende der Andacht bedeckte sie ihr blasses Gesicht mit den Händen und saß eine Weile ganz still da, bis sie wieder aufschaute und nach Luft rang, wie ein Schwimmer, der aus dem Wasser auftauchte.

«Sind wir fertig?», fragte die Oberschwester, die von allen am gelassensten wirkte.

Der Kaplan runzelte die Stirn, sah zu Boden und nickte.

«Schwester?» Die junge Braut öffnete die Augen. Sie schien die anderen nicht anschauen zu können – vielleicht wollte sie es auch nicht.

«Gut», sagte Audrey Marshall, schaute auf ihre Armbanduhr und griff nach ihren Notizen. «Todeszeitpunkt elf Uhr vierundvierzig.»

Als der Flugzeugträger *Victorious* letzte Nacht Plymouth erreichte … waren einige Mädchen so begierig, einen ersten Blick auf Großbritannien zu werfen, dass sie sich gegen ein Geländer drängten, das daraufhin nachgab. Zwanzig von ihnen fielen zweieinhalb Meter tief auf das darunter liegende Deck. Zum Glück wurde niemand verletzt.

Eine Braut konnte die allgemeine Freude nicht teilen. Sie musste am Ende ihrer 21 000 Kilometer langen Reise erfahren, dass ihr Ehemann, der sie hätte abholen sollen, nach einem Flugunglück vermisst gemeldet worden war.

Daily Mirror, London, Mittwoch, 7. August 1946

KAPITEL 24

Acht Stunden bis Plymouth

Eine Marineuniform ist ein merkwürdiges Ding, wenn sie nicht von einem Menschen getragen wird. Sie besteht aus dickem, dunklem Stoff, ist mit Paspeln besetzt, hat Messingknöpfe und kann von Paraden und den Mühen erzählen, die es braucht, um sie zu pflegen. Sie kann von Disziplin, Regeln und festen Tagesabläufen berichten. Je nachdem, wie viele Streifen und Abzeichen daran geheftet sind, spricht sie auch von Auseinandersetzungen. Sie erzählt eine Geschichte: von geschlagenen und gewonnenen Schlachten, von Opfern, die erbracht wurden. Von Mut und Angst.

Aber sie weiß nichts vom Leben. Highfield starrte seine Uniform an, die sein Steward sorgfältig gebügelt hatte. Sie war in Seidenpapier gehüllt und bereit für ihren letzten Auftritt am nächsten Tag, wenn die *Victoria* in Plymouth anlegen würde.

Was sagt diese Uniform über mich aus?, überlegte er und strich mit der Hand über den Ärmel. Erzählt sie von einem Mann, der nur im Krieg wusste, wer er war? Oder von jemandem, der jetzt erst begreift, dass er das, wovor er sein ganzes Leben geflohen ist, nämlich Intimität und Menschlichkeit, immer vermisst hat?

Highfield wandte sich der Seekarte zu, die gefaltet auf seinem Tisch lag, beschwert von einem Zirkel. Daneben stand sein fast fertig gepackter Koffer. Er musste nicht zu tief in den sorgfältig gefalteten Kleidern wühlen, bis er den Rahmen fand, der die letzten sechs Monate mit dem Bild nach unten in seiner Schublade gelegen hatte. Jetzt zog er ihn hervor und entfernte das Seidenpapier, in das Rennick ihn umsichtig eingeschlagen hatte. Es war das silbergerahmte Foto eines jungen Mannes, der den Arm um eine lächelnde Frau gelegt hatte. Sie versuchte mit der Hand, den Wind daran zu hindern, ihr das dunkle Haar ins Gesicht zu wehen.

Es würde ihn zum Mann machen, hatte er seiner Schwester gesagt. Die Marine machte Jungen zu Männern. Er würde sich um ihn kümmern. Er starrte das Foto des jungen Mannes an, der ihn anlächelte. Dann schob er die Seekarte ein wenig beiseite und stellte den Rahmen aufrecht auf den Tisch. Er würde ihn bis zuletzt stehen lassen.

Sie waren nur noch einige Stunden von Plymouth entfernt. Wenn die Frauen erwachten, würde das Schiff sich bereit machen, sie in ihr neues Leben zu entlassen. Morgen, sobald die ersten Pfiffe ertönten, würde das Schiff vor Geschäftigkeit nur so brummen: Endlose Listen würden geprüft und abgehakt werden, Männer und Frauen nach ihren Koffern anstehen, und dann würden die üblichen Prozesse und Zeremonien ablaufen, die vonnöten waren, um ein großes Schiff in den Hafen zu bringen. Er hatte all das schon oft erlebt, die Aufregung, die nervöse Vorfreude der Männer, die es kaum erwarten konnten, von Bord zu gehen. Nur dass diesmal der Krieg vorüber war. Diesmal wussten sie, dass ihr Landgang sicher, ihre Rückkehr für immer war.

Sie würden von Bord gehen und sich umarmen lassen, sie würden dabei Tränen vergießen und die Augen dankbar schließen, und die Kinder würden aufgeregt um sie herumhopsen. Sie würden zu Fuß fortgehen oder in lärmenden Autos davonfahren zu Häusern, die vielleicht immer noch so waren, wie sie sie in Erinnerung hatten – oder auch nicht. Wenn sie Glück hatten, würden sie das Gefühl haben, es habe sich eine Lücke geschlossen.

Aber nicht jeder würde dieses Glück haben. Er hatte es schon erlebt, dass Verwandte zum Schiff gekommen waren, obwohl sie längst das gefürchtete Telegramm erhalten hatten, unfähig oder unwillig zu akzeptieren, dass ihr John oder Robert oder Michael nie mehr heimkommen würde. Man konnte sie in der Menge immer erkennen. Sie hatten den Blick auf die Gangway geheftet, in den Händen hielten sie Handtaschen oder Zeitungen und hofften, dass es sich um eine Verwechslung handelte.

Und dann waren an Bord noch solche wie er selbst. Jene, deren Heimkehr nicht von Jubel begleitet wurde und die sich unauffällig durch das Gedränge der wiedervereinigten Familien schoben, um vielleicht irgendwo von Verwandten in Empfang genommen zu werden, die sie aus Mitleid abholten. Aus Pflichtgefühl.

Highfield starrte die Uniform an, die er morgen zum allerletzten Mal tragen würde. Dann zog er einen Stuhl hervor, setzte sich an seinen Schreibtisch und begann zu schreiben.

469

Liebe Iris,

ich habe Neuigkeiten für dich. Ich komme nicht nach Tiverton.
Bitte richte Lord Hamworth meine Entschuldigung aus und sage
ihm, dass ich ihn gern für die finanziellen Aufwendungen ent-
schädige, die meine Entscheidung für ihn bedeutet.
Ich habe nach einiger Überlegung entschieden, dass das Leben an
Land nichts für mich ist ...

Nicol wusste nicht, wohin er sich sonst wenden sollte. Noch um Viertel vor eins in der Nacht war die Messe voller lärmender Männer, die aufgeregt waren und zu viele Extrarationen Alkohol zu sich genommen hatten. Sie holten die Fotos aus ihren Spinden und packten sie in übervolle Seesäcke, und dabei sprachen sie darüber, was sie zuerst tun würden. Wenn die Frau jemanden gefunden hatte, der auf die Kinder aufpasste ... Er wollte nicht bei ihnen sitzen, er würde mit ihren gutmütigen Neckereien nicht umgehen können. Er wollte allein sein, um zu verarbeiten, was geschehen war.

Er konnte sie noch immer schmecken. Sein Körper war angespannt, voller schmerzhafter Dringlichkeit. Hasste sie ihn? Hielt sie ihn für keinen Deut besser als Tims oder einen der anderen? Warum hatte er ihr das angetan, nachdem sie Wochen, ja Jahre damit verbracht hatte, Männer zu verachten, die sie nur auf diese Weise sahen?

Er hatte nicht erwartet, auf dem Flugdeck jemanden anzutreffen.

Der Kapitän stand am Vorderdeck vor der Brücke. Er trug nur ein Hemd und trotz des Windes keine Mütze. Nicol hielt noch in der Tür inne und machte sich schon zum Rückzug bereit, als Highfield ihn bemerkte. Nicol konnte nicht mehr so tun, als hätte er ihn nicht gesehen.

«Die Wache schon beendet?»

Nicol trat vor und stellte sich neben den Kapitän. Es war kalt hier draußen. Zum ersten Mal, seit sie Australien verlassen hatten, fror er. «Ja, Sir. Heute Nacht sollen wir keine Wache mehr halten.»

«Sie haben vor Schwester Mackenzies Kabine Wache gestanden, nicht wahr?»

Nicol schaute jäh auf. Aber der Blick des Kapitäns war wohlwollend und nachdenklich. «Jawohl, Sir.»

Er konnte einfach nicht glauben, dass sie wirklich angeekelt war von ihm. Ihre kühlen Hände hatten ihn zu sich hingezogen, nicht von sich weggestoßen. Nicol war fast schwindelig vor Ungewissheit. Wie konnte ich das nur tun, nach allem, was Fay mir angetan hat?

Der Kapitän hatte die Hände tief in den Hosentaschen vergraben. «Es geht ihnen allen gut, oder? Ich habe gehört, dass zwei von ihnen auf der Krankenstation waren.»

«Alles in Ordnung, Sir.»

«Gut. Gut. Wo ist Duxbury?»

«Er ist … äh … ich glaube, dass er gerade ein Nickerchen hält, Sir.»

Der Kapitän sah ihn kurz von der Seite an, erkannte etwas in Nicols Gesicht und gab ein leises, aber eindeutiges Räuspern von sich.

«Sind Sie verheiratet, Nicol? Ich weiß nicht mehr genau, was mir Dobson erzählt hat.»

Nicol schwieg. Er starrte in die Ferne zu der Linie, die die schwarze See vom Himmel trennte. An der Stelle, wo die Wolkendecke aufriss, konnte man ein paar Sterne sehen. Kurz leuchtete der Mond auf. «Nein, Sir», sagte er. «Nicht mehr.»

Er bemerkte den fragenden Blick des Kapitäns.

«Freuen Sie sich nicht zu sehr über Ihre Freiheit, Nicol. Die Abwesenheit von Verantwortung, von Bindungen … das kann ein zweischneidiges Schwert sein.»

«Das beginne ich gerade zu verstehen, Sir.»

Sie standen eine Weile kameradschaftlich schweigend da. Nicols Gedanken strudelten wie die See, auf seiner Haut prickelte es, wenn er an die Frau unter Deck dachte. Was hätte ich tun sollen?, fragte er sich immer wieder. Was soll ich tun?

Highfield machte einen Schritt auf ihn zu. Er zog eine Zigarrenschachtel aus der Tasche und bot Nicol eine an. «Zur Feier des Tages», sagte er. «Meine letzte Nacht als Kapitän. Meine letzte Nacht nach dreiundvierzig Jahren in der Marine.»

Nicol nahm die Zigarre und ließ es zu, dass der alte Mann sie anzündete, indem er die andere Hand schützend davorhielt.

«Sie werden es sicher vermissen, Sir. Hier draußen.»

«Nein, das werde ich nicht.»

Überrascht wandte sich Nicol zu ihm um.

«Ich werde so schnell wie möglich wieder in See stechen», sagte Highfield. «Vielleicht kann ich Handelsschiffe bemannen, so etwas. Ich habe gehört, dass es da großen Bedarf gibt.»

«Haben Sie nicht das Gefühl, dass Sie sich die Zeit an Land verdient haben, Sir?»

Der Kapitän blies den Rauch aus. «Ich bin nicht sicher, Nicol, ob ich überhaupt weiß, wie man an Land lebt. Jedenfalls nicht für länger.»

Irgendwo unter ihren Füßen knirschten die zusammengenieteten Metallplatten, aus denen das Flugdeck der *Victoria* bestand. Die beiden Männer blickten über die frisch gestrichene Oberfläche, die abgetrennten Bereiche, wo die Innereien des Schiffes offen unter dem Nachthimmel lagen. Ihre Gedanken schweiften zum Motor, der nur noch mühsam stotternd arbeitete. Die *Victoria* zog eine abgerissene Spur Gischt hinter sich her, wo eigentlich eine breite, gleichmäßige Linie hätte sein sollen. Das Schiff wusste es. Sie beide spürten es.

Kapitän Highfield zog an seiner Zigarre. Obwohl er nur ein Hemd trug, schien ihm nicht kalt zu sein. «Wussten Sie, dass sie im Pazifik gedient hat?»

«Die *Victoria*?»

«Ihr Schützling. Schwester Mackenzie.»

«Sir.» Was tat sie gerade? Dachte sie an ihn? Er hörte kaum, was der Kapitän sagte.

«Mutige Frau. Eigentlich sind sie alle mutig. Denken Sie nur mal. Morgen um diese Zeit wissen sie, wo ihre Zukunft liegt …»

Bei diesem Mann, bei dem Mann, den Nicol hassen wollte, den er für die simple Tatsache verachten wollte, dass er Anspruch auf sie hatte. Aber wie sie ihn beschrieben hatte – wie konnte er einen sanften, liebevollen Soldaten hassen? Wie konnte er einen Mann verachten, der sogar auf dem Krankenbett ein besserer Ehemann war, als er selbst es jemals gewesen war …?

Nicols Kopf fühlte sich fiebrig heiß an, trotz der kühlen Nachtluft. Er musste gehen, um irgendwo allein zu sein. Irgendwo.

«Sir, ich …»

«Armes Mädchen. Sie ist die zweite an Bord, wissen Sie.»

Seine Haut brannte. Plötzlich verspürte er den Drang, ins kalte Wasser zu springen.

«Die zweite was, Sir?»

«Witwe. Gestern habe ich ein Telegramm für eines der Mädchen auf Deck B bekommen. Das Flugzeug ihres Ehemanns ist in Suffolk abgestürzt. Bei einem Übungsflug, unglaublich, oder?»

«Der Ehemann von Mrs. Mackenzie ist gestorben?» Nicol

erstarrte. Er spürte Gewissensbisse, als ob er selbst diesen Tod herbeigeführt hätte.

«Mackenzie? Nein, nein, er … der ist schon vor einer ganzen Weile gestorben. Schon damals im Pazifik. Wirklich eine merkwürdige Entscheidung, Australien ohne ein echtes Ziel zu verlassen. Aber so ist es eben im Krieg.» Er hob das Gesicht, als könnte er die Nähe des Festlands riechen.

Verwitwet?

«Jetzt sehen Sie sich das an. Es lohnt sich ja gar nicht mehr, noch ins Bett zu gehen. Kommen Sie, Nicol, nehmen Sie einen Drink mit mir.»

Verwitwet? Warum hatte sie es ihm nicht gesagt? Warum hatte sie das verschwiegen? «Nicol? Was mögen Sie? Vielleicht ein Glas Scotch?»

«Sir?» Er schaute zur Luke und wollte plötzlich dringend zu ihrer Kabine, um ihr zu sagen, was er wusste. Warum habe ich ihr nicht die Wahrheit gesagt?, dachte er. Sie hätte sich ihm vielleicht anvertraut. Plötzlich verstand er, dass sie wahrscheinlich geglaubt hatte, dass der Status als verheiratete Frau ihr den einzigen Schutz bot, den sie jemals gehabt hatte.

«Ihr Pflichtgefühl ist bewundernswert, junger Mann, aber diesmal ist es ein Befehl. Entspannen Sie sich ein wenig.»

Nicol spürte, wie er sich in Richtung Luke neigte. «Sir, ich möchte wirklich …»

«Kommen Sie schon, Soldat, seien Sie so nett.» Er wartete, bis er sich sicher war, dass Nicol mitkam. Dann warf er ihm einen schlauen, verschwörerischen Blick zu und lächelte. «Außerdem, wie soll das kleine Hündchen denn schlafen, wenn es ständig Ihrem Geschlurfe vor der Tür lauschen muss?»

Er wandte sich um und sah, dass Highfield ihm scherzhaft mit dem Finger drohte. «Mir entgeht wenig, Nicol. Ich stehe vielleicht schon kurz vor der Pension, aber eins sage ich Ihnen: Es gibt nicht viel auf diesem Schiff, wovon ich nichts weiß.»

Als er die Räume des Kapitäns endlich verlässt, ist es schon zu spät, sie aufzuwecken. Aber das ist ihm jetzt egal: Er weiß, dass er Zeit hat. Sein Magen ist voller Whisky, und in seinem Kopf hallt immer dieses Wort wider. Er blinzelt in das allzu leuchtende Blau des Himmels und geht über das Flugdeck. Beim Hangardeck verlangsamt er seine Schritte. Als er den Frauenbereich erreicht, bleibt er stehen und genießt die Stille der Morgendämmerung, das Schreien der Möwen, die über der Bucht von Plymouth kreisen, das Geräusch der Heimat.

Er starrt die Tür an und ist plötzlich von unendlicher Liebe für das rechteckige Stück Metall erfüllt. Dann, nach kurzem Zögern, dreht er sich um, legt die Hände hinter dem Rücken zusammen und stellt sich draußen hin, die Füße fest auf dem verrußten Boden. Er blinzelt ein wenig, ist noch benommen vom Alkohol und den Zigarren.

Er ist der einzige Marinesoldat, der morgen früh eine ungebügelte und nicht abgebürstete Uniform tragen wird. Er ist der einzige Soldat, der auf dem gesamten Hangardeck im Dienst ist, und er strahlt einen gewissen Besitzerstolz aus, gemischt mit unaussprechlicher Erleichterung.

655 australische Bräute britischer Matrosen setzten gestern Nacht ihren Fuß auf englischen Boden, als der Flugzeugträger *Victorious* mit 23 000 Tonnen Verdrängung in Plymouth vor Anker ging. Sie brachten diese Geschichten mit:

ABENTEUER – Mrs. Irene Skinner, 23 Jahre alt, eine Nachfahrin des Reverend Samuel Marsden, der 1784 nach Australien auswanderte, sagte: «Es ist im Grunde gleichgültig, ob wir nach Neufundland, England, Australien oder irgendwo anders hin auswandern, wo wir Abenteuer und Erfüllung finden werden.»

ROMANTIK – Mrs. Gwen Clinton, 24 Jahre alt, deren Ehemann in Wembley wohnt, sagte Folgendes über ihre Ehe: «Man wies ihm bei uns in Sydney sein Quartier zu. Ich war von ihm fasziniert, und das war's auch schon.»

PESSIMISMUS – Mrs. Norma Clifford, die 23 Jahre alte Ehefrau eines Marinemaschinisten: «Man hat mir gesagt, dass man in England überhaupt keine Schuhe kaufen kann.» Sie hat 19 Paar Schuhe mitgebracht.

Daily Mail, London, 7. August 1946

KAPITEL 25

Plymouth

I ch gehe nicht. Ich sag's dir – ich hab's mir anders überlegt.»
«Komm schon, Miriam. Sei nicht albern.»
Margaret saß auf der Kante ihrer Koje und lauschte dem dringlichen Gespräch aus der benachbarten Kabine. Die Frauen hatten sich bereits fast eine halbe Stunde lang angeschrien; die unglückselige Miriam hatte offenbar die Tür von innen verriegelt, während ihre Zimmergenossinnen in der Schlange vor den Waschräumen anstanden, und jetzt konnten sie nicht hinein, um sich anzuziehen.

Ohne Avice und Frances war es in der Kabine ganz still. Margaret schaute an sich herab; sie hatte sich nur noch in ein einziges ihrer Kleider hineinquetschten können, und die Nähte waren zum Zerreißen gespannt. Sie rieb über einen kleinen Ölfleck und wusste bereits, dass es die Sache nur noch schlimmer machen würde.

«Gib mir einfach meinen Unterrock heraus, Miriam, bitte. Wir können doch nicht den ganzen Morgen hier herumstehen.»

«Ich mache die Tür nicht auf.» Es klang hysterisch.

«Jetzt ist es dafür wohl ein bisschen zu spät. Was willst du denn tun? Mit den Armen schlagen und nach Hause fliegen?»

Ihr kleines Köfferchen lag sorgfältig gepackt am Fußende ihrer Koje. Margaret strich die Decke an der Stelle glatt, an der Maudie immer gelegen hatte. Sie atmete tief und zittrig ein. An diesem Morgen hatte sie nicht einmal ein Stück trockenen Toast heruntergebracht. Ihr war schlecht vor Anspannung.

«Ist mir egal! Ich komme nicht raus.»

«Herrgott noch mal. Kommt, wir holen den Marinesoldaten, der dort steht. Er hilft uns bestimmt. Hey! Sie da!»

Margaret saß ganz still da und lauschte den Geräuschen von der Tür. Neugierig öffnete sie sie und wich zurück, als der Marinesoldat schwer in ihre Kabine fiel.

«Hallo», sagte Margaret, während er versuchte, sich wieder aufzurappeln.

«Entschuldigung.» Eine Frau tapste barfuß auf sie zu. Sie hatte ein Handtuch wie einen Turban um den Kopf geschlungen und wandte sich an Nicol: «Miriam Arbiter hat sich in unsere Kabine eingeschlossen. Wir kommen nicht an unsere Sachen heran.»

Der Marinesoldat strich sich über den Kopf. Margaret erkannte sofort, dass er erst halb wach war. Dann bemerkte sie überrascht den schwachen Alkoholgeruch, den er ausströmte. «Wir müssen in weniger als einer Stunde an Land gehen, und wir kommen noch nicht einmal an unsere Sachen heran. Sie müssen jemanden holen.»

Plötzlich schien er zu begreifen, wo er sich befand. «Ich muss mit Frances sprechen.» Er richtete sich auf.

«Sie ist nicht hier.»

Er wirkte erschrocken. «Was?»

«Sie ist nicht hier.»

«Wie kann ich sie verpasst haben?»

«Hören Sie, Soldat, können Sie das bitte regeln? Ich muss meine Haare legen, sonst werden sie nie rechtzeitig trocken.» Das Mädchen, das in der Kabinentür stand, zeigte ungeduldig auf ihre Armbanduhr.

«Letzte Nacht ist sie gekommen, aber dann wieder fortgegangen.»

«Wo ist sie?» Er packte Margaret am Handgelenk. In seinem Gesicht spiegelte sich Angst, als ob er erst jetzt begriffen hätte, wie kurz davor sie standen, in alle Winde verstreut zu werden. «Bitte. Sie müssen es mir sagen, Maggie.»

«Ich weiß es nicht.» Dann verstand sie plötzlich etwas, das schon seit Wochen in ihrem Unterbewusstsein geschlummert hatte. «Ich habe wohl gedacht, dass sie bei Ihnen ist.»

Avice stand im Waschraum der Krankenstation und malte sich die Lippen an. Die doppelt getuschten Wimpern ließen ihre leuchtend blauen Augen größer wirken. Die Haut, die so geisterhaft bleich gewesen war, wirkte nun gesund und strahlend. Es war wichtig, immer so gut wie möglich auszusehen, besonders bei großen Ereignissen, und das war das Wunderbare an Schminke. Niemand konnte mehr sehen, welch furchtbare

Dinge in einem vorgingen, wenn man ein wenig Puder, Rouge und einen guten Lippenstift besaß. Niemand würde sehen, dass sie sich immer noch wacklig fühlte, weil ihre Wangen einen rosigen Schimmer hatten. In dem dunkelroten Kostüm, zu dem sie einen guten Gürtel trug, konnte niemand erahnen, dass ihre Taille ein wenig breiter gewesen war als jetzt, und schon gar nicht, dass das, was von ihren Träumen übrig war, immer noch in diese unaussprechlichen Wattebinden tropfte. Niemand musste es wissen, wenn man sich insgeheim verloren fühlte.

Na also, dachte sie, als sie sich im Spiegel betrachtete.

Er würde nicht da sein, um sie abzuholen. Er würde warten, bis er von ihr hörte, bis er wusste, aus welcher Richtung der Wind wehte. Wenn sie ja sagte, würde er sie mit Liebesschwüren überhäufen. Er würde vielleicht Jahre damit verbringen, ihr immer wieder zu erklären, wie sehr er sie liebte, wie er sie vergötterte, wie niemand sonst (sie brachte es einfach nicht über sich, «seine Frau» zu denken) ihm ähnlich viel bedeutete. Wenn sie ihm jedoch sagte, dass sie ihn nicht mehr wollte, würde er wohl ein paar Tage lang traurig sein, aber dann vermutlich finden, dass er noch einmal davongekommen war. Sie stellte sich ihn vor, wie er am Küchentisch saß, mit den Gedanken bereits an Bord dieses Schiffes, und sich seiner ahnungslosen englischen Ehefrau gegenüber übellaunig und distanziert verhielt. Einer Frau, die sicher lieber nicht zu viele Fragen zum Grund seiner schlechten Laune stellen würde.

Eine Frauendienstoffizierin streckte ihren Kopf durch die Tür. «Alles in Ordnung, Mrs. Radley? Ich habe veranlasst, dass Ihr kleiner Koffer nach oben aufs Bootsdeck geschafft wird, damit Sie nichts mehr tragen müssen.» Sie lächelte strahlend. «Na also. Sie sehen hundertmal besser aus als gestern.» Sie nickte in Richtung Avice' Bauch und senkte diskret die Stimme, obwohl sie allein in der Kabine waren: «Haben Sie noch Unterwäsche im Waschraum, die ich Ihnen holen soll?»

«Nein danke», entgegnete Avice. Nach allem, was sie ertragen musste, war sie nicht bereit, eine entwürdigende Diskussion über ihre Unterwäsche mit einer Fremden zu führen. «Ich bin in zwei Minuten fertig», sagte sie dann. «Danke schön.»

Die Frauendienstoffizierin zog sich zurück.

Avice legte den Lippenstift in ihr Täschchen und stäubte sich ein wenig Puder ins Gesicht. Einen Moment lang stand sie so da, wandte sich ein wenig zu jeder Seite, um ihr Spiegelbild zu kontrollieren – eine routinierte Bewegung –, und dann, nur eine Sekunde lang, entspannten sich ihre Züge, und sie sah sich direkt ins Gesicht, hinter die sorgfältig geröteten Wangen, die geschminkten Augen. Ich sehe, dachte sie, irgendwie weiser aus.

Highfield stand auf dem Dach der Brücke, flankiert von Dobson, dem Oberleutnant und dem Funker, und gab dem Steuermann über Funk Anweisungen. Das große alte Kriegsschiff schob sich langsam in die schmale Fahrrinne, und die englische Küste, die man im Nebel zuerst nur erahnen konnte, wurde zur festen Realität um sie herum. Unter ihm standen die Matrosen in ihren Galauniformen vollkommen gleichmäßig am Rand des Flugdecks aufgereiht. Die Offiziere und höheren Ränge standen bei dem Turm. Diese Aufstellung war den Männern als «Prozedur Alpha» bekannt. Sie standen beinahe bewegungslos da, die Beine gespreizt, Hände hinter dem Rücken. Ihre makellosen Uniformen lenkten irgendwie von dem müden, schäbigen Schiff ab, auf dem sie reisten. Längsseits am Kai anzulegen war für den Kapitän immer einer der besten Augenblicke der Reise. Dann konnte er voller Stolz auf seinem Schiff stehen, die Männer unter sich, den Lärm der Menge auf dem Kai schon in den Ohren. Highfield wusste, dass jeder einzelne der Männer, der an dieser wohlgeordneten, prächtigen Zeremonie teilnahm, die letzten Monate für kurze Zeit vergaß.

Nicht so die *Victoria*. Ihre Maschine stotterte, das Ruder drohte zu klemmen, und das ramponierte Schiff quälte sich weiter, vorwärtsgezwungen von den Maschinisten und gezogen von den Schleppern.

«Brücke an Steuermann, Kurs auf null sechs null.»

Highfield wandte sich zum Bordfunker und hörte, wie er sein Kommando wiederholte.

Das Licht war heute von besonderer Helligkeit; es kündigte einen wunderbaren, klaren Tag an. Die Bucht von Plymouth lag in ihrer ganzen Schönheit da, ein angemessener Ort des Abschieds für das alte Schiff und ein schöner Willkommensgruß für die Bräute. Einige wenige weiße Wölkchen zogen über den blauen Himmel, und das Meer, auf dem der Wind die Wellen mit weißer Gischt krönte, glitzerte und gab ein wenig seiner Pracht auch dem Schiff ab. Nach all dem endlosen Schlammblau des Ozeans wirkte alles um sie herum unglaublich grün.

An den Docks waren die Menschen schon in der Morgendämmerung zusammengeströmt. Erst waren es nur ein paar ängstlich dreinsehende Männer gewesen, die den Kragen gegen die Kälte hochgestellt hatten und rauchten. Hin und wieder verschwanden sie kurz, um sich mit Tee und Toast zu stärken. Dann kamen größere Gruppen, Familien, die in Grüppchen am Kai standen und immer wieder auf das sich nähernde Schiff zeigten und den Bräuten winkten, die schon an Deck standen. Der Bordfunker sprach kurz mit dem Hafenmeister und den Vertretern des Britischen Roten Kreuzes. Sie hatten berichtet, dass einige der Ehemänner gezwungen gewesen waren, in

Hauseingängen zu schlafen. In ganz Plymouth und Umgebung gab es kein einziges freies Zimmer mehr.

«Alle Mann an Deck, alle Mann an Deck, Flaggenposten heraustreten, Oberdeck aufklaren, alle Türen und Luken schließen!» Der Lautsprecher verstummte. Es war das letzte Kommando, bevor sie in den Hafen einfuhren.

Der Kapitän hatte die Hände auf die Reling gelegt. Sie kamen nach Hause. Was auch immer das bedeuten mochte.

Nicol hatte in der Krankenstation nachgesehen, in der Kantine an Deck und in den Waschräumen der Bräute, womit er ein ohrenbetäubendes Kreischen ausgelöst hatte. Jetzt rannte er schnell das Hangardeck entlang in Richtung der Hauptkantine der Bräute. Die Blicke der letzten Frauen, die vom Frühstück zurückkamen, nahm er gar nicht wahr. Sie hatten das Haar sorgfältig gelegt, ihre Kleider und Jacken perfekt gebügelt und gingen mit vor Aufregung hochgezogenen Schultern Arm in Arm. Zweimal war er an anderen Soldaten vorbeigelaufen, die zum Flugdeck strebten. Aber weil sie seinen Ruf kannten und er so schnell rannte, nahmen sie an, dass er einen offiziellen Auftrag zu erfüllen hatte. Er kam rutschend am Haupteingang zum Stehen und suchte den Raum ab. Etwa dreißig Bräute saßen noch da. Er hielt einen Moment inne und wartete, dass sich das eine Mädchen umdrehte oder das andere aufsah, musste dann aber erkennen, dass keins von ihnen Frances war. Dann verfluchte er seinen berauschten Verstand.

Wo sollte er anfangen zu suchen? Überall liefen Leute herum. Wie sollte er in einer halben Stunde eine einzelne Person unter 1600 Menschen auf einem Schiff finden, das wie ein Kaninchenbau voller Räume, Abteile und Gänge war?

«Mrs. Trevor, Annette.» Die Frauendienstoffizierin stand oben an der Gangway und wartete, bis Mrs. Trevor sich ihren Weg durch die Gruppe gebahnt hatte. Die anderen verstummten, als eine Frau eine Reisetasche in die Höhe hielt. Ihre blonden Haare waren in große Ringellocken gelegt, und der Hut war beim Drängeln durch die Menge ein wenig zur Seite gerutscht. «Das bin ich!», quiekte sie. «Das bin ich!»

«Ihre Habseligkeiten sind vom Zoll bereits freigegeben worden. Die Koffer stehen am Kai, aber Sie werden einen Ausweis benötigen, um sie an sich zu nehmen. Sie können von Bord gehen.» Die Frauendienstoffizierin nahm das Klemmbrett in die linke Hand und streckte der Braut die rechte hin. «Viel Glück», sagte sie.

Mrs. Trevor, deren Blick bereits zum Ende der Gangway geschweift war, schüttelte sie abwesend, wuchtete sich die Tasche auf die Hüfte und ging auf hohen Absätzen wackelig von Bord.

Der Lärm war ohrenbetäubend. An Bord riefen und kreischten die Frauen aufgeregt durcheinander und hüpften auf und nieder, um einen Blick auf ihre Lieben in der Menge zu erhaschen. Am Ende der Gangway standen Marinesoldaten neben einer Blaskapelle und hinderten die Menge daran hinaufzuklettern.

Margaret stand mit pochendem Herzen in der Schlange und hoffte, dass es nicht allzu lange dauern würde, bis sie sich setzen konnte. Die Frau vor ihr sprang ständig auf und nieder, um über die Köpfe der anderen hinwegschauen zu können, und rempelte sie dabei mehrfach an. Unter normalen Umständen hätte Margaret ihr schon Bescheid gesagt, aber jetzt war ihr Mund ganz trocken, und die Nervosität ließ sie wie festgenagelt dastehen.

Es war alles so abrupt, so übereilt. Sie hatte gar keine Gelegenheit gehabt, den anderen auf Wiedersehen zu sagen, weder Tims noch dem Koch in der Flugdeck-Kantine oder ihren Kabinengenossinnen. Die schienen sich beide in Luft aufgelöst zu haben. War es das?, dachte sie. Meine letzte Verbindung nach Hause löst sich einfach so in Luft auf?

Als die erste Braut festen Boden unter den Füßen hatte, jubelte die Menge, und ein Blitzlichtgewitter erhellte den Kai. Die Kapelle stimmte «Waltzing Matilda» an.

«Ich bin so aufgeregt, dass ich mir fast in die Hosen mache», sagte das Mädchen neben ihr.

«Bitte lass ihn da sein, bitte lass ihn da sein», murmelte ein anderes Mädchen in sein Taschentuch.

«Mrs. Wilson, Carrie.» Die Namen wurden einer nach dem anderen vorgelesen, jetzt in schnellerer Reihenfolge. «Ihre Habseligkeiten sind vom Zoll bereits freigegeben worden …»

Was habe ich nur getan?, dachte Margaret und starrte auf das fremde neue Land. Wo war Frances? Avice? Wochenlang war das hier ein ferner Traum gewesen, ein Heiliger Gral, der ihnen im Schlaf erschien, den sie sich immer wieder ausmalten. Jetzt, da sie angekommen waren, fühlte sie sich wackelig, noch nicht bereit. Nie in ihrem Leben hatte sie sich einsamer gefühlt.

Und plötzlich war sie an der Reihe. Man musste sie zweimal aufrufen, bis sie es hörte: «Mrs. O'Brien, Margaret … Mrs. O'Brien?»

«Nun geh schon, Mädchen», sagte die Braut neben ihr und schob sie nach vorn. «Beeil dich. Wir wollen auch endlich runter.»

Der Kapitän hatte gerade erst angefangen, dem Oberbürgermeister die Brücke zu zeigen, als ein Offizier in der Tür erschien. «Da ist eine Braut, die Sie sehen möchte, Sir.»

Der Bürgermeister von Plymouth, ein kugelrunder Mann, dem die Amtskette wie eine müde Girlande von den Schultern hing, schien zwanghaft alles anfassen zu müssen. «Jetzt kommen sie alle, um noch einmal auf Wiedersehen zu sagen, was?», bemerkte er.

«Holen Sie sie herein.»

Highfield wusste sofort, wer da gekommen war. Sie stand in der Tür und errötete, als sie begriff, in wessen Gesellschaft er sich befand. «Es tut mir leid», sagte sie und zögerte. «Ich wollte nicht stören.»

Die Aufmerksamkeit des Bürgermeisters war von den Zifferblättern und Armaturen vor ihm gefangen genommen. Schon streckte er seine Finger danach aus.

«Offizier, bitte kümmern Sie sich einen Moment um den Bürgermeister.» Er übersah Dobsons bösen Blick und ging zur Tür. Sie trug eine hellblaue, kurzärmelige Bluse und Khakihosen. Das Haar hatte sie am Hinterkopf zusammengesteckt. Sie wirkte erschöpft und unaussprechlich traurig.

«Ich wollte nur auf Wiedersehen sagen und fragen, ob Sie mich noch brauchen. Ich meine, ob alles in Ordnung ist.»

«Alles in Ordnung», antwortete er und schaute auf sein Bein hinunter. «Ich glaube, wir können sagen, dass Sie hiermit aus dem Dienst entlassen sind, Schwester Mackenzie.»

Sie schaute auf den Kai hinunter, auf dem es von Menschen nur so wimmelte.

«Werden Sie zurechtkommen?», fragte er.

«Das werde ich, Kapitän.»

«Daran zweifele ich nicht.» Er spürte, dass er dieser stillen, rätselhaften Frau noch mehr sagen wollte. Er wollte wieder mit ihr sprechen, mehr von ihrer Zeit im Dienst erfahren, wollte wissen, wie es zu ihrer Ehe gekommen war. Er hatte einflussreiche Freunde: Er wollte sicher gehen, dass sie eine gute Arbeitsstelle fand. Dass ihre Fähigkeiten nicht verschwendet wurden. Immerhin gab es keine Garantie, dass diese Mädchen in ihrer neuen Heimat die Wertschätzung bekamen, die sie verdienten.

Aber vor seinen Männern konnte er nichts sagen. Jedenfalls nichts, was als angemessen empfunden werden würde.

Er trat vor und schüttelte ihr die Hand. Der Kapitän war sich der neugierigen Blicke seiner Männer nur zu bewusst. «Danke … für alles», sagte er leise.

«Das Vergnügen war ganz auf meiner Seite, Sir. Ich bin sehr froh, dass ich helfen konnte.»

«Wenn es jemals … egal wie ich Ihnen helfen kann, ich wäre froh, wenn Sie mir erlauben würden …»

Sie lächelte ihn an, und für einen kurzen Moment verschwand die Traurigkeit aus ihrem Blick. Sie schüttelte kurz den Kopf, und er wusste, dass er nicht die Antwort war. Dann war sie fort.

Margaret stand vor ihrem Ehemann und war stumm vor Erstaunen, dass er plötzlich wieder eine Tatsache war. Dass er in seiner Zivilkleidung so gut aussah. Dass sein Haar so rot war. Seine Hände so breit. Dass er ihren Bauch anstarrte. Sie schob sich eine Haarsträhne aus dem Gesicht und wünschte sich plötzlich, sie hätte sich doch die Mühe gemacht, es zu legen. Sie versuchte, etwas zu sagen, und fand einfach keine Worte.

Joe schien sie eine Ewigkeit lang anzuschauen. Es verstörte sie, wie unvertraut er auf sie wirkte, hier an diesem Ort. Als hätte diese neue Umgebung ihn zu einem Fremden gemacht. Befangen sah sie zu Boden. Sie hatte Angst und empfand merkwürdigerweise sogar Scham. All das lähmte sie. Aber dann trat er breit grinsend auf sie zu. «Verdammt noch mal, Frau, du siehst aus wie ein Wal!» Er schlang die Arme um sie, wiederholte immer wieder ihren Namen und drückte sie so fest, dass das Baby zu treten begann. Überrascht sprang er zurück.

«Kannst du das glauben, Mutter? Ein Tritt wie ein Maultier, hat sie gesagt, und das stimmt auch.» Damit legte er seine Hand auf ihren Bauch und ergriff dann ihre. Er sah ihr ins Gesicht. «Ah, mein Gott, Maggie, es ist so schön, dich zu sehen.»

Er schloss sie erneut in die Arme und ließ sie nur widerwillig wieder los, und Margaret hielt sich an seiner Hand fest, als ob sie die Rettungsleine in diesem neuen Land wäre. Jetzt erst nahm sie die Frau wahr, die mit ihm gekommen war und ein paar Schritte hinter ihm stand, ganz so als wolle sie nicht stören. Sie trug ein Kopftuch und hielt die Handtasche fest auf den Bauch gepresst. Margaret versuchte befangen, ihr viel zu enges Kleid zu richten, und fummelte an den Nähten herum.

Da trat die Frau vor und lächelte sie herzlich an. «Margaret, meine Liebe. Ich freue mich so, dich kennenzulernen. Jetzt sieh dich nur an – du musst ja völlig erschöpft sein.»

Einen kurzen Moment lang suchte Margaret nach Worten, aber Mrs. O'Brien drückte sie an ihren Busen. «Wie mutig du bist», sagte sie in ihr Haar. «Den ganzen Weg ... so weit weg von deiner Familie ... Aber mach dir keine Sorgen. Wir kümmern uns jetzt um dich. Hörst du? Wir werden alle bestens miteinander auskommen.»

Sie spürte, wie ihre Hände ihr den Rücken tätschelten, und roch den leichten, mütterlichen Duft nach Lavendel, Rosenwasser und Gebäck. Margaret wusste nicht, wer überraschter war, sie oder Joe, als sie unvermittelt in Tränen ausbrach.

Der Marineoffizier packte ihn, als er an der Tür zur Krankenstation rüttelte. Nicol entwand sich dem festen Griff an seiner

Schulter. «Wo zum Teufel warst du, Soldat?» Der Offizier war wütend.

«Ich war ... ich habe nach jemandem gesucht, Sir.» Nicol hatte alles abgesucht, der einzige Ort, der noch blieb, war das Flugdeck.

«Wie sehen Sie denn aus! Was zum Teufel ist mit Ihnen passiert, Mann? Prozedur Alpha, das bedeutet: Alle Mann auf das Flugdeck.»

«Es tut mir leid, Sir ...»

«Es tut Ihnen leid? *Leid?* Was glauben Sie, was passiert, wenn alle mal eben so beschließen, einfach nicht zu erscheinen, he? Sehen Sie sich doch nur mal an! Sie stinken wie eine verdammte Brauerei.»

Draußen hörte man gedämpften Jubel. Draußen. Er musste unbedingt raus auf die Decks. Dort musste er die Frauendienstoffizierinnen fragen, ob Frances schon das Schiff verlassen hatte. Sie konnte in diesem Moment von Bord gehen.

«Ich bin erschüttert, Nicol. Ausgerechnet Sie ...»

«Es tut mir leid, Sir. Ich muss weiter.»

Der Marineoffizier starrte ihn mit offenem Mund an, seine Augen traten hervor. «Sie müssen weiter? Wie bitte?»

«Dringende Angelegenheit, Sir.» Und dann duckte er sich unter dem Arm des Mannes hindurch, dessen zornige Stimme ihm noch hinterherschrie, als er schon nach oben rannte, indem er drei Stufen auf einmal nahm.

Avice sah sie, bevor sie sie sahen. Sie stand unter dem Geschützturm. Sie hatte sich den Hut fest an den Kopf gesteckt, damit er nicht wegflog, und beobachtete die kleine Gruppe unter ihr. Ihre Mutter trug den Hut mit der riesigen türkisfarbenen Feder. Sie wirkte merkwürdig fehl am Platz zwischen all dem Tweed in gedecktem Braun und Grau. Ihr Vater hatte seinen Hut tief ins Gesicht gezogen, wie er es immer tat, und schaute sich um. Sie wusste, nach wem er Ausschau hielt. Er fragte sich sicher, wie um Himmels willen sie ihn in dem Gewühl von Marineuniformen finden sollten. Sie bemerkte kaum, wo sie war, und hatte keinen Blick für die Landschaft hinter den Docks. Warum sollte sie auch, zumal sie ja wusste, dass sie nicht bleiben würde?

«Mrs. Radley, Avice.»

Avice atmete tief durch, strich einmal über ihre Jacke und ging langsam die Gangway hinunter, den Rücken so gerade wie der eines Fotomodells, das Kinn hochgereckt, damit keiner sehen konnte, wie es ihr ging.

«Da ist sie ja! Da ist sie!», kreischte ihre Mutter aufgeregt. «Avice, Liebling! Hierher! Hierher! Wir sind hier!»

Vor ihr, direkt an der Stelle, wo die Gangway auf den Boden traf, wurde eine Braut, die Avice aus dem Schneiderkurs kannte, von einem Soldaten gepackt und umarmt. Die Braut ließ ihre Reisetasche und den Hut fallen, den sie in der Hand gehalten hatte, und presste sich unendlich lange an ihn. Ihre Finger fuhren durch sein Haar, er drückte sein Gesicht an ihres, dann legten sie die Nasen aneinander und murmelten den Namen des jeweils anderen. Avice kam nicht an ihnen vorbei und musste auf der Gangway stehen bleiben. Sie versuchte, nicht zu genau hinzuschauen.

«Avice!» Ihre Mutter hüpfte auf der anderen Seite des leidenschaftlichen Paares auf und nieder wie ein bunter Korken. «Da ist sie, Wilf! Sieh dir nur unser Mädchen an!»

Dann machte das Paar endlich Platz, und Avice konnte die Gangway verlassen.

Ihre Mutter rannte die letzten Schritte auf sie zu, das Gesicht tränenüberströmt vor Freude. «Oh, Liebling, es ist so schön, dich zu sehen! Na, wie findest du das? Ist das nicht eine schöne Überraschung?»

Ihr Vater trat auf sie zu und umarmte sie. «Deine Mutter hat sich jeden einzelnen Tag lang Sorgen gemacht, seit du aufgebrochen bist. Sie konnte die Vorstellung nicht ertragen, dich am anderen Ende der Welt zu wissen, nachdem ihr im Streit auseinandergegangen seid. Das nenn ich mal Liebe, was, Prinzessin?»

Es lag so viel Liebe und Stolz in ihren Gesichtern. Avice begriff voller Schrecken, dass sie die Fassung verlieren würde, wenn sie so weitermachten.

Deanna trat vor. Sie trug ein neues kirschrotes Kostüm. «Welche von denen war die Prostituierte? Mummy hat fast einen Ausschlag bekommen, als sie Mrs. Carters Brief bekam.»

«Wo ist denn Ian?» Ihre Mutter schaute jedem Mann in einer Marineuniform prüfend ins Gesicht. «Meinst du, er hat seine Familie mitgebracht?»

«Wehe, du hast meine Schuhe verloren», zischte Deanna ihr zu.

«Er kommt nicht», sagte Avice.

«Was? Ist er noch nicht entlassen worden? Ich dachte, die Männer dürften euch hier in Empfang nehmen!» Ihre Mutter legte ihr ihre behandschuhte Hand an die Wange. «Na, zum Glück sind wir ja da.»

«Kommt seine Familie denn, um dich abzuholen? Wir haben gar nichts von ihnen gehört.» Ihr Vater nahm sie am Arm. «Ich habe ihnen ein Radio mitgebracht. Die beste Marke.»

Avice hielt inne und versuchte, ihre Mimik unter Kontrolle zu halten. «Er kommt nicht, Dad. Er kommt überhaupt nicht. Die Lage … die Lage hat sich geändert.»

Eine kurze Pause entstand. Ihr Vater wandte sich zu ihr um.

Avice glaubte zu hören, dass ihre Schwester erfreut schnaubte. «Was meinst du damit? Willst du mir etwa erzählen, dass ich gerade Hunderte von Pfund für Flüge bezahlt habe, obwohl es hier verdammt noch mal nichts zu feiern gibt? Hast du eigentlich eine Vorstellung davon, wie viel mich diese Reise gekostet ...»

«Wilf!» Ihre Mutter wandte sich wieder ihrer Tochter zu. «Avice, Schatz ...»

«Ich will hier nicht darüber sprechen, hier auf dem Kai unter all den Leuten.»

Ihre Eltern wechselten einen Blick. Deanna konnte ihre Genugtuung über die unerwartete Wendung der Ereignisse nicht verhehlen. Es war fast, als sei sie beeindruckt vom Ausmaß von Avice' persönlicher Katastrophe.

Avice schaute zurück zum Schiff. Eine Braut rannte Hals über Kopf auf hohen Hacken die Gangway herunter. Als sie den Boden erreicht hatte, warf sie sich in die Arme eines Offiziers, der sie hochhob und herumwirbelte. Sagt jetzt nichts, beschwor Avice ihre Familie in Gedanken und biss sich auf die Lippe. Sagt kein einziges Wort mehr. Sonst werde ich hier an Ort und Stelle so laut losheulen, dass ganz Plymouth es hört.

Ihre Mutter rückte den Hut zurecht, zog den Pelz ein wenig fester um sich, nahm Avice' Arm und legte ihn in ihre Armbeuge. Schließlich sprach sie mit einem schwachen, aber deutlich wahrnehmbaren Zittern in der Stimme. «Also, Liebes, wenn du bereit bist, plaudern wir ein wenig, wenn wir im Hotel sind.» Damit setzte sie sich in Bewegung. «Es ist ein sehr nettes Hotel, weißt du. Großzügige Zimmer. Wir haben unseren eigenen Aufenthaltsbereich, der an die Schlafzimmer angrenzt, und wir können fast bis nach Cornwall schauen ...»

Frances ging langsam die Gangway hinunter. In der rechten Hand hielt sie ihren Koffer, mit der anderen fuhr sie leicht über das Geländer. Sie fühlte sich unsichtbar in der Menge der jubelnden, aufgeregten Menge. Als sie fast schon am Kai war, sah sie breit lächelnde oder vor Rührung verheulte Gesichter und Leiber, die sich leidenschaftlich aneinanderpressten. Sie kannte viele von ihnen aus den letzten sechs Wochen. Nur für einen winzigen Moment erlaubte sie sich die Vorstellung, wie eines der anderen Mädchen zu sein, am Ende der Gangway in jemandes Arme zu sinken und danach die anderen Angehörigen begrüßen zu können, die auf sie gewartet hatten.

Sie ging weiter. Ein neuer Anfang, sagte sie sich. Darum ging es doch. Ich habe einen neuen Anfang gemacht.

«Frances!» Sie wandte sich um und sah Margaret wild winken. Joe stand neben ihr und hatte den Arm um ihre Schultern gelegt. Eine ältere Frau hielt sie am anderen Arm fest. Sie hatte ein freundliches Gesicht, das Margarets nicht unähnlich war, und strahlte und weinte gleichzeitig.

Frances ging auf sie zu. Ihre Schritte fühlten sich auf festem Boden seltsam unsicher an, und sie bemühte sich, gerade und aufrecht zu gehen. Margaret ließ ihre Taschen fallen und umarmte sie.

«Du wärst doch wohl nicht etwa ohne meine Adresse davongegangen, oder?»

Frances schüttelte den Kopf und warf einen schnellen Blick auf die beiden Menschen, die zu Margaret gehörten und ganz augenscheinlich stolz darauf waren. Auf dem Schiff waren Margaret und sie gleich gewesen; aber hier, allein in dem Meer fremder Familien, fühlte sie sich klein.

Margaret nahm den Stift, den ihr Mann ihr reichte, und den Zettel, den ihre Schwiegermutter in ihrer Handtasche fand.

Dann setzte sie den Stift auf das Papier, hielt inne und lachte. «Wie ist denn unsere Adresse?», fragte sie.

Ihr Mann lachte ebenfalls und kritzelte etwas auf den Zettel, den Margaret in Frances' Hand legte. «Sobald du dich eingerichtet hast, schreibst du mir deine Adresse, hörst du? Meine gute Freundin Frances», erklärte sie den beiden anderen. «Sie hat sich um mich gekümmert. Sie ist Krankenschwester.»

«Sehr erfreut, Sie zu treffen, Frances», sagte Joe und streckte ihr seine riesige Hand entgegen. «Kommen Sie uns besuchen, wann immer Sie wollen.»

Frances versuchte, ein wenig seiner Wärme zurückzugeben, und drückte herzlich seine Hand. Margarets Schwiegermutter nickte lächelnd und schaute dann auf ihre Armbanduhr. «Joseph, der Zug», formte sie mit den Lippen.

Frances spürte, dass es Zeit war zu gehen.

«Pass auf dich auf», sagte Margaret und drückte ihren Arm.

«Ich freue mich darauf zu hören, wie alles verläuft», erwiderte Frances und nickte in Richtung Margarets Bauch.

«Es wird alles gut werden», sagte Margaret zuversichtlich.

Frances sah den dreien hinterher, wie sie auf die Marinewerfttore zustrebten, angeregt miteinander plaudernd und mit eingehakten Armen, bis die Menge sich um sie schloss.

Sie atmete einmal tief durch und versuchte, den Kloß in ihrem Hals loszuwerden. Es wird alles gut werden, sagte sie sich. Ein neuer Anfang.

In diesem Moment schaute sie zum Schiff zurück. Männer gingen darauf herum, Frauen winkten. Sie konnte nichts sehen, niemanden. Ich bin noch nicht bereit, dachte sie. Ich will nicht gehen. So stand sie da, eine dünne Frau, die von der Menge angerempelt wurde, und die Tränen strömten ihr über das Gesicht.

Nicol drängte sich zum Anfang der Schlange vor. Einige der wartenden Frauen protestierten lautstark. «Frances Mackenzie», schrie er die Frauendienstoffizierin an. «Wo ist sie?»

Die Frau schaute ihn missbilligend an. «Wenn Sie erlauben? Ich muss diese Damen hier von Bord gehen lassen.»

Er packte sie, und seine Stimme war ganz heiser vor Dringlichkeit. «Bitte. Wo ist sie?»

Einen Moment lang starrten sie einander an. Dann blinzelte sie und fuhr mit dem Stift die Kolonne der Namen herunter. «Mackenzie, sagen Sie? Mackie … Mackenzie, B., Mackenzie F. Ist sie das?»

Er riss ihr das Klemmbrett aus der Hand.

«Sie ist schon von Bord gegangen», sagte sie und nahm ihm das Brett wieder aus der Hand. «Wenn Sie mich jetzt entschuldigen wollen.»

Nicol rannte zur Reling und lehnte sich darüber, um sie in der Menge zu finden, um irgendwo diese charakteristische, hochgewachsene, schlanke Gestalt mit dem rötlichen Haar auszumachen. Unter ihm standen noch immer Tausende von Menschen am Kai, drängelten und winkten.

Ihm klopfte das Herz bis zum Hals, und in seiner Verzweiflung begann er zu schreien: «Frances, Frances!» Jetzt begriff er das Ausmaß seines Verlustes, seiner Niederlage.

Seine Stimme, rau vor Gefühl, schwebte einen Augenblick lang über der Menge und wurde dann vom Wind hinaus auf das Meer getragen.

Teil drei

Es ist traurig, dass ich so viele wunderbare Kameraden zurücklassen musste, von denen ich bis heute nichts mehr gehört habe ... Man traf so viele Menschen während des Krieges, und man erlebte eine großartige Kameradschaft. Die meisten, die sich an jene Tage erinnern, geben zu, dass sie denselben Fehler gemacht und den Kontakt haben abbrechen lassen.

L. Troman, Matrose auf der HMS *Victorious*,
in *Wine, Women and War*

KAPITEL 26

2002

Die Stewardess ging den Gang entlang und prüfte, ob sich alle Passagiere zur Landung angeschnallt hatten. Sie hatte ein makelloses, an alle gerichtetes Lächeln aufgesetzt und bemerkte die alte Frau nicht, die sich die Augen ein wenig öfter als nötig abtupfte. Ihre Enkelin neben ihr beugte sich zu ihr herüber und schloss ihren Sicherheitsgurt. «Das ist die traurigste Geschichte, die ich je gehört habe.»

Die alte Frau schüttelte den Kopf. «So traurig nun auch wieder nicht. Da gibt es noch ganz andere.»

«Das erklärt, warum du so heftig reagiert hast. Mein Gott, wie groß ist wohl die Wahrscheinlichkeit, dass ausgerechnet du hier auf dieses Schiff stößt, nach all den Jahren?»

Die alte Dame zuckte mit den Achseln. «Ziemlich klein, nehme ich an. Andererseits war es gar nicht so überraschend. Viele Schiffe, die von der Marine ausrangiert sind, werden recycelt, gewissermaßen.»

Sie hatte ihre Fassung wiedergewonnen. Jennifer hatte beobachtet, wie sie sie wie eine durchsichtige Hülle anlegte, die mit jedem Kilometer härter wurde, den sich das Flugzeug von Indien entfernte. Ihre Großmutter hatte es sogar fertiggebracht, Jennifer zu tadeln – dafür, dass sie ihren Pass verlegt hatte oder schon vor dem Mittagessen Bier trank. Jennifer war belustigt und gleichzeitig beruhigt gewesen. Denn bis sie an Bord des Flugzeuges saßen, hatte sie sechzehn Stunden lang kaum ein Wort gesagt. Irgendwie hatte sie kleiner gewirkt, noch zerbrechlicher, trotz des erholsamen Komforts des Luxushotels und des Aufenthalts in der Lounge der ersten Klasse am Flughafen. Jennifer hielt ihre Hand, berührte die papierdünne Haut und litt unter ihrem schlechten Gewissen. Du hättest sie nicht mitnehmen dürfen, dachte sie. Sie ist zu alt. Du hast sie um die halbe Welt gezerrt und sie dann im heißen Auto warten lassen wie einen Hund.

Sanjay hatte gemurmelt, dass sie einen Arzt holen sollten. Ihre Großmutter hatte ihn angeblafft, als ob er ihr etwas Unanständiges vorgeschlagen hätte.

Und dann, als das Flugzeug in der Luft war, hatte sie zu erzählen begonnen.

Jennifer hatte die Stewardess mit ihrem Wägelchen ignoriert. Die alte Dame hatte sich aufrecht hingesetzt und so lebhaft erzählt, als hätten sie die letzten Stunden nicht in bedrückender Stille, sondern angeregt plaudernd verbracht.

«Ich hatte es nur als Reisegelegenheit gesehen, weißt du?», sagte sie plötzlich. «Nur als eine Art, möglichst schnell von A nach B zu kommen, eine Überfahrt über den Ozean. Und da war ich nun und fühlte etwas, was ich niemals zu fühlen erwartet hätte. Und ich war all diesen Menschen so ausgesetzt, und ich wusste, dass es nur eine Frage der Zeit sein würde ...»

Sie schaute aus dem Fenster auf die himmlische Landschaft aus dichten, welligen Wolken.

«Eine Frage der Zeit …?»

«Bis es ans Tageslicht gekommen wäre.»

«Was?»

Die alte Dame schwieg.

«Was, Großmama?»

Die alte Dame richtete ihren Blick auf sie, und ihre Augen weiteten sich, als wäre sie überrascht, sie neben sich zu finden. Sie runzelte ein wenig die Stirn. Hob die Hände ein paar Zentimeter von der Armlehne, wie um sich zu beweisen, dass sie dazu noch in der Lage war.

Als sie weitersprach, war ihr Tonfall höflich und nüchtern. «Wärst du so nett, mir ein Glas Wasser zu besorgen, meine liebe Jennifer? Ich bin ziemlich durstig.»

Das Mädchen wartete einen Augenblick, stand dann auf und bat eine hilfsbereite Stewardess, ihr eine Flasche Mineralwasser zu überlassen. Sie schenkte einen Plastikbecher voll, und ihre Großmutter trank ihn in großen Zügen leer. Ihr Haar war während der Reise zerzaust und ließ ihren Kopf ein wenig wie eine Pusteblume aussehen. Es war so dünn, dass Jennifer hätte weinen mögen.

«Was wäre ans Tageslicht gekommen?»

Stille.

«Du kannst es mir sagen, Großmama», flüsterte sie und beugte sich vor. «Was hat dich damals so aufgeregt? Lass es raus. Nichts, was du sagst, könnte mich schockieren.»

Die alte Frau lächelte. Dann schaute sie ihre Enkelin so durchdringend an, dass es Jennifer beinahe unangenehm war. «Du mit deinen modernen Ansichten, Jenny. Dein kleines Arrangement mit Sanjay und dein psychologisches Gerede und dein ewiges ‹alles rauslassen› ... Ich frage mich, wie modern deine Ansichten wirklich sind.»

Darauf wusste sie keine Antwort. Ihre Großmutter hatte fast ein wenig aggressiv geklungen. Sie hatten den Bordkinofilm geschaut und waren dann eingeschlafen.

Und dann endlich, als sie wieder wach waren, hatte ihre Großmutter ihr die Geschichte von dem Marinesoldaten erzählt.

Sie wussten, dass er an der Absperrung im Ankunftsbereich warten würde, und das tat er auch. Selbst in der dichtesten Menge hätten sie ihn sofort erkannt: die aufrechte Haltung, den makellos gebügelten Anzug. Trotz seines Alters und seiner schlechten Augen sah er sie, bevor sie ihn sahen, und er hatte schon die Hand gehoben, um ihnen zu winken.

Jennifer blieb ein wenig zurück, aber ihre Großmutter lief schnell die letzten Schritte auf ihn zu, ließ ihre Koffer fallen und umarmte ihn. Sie hielten sich eine ganze Weile. Ihr Großvater hatte seine Arme fest um seine Frau geschlungen, als hätte er Angst, dass sie wieder fortgehen würde.

«Ich habe dich vermisst», murmelte er in ihr graues Haar. «Oh, mein Liebling, ich habe dich so vermisst.» Jennifer trat von einem Fuß auf den anderen. Sie fühlte sich wie ein Eindringling. Es war verwirrend, solche Leidenschaft bei zwei Achtzigjährigen zu erleben.

«Nächstes Mal kommst du mit», sagte ihre Großmutter.

«Du weißt doch, dass ich nicht so gerne reise», sagte er. «Ich bin ganz glücklich zu Hause.»

«Dann bleibe ich bei dir», sagte sie.

Sie wirkte vollkommen verjüngt. Als sie das Gepäck im Auto verstaut hatten, begann Jennifer, von dem Schiff zu erzählen.

Sie war gerade an dem Teil angekommen, wo sie den Namen des verschrotteten Schiffs entdeckt hatten, und versuchte, das Erschrecken ihrer Großmutter zu beschreiben – so, dass sie selbst nicht so schlecht dastand –, als sie bemerkte, dass er sie eindringlich anstarrte. Sie brach ab, und er wandte sich seiner Frau zu.

«War es wirklich die *Victoria*?», fragte er.

Die alte Dame nickte. «Es war … es hat mich ganz schön aus der Bahn geworfen, kann ich dir sagen.»

Ihr Großvater wandte den Blick nicht vom Gesicht seiner Frau. «Oh, Frances», sagte er. «Wenn ich daran denke, wie nah wir dran waren …»

«Warte mal», unterbrach ihn Jennifer. «Willst du damit sagen, dass *du* dieser Marinesoldat warst?»

Die beiden alten Leute wechselten einen Blick.

«Du?» Sie wandte sich an ihre Großmutter. «Großpapa? Das hast du ja gar nicht erzählt. Du hast nie gesagt, dass Großpapa der Soldat war.»

Frances Nicol lächelte ihre Enkelin an. «Du hast nie gefragt.»

Er hatte auf dem Schiff mindestens zwei Kilometer im Laufschritt zurückgelegt, so erzählte er es Jennifer, als sie sich durch den dichten Verkehr in Heathrow quälten. Erst dann hatte er begriffen, dass sie bereits von Bord gegangen war. Und die ganze Zeit über hatte er ihren Namen gerufen. Frances! Frances! Frances! Und dann hatte er an Land so weitergemacht und sich durch die Menschenmenge auf dem Kai gekämpft. Verschwitzt und in seiner zerdrückten und schmutzigen Uniform war er immer im Kreis gerannt und hatte die Leute aus dem Weg gedrängt. Aber da alle um ihn herum so aufgeregt waren, schenkte ihm niemand auch nur das kleinste bisschen Aufmerksamkeit.

Er hatte geschrien, bis er heiser war. Bis es in seiner Brust brannte. Dann, als er gerade verzweifeln wollte und sich schwer atmend mit den Händen auf den Knien abstützte, verliefen sich die Massen langsam, und zufällig sah er sie. Eine großgewachsene, schlanke Gestalt, die mit ihrem Koffer und ihrer Tasche mit dem Rücken zum Ozean dastand und die Landschaft anstarrte.

«Was ist mit den anderen passiert?»

Frances strich sich den Rock glatt. «Margaret und Joe sind nach Australien zurückgezogen, als seine Mutter starb. Sie haben vier Kinder. Margaret schreibt mir immer noch zu Weihnachten.»

«Waren sie glücklich?»

Frances nickte. «Ich glaube, sie waren sehr glücklich. Oh, nicht, dass du mich missverstehst, meine liebe Jenny, jede Ehe hat ihre Schwierigkeiten. Aber ich hatte immer den Eindruck, dass Margaret in Joe einen guten Ehemann gefunden hat.»

«Was ist mit Avice?» Sie betonte das A besonders stark, offenbar belustigt über den altertümlichen Namen.

«Das weiß ich nicht so genau.» Es hatte zu regnen begonnen, und Frances sah zu, wie die Tropfen diagonal über das Glas getrieben wurden. «Sie hat einmal geschrieben, dass sie nach Australien zurückgegangen ist. Sie hat mir für alles gedankt. Es war ein ziemlich förmlicher Brief, aber das ist wohl keine Überraschung, nehme ich an.»

«Ich frage mich, was wohl aus Ian geworden ist», sagte Jennifer. «Ich wette, dass er sich am Ende von seiner Frau hat scheiden lassen.»

«Nein, das hat er nicht. Wir haben ihn einmal getroffen, nicht wahr?» Ihre Großmutter stieß ihren Großvater an. «Bei einem

Empfang vor etwa zwanzig Jahren. Wir wurden ihnen vorgestellt, und ich konnte mich an den Namen erinnern.»

Jennifer beugte sich interessiert vor. «Hast du etwas gesagt?»

«Nein. Na ja, nicht wirklich. Aber im Gespräch habe ich durchblicken lassen, auf welchem Schiff ich damals gereist bin, und habe ihn bedeutungsvoll angesehen. Nur damit er es wusste. Er ist ziemlich blass geworden.»

«Ist ziemlich früh nach Hause gegangen, wenn ich mich recht erinnere», fügte ihr Großvater hinzu.

«Ja, das ist er.» Sie strahlten beide vor Zufriedenheit.

Jennifer lehnte sich im Sitz zurück. Sie hätte sich gern eine Zigarette angezündet. Sie zog das Telefon aus ihrer Tasche, um nachzusehen, ob Jay ihr eine SMS geschickt hatte, aber da war keine. Sie würde ihm eine Nachricht schicken, wenn sie zu Hause ankamen. Er würde in zwei Wochen zurück sein, und sie wollte ihn wiedersehen, aber gleichzeitig wollte sie auch nicht, dass er sich zu große Hoffnungen machte. Er hatte die Neigung, dachte sie, zu anhänglich zu werden. «Wisst ihr, ich verstehe nicht, wieso ihr beide euch nicht schon auf dem Schiff ausgesprochen habt, wenn ihr euch doch so gern gemocht habt», sagte sie und steckte ihr Telefon zurück in die Tasche. Der Blick, den sich die beiden alten Leute daraufhin zuwarfen, ärgerte sie ein wenig. Als ob sie das, was sie miteinander teilten, sowieso nicht verstehen würde.

In forscherem Tonfall fuhr sie fort: «Ich habe das Gefühl, dass die Leute eurer Generation sich die Dinge oft viel zu schwer gemacht haben. Schwerer als nötig.»

Ihre Großeltern schwiegen. Dann sah sie vom Rücksitz aus, wie ihr Großvater die Hand ihrer Großmutter nahm und sie drückte. «Wahrscheinlich stimmt das», sagte er.

Als er ihr die Wahrheit über seine Ehe gestanden hatte, das, was das für sie beide bedeutete, hatte sie zunächst geschwiegen. Sie saß ganz ruhig im Gras, so als müsste sie erst aufnehmen, was er ihr gesagt hatte.

«Frances?» Er setzte sich neben sie. «Erinnerst du dich daran, was du zu mir gesagt hast, an dem Abend, als die Flugzeuge von Bord gingen? Es ist Zeit für einen Neuanfang.»

Sie wandte sich langsam zu ihm um und hatte einen beinahe ängstlichen Ausdruck im Gesicht, so als könne sie nicht recht glauben, was er da sagte.

«Das ist das Schöne daran, Frances. Wir dürfen es tun. Wir haben sogar ein Recht darauf.»

In seiner entschlossenen Stimme klang eine leichte Sorge mit, Sorge, dass sie sich es womöglich nicht erlauben würde, glücklich zu sein, dass auch er womöglich zu den Dingen gehörte, für die sie glaubte büßen zu müssen.

«Wir haben Anspruch darauf, hörst du mich? Wir beide.»

Sie starrte ihre Füße an, und er glaubte kurz, dass sie unerreichbar für ihn war. Und dann sah er, wie sie zuckte, als würde sie von einem riesigen, heftigen Gefühl überwältigt.

Ein leiser Laut entfuhr ihr, und er sah, dass sie gleichzeitig lachte und weinte. Ungeschickt streckte sie die Hand nach seiner aus.

Lange saßen sie so im Gras und hielten sich an den Händen. Plaudernde Familien gingen an ihnen vorbei, und hin und wieder schaute jemand wissend, aber nicht neugierig zu ihnen herüber. Ein Soldat und sein Schatz, nach einer Ewigkeit endlich wieder vereinigt.

«Du bist Nicol», sagte sie zu ihm und fuhr mit dem Finger über die immer noch geschwollenen Linien seines Gesichts. «Der Kapitän hat es mir gesagt. Du heißt Nicol.»

So, wie sie es sagte, klang es fröhlich. Es klang wertvoll.

«Nein», sagte er fest, und seine Stimme klang dabei sogar in seinen eigenen Ohren fremd, denn seit Jahren hatte ihn niemand mehr so genannt: «Ich heiße Henry.»

DANKSAGUNGEN

Für dieses Buch war sehr viel Recherche nötig, und ohne die großzügige Hilfe und Zeit vieler Leute wäre es gar nicht entstanden. Zuallererst möchte ich mich bei Leutnant Simon Jones für seine gutgelaunten, geduldigen und detaillierten Beschreibungen des Lebens an Bord eines Flugzeugträgers bedanken – und besonders für die guten Tipps, wie ich mein Schiff in Brand setzen kann. Vielen Dank, Si. Eventuelle Fehler sind ausschließlich meine Schuld.

Überhaupt möchte ich mich bei der Royal Navy bedanken, besonders bei Korvettenkapitän Ian McQueen, bei Leutnant Andrew G. Linsley und all jenen an Bord der HMS *Invincible*, die mir gestattet haben, Zeit an Bord zu verbringen.

Ich bin Neil McCart von Fan Publications sehr dankbar, dass er mir erlaubt hat, Auszüge aus seinem außerordentlich informativen Buch «HMS *Victorious*» zu übernehmen. Dank geht auch an Liam Halligan von den Channel-5-Nachrichten, weil er mich auf Lindsay Taylors wunderbaren Film *Death at Gadani: The Wrecking of Canberra* aufmerksam gemacht hat.

Die Lektüre bisher unveröffentlichter Tagebücher aus jener Zeit war faszinierend und half, meine Erzählung mit Kolorit zu versehen. Deshalb möchte ich Margaret Stamper danken, die mir gestattete, das wunderbare Tagebuch ihres Mannes Henry über sein Leben auf See zu lesen und einen Teil davon zu übernehmen, ebenso Peter R. Lowery, der mir dasselbe mit dem Tagebuch seines Vaters, Schiffbauingenieur Richard Lowery, erlaubte. Dank geht auch an Christopher Hunt und die Belegschaft des Lesesaals im Imperial War Museum sowie an die Belegschaft der British Newspaper Library in Colindale.

Dank in veränderlicher Reihenfolge geht an meine Mutter und meinen Vater, an Sandy (Brian Sanders) für seine umfassende Kenntnis des Meeres und seine riesige Sammlung von Büchern über die Kriegsführung auf See, an Ann Miller bei Arts Decoratifs, Cathy Runciman, Ruth Runciman, Julia Carmichael und an die Belegschaft von Harts in Saffron Walden. Dank an Carolyn Mays, Alex Bonham, Emma Longhurst, Hazel Orme und alle anderen bei Hodder und Stoughton für ihre tolle Arbeit und beständige Unterstützung. Dank auch an Sheila Crowley und Linda Shaughnessy.

Und ich danke Charles, wie immer, für seine Liebe, redaktionelle Beratung, technische Unterstützung, für das Kinderhüten und dafür, dass er es geschafft hat, jedes Mal interessiert auszusehen, wenn ich ihm wieder einmal eine faszinierende neue Erkenntnis über Flugzeugträger mitteilte.

Aber besonders viel Liebe und Dank geht an meine Großmutter, Betty McKee, die vor fast siebzig Jahren genau diese Reise mit unvorstellbarer Zuversicht und riesigem Mut unternahm und deren Erinnerungen daran mir die Grundlage für meine Geschichte lieferten. Ich hoffe, dass Großvater stolz gewesen wäre.

QUELLENNACHWEIS

Das Zitat auf Seite 165 stammt aus «HMS Victorious. 1937–1969» von Neil McCart, erschienen 1998 bei Fan Publications.

Das Zitat auf Seite 223 aus Avice R. Wilsons Aufzeichnungen wurde von der Autorin mit der freundlichen Erlaubnis der Erben und des Imperial War Museum übernommen.

Das Zitat auf Seite 391 stammt aus «Arctic Convoys 1941–45» von Richard Woodman, erschienen 1994 bei John Murray.

Das Zitat aus dem Gedicht «The Alphabet» der Kriegsbraut Ida Faulkner auf Seite 427 stammt aus «Forces Sweethearts. Wartime Romance from the First World War to the Gulf» von Joanna Lumley, erschienen 1994 bei Bloomsbury.

«Wine, Women and War» von L. Troman ist 1979 bei Regency Press erschienen.

«A Special Kind of Service» von Joan Crouch ist 1986 bei Alternative Publishing Cooperative Ltd (APCOL) Australien erschienen.

Sämtliche Zitate wurden von Katharina Naumann übersetzt.

WEITERE TITEL VON JOJO MOYES